DE OVERGANG VAN VENUS

Shirley Hazzard

De overgang van Venus

Vertaald door
Barbara de Lange

2022
DE BEZIGE BIJ
AMSTERDAM

Deze uitgave is mede tot stand gekomen dankzij een aankoop- en productiesubsidie van het Nederlands Letterenfonds; de vertaler ontving voor de vertaling een projectsubsidie van datzelfde fonds.

Nederlands
letterenfonds
dutch foundation
for literature

Gedicht Robert Browning op p. 237 is vertaald door Gijs Stappershoef, *Tweede Ronde*, jg. 20, herfst 1999, p. 44. Gedicht William Shakespeare op p. 298 komt uit *Hamlet* 5.1, vertaald door Leendert Burgersdijk, DBNL. *De werken van Shakespeare*, dl. 7.

Ook nu weer voor Francis

J'ai rêvé tellement fort de toi,
J'ai tellement marché, tellement parlé,
Tellement aimé ton ombre,
Qu'il ne me reste plus rien de toi.

– Robert Desnos, 'Le Dernier Poème'

DEEL I

DE OUDE WERELD

1

Die avond zouden de krantenkoppen spreken van ravages.

Wat er gebeurde was simpelweg dat de lucht, op een schaduwloze dag, plots als een luifel neerkwam. In een blauwpaarse stilte verstarden de takken van bomen en richtte op de akkers het gewas zich op als haar dat overeind ging staan. Alle verse witte verf die er was lichtte op heuvels of duinen op, of tekende een wegberm met de streep van een hek. Dit gebeurde kort na het middaguur op een zomerse maandag in het zuiden van Engeland.

Zelfs de volgende ochtend nog zouden er stukjes staan in kranten die ruimte overhadden door een adempauze in verkiezingen, wrede misdaden en de oorlog in Korea: weggewaaide daken en kaalgeslagen boomgaarden werden met aantal en areaal genoemd; met alleen tot slot, heel kort, de vermelding van een dode bij een weggespoelde brug.

Die middag wandelde een man onder een bliksemschicht langzaam een landschap binnen. Een sfeer van haast menselijk afwachten tekende het schouwspel, dat hij vanuit de linkerhoek betrad. Elke zenuwvezel – want zelfs stallen en kruiwagens en orgaanloze dingen kregen op die momenten zenuwweefsel – wachtte fatalistisch af. Alleen hij ging tegen de omstandigheden in, kinetisch, op één enkel doel af.

Boeren waren systematisch in de weer vee in veiligheid te brengen of machines naar beschutting te sturen. Achter de horizon ontstond in dorpsstraten consternatie bij de eerste druppels. Ruitenwissers zwiepten over voorruiten en ook mensen stoven en vlogen heen en weer, heen en weer. Pakketjes werden in jassen gestopt, kranten boven pas gepermanente kapsels gehouden. Een hond rende door een kathedraal. Kinderen holden opgewonden van de speelplaats naar binnen, ramen klapperden, deuren sloegen. Huisvrouwen draafden en riepen: 'Mijn wasgoed.' En een plotselinge lichtschicht scheidde de aarde van de hemel.

Op dat moment bereikte de wandelende man het pad, en bleef staan. Op een hoge heuvelkam voor hem stonden ver van elkaar vier oude huizen, die als presse-papiers het golvende land neerdrukten. In het dorp waren hem de namen verteld – de namen van de gebouwen, niet van de eigenaars. De bakstenen muren waren schraal, roodbruin; één had een zijgevel van wingerd, groen als een rechtop gezet gazon. Het verste en grootste huis stak uit een bos naar voren om zijn primaat op te eisen.

De man bekeek het tafereel vanuit een beslissende omslag in zijn verstilde toestand, alsof hij voor zijn ogen de wijzer op een grote klok naar het volgende streepje zag springen. Hij verliet de weg bij de eerste vlaag regen en storm, zette zijn koffer neer, nam zijn doorweekte pet af, klopte hem tegen zijn been uit en stopte hem in een jaszak. Net als het gewas veerde zijn haar tussen de windvlagen door op en sloeg, ook weer net zo, al snel nat neer. Hij liep in de regen de heuvel op, gestaag en zonder een miserabele indruk te wekken. Eén keer bleef hij staan om naar het dal om te kijken – of de vallei, om een lieflijker, milder woord te gebruiken. Achter elkaar joegen er salvo's donderslagen doorheen, op en neer, totdat het buigzame gewas er zelf van galmde. Op de tegenovergelegen heuvel stond een kasteel – grijs, pompeus, met torentjes, en niet misstaand bij het onweer.

Op weg naar het verste huis bleef hij opnieuw staan om te kijken, net zo simpel belangstellend alsof het gewoon mooi weer was. De druppels liepen van zijn opgeheven hoofd in zijn kraag. Het huis werd donker, maar hield stand. In de loop van twee- of driehonderd jaar van kleine aanbouwsels had Peverel de proporties en harmonie als grondprincipe behouden; een eenheid met uitzondering van één vergroot hoog raam – een bewuste, frivole onvolkomenheid als het gaatje in een oor voor een sieraad.

Over grind en platgetreden grond stroomde de modder. Hele regels strak gesnoeide liguster stonden te schudden. De man waadde als het ware omhoog naar de ingang van het huis en trok aan een bel. Snelle voetstappen waren misschien het kloppen van zijn eigen hart. De vrouw die opendeed was oud, dacht hij. Was hij zelf een paar jaar ouder geweest, dan had hij haar misschien gepromoveerd tot middelbare leeftijd. De ouderdom was opgestoken in glad grijs haar, was evident in een huid die te teer was voor jeugdigheid en in een rechte, zij het onkrijgshaftige houding. Ze nodigde hem binnen over de tegelvloer van een ooit statige hal. Haar ogen waren vergroot en verfletst door de kennis van zaken die, zoals algemeen onder mensen overeengekomen, beter niet geopenbaard kunnen worden.

Wat wisselden ze bedaard hun namen uit zonder acht te slaan op de vloed achter zijn rug en zijn doorweekte kleding. Uit de goedkope koffer lekten oranje druppels op de zwart-witte vloer toen Ted Tice zijn regenjas uittrok en aan een aangewezen kapstok hing. De indringende geur van natte wol, van sokken en zweet kwam vrij in de lucht van koud zeepsop en dikke boenwas.

Al die trage zaken hadden een paar seconden gekost, en in die tijd was ook te zien dat de hal rond was, dat er naast de gebruikelijke krant een vaas rozen op een tafel stond onder een donker schilderij in een gouden lijst. Onder de bocht van de trap stond een deur open naar een gang met een Perzische loper. En boven, op de boog van de trap, stond een jonge vrouw, onbeweeglijk.

Tice keek naar haar op. Het was onnatuurlijk geweest om

het niet te doen. Hij keek op vanuit zijn natte schoenen en zijn natte geur en de oranje vlek van zijn goedkope bagage. En zij keek neer, hoog en droog. Hij had een beeld van haar lichaam in drie dimensies – alsof hij achter haar langs was gelopen en haar sterke rug had gezien, het zwarte haar dat op de verhoging van haar nekwervel werd gescheiden, de kwetsbare plooi in de knieholte. Haar gezicht bleef in de schaduw. Het zou hoe dan ook te mooi, te volmaakt zijn geweest als ze als een schoonheid herkenbaar was.

'Ik zocht Tom,' zei ze, en ze liep weg.

Ted Tice pakte zijn verwekende koffer op: een nieuwkomer die zich onder ingewijden stil moest houden. Die al snel zelf op zoek zou zijn naar Tom, of zou weten waarom anderen hem zochten.

'Mijn man,' zei Charmian Thrale, 'is al een stuk opgeknapt en komt voor het middageten beneden.' Ted Tice zou in de maanden juli en augustus werken bij professor Sefton Thrale, die een stuk was opgeknapt. Intussen ging mevrouw Thrale hem voor over het Perzische tapijt, langs oude foto's en een in-gelijste brief met een koninklijk monogram en een reeks gravures van alle Britse havens. Daarna zou mevrouw Thrale zeggen: 'Dit is uw kamer', en zou hij alleen zijn.

Ze bleef in de deuropening staan toen hij over zijn nieuwe vloer liep om de koffer ergens neer te zetten waar die zo min mogelijk kwaad kon.

'Die dubbele deur aan het eind van de gang, dat is de kamer waar we altijd zitten. Als u daar wacht zodra u zover bent, komt een van de meisjes naar u toe.' Alsof hij het vervelend vond alleen te worden gelaten terwijl hij dat juist, te allen tijde, prettig vond.

Ze vermeldde ook de badkamer. Daarna zei ze dat ze de tafel ging dekken. Uiteindelijk zou ook hij dat leren – om vol zelf-vertrouwen te praten en een kamer uit te lopen.

Voor het enige, lage raam zag hij wazige, uitwaaierende

struiken en een glimp van een nat paaltjeshek – alles schuin, afgesneden door het raamkozijn, als een slecht genomen foto. Op de ruit zaten nog schilfers verduisteringsverf. Het was een eenvoudige slaapkamer, wellicht ooit in gebruik voor het hogere huispersoneel. Tice dacht die woorden, hoger huispersoneel, zonder te weten wat ze in hun tijd hadden betekend. Hij was hiernaartoe gestuurd om een vooraanstaande, zieke oude geleerde te helpen een opiniestuk te schrijven over de locatie voor een nieuwe telescoop, en kon best mogelijk zelf wel tot het hogere huispersoneel behoren. Hij was jong en arm en had voortreffelijke referenties – als een gouvernante in een oud verhaal, die met een lid van een adellijke familie trouwt.

Hij hing zijn gekreukte kleren her en der in de kamer uit en zocht een kam. Zelfs van zijn natte haar kwam een kastanjegeur. Op de tafel waar hij zijn boeken neerlegde stond een inktstel van koper en porselein, met twee pennen van hout. Hij trok neuriënd andere schoenen aan en wisselde het neuriën zo nu en dan af met woorden uit een oud liedje:

'Laat de wind maar zuidwaarts, zuidwaarts gaan.
Laat de wind waaien over de blauwe oceaan.'

Toen bracht hij zijn vuist naar zijn mond en dacht na, en staarde alsof hij dit nog maar nauwelijks kon geloven.

In de kamer met de dubbele deur was het net zo koud als op de gang. Fauteuils, zacht maar lelijk, een harde, elegante canapé, boeken die eerder gedateerd dan oud waren, nog meer bloemen. De wind die in een ijzige schoorsteen sidderde, het noodweer een waterval tegen het erkerraam. Ted Tice ging in een van de lompe, sjofele stoelen zitten en legde zijn hoofd tegen het muffe extra stuk pluche; verrukt van alle nieuwigheden en komende nieuwigheden. De kamer moest eens een studeerkamer zijn geweest, of een ochtendkamer – de term 'ochtendkamer' behoorde tot dezelfde taalcategorie als hoger huispersoneel. Ergens was er een grotere kamer, overduidelijk niet warm te krijgen, zolang als het duurt afgesloten. Die oorlogsterm kwam meteen boven, zelfs in vredestijd; zelfs al vroeg je je tegelijk af wat er zo lang duurde.

Onder de het lege rooster van de open haard lagen wat brokjes geroosterd brood, vijf of zes, op een rijtje naast elkaar, met daarop een donker smeersel en een laagje as.

Hij was gewend aan kou en zat net zo op zijn gemak in de kamer alsof het er warm was. In aanwezigheid van anderen kon hij die onaandoenlijkheid niet lichamelijk tonen, omdat de volwassen vorm van zijn lichaam hem nog niet geheel vertrouwd was; maar in zijn hoofd was hij op zijn gemak, vlug en ongehaast. Alles wees erop dat zijn lichaam een andere bewoner had verwacht. Hij veronderstelde dat de twee zich op den duur zouden verzoenen – zoals hij mettertijd zou ontdekken dat het besmeerde brood daar lag om muizen te vergiftigen, en dat Tom de kat was.

Er lag een boek naast zijn stoel met een potlood erin om een bepaalde bladzijde aan te geven. Hij pakte het op en las de rug: 'Zanoni. Een roman van de hand van de edelachtbare lord Lytton.' Zo'n boek mocht je redelijkerwijs verwachten in de kast van zo'n kamer. De kans dat het in de kamer zelf lag, opengeslagen en gelezen, was minder groot.

Eén ogenblik dacht hij dat het hetzelfde meisje was dat nu binnenkwam, het meisje van de trap. De reden daarvoor was dat ze zussen waren, hoewel dit meisje blond was, en kleiner.

Ze zei: 'Ik ben Grace Bell.'

De jongeman stond op en gaf weer een hand en zijn naam. Ze had een nieuwe wollen jurk van mooie kwaliteit aan, in een rozenkleur. Ze wisten allebei – het kon niet anders – dat hij haar mooi vond. Maar beiden veinsden uit jeugdigheid geen weet te hebben van deze of een andere schoonheid.

'U bent hier lang alleen gelaten.'

'Ik had niets in de gaten.' Hoewel er geen sprake was van een door hem begane fout.

'Het licht is uitgevallen. Ik moest u komen halen.'

Door het onweer had hij al die tijd in het donker gezeten.

'Deze kant uit.' Ze sprak in korte mededelingen. De zelfverzekerdheid wees erop dat ze al van kinds af knap was. 'Wat een snoesje'; en later: 'Grace begint – blijkt – een echte schoonheid te worden.' De schoonheid was naar binnen en naar buiten gekeerd. Ook waren er gedragslessen gevolgd.

Hij was een en al bewondering voor haar vermogen zonder wankelen met hem mee te lopen op haar hoge hakken. Ze was verre van mollig, maar wekte een zachte indruk, meegaand. De jurk was iets zeldzaams voor hem – de stof, de snit. Het was voor het eerst dat Ted Tice opmerkte hoe een japon was ontworpen, hoewel hij regelmatig had gehuiverd voor de moedige opzichtigheid in de kleding van de armen.

De rozenrode jurk was per zeepost uit Canada gekomen, opgestuurd door de zoon van dit gezin, een overheidsfunctionaris met wie Grace Bell verloofd was. Wanneer hij na zijn congres in Ottawa naar Engeland terugkwam, zou hij er nog een voor haar meebrengen en dan zouden ze trouwen.

Een soort krulchrysantje van een hond was in de zevende hemel toen ze aan kwam lopen. 'Grasper, Grasper.' Het hondje sprong op en neer, sprakeloos. Iemand rinkelde met een bel. Grace opende een deur. En het licht ging vanzelf aan, als op een toneel.

2

Je kon zien dat de twee zussen een bepaalde ondubbelzinnige ervaring deelden, die hen, hoewel dit anderen misschien niet interesseerde, had gevormd en een onlosmakelijke band had gesmeed. Het school in hun ernstige houding als ze zaten, aten, praatten en, zo kon je haast wel zeggen, lachten. Het school in alles wat ze maar uitwisselden, zonder elkaar aan te kijken, maar wel altijd als een paar. Het school in hun ogen, die hun blik op jou lieten rusten, of op de muur of de tafel, om de situatie van een afstand vol gebeurtenissen en gevoelens te beschouwen: hun ogen, met dezelfde donkerte, zo niet dezelfde scherpte.

Door de gelijkenis in gelaatstrekken was het verschil in kleur opmerkelijk. Het kwam niet uitsluitend doordat de een donker was en de ander blond, maar doordat het haar van degene die Caro heette zo gitzwart, zo steil, dik en oosters was door zijn grove structuur. Hierdoor werd Grace nog blonder om te zien dan ze al was – aangezien zij lichter, meegaander werd bevonden bij Caro's kracht. Iedereen overdreef dat blonde, om het ordelijk te houden: de een donker, de ander licht.

Caro, in een vest dat misschien blauw was geweest, schonk water uit een kan. Je schikte je naar haar toekomstige schoonheid, waarop je vertrouwde. Qua uiterlijk was Caro nog onaf, ontbrak er bij haar een openbaring, die mogelijk simpelweg bestond uit zelfbewustzijn; anders dan Grace, die volgroeid was, zij het niet volmaakt. Grace glimlachte en gaf corned beef en aardappelen door, in een argeloze voorstudie voor een tijd waarin het vlees en de groente inderdaad van haar zouden zijn. Ted Tice zag toen dat ze aan haar linkerhand een ring bezet met diamantjes droeg. Maar was voordat dit hem opviel al loyaal aan Caro.

Caro hoorde hier niet per se thuis: Caro zou beslissen aan welke tafel ze thuishoorde. Ze had al jong de noodzaak hiertoe ingezien. De andere voorname ontdekking die ze deed was al evenmin origineel: dat de waarheid een eigen leven leidt. Wellicht was haar energie die kant uit gestroomd, en moest haar uiterlijk maar zo goed en zo kwaad als het ging volgen.

Door alles wat ze had gelezen had ze schijnbaar weinig geduld met de belangrijkste discrepantie: die tussen de mens zoals hij kon worden en zoals hij was. Ze zou haar ongenuanceerde overtuiging – dat heroïek, uitnemendheid mogelijk waren – aan zichzelf en anderen opleggen, totdat die anderen, of zijzelf, zich gewonnen gaven. Er konden sporadische en ongeloofwaardige uitzonderingen zijn die haar gelijk leken te bewijzen. Aan die uitzonderingen wijdde ze zich met hart en ziel. Blijkbaar reserveerde ze daarvoor al haar nederigheid.

Iets hiervan viel misschien af te lezen aan haar uiterlijk. Omdat ze nog niet praktisch handelde, kon ze zich theorieën veroorloven. Tegelijkertijd weken haar lippen vaneen, kwetsbaar, ontvankelijk, zoals ze konden wijken in haar slaap.

Ze hadden aan tafel nog niet met elkaar gesproken, de meisjes en de jongeman. Vol onpeilbare eenvoud zat hij te luisteren naar de oude sterrenkundige aan het hoofd van de tafel, de eminente geleerde. Zijne eminentie: een steile rots waar een kraag en das, en een bril, exact op waren aangebracht. Samen zouden de jonge en de oude man de horoscoop van de wereld opmaken. Geboeid luisterend, zoals slechts gepast was, begreep Ted Tice niettemin al snel dat de twee meisjes uit Australië kwamen, dat Caro hier logeerde in afwachting van een ambtenarenbaan in Londen, en dat de zoon op het congres in Ottawa Christian heette.

Ondanks zijn angina bewoog de vader vlug en beslist – pakte zijn waterglas met een efficiënte beweging en zette het met een felle tik neer. Drukte een servet snel tegen zijn gebeeldhouwde mond, zonder tijd te verliezen. Tik-tik, Tik-tik-tik. Hij had wel aan een bureau kunnen zitten in plaats van een eettafel. Hij sprak ook in een abrupt tempo, en was al bij het einde van de wereld aanbeland.

'Uw generatie is de generatie die het zal voelen. Tot nu toe bestond er nog enige maatschappelijke structuur. Je kunt ervan zeggen wat je wilt. Nu maken we het eind daarvan mee. Jullie zijn degenen die de klappen zullen krijgen.'

Met griffe voldoening wees hij Ted en de meisjes op hun welhaast verwijtbare pech. Op dezelfde toon krijgen nieuwkomers in een regenachtig vakantieparadijs te horen: 'Tot vandaag was het nog prachtig weer.'

'Er was globaal een soort wereldorde. Je kunt zeggen wat je wilt.'

Dat konden ze uiteraard niet.

Wanneer Sefton Thrale het woord 'globaal' bezigde, kreeg je het gevoel dat de aarde zo rond was als een gladde bal, of zo wit en saai als een ei. En moest je jezelf herinneren aan de flinke en afschrikwekkende pieken en uitsteeksels van deze wereld. Je moest aan de Alpen of de oceaan, of een levende vulkaan denken om je gerust te stellen.

Professor Thrale vond het niet fijn dat Grace uit Australië kwam. Australië vereiste verontschuldigingen, en was bijna een mikpunt voor schuine moppen. De enige verzachtende omstandigheid voor Australië had kunnen bestaan uit een onbekrompen winst uit de nieuwgevonden rijkdommen – schapen bijvoorbeeld, of een remedie tegen schaapspokken. En er was geen fabelachtig landgoed van vele duizenden hectares of vierkante kilometers, geen lot uit de loterij met Grace verbonden. Integendeel, Grace was belast met een zus; en zelfs met een halfzus, gelukkig afwezig, op vakantie in Gibraltar. Sef-

ton Thrale verklaarde dit: 'Christian heeft een verloofde weten te vinden' – met de suggestie van naïef geklungel – 'in een
Australisch meisje.' En nadrukkelijk welwillend kon hij er dan
aan toevoegen dat Grace een knappe jonge vrouw was en dat
hij zelf verrukt was, 'overigens'.

Het noodweer was geluwd voor een moment van respijt. Bij
daglicht was het gezicht van Ted Tice spikkelig en schilferig,
ongekunsteld als het gezicht dat 's zomers in de met zout beslagen spiegel van een strandkiosk te zien is. Zijn voorhoofd werd
verdeeld door een ondiepe verticale groef. Hij was aan één oog
verwond – een broer had dat gedaan toen ze nog klein waren
en met een stok in de tuin speelden: een licht streepje als de
kras van een vingernagel in verse verf.

'Mosterd, meneer Tice?' Professor Thrale zat te denken dat
het tegenwoordig bepaald in de mode was een misdeelde jongen uit een groezelig stadje te zijn, een pientere jongen die zich
naar een voorname universiteit heeft weten op te werken – dit
keer met de suggestie van opzet – en daar een goede indruk
heeft gemaakt. Zulke mensen klommen snel hogerop, daar ze
niets te verliezen hadden; en konden zich, zoals in dit geval,
heel goed toeleggen op nieuwe aspecten van de astronomie,
ontwikkeld vanuit radartechnieken uit de laatste oorlog. Het
hing allemaal samen. Sefton Thrale herinnerde zich een artikel, als een kwelling tijdens zijn ziekbed, waarin de voorlijke
prestatie van Ted Tice werd afgezet tegen alles wat hem tegen-
zat; waarin halsstarrigheid niet werd ondermijnd door afwijkende ondernemingen – onderzoek naar straling in het naoorlogse Japan, en het voornemen de komende winter in Parijs te
verblijven en samen te werken met een controversiële natuurkundige.

Sefton Thrale zei bij zichzelf dat Ted Tice nog in Amerika
terecht zou komen: 'Daar zal hij terechtkomen' – de ambitie
van een jongeman gezien als een levensgrote klos waar je vaardigheden handig en voordelig omheen kon wikkelen.

'De groente,' zei mevrouw Thrale, 'komt uit onze moestuin.'

Bij de gesmoorde selderij gaf Sefton Thrale zich over aan een vrij onbezonnen afkeer van Teds kleding, krullen en accent, en van de afwijking in zijn oog. Anders dan op Caro's schoonheid kon op de toekomstige status van Ted Tice niet zomaar worden gerekend: er was een teken nodig dat uitwees of hij zou slagen of falen – beide mogelijkheden traden namelijk duidelijk en sterk in hem naar voren. Zelfs al zou hij ten slotte in elk opzicht succesvol zijn, dan nog viel hij in zijn ouderdom moeilijk voor te stellen als een werkelijk illuster man, zoals de professor zelf. Het viel moeilijk te voorzien dat een naam als Tice ooit gewichtig zou aandoen, of dat een gehavend oog eerbiedwaardig kon worden.

In feite zou Edmund Tice zichzelf van het leven beroven voordat hij de toppen van zijn kunnen had bereikt. Maar dat zou gebeuren in een stad in het noorden, en pas over vele jaren.

Sefton Thrales eigen belangrijke werk was in zijn jeugd verricht, voor de Grote Oorlog. Later werd hij een publieke figuur door een helder boekje te schrijven dat een kloof of een leemte overbrugde, of pretendeerde te overbruggen. Hij had met zijn onverzettelijke voet op de haardrand gestaan, met één hand in zijn zak, en over de toekomst gesproken; en had dat net zo lang en zo publiekelijk volgehouden totdat mensen van alle rangen en standen zijn gezicht herkenden in de zondagskranten – 'Nog altijd actief, hoor, dat moet je hem wel nageven.' Onbehouwen ouwe knakker in een blazer met zwart-witte verticale strepen. Die blazer – aan één kant naar beneden getrokken door de in de zak gestoken hand, met de veronderstelde pijp erin geklemd – wekte de indruk van een verzakt vakwerkhuis.

Hij bezigde afgezaagde uitdrukkingen: naar Canossa gaan, de gebraden haan uithangen, wie geboren is voor de galg verdrinkt niet: zegswijzen die vóór zijn tijd al ouderwets waren, die hij koesterde en waarvan hij het leven rekte, zo niet hernieuwde. Hij noemde Turkije nog steeds 'de zieke man van

Europa', hoewel het hele Europese vasteland sinds lang één veldhospitaal vormde. Zijn sympathie ging uit naar de overzichtelijke afstanden van het verleden in plaats van het buitensporige bereik van de toekomst. De toekomst was iets geweest om over te praten, met één voet veilig op de haardrand.

Voor jongeren was het al te gemakkelijk dit te bespeuren en te veroordelen. Minder gemakkelijk was het om een gevoel te krijgen voor het menselijke eraan, laat staan het meelijwekkende.

Over het algemeen kreeg professor Thrale de gelegenheid om, zoals nu, te oreren in rappe redevoeringen die het bestaan van andere meningen uitsloten. Maar bij tegenspraak verloor hij zijn vaste greep op zijn pijp en de toekomst. Dan steeg er een wolk van warrige verontwaardiging uit hem op, als stof uit oude boeken die bij het schoonmaken met hun kaft tegen elkaar worden geklapt. In privézaken was hij niet handig geweest en hij had het kapitaal van zijn vrouw, net als zijn eigen potentieel, verkwanseld aan domme investeringen. Een ridderorde, die nu aanstaande was, had lang op zich laten wachten. Maar zijn naam was bekend en legde gewicht in de schaal bij publieke en politieke aangelegenheden zoals de locatie van een telescoop.

Ted Tice gebruikte mosterd. Hij bleek de afgelopen twee weken van zijn vakantie in de West Country te hebben gewandeld. Hij had bovendien belangstelling voor prehistorische resten en was tijdens de zonnewende naar een opgraving bij de Avebury Circle geweest. Het was niet moeilijk je hem voor te stellen in het gezelschap van verheven stenen.

Mevrouw Thrale zei dat ze in Peverel soms trillingen doorkregen van de raketbasis bij Stonehenge. Hoewel de raketten uit consideratie niet boven de overblijfselen werden afgevuurd, vormden ze wel degelijk een zeker gevaar voor de omgeving. In de logeerkamer was een ruit verbrijzeld, gelukkig zonder dat er gewonden waren gevallen.

'Ach, ja,' zei Sefton Thrale. 'Paul Ivory is nu eenmaal een zondagskind.' Waarmee hij de onbekende gast uit de glasscherven raapte en ophield om Ted Tice buiten te sluiten; waarmee hij tevens, met zijn behoefte indruk te maken, Tice het voordeel gaf. 'Nog nieuws van Paul, trouwens? Nog nieuws van Paul?'

Ted Tice besefte dat deze mensen al rekenden op zijn achting. En dat ze, mocht hij hen daarin teleurstellen, weleens hun toevlucht konden nemen tot neerbuigendheid.

Ter vergoelijking van het wangedrag van de professor bezwoeren de drie vrouwen vlug dat er geen nieuws was. En Ted Tice merkte op dat de verdraagzaamheid van vrouwen onontbeerlijk was geweest voor Sefton Thrales faam. Zoals van haar werd verwacht verduidelijkte mevrouw Thrale dat Paul Ivory haar petekind was, en dat hij binnenkort kwam logeren. Ted had misschien weleens gehoord van toneelwerk van Paul Ivory, in universiteitsuitvoeringen; helaas niet. Nu goed, hoe dan ook, een veelbelovende jongeman wiens werk al snel in Londen op de planken zou worden gebracht.

'Paul is heel talentvol,' zei Sefton Thrale, en mogelijk bracht hij een contrast aan.

'Is hij familie van de dichter?'

'De zoon zelfs.'

Ted Tice kon moeilijk weet hebben van de subtiele consternatie die zijn vraag veroorzaakte – de voorliefde voor de Georgiaanse dichters was namelijk een laatste restje van Sefton Thrales beste ik, die op zijn beurt, net als zijn beste werk, uit vroeger tijden stamde. Hij bracht ze uit loyale berekening ter tafel, de vergeten of verguisde dichters uit zijn jeugd – het schrijnende citaat, waarop de gesprekspartner vroeg: 'Wie heeft dat ook weer gezegd?' en dan Thrales repliek: 'Een uitnemend dichter, overleden rond de tijd dat u werd geboren, jongeman' (want de professor kende alle goedmoedige en beproefde retorische foefjes); dan de naamsvermelding – van Bridges, Drinkwater, Shanks of Humbert Wolfe; Thomas Sturge Moore; zelfs Rupert Brooke op dagen dat hij de bokkenpruik ophad. Of Rex Ivory.

Mevrouw Thrale merkte op: 'Rex Ivory was geen groot dichter. Hij was wel een waarachtig dichter.' Ze vond het een vreemde misvatting dat geleerden geen gevoel zouden hebben voor literatuur: 'Ik heb menig voorbeeld van het tegendeel gezien.'

Ted glimlachte. 'Het is ons geloof ik wel toegestaan muzikaal te zijn.'

Af en toe stonden de ogen van Caroline Bell net zo vriendelijk als die van haar zus. 'Ze worden ook geacht zwijgzaam te zijn.'

'Misschien word ik minder spraakzaam als ik ouder ben.'

Charmian Thrale wees op een foto boven het buffet. Drie jongemannen in een tuin, twee zittend in rotanstoelen, één staand met opgeheven en gespreide handen. De staande gestalte, in overhemd met openstaande kraag en witte pantalon, declameerde iets voor de anderen, die er conventioneel uitzagen in hun kleding van 1913. De bossen blond haar waren helmen, waren kronen of aureolen. Een grotere nimbus overspande de tuin met groepjes bomen boven ridderspoor en een langgerekt gazon met regelmatige banen van de maaimachine. Het leek vlak voor de schemering. En op de magische jongemannen op het gras rustte de doem van de komende oorlog, zelfs op de overlevenden.

Charmian Thrale zei: 'Als een vooravond in een zondeloze wereld.'

Dat wat restte van de Sefton Thrale in die stoel op deze zondeloze foto zou graag vriendschap hebben gesloten met Edmund Tice vanwege diens onverwachte vraag. Alweer merkten de vrouwen het op en ze zuchtten in gedachten om het afgemeten antwoord van de oude man: 'De zoon zelfs.'

De professor begon vervolgens zijn voorkeur nader toe te lichten, waarbij hij zijn mes en vork precies parallel legde. 'Paul Ivory heeft al naam gemaakt in de literaire wereld. Zijn ster rijst zo snel dat niet te voorspellen valt hoever hij nog zal komen.'

Ted Tice grinnikte, allerminst weerloos. 'Net als in het onzekerheidsprincipe van Heisenberg. Snelheid en positie die onmogelijk tegelijkertijd te meten zijn.'

Caroline Bell bleek net zo te kunnen giechelen als andere meisjes.

'En hij is praktisch verloofd' – de professor moest beslist het laatste woord hebben – 'met de dochter van onze buurman op het kasteel.'

Ted vroeg zich af wat 'praktisch verloofd' mocht betekenen en zag dezelfde gedachte in Caro's glimlach. Mocht er ooit iets ketters in dit huis hebben bestaan, dan was het bij het hogere huispersoneel.

Hij dacht terug aan het kasteel, aan de grijze muren, die zelfs korstmossen afschrikten.

De professor las hun gedachten en hield hun voor: 'Het vergt dezer dagen wel moed van een man om met de dochter van een lord te trouwen. Met jullie radicalen overal.' Dat was tot Ted en Caro gericht, want door stil de borden op te stapelen had Grace zich vrijgepleit. Toch was Grace degene die opkeek en zei: 'Misschien houdt hij wel van haar.'

'Precies. Jonge mensen moeten doen waar ze zin in hebben. Waarom niet? Caro, hier, zou nog met een mecanicien trouwen als ze daar de neiging toe voelde.'

Ze keken naar Caro, die zei: 'Ik voel geen mechanische neigingen.'

Sefton Thrale voelde zich altijd gekrenkt als er gelachen werd.

Het meisje ging verder: 'Het is wel zo. Ik ben niet alleen dom, maar ik heb ook geen enkele affiniteit met mechanieken. Of wetenschap trouwens.'

'Je dankt je leven aan de astronomie, jongedame.' Jongeman, jongedame; toch konden ze niet zeggen: oude man, oude dame. De professor maakte aanstalten dit nader te verklaren toen Caro zei: 'Bedoelt u de overgang van Venus?'

Het was niet voor het eerst dat ze alles bedierf.

Hij ging door alsof ze niets had bedorven of beweerd. 'Waarom voer James Cook anders met de HMS Endeavour uit, op weg naar het nog onontdekte Australië, als hij *en route* op Tahiti niet Venus had willen observeren op 3 juni 1769, de dag dat deze planeet voor de zon langs zou komen, om zodoende de afstand van de aarde tot de zon te bepalen?' Hij leerde hun een lesje.

Ze keken opnieuw naar Caro, geïdentificeerd als een kind van Venus.

Tice zei: 'De berekeningen zaten er hopeloos naast.' Partij kiezend voor het meisje. 'Dat geldt voor veel berekeningen omtrent Venus.'

Sefton Thrale zei: 'De schijf van Venus was vervormd. Een stralingsverschijnsel bij de overgang.' Het had zijn eigen expeditie, of ervaring, wel kunnen zijn die hij zo verdedigde. 'Dat noemen we het zwartedruppeleffect.'

Het meisje verbaasde zich. 'Al die jaren van voorbereiding. En dan, in één uur tijd, is alles voorbij.'

De jongeman legde uit dat er fases waren. Hij zei: 'Je hebt de contactmomenten, en het hoogtepunt.' Ze bloosden beiden om het heelal.

Professor Thrale zei: 'Nu hebt u het over een eclips. Venus kan de zon niet verduisteren.' Hij tikte kruimels van zijn manchet. Men kon nu eenmaal in het bijzijn van twee maagden niet vertellen dat Venus, op die verblindende dag in juni 1769 op Tahiti, zich met andere zaken had beziggehouden. Terwijl de hoogste rangen verdiept waren in de telescopen van James Short, had de bemanning van de Endeavour ingebroken in de winkels van Fort Venus om een hoop lange ijzeren nagels te stelen – waarmee ze zich verzekerden van de vluchtige gunsten van Tahitiaanse vrouwen; en van de blijvende besmetting met een geslachtsziekte die ondanks alle volgende afranselingen niet te genezen was.

Ted Tice zei: 'Er is nog een andere astronoom naar de andere kant van de wereld gegaan om diezelfde overgang te zien, en ook hij werd teleurgesteld.' De tot zichzelf gerichte toon waarop mannen achteloos praten over wat hen drijft. Tice kon niemand een lesje leren, maar wilde wel eer bewijzen. 'Een Fransman was jaren van tevoren naar India afgereisd om een eerdere overgang te observeren, maar door oorlog en tegenspoed onderweg was hij te laat. Nadat hij de oorspronkelijke gelegenheid was misgelopen, wachtte hij acht jaar lang in het Verre Oosten op de volgende overgang, die van 1769. Toen die dag aanbrak, was het zicht bizar slecht, er viel niets te zien. Er zou zich pas een eeuw later weer zo'n overgang voordoen.'

Hij vertelde dit aan, en voor, Caroline Bell. Op dat moment hadden hij en zij wel de oudsten aan tafel kunnen zijn, vol weemoed. Zij zei: 'Jaren voor Venus.'

'Het is zo'n nobele geschiedenis dat je die moeilijk mislukt kunt noemen.' Ted Tice huldigde het vertrouwen, niet het fiasco.

Professor Thrale had er genoeg van. 'En toen die arme stakker in Frankrijk terugkwam, was hij in zijn afwezigheid doodverklaard, als ik me goed herinner, en was zijn bezit verdeeld.' Als dat geen fiasco was.

Het meisje vroeg aan Ted Tice: 'Hoe heette hij?'

'Le Gentil. Guillaume le Gentil.'

Mevrouw Thrale had custard gemaakt. Een sproetige Ierse dienstbode kwam de schaaltjes op een dienblad binnenbrengen. Mevrouw Thrale was grootgebracht in de overtuiging dat haar rug nooit de leuning van de stoel mocht raken, op straffe van karakterverlies: nooit ofte nimmer. Dat bevorderde haar uitstraling van lijdzaamheid en gaf bovendien het gevoel dat ze je rechter aankeek dan gebruikelijk was. Zij was degene die door het voorkomen van Ted Tice was herinnerd aan de zomerse kust – de bespikkelde spiegel die tussen de kaartjes voor strandstoelen en de sleutels voor kleedhokjes hing, alles meedansend op de warme stappen van zanderige voeten. Aan de andere kant had je zijn nachten, doorgebracht tussen oeroude stenen.

In haar teruggetrokken persoonlijkheid koesterde Charmian Thrale, tegenwoordig geheel vrij van verlangens, slechts een paar zuivere geheimen – ze had eens een aardappel uit een pan op het vuur gehaald omdat er een levende spruit uitstak; en was, op weg naar een verplichte afspraak, naar huis teruggekeerd om een versregel van Meredith op te zoeken. Ze dacht liever niet al te veel dingen waar haar echtgenoot geen vermoeden van had, uit angst hem te zullen verachten. Haar leven bestond grotendeels uit luisteren: ze luisterde ingespannen – en aangezien mensen gewend zijn maar half te worden verstaan, vonden ze haar aandacht hinderlijk en voelden ze zich tekortschieten in wat ze zeiden. Daardoor had ze een stillend effect op de mensen om haar heen, en stelpte ze zachtzinnig de ondoordachte woordenstroom in de wereld. Hoewel ze zelden een mening uitte, waren haar opvattingen bekend, op een andere wijze dan geldt voor mensen die voortdurend oordelen en niets in reserve houden.

De gebogen nekken van de meisjes waren onduldbaar ontbloot toen ze hun custard aten: je kon de guillotine bijna voelen. Met haar rechte rug kon mevrouw Thrale nooit op die wijze worden geveld, althans nu niet. De jongeman en de meisjes maakten onderling opmerkingen over het uitblijvende mooie weer – 'de hopeloze zomer', alsof alle hoop was opgegeven. Ze waren als reizigers die zich in een vreemde taal behielpen met infinitieven. In alles school de dreiging en de belofte van een betekenis. Later zouden er steeds meer herinneringen komen, steeds minder heuglijk. Er zou later een schok voor nodig zijn om de geestelijke ruimte te creëren voor net zo'n tafereel.

De ervaring vormde een wal rond de kamer, een hoge golf die elk moment kon omslaan.

Terwijl de meisjes de tafel afruimden, nam de professor de

jongeman mee naar het raam en zei: 'Ik zal het je laten zien.' Door een veeg van zijn droge, besliste hand over de vochtige ruit werd de wazigheid alleen maar groter, en knorrig keerde hij zich af: 'Nee, nu kun je het niet zien.' Zonder te zeggen welke nieuwe les er op dit schoolbord had moeten verschijnen.

Ted Tice wist dat het de weg was die hij had gelopen.

3

Het jaar daarvoor had Christian Thrale, die toen in de twintig was, onverwachts een avond vrij gehad van zijn weekenddienst op een departement. Achteraf gezien was het ook een avond gebleken dat hij vrij was van zichzelf. Hij ging niet vaak alleen naar een concert of iets anders van culturele aard. In je eentje was je overgeleverd aan je eigen reacties. In gezelschap bleef je de situatie daarentegen meester, slaakte je veelzeggende zuchten en stelde je hypothetische eisen. Je kon ook onderweg naar huis je mening geven, die zelden onverdeeld gunstig was.

Als het om ontspanning ging stond hij wantrouwig tegenover alles wat hem opvrolijkte.

Het concert van die specifieke avond was bovendien al te gemakkelijk toegankelijk. Maar in het voorbijgaan op straat zag hij in de zachte regen affiches en hij kocht een kaartje voor een plaats aan het gangpad.

Hij was nog niet gaan zitten, of hij moest weer opstaan om twee vrouwen voorbij te laten. Hij pakte de opgevouwen regenjas, de hoed en de vochtige paraplu die hij op de lege stoel naast hem had gelegd; en nu ging de jongste vrouw, die de oudste voorliet, daar zitten. Hij had meteen haar grote ogen in haar mooie gezicht gezien, toen ze opkeek en zei: Pardon. Maar tijdens het moeizame uittrekken van jassen en afstropen van stugge handschoenen verloor hij zijn belangstelling.

Het was de andere vrouw die hem vervolgens opviel.

De oudste vrouw was klein en donker en droeg een roodvilten diadeem in haar haar, afgezet met een marineblauw lint.

Om haar schouders hing in een wijde lus een stola van spitse vossenbontjes – de bek van het ene was als een haak met naald-spitse tanden bevestigd aan de klauw van het andere. Op haar schoot hield ze een platgedrukte handtas, die ze met ritselend papier afdroogde. Dat ze op een of andere manier familie was van het meisje, hoewel ze niet de leeftijd had om haar moeder te zijn, bleek duidelijk uit hun manier van doen.

Het was lastig om zelfs maar in vermoedens, zelfs maar in zijn gedachten, de relatie tussen meisje en vrouw te schetsen. Totdat, net toen de musici het podium op kwamen en nog meer publiek zich langs de rijen wurmde, hem het zinnetje inviel: ze is in haar macht.

De oudste van de twee was overgehaald voor een uitje, in de vertwijfeling van een zondag waar geen einde aan kwam. Dat ze niets van de muziek verwachtte was te merken aan haar heen-en-weergedraai, waarbij ze met haar eigen wanklanken de toon zette. 'Wat takelen mensen zich toch toe, kijk die eens aan. Nou vraag ik je.' 'Ze hadden het interieur intussen weleens kunnen opknappen. Zeg nou zelf. Ze proberen de oorlog voor eeuwig als excuus te gebruiken.' Het meisje bleef stilzitten, een ontwijkende houding die niet werd getolereerd.

'Jij bent ook vrolijk, moet ik zeggen. Eerst zeg je dat ik som-ber ben, en dan heb je zelf geen stom woord te zeggen.'

Nu hij wist dat hun band op angst berustte, vroeg hij zich nog steeds af of ze misschien nichten waren, of tante en nicht. Toen de kleine vrouw zich naar hem omdraaide, deed de bre-de, hoge welving van de blozende wangen hem aan die van het meisje denken.

'Het is hier stikbenauwd.' Ze wapperde met de bontjes op haar borst en de getande vossensnuit klapte op en neer. 'Zo raak je nog met iets besmet. Help me herinneren dat ik moet gorgelen als we thuiskomen.'

De lampen doofden. Gedurende het hele eerste stuk was Christian zich bewust van de vrouw die daar zat te sudderen, een zacht gezet vuurtje. Het meisje tussen hen in zat stil, met de handen losjes ineengeslagen, de slanke knieën naast elkaar onder een donkere rok. In de pauze stond de kleine vrouw op, mompelde iets tegen het meisje en ging naar het toilet.

Ze was nog niet op het gangpad, of Christian sprak het meisje aan. Hij had zoiets nog nooit van zijn leven gedaan, maar hij wist dat er geen tijd te verliezen was. Vlug maakten ze zich er met een praatje over Sibelius vanaf, en tegen de tijd dat de chaperonne terugkwam, had Christian een telefoonnummer opgeschreven en zaterdag voorgesteld. Dit alles had hij heel bijzonder moeten vinden, maar leek hem onvermijdelijk en volkomen juist.

Hij kwam overeind en Grace zei: 'Dora, dit is meneer Thrale.' In een flits zag hij op Dora's gezicht het besef dat ze haar te vlug af waren geweest, en de drang om alles te vergallen. Dora zag een rossig blonde man, vrij lang, die gemakkelijk een bedreiging kon vormen. Christian had vernomen dat ze halfzussen waren en uit Australië kwamen. Na afloop van het concert zette hij hen in een taxi.

Hij zei die hele week niet tegen zichzelf: Ik moet wel verdwaasd zijn geweest, al was verdwaasd wel een woord van hem. Hij wist dat er iets buitengewoons in gang was gezet. Maar hij vroeg zich af of dat bestand zou zijn tegen hernieuwde kennismaking met Grace, wier charmes in een omgeving van gemeubileerd gehuurde kamers best eens konden verbleken. Dan wachtte het proces van ontnuchtering. De eerlijkheid gebiedt te zeggen dat Christian Thrale daar eerder bang voor was dan dat hij erop hoopte.

's Zaterdags nam hij een taxi naar Notting Hill om de sluier op te lichten. De trap was onlangs wit geschilderd en was bekleed met een dieprode loper. Er stond een glazen vaas met gele bloemen op de overloop.

Het was niet bij hem opgekomen zelf iets mee te nemen.

Op weg naar boven schaamde hij zich voor zijn gevoel van

avontuur, dat tekenend was voor de beperkte omvang van zijn avonturen. Na zijn onbezonnen begin zou hij hen verbazen als hij bezadigd en behoedzaam bleek. In een vergulde spiegel bij de deur stond hij verrast van zichzelf, nog jong.

De schoonheid van Grace rechtvaardigde alles. Hij had erop gerekend, en hij werd niet teleurgesteld. Ze was kalm, net als eerst, en glimlachte. Daar waren de gouden bloemen weer, op een tafel. Christian ging op een kennelijk bij de meubilering horende canapé zitten. Nee, geen enkele moeite om het adres te vinden, en hij kende de buurt overigens heel goed, want vroeger had hij een tandarts hier vlakbij. Een waterketel die in een kitchenette floot werd snel gesmoord door, vermoedde hij, Dora.

Caro kwam binnen met het theeblad. Mijn zusje. Er werd ruimte gemaakt voor kopjes en bordjes. Christian ging weer zitten, met Caro tegenover hem en Grace gebukt tussen hen in: Is dit te sterk, deze komt van Fortnum. Met een zilveren lemmet legde ze een vierkante plak cake om. Een groefje van concentratie tussen haar ogen was net zo snoezig als het gerimpelde kopje van een jong poesje. Christian, op de bank, was een man op een rivieroever, die niet zozeer naar de overkant staarde als wel lette op een stroom waar hij in moest springen. Hij zag Grace glinsterend en rimpelend over middagstenen stromen. Zij voert mij naar vredig water.

De wateren van Caro, tegenover hem, hadden diepe gronden.

Helaas moest Dora in Wigmore Street haar nieuwe bril ophalen. Godzijdank. Het was duidelijk dat Dora de afspraken van de meisjes benutte, en alleen uit noodzaak maar nooit uit tact afwezig zou zijn. Net zoals in de concertzaal moesten ze overduidelijk profiteren van de tijd dat Dora weg was, moesten ze zover zien te komen dat zij niets meer kon terugdraaien. Opgelucht door Dora's afwezigheid maakte Christian het zich gemakkelijk, nam nog een kopje en was blij. Door een raam kwam er in de gemeubileerde muffe kamer frisse lucht binnen, en de geur van badzout of parfum.

34

Caro's hoofd en schouders waren opmerkelijk in het tegenlicht. Hij maakte haar een paar keer aan het lachen. Maar wanneer hij zich vooroverboog voor een koekje, voelde hij haar blik op hem, alsof. Alsof ze bijvoorbeeld weet had van dat avontuurlijke gevoel op de trap.

Hij vond deze vrouwen bijzonder zelfverzekerd voor hun situatie. Ze leken amper te beseffen Australiërs te zijn in een gemeubileerd flatje. Hij had graag gehad dat ze geïmponeerder waren geweest door zijn komst, en merkte dat hij juist zelf probeerde te voldoen aan de normen die hij bij hen veronderstelde, en hoopte dat ze geen idee hadden van de gedane moeite. Zijn gevatheid kwam weer boven, als een verwaarloosd talent waar in geval van nood een beroep op wordt gedaan: alsof hij met angst en beven een podium beklom en zijn keel schraapte voor het zingen.

Zelfs de kamer leek niet van hem onder de indruk – niet door wanordelijkheid of zoiets, maar door pure vanzelfsprekendheid. Een kamer waar verwachtingen waren gekoesterd zou daarvan hebben getuigd – door de spanning van opgeschudde kussens en welgeplaatste tijdschriften, de afwezigheid van uit het zicht geruimde onbetamelijke voorwerpen; door opwinding die geleidelijk wegtrekt in de gordijnen. Deze kamer was geheel vrij van zulke zorgen. In de meubelstof was de vleug van alledag met rust gelaten. Er was hem hier geen eer bewezen met voorbereidingen, afgezien misschien van de bloemen, die vers waren en die van hem hadden kunnen zijn als hij eraan had gedacht.

Het was een kamer met een hoog plafond, die volgens Grace zijn beste tijd had gehad.

Christian zei: 'Ik kan me geen betere tijd voorstellen dan deze.'

Een paar voorwerpen, en de boeken, duidelijk van henzelf. Er hing een kromgetrokken portret van een op hout geschilderd vrouwenhoofd.

'Dat heeft Caro uit Sevilla meegenomen.'

'Het is een engel.'

Caro was drie maanden in Spanje geweest voor de taal. Daartoe was ze als kinderjuf met een Engelse familie meegegaan, die haar later had meegenomen naar Frankrijk en Italië. Caro werkte nu in een boekhandel – als bediende, zei ze – terwijl ze voor een ambtenarenexamen studeerde.

Het was nog slechter gesteld met Grace, die op de klachtenafdeling van Harrods zat.

Zulke bezigheden konden in niets anders uitmonden dan een huwelijk. Hij wist alles van Caro's examen af en ze zou het nooit halen. Het stond pas sinds kort open voor vrouwen, en hij had nog nooit gehoord dat een vrouw het had gehaald. 'Het is zwaar,' zei hij. Het leidde niet eens tot goede vooruitzichten, je kwam op het laagste niveau binnen, het was een manier om mensen met talenkennis te krijgen zonder loopbaangarantie te geven.

'Uitbuiting, als je wilt,' besloot hij.

Caro zei: 'Dat wil ik niet', en ze pakte een wafeltje. 'Peek Freans,' las ze op, voordat ze de fabrieksnaam doormidden beet.

'Ik zal me ertoe beperken te zeggen,' begon hij weer, en hij stokte. Hij wist niet waar hij dit soort uitdrukkingen vandaan haalde, ik beperk me tot, ik zie af van, ik onthoud me van commentaar op – alsof hij zichzelf onder huisarrest had geplaatst. Misschien had hij ze van zijn vader. Hij vroeg met wie ze had gesproken, waar ze zich moest melden. En knikte bij de ambtenaren en bureaus uit haar antwoord met de herkenning van een ingewijde – zoals een Griek wijs zal knikken bij vermelding van Hesiodus of Pindarus, ook al heeft hij nog nooit een regel van hen gelezen.

Grace verkeerde in een nog heikeler situatie, van afwachting. Wat kon ze in vredesnaam leren op de afdeling Klachten?

'Ik heb geleerd,' zei Grace Bell, 'dat woede niet wordt weggenomen door een zachtzinnig antwoord.' De meisjes schoten samen in de lach, met hun lichamen licht naar elkaar toe gebogen, zelfs over de theetafel heen.

Caro vertelde: 'Londen is onze prestatie. Voorlopig onze loopbaan.' Alsof ze door zijn voorhoofd kon zien als door glas. 'Dat we hier zijn aangekomen is een verworvenheid, hier blijven wordt een dagelijkse bezigheid.'

Als een dier waarvan het hol is ontdekt, zocht hij ergens anders dekking. 'Heel verstandig om niet al te ver vooruit plannen te maken.'

Naderhand zouden ze over hem praten en Caro zou arbitreren. Hij wist niet of Grace zich bij het oordeel zou neerleggen. Caro zou hem als een koekje doormidden bijten. Hij vroeg zich af hoe Caro Dora het hoofd bood, en een moment lang zou hij hen weleens samen willen zien. Wanneer Caro opstond, wanneer ze kokend water haalde of een raam dichtdeed, bewoog ze zich ernstig, alsof het bestaan geen trivialiteit was.

Toen deze meisjes klein waren, waren hun ouders op een gekapseisde veerboot verdronken. Christian zou dit de rest van zijn leven 'een bootongeluk' noemen.

'Zijn jullie dan van plan' – om te bewijzen dat hij niets met hun toekomst te maken had – 'te proberen hier te leven, en later terug te gaan naar – wat was het – Sydney?'

Caro moest lachen. 'Zo gaat het niet in het leven.' Alsof zij dat wist, en hij niet.

Het schaaltje waarop koekjes hadden gelegen was oud, gescherfd, Italiaans, met woorden in rustieke letters op de rand. Caro had het uit Palermo meegebracht. Met de woorden 'Mag ik?' pakte Christian het op en las hardop, terwijl hij de schijf draaide om de woorden te ontcijferen: *Chi d'invidia campa, disperato muore.* Wie in afgunst – klopt dat? – leeft, sterft in wanhoop.' Hij zette het weer op de tafel. De engel was charmant geweest; het schaaltje had een scherper kantje.

Wat was hij evengoed gelukkig. Christian, die vaak bang was in schimmige situaties terecht te komen, in een zwart-witfilm waarin zijn kleuren weleens konden verbleken. Gezien de huidige omstandigheden – de gemeubileerde kamer, de wrede gebeurtenis in Sydney, het bureau in Harrods en het examen dat al haast niet was gehaald – had dat nu overtuigend het geval moeten zijn. Maar zo was het niet, integendeel.

Deze vrouwen hadden Christian iets nieuws te bieden – een heldere, niet met argwaan vermengde waarneming. Wat hen onderscheidde was niet alleen hun schoonheid en hun onderlinge omgang, maar hun schreeuwende behoefte gered te worden, waartoe ze – hij kon het niet anders formuleren – bereid waren offers te brengen.

Christian was gelukkig. Grace had dat voor elkaar gekregen. Zij zal je heel gelukkig maken.

Er werd zoveel goed vertrouwen van hem verlangd dat het ongeveer neerkwam op een overgave, maar hij wilde deze middag niet verpesten. Zijn kansen in het leven leken verweven met de kleuren van de meisjesjurken, de gordijnstroken langs de ramen, een geschilderd engeltje; en zelfs met een theemuts van oranje haakwerk – door veel gebruik vervilt – die boekdelen sprak over de hospita. Daar zaten, naar hem toe gedraaid, de twee rijzige gestalten in het licht. Hij had graag aan Sargent willen denken; maar vreesde iets ontwrichtenders, als Vermeer.

Er waren stiltes waarin hij wist dat hij degene was die gered moest worden, dat Grace gemakkelijk een betere partij kon vinden, en dat Caro als de beste van de klas voor het examen zou slagen. Maar het viel niet mee nuchter te blijven: de eigendunk vlamde als koorts op.

Er was nu iets anders tussen hen drieën in die kamer, iets van een incident of althans een moment. Wat het ook was, de kalmte, de charme, maakte plaats voor de opwinding daarover. Christian wist dat hij aan Grace zijn handen vol zou hebben; zij was al een verandering van koers, zij het als zijn eigen onverwachte keuze. Caro kon hij zich niet permitteren. Hij was als een minister die voor een kapitale beslissing staat. Op het randje van de canapé wees hij alle mogelijkheden met Caro van de hand. Dat betekende een bevrijding, en een stroom verzoenende gevoelens die naar Grace uitging.

Nu Caro onbereikbaar voor hem was gebleken, stond ze hem bijna tegen.

Grace vertelde net over een klant die een dood kanariepietje in een doos had teruggestuurd, om het vergoed te krijgen. Christian moest snel duidelijkheid scheppen. Een derde treffen hield een zekere toezegging in, voor een aaneenschakeling van nieuwe situaties.

'En kreeg het opgezet terug, van Taxidermie, met een rekening van vijf guinea's!'

Christian zat hardop te lachen van opluchting. Hij hoorde dat gelach van hem, dat bewees waartoe hij in staat was als hij de kans kreeg. In zijn lachen was het alsof hij Grace al in zijn armen nam.

Ze ging mee naar beneden om hem uit te laten. Dora, al in de straat te zien, vervulde haar vaste rol en maakte haast geboden. Hij vroeg Grace de komende week mee uit eten te gaan, en ze sprak af voor de woensdag. Ze herhaalden de tijd en plaats als een gelofte, voorgoed veilig voor de spitse hakken van Dora op het pad.

Christian wilde Dora veel liever niet spreken, maar wachtte tot hij haar kon begroeten en hoopte op een wit voetje bij Grace. Dora's kapsel zat gevangen onder voile, als stro onder ijzerdraad. Ze liet haar sleutel vallen en stootte met haar hoofd tegen dat van Christian toen ze beiden ernaar bukten. Dat was weer aanleiding tot onoprechte salvo's overdreven verontschuldigingen. Christian kende dit type. Ze was zo iemand die zich bij je in hetzelfde kwadrant van een draaideur wringt onder het voorwendsel minder last te veroorzaken.

Tegen de tijd dat hij thuiskwam, was hij Caro vergeten. Pas jaren later zou hij weer serieus over haar nadenken, of zou ze

het middelpunt worden van een andere beoordeling op rege-
ringsniveau. Lang voor woensdag begon hij naar Grace te verlangen, en toen die avond aanbrak, gedroeg hij zich tegenover
haar charmanter dan tegenover wie ook in zijn hele leven.

4

'Hebben we hem gemist?'

Ted Tice stond op de landweg uit te zien naar de bus. Caroline Bell keek om zich heen naar bomen langs de weg en weelderige tuinen, die voor Australiërs niet vanzelfsprekend waren. Sporen van het noodweer van vorige maand waren moeilijk te vinden: hoe goed je ook keek, de grond hield vol dat er niets aan de hand was. Tice stond er onelegant bij; zijn persoonlijkheid zat hem die dag te wijd, als kleding waar hij nog in moest groeien. Zijn vraag maakte haar niet wakker.

Ze hadden weinig te zeggen onder de volle bomen. Pas toen de bus aan kwam schommelen en ze instapten, begonnen ze te praten, tegelijk met het opstarten van de ronkende oude motor en het geschud van de metalen flanken en de luide stemmen van andere passagiers. De bus bedrukte hen als een sociale verplichting. Of het was het wegrijden waardoor de tongen loskwamen, een aanmaning toen ze door het dal reden van de slingerende rivier de Test. Caro, die weliswaar naar achteren leunde met haar arm gestrekt om zich schrap te zetten tegen de stoel voor haar, toonde geen enkele behoefte de situatie te beheersen. Ted Tice keek neer langs haar profiel van ooglid en lip, langs haar blauwe schouder en borst en haar blote arm tot aan haar hand die het roestige staal van een rugleuning vasthield. Haar lichaam was scherper omschreven wanneer ze van haar zusje was gescheiden.

Er was al een uur verstreken van deze dag die ze samen zouden doorbrengen. Ted Tice was blij met elke extra kilometer, die tenminste op het laatst, op de terugweg, weer moest worden afgelegd. Elke rode en opvallende boerenhoeve, elke kerk of scherpe bocht naar rechts verzekerde hem van extra tijd naast haar. Hij zei: 'Zit je te denken hoe tam dit allemaal is?' Hij bedoelde de bloemrijke Engelse zomer, maar had ook anders begrepen kunnen worden. Hij had niet echt de moed haar aan te raken, maar maakte een gebaar naar haar hoofd. 'Waar denk je aan?'

Caro had uit het raampje zitten kijken en richtte diezelfde blik, van een algemene, landschappelijke belangstelling, op hem. Deze man betekende niets anders voor haar dan een onvolwassen roodblonde verschijning in een kabeltrui. De streekbus hotste over de schokkerige weg. Het meisje dacht dat je in een roman zou lezen dat hij en zij tegen elkaar werden gedrukt; en dat dit onmogelijk was. We kunnen alleen tegen elkaar worden geslingerd als we dat willen. Zoals bij verkrachting, zeggen mannen.

'Ik bedacht net dat de zomer eerder wild dan tam is.' Het was haar tweede zomer van het noordelijke type, een weelderigheid die overweldigend was – net als de wetenschap dat die weelde eindeloos onttakeld en weer opgetuigd kon worden: de stemming van de natuur – verstild, buitensporig, absoluut. 'De Australische zomer is verschroeiend, zonder één blad te veel. Daar schuilt de kracht in afwezigheid, in schaarste en afstand.' Terugdenkend aan streken van tijdloze troosteloosheid vroeg ze zich af of dit nu een definitie van zwakte was. 'Voor dit soort kleuren heb je water nodig.' Maar zelfs met water zou er in Australië misschien geen pigment zijn. Het was twijfelachtig of er roze of blauwe schakeringen sluimerend aanwezig waren in de Australische aarde; laat staan dit volle palet groentinten.

Ze keek weer uit het raampje, als een kind er geheel naartoe gedraaid, en bedacht dat zelfs de velden hier bedoeld leken om van te genieten. Wat de aanwas en afname der seizoenen betrof had ze uiteraard van tevoren best geweten dat bomen kaal worden in het bladverliezende Engeland. Maar ze was alsnog niet voorbereid op zoiets extreems als het najaar – in zijn rode destructie eerder iets door de mens gemaakt dan door God.

Ze lieten een abdij drijvend op een bomenzee achter zich en kwamen door een stadje vol draden boven straten en mismoedige winkeltjes.

'Great Expectations,' zei Caro, die het affiche op de bioscoop in de verte kon lezen. De bus stopte en schommelde weer verder. Het regelmatige patroon van voorstadstraten was afgesnoeid voor een autoweg: de nieuwe weg waaierde over een heuvel uit, met huizen die uiteenweken als de gesprongen knopen op een dikke buik. Op een dor grasveldje zonk een gekapseisde carrousel in roest weg; van een opgehangen bord waren de eerste drie letters verdwenen, zodat er alleen nog MIS stond. Langs de weg stond een laag schuurtje, net een achtergelaten bestelbusje. De bus denderde heuvelaf. Bij het geronk kroop een autootje weg in een haag: een in het nauw gedreven dier.

Ted zei: 'Vroeger zat je in Engeland nooit ver van het platteland. Nu zit je altijd vlak bij een stad.' Door Caro begon hij met Australische ogen te kijken.

'Ik zal altijd in een stad blijven wonen.' Caroline Bell zou binnenkort op het departement gaan werken. 'Het proces is nog hangende.'

Hij dacht: ze kent het jargon al – maar ze ging door: 'Hangende, hangende. Alsof je aan een paal wordt opgehangen. Aan een galg op een kruising van wegen.'

Ze glimlachten om dit maanbeschenen beeld van een bungelende Caro: Caro zou het met zwier doen. Alles wat ze ook maar zeiden was voor hem van belang. In plaats van het over stadjes en ambten te hebben had ze ook kunnen vragen: 'Wat zal er van ons worden?' of 'Geloof je in God?' Het meisje voelde de adem en de woorden van een man in haar nek. Een rivier werd op de oever gevolgd door wilgen; een bleek torentje doemde haast onstoffelijk op. De bus hotste en stootte, vastbesloten hen te lanceren. We worden tegen elkaar aan geslingerd.

Waar ze uitstapten, waren smeedijzeren hekken naar achteren geslagen als beschreven bladzijden. Bij deze kalligrafie werd de wacht gehouden door een grijsaard, die een arm miste en lintjes van oude veldslagen op zijn borst had.

'U bent net op tijd.' Op een bordje stonden bezoektijden, alsof het landhuis erachter een patiënt in het ziekenhuis was. De wacht riep hun na: 'Wel voortmaken.' En ze lachten en deden wat hij zei.

Caro had een lied overgenomen van Ted Tice en zong met hoge stem 'zuidwaarts, zuidwaarts', luchtig en niet al te melodieus, terwijl ze beide handen tegen het licht boven haar ogen hield. Heel even waren deze twee mensen niets anders dan waar de buitenwereld hen voor hield: jong, hoopvol en waarschijnlijk toekomstige geliefden.

'Natuurlijk hebben we daar nooit iets van gezien.' Het was het landhuis waar Ted Tice ooit als kind had gewoond, na zijn evacuatie vanwege de luchtaanvallen. 'Het lijkt niet eens hetzelfde huis.' De schitterende kleuren van zijde, fluweel en porselein in het interieur waren zelf misschien wel het prerogatief geweest van heersende klassen.

Caro zei: 'Misschien hebben we de verkeerde bus genomen.' Ze lachten en keken uit de ramen. Het huis was helemaal van natuursteen. Buiten, onder de brede vensterbank, stond een massa heesters; er waren vlinderstruiken, paars en vol bijen, uiteraard rozen, en lathyrus. Het snoeisel van sierhagen werd door tuinlieden opgeveegd – heel Engeland werd getopt en geknot, korter en korter.

'Zegt de Sabijnse maagdenroof u iets?'

De gids wees met een witte stok omhoog. Zelfs haar stem leek zachtjes, typisch Engels, op haar tenen te lopen, maar werd wel verstaan door de gedweeë menigte. Ze zagen het schilderij, immens Italiaans, een werveling van aangerande ledematen;

de in een geschilderde schreeuw wijkende rode lippen. Caro en Ted stonden bij de ramen te lachen. De Sabijnse maagdenroof zei hun niets.

De rondgeleiden schuifelden. De boog van een hangend, gevlochten koord en een bordje vormden een afzetting: BEZOEKERS WORDT VRIENDELIJK VERZOCHT. Emoties liepen hoog op bij een waterval van geschilderde ornamenten die van immense hoogte neerstortte. Er waren godinnen, er waren fabelachtige guirlandes, urnen en balustrades, en goud in overvloed. In zo'n zaal kreeg je het gevoel dat het huis onderdak bood aan nog een andere, al te weelderige natie; en nauwelijks aan verraad ontkwam.

'Deze muren waren in de oorlog afgedekt met planken. En zijn van Rubens.' De menigte concentreerde zich, zag nu niet zozeer de schilderingen als wel de interessante en ingenieuze planken waar ze eens achter schuil waren gegaan. 'Met name het slagveld op de westelijke muur is opmerkelijk, als u bedenkt dat de plannen voor het Tweede Front in deze zaal zijn gesmeed.' Ja, dat klopte: hier hadden bevelhebbers in oorlogsuniform gezeten en hier had ook de kaart van Frankrijk gehangen, met eronder het afgedekte doek met wapperende gewaden en glinsterend vlees; en Mars had Venus inderdaad eronder gekregen. Een kale generaal had het putten geoefend op het vilttapijt terwijl een premier, die voor niemand onder wilde doen, zelf een schilderij had gemaakt.

De menigte had dat niet beseft. De mensen dachten dat het huis zijn serieuze levensfase allang achter zich had. En wilden weten waar de tafel had gestaan en hoe het zat met Montgomery.

'Ja, hier waren ze.' De muisgrijze gids had haar stok op een tafel gelegd en wees met haar handen, als een kunstenaar.

'Alle architecten van de invasie.' Alsof oorlog ook een soort statig bouwwerk was. Ze had haar bril afgezet en was, met aan weerskanten van haar neus een kleine rode afdruk, een vogel met subtiele tekening. Het deed haar plezier dat haar gewichtige informatie werd gewaardeerd – de putts van de generaal, de opgestelde ezel van de staatsman. En ze was ook blij voor de familie met haar schitterende bezit.

De rondleiding verplaatste zich naar de volgende boog van het koord. Een bordje vroeg opnieuw, of verzocht vriendelijk, wat ze moesten doen of laten; en verklaarde vervolgens dat de muur van de bibliotheek vol boeken stond, tot nog geen drie meter van het plafond (waarop de legende was afgebeeld – in pastel, concaaf en niet bepaald decent – van Deianira en Hercules). Het tapijt ver daaronder toonde figuren in fletse kleuren, als weerspiegelingen. Op gepolitoerde tafels stonden schuin ten opzichte van elkaar geplaatste foto's, in zilveren lijstjes en gesigneerd. Keer op keer zag je een gekruld monogram voor een naam.

'Koningin Alexandra, prinses Pat.' De menigte herkende hen, op dit gebied bepaald deskundig. De mensen dwaalden tussen chiffonnières en dressoirs, en niemand had het hart te misgunnen. De doden en terechtgestelden, de Russische en Pruisische prinsen wekten geen medelijden of angst: het hoorde allemaal bij hun geprivilegieerde lot, samen met alle luister, de tiara's, de sterren en de ordetekens en parelsnoeren in lange lussen.

Een man in een visgraatjasje zei: 'Dat is die ene met bloederziekte.' Hoofden draaiden abrupt, en knikten meteen om de aandoening van de kleine ten dode opgeschreven tsarevitsj.

'Let op de ongebruikelijke groepering van de generaties. En de hertog van Kent kort voordat hij door Cecil Beaton werd gedood.' Waardering bleef niet achterwege. Een vrouw in een paisley-japon werd verzocht, redelijk genoeg, niets aan te raken.

'Het is echt precies hetzelfde huis,' zei Ted Tice. Waar een bordje hing, DEZE KANT UIT, gingen ze samen de trap af.

Vanbuiten leek het huis voor de beschouwer een beeldhouwwerk. Het aantal ribben, balken, architraven of moeizame constructiestadia was onvoorstelbaar. Wilde wingerd reikte tot aan de bladderende raamkozijnen van de zaal waar generaals de dood hadden uitgestippeld; en een reusachtige blauweregen wurgde pilaren in een stille zuilengang. Als voor een nieuwe levensfase maakte het huis zich op om te vergaan.

Ted Tice ging met Caro op het gazon zitten. Het meisje sloeg haar armen om haar knieën en zei: 'De makers van zo'n huis zouden zelf mooi moeten zijn.'

'Waarschijnlijk waren ze qua schoonheid tot niet meer in staat dan dit huis.' De roodharige man lag op zijn rug op de grond, met zijn armen onder zijn hoofd en declameerde met zijn streekaccent:

'Dat mannen,
Zelf wreed en bitter, in stenen schiepen
De zoetheid waar allen naar smachtten.'

Caro's jurk vormde een blauwe knieschijf. 'Denk je dat er ergens ook maar iemand nu bezig is te smachten, of het bewijs ervan te scheppen?'

'In dat geval kunnen ze het beter geheimhouden, anders halen ze zich veel ellende op de hals.' Intussen zou smachten alleen al een brevet van onvermogen zijn. Ted zei: 'Schoonheid is het verboden woord van onze tijd, zoals seks dat was in de victoriaanse tijd. Maar dan zonder dat vermogen zich opnieuw te doen gelden.' Hij leek wel een echo van Sefton Thrale: Jullie zijn degenen die de klappen zullen krijgen.

Ted Tice zat met Caro op het gazon. Onder mensen die zichzelf niet als gespreksonderwerp beschouwen kan gemakkelijk een stilte vallen. En hoe dan ook wemelde het van de ruwe geluiden en groene geuren van het snoeien en knippen. Engeland werd voor zijn eigen bestwil tot op de wortels teruggesnoeid; zo kweek je karakter. De tuinlieden in grijs overhemd waren in de weer om de groei te remmen, of te beheersen. Het groen viel in vele vormen en werd in manden afgevoerd.

'Ze knippen de hele kleur weg.' Caroline Bell boog zich voorover en zag glimlachend toe hoe haar oude overtuiging werd bevestigd. 'Het groen dat we alleen uit onze boeken kenden.'

5

'De winter ging grijs, als vermoeiende gast;
Nu komt daarentegen
September, met wind uit het westen belast,
En de lente vol zegen.'

Je kon dit misschien opzeggen in een les welsprekendheid,
maar niet direct bij Engelse dichtkunst. Het was alsof de dichter met opzet de verliezende, de Australische kant had gekozen.
Hij had de koe bij de horens gevat. Maar gevatte horens zijn en
blijven horens, en het vatten daarvan is een onnatuurlijke handeling. Wel natuurlijk waren heggen, haagdoorn, leeuweriken,
de vink op de boomgaardtak. Je had ze nog nooit gezien, maar
geloofde er met rotsvast vertrouwen in. Zoals je ook geloofde
in de klamme, bladverliezende en echte jaargetijden uit de Engelse literatuur en in gazons van smaragdgroen velours, of in
bloemen die in Australië alleen te kweken waren na afloop van
de droogte en met veel mest. De literatuur had die dingen niet
eenvoudigweg tot waarheid verheven. Ze had Australië ook
voorgesteld als in constante, flagrante strijd met de werkelijkheid. Kleine meisjes zongen melodieus:

'Kom zuidwaarts naar Kew in seringentijd (het is niet ver
van Londen!)'

Waarmee ze zich een reis van vijftienduizend kilometer op de
hals halen. Als strafwerk mocht je na schooltijd honderd keer
opschrijven:

Zelfrespect, zelfkennis, zelfbeheersing:
Alleen die drie brengen soevereiniteit in het leven.

De kleine meisjes likten aan blikken pennetjes en speelden met vlechtjes, terwijl ze zich voorbereidden op soevereiniteit.

Geschiedenis was de opengevouwen kleurenprent van de kroning die op de muur van het klaslokaal was geprikt – het tafereel in de Westminster Abbey, met de namen eronder afgedrukt. De hertog van Connaught, de graaf van Athlone, de tengere koning zelf in hermelijn. Dora kocht een kroningsbeker bij Woolworth: Lang zullen ze regeren. Dat was geschiedenis, in het verlengde van de Zwarte Prins en de Rozenoorlogen. Grace en Caro mochten op een zomeravond opblijven om de troonsafstand krakend over de korte golf te horen. Iets wat je nooit meer vergeet.

Australische geschiedenis, met slechts één les per week, paste met gemak in een dun boekje, net zo grijs als de beschreven taferelen. De geschiedenis van Australië, bij de kortstondig maagdelijke geboorte bijgestaan door kapitein Cook (goudgalon, witte pruik en in de illustraties rug aan rug met sir Joseph Banks), eindigde algauw in een fiasco. Verzoop in de duistere stank van naamloze gevangenen die zich kennelijk alleen bezighielden met het bouwen van de stenen gevangenissen, voor hun eigen eenzame opsluiting, de nu leegstaande monumenten waar kleine meisjes op een zondagsuitje een rondleiding kunnen krijgen: dit zijn de cellen voor eenzame opsluiting, hier zaten ze. Australische geschiedenis draaide uit op de expedities van ten dode opgeschreven ontdekkingsreizigers, tochten zonder onthullingen of ontmoetingen, doorstaan door graatmagere mannen van wie het portret al bij voorbaat werd versomberd door een uitgeteerde, ongelukkige uitdrukking – fel schitterende ogen in kassen waar al geen vlees meer aan zat.

Dat was de verdorde kroniek – schraal, schandelijk, ongeïnspireerd; vlug overgeslagen door leraren die popelden om terug te keren naar de dienst in de Abbey. De last van een morsig continent was te zwaar om te dragen, voor welk kind dan ook. De geschiedenis schreed voort, schitterend, spiritueel, zonder een neerwaartse blik op Australië. Grootser dan de natuur, onvermijdelijk als de taal van het ochtendgebed: Hemelse Vader, die vrede schept en eendracht liefheeft, in Uw aangezicht ligt ons eeuwige leven, door U te dienen worden wij bevrijd.

Gevoelens van een diepgang waar alleen een zeer hypocriete, stoutmoedige of stervende Australiër naar zou kunnen streven.

Op het echte, het noordelijke, halfrond, voorbij de evenaar die niets verevende, draaide zelfs badwater in tegengestelde richting weg. Misschien zelfs de platen die op de grammofoon rondgingen. Australiërs konden slechts voorwenden bij dat alles te horen, en hopen dat niemand zag hoe het echt zat.

Nu en dan, of continu, heerste dat gevoel dat er elk moment iets subliems en voor de hand liggends kon worden verkondigd. Zoals op de dag dat de jongens op het kruispunt de landloper pestten en er een man uit het niets verscheen en zei: ''t Is wel een mens.'

Als gloedvol december het bos zal betreden...

Ze woonden in een huis met een torentje en uitzicht op de Heads. Ze hadden geborduurde stoelen, kristallen kommen die weerklonken als er een nagel tegen tikte, en een stukje eikenhout van Nelsons vlaggenschip in een fluwelen doosje. Op school was Caro tot de Spaanse Armada en het droeve hart van Ruth gekomen, toen de veerboot genaamd de Benbow in de haven van Sydney omsloeg en jammerlijk verging. Grace zat op een blauwe stoel op de kleuterschool en had juf McLeod nog, die na de Grote Oorlog was gekomen en met Kerstmis met pensioen zou gaan.

Juf McLeod speelde bij het ochtendgebed op het schoolorgel.

'Zacht klonk de avondzang', 'Alle heiligen' en met de feestdagen 'In het stedeke van Nazareth'. Iedereen was anglicaans of iets overeenkomstigs, behalve Myfanwy Burns en het meisje Cohen. Godsdienst was het kindeke in de kribbe, de jongen met de katapult, de veelkleurige mantel.

Caro en Grace wisten dat hun iets verschrikkelijks was overkomen. Ze merkten het aan de nieuwe, vleiende aandacht die niets te maken had met blijvend, ongelooflijk verlies. Het duurde lang voordat ze de hoop op een wonderbare wederkeer opgaven, en konden 's ochtends als ze wakker werden niet geloven in de weersomstandigheden van de dood. Passend of troostrijk weer zou uiteraard moeilijk te krijgen zijn, maar deze hitte had zelfs niets neutraals.

Diep onder de golven ligt jullie vader. Mevrouw Horniman in het huis met het Engelse gazon zei dat ze tot alles bereid was. En op kerstdag vergingen ze haast van de hitte naast de kunstboom van de Hornimans, terwijl er in Clontarf een bosbrand uitbrak. Grace vond een muntje in de plumpudding, maar de middag werd een drama. De kinderen mochten niet zwemmen vanwege de kalkoen, en Athol Horniman raakte Caro met een cricketbal.

Een paar dagen later zei Dora tegen hen: 'Het is 1939.'

Dora kwam hun allebei vreemd voor. Ze herkenden haar amper van vroeger, toen ze deel had uitgemaakt van een gezin van vijf. De huidige Dora leek geen rol te hebben gespeeld in het leven vóór de Benbow. Er was maar één ding – een herinnering, nog niet als zodanig omschreven, aan Dora die achter een gesloten deur krijste en vader die zei: 'Kijk eens wat een dochter.'

Het was lastig te bedenken waar Dora kon zijn geweest op bijvoorbeeld de ochtenden in het luisterrijke verleden, toen Grace en Caro met de auto mee de stad in werden genomen voor nieuwe schoolkleren. Zij, de moeder en de twee meisjes, werden door vader afgezet in het gewichtige waas waar metaalachtige stadsgeuren meestroomden met de auto's, traag tussen krappe rijen gebouwen. In een tram, een toastrekje van flets geel, schommelden ze op houten banken, glanzend gewreven door het menselijk verkeer. Er waren kantoormeisjes met opgerold haar en een plat hoedje van vilt of stro; maar er was vast en zeker geen Dora. De mannen zaten met hun dikke vest losgeknoopt vanwege de hitte in de open compartimenten aan de voor- en achterkant van de tram, waar ze sigarettenpeuken op de vloerplanken gooiden en naar buiten bogen voor een fluim. Bij regen werd voor hen een linnen doek over een stok uitgerold. In het compartiment binnen stond Grace tussen de knieen van haar moeder en zwaaide Caro heen en weer tegen een keur aan staande bovenbenen. Een volwassene en twee halve, net als de kaartjes; en geen Dora.

Dora's eigen moeder was bij de geboorte overleden, zoals veel gebeurt in verhalen. Dora was eenentwintig, maar had de kweekschool opgegeven.

Waar ze uit de tram stapten waren prachtige etalages vol kleurige handschoenen en tassen en schoenen van zijde, en als regenbogen verlichte winkelarcades. De vrouwen die door Pitt Street of Castlereach liepen hadden een koeler gelaat en droegen een hoedje met viooltjes of rozenknopjes, en een kleine voile. Niettemin werden er brouwerswagens vol biervaten pal voor de beste winkels langs voortgetrokken door paren of spannen Clydesdales: kastanjebruine halzen met ingespannen spieren in een gareel van bezweet leer, grote hoeven onder een franje van streperig paardenhaar. En de voerman zonder kraag, met het gerafelde vest open, zonder jas, met zijn leren gezicht en een snor als een vlekkerige borstel van paardenhaar. Paardenmest op de grond en de gekneusde geur van gevallen kool vertrapt door pony's met oogkleppen die voor groentekarren waren gespannen. Langs de stoep handkarren vol jaffa's en navels, of Tasmaanse appelen. Dat alles, losbandig en landelijk, op het modieuze kruispunt van Market Street en Castlereagh Street.

Op diezelfde hoek kwamen ze de spoken tegen waar Caro en Grace bang voor waren; en waar iedereen die daar voorbijkwam bang voor was, getuige het kijken en wegkijken. Een angstaanjagend soort schimmen had zich door de hele stad verspreid en kon in elk winkelcentrum in de voorsteden worden verwacht. Met absolute, wrede zekerheid stonden ze je op te wachten op dit speciale en welvarende punt, dat daarom helemaal geen straat leek maar een valkuil of een strijdperk.

Sommigen stonden, ook degenen met maar één been. De geheel beenlozen zaten op de grond, tegen de etalages. De blinden hadden een bordje met die informatie om hun nek – mogelijk met de toevoeging SUVLA of GALLIPOLI. Zo ook kon er naast de opgespelde medailles op het kartonnetje met VERGAST nadere informatie staan, zoals IEPER of ARRAS. Of er kon eenvoudigweg MESOPOTAMIË op het bordje staan, zoals je zou kunnen schrijven: HEL.

Ze stelden zich los van elkaar op, eventueel met een hond of een kind erbij, of een uitgeteerde vrouw die zwijgend een pet ophield. Maar meestal elk alleen. Wie of wat ze in hun eentje waren geweest, lag echter verzonken in de diep uitgegraven eenvormigheid van hun ogen. Er kon hun niets meer worden aangedaan, maar hun ergste, onovertrefbare ellende zou in alle eeuwigheid behouden blijven. Zelfs over de ogen van de blinden, gesloten na God mocht weten welke laatste aanblik, lag iets verstilds.

Wat een muziek maakte het, wat zong het, dat spookachtige orkest in slobberend en glimmend serge, met slap besnaarde violen en amechtige harmonica's en het roestige mondorgel dat in de enige en ongeoefende hand werd gehouden; de valse stemmen waarin niets dan hoge nood klonk. Hoe wreed belaagden ze, omwille van een paar crisismuntjes, een weigerachtig publiek met hun martelende liederen – 'De roos van niemandsland' en 'De rozen van Picardië' en 'De roos van Tralee' en 'O god, ik wil niet dood, ik wil naar huis'. De rozenoorlog, de oorlog van de rozen, en maar glimlachen, en maar glimlachen.

Anje, panje, franje,
Breng me naar Brittanje

Zelfs kinderen – kinderen die nog geen ervaring hadden met moraliteit en die speelmakkertjes wreed konden pesten – werden uit medelijden op slag volwassen: de Grote Oorlog was hun diep ingeprent, nog vóór ze zich konden heugen, zoals kleine kinderen het ijzingwekkende uit dromen kennen. Niets zou ze werkelijk hebben verbaasd, ook niet als er uitdrukkelijk was verteld over de uiteengereten paarden, de uiteengereten mannen, de in hun ontbinding gemaakte gebaren van de doden, de loopgraafvoet, de loopgraafmond, de lichtgranaten, de doodsangst. De bullebak van een sergeant-majoor die over drainering loopt te bulderen tegen mannen die op sterven na dood zijn, de bezoekende staatsman die achter de linie loopt te schertsen. Ze wisten alles van Ieper en Ploegsteert en de Linie. Ze waren het allemaal op een bepaalde manier te weten gekomen uit de woordloze informatie op straathoeken en de liedjes over de rozen en 'Inky Pinky Parlez-Vous'. Hadden alles achterhaald in weerwil van de broze bruine grafkransen op zerken, twee minuten stilte en de poelen van herinnering waarin bierflesjes dreven, en de monumenten voor de geliefdste symbolen van de oorlog – de soldaat die, met zijn bronzen geweer in rust, zijn beschaafd gesneuvelde kameraad ondersteunt, de maarschalk die in onbezoedelde triomf op zijn vlekkeloze merrie zit.

Wat duurden ze lang, wat duurden ze eindeloos lang: die vier jaren die oneindig zouden duren.

Op Anzac- of wapenstilstandsdag was de mensenmenigte uiteengeweken zodat Grace en Caroline Bell mannen met ingevallen wangen in rijen konden zien lopen, in hun nette pak, als ze dat hadden, met krijtstreep, met lintjes in kleine parallelle regenbogen op de borst, de klaproos van rood crêpepapier in het knoopsgat, het takje rozemarijn. Caroline en Grace Bell waren door de mensenmenigte heen naar voren gebracht om dit te zien, omdat ze klein waren, omdat het voor hen noodzakelijker was.

Met het doorboren van hun hart kwam een besef binnen. Dat besef rees ontzagwekkend en machteloos op in hun kleine ribbenkast als ze, wegkijkend, een muntje in de opgehouden pet lieten vallen, of de rozemarijn tussen hun vingers kneusden voor de geur.

Het huis waar ze toen met Dora introkken was kleiner, met cameliabomen op het gazon, maar te veel hortensia's. Erachter lag buffelgras met stekelige struiken, en een rotstuin die uit de zandstenen helling was gehakt. Binnen lagen het meeklinkende kristal, de splinter van het ware kruis uit de HMS Victory, nu als museumstukken, relieken uit een ander leven. Aan beide uiteinden van hun eigen kleine horizontale vlak liepen lange straten steil naar zee. Ze hadden ook wel in Rio of Valparaiso kunnen wonen, als ze het hadden geweten. De nachten regen zich aaneen, nachten vol zeeën van stilte, niet eens meer verstoord door de kreten van buideldassen in de klemmen op het Engelse gazon van de Hornimans.

In de spleet tussen twee landtongen kwam de Stille Oceaan aanrollen, een blauw speeltje tussen poten. De geschulpte haven vormde een eigen domein, zo vertrouwd als het eilandenrijkje waar een kind tussen rotsen over regeert: de open zee scheen nauwelijks nog meer te kunnen bieden. En toch voeren er lijnschepen door die spleet van de oceaan om de gelukkigen naar Engeland te brengen. Je ging naar de Quay om hen uit te zwaaien, de Broadhursts of de Fifields. Aan boord werd een lunch geserveerd, die bij Dora niet goed viel omdat er een graatje in haar keel bleef steken. Scheepshoorns weerklonken, kushanden vlogen over en weer, serpentines scheurden, stemmingen sloegen om. En de Strathaird, of de Orion, was in al zijn grootsheid op weg. Je kon op tijd thuis zijn om het schip tussen de Heads door te zien varen, en Caro kon de naam op de steven, voor of achter, lezen. Zelfs Dora was bedrukt als ze getuige was van zo'n onomkeerbare ontsnapping.

Naar Europa gaan was, had iemand geschreven, haast net zo definitief als naar de hemel gaan. Een mystieke overgang naar een ander leven, waar niemand onveranderd van terugkeerde.

Zij die in zulke schepen terugkeerden waren onoverwinnelijk, want ze hadden het overleefd en konden voor altijd over het huis van Anne Hathaway of de Tower van Londen mijmeren met een zelfverzekerdheid die in Sydney niet werd opgebracht. Er was niets mythisch aan Sydney: heuglijke voorwerpen, wezens en gebeurtenissen had je alleen in het buitenland of in het elders van boeken. Anders dan zelfs het nederigste stadje in Europa kon Sydney er nooit zomaar op bogen dat er een dichter was geboren of een belangrijk schilder voor het raam langs was gewandeld. De kans daarop deed zich niet voor, ze hadden niet het gevoel die te verdienen. Zo diep ging de rancuneuze anonimiteit: ze konden zich niet voorstellen dat iemand de stad kon blootleggen of bewieroken.

Je had de haven, en de open zee. Het was een sfeer waarin je aangenaam kon genieten van een zonsondergang, maar niet veel anders. Elk intiemer plezier – in licht of donker, in loof of toegangspoort – riekte naar een openbaring en werd niet getolereerd; zelfs niet in de wisteria of acacia op ochtenden die zonder meer frisser waren dan tegenwoordig, waar ook ter wereld, nog mogelijk was. Er was iets verstilds aan bepaalde avonden, of er was een vorm in de rotsen of een patroon van lome takken tegen de lucht, waar schoonheid uit kon spreken. Hoewel het niet echt gerechtvaardigd zou zijn te genieten terwijl Dora gekwetst was, bogen de meisjes hun gladde gezichtjes naar de gardenia's om december voor de rest van hun leven op te snuiven.

In het binnenland was de Bush, een woord dat zelf al een

verschroeid en vochtloos waas was. Het binnenland was droogte, een dor onbezocht mysterie, een troosteloze horizon uitgestrekt boven een streep slaphangend prikkeldraad. Dora weigerde verder te rijden dan Gosford, en ze hadden geen van allen ooit een Aboriginal gezien. Met Pasen namen de Whittels hen mee naar Bulli Pass, waar de radiateur overkookte en ze met zijn allen in de berm stonden nadat ze stenen tegen de achterwielen hadden gerold. Toen de dikke meneer Whittle uitstapte om te duwen, deed hij denken aan een peuter wiens eerste impuls is om achter de kinderwagen te lopen waarin hij is voortgereden. Bij thuiskomst ging Dora bij uitzondering in een stoel zitten en zei: 'Dat doe ik dus nooit meer.'

Als een uitgestrekt achterland bij hun eigen kuststreek werd Dora een door rampen bezocht gebied, een bron van onverwachte uitbarstingen. Terwijl zij voor al Dora's stemmingen bogen, verwonderden ze zich erover dat haar leven aan dat van hen was onderworpen, zoals ze keer op keer verklaarde. Er was hier sprake van een misverstand. Dora ging gebukt onder ernstige problemen, zoals de meisjes als eersten te weten kwamen. Ze kon hen nog steeds in haar armen nemen – maar heftig, alsof hun nog maar weinig van zulke omhelzingen restte, en zonder soelaas te bieden. Dora's gemoedstoestand kwam over hen als de schemeravond, wanneer ze nog veinsden de vormen en kleuren van de normale dag te onderscheiden. Terwijl ze de emotionele schijn ophielden, leerden ze haar gerust te stellen en in de gaten te houden. Dora's opvliegende reacties op vergissingen moesten gevreesd worden, net als elke prikkeling van haar lichtgeraakte geest. De builen van een valpartij moesten verborgen worden gehouden voor Dora's snerpende consternatie, net als andere valpartijen en builen.

Ze verloren hun moeder voor de tweede keer.

Caro begon te begrijpen wat het inhield om ongelukkig te zijn: begon in te zien dat Dora haar ongelukkig maakte en dat ze aan Dora vastzat. Er zou nu niemand te hulp schieten, daar was het te laat voor. Met het ouder worden stond Caro pas aan het begin, niet het eind, van haar langdurige taak. Voorlopig was Caro nog sterker dan Grace, en nam ze Dora als morele plicht op zich. Dora zelf was de sterkste van allemaal, bij machte te beschuldigen, te oordelen, te kwetsen: met haar soevereine macht. Dora kon met haar vaardige argwaan feilloos tot in je ziel reiken, je slechtste gedachten naar boven halen en voor het oog van iedereen etaleren; maar nooit bracht ze het eenvoudige goede aan het licht. Het was alsof Dora je innerlijke, redelijke, protesterende waarheid kende en je trachtte uit te lokken die te tonen, als verraad. Aan de ene kant had je Dora die uit was op chaos, en aan de andere kant de zusjes die continu trachtten tegen te werken en af te leiden.

De meisjes hoorden vertellen dat Dora hen opvoedde. Toch leek het meer op ten onder gaan en steeds maar weer boven zien te komen. Er ontstond en gedijde in deze kinderen een kiem van instinctieve redelijkheid: de waarschuwing dat elke leugen uiteindelijk moest worden vergolden. Er werd een afkeer van emotie aangekweekt, en daarbij de overtuiging – die Caro levenslang zou bijblijven – dat zij die zichzelf niet als slachtoffer beschouwen de grootste last op zich nemen.

Door hun respect voor nuchterheid begonnen ze, dwars en onwetend, te hunkeren naar een soort kracht die dat evenwicht ook weer zou verstoren en hen naar een hoger plan zou tillen.

Net als andere kinderen bleven ze onderweg van school naar huis staan om sokjes op te trekken of aan korstjes te krabben of over een tuinpad naar een schitterende voordeur te kijken. Grace met een tasje en blonde, schuddende krullen, Caro scheef van een zware schooltas. Op school waren ze allebei pienter, wat werd toegeschreven aan het rijpende effect van het drama – precies zoals slechte prestaties, als ze waren achtergebleven, zouden zijn geweten aan het verlammende trauma. Op de speelplaats zochten ze elkaar op en stonden ze bekend als abnormaal, een paar.

De klaslokalen hadden ruwe vale wanden. De kinderen lazen *De koopman van Venetië* onder de bespikkelde reproductie van *Het huwelijk* van Frederick Leighton en de aquarel van Ormiston Gorge. De klaslokalen waren vensters op de baai. De ranken van morning glory kropen over houten vensterbanken. Het was altijd zomer – en meestal middag, de warmte vol geuren van krijt en gymschoenen en misschien de niet-opgegeten banaan in iemands schooltas. In afwachting van de bel griften de meisjes, vermoeid als kantoorklerken, namen in tafelbladen.

Caro en Grace liepen in de zinderende hitte heuvelopwaarts naar huis. De huizen van baksteen waren symmetrisch in hun rode, gele of paarse fatsoen: lage tuinmuurtjes, brede veranda's, regelmatige bosjes frangipani en hibiscus, banksia en flessenborstel; hier een zomerhuisje, daar een vlaggenmast. Nooit een spoor van wasgoed of zelfs mensen: aanwijzingen daarvan moesten binnen worden gezocht, of achter het huis. Caro raakte benieuwd naar binnen en achter, benieuwd of in elk huis een Dora verstopt zat. Of er in elk leven een Benbow was die kapseisde en zonk.

Je kreeg het gevoel dat de muren van die huizen wel naar binnen konden vallen, dat ze zouden verpletteren maar niets blootgeven.

Verfijning werd overeind gehouden op de scherpe scheidslijn van een afgrond. Je zonder handschoenen vertonen of anderszins mensen aan het lichaam herinneren, zelfs blijk geven van onverhulde liefde betekende dat je met pek en veren in de put van het beestachtige, bodemloze Australië werd gesmeten, helemaal terug naar de oermens. Beschaving was een broze constructie die continu werd aangevreten door vermanende golven van onbehouwen menselijkheid: de bende voor de kroeg om zes uur, mannen die in kots en glasscherven stonden te knokken; de groep kaaikerels in hun rookpauze, die rond een gerolde munt hurkten op de Quay en vol agressieve begeerte passerende vrouwen nariepen. Er waren rauwe gezinnen die op de pof kochten, of helemaal niet, met kinderen die bont en blauw waren, of misvormd van de rachitis – deze subtielere bedreiging heerste in rijtjeshuizen, waarvan het grauwe vuil als een besmetting was overgekomen van de Britse Eilanden, het zwart van de Midlands. Groot-Brittannië had zijn smerigheid grif gedeeld met het verre Australië, maar zonder de Abbey en de Swan of Avon mee te geven.

Geschokt door deze feiten en erger rilde de beschaving en keerde zich af.

De twee meisjes liepen hand in hand naar huis, niet als geliefden maar meer als een ouder echtpaar, ernstig van besef en verantwoordelijkheid. Thuis kwamen ze bij Dora met haar verontwaardigde zwijgen, waarvan de oorzaak vroeg of laat altijd in een uitbarsting aan het licht kwam. Of bij Dora met een van het huilen vertrokken gezicht vanwege een belediging door een van de buren, die nu levenslang in de ban was gedaan. Betekenis was altijd akoestisch, weergalmde, legde nadrukken, vulde stiltes. Kwetsuren waren statistieken: 'Ze hebben me in twee jaar tijd maar één keer uitgenodigd', 'In al die tijd ben ik er precies één keer op de thee geweest'. Indien onverhoeds verteld kon elke narigheid van klaslokaal of speelplaats Dora ertoe aanzetten te gillen: 'Vrede! Ik wil in vrede worden gelaten!' – en nog lang nadat de meisjes naar bed waren gegaan weerklonk het gekrijste 'Vrede!' door het huis.

Dora kon altijd doodgaan, dat zei ze tenminste. IK KAN ALTIJD DOODGAAN, alsof het een oplossing was waarnaar ze herhaaldelijk kon grijpen. Ze hield hun voor dat de dood niet het ergste was, alsof ze de kans had gehad ervaring op te doen. Ze zei dat ze er een eind aan kon maken. Of dat ze kon verdwijnen. Wie kon het schelen, wat gaf het. In doodsangst stortten ze zich op haar, Dora, niet doodgaan, Dora, niet verdwijnen. Nee, ze was onvermurwbaar: er zat niets anders op.

Hoe vaak, hoe vaak deed ze geen beroep op deze onuitputtelijke voorraad gevormd door haar eigen dood, keer op keer hernieuwd met de afschuw die ze in anderen wekte als ze aangaf op het randje te staan. Uit hun asbleke angst verrees ze telkens weer, als een feniks. Elke keer dat ze een voorschot nam op de dood werd haar leven verlengd.

Niet dat Dora barmhartig was voor hen die leden of waren ingestort. 'Dan kunnen we het allemaal wel opgeven,' zei ze, toen ze hoorde dat juffrouw Garside, de bibliothecaresse, helemaal de kluts kwijt was. De verminkten en de blinden maakten een gehate aanspraak op alle medelijden waar Dora recht op had: Dora's hulpkreet moest die van alle anderen overstemmen. Ze werd volledig in beslag genomen door haar eigen verdwijning, hetgeen zich als voornaamste verschijnsel in hun leven aftekende.

De oudste mythes van de meisjes gingen allemaal over de tijd dat Dora. De tijd dat Dora in het geweer kwam tegen de belastinginspecteur, de tijd dat Dora zich niets liet wijsmaken door de pastoor. 'Ik heb nu eens geen blad voor de mond genomen.' Dora die aanstoot nam, uit haar slof schoot of in haar wiek was geschoten. Dora die opstoof, Dora die uitschoot, Dora die afknapte. Dora die de gevreesde boodschap bracht: 'Ik heb een fikse ruzie gehad.' Een fikse huilbui, een fikse ruzie, een fikse woordenwisseling. Dora was er bovendien van overtuigd dat alle goede bedoelingen hun beperkingen zouden blijken te hebben, als zij er maar genoeg druk op uitoefende; en had daarin keer op keer haar eigen gelijk bewezen.

Dora bezat een oranjerode jurk met zwarte knopen waarin ze het huishouden deed. Het kind Grace vroeg: 'Waarom ben je altijd zo boos in die jurk?'

Dora wist niet hoe gauw ze moest opvliegen. 'In deze jurk – ben ik altijd druk bezig. Niet boos, bezig.' Grace geloofde het niet.

'Ik hou er niet van de hele tijd te horen te krijgen dat ik boos ben. Ik ben helemaal niet boos.' Dora was erg boos.

Grace beefde. 'Sorry.'

'Heb je ook maar enig idee, heb je er ook maar een flauw idee van hoe hard ik voor jullie werk? Ik ben nooit klaar.' Het was waar, huisvrouwen waren slaven. 'En dan krijg ik dit naar mijn hoofd, krijg ik te horen dat ik boos ben. Nou, ik zal je wat zeggen.'

Grace ging buiten staan huilen.

Dora was tweeëntwintig en had donkere schuine ogen en volmaakte kleine tanden, ondanks haar verslaving aan zuurtjes. Caro vroeg zich af wanneer Dora oud genoeg zou zijn om kalm te worden. Oude mensen waren bedaard. Je moest op, zeg, je zeventigste wel bedaard zijn. Dat gold zelfs voor Dora, als ze maar konden wachten.

Maar Dora was het dagelijkse leven. Dora deed boodschappen en betaalde rekeningen van hun kleine erfenis; en ze sprak met bewindvoerders over obligaties. Dora bracht *De citadel* terug naar de bibliotheek en kwam thuis met *De regen kwam*; speelde bridge bij Pymble en had een rijke nicht in Point Piper. Dora ging op de thee en schreef bedankbriefjes op haar blauwe geschepte briefpapier. Ze droeg een chique zijden japon in een kleur die aquamarijn heette, en liet haar lange donkere haar watergolven en opsteken. Op de avond van de prijsuitreiking jubelde Dora over de ingebonden bloemlezingen van de meisjes en de zilveren beker die Grace voor Piano won; en ze vergoot heuse tranen om Caro's gouden medaille voor Frans. Juist hierdoor werd Caro benieuwd naar de achterkant van huizen, en vroeg ze zich af of Dora in een of andere gedaante onontkoombaar was voor elk huishouden.

Opperste verwarring schiep de Dora, een en al normale liefdevolheid, die volgde op de ontlading door de fikse ruzie. In die tussentijd werden de meisjes een avond of een dag lang weer jong. Het was uiteraard een ontkenning van alles wat ze zeker wisten, via hun onmiskenbare misère. Maar net zoals anderen in de greep van een absolute autoriteit, namen ze genoegen met een kort respijt. Het leek gemakkelijker om te liegen – tegen Dora, tegen jezelf, tegen God – dan welbewust de andere Dora te wekken.

Te midden van deze vijandelijkheden kwam er oorlog. Het ene jaar had je staatslieden die 'Vrede! Vrede' brulden, terwijl ze net als Dora zich aangordden voor een holocaust. Het volgende had je Polen, de Westwall, de Graf Spee. Een gezin uit Wenen, Joods, trok in het huis naast hen en Dora meldde: 'Hij is ingenieur, zij is kinderarts. Schijnt het.' Want een vrouw met een beroep wekte wantrouwen. De twee jongens, Ernst zonder de Engelse extra e en Rudolf met een f in plaats van ph, lummelden op het gazon. Hun vader, slank en grijs, bekeek een rijtje fresia's dat zich in oktober van de andere kant van de wereld door het gras omhoogwerkte.

In de junimaand daarop werden de ruiten van de groenteboer ingegooid omdat hij Italiaans was. Manganelli op de Junction hing een bord buiten: WIJ ZIJN GRIEKS. Opnieuw voeren de mannen uit voor de geschiedenis, in het donker en zonder serpentines. Frankrijk viel. Toen kwamen de luchtaanvallen, de RAF en Winston Churchill. Caro's klas schoof de Spaanse successieoorlog terzijde om een boek te lezen over Londen, met gebouwen die als helden standhielden – de Guildhall, het Mansion House – terwijl de stad elke avond op het journaal van zeven uur in vlammen opging. Dora werd ziedend van de distributie, maar hunkerde ernaar te zijn waar de bommen vielen. Ze vatte het conflict persoonlijk op, opgejut door Winston Churchill. Het was Dora's oorlog.

In het doodtij van de geschiedenis zaten zij, zoals gewoonlijk, hoog en droog.

Caro begon vlees te worden. Haar handen kregen meningen. Haar voeten, in schoenen dof van het speelplaatsstof, werden lang en sierlijk. De ceintuur van haar schooluniform, in de tijd van Duinkerken nog om een kind gesnoerd, accentueerde ten tijde van de slag om Tobruk een korset. Haar lichaam was subtiel in afwachting van andere veranderingen. Caro kende de bronnen van de Jangtsekiang en woorden als hypothenusa. Zelfs Grace maakte intussen huiswerk, zittend op de vloer. Dora breide voor de koopvaardij, een bedaarde activiteit die ze met luidruchtige ongedurigheid aanvatte.

Griekenland viel, Kreta viel. Alles kantelde, zelfs de geschiedenis.

Op een warme dag zocht Caro Pearl Harbor op in de atlas. Kort daarna werden bussen in modderkleur overgeschilderd. Er werden schuilkelders aangelegd, en een nutteloze versperring voor de havenmond. In de keuken had je een emmer zand staan met het oog op brandbommen. Meneer Whittle was blokhoofd van de luchtbescherming, en de jongens Kirkby werden opgeroepen. De verheven retoriek van Downing Street was moeilijk toepasbaar op donkere straten, soberheid en in de rij staan. Uit het Verre Oosten kwamen berooide kolonistengezinnen, en Singapore viel, viel. Weeskinderen waren er nu te over; en de meisjes konden niet meer op speciale aandacht rekenen voor hun burgerverlies.

De school werd verplaatst naar een landhuis, waarnaar de invallende Japanners waarschijnlijk niet konden oprukken. Grace was te klein om met zulke maatregelen te worden gered, Caro zou alleen gaan. Caro zou de vluchtelingenstatus testen; als de situatie in de smaak viel, kon Grace later ook gaan.

Op een middag werd Caro aan de voet van de Blue Mountains geïnstalleerd. Op de vlakte beneden reikten verspreid staande gombomen helemaal tot aan Sydney, met bladders als repen papier aan de bast. De kleinsten huilden, maar de ouders zouden over twee weken op bezoek komen als er genoeg benzine was en de jappen niet kwamen. Er reed ook nog een oeroude trein tot aan Penrith, maar daarna moest je het zelf uitzoeken. Ze hadden weleens gehoord van Penrith, een stadje van houten huizen met telegraafpalen en zo'n bioscoop waarin je de regen kon horen.

Grace zwaaide uit het autoraampje: jaloers, schuldbewust en veilig.

Het was zondag. Na de sagopudding zongen ze 'Blijf bij mij, Heer', en Caro ging buiten op de bovenste veranda zitten. 'De schemer valt.' Het werd steeds donkerder in een stilte die des te desolater leek door de kreet van een vogel waarvan ze ooit plaatjes te zien hadden gekregen. Een ongelovige respons kraakte in Caro's eigen keel. De geuren van droge grond, van eucalyptus en een kleine kudde koeien schiepen de sfeer van een tijd die stilstond, of vertraagd was tot een tempo waarin Caro door haar eigen versnelde vaart wel absurd en doelloos moest rondtollen. Het enige wat trilde op de mistige hellingen was de stoom van een trein op weg naar Katoomba. Ze hadden van Dora geleerd onbeduidendheid te verafschuwen, en als er iets onbeduidend was, dan was het dit wel. De afzondering was zo groot dat Penrith een doel was geworden. Caro nam zichzelf teder in haar eigen armen, omsloot alles wat restte van het bekende. Caro was in het binnenland.

Ze zat weggekropen in de hoek gevormd door de balustrade en een van de hoge stutten van de veranda. Om de verticale spijlen was bougainville opgebonden; en tegen haar wang drukte een ronde gedenkplaat, zo koel als porselein. In de stekelige klimplanten zaten insecten, in de tuin beneden klonk het geritsel van een diertje. Dora zou hebben bevestigd dat de dood niet het ergste was.

In een kamer met zes bedden huilden ze zich vervolgens allemaal in slaap. 's Ochtends zag Caro dat het medaillon op het balkon blauw met wit was, en katholiek. Een van de meisjes vertelde: 'Volgens juffrouw Holster is het een Dellarobbië.'

Je zag direct dat het een bijzonder huis was. Er viel van alles te zien. Het was het eigendom van de doctor, die geen dokter was maar architect; en Italiaans, al stond hij aan onze kant. Hij had

66

zich teruggetrokken in een kleiner gebouw opzij – personeels-verblijven was de term die vlot bij hen opkwam uit boeken, of uit de oude, stenen huizen, door gevangenen gebouwd. De doctor had een kort wit katoenen jasje en een spitse witte sik en liep, hoewel niet kreupel, met een stok. Volgens juffrouw Holster had hij van meet af aan dwars door Mussolini heen gekeken.

Op de portiek, of de porticus, van het huis stond in Romeinse cijfers 1928. Voor de bouw hadden kleurrijk marmer en beige travertijn maanden op zee doorgebracht, waren schoorsteenmantels en plafonds ontmanteld buiten Parma, waar de ham en de viooltjes vandaan kwamen. En waren hele plaveisels van gebloemde tegels uitgerukt en verpoot. De eetkamer zou een ellips zijn. Alle kamers, zelfs de badkamers, hadden dubbele deuren, met bloemen beschilderde panelen en bij elkaar passende deurklinken waar je lekker aan kon rammelen tot ze eraf vielen. Er waren fluwelen, voor dienstbodes bestemde bellenkoorden, die van het constante getrek defect raakten. Ook was er die dag waarop Jon Brinstead een inktpot op de witmarmeren schoorsteenmantel in de muziekkamer stuk liet vallen en ammoniak het alleen maar erger maakte. Juffrouw Holster had een baldakijn boven haar bed; maar kon niet vertellen waarom citroenbomen in een pot moesten in plaats van in de grond.

In die kamers lag gezelligheid besloten – iets gedenkwaardigs, zo waar als literatuur. Er was ruimte voor gebeurtenissen, gelegenheden, maar niet zolang zij ze onveilig maakten. 's Avonds schitterden de kamers, wijs en teder.

In een verboden weiland beneden het huis stond een hek van ijzerdraad rondom tenten, zinken bouwsels, en een stuk of dertig, veertig gedrongen mannen, grotesk militair gekleed in een uniform dat wijnrood was geverfd. De landgenoten van de doctor waren hem aan de andere kant van de wereld komen opzoeken, want de mannen die in zijn akkers groeven en zijn fruit plukten waren Italiaanse krijgsgevangenen. Als de avond viel brachten ze de koeien binnen voordat ze zelf achter het hek werden gezet. 's Ochtends kon je de doctor zich tussen hen zien begeven, wit baardje, wit jasje, witte panamahoed: opnieuw de baas. Ze hoorden dat hij, als een baby, 's middags een dutje deed. Ze hadden een van de gevangenen gezien, of betrapt, toen hij zijn hand kuste.

Vanaf de akkers, of vanachter het hek, zwaaiden de gevangenen naar de schoolmeisjes, die nooit terugzwaaiden. Nooit. Het was een erekwestie.

Na twee van deze weken kwamen Dora en Grace mee met de auto van de Marchmains, die was omgebouwd voor nafta. Dora was bij de dramatische hereniging op haar best en had een magnifieke mand eten bij zich ter aanvulling op de vreselijke maaltijden. Caro schepte op tegenover Grace, samen met de bleekroze Rosamund van de Marchmains, haar metgezel in ballingschap. Ze hielden een picknick op de oever van de Nepean, waarbij meneer Marchmain uitleg gaf over brandnetels en veldzuring. Er werden worstjes op stokjes geroosterd boven een vuur dat de Marchmains aanlegden. Het vet droop, stinkend; worstenvlees kwam door gebarsten velletjes naar buiten. Zo zou je jezelf niet redden op een onbewoond eiland: daar zouden mango's zijn, en broodvruchten, melk uit kokosnoten en vis van het koraalrif.

Dora zat op een punt van de uitgespreide plaid, in de hoop dat ze een taak kreeg toegewezen waarover ze verontwaardigd kon zijn. De meisjes zwommen in de rivier, gruwend van het zoutloze water en het slijk. Ze speelden Mozes in het biezenmandje, met Grace in de titelrol, maar Caro als de prinses. Aan de overkant van de rivier begonnen de ravijnen, zwaarmoedig, onbewoond. Een vriendin van de Marchmains had eens een tijd in Lapstone gezeten – wegens pleuritis, althans zo werd het destijds voorgesteld. Doorgaans kon je de echte ziekte wel herkennen aan de verhitte blos. Caro zat aan Umbrië te denken, tot gisteren alleen maar een kleur tussen okergeel en gebrande siena in; en aan het vlakke Parma, waar de viooltjes vandaan kwamen.

Caro had het huis graag laten zien, maar was bang voor Dora's reactie. Dora was er het type niet naar om het nieuws dat een veranda een loggia werd genoemd, of een muurschildering een fresco, over haar kant te laten gaan. Laat staan villa voor huis. Elke onthulling in die richting zou een teken zijn dat Caro zich aan Dora's heerschappij onttrok. Ze liepen door de gangen en keken in de ovale eetkamer zonder iets op te merken.

'Die Montyfiori,' zei meneer Marchmain, die een pummel was, 'schijnt een rare kwibus te zijn.'

Na de thee liepen de Marchmains met Rosamund naar het weiland, waar je om beurten op de pony kon, en Dora ging de thermosfles in de auto leggen. Caro en Grace verdwenen in de geïmproviseerde slaapzaal, waar ze naast elkaar op een bed gingen zitten. Ze hikten van de ingehouden, gekwelde snikken van huilende volwassenen, die snel weer moesten worden onderdrukt. Het grote, zware mechaniek van hun hart trok aan hun tengere lichamen.

Grace zei: 'Ik schrijf je gauw.'

Ze wasten hun gezicht in een badkamer met rivierdelta's van doorschoten marmer. De waskom had de vorm van zo'n schelp. Zelfs de wc had vanbinnen een blauw motief, mogelijk Chinees.

Dora had de verpleegkundige opgezocht en las haar de levieten over dekens. Over het grind kwamen de Marchmains aan lopen. Nu dan goedgekeurde sociale tranen, krop het verdriet niet op. Grace klauterde in de auto, bedremmeld omdat ze alweer ontsnapte. Op dat moment kwamen jappen al helemaal niet in iemands hoofd op: de hele exercitie leek nergens voor nodig te zijn geweest, behalve om de emoties ruimschoots de vrije loop te laten.

Caro ging die winter naar huis, tegelijk met de anderen. De villa verdween al tussen de gombomen toen ze zich omdraaiden om een laatste blik te werpen, terwijl hun adem de koude ruiten van een bus bewasemde die hen naar de trein in Penrith bracht. Evengoed nam niemand de kans waar om naar hun medegevangenen te zwaaien.

Algauw behoorde hun vlucht naar de bergen tot een legendarisch verleden, een manier om in de oorlog te dienen. Maar niet voordat de doctor een proces had aangespannen wegens onherstelbare schade aan zijn huis. Na alle gewauwel over Dantuh en de zonsondergang vroeg die ouwe kwibus duizend pond, meldde meneer Marchmain, om zijn karikatuur van een huis op te knappen.

Caro keerde, als uit het buitenland, terug naar een stad die bevolkt werd door Amerikaanse soldaten. Dora stelde vast dat ze opschepperig waren, en op niet nader verklaarde wijze genotzuchtig. Meisjes die zich met hen inlieten waren ordinair. Overstekend bij de Junction werden Caro en Grace, in schooluniform, gefotografeerd door een slungelige sergeant; en hielden als beroemdheden hun handen op om zich te beschermen tegen opdringerigheid. Het was zonde dat er geen betere soort redders was: Amerikanen konden geen geschiedenis verschaffen, want daarvan waren ze bijna net zo verstoken als Australiërs.

De zusjes hadden nog nooit zwarte mannen gezien, afgezien van de Lascaren op de Quay.

Op school leerde Grace over het koningshuis van de Stuarts. In kranten lazen ze over Stalingrad en Rostov aan de Don. Dora was lid van een groep die voor camouflagenetten zorgde, elke donderdag op Delecta Avenue bijeenkwam en extreem haatdragend was. In de opluchting thuis te zijn was Caro mild. Zo af en toe stelde ze zichzelf voor in het huis van de doctor, en in de hoge kamers die verwachtingen wekten. Kon je die kamers maar hebben zonder alle ellende.

De muurschilderingen hadden wel herinneringen kunnen zijn – als het niet te vroeg was voor herinneringen. De momenten weigerden prijs te geven welke ervan herinneringen zouden worden.

Wie een meter vijftig was, kwam in aanmerking voor extra kledingbonnen. Zonder Dora had ze haar haar niet meer in vlechtjes maar in een paardenstaart gedragen.

Op een ochtend kwam een meisje, van wie de vader voor de bewapeningsdienst in Amerika was geweest, op school met kroontjespennen zonder pen, die zowel rood als blauw schreven, potloden met een lampje erop, een apparaat waarmee je een naam kon stansen – bij voorkeur die van jezelf – en puntenslijpers van doorzichtig plastic. En nog veel meer van hetzelfde. Uitgestald op een tafel in de klas snoerden ze zelfs juf Holster de mond. De meisjes bogen zich eroverheen, pakten nu eens dit dan weer dat: mag ik hem aanzetten, hoe werkt dat, ik krijg hem niet weer terug. Niemand kon zeggen dat die spullen lelijk waren, zelfs niet het kleurpotlood met de glimmende rode bloem, want ze lagen op het gelakte tafelblad uitgespreid als scherven van een nog onaangebroken tijdperk, of sporen van leven op Mars. Van een oordeel over hun aantrekkelijkheid was geen sprake: hun gezag was onbetwistbaar en behoefde geen krans.

Het was de eerste kennismaking met berekenende nutteloosheid. Niemand had ooit iets verspild. Zelfs de Laliques op het buffet van tante Edie of de Balibuntl van mama waren daarbij vergeleken oerpraktisch, wegens de duidelijk decoratieve functie die ze hadden en de noodzakelijke, erkende rol van extravagantie die ze vervulden. De vanzelfsprekende ornamenten van hun leven werden nu beschouwd als basisbenodigdheden – nuttig, alledaags – vergeleken met deze harde, starre voorwerpen in bonte kleuren, die breekbaar als ze waren toch getuigden van de onverwoestbaarheid van eindeloze herhaling.

Daar de meisjes geen gemis hadden ervaren, konden ze geen afgunst voelen. Ze moesten tot een nieuwe hebberigheid worden geconditioneerd. Zelfs Dora zou haar methodes moeten aanpassen om dit gebrek aan ontvankelijkheid te bestrijden.

Geen seconde konden ze bevroeden dat ze, als ze dit speelgoed aanraakten en er zelfs op tamelijk volwassen wijze door geamuseerd waren, de noodlottige voortekenen van de toekomst in hun hand hielden. De prullaria waren beladen met collectieve betekenis, als de bewijsstukken bij een misdaad of de explosieven die geen deskundige kon ontmantelen. Fantasie was de moeder van de behoefte. Niet lang daarna begonnen de meisjes met hun onvolgroeide heupen te wiegen en over Chattanooga en de San Fernando Valley te zingen. Te zingen, vanuit de wereld der tegenvoeters, over het zuiden in Havana en in Mexico. Het zuiden was niet meer het zuiden van Kew. De macht van Kew ging als een keizerrijk ten onder.

Caro en Grace Bell gingen nu niet meer direct na de les naar huis, maar wandelden langs het strand onder de school, waar ze zand in hun schoenen en sokken kregen, gebarsten schelpen opraapten en weer weggooiden. Zeewier lag verstrengeld in donkere, knoestige kluwens, geschulpt door de getijden, verbleekt door een enkele kwal. Ze werden aangesproken door een jongen of een stel jongens, met grijze knickerbockers en gestreepte dassen. Het uniform was een garantie: scholen herkenden elkaar precies zoals regimenten.

Grace was een bloem.

Caro's haar hing in een dikke bos op haar schouders, anders dan bij een kind.

De geluiden en geuren van de zee maakten woorden ontoereikend of vereisten een machtiger taal dan zij kenden. Nu door Dora's bemoeizucht hun privacy heilig was geworden, spraken ze met geen woord over de vervaarlijke voorbereidingen die hun lichamen troffen voor een nog onvoorstelbaar leven. En bleven in dit opzicht steken in ongebruikelijke onwetendheid.

Dora was een te pijnlijk en verontrustend onderwerp voor hun behoedzame middagen. Bovendien werden ze geacht van haar te houden en, belangrijker nog, dat was ook het geval.

Ze hadden er alles voor over haar gelukkig te zien. Niettemin werd hun trio-optreden een last. Anderen moesten wijken als Dora met de meisjes, passief aan haar armen, door straten marcheerde of hen een voor een door draaihekken duwde. Ze leefden onder toezicht, een leven zonder mannen. Dora kende geen mannen. Het was moeilijk voor te stellen hoe ze een man moest tegenkomen, laat staan leren kennen.

Alle vrouwen hunkerden er kennelijk naar te trouwen, en na de middelbare school begonnen ze in gespannen afwachting linnen en zilver te vergaren. Er kwam veel wachten aan te pas, en een dreigende zweem van emotie. Van hen die niet uitverkoren werden droegen sommigen het stilletjes – zoals de oude juffrouw Fife, die met parasol en hooggesloten kraag op de thee kwam, met glasachtige zijde tot op haar kuiten en puntschoenen die elk met één knoop sloten: nog liever dan koningin Mary. Er waren anderen, gestoord, schuchter of met snor – verdrukt door vader, verdrukt door moeder of achteloos terzijde geschoven.

In dat opzicht was Dora moeilijk te plaatsen.

Caro mocht in haar eentje de stad in, met de veerboot. Daar had je de loopplank, het knarsen van trossen, het losgooien, de geur van stampende motoren en de zee die tegen groene aangroeisels op houten palen klotste. Ze hoorde de toeterende nadering van de stad, bellende trams, het janken van één grote ontsteking. In de cabine hielden kantoormeisjes spiegeltjes omhoog, en met zachte tikjes op hun keel en bovenbenen klopten ze poeder van de welvingen van hun borst en de ronding van hun schoot. Ze depten achter hun oren en klikten hun handtas dicht ten teken dat ze paraat waren. Dit was niet het voorbereidende werk voor een mars, gedrieën naast elkaar, door de stad; maar het voorspel van ontmoetingen.

Alleen in de stad pakte Caro een beduimeld boek in een winkel op. 'Wat kost dit?'

'Vijftien shilling en threepence.'

Terug op de wankele stapel. De tafel was net zo volgeladen als een arsenaal.

'Goed. Dan maken we er tien rond van.'

Toen Dora het 's avonds zag zei ze: 'Zo heb je wel genoeg boeken.'

Als geen ander kon Dora de vijand in één oogopslag herkennen.

6

'Wij ook,' zei Ted Tice. 'We kenden ook veel uit boeken.'

Caroline Bell zat met haar blote armen om haar knieën op het gras. Het gazon was zo hecht als borduursel: het naadloze Engeland. De verbluffende bomen waren Weymouth-dennen, waar de zon in gewijde stralen doorheen scheen als lichtbundels in een kathedraal. Binnenkort moesten er zaken voor haar gaan leven die tot dan toe alleen, zoals kleuren, uit boeken bekend waren.

Ted zei: 'Zoals hitte bijvoorbeeld. Of liefde.'

'De hitte is intens,' hadden ze naar huis geschreven via de militaire post. Of, al naargelang de rang: 'Je hebt geen idee.' Het schip voor troepentransport, de oude Lancashire uit Liverpool, liep averij op in de Rode Zee. Toen ze hoorden dat het 'de oude Lancashire' werd genoemd hadden ze al zoiets verwacht. Aden was een streep gesmolten kliffen zinderend in de walm van olie en koloniale lamlendigheid. Zonder enig gevoel van bevrijding kwamen ze in de Indische Oceaan uit. Zonnebrandolie en sodawater waren allang op. Ze zongen oorlogsliedjes – belegen, in 1946, van overleefde schrijnendheid – en marsliederen die een tergend contrast vormden met hun immobiliteit. 's Avonds was er bingo of nog meer gezang; wat aan weinig eisen voldeed. Duffe nummers over Engeland werden telkens weer uitgevoerd, in Colombo, in Singapore.

In Hongkong zat Ted Tice, die meteen alweer scheep moest gaan naar Japan, samen met een luitenant van de Koninklijke Marine in een officiersclub. De club bevond zich in een zijstraat op loopafstand van de marinehaven, en de officieren kwamen daar 's avonds in hun hagelwit met goud, als in gala-uniform. Onder de trage slagen van een plafondfan kwam de nasleep van de oorlog tot staan. Er hing een geur van stijfsel, van limoensap en gin, meeldauw van linnen kussens en, vaag vanuit de straat, de stank van China. Drie blonde gebloemde vrouwen op een canapé waren duidelijk verpleegsters buiten dienst, even onbeholpen als politie in burger.

'Je weet wat ze zeggen.' Teds luitenant wist van de hoed en de rand, en dempte zijn stem. Toen ze hem hoorde lachen, draaide een van de vrouwen zich argeloos om en lachte ook, uit goedhartigheid. Ze was een jaar of negentien, een breed, ongekunsteld gezicht met een lange neus en een onregelmatig gebit. De mouwen en het front van haar burgerkleding waren te krap, ontgroeid als de blouse van een schoolmeisje. Net als Teds moeder, die een krantenkiosk dreef, had ze het accent van Manchester.

(Toen Ted Tice het huis uit ging om te studeren had zijn moeder gezegd: 'Je hoeft echt niet over de winkel te beginnen, hoor, als je niet wil.' Ze hadden elkaar strak aangekeken, als spelende kinderen die kijken wie het eerst zal knipperen. Onuitstaanbaar, haar inzicht; haar gebrek aan inzicht.)

De luitenant van de marine, beslist geen beroerde vent, had in Japan gezeten. 'Die hele tent wordt door de Amerikanen gedreven. Je begint niets zonder toestemming van MacArthur.' Hij gaf een onvermijdelijk, aanstootgevend voorbeeld. 'Ze behandelen ons nog slechter dan jappen. Zij zitten achter het stuur en wij in de bijwagen.'

Aan de muur hing een ingelijste foto van de onervaren koning in marine-uniform. Zelfs een koning kon worden betreurd nu hij in de bijwagen zat. Chinese bedienden liepen met dienbladen rond, nog niet op de hoogte van de veranderingen. Het meisje op de canapé zei met haar Manchester accent: 'Hij kan nog geeneens over een zwijnenstal regeren, dat zeg ik.' Ze had het over de minister-president.

De luitenant zei tegen Ted Tice: 'Tenzij je een meisje hebt.' Ted draaide zich weer naar hem toe. 'Laat je geen lading valse parels opdringen, bedoel ik maar.'

Vanwege het mijnenvegen bleven ze de hele dag op de binnenzee. De eilanden waren erupties, elk omzoomd met een enkel rijtje dunne, scheve bomen. Thuis hadden zelfs de meest woeste kusten zich met een trage hardnekkigheid gevormd, maar deze eilanden waren fragmenten van catastrofes. Ted had nog nooit zo'n rode zonsopgang gezien, of dorpen van stro. Bootjes als van pakpapier flapperden op alluviale golven, en over een reling keek een jonge Engelsman naar gezichten gestigmatiseerd door het vijandbeeld uit spotprenten.

Overal in de haven lagen scheepsrompen, als rottende walvissen. Er waren gebombardeerde dokken en in de kom van de haven de omgekeerde kiel van een schip, gekapseisd bij de tewaterlating. Op de kade sjorde de vroegere vijand in zogeheten camouflagekleuren aan touwen en uitte de kreten die horen bij het afmeren van schepen. Een van de scheepsofficieren zei: 'U gaat straks over de heuvel heen.' De hellingen boven de haven van Kure hadden goudgele en groene terrassen, er waren rode valleien vol azalea's. Het was begin juni. 'Nee, niet daarheen, dat is de andere kant.' En Ted Tice sprak, als een lesje, de naam van zijn bestemming uit: 'Hiroshima.'

Het was alsof hij in staatsie reed – de jeep die open was, in de kakikleur van het gezag. Eerst kwamen de gebombardeerde dokken en verwoeste wegen van de haven, dan in de heuvelhelling de grot van een vernielde spoortunnel. De officier naast de chauffeur wees: 'Daar was eens, hier was schijnbaar vroeger, je zou het nu niet zeggen.' Hij zei: 'Ik schets u onderweg het beeld.' Zijn zware, uitgestrekte arm op de rugleuning van de voorbank was beweeglijk en toch niet helemaal menselijk, als een barstensvolle brandslang. Zijn naam was kapitein Girling.

Ze daalden af naar een uitgestrekt gebied zonder horizon, en eerst zag je overal kleine onvoltooide huizen. Onverweerde balken werden aaneengekoppeld tot kamers, daken werden met pijn en moeite lat voor lat gevlochten. Mannen en vrouwen droegen lasten, liepen over plankieren, hingen getekend tegen de hete, blikken lucht. De jeep remde af naast een pas aangelegde tramlijn. Waar rails en weg uiteenweken, boog een jongen zich uit de tramdeur om op hen te spugen, en trok zich weer terug.

'Als ik die eens te grazen kon nemen,' zei de officier. 'Als dat eens kon.' Deze man was letterlijk gedecoreerd, droeg de lintjes van menige onderscheiding. Hij had een litteken, een streepje maar, alsof een kussen zijn slapende wang had geplooid. Deze kapitein Girling zag de zwakke plek in Teds oogbol zonder in zijn ogen te kijken. Achter in de jeep lieten ze, als kinderen, zien wat ze hadden – de camera's en horloges en radiootjes waarmee de vijand bijna had gewonnen.

Vroeger werden bij de kaalslag van een stad de contouren van de bodem blootgelegd. Moderne steden stonden dat niet toe. De grond wordt van tevoren geëgaliseerd om de stad te bouwen; als de stad dan verdwijnt, blijft er een leegte achter. In dit geval riep een rivier verbazing op door haar misplaatste natuurlijkheid. Eén enkel gedenkteken, de ontmantelde balken van een afgedankte koepel, verrees als een leeg schedeldak of de kom van het grote gewelf zelf: van de Sint-Pieter in een eeuwige nachtmerrieachtige stad.

Een ramp waarvan niemand ooit zou zeggen: Gods wil.

Op dat moment begon het leven van Ted Tice van aanzien en richting te veranderen. Net als iedereen was hij gewend over zijn leven te denken – ik heb dit gedaan, hoe had ik dat kunnen doen. Met zijn krap twintig jaar zou hij zich hebben voorgesteld dat hij aardig wat had overleefd. Er was de vader, uitgesproken woedend; de moeder, een en al onopgeruimde misère. Dan was er zijn begaafdheid; een leraar die na schooltijd langskwam: 'Die jongen is uitzonderlijk begaafd.' Die jongen, van al die anderen. Zijn naam was op een lijst gezet, en de toegekende beloning dekte alles, zelfs de boeken – behalve, alleen, een jas; en de universiteit lag vlak aan de Noordzee.

Wegens het onaardse vlakke land, waar eens een roemruchte stad was platgebrand, begonnen de gebeurtenissen die hij zijn leven ging noemen hun betekenis al te verliezen, al onaanzienlijk voordat hij gewend was geraakt ze belangrijk te maken. Dit vloeide niet zozeer voort uit een gevoel van verhoudingen als wel uit een gevoel van totale wanorde, een baaierd waarin zijn eigen gelukkig getroffen, bescheiden orde hem wonderbaarlijk, maar onbeduidend voorkwam; en uit de welhaast religieuze openbaring dat de kolossale schaal van het kwaad slechts kon worden gecompenseerd of tegengegaan door een eenzaam vlammetje van intense, persoonlijke menselijkheid.

Of dit neerkwam op het verlies van geloof of juist het ontstaan ervan, was onzeker.

Precies in die periode werd het lot van Edmund Tice twijfelachtig, en er was niet meer duidelijk aan hem te zien of hij zou slagen of falen.

Kapitein Girling informeerde hen dat, als gevolg van wat ze nu zagen, oorlog ondenkbaar was geworden: 'In dat opzicht is het heilzaam geweest.' Hij was blij de extreme maatregel te rechtvaardigen. 'Je moet ergens een grens trekken,' zei hij, tegen alle bewijs in.

De anderen zwegen, betwijfelend of de wereld er wel misselijk genoeg van was geworden. Anderzijds was er de verleidelijke, gevaarlijke opluchting het armageddon te overwegen, waardoor ze van alle blaam of moeite zouden worden ontheven.

Kapitein Girling zei: 'Ik schets u het beeld.' Alsof ze blind waren. Hij meende dat het misschien wel twintig jaar zou duren, en dat was een voorzichtige schatting, voordat de gevolgen volledig bekend zouden zijn. Er werden cijfers bijgehouden, er zou een instituut komen, onderzoek. 'Maar goed, dat is uw afdeling, dat is aan u.' Nu zouden ze overlevenden zien – die in een instelling waren opgesloten, zoals artefacten van bijzondere duurzaamheid in een museum worden ondergebracht.

De jeep reed een corridor van voltooide nieuwe huizen binnen. Ted Tice hoorde: 'Jullie zijn eraan gewend.' Hij wilde zeggen: 'Het went nooit. Ik ben geen arts.' De fantasie sloop vooruit, verschrikt, tussen taferelen door die meteen weer in de schaduw werden gesteld. Voorin zat kapitein Girling er voldaan bij, toen hij de knieën van deze jongeman zag trillen. In de huidige situatie waren de barmhartigen nog sterker in het nadeel dan gewoonlijk.

Met zijn zinloze twijfel aan het onvermijdelijke verstoorde Teds wijze van kijken het soepele proces van acceptatie. Als hij en zijn slag hun zin kregen zou de wereld een knappe puinhoop worden. Dat dacht kapitein Girling tussen de nucleaire ruïnes.

In de nieuwe straat waren overal de symbolen van normaal leven aangebracht: bewoning, kinderen, verstoorde stilte. Ordelijke balken borgen tableaus van dagelijks leven in zich. En gedrongen vrouwtjes hadden de concave reflectoren van zoeklichten verzameld, die als de brokstukken van een vulkaanuitbarsting overal waren neergekomen. Met water gevuld waren deze kommen bij deuropeningen geplaatst. En in elk ervan dreef, rozenrood en groter dan in je wildste dromen, een blad of één bloem van een azalea.

Zulke gezinnen konden niet als overlevenden worden beschouwd, daar ze lichamelijk onaangetast waren en bereid opnieuw te geloven.

Toen ze uit de jeep stapten, nam kapitein Girling Ted apart: 'Luister. Zet uzelf niet voor gek.' Gek betekende in dit geval alles wat onmannelijk, of menselijk, was. Hij gaf alleen maar goede raad.

En begreep niet waarom die klojo moest lachen.

7

Het lot beschikte dat de glooiende heuvels rond huize Thrale in
de ogen van Edmund Tice iets onheilspellends hadden. Daar
waren de laaggelegen weg waarover hij met Caro naar huis liep,
de omliggende gewassen en grassen, en de met gebeurtenissen
beladen heuvels.

'Hier stak het onweer op, de dag dat ik aankwam.' Hij mar-
keerde alles, maakte de struiken en hagen tot getuigen. Nu viel
de schemering. Hij vroeg: 'Heb je het koud? We zijn zo thuis.'
Maar stelde zich intussen voor dat ze zouden blijven staan als ze
het pad omhoog namen, en dat hij haar zou aanraken en andere
woorden zou spreken. In de mooie avondlucht liep hij minder
zelfverzekerd dan in het onweer; voorlopig alleen met wat hij te
bieden had.

Caro kon het naderende huis niet als haar thuis beschouwen,
hoewel ze niets anders had. 'Heb jij een eigen plek op de universiteit?' Als je privacy kon krijgen, moest alles wel goed gaan.

'Ik heb een eigen appartementje, twee kamers, bij een professor thuis. Ze zijn aardig, een gelukkig gezin. Hij is een geweldige vriend voor me geweest. Nu verhuist hij naar Edinburgh
– ik ga er in september een paar dagen naartoe, voordat ik naar
Parijs afreis.' Hij zweeg even bij de naklank van afscheid en
vertrek. 'Er zijn twee jongens – die me aardig vinden. En een
dochter, iets ouder.'

'Die jou aardig vindt.'

'Die niet kan besluiten of ze danseres of schilderes wil worden.'

Caro had kunnen vragen: hoe oud. Maar zweeg, en de schim van de dochter vervluchtigde snel. Ze stonden op de landweg toen ze Teds omhelzing afweerde. Zij leek zelf verwonderd over die afkeer, en zei hardop: 'Ik weet niet waarom.' Ze liepen door, met in haar een nieuwe zachtzinnigheid waar iets onomkeerbaars uit sprak: vriendelijkheid kon ze zich wel veroorloven, al het andere niet. Ze merkte op: 'Ik was vandaag gelukkig.' Ze zou eindeloos met hem verder zijn gegaan, maar kon niet van hem houden. Er waren behoeftes, aan zwijgen en begrip, waar ze meer aan hechtte dan aan liefde, in de overtuiging dat dit een keuze van haar was.

Bij de bocht in de weg vermeldde hij: 'Hier begon het te regenen' – zijn gezicht vertroebeld door de schemering of door een andere stemming; terugdenkend aan die middag met het beslissende moment waarop een lichtschicht de aarde van de hemel scheidde. Ze begonnen aan de klim over het pad, vertraagd door braamranken en door Teds plan om te blijven staan.

Nu zijn stemmingen met haar te maken hadden, ergerde Caro zich aan zijn oplettendheid. Als kind had Caroline Bell een hekel gehad aan Dora's continu kritische blik en het gevoel – terwijl ze las, speelde of borduurde – met bezitterige aandacht te worden geobserveerd. Ze zei nu tegen Ted wat bij Dora ongezegd was gebleven: 'Je moet je niet zo met mij bezighouden.'

Hij begreep meteen wat ze bedoelde – dat was ook zoiets, dat snelle lezen van haar gedachten. 'Ik snap dat het irritant kan zijn.' Zonder belofte te veranderen. In de nacht of in elke willekeurige stilte bespeurde ze nu, als ze wilde, dat hij zich van haar bewust was. Dat besef bleef overeind bij alle voorvallen en patronen van haar dag, zoals een klok het enige hoorbare mechaniek is in een auto met groot vermogen.

Ze zei het tegen hem, van die klok, om het met haar lach uit te drijven. En hij antwoordde: 'Wat je beschrijft is geen klok, maar een tijdbom.'

'Dan is er dus een grens. Tijdbommen moeten een stopme- chanisme hebben.'

'Geen grens. Een hoogtepunt.'

Hij veronderstelde dat ze om een of andere reden terug- schrok voor lichamelijke liefde. Hij verzon dat niet om zijn trots te redden, want haar vlugge ontwijken, dat zich zelfs tot de ogen uitstrekte, had hij al opgemerkt, net als de bijna barm- hartige moeite die ze nam om hem soms toch aan te raken; en van tijd tot tijd dat omdraaien naar haar jongere, blondere zusje, als naar degene die dit alles wel beheerste, zich althans op haar gemak voelde bij het onvermijdelijke ervan.

Zoals Ted Tice inzag, was het geen kwestie van haar bezwa- ren overwinnen. Ze vergde zelf een soort overwinning. En hij was met toewijding begonnen. Haar eisen zouden algauw door de ervaring op de proef worden gesteld, zoals principes op de proef worden gesteld door tegenspoed, en het kon zijn dat ze zich zou schikken; maar vooralsnog stelde ze zich voor dat ze boven alles stond wat ze nog niet was tegengekomen.

Ze verlangde ernaar een bepaalde eenzame hoogte bereiken. Uit onwetendheid had ze onbelemmerd uitzicht op kennis – die ze op een voetstuk zag staan, statig, wit, puur als de Akro- polis. Je kon niet stellen dat haar verbeelding onschuldig was: zoals elk menselijk verlangen zich te onderscheiden viel ook dit gemakkelijk te veroordelen of te bespotten; en vertoonde het in zijn huidige grondvorm duidelijk een gebrek aan mededogen. Toch was het als pretentie beslist niet het slechtste.

Ted Tice beschouwde zijn gehechtheid aan Caro als een in- tensivering van zijn sterkste eigenschappen, zo niet van zijn grootste kracht: geen jeugdig avontuur, pril en tastend, maar een peilen van alle zowel bekende als verbeelde moeite, blijd- schap en ellende. De mogelijkheid dat hij nooit bij leven haar liefde voor hem zou kunnen wekken, was een ontdekking die raakte aan het hele bestaan. In zijn verlangen en zijn bange ver- moeden was hij als een wakende man die kijkt naar een slapen- de vrouw.

Een blaf, een bel, de brul van een boer die een dier binnen-
riep, een jengelende baby. Dat waren de enige geluiden, maar
ze hadden een eeuwige klank. Een wijd open deur naar het gele
licht van een haveloze gang op de helling onder hen vormde
een vredesverklaring. Vergeleken met die openheid vormden
de vensters van Peverel, hun intussen zichtbaar geworden bestemming, vlekken van versluierd fatsoen, waar vurigheid iets
onbekends was. Hoeveel blaam Sefton Thrale ook trof, er was
in vroeger tijden iets ingrijpends gebeurd met zijn huis. De negentiende eeuw maakt veel duister.

Onder het lopen dacht Caroline Bell aan professor Thrale –
zijn suggesties, scheve houding en verloochening van zijn eigen
menselijkheid. De vorige dag nog had hij op die vlugge, besliste-
te manier van hem de uitvinders van dodelijke wapens volledig in ere hersteld: 'Wij interpreteren slechts de keuzes van
de mensheid.' En toen Caro bezwaar maakte – 'Zijn geleerden
soms ook geen mensen? Op zijn allerminst verantwoordelijk,
net als hun medemensen?' – had hij de discussie gesloten met
zijn nog maar net geduldige glimlach, als wilde hij een kind
verzekeren dat het dit wel zou begrijpen, of er althans niet meer
om zou geven, wanneer het ouder was.

Omdat Caro de woorden voor hun werk niet kende, kon ze
zich niets voorstellen bij de ochtenden van de professor met
Ted Tice, die zich plechtig achter een dagelijks gesloten deur
voltrokken. Ze kon zich wel een beeld vormen van de twee aan
een bureau en de professor die aantekeningen maakte in zijn
priegelige handschrift, maar verder kwam ze niet.

Ze zei: 'Ik kan je nooit naar je werk vragen.'

Ze zaten op een laag muurtje, dat nog warm was – in een
zuidelijk land was er wellicht een hagedis geweest. Er hing een
geur van liguster of klaver in de lucht, die zo leeg was dat je de
hemel kon ruiken. Vanuit de geometrische ruit geel licht riep
een man: 'Bessie, Bessie.' Totdat eindelijk een kreet reageerde,
gebelgd.

Ted zei: 'Er is niet echt technische kennis voor nodig om ons meningsverschil te begrijpen, tussen hem en mij.' Caro was niet over het meningsverschil begonnen, waar je in huis niets over hoorde, maar alles van merkte. Hij ging meteen door: 'Het is gewoon zo dat er in heel Engeland geen goede locatie is voor zo'n telescoop. Het zicht is onvoldoende. Iedereen weet dat. Toch wil iedereen hem hier hebben, uit politieke overwegingen en winstbejag, en kleinzieligheid.'

Het leek haar een zaak voor volwassenen, gewichtiger dan liefde. 'Waar moet hij dan komen?'

'In het zuiden van Europa heb je goede locaties. Maar ze zullen nooit toestaan dat hij het land uit gaat.' Hij legde uit dat de professor de berekende uren daglicht bestudeerde, en deed alsof hij erin geloofde. Terwijl hij vertelde, lengden op het pad de schaduwen van bladeren, die iets exotisch kregen; op Caro's uitgestoken voet een tong van schaduw als van een sandaal. Weer klonk de roep: 'Bessie', en het ongeduldig geschreeuwde antwoord. Ted zei: 'Misschien publiceer ik wel een afwijkende mening.'

'Dat moet je natuurlijk doen, als de zaak zo ligt.'

Hij had het als een voldongen feit gezegd, maar nu hij weer begon – 'Kijk' – en aarzelde, dacht ze dat hij misschien wel net zo onbeslist was als iedereen. Hij hervatte: 'Het enige nut zou zijn de pers wakker te schudden en ophef te maken. Het zou niets tegenhouden, maar wel aandacht trekken.' Hij zei: 'De kwestie is dus gebrek aan loyaliteit, en de gebruikelijke vraag waar je loyaliteit ligt.'

Afgaande op een verandering van toon had Caro misschien een uitbarsting verwacht, en ze was des te verraster toen hij vroeg: 'Weet je nog dat je vandaag dat opschrift oplas – *Great Expectations*?' Zijn woorden 'Weet je nog' duwden die ochtend terug in de tijd, veraf en onschuldig.

'Bij de bioscoop.'

'Precies. Weet je nog dat die jongen op de eerste bladzijde

van dat boek een ontsnapte gevangene helpt?' Meer een ondervraging dan een geheugensteun.

'Maar hij sluit geen vriendschap met hem. Hij doet het uit angst.' Het was volkomen normaal in het donker op een muurtje te zitten praten over een boek.

'Angst kan andere vormen aannemen dan behulpzaamheid, en in dat voorbeeld wordt het gevoel herinnerd als mededogen.' Ted Tice liet zijn vingertoppen op het stenen muurtje rusten, om zijn lichaam schrap te zetten voor een nieuwe toenaderingspoging.

'In de oorlog heb ik een gevangene helpen wegkomen. Een Duitser. Het was in Wales, waar ik een paar jaar op school heb gezeten toen ik daarnaartoe was gestuurd vanuit dat huis dat je vandaag hebt gezien. Een paar kilometer bij ons vandaan, landinwaarts, lag een krijgsgevangenenkamp, en we hoorden dat er een officier – een generaal natuurlijk, wilde het verhaal – was ontsnapt. Ik maakte daar soms lange, stevige wandelingen naar de kust, als het mocht, om alleen te zijn en de zee te zien. De zee was toen zo ongeveer taboe, de stranden waren verboden terrein en er lagen hoog opgestapelde hoepels prikkeldraad en geschutemplacementen als badhokjes dicht op elkaar. De zee erachter was als vrijheid. Je kon je niet voorstellen dat die tot Ierland of Amerika doorliep – dit was de oneindigheid, als het firmament. De open zee. Ik was zestien, ik snakte ernaar alleen te zijn en werd behoorlijk ongelukkig als ik het was – behalve op die wandelingen naar de kust. Met alleen de school in mijn hier en nu en het leger in mijn vooruitzicht. We mochten haast nooit in ons eentje weg, maar zouden binnen een jaar of twee naar het front te gaan, misschien wel dood zijn. Anderhalf jaar later werd ik inderdaad op radartraining gestuurd, vlak voor het eind van de oorlog.

Hoe dan ook, ik liep vaak van school naar de kust en bleef op de laatste heuvels een poos naar de zee staan kijken, en dan liep ik het hele stuk, zo'n vijftien kilometer, weer terug naar school. Alleen al het kijken naar zoiets uitgestrekts gaf een gevoel van vrijheid. Ik hield ook van die streek, die kaal was – alleen ruig gras en struiken die in de eeuwige wind wiegden. Verfletste kleuren die zich tot de periferie beperkten – alsof er een kern in het bestaan zit, en je die daar dichter naderde. Of, andersom gezegd, het was zo'n afgelegen plek dat je al je overtuigingskracht nodig had om in het bestaan ervan te geloven, of in dat van jezelf. Het was altijd slecht weer, maar dat vond ik niet erg. Ook dat gaf het gevoel blootgesteld te zijn, een gevoel van ruimte na opsluiting.

Er was daar een specifieke bocht in de kliffen, waardoor het was alsof je om een ronding van de aarde liep. En één keer zat daar een man in een sleuf tussen de rotsen te kijken. Niet te staren. Zo stil en niet verbaasd dat het was alsof hij me had zitten opwachten. Ik wist direct dat het die Duitser was. Alsof ik ook op hem had gewacht. Daar keken we dan, allebei. Hij had ergens een jas vandaan gehaald, maar was half bevroren. Hij zat al bijna een week daar in de heuvels en was kapot, totaal uitgeput en uitgehongerd. Zijn gezicht leek wel van zijn ogen afgezakt, je had zijn handen moeten zien.'

Ted Tice zei: 'Hij was het beslissende bewijs dat het echt oorlog was.

Nou ja, dat was het zo'n beetje. Ik gaf hem mijn boterham en mijn trui. En een veldfles met iets smerigs dat we bouillon noemden. De politie zou waarschijnlijk hetzelfde hebben gedaan. Alleen vanwege het feit dat ik hem niet aangaf, is het een vergrijp, maar het kwam niet eens bij me op om hem aan te geven.'

Dit was heel iets anders dan de geheimen die Caroline Bell kende, omdat er niets duisters in zat. Duister betekende Dora, betekende woorden en voorvallen die door het zelf waren besmet. Met haar inspanningen om vanuit Dora's duister tot het licht te komen had Caro, als in een gedegen, zware leerschool, een geweten en evenwichtigheid verworven. Het toepassen van principes zou altijd meer van haar vergen dan van mensen die ermee waren geboren en getogen, want zij had ze door wilskracht geleerd. Caro zou nooit juist handelen zonder het zelf te weten, anders dan sommigen. En dit was dan het geheim van Ted, doortrokken van een gecompliceerde menselijkheid: iets directs dat het zelf echter vrijwel niet raakte, nobel en toch niet deugdzaam. Het zou aanmatigend zijn zoiets te veroordelen of te vergoelijken.

Ze zweeg, maar richtte zich toen op het vervolg van het verhaal. 'Is hij ontsnapt?'

'Ja. Hij wist de weg naar de zee beneden, wat hij daar ook mocht verwachten, maar voordat ik daar opdook was hij gewoon te verzwakt om te gaan. Een paar dagen later ging het gerucht dat hij toch door zijn eigen mensen was opgepikt. We hebben nooit kunnen achterhalen hoe. Maar na de oorlog greep de pers het aan als een opmerkelijk voorbeeld van onze stupiditeit – zo luidde de kop. Want ze waren erachter gekomen dat hij een geleerde was van de raketinstallaties, en daarom waren zijn eigen kameraden er zo op gebrand hem terug te krijgen. Toen hij gevangen werd genomen, had niemand het door, omdat hij in uniform was en een militaire rang had – hij was op de Oostzee gepakt tijdens een toevallige tocht met een torpedojager, op de terugweg naar Peenemünde. Het werd pas ontdekt toen hij uit de gevangenis wist te ontsnappen. Vanwege de raketaanvallen kwam het uiteindelijk uit dat hij ons was ontglipt.' Ted zei: 'Ik zeg aldoor wij en ons. Maar ik was degene dankzij wie hij was ontglipt. Toen uitkwam wie hij was, moest ik dus ook aan de raketaanvallen denken.'

'Waar is hij nu?'

'In Amerika. Hij maakt nu hun wapens, en die van ons. Het verhaal van zijn ontsnapping hoort bij zijn publieke mythe, bijna bewonderenswaardig zoals het in de tijdschriften wordt voorgesteld. Ik kom er niet in voor – misschien past die herinnering niet bij een leven aan de macht. Het geeft aan dat barmhartigheid van belang is, als je overgeleverd bent geweest aan de barmhartigheid van een ander mens. Ik heb weleens gedacht dat een proces nu lastig zou worden – tegen mij, bedoel ik.' Teds stem glimlachte even in het donker. 'Ik zie weleens foto's van hem. Totaal onherkenbaar, alsof hij nu een masker draagt en zijn echte gezicht het gezicht was dat ik heb gezien. Het gezicht dat we in nood allemaal misschien wel hebben.'

Caro reikte hem wel haar hand. Hij hield die in de zijne, nam genoegen met louter vriendelijkheid.

'Ik probeer het niet goed te praten. Ik vertel dit nu voor het eerst en dat doe ik slecht. Ik ben niet goed in verhalen vertellen. Ik wist toen ook wel dat hij ik weet niet wat kon zijn, een van de ergsten, en de gedachte kwam zelfs bij me op dat hij in zijn eigen ogen aan de winnende hand was. Niet dat ik dat toen precies had uitgedacht. Op dat moment moest ik handelen en dat was de vorm die dat handelen aannam – de blijvende vorm, want wat er ook mee mis mag zijn, ik kan me niet voorstellen dat ik iets anders zou doen. Intussen ben ik het bijna vergeten. Als ik eraan terugdenk, kan het belangrijk of irrelevant lijken – afhankelijk van mijn gemoedstoestand. Je kunt niet alleen maar aalmoezen geven aan de onschuldige mensen. Maar goed, de complicaties begonnen direct, met het verzwijgen, wat zijn eigen vormen van verraad oproept. Zelfs als je een bepaalde ervaring niet speciaal openbaar wilt maken, moet je je wel daartoe in staat voelen. Ik kende niemand die ik in vertrouwen kon nemen, ik had sowieso weinig vrienden. En wist ook niet zeker of ik de situatie zelf wel begreep, laat staan juist voorstelde. En ik zag uiteraard ook niet uit naar alle heisa als het bekend werd. En zo bleef het geheim, tot nu toe. Nu zou ik het wel vertellen als ik dat wilde, maar dat dient nergens toe.'

Caro zei: 'In een boek zou iedereen die handelwijze terecht vinden – net als met het kind en de gevangene, zoals je al zei. Toch zouden de meesten er in het echte leven kritiek op hebben.'

'Maar zie je, ik was te oud om geprezen te worden om een goede ingeving. Zestien is te oud voor heilige onschuld.'

Het kind Caro had niet eens gezwaaid naar de mensen achter het hek, laat staan iemand barmhartigheid getoond.

Ted zei: 'Een bewuste daad van onafhankelijke menslievendheid is nu juist wat de maatschappij zich al helemaal niet kan veroorloven. Als dat eenmaal wordt toegelaten, is het einde zoek. Als ik hem aan het front was tegengekomen, had ik hem gedood, omdat ik de normen van de maatschappij had aanvaard. Maar nu moest ik mijn eigen normen aanleggen. Nou ja, ik wil mezelf niet op de borst kloppen. Mijn voordeel was gewoon te groot om er gebruik van te maken. Nogmaals, de complicaties komen pas later. Iemands beste intuïtie is niet betrouwbaarder dan de wet, en ook niet consequenter. Als je in principe binnen de maatschappij leeft, zijn er momenten waarop je je liever zou houden aan de maatschappelijke conventies – en merk je dat je die mogelijkheid min of meer hebt afgesneden. Je hebt het jezelf onmogelijk gemaakt anderen aan die regels te toetsen.'

'Je bedoelt dat je op zekere dag misschien een goede reden zou kunnen hebben om iemand aan te geven, maar dat je dat recht hebt verspeeld.'

'Precies.' Na een stilte ging hij door: 'Dit leidt allemaal weer terug naar de oude Thrale. Waarschijnlijk zal ik die ouwe man niet sparen over die telescoop, maar de juistheid van mijn standpunt stuit me tegen de borst. In elk geval kan je dit keer niet zeggen dat ik alle troeven, of zelfs maar één troef, in handen heb.'

'Jij hebt de waarheid.'

Ted Tice moest lachen. 'Even voor het gemak aangenomen dat die handicap op zich al overtuigend zou moeten zijn.' Hij draaide zich in het donker om en pakte de hand van het meisje opnieuw vast, onzeker tastend, deductief, volkomen persoonlijk, als het contact tussen blinden. Hij vroeg, zoals hij die ochtend ook had gevraagd: 'Waar denk je aan, Caro?'

'Aan die Duitser. Ik vraag me af wat hij dacht en hoe het tussen jullie tweeën ging.'

'Juist. Een overvloed aan natuurkrachten, zoals harde wind die je de adem afsnijdt. Op een ander niveau de bekende bescheiden emoties – wrok bijvoorbeeld, omdat dit mij was overkomen en niet een verklaarde patriot die het zonder aarzelen conventioneel had aangepakt. Ook het vernederende gevoel te jong en te beperkt te zijn. Daarbij kwam de nieuwe mogelijkheid dat niets ertoe deed, ook dit niet, hoewel die gebeurtenis er zelf voor nodig was om me dat duidelijk te maken. Van zijn kant – geen idee. Geen enkel vertoon van normale gevoelens, geen sympathie of opwinding, of zelfs maar angst in de gebruikelijke zin. We spraken niet dezelfde taal, maar het verlangen iets mee te delen had ik vast wel herkend.'

'Heb je daarom het werk gekozen dat je nu doet?'

'Wie weet.'

'Misschien kom je hem nog een keer tegen. Dingen kunnen soms vreemd lopen.'

'Dat denk ik ook weleens. Ik denk dat er misschien wel meer van dat soort botsingen in het leven zijn dan in boeken. Misschien wordt het toevalselement in literatuur juist onderdrukt, omdat het onecht lijkt of niet geloofwaardig kan worden gemaakt. Terwijl het leven zelf niet eerlijk of overtuigend hoeft te zijn.'

Dit had iets van een afronding, waardoor het al snel noodzakelijk werd op te staan en door te lopen. Zijn verhaal had een intimiteit gecreëerd die eerder menselijk dan seksueel was, een hoogtepunt van gemeenschappelijk weten dat te plechtig was voor lust. Bij het zien van de man en jongen tussen de ijzige rotsen had de liefde zich op eerbiedige afstand teruggetrokken, waar ze de morgen afwachtte.

8

'Vergeef me alsjeblieft deze vreemd gestelde en slecht geschreven brief. Ik heb een gescheurde duimnagel, en dit is het resultaat.'

Caro en Grace kwamen tegelijk bij het postscriptum. Het was twaalf uur en ze stonden in de zitkamer van Peverel; Grace hield de brief in haar hand en Caro keek over haar schouder. Dora ging trouwen.

Omdat ze nooit aan die mogelijkheid hadden gedacht, waren ze niet voorbereid op zo'n gemakkelijke redding. Noch op het besef dat het ook eerder had kunnen gebeuren, en op tijd. Hun schouders kwamen in een troostrijke aanraking tegen elkaar, nu er zoveel te verwerken viel en er zo'n zware last van hen af viel. Voortaan zou hun misschien iets bespaard blijven.

'Laten we de eerste bladzijde nog eens lezen.' Ze zochten terug naar het velletje waarop stond: 'Lieve G en C'.

Beth Lomax, de rijke weduwe uit het Victoria Vriendschapsverbond, had zich onnodig onbeschoft betoond nadat ze op Gibraltar waren aangekomen. Hoewel ze het bezoek zelf had voorgesteld, begon ze Dora te behandelen als een obstakel. Dora had nu eens geen blad voor de mond genomen: Beth Lomax had een paar harde waarheden te horen gekregen, en dat werd hoog tijd. Vervolgens was Dora de stad in gegaan om passage terug naar Engeland te boeken. En in het scheepskantoor, dat notoir inefficiënt was, had ze op een leren bank zitten wachten naast een man die een klacht wilde indienen. Met beiden was, zo bleek, net iets te veel gesold. Ze waren zonder te hebben geboekt of geklaagd samen weggelopen op zoek naar een kop thee. (De koffers van majoor Ingot doken uiteindelijk de volgende dag op in Algeciras, wat ze allebei als een goed voorteken beschouwden.) Sindsdien waren ze veel met elkaar opgetrokken en hadden gemeenschappelijke interesses ontdekt.

Caro las vol verwondering: 'We hebben dezelfde smaak en denken hetzelfde.'

'Jullie zijn nu allebei volwassen,' schreef Dora, 'en hebben mij niet meer nodig.' Er school zowel verwijt als ironie in. Het huwelijk zou worden gesloten in de Algarve, waar de majoor woonde, of verbleef. Majoor Ingot – Bruce – ontfermde zich over de voorbereidingen. 'Ik heb nog nooit iemand gehad die alles voor me regelde en geniet van deze luxe.' Het bruidspaar zou daarna naar Engeland afreizen, maar alleen om hun bezittingen in te pakken, aangezien de majoor zich in de Algarve wilde vestigen waar hij nu, buiten dienst, in de im- en export zat.

'Dora in Portugal,' zei Grace. Het klonk historisch.

'O Grace, godzijdank.'

Ze waren nog nooit zo dicht gekomen bij het opnemen van de schade.

Ze bogen zich weer over de brief. Dora zou vaak in Engeland zijn, aangezien majoor Ingot – Bruce – zijn klanten moest opzoeken. Ze zou heus niet verdwijnen. Ze hoefde niet te zeggen, zei ze, dat ze van hen hield. Zijzelf telde niet, zij waren de enigen die telden. 'Ik heb nooit iets van iemand gevraagd, en daar ga ik nu niet mee beginnen.' De jurk zou van ivoorwitte crêpe zijn, cocktaillengte, met een kort jasje; de hoed beige. Er stond een woord dat ze niet konden lezen, dat misschien wel stefanotis was. De majoor regelde foto's en Dora zou alle foto's die enigszins behoorlijk uitpakten meenemen; maar stond nooit goed op een foto. Het zou een verademing zijn uit deze hitte weg te komen, erger dan ooit in Australië. Wezen jullie maar gewoon gelukkig.

De brief was afgesloten met 'D'. Dora had moeite met afsluitingen, net als met aanheffen.

De werktuigelijke toon, alsof de gedachten al elders waren, wierp de mogelijkheid op dat Dora nooit iets voor hen had gevoeld. Grace was bang dat Caro daarop zou wijzen. Ook kwam vluchtig het ongepaste beeld op van de vleselijke verandering die Dora, verbazingwekkend genoeg, als eerste van hen drieën zou doormaken.

'We moeten een telegram sturen.' Maar ze bleven daar samen staan in een synthese van verwarde herinneringen. Grace had graag iets universeels gedacht, maar kwam niet verder dan de aanzet tot een gevoel. Caro zag misschien Grace wel die met een kinderschortje voor een hemelsblauw stoeltje aan de poten meetrok.

Ze zouden elkaar bij uitzondering net hebben omhelsd.

'Ik stoor toch niet, hoop ik.' Sefton Thrale zag de twee vrouwen verrukt in het zonlicht staan met de opgehouden brief.

Ze gingen uit elkaar, nog niet bereid iets te zeggen.

'Tertia is hier.'

Tertia was daar, de dochter van een lord. Zo verzorgd en knap, zo blond en rijzig dat ze een reclame leek voor een heel kostbaar voorwerp. Ze was met de auto van het kasteel hiernaartoe gekomen, en haar haar was met een roze zijden lint achter haar oren samengebonden. Ze had lichtblauwe ogen – die straalden van iets wat uit de verte gezien pure blijdschap leek, en dat in haar jeugd misschien ook echt was geweest. Van dichtbij was die scherpte echter pijnlijk en gaf noch kreeg een goede indruk. Niets aan haar leek door mensenhand aangeraakt.

Door omstandigheden was Grace de verantwoordelijke. Ze stopte Dora's brief weer in de envelop en kwam naar voren, te beleefd om duidelijk de leiding te nemen. Ze mompelden, aangenaam. Tertia reikte haar vingertoppen aan in een gebaar dat niet zozeer vermoeid was als wel haar kracht spaarde voor iets wat meer de moeite waard was.

'Is Paul er al?' Drie jonge vrouwen gingen zitten, terwijl Sefton Thrale zich van zijn favoriete taak ging kwijten – zien of er nieuws was over Paul Ivory, die vandaag eindelijk moest arriveren.

Na het handen schudden bracht Tertia haar vingers naar haar lijfje, haar kapsel: een diertje dat nauwgezet elk spoor van contact uitwist. Ze merkte dat ze een golf intense gevoelens onderschepte, zonder die te onderbreken – aangezien de zusjes, in hun eigen zaken verdiept, niet echt gevoelig waren voor haar koelheid. Net als Christian Thrale vóór haar vond ze dat de zusjes te weinig besef hadden van hun mindere positie, en had hun die graag ingeprent. Ze zag dat Grace in dat opzicht uiteindelijk misschien viel te corrigeren, maar dat Caro een lastiger geval zou blijken.

Tertia Drage plukte een blaadje van haar jurk en gooide het nadrukkelijk in de lege open haard. Dat was iets wat ze vaker zouden merken aan Tertia – dat er iets afstraffends en abrupts was aan de wijze waarop ze voorwerpen behandelde of deuren openduwde, omdat ze geen reden zag zich te schikken naar een ontoeschietelijke wereld. De menselijke boosheid die onbezielde voorwerpen soms wekken als ze omvallen of zich verzetten, was in haar geval permanent aanwezig.

Nee. Tertia wilde geen sherry. Dank je wel. Ze was met de auto, die ze door het open raam konden zien. Caro stond op om te kijken. Het was een lage, open Bentley van voor de oorlog, een bij verzamelaars gezocht model. Donkergroen, net zo slank en mooi als Tertia. 'Wat een prachtige auto.' Caro duwde het in ruitjes verdeelde venster verder open en bleef naar de auto staan kijken. De ronde koplampen, boven de spatborden geplaatst, waren glazig en lichtloos, net als de ogen van Tertia.

Tertia zei: 'Negentienzevenendertig. En in gloednieuwe staat.'

Er kwam een halfvolwassen kat over de vensterbank binnen. Caro ging weer zitten, met de kat op haar schoot. Grace had Dora's blauwe brief in haar hand. Ze wisten niet meer wie aan de beurt was om iets te zeggen. De professor kwam terug met de woorden: 'Ik heb nu de laatste informatie', maar Tertia gaf geen teken van leven. Zelfs de auto voor het raam was vriendelijker, omdat die nog iets vlots uitstraalde en tot leven kon komen.

Paul Ivory reisde met de auto vanuit Londen en kon elk moment arriveren. ('Reizen' was het woord van de professors keuze.) Ivory's auto zou zwierig tot stilstand komen naast die van Tertia, die hem vrijwel zeker zou overschaduwen of aftroeven.

'Ik kan er niet op wachten,' zei Tertia, waarmee ze gewoon bedoelde dat ze dat niet wilde. 'Ik heb een hekel aan reünies.' Ze zou ook beweren dat ze een hekel had aan dieren of kinderen, aan de zee of de lente, in het volste vertrouwen dat haar afkeer van belang moest zijn. Elke tegengestelde mening moest wel, zo liet ze doorschemeren, leugenachtig en sentimenteel zijn. Evengoed lukte het haar niet deze twee zusjes af te troeven of te overschaduwen. Ze zaten zelfs te wachten tot ze weg was, en zij konden doorgaan met wat ze deden.

Voorzichtig sloeg Caro haar benen opnieuw over elkaar. In het slapende katje verschoof het gewicht van de ene naar de andere kant, als in een zitzak. Het echte gewicht rustte in de blauwe envelop op de schoot van Grace. Over Tertia vroeg Caroline Bell zich af welke Benbow haar in deze gloednieuwe staat had doen verzinken.

Grace dacht dat Tertia dadelijk zou zeggen dat ze een hekel had aan katten.

'Ik kan de auto daarvoor keren,' zei Tertia. 'Toch.' Haar constateringen gingen niet gepaard met een glimlach, noch met twijfel of tact. Het waren werpringen, die rinkelend, met een exacte plof om een paal vielen. Ze keek naar de kamer terwijl ze 'Tot ziens' zei. Tegen Caro verklaarde ze: 'Katten hebben een hekel aan mij.'

Toen Tertia met Sefton Thrale naar buiten was gelopen, zei

Caro: 'Heel blij dat jullie gelukkig zijn. Iets in die trant, wat vind je?' Het enige geluk dat Dora in feite had goedgekeurd was dat van haarzelf.

'We kunnen het even opschrijven. Ik ga wel op de fiets naar de post.' Ze waren aangestoken door Tertia's uitgestreken manier van doen en zouden elkaar nooit meer om Dora's brief omhelzen. Buiten reed de auto achteruit naar een border van bloeiende planten, waar hij ineendook voor de sprong. De benzine walmde in de scheefbloem. Daar spoot Tertia weg, met opspattende kiezelsteentjes.

Toen ze het telegram hadden opgeschreven, kwam de tweede auto, kort, gesloten, donkerrood. Ze zagen de man met licht haar achter het stuur, en Ted Tice die uit een zijdeur van het huis kwam om te helpen bij het parkeren. Grace zei: 'Er gebeurt zoveel tegelijk. Jammer dat al die dingen niet wat meer verspreid kunnen zijn.' Waarmee ze als een kind de begrenzingen aangaf van hun besloten, onschuldige en toch verwachtingsvolle leven. Ted verdween uit het zicht, maar ze hoorden hem wel roepen: 'Links' en 'Rechts' en 'Pas op'. De jongeman in de auto haalde zijn elleboog van de rand van het open raampje en pakte het stuur met beide handen beet. Hij droeg een donkere coltrui. Zijn haar viel als bij een schooljongen over zijn voorhoofd.

Wielen draaiden naar links, naar rechts, en buiten beeld riep Ted 'Houden zo', als een filmregisseur. Grace vroeg aan Caro: 'Heb je nog iets nodig als ik toch in het dorp ben?' maar ze keken naar de rode auto die tot stilstand kwam. De motor viel stil en er stapte een jongeman uit: lang, elegant en op een voor hen onbekende manier goed gekleed.

Paul Ivory was voor hen de eerste Engelsman die, zoals iedereen later, een donkerblauwe visserstrui droeg met eronder een lichte katoenen pantalon en linnen schoenen.

Toen kwam het moment waarbij Ted de meeste schuld droeg, omdat hij degene was die bleef staan kijken, en zijn hand liet zakken. Wat er ook aan spontane wederzijdse antipathie tussen de twee mocht zijn ontstaan, Paul kwam in elk geval dichterbij, toen hij zich voorstelde en mogelijkheden schiep. Al liet hij ondertussen zijn openhartige blik over Ted Tice gaan, monsterend en oordelend. Ze gaven elkaar wel degelijk een hand, maar Ted bleef er werkeloos bij staan toen Paul Ivory een zware leren koffer uit de auto tilde en een portier dichtsloeg. Hij had gemakkelijk kunnen weglopen, want de professor was naar buiten gekomen en zei net dat het hem een geweldig genoegen was; Ted bleef daarentegen onbeholpen terzijde staan, alsof hij stond te soezen in alle drukte van de aankomst, en vastbesloten was Paul Ivory bij hem vergeleken te laten schitteren.

Het was zo'n uitgesproken vertoon van intuïtie dat Grace zich half van het raam afwendde in afwachting van Caro's interpretatie.

Caro bedacht dat het wantrouwen tussen de klassen in Engeland zelfs de beste mensen kapot kon maken doordat al hun energie erdoor werd opgeslokt. Ze keek met een bezwaard gevoel toe, een gevoel, zwakker dan liefde, waarin goedkeuring en ergernis samengingen in een stekende pijn, omdat juist Ted Tice in deze kleine scène vol gestileerde gedragingen en planmatige woordenwisselingen voor het onmisbare menselijke element zorgde. Ze was intussen gewend dat hij vlagen van inzicht bood, die op zichzelf al intense ervaringen vormden; maar bij deze gelegenheid stond hij met slappe handen op het grind, blijkbaar zonder Caro of wie dan ook op te merken. Terwijl zij toekeek en zich afvroeg wat hem bewoog.

Paul Ivory keek naar het lage raam waar de jonge vrouwen bijna op ooghoogte voor hem stonden. Hij glimlachte met zijn knappe, lichte, gelukkige gezicht, waarop zo'n beheerst open uitdrukking lag van aangename verrassing dat er geen verrassing meer restte. En de zusjes glimlachten terug met de ernst die ze voor zulke momenten reserveerden. Alleen Charmian

Thrale, die in de deuropening stond, vergeleek deze veelbelovende aankomst met de wijze waarop Ted Tice in een stortbui was aangespoeld; en herinnerde zich hoe Caro die ochtend van de trap naar beneden had gekeken, en was weggelopen.

9

Toen Paul Ivory op espadrilles over de paden en laantjes van Peverel liep, luidde dat geluid zachtjes de moderne tijd in. Net als zijn katoenen truien – sommige blauw, andere zwart – en pantalon van lichte popeline. Dit werd mogelijk gemaakt door de moderne tijd, evenals het weer. Paul had de zon meegebracht, en zijn geluk. Vroeg op de warme ochtend stonden de meisjes gebloemde jurken te persen in een kamertje naast de keuken, waar een strijktafel met een versleten deken stond en een oude granieten gootsteen was. Ted Tices kleurige Fair Isle-trui en zeegroene kabelvest waren weggeborgen, misschien wel voorgoed.

Mevrouw Charmian Thrale vertelde aan Paul Ivory: 'Ik herinner me je als een ideaal kind. Het enige kind dat ooit mijn vader wist te boeien.' Het was haar manier om te zeggen: Wat een aantrekkelijk en zelfs gezegend jongmens; en om, heel subtiel, haar eigen ongelukkige kindertijd te schetsen. Paul kon goed met complimenten omgaan, onbeschroomd, op een bedeesde manier blij. Het was in die tijd ongebruikelijk een jongeman openlijk te zien genieten van het feit dat hij jong was, en zich terecht te zien verheugen in zijn gezonde lichaam en knappe voorkomen. Door zijn vroege en welverdiende aanzien leek de toekomst minder vormeloos.

Pauls toneelstuk zou in het najaar in Londen worden opgevoerd. Ter voorbereiding ontving hij telefoontjes en aangetekende brieven. Er waren ochtenden waarop hij niet gestoord mocht worden, omdat hij moest aanvullen of herschrijven. Het stuk heette *Vriend van Caesar* en was in de pers aangekondigd als een voorstelling over een moderne familie als analogie van politieke macht. Paul las dit zelf glimlachend voor. Een beroemd acteur had toegezegd de hoofdrol te spelen.

Paul Ivory was werkelijk een veelbelovende man: de omstandigheden gaven de plechtige garantie dat het Paul voor de wind zou gaan. Zijn toneelstuk zou alom en terecht worden geprezen. Plaatsjes in de provincie en steden in het buitenland zouden erom vechten en een beroemde regisseur zou er een succesvolle film van maken. Het enthousiasme waarmee Paul zich voor de gebeurtenissen inzette paste beter bij een bruidstijd dan zijn aanstaande engagement met Tertia Drage.

Net als Pauls karakter had zijn lichamelijke schoonheid in zijn verfijning en overtuiging veel weg van een techniek. Zoals een klassiek portret een donkere ondertekening kan hebben waar het licht lijkt, of een lichte waar het donker is, zo kon Paul Ivory onderbewust koud zijn waar hij warm was, warm waar hij koud was – met elkaar overlappende nuances die vernuftig een sterke en toch vloeiende afbakening vormen. Zo ook leken zijn ledematen wel middelen of wapens voor zijn charme in plaats van louter de belichaming daarvan. De toppen van Pauls lange, dunne vingers waren in uiterste sensitiviteit omhooggebogen, alsof ze voelden of iets heet was.

Sefton Thrale zei tegen Ted Tice: 'We zullen nog veel van Paul horen.' Alsof hij een mooi meisje complimenteerde tegenover een lelijk kind. En toch was er ook de indruk dat Paul Ivory en Ted Tice allebei uitzonderlijke mensen en symbolische tegenpolen waren. Niet alleen doordat het leven de twee tegenover elkaar had geplaatst. Op een irrationeler vlak leek het of de een moest verliezen als de ander zou winnen.

Sefton Thrale had al tweemaal opgemerkt dat Tice binnenkort weg zou zijn en hield de precieze datum in de gaten.

Mevrouw Thrale vertelde Paul Ivory, op diens verzoek, over de priester – die een spraakgebrek had en vroeger communist was geweest, maar nooit, zoals de man in Thaxted, de rode vlag in de kerk had opgehangen. De professor voegde eraan toe: 'Hij is natuurlijk hoog-anglicaans, heel hoog', alsof een geestelijke een stuk opgehangen wild was; en vestigde de aandacht op de kerkfaçade die een fraai voorbeeld vormde van gebroken vuursteen. Daarop ging Paul op zondag naar de kerk in het dorp, en betrok zo het huishouden van Peverel in een godsdienstig gebaar.

Onder het strijken van hun blouses keken de twee zusjes de wegrijdende rode auto na. Charmian Thrale zag het wellicht vanuit een kamer boven gebeuren. Paul bracht betovering, waar Ted een schaduw wierp. Het was onmiskenbaar aangrijpend, het idee dat deze lange, zegenrijke man knielde, offerde en ontving. Ook al wisten mevrouw Thrale bij haar hoge raam en Caro in de keuken allebei best dat vrouwen niet te vertrouwen waren met dit soort emoties.

Toen Caro de opgevouwen kleding naar de gang bracht, trof ze Ted in de deuropening.

Ted Tice zei: 'Christopher Robin zegt zijn gebeden.'

Ze wist niet wiens partij ze moest kiezen, maar bedacht, net als Sefton Thrale, dat Ted binnenkort weg zou zijn. Ze legde de pas gestreken blouses in een mand op de trap en liep met Ted de tuin in.

Hij zei: 'Over twee weken ben ik weg.'

'Dan zit je in Edinburgh. En gauw daarna in Parijs.' Om duidelijk te maken dat hij niets te klagen had. Zelf zou ze over een maand in Londen op het departement gaan werken. Want Caro was bij het examen als beste van allemaal uit de bus gekomen; en was daarmee zelf uitzonderlijk, op een andere manier dan zij.

Er volgde de korte, stilzwijgende voorstelling van een nieuw leven, tot en met de grenen tafels en gebutste bureaustoelen. Ted zei: 'Ik moet het me zonder jou voorstellen.' Ze verlieten de bloementuin en bleven onder bomen staan uitkijken over het dal. Een heel land lag daar in zondagse, zomerse stilte. Een gele akker lag vlak en oplichtend in de verte, als een verfstreek. Afgemaaide stoppels op verre hellingen prikkelden het oog, zo onfeilbaar als oude tweed. Op de tegenovergelegen heuvel, als een schaakstuk op een geblokt bord, doorsneed de toren van Tertia's kasteel de lucht met zijn grijze kantelen.

Ted zei: 'Zelfs op mijn best bezit ik geen charme en niets is zo oncharmant als ongewenste liefde. Maar omdat we binnenkort afscheid nemen, moet ik het zeggen, dat ik hoop dat je aan me zult denken en dat ik je mag schrijven. En me op den duur toestaat van je te houden.'

Het meisje hoorde zijn relaas aan met een stoïcijnse houding die de indruk wekte dat zij juist degene was die leed: die zijn smeekbede als een noodzakelijke kwetsuur onderging, met een zorgzaam respect behandelde. 'Natuurlijk denk ik aan je en zal ik schrijven. Ik mag je heel graag, meer dan iedereen die ik ken.' Ze deed een paar stappen opzij – een blauwe jurk die als een waas over een achtergrond van donkere bomen en geschilderde velden gleed. 'Maar van dat andere zie ik niet in hoe dat ooit zou gebeuren.'

'Vanuit mijn perspectief is dat erg zwaar.' Voor het uiten van een paar woorden verspeelde hij het voordeel van het zwijgen. Het was onvoorstelbaar dat hij haar lichtblauwe lichaam, dat al zijn dagen beheerste, niet kon aanraken of omarmen. Zelfs de omtrek van de hele aarde, buiten haar, viel erbij in het niet. 'Je staat nu even ver van me af als wanneer we straks gescheiden zijn. Dit, zoals we hier en nu bij elkaar staan, houdt geen geluk voor me in. Maar later zal ik eraan denken, het idee dicht bij je te zijn, dat geluk te hebben.'

Ze sloeg haar arm om een boomstam en bleef hem staan aankijken. Het was alsof het hele landschap met leedvermaak toekeek en de boom aan haar kant stond – zakelijk, vaststaand. Of alsof ze verleidelijk tegen de boom leunde, om hem te tarten. De zinsbegoocheling vervloog, maar een zeker inzicht

bleef achter. Er hing een indringende geur van in de zon uit-
wasemend loof: Engeland dat uitdroogde.

'Ted,' zei ze. 'Ted.' Lichte irritatie. 'Wanneer ik aan die baan
in Londen begin, ben ik voor het eerst zelfstandig. Het is voor
mij belangrijk om nu vrij te zijn, na jaren met Dora.' Het was
zeker een reden; zij het niet de meest waarachtige.

Ted had over Dora gehoord. 'Als mensen zich eenmaal tot
bron van zorg hebben gemaakt, geven ze niet gauw op.' Toen
werd hij bang dat ze die woorden op hem kon betrekken. 'Aan
jouw kant is er de bezorgdheid, aan Dora's kant haar aanspraak
daarop. Zoiets gaat vaak door voor affectie, zelfs voor innige
liefde. Juist het feit dat je die toets zo goed hebt gemaakt' – hij
bedoelde het examen waarvoor Caro was geslaagd – 'bevestigt
dat je in staat bent haar last te dragen – je hebt nu het diploma
als bewijs.'

'Dat soort dingen vertel ik haar niet. Ze kunnen zich tegen
je keren.' Want Caroline Bell had als kind al ontdekt dat prestaties kunnen worden omgesmeed tot wapens voor de vijand.
('Alles valt jou altijd in de schoot, waarom zou je je druk maken
om een leven als het mijne?') De strijd in een kind tussen het
verlangen te tonen of te vertellen en de noodzaak stille kracht
op te sparen was allang beslecht. Ze zei: 'Ik weet niet of ik dat
kan uitleggen.'

Hij zei: 'Ik begrijp het heel goed.'

(Toen Ted Tice een jaar of elf was had zijn moeder hem verteld: 'Het was toen ik naar Lacey's ging, toen ik uit de fabriek
weg was, en de facturen deed. Het was je oom Tony Mott die
me daar een kans gaf, toen hij zag dat ik goed was met getallen. Ja, het was ome Tony die me m'n kans gaf. Nou, en met
kerst kregen andere meiden op kantoor allemaal een envelop
met twee pond als extraatje van meneer Dan Lacey. Maar ik
kreeg drie, vanwege als dat ik vlug was met getallen. Ik had
nog nooit geen twee pond gezien, laat staan drie en m'n weekloon was twaalf, die m'n pa meteen afpakte als ik thuiskwam.

Ik wist wel dattie dit ook ging afpakken. We woonden in Ellor Street, en toen ik 's avonds thuiskwam hoorde ik meteen dat mijn nichtje Lorna – jij hebt onze Lorne nooit gekend, ze was het enige meisje van Cec en ze bezweek aan d'r longen, percies in de maand dat jij kwam – afijn, die Lorna had drie pond gekregen, of drie guinea's was 't toen, waar zij werkte, terwijl het er anders altijd twee waren. En ik wist me geen raad, want zie je, ik wist niet of ik moest laten zien dat ik ook drie pond waard was, net als Lorna, of twee moest zeggen en één voor mezelf moest houden. Dat dee ik, ik hield er een achter en gaf geen kik. Dat was de enigste keer dat ik zo uitgekookt was.'

Teds moeder stond op dat moment bloem te zeven op de grote keukentafel die hun enige tafel was.)

Onder de volle bomen legde Ted zijn hoofd in zijn nek en zag de lucht. Dat kon iets te maken hebben met zoute tranen en de wet van de zwaartekracht. ''t Was ome Tony die me m'n kans gaf.' O jezus: *m'n kans.*

(Teds moeder zei, onder het zeven: 'Lorna leek op d'r vader. Ze staat op het familieportret, dat percies in die tijd is gemaakt, maar je ken d'r niet zo goed zien, ze staat achteraan, met d'r hoofd naar beneje, die arme Lorne.')

Ted Tice keek naar de horizon. Hij herinnerde zich die kleine, blozende oom Tony wel, die een ietsje beter leven had dan de rest, die iemand kende bij de gemeente en een streepjeskat had die Moggie heette.

Hij zei: 'Paul Ivory trouwt met dat kasteel.'

'Ja, dat zal wel.' Ze staarden allebei naar het kolossale, zon-overgoten, aan de geschiedenis ontsproten fantasiegebouw op zijn gedateerde verhoging. Voor een bruid wekte het angstige voorgevoelens.

Ted zei: 'Paul Ivory moet met een lord trouwen, of minstens met de dochter van een lord. Dat staat geschreven. Ook staat geschreven dat ze rijk moet zijn. Hij heeft geen keus, het is verplicht. Ga rechtsaf naar het kasteel.'

'Maar toch, ik zie niet in waarom Tertia voor hem moet zwichten.' Het was onnatuurlijk om 'Tertia' te zeggen waar geen enkele vorm van vertrouwelijkheid kon bestaan.

'Misschien voelt ze zich belaagd in haar kasteel.' Ze moesten glimlachen bij het beeld van Tertia op de tinnen, glazig kijkend vanachter de mezekouwen. 'Of misschien houdt ze wel van een zekere vijandigheid. Of ze weten het ergste van elkaar. Dat kan een band scheppen.'

'Paul kan ook veranderen. Hij is nog jong.'

'Zijn fouten zijn geen jeugdige fouten. Hij kent geen groei, alleen automatische transmissie.'

Het meisje had Ted Tice nog nooit zo horen praten – net zo wreed als mensen waar hij boven stond, met een boosaardigheid die zijn verdiensten deed vervagen. Haar teleurstelling gold misschien hem, omdat hij deelhad aan het algemene demasqué. Ze trad uit de schaduw van de bomen om naar het huis terug te lopen. Ze hadden geen ruziegemaakt. Maar voortaan zou zich aan beide kanten iets behoedzaams ontwikkelen – de zorg om niet te kwetsen of te ontmaskeren. Het was niet duidelijk waardoor die was ontstaan.

Voor Ted Tice leek de nederlaag aan hemzelf te wijten, als was er een zware taak op zijn schouders gelegd en had hij die verprutst. Bij een beeld – van haar sterke wil die zich in schijnbare passiviteit uitte, terwijl hij aandrong op een absolute behoefte – stond zijn verstand stil van de pure verspilling. Anders had hij er een virtuele voorstelling van de liefdesdaad in kunnen zien.

In die warme tijd liep Tertia in en uit om Paul her en der mee naartoe te nemen. Grace en Caro zagen haar achter het stuur van haar groene auto zitten, met opgetrokken wenkbrauwen, haar pupillen zo levenloos als de bronzen schijfjes die als ogen op antieke beelden werden aangebracht. Grace zei: 'Ze zal wel een geweldige partij zijn.' Ze had dat zinnetje ergens gelezen, wat haar manier was om te verklaren: ze kunnen niet verliefd zijn.

Er volgde een intermezzo van rustig stralend weer, waarin de ochtend de hele dag voortduurde. Op een van die zonnige dagen kwam Caro op de terugweg van het dorp Paul Ivory tegen, die te voet was. Zo gezien, buiten zijn eigen terrein, was hij als een van het paard geworpen ruiter, en dat zei ze tegen hem. 'Mijn verloren voordeel.' Wie Paul zag met zijn lach en elegante pas, zou dat nooit verloren noemen. Paul Ivory was een ster: elk firmament paste hem.

Hij had Caro uit de verte gezien en was van koers veranderd om haar pad te kruisen. Had, naderbij gekomen, opgemerkt dat bij haar tred vergeleken de gang van andere vrouwen gestrompel of geschuifel werd. Hij zou haar broze donkere kracht mannelijk hebben genoemd – een duistere uitstraling die kenmerkend kon zijn voor een jonge man. Hij herinnerde zich donkere, sterke jongemannen, enigszins gereserveerd, en toch zinderend van avontuur. Toen bedacht hij dat dergelijke jongelingen dikwijls zwak eindigden, dat ze snel verzuurd of voorzichtig werden, of de tegenpool vormden van verbitterde vrouwen – met al hun energie opgegaan in beschuldigingen of bluf, vol stuurse trots. Hij had dat al eens gezien; en veronderstelde dat zulke mensen in het geval van vrouwen geheel verlepten, of hooguit een vleugje van hun verloren onstuimigheid aan kinderen doorgaven.

Paul Ivory had ook de straf op dadendrang gezien. Had gezien dat mannen zich, nog voor hun smaak of karakter volledig gevormd was, een vrouw en kinderen hadden aangemeten – voorgoed bestemd en veroordeeld tot de vaste gewoonten van een overleefde fantasie. Hij was er zeker van dat zijn aanstaande huwelijk die gevaren uitsloot. Het verwijt in hartstocht tekort te schieten zou hem niet hebben gestoord. Hij was er niet van overtuigd dat hartstocht essentieel was, of dat die naar behoren was gedefinieerd.

Het meisje vroeg: 'Zullen we de kortere weg over de begraaf-plaats nemen?'

'Een begraafplaats kan nooit een kortere weg zijn.' Paul duw-de een houten hekje open.

Er lag een gescheurde vlieger in het gras. Caro zei: 'Er spelen hier vaak kinderen.'

'Kinderen houden van begraafplaatsen. Geen verkeer, geen levende volwassenen en de stenen hebben kinderhoogte, als kameraadjes.'

Caro, die altijd deze weg nam, wees op de inscripties. Hier leyt begraewen al wat rest van Oliver Wade. Alhier syn beg-rawen de aardse resten van Tryphena Cope. Op latere stenen alleen de naam en de jaartallen – van geboorte en dood – met elkaar verbonden door een ingegrift streepje dat het leven ver-beeldde. Verweerde zerken scheefgezakt als gescheurde vlie-gers. Op de oudste vielen de letters niet meer te ontcijferen: onverstaanbare laatste woorden.

Caroline Bell zei: 'De doden op begraafplaatsen geven altijd de indruk dat ze normaal en vredig zijn gestorven.' Paul gaf geen antwoord, maar zij hield aan: 'Zouden ze daarom zelf-moordenaars buiten de gewijde grond hebben gehouden, om dat sprookje niet te verstoren?' Terwijl ze zwijgend heen gingen naar de weg viel haar in dat ze hem, gelovige die hij was, mis-schien wel had beledigd. Paul liet haar dat met zijn effen gezicht denken. Hij had iets kouds vanbinnen dat mogelijk wachtte op een kans.

Paul wilde haar misschien straffen – omdat ze nu bijzonder was en later gewoontjes dreigde te worden. Het enige opmerke-lijke, als je het goed bekeek, was dat ze iets van geloof schonk. Misschien nam je het niet aan, maar ze schonk het wel – op haar eigen manier gelovig als ze was, wat niet de zijne was.

Hij zei: 'Je straalt zoveel vastbeslotenheid uit, en toch volko-men ongericht.'

'Ik geloof niet dat je me goed genoeg kent om dat te zeggen.'

Paul moest lachen. 'Mag ik het dan wel zeggen wanneer ik je beter ken?'

Voorbijgangers keken aandachtiger dan nodig, omdat het lot van het paar dat deze twee vormden niet met enige zekerheid viel te voorspellen. Doordat de buitenwereld hen als een paar zag, werd dat een feit.

'Het verbaast ze jou te zien met iemand naast je,' zei Paul. 'Je bent zo vaak alleen.' Ze kwamen bij een bocht waar het kasteel voor hen stond achter zomerse weilanden. Verder leek alles te trillen in de hitte, maar niet het kasteel. 'Ik zie je 's avonds alleen in de tuin. Ik kijk naar beneden en zie je daar in je eentje.'

In de glasheldere ochtend schiep hij een moment van avondlijke stilte: Caro zich van niets bewust in de tuin, en Paul die toekeek. Vanaf zijn verborgen hoogte wekte hij een geurige donkerte rond hen beiden tot leven.

'Zelf heb ik het gevoel dat ik niet genoeg alleen ben.'

'Doel je nu op dit moment – op mij?'

'Natuurlijk niet.'

Het kasteel stond daar onverzettelijk, het enige detail dat niet van Turners hand was. In het dal rilde een rij wilgen in het geringste zuchtje wind.

'Vrouwen hebben talent voor eenzaamheid, maar zoeken die niet. Mannen zoeken die wel en snakken ernaar, maar het vlees maakt ze gek.' Paul Ivory had de gewoonte aan te nemen dat meisjes meer wisten dan ze te kennen gaven.

Met het kasteel als voorbeeld liet Caro zich niet in verwarring brengen. Ze liepen op het heuvelpad vlak bij de plek waar ze in het donker met Ted Tice had gezeten en over loyaliteit had gesproken. Al was er geen sprake van verraad, ze zou niet hebben gewild dat Ted haar daar zag stilhouden met Paul Ivory. Hoewel ze stevig en met rechte rug doorliep, kromde ze inwendig en was kwetsbaar.

Paul bleef bij het lage muurtje staan alsof hij haar gewetensbezwaren kende en er de spot mee dreef. 'Stuur je hem ook de laan uit?' Hij veegde vluchtig met zijn hand het muurtje af en ging zitten. 'Je weet wel dat ik Tice bedoel.'

Caro ging naast hem zitten. Haar ziel leek een koud, afgescheiden iets, terwijl haar lichaam gewichtloos, vochtig was, met blootliggende en nauwelijks natuurlijke contouren. Het viel moeilijk uit te maken wie van de twee de ander niet waard was. Ze sloeg Paul Ivory's gezicht gade, alsof het een gebeurtenis was die zich voor haar ogen kon voltrekken. Hij had het aanschijn van de toekomst, doorkneed in het herkennen van wat de wereld wil. Toen hij zei: 'Je weet wel dat ik Tice bedoel', werden zijn trekken vertroebeld door iets grofs dat haar medeplichtig maakte. Het was precies wat ze diep vanbinnen van hem verwachtte, en toch maakte juist het feit dat hij die bron van verwachting aanboorde hen tot medeplichtigen. Toen hij zei: 'Je weet wel dat ik Tice bedoel', begreep ze ook dat Teds liefde een stimulans was voor Paul en de reden was waarom ze samen op dat muurtje zaten.

De man zat naar haar toegewend en wachtte op iets als een overwinning. Hij wilde haar doen geloven dat alle mogelijke wantrouwen gerechtvaardigd en bevestigd was.

Ze was er zeker van dat hij haar elk moment kon aanraken – haar borst of haar schouder kon aanraken, zijn gezicht naar het hare kon brengen – en voorvoelde het verbeelde contact al vol louterende intensiteit. Tegelijkertijd was ze verstard, onderworpen, fatalistisch. En bleef ze zitten, met ineengeslagen handen, zonder teken van opwinding, in de eeuwige verstildheid van vrouwen op dat soort momenten.

Paul stond op en stak zijn handen in zijn zakken. 'Zullen we dan maar gaan?' Paul stond al, terwijl Caro opkeek en haar vlees en bloed tot bedaren bracht. En Paul glimlachte; hij had zijn overwinning behaald.

Caro ging alleen het huis in en bleef in de hal staan. Aan één muur hing een spiegel, en de laatste tijd had ze de gewoonte zichzelf te bekijken. Zelfs wanneer ze naar een kale muur keek, kon ze tegenwoordig zichzelf uittekenen, zij het niet tot in detail. Nu was haar spiegelbeeld donker van de overgang van zon naar schaduw, of omdat haar ogen wazig waren van een kortstondige zwakte. Ergens ver weg ging een deur open en riep professor Sefton Thrale: 'Charmian?' En Caroline Bell kon niet zeggen waarom dat simpele feit haar bijna tot tranen roerde.

Het was een gemoedstoestand. Of het was omdat ze lang geleden in een verduisterde kamer had gestaan, als meisje van zes, en in een spiegel zo koel als water had gekeken. En haar vaders stem, toen er een deur openging, had horen roepen 'Marian?' – de naam van haar moeder. Meer zat er niet achter, dat was de associatie: een licht hikje van het geheugen dat zichzelf nooit zou toelichten.

10

Paul Ivory was door Tertia Drage geaccepteerd. Toen dat bekend werd, gaven de Thrales een diner voor de kasteelheer en nodigden ook een paar buren uit van wie bekend was dat ze genoeg grond bezaten in Kenia. De grote afgesloten zitkamer in Peverel werd gelucht en in ere hersteld door in het dorp ingehuurde hulp. Met de openstelling van de kamer voor dit doel werd niet zozeer de periode van afsluiting beëindigd, als wel duidelijk gemaakt dat het nu om een heiligdom ging.

De kamer, langer dan breed, had Korinthische pilasters en aan beide uiteinden een licht gekleurde schouw. De ramen reikten van vloer tot plafond, en ervoor hingen gordijnen van oranje zijde die lang geleden uit Swatow was meegebracht door een familielid bij de oostelijke handelscompagnie Butterfield & Swire. Het fraaie weefsel was nu weliswaar rafelig en stoffig, maar dichtgetrokken kon het vensters verbergen die dringend aan nieuwe beglazing toe waren. Twee kroonluchters waren zorgvuldig schoongemaakt; maar een derde, in een mand op zolder, was een hagelbui van onttakeld kristal.

Bij daglicht vormden vochtvlekken landkaarten op de wanden.

Ted Tice, die handig was in die dingen, repareerde een extra uitklapblad dat bij een ovale tafel hoorde. Het paneel, kromgetrokken toen het tijdens de oorlog in onbruik was geraakt, werd op schragen gelegd, zodat Ted eraan kon werken; en de hulp uit het dorp, die niet overtuigd was van zijn status in het huishouden, keek op Ted neer vanwege diens vaardigheden. Er was een ingehuurd ouder echtpaar dat op alles toezag – de man lang, maar met een vervormde houding, alsof hij ooit was beetgepakt en uitgewrongen; de vrouw gepantserd door vlees en korset, een fort dat aanvallen afsloeg. Dit stel, de Mullions, was jarenlang werkzaam geweest bij een imposant landhuis; maar ze waren blij, zo zeiden ze, af en toe tot tevredenheid te dienen. Dienen en tevredenstellen was hun voornaamste bezigheid, en die had hun nooit afgeschrikt of aanspreekbaar gemaakt.

Mevrouw Mullion, in het zwart, zei tegen Ted Tice: 'De jongeren weten niet wat dienen betekent.' Omdat ze hem 'zuidwaarts, zuidwaarts' had horen zingen in de salon, maar niet geloofde dat hij een gast was. Bovendien verfoeide en vreesde mevrouw Mullion Teds accent, of liever het feit dat hij geen enkele poging deed het te benadrukken of te verbloemen.

Wel was duidelijk dat dit ingehuurde stel een en al ontzag was voor Paul Ivory, die zong noch meubels repareerde en hen amper groette.

Ted was bezig met de laatste fase van de reparatie van de tafel, die een likje lak en de bevestiging van een koperen haakje inhield. Toen mevrouw Mullion over de betekenis van dienen sprak, stond hij bij een open raam te werken en had haar misschien niet eens gehoord.

(Eén keer – toen Ted tien was en zijn amandelen waren geknipt, wat thuis was gebeurd – was zijn moeder bij hem op zijn bed komen zitten en had hem verteld over dienen en tevredenstellen. 'Je vader zei dattie 't nooit weer zou doen, een dienst. En dat deed-ie niet. Dat was de enigste keer dat we dat deden, toen we net getrouwd waren en als stel bij de Truscotts op Ponderhurst kwamen. Want we waren bang om geen werk te vinden en je vader hoestte toen nog van het gifgas in de oorlog. Die Truscotts brachten een keukenmeid en een dienstmeisje mee als ze op Ponderhurst kwamen, en een chauffeur, maar ze moesten nog een echtpaar hebben om op het huis te passen als ze in de stad waren voor de zittingen van het parlement. Nou, 't loon stelde niks voor, maar je had wel kost en inwoning, en het was geen zwaar werk.

We waren er anderhalve maand, zoiets, toen meneer Truscott – sir Eric is 't nu – naar je vader toe kwam en zei dat ze tevreden waren en of we wilden blijven. Maar omdat we pas getrouwd waren wilde-n-ie wel duidelijk zeggen dat hij en mevrouw voor hun rust hierbuiten waren en liever hadden dat we geen kinderen kregen. Ik was er niet bij toen-ie dat zei, maar je vader riep me en ik kwam. En hij zegt tegen meneer Truscott: "Zeg dat nog 'es" – gewoon zo, recht voor z'n raap, dus je wist wat er komen ging. "Zeg 't tegen haar," zegt-ie. Nou, toen heeft je vader 'm 'es flink de oren gewassen. "We gaan vandaag weg," zegt-ie – terwijl we geen rooie duit hadden en nergens geen dak boven ons hoofd. En Truscott zegt, knalrood alsof-ie zo kon ontploffen: "Dan krijgt u geen referentie mee." En je vader zegt: "Mijn referentie van u is dat ik uw verrekte brutaliteit niet pik. Wat heb u ermee te maken of we een hele rits koters krijgen of niet?" en dan zegt-ie wat hij niet had mogen zeggen over Truscott en mevrouw T – zij was eigenlijk niet zo erg, alleen onnozel. Nou, Truscott wilde al weglopen, maar je vader zei tegen hem: "Ik ga hiermee naar de krant en dan zetten ze het erin, hoe een minister vandaag de dag tegen een Engelsman praat." En die Truscott wordt van rood zo wit als een doek en zegt: "Tice, we kunnen dit vast wel in de minne schikken." Of in der minne. Hij deed het echt in z'n broek. "Kom, ga zitten, laten we even redelijk blijven, ik was misschien niet duidelijk. Ik heb het erg druk gehad de laatste tijd." Hij, die nog nooit geen vinger had uitgestoken, alleen maar kon kleppen. Afijn, 't kwam erop neer dattie ons vijftig pond gaf en de volgende ochtend waren we weg. Van vijftig pond konden we toen een halfjaar leven, zuinig aan, en nette kleren dragen. Daarbij hadden we een referentie: hun werk was geheel naar tevredenheid. Maar je vader zei: dat nooit weer.

Een tijdje later vertelde-n-ie het allemaal aan meneer Beards-

114

ly, die priester in Southport die voor de arbeiders opkwam, en hij had het idee dattie er toch nog mee naar de krant kon gaan, want hij was er nog steeds pissig over. Maar meneer Beardsley zei: nee, want we hadden die vijftig pond aangenomen. Toen was de kous af. En nu is Truscott sir Eric en staat-ie op de foto met de kroonprins.')

Over dat ingehuurde echtpaar op Peverel hoorde Ted Tice later dat hun kleinzoon een paar weken daarvoor bij een ongeluk was omgekomen. Als je genoeg wist was antipathie zelden onomkeerbaar.

Caroline Bell haalde een donkere jurk uit de kast, in het buitenland gekocht, het enige kledingstuk waarmee ze het effect kon creëren dat mogelijk eens, in de nabije of verre toekomst, helemaal uit haarzelf zou komen. Ze hing de jurk zo in haar kamer op dat ze hem kon zien, als een wimpel voor een feest. Ze had hem zelden gedragen, en dacht er graag aan terug hoe ze hem met een pakketje pastelkleurige bankbiljetten had betaald op haar laatste ochtend in Frankrijk. Daarna was Dora uit haar vel gesprongen vanwege de prijs.

Toen het zover was, haalde ze de jurk van het haakje, en hij viel als een slachtoffer in haar armen. Ze had haar dikke haar naar achteren getrokken en opgestoken; en zag in de spiegel hoe goed dit haar stond.

Caro ging in haar donkere jurk in de namiddag naar beneden, met de zijden ceintuur in haar hand. Ze stond de ceintuur in het kamertje bij de keuken te strijken toen Tertia met een armvol bloemen binnenkwam.

'Deze moeten in diep water.' Tertia legde de bloemen op het stenen aanrecht bij de gootsteen. Ze droeg een ritselende, golvende jurk van zilver. Het was alsof er een zoutstorm was binnengewaaid; toch stond Tertia alleen maar stil te kijken naar de strijkende Caro, terwijl de bloemen op hun cenotaaf lagen, klaar om te sterven.

Caro zette het strijkijzer neer en hield de ceintuur op – met haar hoofd achterover, haar arm omhoog en de ceintuur in de lucht. Ze was maar een mens en kon zich niet inhouden. Ze wist dat ze weleens een uitzonderlijke indruk had gemaakt, maar dit keer wilde ze dat graag erkend zien.

'En wat,' vroeg Tertia ten slotte, 'doe jij vanavond aan?'

Caro hield de ceintuur nog steeds op – opzij, als een verstrooide slangenbezweerster, zodat ze Tertia recht kon aankijken. Het was jammer dat niemand anders Caro op dat moment kon zien in haar mooie jurk, met haar blote hals en armen, haar sierlijk opgeheven hand, en haar donkere ogen op hun doel gericht. Op die manier dwong ze Tertia Drage haar een paar tellen lang te bewonderen.

En uit de tuin riep Paul Ivory: 'Caro.' Het was de eerste keer dat hij haar naam uitsprak.

Er viel een stilte, waarin geluiden te horen waren in de aangrenzende keuken. Tertia werd uit haar betovering bevrijd, toen Caro de ceintuur liet zakken en langzaam en zorgvuldig om haar taille bond. Daarna liep ze met een zware vaas naar de gootsteen en draaide de kraan open. Deze nederige handelingen trokken aandacht en Tertia was niet de eerste die in Caro's gewoonste gebaren een voorstudie zag voor het leven en de dood. Toen de bloemen in de vaas stonden, keek Caro Tertia weer aan en zei: 'Zo, het water staat tot aan de lippen.' Ze lachte, droogde haar handen af en liep weg.

Die avond vierden ze Tertia's verloving met Paul Ivory.

Voordat Sefton Thrale zijn gasten binnen noodde, wees hij hen op het uitzicht over het dal in het afnemende licht. De pas opengestelde salon was nog niet geheel klaar om leven te ontvangen: net zomin als een overwoekerde tuin kan een verwaarloosde kamer in geval van nood weer worden ingeschakeld. Het sprak vanzelf dat er vazen vol rozen stonden, dat er zacht lamplicht was en in beide haarden een vuurtje brandde. Maar toen de binnenkomende stemmen opklonken, trok de kamer zich terug. Het was een oude kamer, niet gewend aan de rauwe nieuwe geluiden van aangestreken lucifers en ijsklontjes in whiskyglazen.

Tertia's moeder bleek een overlevende van de Titanic – waarmee ze Grace en Caro met hun onbekende, roemloze Benbow en zijn vergeefse verplaatsing van Australisch water in de schaduw stelde. Tertia's moeder herinnerde zich op haar zevende in een reddingsboot te zijn neergelaten en gered. En als overlevende te zijn uitgegroeid tot een vosmerrie, een sterk paard dat vijf dochters had gedragen en gebaard, maar geen mannelijke erfgenaam.

Tertia's moiré stroomde als een gletsjer uit over het tapijt toen ze zich van haar moeder verwijderde, als een sloep van een vlaggenschip. Wat een tijd had het gekost om de versie van Tertia Drage voor die avond te prepareren – het glanzende haar en de glimmende zilveren jurk, de gladde oksel, het blinkende collier en de kleine puntschoenen; de lak op haar vingernagels in harmonie met die op de verborgen tenen. Toch was Tertia onverschillig, minachtend, alsof ze geheel tegen haar zin in deze prullen en stoffen gehuld was. Je zou bijna geloven in haar neutraliteit, in weerwil van alle feiten. Tertia had zich van de menselijke zwakte afgescheiden: wanneer zij haar japon quasi-spottend aanraakte, leek een normaal gebaar van een ander al op consternatie.

Toch was ze de avond begonnen met een bittere nederlaag.

Tertia's moeder zei: 'Ze bederft elk diner waar ze aanzit.' Toegenegen en trots. Lady Drage, die een opbollende blauwe sofa plette, veranderde nu in een dier dat te zwaar was voor zijn element, een aalscholver op de golven. Een met haar meegekomen extra gast stelde zich bij de haard op, met achter hem opspringende vonken. Deze lange, rossige man van rond de veertig schraapte zelfverzekerd zijn keel, maar zei weinig. Hij droeg een zegelring, oud goud, zo glad als een knokkel; en een das van het garderegiment.

Voor de vorm werd een gesprek over kosten en belastingen gevoerd, waarmee zulke avonden tegenwoordig moesten beginnen.

Caro vroeg aan Ted Tice: 'Praten Engelsen altijd over geld?'

'Voornamelijk de rijken.'

Meneer Collins uit Kenia, die in een leren stoel zat, kende een mop over Australië, of Ostrilja, die hij zei te hebben gehoord in de afgelopen oorlog en die speelde in Tobruk, maar in feite stamde uit de Grote Oorlog en de Slag om Gallipoli. Het verhaal ging zo: een gewonde soldaat vraagt een Australische verpleegster aan zijn bed: 'Was I brought here to die?' 'No,' antwoordt ze, 'yesterdie.'

Dat was het mopje. Caroline en Grace Bell kenden de anekdote, die vaak werd verteld wanneer ze werden voorgesteld. Ted Tice had het nog nooit gehoord. Je zag dat er tranen in zijn gekwetste oog stonden, net als in het andere, goede oog.

Mevrouw Charmian Thrale raakte zacht de parels van haar collier aan. Haar keel, witter dan parels, leek wel nooit aan daglicht te zijn blootgesteld.

(Tijdens de Slag bij de Somme in 1916 moest Charmian Playfair, die als vrijwilligster in de verpleging werkte, ambulancedienst draaien bij het Victoria Station, waar de slachtoffers in hospitaaltreinen arriveerden. Door verduisterde straten reed de volgeladen ambulance terug vol rekken met mannen onder dekens – niet langer de anonieme hygiënische 'gewonden' uit de krant, maar ineens vleesgeworden als kreunende, stille of dappere individuen in gereten, afzonderlijke lichamen. Een meisje van negentien, met deze spookverschijningen opgesloten in schommelend schemerdonker, bracht haar hand naar haar zachte keel. En deed toch haar best om water te verstrekken of vragen te beantwoorden tussen de grijze dekens en de rode, roestbruine of zwart verkleurde zwachtels. Er was een jongen van haar leeftijd naar wie ze zich over moest buigen, met haar gezicht vlak bij het zijne, toen hij fluisterde: 'Zo koud. Koud. Ik heb zo koude voeten.' En bijna geroutineerd antwoordde het meisje: 'Daar doe ik iets aan'; en toen ze zich omdraaide om de deken erover te trekken, zag ze dat hij geen voeten had.)

Rond mevrouw Charmian Thrale voltrokken deze beelden zich eerder in een ritueel dan in verwarring: de meisjes met hun gelijktijdige belangstelling voor liefde en japonnen, de mannen met hun stellingnames over grote en kleine zaken, de vrouwen een en al onderwerping of overheersing; een disbalans tussen hoop en herinnering, de woeste verwikkelingen van de geschiedenis. Allemaal versmolten in een stroom van de tijd die alleen door een goddelijke grammatica – een bepaalde onbekende aoristus – kon worden beschreven en verzoend.

Mevrouw Thrale verplaatste rozen om ruimte te maken voor een asbak. Haar rug raakte de sofa niet.

Tertia's voskleurige *mère* zei: 'Niet Kenia, nee, helaas nooit, maar we waren uiteraard wel in Egypte toen mijn man – o, schilderachtig, dat geef ik toe, dat valt niet te ontkennen, Luxor, Karnak, maar die bedelaars, en wat moet je? Geen mens is teerhartiger – al te zeer, zegt mijn gezin altijd – maar het zou geen goede daad zijn, eerder gevaarlijk. Nietwaar, Guy?'

Haar echtgenoot betuigde werktuigelijk zijn steun. Hij zat tussen de vrouwen, een kromgetrokken, in onbruik geraakt paneel. Hij was al lang geleden een geworden met de opvattingen die hij nooit had bestreden: meinedige berusting uitgedrukt in een terugtrekkende verschrompeling van lippen en kin. Toch zei hij ineens, uit zijn slaap opgeschrikt: 'In Egypte had ze last van de zon.' En keek wel degelijk om zich heen, zij het net niet aandachtig. 'Pigmentatie, dat is het woord. Onverstandige ouders, dwongen haar als kind naar buiten te gaan, hebben veel schade aangericht.' Een vermaning als echo uit een tijd toen hij zich had voorgesteld dat uitgerekend zijn vrouw zijn bescherming behoefde. Toch had ze, vuur en ijs ten spijt, alles overleefd.

De dromende hond, Grasper, lag met trekkende poten voor

de haard, waar de lange man met de regimentsdas uitdruk-kingsloos zijn sigaret aanstak. Hij was voorgesteld als kapitein Cartledge.

De jongelui waren naar het andere eind van de kamer afge-dwaald, waar ze in een groepje bij elkaar bleven staan. De ou-deren zagen het met een glimlach aan – er waren er tenminste een paar die zich vermaakten; wat, zo hoopten ze, tegenwicht bood aan hun eigen saaiheid. Het satellietstelsel van mooie jonge vrouwen met, in Paul, één begeerlijke jongeman.

Caroline Bell, die haar nieuwverworven schoonheid uit-straalde als een generatieverschil, zag er niet echt jong uit.

Het was lomp van Ted Tice om daar maar gewoon bij te blij-ven staan. Het was min of meer de afspraak, van beide partijen, dat hij niet bij hen hoorde.

'Ik ben mijn autosleutels weer eens kwijt,' zei Tertia Drage, 'echt iets voor mij.' Echt iets voor mij, zei ze altijd, volkomen onnavolgbaar, typisch iets voor mij – om uniciteit aan te geven, zelfs iets fameus. Als Tertia iets deed, moest het wel belangrijk zijn.

Ted stond er zwijgzaam bij, de underdog; en had toch de overhand. Terwijl Tertia, het alfadier, die avond een nederlaag had geleden en er misschien nog een zou lijden.

Hoewel Sefton Thrale zich op het laatste moment nog zorgen had gemaakt over het gehamer, had Ted de tafel op tijd klaar. Er waren linnengoed, zilverwerk en bloemen uitgestald en kande-laars geplaatst, zodat de tafel er plechtig uitzag, als een opge-baarde hoogwaardigheidsbekleder. In al die luisterrijke discre-tie vormde de dis hun leidraad, het decor voor hun gedrag.

Tertia zei tegen Ted: 'Je bent zeker een kei in timmerwerk, dat soort dingen.'

'Inderdaad.'

'Wat een geluk. Zit zeker in de familie.'

'Zoals in de Heilige Familie.' Dat was Caro. En de man met de regimentsdas in het oudere deel van de kamer keek op.

Paul glimlachte. 'De heilige Caro, beschermvrouwe van timmerlui.' Hij stond aan haar kant, een kant die zich van die van Ted Tice, of zelfs van hemzelf, onderscheidde. Ted gaf er die avond misschien de voorkeur aan geen kant te kiezen, had liever dat niemand zich achter hem schaarde. Hij liet zich zelfs niet op een oordeel betrappen. Ze hadden zich zo opgesteld dat Paul en Tertia, de verloofden, tegenover de anderen stonden, maar in het gesprek stak Paul af en toe over naar Caro. Het was niet direct moedig, maar hield wel een zeker risico in.

Tertia zei op dat moment: 'Jullie allemaal bij elkaar in één huis.' Alsof dat belachelijk van hen was. 'Als schipbreukelingen op een eiland.'

'Of een diner in een landhuis,' merkte Grace op, 'waar een moord is gepleegd en alle voorname mensen verdacht zijn.'

Ze waren het erover eens dat Grace nooit een verdachte kon zijn. Ted Tice stond er zwijgend bij. Nu Grace was uitgesloten, leken de anderen tot des te meer geweld in staat. Grace stond apart, niet alleen door haar mildheid, maar doordat ze haar gunsten al had weggeschonken. Ze was opgeëist en stond hier voor de laatste keer en onvolledig tussen hen. Voor Grace waren er al publieke aankondigingen en heimelijke onthullingen geweest, en de brieven uit Ottawa begonnen met Liefste. In iemands ogen was ze al uitzonderlijk.

Voor Tertia hadden dezelfde termen kunnen gelden – toch was dat niet zo, ook al scheen haar huwelijk nog zo onvermijdelijk. Opmerkelijk genoeg eiste Tertia Paul geen moment openlijk voor zich op met een aanraking of een van die andere kleine bezittersgebaren waarmee geliefden hun voldoening of onzekerheid verraden. Op deze verlovingsavond vermeed Tertia zich op welke wijze dan ook met Paul te verbinden, en staand aan zijn zijde straalde ze een merkwaardig scherpe afstand uit in de contouren van haar lichaam, dat veel zachter had moeten zijn. Het had iets van het dedain dat ze voor haar met zorg gekozen kleding toonde.

Paul zei nu tegen Caro: 'Waar heb je die jurk vandaan?' – botweg, en zo te horen niet complimenteus.

Op dat moment sloot kapitein Cartledge zich bij hen aan – en verried door abrupt de haard de haard te laten en naar de andere kant van de kamer te lopen dat hij op deze kans had gewacht. Sloot zich, om precies te zijn, bij Caro aan, want hij zei meteen: 'Ja, een mooie jurk' – een complimentje waarmee hij de niet door Paul uitgesproken lof accentueerde. Kapitein Cartledge, een echte ruiter, was te paard van het nabijgelegen huis van een vriend naar het kasteel gekomen, zonder dat hij had verwacht er te blijven te slapen. Vandaar, verklaarde hij, de verkeerde kleding, de das. De licht gegroefde huid wees op een leven van veel buitenshuis zijn en binnenshuis drinken, en hij was een lange, knappe man die misschien wel wreed was. Er school iets brutaals, of een soort puurheid, in de wijze waarop hij recht op Caro af liep met het woord 'mooi' op de lippen, dat met één slag van zijn levenservaring dwars door al hun jeugdige schijn en nijd heen sneed, zodat zelfs Paul Ivory onvolwassen leek.

Het kon Tertia, in haar zilveren waterval, niet behagen. Noch Ted Tice, hoewel er meer dan deze afkeer voor nodig zou zijn geweest om een band te voelen. Tertia toonde Cartledge dezelfde kille erkenning die ze voor Paul reserveerde. En Ted Tice zag dat deze twee, misschien die dag wel, elkaar hadden bemind.

Aan de andere kant van de kamer bespraken de drie oude mannen hun kwalen; wisselden fluisterend symptomen uit zoals jongens over lust kunnen praten.

Aan tafel zat kapitein Cartledge naast Caro. Het mahoniehout glansde als marmer, zelfs de bloemen schitterden als glas of zilver; niets was zichzelf, of het nu blonk of niet, en de tafel was geen katafalk meer. Het was onvoorstelbaar dat achter de koperrode gordijnen de donkere natuur lag uitgestrekt.

'Jullie hebben elkaars geweten dus onderzocht.' Dat was kapitein Cartledge over de vertrouwelijkheid van jonge mensen samen in een huis.

Caro zei dat het gewetensonderzoek voorbij was. Ted Tice zou morgen naar Edinburgh vertrekken; vanaf donderdag moest Paul Ivory een paar dagen in Londen zijn, en Grace zou, ook op die dag, in Winchester stof uitzoeken voor haar trouwjurk. Ze wees hen een voor een aan, alsof ze vreemden waren; terwijl Tertia, tegenover haar, haar bord met haar bekende dedain leegat.

'En jij?' Alsof de anderen lucht waren.

'Ik?' Te kennen gevend dat ook zij het verkoos lucht te zijn voor hem. 'Ik ga een paar dagen naar de Avebury Circle.' Ze vertelde dat Ted Tice voor donderdag alle stations had uitgeschreven waar ze moest overstappen.

De kapitein zei: 'De prehistorische monolieten', terwijl de tafel toehoorde zonder te weten waarom. 'Ze zijn prehistorisch,' herhaalde hij, alsof ze daarmee exact waren omschreven. En omdat hij zijn militaire opleiding op de vlakte van Salisbury had genoten, begon hij meteen over Stonehenge.

Plotseling nam Paul Ivory, verder weg aan de tafel, het woord; opkijkend naar Caro en met het ironische glimlachje waarmee mensen zich verontschuldigen als hun een dichtregel of prozafragment invalt: 'De heidense tempel, bedoel je?'

En Caro, zonder lach, traag en bruusk tegelijk in haar antwoord: 'Ja. Ouder dan alle eeuwen; ouder dan de D'Urbervilles.'

Op de terugweg in de auto zei Tertia: 'Dat oudste meisje Bell heeft een mannennek.'

Tertia's moeder vond dat de middenklasse haar zilverwerk veel te veel oppoetste.

11

Toen Paul het station voorbij reed en de hoofdweg insloeg, zei Caro niets. Hij had zich voorbereid op een poging tot overreding en nam de tijd voordat hij zich op nieuwe omstandigheden richtte. Op dat moment was de verstildheid van het meisje zo groot dat die paradoxaal genoeg tot een lichamelijke verandering leidde.

'Wist je dat ik niet naar Londen ging?'

Ze knikte.

'Dat ik je niet bij je trein zou afzetten?' Hij zou de spanning die haar korte knikjes opriepen voor geen goud willen missen. 'En je wist waarom. Wanneer had je dat in de gaten?'

'Op de avond van het diner.'

'Je weet dus altijd alles?'

Ze zei: 'Ik heb geen ervaring.'

'Daar moeten we iets aan doen.'

Hij leidde een gesprek dat hij met Tertia had kunnen voeren. Caro vroeg zich af of hij dat altijd met vrouwen deed, hen dwong zo te praten, op zo'n toon, met de dubbelzinnigheid die aan elke zin afbreuk deed, om de spanningsdraad tussen man en vrouw tot een strakke, doelloze tegenstelling uit te rekken. Zijn gebabbel wekte het onwezenlijke gevoel dat je niet zijn echte stem hoorde, en dat die misschien niet eens bestond.

Ze zei: 'Laten we zo niet praten.'

'Zo praat ik nu eenmaal.'

'Misschien bevalt de verandering je wel.' Juist dat was nu toch zeker zijn doel.

'Jij zult nooit zo praten als Tertia, als je dat soms bedoelt.'

Ze wachtte af, bang voor zijn ontrouw, of zijn trouw. Paul ging door: 'Of er zo uitzien, trouwens. Tertia's ogen zijn je vast wel opgevallen.' Hij bracht de auto bijna tot stilstand op de verlaten weg. 'Kijk me eens aan.' Dit moment bracht hen verder, alsof er een ernstig gesprek was gevoerd of kwaad was geschied. Hij had haar nog niet aangeraakt, en de zekerheid dat hij dat zou doen gaf aan woorden iets onomkeerbaars: de laatste woorden van hun hartstochtloze zelf. 'Bij vrouwen die zulke ogen hebben valt meestal onmogelijk vast te stellen of ze huilen.' Paul was wellicht gewend aan een grote kans op vrouwentranen. 'Maar in Tertia's geval kan je gerust zijn.'

'Tertia is de vrouw van je keuze.'

'Ik ben hier niet om mezelf te verantwoorden.' Hierin school al de vlugge, hooghartige prikkelbaarheid van beroemdheden: Paul die een voorschot nam op zijn toekomstige faam. Hij ging echter zonder overgang verder: 'Op haar vijftiende, toen ik haar voor het eerst zag, was ze precies zo, de meest onlichamelijke persoon die ik ooit heb gezien.'

'Is dat aantrekkelijk?'

'Laten we Tertia er even buiten laten.'

Ze sloegen bij een plaatsnaambord af en lieten Tertia erbuiten. 'We rijden naar Avebury, als je dat nog van plan bent.'

'Ja, ik wil het zien.' Ze wilde Avebury zien omdat Ted Tice het voor haar had beschreven. Ze hield haar hoofd schuin naar de lucht uit het raampje, en liet Ted erbuiten.

Ze reden door een verrassend landschap, als een rivierdelta of ingepolderde kust, vlak en amper glooiend onder een lucht vol hoog samengepakte wolken. Caro zei: 'Op dit moment lijkt het helemaal niet op Engeland. Meer op het midden van Amerika.'

'Ik zou wel een tijdje in Amerika willen wonen om het net zo te gebruiken als hun schrijvers ons hebben gebruikt. Engelse auteurs kunnen niet weergeven hoe Amerikanen praten, ze komen gewoon altijd met hun eigen vooroordelen. De Engelsen hebben trouwens helemaal geen goed oor voor andere manieren van spreken, en in het geval van Amerikanen zijn we stokdoof – althans doof voor alles behalve de gemakkelijkste, verschrikkelijkste toerist. Daarom moeten welbespraakte Amerikanen in Engeland altijd aanhoren dat ze helemaal niet Amerikaans klinken: omdat ze het spel bederven.'

Wilde hij haar bereiken, dan had hij niets beters kunnen bedenken dan verstandige woorden. En aangezien er voor Paul Ivory's volstrekte openheid oneindig veel mogelijkheden bestonden, was dit misschien zelfs wel zijn plan. Voor Paul was oprechtheid iets om op terug te vallen als niets anders werkte.

Hij zei: 'In Engeland zijn veel mensen de hele tijd bezig tegenbewijs te zoeken voor vrijwel elk onderwerp. De ouwe Thrale is een schoolvoorbeeld.'

Dit was onverwachter dan zijn verraad van Tertia, want Paul zette zich hiermee niet alleen af tegen de adoratie van de professor, maar ook tegen zijn eigen innemende manieren. Ook viel op dat Sefton Thrales vleierij door deze afwijzing iets meelijwekkends kreeg.

'Wat houdt dat dan in? Dat je aan iedereen een hekel hebt?' Ze bedoelde Tertia, Thrale. Maar hij vatte haar woorden op als doelend op het hele land – of had het liever zo, omdat de publiekelijke vertrouwensbreuk acceptabeler was dan een persoonlijke.

'Ik walg van de ondervoeding van dit land, de verongelijktheid, de muggenzifterij, de onwil iets anders te proberen. Het tot het bittere einde doorgaan met de verkeerde dingen.' Uit Pauls gezicht sprak op dat moment net zomin walging als er liefde sprak uit dat van Caro; toch waren dat hun overheersende gevoelens. De auto reed met onverminderde vaart door, een snelle capsule die vormgaf aan hun energie.

Paul zei: 'Je weet dat mijn vader als krijgsgevangene in een jappenkamp heeft gezeten.' Terwijl Paul Ivory aannam dat Ca-

ro van dit feit op de hoogte was, vergat hij geheel de verdrin-
kingsdood van haar vader. 'Toen hij in 1945 terugkwam had hij
een pot vleesextract bij zich, een potje Marmite met een roestig
deksel en zonder etiket, dat hij bij zich had in de gevangenis en
vier jaar lang onaangeroerd had bewaard. Gevangenen hebben
natuurlijk vaak een talisman, maar deze had zijn leven misschien wel een paar dagen verlengd, of had een voortvluchtige
een week lang op de been kunnen houden. Alleen was het belangrijker die idiote farce vol te houden en het potje te bewaren
– achter te houden zelfs. Kijk, dat is nou Engeland in al zijn
stompzinnigheid.'

Op een kruising stond een kind naar hen te zwaaien. Paul
zwaaide terug.

'De dag na zijn thuiskomst haalde hij dat potje Marmite met
zijn roestige deksel tevoorschijn. Zette het bij het middageten
pontificaal op tafel en vertelde ons met zijn grafstem dat het in
de drie jaar en zoveel maanden van honger in het kamp niet
was aangeraakt, en hem bij elke maaltijd had vergezeld. Niet
met veel poeha natuurlijk, want die achteloosheid hoorde bij de
totale leegte. Het was zo'n situatie waarin je je geen raad weet,
omdat je de regels niet accepteert. Ik kon er niet tegen – die
toewijding aan Marmite, de eerbiedige verstomde stilte rond
de tafel. En ik zei: 'Dan heeft zijn uur nu geslagen, want God
weet dat we hier ook genoeg honger hebben.' En ik schroefde
dat stomme ding open en zette mijn lepel er meteen in, om die
Marmite-cultus te ontwijden voordat ik er ook door werd besmet en werd gebalsemd.'

Ze kwamen op een weggetje met zwaar overhangende bomen, alsof er een doek viel. Paul zei: 'Nou, zeg eens iets. Of trek
jij nou verdomme ook zo'n Marmite-gezicht?'

Caro antwoordde: 'Ik vind dat verhaal van je wreed en oedipaal, als ik daar een Marmite-gezicht van krijg.' Ware moed
verzamelend voor een groot risico. 'Hoe kom je erbij te spotten
met iemands lijden of met zijn manier om in leven te blijven?

Terwijl je zelf nooit de dood of zelfs maar gevaar in de ogen hebt gezien?'

Paul tilde in een gebaar van hopeloosheid zijn handen van het stuur. Maar toen ze onder de baldakijn van bomen vandaan kwamen, zei hij: 'Het smaakte smerig, kan ik je wel vertellen. Ik mag van geluk spreken dat ik nog leef.' Ze moesten lachen en waren blij de hele vader van Paul te vergeten.

Toen de vader van Paul Ivory eind 1917 als jong officier in de loopgraven gewetensbezwaarde werd, had hij al een poëziebundel gepubliceerd die, volgens het lichtgekleurde papieren omslag, verraste met zijn vroegrijpe lyriek – verraste, vermoedelijk, omdat hij met zijn negentien jaar oud genoeg werd bevonden om het leven te laten, maar niet om er iets van te vinden. Na een krijgsraad en twee jaar opsluiting inclusief een gedwongen verblijf in een zenuwinrichting deed hij nog een verzameling gedichten het licht zien, met dezelfde lyrische vorm en pastorale thema's. Voor het grote publiek was dat zijn ondergang. Lyriek was passé, evenals de oorlog; de vrede had strijdlust gebracht. Dat een ten dode opgeschreven officier van lage rang onder vuur de schoonheid van zijn geboortegrond in Derbyshire had bezongen, was ontroerend en loffelijk geweest; dat een volwassen overlevende in burger, ondanks extreme, gewelddadige en controversiële ervaringen, almaar doorging over dezelfde lanen en hagen was absurd. Men vond dat Rex Ivory geen oog had voor zijn tijd of zijn mogelijkheden; hardleerser nog, geen gevoel had voor de nieuwe tendensen in de contemporaine kritiek. En zijn tweede boek werd net als de verscheidene bundels die volgden met afgemeten minachting ontvangen.

Kort daarna trouwde hij met een bemiddeld en bazig meisje, deed twee zoons het licht zien en trok zich terug in Derbyshire, kennelijk voorgoed – hoewel zijn naam een enkele keer nog een neerbuigende voetnoot of makkelijk grapje opleverde bij hen die in het interbellum over literaire zaken schreven.

Toen hij in 1939 het leger in ging, of weer in ging – een paradox die alleen door hemzelf werd opgemerkt – werd hij in Maleisië gestationeerd, waar hij op een gegeven moment door de zegevierende Japanners gevangen werd genomen. In Singapore, waar hij een gevangenishut deelde met een statisticus, een slungelige officier van de 18ᵉ Divisie met wie hij ook de dagelijkse taak deelde van het delven van graven voor kameraden die waren bezweken aan malaria, dengue, dysenterie, beriberi, koudvuur en ondervoeding vanwege de eindeloze rijst. Dankzij de clandestiene radio hadden de gevangenen sporadisch contact met soortgelijke gevangenissen in het hele Verre Oosten, en op die manier stelde de lange statisticus, Ivory's kameraad, langzaam lijsten op van de overlevenden, vermisten en doden – een register dat hij in code bijhield en 's nachts in de grond begroef; en daarbij Rex Ivory als zijn handlanger opleidde.

In het derde jaar dolf de statisticus een laatste en langer graf, en vermaakte zijn archief en het bijhouden daarvan aan Rex Ivory. In het vierde jaar werden de registers definitief opgegraven toen een Britse bevrijdingsvloot Singapore bereikte, en kreeg de vogelverschrikker kapitein Ivory, de enige persoon in staat om de code te ontcijferen, bevel terstond scheep te gaan naar Colombo. In een verwoest havendok in Singapore werd hij in zijn vodden aan boord verwelkomd door de voltallige bemanning, die aan dek van het schip in de houding stond. De gecodeerde rollen onder zijn uitgehongerde en uitgemergelde arm vormden het enige systematische verslag van de dood van een Brits leger.

Voorzien van kleding en voeding werd Ivory naar de betaalmeester benedendeks gestuurd.

'Uitbetaling dient uitsluitend te geschieden op vertoon van de laatste loonstrook.'

'Ik ben om 15 uur in de middag van 8 februari 1942 te Johor krijgsgevangen genomen en heb tot vanochtend in kamp Changi gezeten.'

De betaalmeester stond vanachter zijn stalen bureau op en opende een combinatieslot op een dubbele deur. Achter een waterdicht schot was een kluis te zien, tot boven aan toe gevuld met pakken bankbiljetten in een onafzienbare volgorde van kleuren, als de bakstenen in een pastelkleurige gevel.

'Pak maar.'

Vanuit Colombo werd Rex Ivory overgevlogen naar Engeland waar hij, na zich volgens bevel bij het oorlogsministerie te hebben gemeld, een plaats reserveerde op de late, en op dat moment enige trein naar Derbyshire. Zijn familie was intussen op de hoogte van zijn wederopstanding. Alsof hij een gewone terugkerende reiziger was, wilde hij liever niet met lege handen thuiskomen, en op het station in Londen probeerde hij een piepklein doosje witte chocolaatjes te kopen dat in een vitrine apart stond.

Het meisje zei: 'Distributiebonnen. De bonnen, alstublieft.' Ze sprak het uit als *distribusie*, en was ook helemaal geen meisje, maar een stugge grijze vrouw, want alle meisjes deden mee aan de oorlog.

'Wat voor bonnen?'

Ze keek hem recht aan. Haar geschrokken vingers kromden zich om het kleine doosje toen ze vervolgens nog trager staarde. 'Waar hebbu in vredesnaam gezeten?'

Ivory zei: 'Ik heb in een Japanse gevangenis gezeten. Drie jaar en zeven maanden.'

'Dit kost me m'n baan, vast en zeker.' Ze legde het doosje in zijn handen.

Deze stilgehouden gebeurtenissen, met de betaalmeester en de chocolaatjes, vormden de hoogtepunten van Rex Ivory's terugkeer, hoewel zijn relaas al snel tot de overwinningsberichten behoorde, want de kranten namen het over, en in artikelen werd hij 'de dichter Rex Ivory', terwijl vroeger het onbepaalde lidwoord voor hem al zeldzaam, en goed genoeg was. Er werd een *Bloemlezing van gedichten* gedrukt op grof, vlekkerig oorlogspapier, en er werden geen grapjes meer gemaakt over ivoren torens. Hij las dat hij terecht de Eerste Wereldoorlog had afgewezen, en de Tweede met vooruitziende blik had gesteund; en hij mijmerde over het nieuwe idee dat hij scherp inzicht had getoond. De BBC kwam met elektrische apparatuur in een busje naar de Dukeries, en een camera volgde de bekende dichter met de vooruitziende blik, Rex Ivory, toen hij tussen de bloeiende borders wegliep met twee Sealyham-terriërs die hij van een buurman had geleend. Ondanks zijn niet-ingestudeerde vergelijking van de Engelse zenuwinrichting met het Japanse kamp was het interview een succes; want mensen die zich hebben voorgenomen iets te bewonderen zullen nooit ofte nimmer toegeven het saai te vinden.

Ivory's vrouw was verbaasd en enorm opgetogen. Ook opgetogen omdat de machtige – en de juiste – mensen verbaasd waren door een voortreffelijkheid waar ze geen flauw idee van hadden gehad, en zijzelf ook niet. Om haar sociale voordeel te doen met deze verrassing kocht ze kort na de oorlog een huis in Londen, toen de prijzen tot een dieptepunt daalden dat ze nooit meer zouden bereiken. En Rex Ivory bleef in Derbyshire, een welhaast onzichtbare bron van authenticiteit.

Eén ding was er wel. In zijn oerwoudgevangenis had Rex Ivory, net als vroeger, gedichten geschreven – die hij daar vanbuiten had geleerd, omdat elk snippertje papier werd opgespaard voor de gecodeerde dodenlijsten. Een vooraanstaand uitgever stond klaar een deel van zijn gehamsterde naoorlogse papier op te offeren aan het verwachte boekje. Dat was allemaal volkomen voorspelbaar. Wat niet werd verwacht, was dat de versregels uit het Maleise dodenkamp bij transcriptie uitsluitend en onvermijdelijk de beken en heggen van Derbyshire zouden blijken te bezingen.

Er waren intussen nog meer helden, en nog meer manuscripten. De publieke belangstelling voor Rex Ivory taande, het papiertekort groeide. Bij een vergadering op topniveau, op een regenachtige zaterdagochtend gehouden in de uitgeverij, over-heerste het gevoel dat bepaalde gedichten – in het bijzonder één over een kieviet – uitnodigde tot hoon van de kritiek. Zich beroepend op een overmachtsclausule trok de uitgeverij zich terug uit de overeenkomst. En *Het half geoogste veld* verscheen, net als eerdere delen, met een obscuur impressum op kosten van de auteur.

Door naar de juiste scholen te gaan, de juiste liederen te zingen en de juiste stappen te zetten waren de twee zoons van Ivory opgegroeid tot lange jongemannen. 'Heel juist,' zei Ivory, toen zijn vrouw vertelde over de gekozen koers tijdens zijn jaren in het buitenland. 'Jaja. Heel juist.' Er was geen enkele reden om te denken dat dit ironisch was. Gavin, zijn oudste zoon, ging bij een investeringsbank werken. Alweer juist. De jongste, Paul, studeerde nog. De twee, op het juiste moment geboren, waren op het nippertje aan de oorlog ontsnapt. In zijn familie was Rex Ivory degene die alles kwijt was – nu ook de familiariteit ver-loren was gegaan. Ze hadden geen flauw idee hoe ze het verlies moesten compenseren, maar zouden de juiste dingen doen en hem gezelschap houden – eerst allemaal tegelijk en later om beurten – totdat hij gewend was aan zijn eenzame bestaan. Dat waren ze hem op zijn minst verschuldigd: hij had het verdiend met zijn boeiende en nuttige verrichtingen in het kamp.

Hun enige hoop was dat Amerika hem zou opnemen. Uit Texas was een verzoek gekomen om zijn papieren, en uit Ann Arbor een vragenlijst over zijn werkwijze. Bovendien had hij een onderhoud gehad met een zekere professor Wadding, die Engeland bezocht en op weg was naar Schotland om de identi-teit vast te stellen van 'De eenzame maaister' van Wordsworth en de tekst van het lied dat ze zong. (Later werd er in een we-tenschappelijk tijdschrift een essay over dit onderzoek gepubli-ceerd met de titel 'Wil niemand vertellen wat ze zíngt?') Ivory's echtgenote vond dat die intussen verwaterde belangstelling uit Amerika kon worden gestimuleerd.

Rex Ivory had nergens bezwaar tegen. Toch had je niet het gevoel dat hij passief was.

'Tenzij het passief verzet is,' zei Paul tegen zijn moeder.

'Je vader was nooit erg spraakzaam.'

Tegen de tijd dat Ivory de vereiste kilo's was aangekomen en een burgerpak droeg, waren de echtgenote en de zoons met de stroom mee afgedreven naar de stad. Ivory kreeg bezoek van een paar oude vrienden die vroeger de voetnoten met hem hadden gedeeld, evenals het onbepaald lidwoord. Benzine was er niet, en één vriend, die bij de krijgsraad van 1917 als getuige voor Ivory was opgetreden, kwam van ver op de fiets; een andere kwam te paard in de regen, met een fluwelen pet op. Er was ook geen brandstof voor verwarming, en Ivory had het altijd koud. Daar maakte hij wel een opmerking over. Er werd gezegd – uiteraard niet als verwijt – dat zijn bloed in het oerwoud moest zijn verdund. Er waren momenten dat zijn vrouw op het punt stond te zeggen: 'Lieverd, we hebben het allemaal koud.'

Toen zijn vader op sterven lag, kwam Paul met de trein uit Oxford, na drie keer overstappen. Zoals Rex Ivory daar meestal stillag, zoals hij toestond dat het een of ander voor hem werd gedaan en met zijn zwijgzame mengeling van afstandelijkheid en aandacht toekeek, leek hij precies als altijd; alsof het sterven hem allang vertrouwd was. Paul zat aan zijn bed – want ze bleven weer om beurten bij hem – en wist dat hij nooit geïnteresseerd genoeg zou zijn om het mysterie dat zijn vader vormde te doorgronden. Er was iets, maar het wekte geen belangstelling. Als de vermeende Amerikaanse biograaf het op een goede dag verklaarde, zou dat voor Paul een nederlaag zijn, zelfs bijna valsspelen – alsof je de oplossing voor een weerbarstige puzzel opzoekt.

'Heb je de dood nog nooit gezien, Dickie? Dit is je kans.'

Paul had zijn vader die woorden nooit eerder horen zeggen, maar wist dat ze een citaat waren en niet, zoals zijn moeder veronderstelde, een naamsverwarring in het zicht van de dood. Een regel uit een ballade van een dichter uit de koloniale tijd over een oude avonturier die het leven had gezien en zijn laatste adem uitblies in aanwezigheid van een verwijfde zoon. Paul kon zichzelf niet beschuldigen en wist, ondanks alle indirecte aanwijzingen, niet eens zeker of zijn vader het leven wel had gezien: de gebeurtenissen hadden zich aan Rex Ivory opgedrongen, en waren moeilijk avonturen te noemen. Het had hem altijd aan initiatief ontbroken – zelfs het pacifisme in de loopgraven zou bij nader onderzoek misschien wel uitdraaien op weigering en terugtrekking. Alle inspanning, onuitgesproken en immens, was besteed aan verzaking, alsof het menselijk bestaan een kolossale pot Marmite was.

Zo verschrompelde de dichter Rex Ivory, volgens de inschatting van zijn jongste zoon, en op bepaald geen eerbiedwaardige leeftijd kwijnde hij weg, en stierf.

12

Een vlak weggetje bracht Paul en Caro, in de bloem van hun jeugd, ineens bij de megalieten. Paul zette de auto stil. Caro opende haar portier en keek. Reusachtige stenen stonden uitdrukkingsloos op bochtige lanen van gras. Engeland had zich opengesperd en liet een ander land zien, een land van essenties.

Afgezet tegen deze immense en imposante vormen verwerden de kleine stenen van de begraafplaats – kinderhoogte, als kameraadjes – waartussen Caro en Paul eerder hadden rondgeslenterd, tot voorbijgaande vlugschriften die een vergeten wensbeeld verkondigden. Vergeleken met dit tafereel was de rest van de schepping een gewemel van bloemblaadjes en kiezeltjes, een lichtheid waarin de dikste boom onstoffelijk werd. Het lieflijke dorpje, waar de verste monolieten her en der waren gesitueerd, leek met zijn eeuwenoude daken van stro en leisteen de werkelijkheid slechts oppervlakkig te camoufleren. Niet dat de donkere rotsblokken in hun onverwoestbaarheid iets zegevierends verleenden aan het menselijk streven. Er kon hier geen sprake zijn van een overwinning of zelfs maar een belang. Je zou tegen deze stenen een voornamer argument dan puur bestaan in stelling moeten brengen: het was je sterfelijkheid, je eigen vermogen te worden verwond tegenover hun onverschilligheid.

(In een eerder jaargetijde had Ted Tice over een ander landschap gezegd: 'Je moest daar al je overtuigingskracht verzamelen om in je eigen bestaan te geloven.')

De geordende opstelling van rolstenen was onontkoombaarder dan de natuur: in de natuur is er nog kans op slordigheid.

De gaten in de rijen, waar rotsblokken waren omgevallen en niet overeind gezet, leken zelf volgens een onheilspellend bestel ontstaan, aanstootgevend als de ontbrekende tanden bij een lachende tiran.

Sommige stenen waren afgerond, andere leken zuilen. Het was hun natuurlijke toestand, ongehouwen, onbewerkt. Paul Ivory zei: 'Man en vrouw schiep Hij hen. Zelfs deze stenen.'

Pauls aanwezigheid bood iets van verlossing, doordat die inhield dat de menselijke neiging tot liefde, die nooit in tegenspraak kon zijn met de Avebury Circle, de stenenkring toch onvolledig kon doen lijken. In het besef van dit voordeel wachtte Paul het moment af waarop Caro's zwijgen vanuit de kring versterkt naar hem zou worden teruggebracht. Hij was kalm, vol beheerste begeerte en de nieuwsgierigheid die op zich al een facet van begeerte is. Vooralsnog hadden hij en zij alleen nog maar geraden naar elkaars essentie, en haar vertoon van zelfverzekerdheid had haar een zekere, minieme, macht over hem gegeven – macht die alleen kon worden omgedraaid door een daad van bezitneming.

Aanvankelijke onzekerheid kon een stimulans zijn, mits de uitkomst gegarandeerd was.

Caro had bovendien iets wonderbaarlijk gevaarlijks over zich, dat niet alleen uit de omstandigheden voortvloeide, maar ook uit haar weigering die te manipuleren. Het gevaar en de aantrekkingskracht waren één. Daarbij kwam nog haar jonge, veerkrachtige lichaam, sterke armen en hals, en haar afkeer van lichamelijk contact. Behalve door het genot zijn eigen situatie te weerstaan werd Paul gedreven door de drang om Caroline Bells trots of integriteit te schenden.

Uiteindelijk zal ze niet zo heel anders zijn, veronderstelde hij – met een mentaal schouderophalen of snoeven dat ook hemzelf niet overtuigde. De gedachte was niets anders dan een manier om te kwetsen.

Hij wist dat ze zich naar hem zou omdraaien, blij met een

menselijke begroeting: Paul Ivory zou een troost zijn vergeleken met het onaardse veld vol gedenktekens. En toen ze zich ten slotte inderdaad omdraaide, herhaalde hij: 'Kijk me eens aan', en trok haar met oneindige vanzelfsprekendheid tegen zich aan en kuste haar keel en haar wang, en haar mond. Er volgde een schok van eensgezindheid, die niet echt openstond voor spot. Haar lichaam bewoog zich tegen het zijne aan en tegelijk ervan weg; haar ademhaling rimpelde in zijn armen, op zijn tong. Op die momenten kon hij, als hij wilde, haar voorgoed voelen veranderen; kon hij een omslag bewerkstelligen waarin vrouwen hun kracht aan mannen uitleveren, als vertrouwen – zo bereidwillig, zij het niet onvoorwaardelijk.

Achter het opgeheven gezicht van het meisje kon Paul Ivory twee of drie mensen tussen de zwerfkeien zien lopen, en een hond naar een gegooide stok zien springen. Maar het bonte tafereel was ingehouden, opgeschort, niet bij machte de dubbele stormloop van hun eigen leven bij te houden.

Caro's linnen tasje gleed uit het open autoportier naar buiten en bleef in een kuil in het gras liggen. Ze voelde het met een absurde onomkeerbaarheid vallen, een gekoesterd bezit dat op open zee wegdrijft. Binnen de benarde ruimte van de auto pasten armen, schouders en borsten perfect in elkaar. Keer op keer sprong de hond in de verte naar de stok. In de schaduw van seringen had een man met een pet een klapstoeltje en een ezel opgezet en koos verf uit. Deze toeschouwers zouden kunnen denken dat ze een willekeurig verliefd paartje in een geparkeerde auto waren.

Het was niet bij Paul opgekomen dat Caro's invloed met haar overgave kon groeien. Of dat ze haar verstand zou behouden. Toen ze haar hoofd achterover hield om hem aan te kijken, bemerkte hij dat haar mening als een polsslag bleef bestaan – en zelfs het meest tedere, zij het minst betoverende element vormde in de liefde. Hij bracht zijn hand naar haar gezicht, en in zijn eigen vingers trilde het lichte, krampachtige blijk van ongeveinsd leven.

137

Hij zei: 'Mooi' – want dat nieuwe, donquichotterige woord had hij geleerd. Hij volgde met zijn vinger de vorm van haar mond, en haar lippen glimlachten onder zijn aanraking. Hij vroeg: 'Zullen we een eindje lopen?'

Ze stapten uit. Caro raapte haar linnen tasje op. De korte onderbreking van het contact vormde een scherpe scheiding waarop de hereniging volgde. Langs de weg, waar het gras zo fijn was als mos, lagen in de grond kalkkorrels, potscherven en menselijke botten begraven. Paul liep met zijn arm om Caro's middel en noemde haar nu steeds weer bij haar naam: twee lettergrepen als verboden, opgekropte koosnamen.

Er hing een bordje op de achterkant van de deur: DE DIRECTIE STELT ZICH NIET VERANTWOORDELIJK VOOR HET VERLIES VAN WAARDEVOLLE SPULLEN.

'Het heeft dus geen zin hun de schuld te geven,' zei Paul.

Boven de wastafel hing nog een bordje, bespat en verbleekt: TOT ONZE SPIJT KUNNEN DE KAMERS NIET VAN WARM WATER WORDEN VOORZIEN. Een strook laat licht sneed één kartonnen hoekje af.

'Hoe wist je van het bestaan hiervan?' Ze keek op naar het bebloemde behang en het lofwerk in de vorm van een niet-afgestoft acanthusblad. Onder haar hoofd puilde het kussen uit de sloop, gestreept en bevlekt.

'Uit een heel andere situatie.'

Caro dacht terug aan het verlaten barretje beneden, met zijn verschaalde lucht; een rij flessen met een floers, troebele whiskyglazen. Op een toog een pastei van ham met kalfsvlees, gehalveerd, roze en gelardeerd – het gecentreerde ei zo opzichtig als de zonsondergang in een kindertekening. Ze zei: 'De plaats van de misdaad.'

'Wat bedoel je?'

'Ik dacht aan Avebury. Hoewel misdaad geen rol speelt bij Avebury. Al het menselijke is daar onbeduidend' – haar haar

138

optillend, haar hoofd verschuivend op zijn arm – 'zelfs het mensenoffer.'

'Het is nu allemaal hetzelfde als toen, alleen onder een laagje hypocrisie.' De zelfverzekerdheid keerde in Paul terug, net als een zekere verachting voor een wereld waarin hij al te gemakkelijk zijn zin kreeg. Het meisje lag naast hem, deel van de universele inschikkelijkheid. Hij streek over haar dikke haar en zei: 'Ik heb nooit veel geleden.'

Om het lot niet te tarten of het kwaad uit te bannen legde ze zijn hand op het esdoornfineer van het vreselijke bed. 'Dan heb je nog iets om bang voor te zijn.'

'Ik bedoel dat ik niet genoeg heb gevoeld bij tragedies of risico's. Wat genoeg ook maar betekenen mag.' Het was geen waarschuwing, alleen de waarheid. 'Als je zonder ellende de vijftig haalt, heb je gewonnen. Dan heb je het geflikt. Ik heb nu misschien al meer gehad van het goede leven dan ze me nog kunnen afnemen.'

Met 'je' bedoelde Paul zichzelf. 'Ze' waren ongedefinieerd. Caro zweeg. Ondertussen zou ze haar leven voor hem hebben gegeven, maar ze verwierp zijn verlangen om, via berekende voordelen, zich tegen ervaring in te dekken. 'Het geflikt', had hij gezegd, alsof het leven zelf een misdrijf was, een gewickstheid die aan het licht kwam als de bevlekte matrastijk van een gehuurd bed. Alsof hij ondanks al zijn gezag een voortvluchtige was. Zijn vader had het bestaan misschien afgewezen; maar was het niet ontvlucht.

Ze zou tegen hem hebben gezegd: 'Je kan dit niet zonder ellende krijgen', maar hield haar mond uit angst te verliezen – bedenkend dat niets zoveel onwaarheid baart als het verlangen te behagen of iets bespaard te blijven.

Paul stond op en kleedde zich aan. Vanuit het bed keek Caro toe, loom als een patiënt die uit een etherroes komt, vol pijn en tollend van trage indrukken die maar niet helder worden; terwijl de wakende wereld, door Paul gepersonifieerd, zijn gang ging. De opschorting van de wil in deze ervaring had bijna een nieuwe onschuld kunnen opleveren, als de wil daartoe niet zelf zo dringend was. Er was het aanbieden en het aandoen; een kort excuus voor de oneindige tederheid waar geen man zich anders aan zou overgeven.

In één uur tijd was ze vanuit onwetendheid opgeklommen naar deze algemeen bekende superieure staat.

Toen Paul in de sjofele stoel ging zitten en zijn schoenen aantrok, stond ze eindelijk op om naar hem toe te gaan, en knielde voor zijn omhelzing.

Paul trok haar lichaam tussen zijn knieën. Bij de druk van mouwen en broekspijpen tegen haar naakte huid drong zich een andere sensatie op aan Caroline Bell, uit haar kindertijd, toen haar vader zich over haar ledikantje boog om het schaars geklede kind op te nemen in harde, almachtige armen van kamgaren of flanel, die naar de stad en de grote wereld roken. Een bijzondere herinnering, misplaatst, aan haar vader in avondkleding op weg naar een bepaalde plechtigheid, met oorlogsonderscheidingen die aan kleurige lintjes bungelden terwijl hij zich bukte om zijn oudste dochter een zoen te geven. En zij was het kind dat haar armpjes uitstak naar een geur van tabak en aftershave en het donkere mannelijke schuren van de jas, terwijl de onderscheidingen rinkelden als muntjes van weinig waarde.

De transformaties uit haar twintig jaren waren minstens zo verbluffend en onomkeerbaar als de nieuwe verandering, binnen één dag, van een meisje alleen in een vrouw die naakt aan de voeten van haar minnaar knielt op een sleets tapijt. De omhelzing, de kamer, een baan licht op het plafond, een leeg bagagerek in een hoek hadden overal ter wereld elementen van slonzige onbeduidendheid kunnen vormen; of ze konden juist het wezen van betekenis inhouden, zoals de kus, of de geseling, in de stille achtergrond van een meesterwerk.

'Caro,' zei Paul, 'je vat nog kou.' Hij was aangekleed en zat in een verheven positie, maar kon de hernieuwde macht die ze kreeg, door dat knielen aan zijn voeten, haast niet verdragen. 'Je vat nog kou, liefste.' De bleke zon was naar het plafond gegleden, het tochtte uit elke kier. Paul duwde haar warrige haar naar achteren en zag de bleke huid van het randje waar de zomer niet bij was gekomen. 'Geen maagd meer.' In haar ooghoeken waren tranen opgeweld, maar niet van het soort dat stroomde of wilde worden opgemerkt.

In een vieze beker zat cacao, op een schoteltje lag een bruin verkleurend schijfje appel, op de vloer lagen zware schoenen, schots en scheef, op een stoel een overhemd. De donkere gordijnen van de kamer en de sobere inrichting werden er niet levendiger op door de rommel en de etensgeuren. De boeken hielpen niet echt, omdat ze niets met de kamer te maken hadden: boeken op doorreis. Het was een fase in Teds werk die hem minder interesseerde dan wat eraan vooraf was gegaan en wat binnenkort zou komen, en de boeken wisten het. Hij had het daar ongewoon koud, en lag aangekleed op zijn bed, met sokken aan. 's Nachts had hij een dikke sprei. Het was een familiegrapje: 'Maar voor Edinburgh is het een mooie september, geen dag onder de vijf graden.' Ted en Margaret hadden dat grapje tot verstikkends toe gemaakt, zoals mensen altijd doen wanneer ze de volgende fase nog niet aandurven.

De hele familie was uit voor een zondagse theevisite, behalve Margaret, die thuisbleef om te schilderen of piano te oefenen.

Margaret moest oefenen. Of vermeed misschien een Donald of een Willie – want de schone, statige Margaret was de natuurlijke bron om uit te putten voor haar vaders studenten. Of had een bepaalde reden, belangrijker dan haar vele kwaliteiten, om thuis te blijven. De piano stond in een kamer beneden, achter in het huis, waar ze ook schilderde. Maar in het zondagse respijt hoorde je alle noten, en zelfs de haperingen van omgeslagen bladzijden – van Schumann, César Franck. Willies en Duncans zouden urenlang de bladmuziek voor haar hebben omgeslagen, of, als jongemannen tegenwoordig geen muziek meer omslaan, zouden ze met haar zijn gaan wandelen door koude straten vol daglicht om een krokant koteletje te gaan eten in het rokerige tumult van een studentenkroeg. Tallozen onder hen hunkerden naar het bleke hoge voorhoofd en de lippen van Margaret en zouden dolgraag iets ter wille van haar laten zien. 'Ze is een prinses,' zei de moeder, die een Fabiaanse socialiste was.

Ted Tice legde het boek neer dat hij eigenlijk moest lezen, en bleef met één arm onder zijn hoofd liggen, met in de andere hand een brief. Het boek lag in hachelijk evenwicht gespreid op de geruite deken en toen hij zuchtte, zuchtte het mee en gleed, uit balans gebracht, op de vloer. Beneden viel de piano stil om beleefd de bons te onderzoeken. De stilte werd sterker. Toen de muziek weer werd ingezet, was het de muziek van liedjes die in een nachtclub konden worden gespeeld door een getalenteerde, maar door het geluk in de steek gelaten pianist. 'Smoke Gets in Your Eyes' en al die andere.

Ik ben min of meer volgens plan naar Avebury geweest. Het is meer een symbool dan een plaats – een uiting van het onvermijdelijke. Jij zei een keer dat het leven niet geloofwaardig hoefde te zijn, of eerlijk. En bij de Avebury Circle kwam dat heel duidelijk naar voren.

Vorige week was ik twee dagen in Londen. Het sollicitatiegesprek was met een zekere Leadbetter, en mijn baan begint volgende maand. Ik krijg vier pond per week – als ik de toets niet had gehaald, was het drie geweest. Die Leadbetter was een keurig net klein mannetje, in zijn cel van celluloid. Een soort miniatuurmodel van een man, een scheepje in een fles. Het onderhoud was net zo – een beknotte versie van menselijke conversatie. Toen ik een vraag stelde over een van de voorwaarden, hield Leadbetter me voor dat ik een perfectioniste was, alsof dat zondares betekende.

's Avonds ben ik naar *Richard de Tweede* geweest. Vlak

voor ons zat een kolos van een kerel – met de minste beweging wiste hij het halve Engelse hof uit.

Op 'These Foolish Things' volgde 'My Romance'. De melodieën werden met te veel stijl en aandacht gespeeld. Ze waren geen aangename verstrooiing meer, maar eerder een zwelgen, de totale verspilling van iets van onschatbare waarde.

Ik probeer me je voor te stellen in je noordelijke voorgeborchte, in afwachting van je vertrek naar Frankrijk. Ted, verspil geen kostbare tijd aan mij. Er is geen enkele toekomst waar ik zo sterk in geloof als in de jouwe, en er is niemand anders wiens ambitie me ooit zo duidelijk een vorm van het goede lijkt.

'In front of us'. Ted Tice was zo zeker, en wilde zo graag in het ongewisse blijven, over die andere aanwezigheid in dat zinnetje dat hij zijn beoordelingsvermogen verloor – als een man die te lang naar een verre vorm staart en niet meer kan uitmaken of die beweegt of stilstaat.

Het is geen kwestie van meer tijd. Wees niet in mij teleurgesteld. Ik wens je alle goeds – alleen, ik ben niet bij machte jouw geluk te bewerkstelligen. Als je met geluk een soort robuuste gemoedsrust bedoelt, dan hoop ik – tegen alle moraal in – dat die jou kan toekomen zonder lijden of zelfs inspanning van jouw kant. (Dit is misschien wel de zin waarin perfectionisme in mijn geval met zondigheid is verbonden.)

Beneden speelde Margaret 'I'm in the Mood for Love'; speelde haar laatste troef uit. En Edmund Tice, in de koude kamer met zijn arm onder zijn hoofd en een brief naast hem, treurde om haar, minstens zoveel als om wie dan ook.

13

Het lichaam van Caroline Bell was niet wit, maar zo bleek als etenswaren, bijvoorbeeld deeg of brood, zelfs met dezelfde minieme onvolkomenheden – kleine kenmerken als een moedervlek op hals of borst, een litteken op de knie van een val als kind – die ook tijdens een bakproces konden ontstaan. Wanneer ze zich op één elleboog oprichtte of met haar armen wijd op haar rug lag, was het vlak van haar buik een schoot, was de dubbele welving van schouders afgestemd op een aanstaande omhelzing. Het vermoeden daarvan ontstond pas als ze naakt was: tot dan toe was de gewaarwording zelf omkleed.

Ze droeg alleen een klein rond horloge. 'Ze komen zo thuis.'

Zelfs Grace hoorde bij 'ze', die middag in september. Zelfs Peverel was thuis.

Het ledikant was van koper, de afgedankte, op de grond hangende sprei een wit gehaakt veld daar op Paul Ivory's kamer, boven in het huis van de Thrales. Het was de kamer met het hoge, uit de toon vallende venster, waarvan de ruitjes zonlicht vlak op een lege muur vielen. Op het witte bed legden Paul en Caro vernuftig hoofd tegen schouder, kin tegen slaap, dij tegen dij.

'Er komt toch niemand hier boven. Het is immers zondag, ik ben immers hard aan het werk, jij bent immers uit.'

'Waar ben ik precies?'

'Op de weg bij Romsey, genietend van de wandeling.' Paul trapte tegen een knoedel van geduldig wit haakwerk. 'O Caro, wat een geluk is dit.' Toereikendheid was als een verademing:

hij was bezig geweest te stikken en haalde nu vrijuit adem. Hij had genoeg ervaring met genot om te weten dat het kon afstompen of gaan tegenstaan; maar vreugde was hem letterlijk vreemd, een woord dat hij nooit makkelijk over zijn lippen zou krijgen, een vervoering die bij een andere, roekeloze nationaliteit hoorde. Om die reden was Caro's volledige overgave aan de liefde, haar geluk erin, voor hem exotisch.

Paul zei: 'Ik heb de deur op slot gedaan.'

Caro's vingers waren licht gebogen, als die van een dromende vrouw in de koperen spijlen en knoppen boven haar hoofd gehaakt. Haar arm, die vaak sterk werd gevonden, toonde een binnenkant zo zacht als die van een baby, haast rimpelloos in de holte van de elleboog. Haar andere hand gleed almaar met alle mogelijke tederheid door Paul Ivory's haar. Hij zag het in gedachten gebeuren, zijn blonde haren die in de witte kamer door haar vingers vielen. Hij zei bij zichzelf: dit is in elk geval echt. En voelde dat zij hetzelfde dacht.

Hij reikte naar de sprei, trok die tot haar kin toe op. Toen langzaam terug. Ze moesten lachen: de onthulling van een monument. In de muur zat een venster van blauwe lucht, groen blad aan de tak van een olm. Eén keer vloog er traag een spits vliegtuigje voorbij, zo'n zilverpapieren toestel waarin kinderen tussen de oorlogen een pleziervluchtje konden maken: een speelgoedvliegtuig dat had staan snorren op een grasveld in vredestijd, terwijl een man in overall de propeller een zwiep gaf en riep: 'CONTACT!'

Ze maakten net zozeer deel uit van die stralende lucht als van de afgesloten, aardse, huiselijke kamer.

'Stel dat je zus niet naar het concert was gegaan.' Want Paul had het verhaal over Grace en Christian in de Albert Hall gehoord.

'Ons lot, net zo goed als dat van hen.'

Hij had het geluk genoemd, maar nu sprak zij over het lot. Alsof ze tegen hem zei: Je moet kiezen. Het lag in de aard van vrouwen om keuzes, schikkingen en bewijzen te eisen; en dan schuld toe te kennen. Het Oordeel over Paul.

Caro zei: 'Ik hield nooit van middagen, tot nu toe.'

In een hoek stond een kledingkast zo zwaar dat je meteen moest denken aan de mannen die hem vijftig of zestig jaar geleden de trap op hadden gesjouwd, steunend en met hun rug eronder. Boven een commode met lades van walnotenhout hing een wazige foto waarop in inkt het jaartal 1915 stond geschreven. Zelfs een schimmelig kiekje van een Engels huis was door de aanduiding 1915 besmeurd en bevlekt met een donker besef van de loopgraven. Zelfs in een kamer vol liefde. Onder de foto lagen Pauls kam en borstel op een rijtje met een varkensleren beurs en een flesje Frans reukwater: allemaal bleke voorwerpen op een kanten kleedje. Het bandje van zijn afgelegde horloge rees in twee korte bogen op, klaar voor zijn pols. Zulke dingen hadden vaak zoiets plechtigs dat je bijna moest glimlachen, maar Pauls eigendommen bezaten het vuur van hun eigenaar.

Paul zei: 'We moeten eigenlijk ergens in de zon zitten.'

'De zon is hier.'

Hij wilde haar laten denken aan een versimpelde kuststrook met palmbomen of Italiaanse pijnbomen. Maar zij geloofde niet in die filmset, waar ze naar staarde voordat ze haar ogen sloot. Zijn drang om verder te trekken zorgde voor een einde, of ontkende een begin. Vanuit haar nu wonderbaarlijke kennis had ze hem kunnen verzekeren dat wat hij zocht gevonden was.

'Nou ja,' zei ze, 'hij is hier. De zon.' Ze wilde het alleen graag bevestigd zien.

Paul gaf de voorkeur aan wat hij zelf ontdekte. 'Ik dacht aan echte warmte. Hitte, zand, de zee.' Hij legde hun handen op elkaar – jong, rimpelloos en mooi schoon, met die prachtige vingers. 'Bosjes citroenbomen, wijngaarden, witte muren.' Om haar te tergen met haar tekort.

Een krachtmeting van de wil, terwijl alles iets vlots en virtuoos had kunnen hebben. 'Waarom doe je zo onaardig?'

Vrouwen worden, dacht hij, met die vraag op hun lippen geboren. En vermaakte zich er even mee te zoeken naar de mannelijke tegenhanger – ik hoop dat je me eens kunt vergeven. Hij zei: 'À la guerre comme à la guerre.'

'Is het dan oorlog tussen ons?' vroeg ze verwonderd. Maar verwonderde zich ook over zijn slechte uitspraak van het Frans.

'Nee, niets aan de hand. Als jij het hier fijn vindt.' Hij lachte en zag ter wille van haar van het uitstapje af. Als een besef volgde zijn blik haar uitgestrekte arm en opgetrokken knie. Hij bracht zijn lippen naar haar borst.

Precies op dat moment hoorden ze de auto. Niet het ronken van een Hillman of Wolsey of het hoestende schakelen waarmee een bestelauto de heuvel op had kunnen komen, maar een snel, beslist geluid, het geluid van een gloednieuwe staat, dat vastberaden zijn weg zocht, dat van verre rond het huis speelde, daarna tegen de gevel aan en door het open raam, als een zoekende lichtbundel.

Op dat moment, in hun oertoestand, hoorden ze de auto.

Caro's hoofd viel op het witte kussen terug. Paul sprong op.

'Stel dat ze binnenkomt,' zei hij. 'Stel dat ze naar boven komt en merkt dat de deur op slot zit.' 'Ze' was Tertia, die dag en daarna. Paul stond al in zijn overhemd, met een das in zijn hand; want voor deze gelegenheid had hij formelere kleding gepakt dan gewoonlijk. Op het grind sproeiden steentjes onder wielen vandaan. Het kasteel kwam hen persoonlijk opzoeken.

De auto stopte stelliger dan welke motor dan ook, wanneer dan ook.

'Paul.'

Een metalen portier sloeg. 'Paul.'

Geen enkel geluid, geen stilte, geen eisen en geen schrille, onvoorwaardelijke kreet had ooit zo onherroepelijk geklonken. En Caroline Bell bleef stil liggen.

Paul stond nu voor het raam. Hij leunde naar buiten, laconiek. 'Grote goden.' Hij glimlachte en leunde en maakte plaats voor zijn nonchalante ellebogen. 'Is er iets?' Er was dat harde vertrouwelijke in zijn stem, het vanzelfsprekende weglaten van haar naam. Al had hij er alleen maar bij gezegd: 'Tertia.'

Tertia Drage kwam vlak onder het raam staan: een roze jurk, een opgeheven gezicht. Misschien had ze niet verwacht dat Paul meteen zou verschijnen, maar ze toonde zich niet verrast en voelde zich ondanks haar positie daarbeneden niet in het nadeel. Paul evenmin – die op zijn gemak daar stond, met niets meer dan het overhemd en de das; maar voor zover Tertia kon weten geheel gekleed.

Een buitenstaander die hen zo zag, zou hen aan elkaar gewaagd hebben geacht.

'Het is zalig weer.' Tertia stelde het zonder enthousiasme vast. Er zat een roze zijden band om haar hoofd, een leren autohandschoen aan haar rechterhand. 'We moeten ervan profiteren.'

'Wat was je dan van plan?' In eensgezinde wedijver weigerden ze beiden zich bloot te geven door ook maar iets van spontaniteit te tonen. Beiden waren heimelijke, zij het niet teruggetrokken persoonlijkheden met een onderstroom van sarcasme, waardoor ze elke vorm van onverhoedse oprechtheid konden loochenen. Bij Tertia was die schalkse, vijandige mentaliteit al ingesleten.

Ze stak spottend haar hand op. 'Je kent de mogelijkheden net zo goed als ik.' De motor had eerlijker geklonken dan haar stem, en gevoeliger in zijn reactie.

Onder het raam, buiten het zicht, waren Paul Ivory's voeten gekruist, net zo achteloos als zijn over elkaar geslagen armen. Op zijn naakte bovenbenen krulden blonde haartjes. 'Niet iets al te inspannends,' zei hij, of wilde hij zeggen toen hij uit het verstrakken van Tertia's lichaam opmaakte dat Caro naast hem stond.

Hij wist dat Caro achter hem aan was gekomen en naast hem voor het raam stond. Haar blote schouder raakte volkomen koeltjes de zijne. Hij draaide zich niet om, maar zag Caro, alsof hij zelf Tertia Drage was, naakt voor dat hoge raam naast hem staan en naar beneden kijken; op hen beiden neerkijken. Hij en Tertia, daar, en Caroline Bell die op hen neerkeek. Caro's hand lag op de vensterbank. Ze droeg alleen een klein rond horloge.

Er tikten secondes voorbij, of niet. Tertia bleef roerloos staan. Alleen haar arm bleef opgeheven, haar gehandschoende hand gebald en naar voren gestoken als van een valkenier. Ze keek recht naar Paul op; zonder te staren maar met een indringende, vaste blik op hem alleen. Ze zei: 'Zeg jij het maar.'

'Ik kom naar beneden.'

Voor misschien wel de eerste keer keken ze elkaar in de ogen.

Caro verroerde zich niet voor het raam. Paul liep weg en pakte de rest van zijn kleren. Nu hij weg was, kwam haar hele bovenlichaam in beeld. Vleeskleurig licht streek over haar schouder en veroorzaakte rossige vegen in het dikke haar dat over haar sleutelbeen viel. Tertia liep beneden om de auto heen en opende het portier. Ze stapte in, maar liet de plaats achter het stuur vrij. In de kamer boven kraakte het bed toen Paul zijn linnen schoenen aantrok. Met niet meer dan normale haast pakte hij zijn eigen horloge, dat op het bureau lag, keek erop en gespte het om. Het leek alsof hij laat was voor een afspraak.

Een deur ging net niet dicht. Traptreden dreunden onder Paul Ivory's snelle voeten. Hij verscheen op het pad onder het slaapkamerraam en legde zijn jasje in de auto.

'Je wilt dat ik rijd.'

'Alsjeblieft.'

Hun stemmen waren gedempt noch luid: je zou ze vlak kunnen noemen. En Tertia trok ruw haar handschoen uit. Daar klonk meteen het geraas van de motor. Alsof iemand een propeller een zwiep had gegeven en brulde: 'CONTACT!'

Kapitein Nicholas Cartledge stond op een trein te wachten. Zijn tweed pak had de kleur en textuur van fijn zand. In het felle licht van de saaie zondagmiddag stond hij beige en korrelig op het geasfalteerde perron van een lokale spoorweg. Met die massa bitumen vlakte het station vrijwel een heel geurig platteland uit. Zelfs deze stralende dag kon alleen wat kleur brengen op plaatsen waar roest in cement was uitgelopen, en in een bosje slappe dahlia's rond een wegwijzer. Nicholas Cartledge stond er onbewogen bij, geduldig noch ongeduldig, en liet af en toe zijn kleine linnen tas op het asfalt achter om het perron op en neer te lopen. Eén keer lichtte een manchet op, wit, om de tijd te vergelijken met de stationsklok; maar hij trok geen zichtbare conclusie uit het verschil. Als iemand iets over de verveling had opgemerkt, zou hij hebben gezegd: 'Daar heb ik geen last van.'

Hij zag dat de plaatselijke taxi, een groene oude Humber die je telefonisch kon bestellen, voor het trapje van het station tot stilstand was gekomen en dat Caroline Bell uitstapte. Met een zweem van een verraste siddering liep hij op haar af om te helpen en boog zich, nog voordat ze hem had herkend, naar de chauffeur over om te betalen. Ze stond op de stoep met in de palm van haar uitgestoken hand een keur aan munten. Cartledge zei: 'Allemachtig', en pakte haar tas, niet groter dan die van hemzelf, en een lichte regenjas. Het overnemen van deze zaken deed denken aan een confiscatie.

Hij en zij liepen de houten trap op en de stukken bagage stonden naast elkaar. De dahlia's stonden slap rond de wegwijzer, als stilstaand water rond een afvoerput. Cartledge zei: 'Naar Londen, neem ik aan', en leek niet verwonderd. Hij had iets autoritairs dat samenging met onaandoenlijkheid. Caro had amper een woord gezegd en wist misschien niet eens meer zijn naam. Ze was gepast gekleed en toonde – of verried, zoals men dat zegt – geen enkele emotie. Toch zou hij zeggen dat ze er verwilderd uitzag, niet alleen omdat een klaarblijkelijke situatie hiermee werd samengevat, maar ook vanwege haar uitstraling van hulpeloze ontsteltenis.

Ze weigerde een sigaret en wilde niet gaan zitten. Ze liepen over het glinsterende perron heen en weer. Boven zijn soepele schoenen waren lichte sokken te zien. Je kon niet zeggen dat ze samen wandelden, of dat hij ook maar enige poging deed de afstand die ze tussen hen liet bestaan te verkleinen. Op een bankje zat een ouder echtpaar in het zwart, dat met een door zondagse gezapigheid gescherpt inzicht toekeek: 'Daar zit een verhaal achter.' Geneigd partij te kiezen voor Cartledge – die immers de man was en kwaliteitskleding droeg, iemand van de oude stempel met zijn blonde haar en zijn dure gezicht, slank en beschaafd. 'Een echte oude losbol,' zei de vrouw, toen Cartledge weer voorbij de plaats kwam waar ze zelf roerloos onder een toque met kunstzijden viooltjes zat. 'Of roué,' liet ze erop volgen, om kracht bij te zetten. Maar begon meteen weer over haar eigen zondag: 'Nou, Fred, het heeft lang geduurd voor je me over had gehaald voor een bezoekje aan Maud, en de volgende keer zal het nog langer duren.'

Stilstaand naast hun bagage, die een bestemming vormde, tikte kapitein Cartledge as af. 'Het was evident dat je in dat huis ongelukkig zou worden.' Hij verwachtte geen antwoord, maar na een poosje draaide hij zich om om te kijken – naar haar gezicht, haar borsten. Ze zag het aan, met een onbewogenheid die hem een variatie leek op de moeilijkheden waarin ze verkeerde, wat die ook mochten zijn. Uiteindelijk zei hij toch: 'Als ik iets kan doen.'

Ze had kunnen glimlachen om de ironie. 'Ongelukkig, zoals je zegt.'

'Dit is het ergste,' beaamde hij, waarmee hij de vorm vaststelde. 'Je had nergens anders zo'n welwillend oor kunnen vinden.' In feite was ze niet naar hem op zoek geweest, maar zijn zelfverzekerdheid was slechts door een harde aanval aan het wankelen te brengen. Toen de trein arriveerde, gooide hij zijn sigaret weg en pakte de twee tassen op. Ze liep voor hem uit naar een lege coupé en ging bij het raampje zitten, bleek en vreemd, zodat het oude echtpaar in het voorbijgaan een laatste opmerking kon maken: 'Daar zit meer achter.'

'Dit helpt wel.' Hij morste een paar druppels toen de trein begon te rijden. Ze zag de initialen NGWC in het zilver. Terwijl zij een slok nam, droogde hij zijn van het gemorste vocht natte vingers af aan een witte zakdoek en schonk een bodempje voor zichzelf in. In een punt van de zakdoek stonden dezelfde ineengekrulde initialen. Hij zei: 'Neem rustig de tijd.' Hij ging tegenover haar naar achteren zitten, plaatste beleefd zijn in maatbroek gehulde benen zodat ze elkaar niet aanraakten, legde zijn elleboog op de richel van het raampje. 'Alle tijd.'

Hij bedoelde niet dat er nog alle tijd was zodat het leven zich kon hernemen, maar dat ze op den duur zou accepteren wat er nu moest gebeuren. Er was het zilver en het linnen, de korrelige tweed en de vuile rand van het raam. Ze had haar handen in haar schoot ineengeslagen, een bedaarde houding die zij en haar zusje beiden in tijden van spanning aannamen; en hield zijn blik vast, zonder te denken, zonder te knipperen. Heuvels en dalen deinden voor het raam langs. Een fabriek wiste een ogenblik het uitzicht uit, en werd snel weggetrokken, als de verkeerde dia in een projector. Er hing een vochtige, metaalachtige geur in de coupé, een oude lucht van bekleding, een vleug uit een wc vlakbij en het directer aanwezige aroma van brandy.

Hij zei: 'Ik sta tot je beschikking', maar ze liet zich niet bedriegen, of hoorde hem amper. Over haar zwijgen zou hij hebben gezegd: 'Daar heb ik geen last van.' Hij overwoog of het misschien die jongen met zijn glazige ogen was geweest, totdat hem te binnen schoot dat Ted Tice al was vertrokken – naar Glasgow, Edinburgh of misschien wel Parijs. Paul Ivory was als idee een tikje interessanter, al was het maar om redenen van status.

Er waren stations met roestrode dahlia's, waar de zon zich achtereenvolgens van terugtrok. Op de ene akker na de andere was de hop opgebonden. Ergens voor in de trein zat het oude echtpaar te doezelen; en één keer vroeg de vrouw, tussen de sluimeringen door: 'Waar denk je dat dat woord vandaan komt – roué?', wat ze uitsprak als *roewee* en waarop ze geen antwoord kreeg.

Caro's haar kwam tegen de raamsponning. Ze deed haar ogen niet dicht. Cartledge zei: 'Je schoonheid is er niet door aangetast, weet je.'

Ze vroeg: 'Hoelang nog?' En zijn manchet kwam omhoog. Toen: 'Op welk station komen we aan?' Zonder hem met Nick aan te spreken, zoals hij had gevraagd.

'Waar wilde je naartoe?'

'Er is een huis in Gloucester Road waar ze Australiërs accepteren.'

'Mijn hemel, zo klinkt het net alsof het om voorwaardelijk vrijgelaten gevangenen gaat.'

'We sturen daar altijd vrienden naartoe. Als dat niet lukt, dan is er nog zo een in Cromwell Road.'

'Je bent veel beter af in North Audley Street. Waar ik Australiërs mee naartoe neem.' Hij bood haar de heupfles weer aan, en de zon fonkelde erop als op een geweerloop. 'Ik neem trouwens aan,' zei hij, 'dat je het onvermijdelijke briefje op het speldenkussen hebt achtergelaten – met een overtuigende en volstrekt fictieve verklaring?'

Ze schommelden voort langs steeds kleinere hop en ontluikende moestuinen. Twee mannen in aanpalende groene achtertuinen reikten elkaar kameraadschappelijk de hand over een muurtje heen; of misschien was het wel een handgemeen. De lucht viel nu rossig op het land, en een heuvelhelling tekende zich als een runderlende af. Kapitein Cartledge schudde sigaretten uit een gewoon pakje, hoewel er ergens een zilveren etui met initialen moest zijn, passend bij de heupfles. Hij zei: 'Op zondagavond houden ze altijd iets voor me apart. Soep, kip. Mijn echtpaar, bedoel ik.'

Er was dus een echtpaar dat een koude maaltijd klaar had

staan voor de kapitein, en doffe initialen fraai oppoetste. Uitstekend werk, mijn goede, trouwe bediende. Commandant, mijn commandant. Echtpaar, mijn echtpaar. Gecommandeerd, gepaard. Er zouden lakens zijn, slopen, linnen met initialen, gekruld als springveren.

De kapitein zat er in zijn beschaduwde hoek koel bij boven het helle wit van kraag en manchetten – toepasselijke stroken als de tekening van een racepaard. Hij had haar, zoals hij het zou kunnen formuleren, met geen vinger aangeraakt. Hij zei: 'In elk geval beter dan een donkere nacht voor de ziel in Gloucester Road.' 'In elk geval' plaatste de zaak in perspectief.

Er stonden zweetpareltjes op haar haargrens. Als ze flauwviel of instortte, had hij zich vergaloppeerd. Maar ze bleef helder, onaangetast, verachtelijk tegenover hem. Hij voegde eraan toe: 'De nacht is, onder meer, een goede raadgever.' Aan de zinsbouw was te merken dat hij dit vaker had gezegd.

De lucht begon de roze-rijpe rust van een zomeravond te krijgen, of een boog van afzichtelijke beurse plekken, het hing er maar van af hoe je ernaar keek. Ze reden over een doolhof van sporen bij de rivier, en er kwam een fraai uitzicht op St. Paul's Cathedral. Caro stond al, reikend naar haar tas in het bagagerek.

Hij zei: 'Allemachtig', zoals hij ook op het station had gezegd, en tilde de tas voor haar naar beneden. Ze bleven zoekend naar evenwicht een paar centimeter van elkaar staan, en zij hield haar handen langs haar lichaam. Haar lippen waren enigszins weggetrokken zodat de ondertanden te zien waren, en op dat moment kon ze net zo wreed worden genoemd als hij.

Ze keek hem recht aan. 'Ik heb vandaag al de liefde bedreven.'

Hij wankelde om overeind te blijven toen de trein met een ruk op huis aan ging, wipte toen op zijn tenen, beheerst. Hij was bijna tien centimeter langer dan zij. 'De voorwaarden zijn me duidelijk. Laten we toch maar eens kijken of we jou ook iets minder dan het martelaarschap te bieden hebben.' Hij blikte om zich heen in de coupé. 'Ben je zover?'

Hij stond als eerste op het perron. Achter hem aan komend zag ze zijn snelle mouw omhooggaan: 'Taxi.' En stapte in zijn donkere taxi, terwijl hij het adres nog opgaf.

DEEL II

DE CONTACTEN

14

Lieve Caro,

Er zijn zestigduizend studenten in Parijs, bijna allemaal op de gang voor mijn kamer. Maar vorige week was het gebouw vanwege Pasen verlaten en zo stil als een klooster. Mijn raam ziet uit op een binnentuin vol bloeiende bomen – meidoorn, een judasboom en hier vlakbij een grote sering waarin paarse piramiden ontluiken. Er zijn een fontein en een verborgen lijster. Tijdens de feestdagen ben ik met twee Franse collega's naar de mijnen bij Lille gereden en in een mijnschacht afgedaald. Een steenkoolveld regelrecht uit Dante, waar jongens van een jaar of zestien groeven, merendeels Noord-Afrikanen die geen Frans spraken. Nog erger waren de krotten waarnaar ze naderhand terugliepen, tien per smerige hut. Mijn twee vrienden hebben tevergeefs namens die mensen een verzoek ingediend bij het Ministère du Travail, en helpen hen nu een vakbond op te richten. We zijn via de begraafplaatsen Vimy en Notre-Dame-de-Lorette en een kwart miljoen graven uit de Tweede Wereldoorlog naar Parijs teruggereden.

Ik werk. Ik denk aan jou. Dit gebeurt niet afwisselend – ik denk altijd aan jou. Sinds mijn laatste brief ben ik naar een tentoonstelling geweest van tekeningen van Da Vinci, een eenmans-industriële revolutie. Een goed toneelstuk gezien, *Le Diable et le bon Dieu*, en verder Jean Vilar en Gérard Philipe in *Le Cid*, een judowedstrijd en senator Kefauver op televisie. Kefauver behoorlijk schokkend, mijn god, maar ik word hier als zijn pleitbezorger beschouwd, omdat er onder mijn collega's zo'n oppervlakkige en ongefundeerde anti-Amerikaanse stemming heerst. Ik hou niet van eensgezindheid (of solidariteit, die verderfelijke andere naam), en die hele, blinde verering van de Sovjets en van China stoort me trouwens – vooral in dit land van *en principe*.

Ik ben nog steeds onder de indruk van de man voor wie ik hierheen ben gekomen en met wie ik nu samenwerk, in menselijke zowel als vaktechnische zin. Hij heeft weliswaar fouten gemaakt, deels doordat hij zoveel heeft gedaan. Wie minder onderneemt, kan behoedzamer zijn. (En wie niets probeert – of het nu om de ziel of het verstand gaat – is het veiligst, en natuurlijk het meest kritisch van iedereen. Het is maar al te makkelijk om op iemand af te geven – het enige wat je nodig hebt is kwade wil.) Wat een ontstellende, continue inspanning is er nodig, merk ik, om iets grondig te leren of te doen – vooral als het iets is waar je van houdt. Een roeping is een bron van moeilijkheden, niet van gemak. Doen is al moeilijk genoeg. Zijn is nog moeilijker. Doen en zijn tegelijk vereist een bovenmenselijke inspanning. Maar ja, waarom niet? Alles valt te verkiezen boven de veilige kant van de streep.

De studenten hier zijn net krieltjes, te snel opgekweekt, een moordend tempo. Ze komen hier op hun achttiende van de *lycées*, en moeten een jaar later het equivalent van een bachelor of arts halen. Ze zijn allemaal 'serieus' en *engagés*. (Ik kan het woord niet meer horen.) De hele universiteit is volgeplakt met marxistische leuzen, en één op de vier is partijlid. Toch spenderen ze hun avonden aan gemene streken met eerstejaars en schreeuwen ze als vierdeklassers als hun eten te laat komt. Ze zijn op de campus behoorlijk intimiderend, maar aandoenlijk jong en ernstig wanneer je ze op de Boulevard Saint-Michel ziet, waar ze de weinige resterende vrije tijd doorbrengen. Ik voel me bij hen vergeleken bezadigd en knullig tegelijk.

De nieuwe Franse regering is precies zoals de voorgaande, en zal net zo snel vallen. Zal Europa uiteindelijk weer fascistisch worden, 'verdedigd' door een Duits leger met Amerikaanse bevelhebbers en Amerikaanse wapens, dat staat te popelen om de Elbe over te trekken? (Als je bedenkt hoe reëel de sovjet-dreiging is, is het opmerkelijk dat je er door de navenante vergeetachtigheid van onze kant bijna niet in gelooft.) Eén lichtpuntje is de dood van De Lattre, waardoor er enige hoop bestaat op een regeling voor Indo-China. Zijn begrafenis was een monsterlijk vertoon van militarisme – scholen gesloten, massale optochten met Eisenhower, Montgomery, het kabinet, kapellen, koren, geestelijken, troepen, de hele rimram. Opgebaard bij de Arc de Triomphe, Notre-Dame, Les Invalides. Een puur Pruisisch tableau.

Als Da Vinci de stoommachine zou hebben uitgevonden, had Napoleon de atoombom gegooid, en wel onder eclatant Frans applaus.

Onder mijn collega's hier zijn er, net als onder de studenten, veel die uit arme gezinnen komen. Dat wordt hier niet gemaskeerd zoals in onze streken – geen sprake van de schijn ophouden bij de armen, of fantasieën van broederschap van de kant van de welgestelden. Ik herinner me nog van vroeger in mijn jeugd dat er mensen van de universiteit naar Ancoats kwamen en onze manier van praten en kleden overnamen om hun geestverwantschap te bewijzen – een sentimentele neerbuigendheid die geen barst uithaalt tegen de armoede. Zo gemakkelijk gaat het niet om bij het proletariaat te horen. Wat hadden we eraan, aan hun schuldbewuste veiligheid of de morele verontwaardiging waarover ze praatten onderweg naar huis, naar hun ouders met hun baan – naar hun warme water uit de kraan en hun boeken en muziek en spaarrekeningen, die ze heus niet meteen van plan waren te delen?

Wat moest ik met hun werkmansbroeken, ik die er alles voor overhad mijn moeder in een fatsoenlijke jurk te zien? Op zich stralen lompen net zomin moraliteit uit als schande.

De armen willen geen solidariteit met hun bestaan, ze willen dat het verandert.

(In de crisistijd was Ted, als jongetje van negen, met zijn vader meegegaan om een politicus te horen spreken. Vader en zoon stonden in de menigte achter in een naargeestige zaal, en op de vragen van het kind gaf de vader zijn gebruikelijke antwoord: 'Doe niet zo dom.' De spreker was een jonge liberaal met blond haar, een advocaat uit hun kiesdistrict, die zich voor het eerst kandidaat stelde. Hij beschouwde zichzelf als een van de armen, maar zelfs de jongen wist dat de ouders van deze jongeman zijn rechtenstudie hadden betaald – terwijl de anderen, de jongens zowel als de meisjes, met twaalf of veertien jaar in de fabriek, de bouw of de haven werkten. Als ze het geluk hadden werk te vinden. Deze jongeman had naar verluidde een loon van drie pond en tien pence per week schoon, en maar één iemand die hij financieel ondersteunde, een invalide tante. Wat overbleef, was helemaal voor hem alleen. Je kon je moeilijk voorstellen wat hij met zo'n bedrag deed.

Hij meende het serieus, hij wilde hun leven veranderen.

Een man die tegen de zijmuur van de zaal stond riep: 'Eén weekloon van jou is genoeg om het leven van iemand hier in de zaal te veranderen, als je 't weggaf.' En het blonde hoofd van de spreker bloosde: 'Dat is het antwoord niet.' En de onruststoker riep terug: 'Maar 't zou wel voor even genoeg zijn tot je een beter antwoord kan verzinnen.')

Ted Tice stond op en liep naar zijn bloeiende raam. Hij ging weer aan zijn tafel zitten en bekeek wat hij zojuist had geschreven: 'Ze willen verandering.' Meer nog dan verandering wilden ze wraak. Mensen kunnen zich snel verzoenen met vijanden die hen in de strijd hebben afgeslacht; maar nooit met de broeders die hen in koelen bloede hebben vernederd. Ze vergelden hun eigen schaamte – dat is de bron van alle vormen van haat, in oorlog of klasse, of in de liefde. En ik wil ook wraak.

Op een nieuw velletje vervolgde hij:

Je hebt vast wel over de ophef over de telescoop gelezen. Het artikel uit *The Observer* heb ik vandaag pas gekregen. De ouwe Thrale zal het zichzelf nooit vergeven dat hij me in zijn huis heeft opgenomen. Maar ik herinner me nog levendig het moment dat hij dat deed, en ben hem dankbaar.

Ik probeer me van mijn pro-Amerikaanse rol te bevrijden door de Verenigde Staten scherp te bekritiseren tegenover de aardigste vriend die ik hier heb gevonden, een jonge Amerikaanse natuurkundige die zich voornamelijk bezighoudt met meisjes zoeken. De avonden dat hij niet platligt bij de hoeren, brengen we samen door. Via hem heb ik een aardige kleine *étudiante* leren kennen, een lange ballerina van het New York City Ballet en een jonge curatrice die helpt een grote tentoonstelling van Mexicaanse kunst in te richten, en erg veel weet van seksuele motieven uit de tijd vóór Columbus.

Ted werd heen en weer geslingerd tussen de drang iets aan Caro te bewijzen en de kans dat zij hem doorzag. Na herlezing van de laatste zinnen streepte hij 'aardige' en 'jonge' door en schrapte de ballerina. Hij herschreef de bladzijde en ging door:

Een van de andere Amerikanen hier is gisteren getrouwd, en ik was bij de huwelijksinzegening, een prozaïsche kleine plechtigheid in een zijkapel van de Amerikaanse kathedraal. De priester klonk alsof hij niet was betaald. Na afloop was er genoeg champagne voor een heel zwembad, en ik heb het voortreffelijke diner verdiend door te luisteren naar een vrouw die me alles vertelde over haar citrusplantage en haar huis in Monterey. Des te vervelender omdat er verderop aan tafel een interessant echtpaar zat – een zekere Vail, een man die doneert aan verschillende culturele ondernemingen in Amerika, en zijn vrouw. Hij leek op Orson Welles (maar niet als Citizen Kane). Hij had een heel mooie vrouw, slanker dan welke mannequin ook en heel rijzig – een ingevallen gezicht met ronde ogen. Er hing iets ongelukkigs om dat stel, wat gezien hun intelligentie en knappe voorkomen interessant was. Het was nog nooit bij me opgekomen dat ongeluk op zichzelf interessant kon zijn; God weet dat het mijne dat niet is, voor mij. Dit zal wel het soort onderwerp zijn waar schrijvers van houden.

Die Vail houdt zich ook bezig met humanitaire en politieke zaken, en toen we elkaar toch even spraken, merkte ik verrast dat de ruzie over de telescoop hem niet was ontgaan. (Ik moet erbij zeggen dat ik daarvóór al een hoge dunk van hem had.) Hij was net terug uit Tunesië, dat net als de rest van de Arabische wereld in brand schijnt te staan. We stonden net te praten, toen een douairière uit Pasadena ertussen kwam om te zeggen dat de wereld nu vast en zeker beter zou worden, aangezien jonge mensen zo beréísd waren. Vail zei: 'Dat is geen reizen, dat is ontworteling.'

Over bruiloften gesproken, ik zag dat die van Paul Ivory heeft plaatsgevonden. Ik zag ook dat zijn stuk in Londen in première is gegaan. Ik vraag me af welke het het langst volhoudt.

Ted legde de velletjes op elkaar en voegde er nog aan toe: 'Ik heb bijna een hekel aan de dingen die ik heb beschreven, omdat ze het leven zonder jou vormen. Caro, het duurt zo lang. Kon ik je maar zien.' En ondertekende de brief.

Het posten van een brief aan Caroline Bell was een moment van hoop en contact, en van anticlimax. Ted Tice ging de versleten en lawaaiige trappen af naar buiten, de straat op. Nadat hij de brief op de post had gedaan, liep hij zo snel als het gedrang toeliet door om te voorkomen dat zijn goede humeur samen met de warmte van zijn kamer uit hem wegstroomde.

Het schemerde, er zaten studenten in de cafés. Andere jonge mensen, die zelfs geen kop koffie konden betalen, stonden in groepjes op het trottoir en praatten snel en ernstig. Ted dacht: het is om beurten naargeestig en geweldig, en ik kom er misschien wel nooit achter waarom; maar het is tenminste niet rauw of oppervlakkig, niet onbenullig of hoogdravend of saai. En het ontbreken van zelfbedrog is op zichzelf al een vorm van vrijheid. Het moment van opgetogenheid vervloog. Het is vernederend hartstochtelijke gevoelens op een ander mens te richten in de wetenschap dat ze met geen enkele gedachte worden beantwoord. Onder het lopen zette Ted Tice de kraag van zijn jasje op. Hij was zoals gewoonlijk zonder overjas de deur uit gegaan. Een van de mannen met wie hij naar de mijnen was geweest, een Breton die zich op de *agrégation* voorbereidde, maakte zich los van een groepje op de stoep en liep met hem op. Ted bedacht dat zijn Amerikaanse vriend iets vriendelijks zou hebben gevraagd: 'Fijne dag gehad?' of zoiets. Amerikanen waren misschien de enige mensen die nog vroegen hoe het met je ging – zich nog voorstelden dat je dat kon weten of vertellen; of rekenden op een ongecompliceerd, bevestigend leugentje, een blijk van dezelfde welbewuste onvolwassenheid die zijzelf bezaten. Na het posten van zijn brief aan Caroline Bell was Ted blij met de bijpassende terughoudendheid van de Breton op straat: een kameraadschap die wel zijn isolement, maar niet zijn alleen-zijn aansprak.

Toen ze bij de ingang van Teds gebouw kwamen, wrong zich een groepje studenten lachend en joelend voor hen langs. De Breton zei: 'Het is deprimerend, al die vrolijkheid.' De twee mannen leunden tegen een muur zo vies als alleen de muren van onderwijsinstellingen kunnen zijn, door de aanraking van te veel vuile handen, heupen en achterwerken die er in discussie of liefde tegenaan waren gedrukt. Achter hen stroomden in de lange straat langzaam de mensendrommen, dicht of uitwaaierend; zinderend van meningen, ellende en lust. De Breton tikte Ted even op de schouder. 'Vergeet niet, lieve jongen, dat vrouwen oud worden. Tot kijk.'

Ted moest nog een brief schrijven, waar hij niet die avond aan had willen beginnen – maar hij deed het toch, niet in staat tot ander werk.

Heel fijn om je brief en bericht te ontvangen. Ja, ik heb inderdaad een foto – sinds ik hier ben, heb ik het grootste deel van mijn tijd en een aanzienlijk deel van mijn financiën besteed aan het laten maken van foto's. Ik weet niet wat men in mij ziet, maar iedereen wil een foto van me, en nog wel vier of vijf afdrukken tegelijk: de politie, de universiteit, het Comité d'Accueil. Voor jou hierbij slechts één exemplaar, waarop ik eruitzie als zo iemand aan wie ik in Cambridge de grootst mogelijke hekel had. Nu je echt hierheen komt – goed nieuws – zal ik proberen kaartjes te kopen voor het meifestival. Er komt een uitvoering van Bergs *Wozzeck* en Stravinsky's *Oedipus Rex*. Er is ook veel ballet – die groep uit New York en de Marquis de Cuevas. Je moet beslist Golovine gaan zien. Wat tennis betreft, denkt iedereen dat de grote wedstrijd zal gaan tussen Sedgman en Drobny, is dat goed? Ik ben het met je eens over wat er thuis gebeurt – Attlee kan de volgende keer weer op mijn stem rekenen.

Ik moet een artikel afmaken, dus vergeef me dit korte briefje. We praten in mei verder. Het zal fijn zijn je te zien. Laat me weten hoe laat je aankomt. Het allerbeste.

15

In de tijd dat Grace en Caroline Bell hun eerste baantje kregen – bij Harrods en de boekhandel – hadden ze het grootste deel van hun spaargeld aan Dora overgemaakt. Door hun verdere opvoeding op zich te nemen was Dora niet in staat in haar eigen levensonderhoud te voorzien, en schadeloosstelling leek gerechtvaardigd. Dat was althans Caro's redenering, en bij deze nieuwe regeling ging Caro's gehele vermogen naar Dora, want Caro mocht binnenkort rekenen op althans iets van een loopbaan. Grace, met haar baantje bij Harrods dat niet eens dat vage vooruitzicht bood, had op voorstel van Caro de helft van haar kapitaal zelf gehouden. Eenmaal aan Dora uitgelegd leidde dit plan tot een woede-uitbarsting. Ze wilde niets, had nooit iemand iets gevraagd, was te voet gegaan om zelfs buskaartjes uit te sparen, en het enige wat ze nooit aan een levende ziel zou opofferen was haar onafhankelijkheid. 'Ik wil van niemand afhankelijk zijn, ik vraag niets.' Dora was woest – onredelijk maar niet onvoorspelbaar; en pas na vele dagen van gehuil en gejammer om vrede kon ze worden overreed om samen met de meisjes naar een notariskantoor te gaan, waar de documenten ten slotte geëmotioneerd werden ondertekend. Het duurde nog een week voordat ze weer enigszins normaal met hen sprak, of zich ertoe kon zetten vergeving te schenken.

Dora was zelf in verwarring van de verontwaardiging die het gebaar van de zusjes bij haar had gewekt. Met hun daad hadden ze haar, hoe tijdelijk ook, van de privileges van slachtofferschap beroofd. Zolang ze de voorrechten van haar achterstelling niet terug had, was ze in het nadeel. Met haar woede zorgde ze ervoor dat de rollen niet al te lang omgedraaid bleven. Ze lieten het voorval als een taboe achter zich, en niet veel later had ze het alweer over zich dingen ontzeggen, zodat jullie alles krijgen als ik er niet meer ben.

In die tijd was Dora nog geen veertig.

De vermogensoverdracht had plaatsgevonden kort voordat Grace Christian bij dat zondagse concert ontmoette – Dora's prikkelbaarheid op die gedenkwaardige middag was daaraan te wijten. Toen Christian en Grace zich een paar maanden later verloofden, vertelde Grace hem van de financiële regeling: 'Het leek ons niet meer dan rechtvaardig.'

Christian zei rustig: 'Echt iets voor jou, Grace.'

'Jij zou hetzelfde hebben gedaan.'

Toen hij het blonde haar uit haar gezicht streek, was hij aangedaner dan ze had verwacht. 'Dat mag ik hopen.'

Nu leek majoor Ingot hun offer overbodig te hebben gemaakt.

Toen de majoor laat in de lente met Dora naar Londen kwam, zei Christian dat hij een reservering voor een bescheiden lunch, of koffiemaaltijd, zou maken in een restaurant. Alleen hijzelf, Grace, het bruidspaar; en Caro – die vrij zou vragen van haar werk. Christian was intussen met Grace getrouwd en was de aangewezen persoon om zoiets te regelen, maar voelde geen genegenheid voor Dora, die hij een paar keer in actie had meegemaakt. Naar aanleiding van de verloving van Grace had zich een tumultueuze, onnavolgbare scène voorgedaan; en uit brieven uit de Algarve sprak zo af en toe een ondoorgrondelijke verongelijktheid. Christian was er heilig (om zijn favoriete bijwoord te gebruiken) van overtuigd dat Dora zich kon vermannen – tot rede kon worden gebracht door een hartig woordje dat, zo beweerde hij, dringend nodig was en haar veel goed zou doen. Zelfs Grace beeldde zich in dat er misschien nog woorden waren, de woorden die tot Dora konden doordringen en die vooralsnog, onverklaarbaar genoeg, niet waren gevonden. Alleen Caro zag in dat Dora's aangedaanheid precies dat was: een aandoening, een irrationele toestand die professioneel, of goddelijk, ingrijpen vereiste.

Majoor Ingot had een stevig, zij het niet-krijgshaftig postuur, met zijn stadse buikje en dikke blozende hangwangen. In de deuropening van het restaurant tekende hij zich af met de ovale bolling van een watermeloen. Zijn schedel was glad, afgezien van een waaiertje haren over zijn kruin; zijn ogen, van een gekwetst blauw, waren de ogen van een dronken kind. Aan tafel spreidde hij zijn korte handen op de menukaart uit om dit aanvalsplan plat te slaan. De trouwring zat al strak om zijn vinger, als een knoop die daar ter herinnering was gelegd, of het ringetje om het pootje van een postduif. Zijn hals bloesde in een dikke plooi over zijn boord. Alles aan hem was ingehouden, ingeperkt, een gebonden en begrensde overdaad. Je kon je hem moeilijk voorstellen als militair; al bezat hij wel de schrijftafelcorpulentie die bij een generaal had gepast.

Op Christians vraag naar zijn militaire dienst verschafte hij staccato informatie voordat hij krabsalade bestelde.

Salade was in Estoril niet te vertrouwen, zeebanket evenmin. De avond voor vertrek was Dora vergiftigd door een bord koningsgarnalen. De rekening voor de Portugese dokter, inclusief medicijnen, kwam op dertig pond.

'En dat,' zei majoor Ingot, 'was dus een dure maaltijd.'

'Bruce was ziedend,' vertelde Dora. 'En Bruce is anders altijd een geduldig mens.'

Rood, boos blikkend onderschreef de majoor dit.

Ze moesten diezelfde maand nog terug naar Portugal, er viel van alles aan de flat te doen. Gordijnen, bekleding, Dora had de stalen al. Bovendien zat Rastas, de labrador van de majoor, in een kennel.

Je kon je moeilijk de genoegens van de majoor voorstellen,

zelfs moeilijk indenken dat hij bij het openhaardvuur van een pub in de Engelse Algarve zei: 'Ik zal je eens een verhaal vertellen.' Vergelding bleek voor hem een belangrijke kwestie: 'Wie zijn billen brandt, moet op de blaren zitten', 'Hij krijgt een koekje van eigen deeg' – waarmee hij van het leven een krijgsmacht, gevangenis of hospitaal maakte. In de naoorlogse chaos had de majoor geluk gehad; was hij, zo legde hij uit, op zijn pootjes terechtgekomen. In de algehele wanorde kwamen sommigen bovendrijven en gingen anderen ten onder.

Aan tafel wekten de strenge stijlfiguren van de majoor een haast onredelijke afkeer. In feite deden ze Christian te veel aan hemzelf denken.

Om nog even terug te komen op de giftige garnalen. Sta me toe. Precies om die reden lag er een grootse toekomst in de Algarve. Britse ingezetenen hielden van bekende dingen – Twinings earl grey, Coopers vintage marmelade. De mogelijkheden waren praktisch legio – Tiptree, Huntley en Palmers, om maar een idee te geven. Waarom geen poging gewaagd? Ook de drank mocht niet worden vergeten, Gilbey's, Dewar's. 'Het ligt er allemaal' – de majoor maakte een gewiekst, routineus grissend gebaar boven het tafellaken – 'voor het oprapen.' Nee, de majoor was niet van plan zich met boeken bezig te houden. 'De omzet is klein. Geen misverstand, ik heb zelf niets liever dan een razendknap verhaal. Maar de omzet rechtvaardigt het niet. De doorsnee toerist is geen groot lezer. Reisgidsen wel – maar dan heb je het over een heel ander beestje.'

Het was nergens voor nodig je met de Porto's in te laten. De buitenlandse ingezetenen waren al met al in goeden doen. Duitsers kwamen ook terug, daar zou je nog van staan te kijken. Ze gingen liever naar de Algarve dan naar de Costa Brava, die al kapot ontwikkeld was. Bovendien was er een stabiele regering. Stabieler, het speet hem dat hij het zeggen moest, dan dit zootje hier thuis. 'Die socialisten zouden zich daar niet durven vertonen.' En als ze het wel deden, zou het lachen ze snel vergaan.

'Ik zou hier voor geen goud willen wonen.'

Er klonken donderslagen. Door de glazen deuren van het restaurant zagen ze een hoosbui.

Wat de premier betrof, vervolgde de majoor: 'Ik zou nog geen cent bij hem op tafel durven laten liggen' – en hij sloeg de denkbeeldige munt op de tafel neer – 'als ik even de kamer uit moest.'

Dora deelde foto's van haarzelf in de zon uit, als troefkaarten. De majoor zei: 'Ik zou er nog meer hebben genomen, maar het grootste deel van het rolletje was opgegaan aan de hond.'

Het verbaasde Christian hoe knap Dora was. Hij vond altijd al dat haar karakter niet evenredig doorschemerde in haar uiterlijk, en nu ze molliger en zelfvoldaan was – en de gespikkelde voile, die nog aan een bruidje deed denken, van haar hoedje had opgeslagen – viel moeilijk in haar onaangenaamheid te geloven. Met haar donkere ogen en bruine gezicht had ze zelf wel een kind van de Algarve of Alentejo kunnen zijn; zonder die mond.

Vergeleken met Dora's welgedane zelfgenoegzaamheid was Caro met haar holle ogen de bleke, indrukwekkende geestverschijning op het feestbanket, ondanks de felrode jurk. Alleen Grace paste in haar rol, een lieve jonge getrouwde vrouw zonder duistere kanten.

Dora vertelde: 'Bruce heeft een goede neus. En heeft een paar prachtige stukken op de kop getikt. Majolica, oude tapijten.'

De majoor beaamde het: 'Al zeg ik het zelf.' (Als een waarschuwing viel het Christian in dat zo'n zinnetje meestal voorafging aan een leugen.) 'Ik kan een willekeurige rommelwinkel binnenlopen en dat ene stuk eruit pikken.' Alweer een vertoon van dikke, korte vingers. 'Je moet daar natuurlijk wel onderhandelen.'

Toen unaniem was overeengekomen dat onderhandelen tegen de borst stuitte, viel er een stilte. Christian bedacht dat in Engeland een heer geen trouwring droeg.

Dora hernam: 'Caro ziet er zo goed uit. En gelukkig.' Ze keken allemaal naar de broodmagere Caro, die haar wijnglas vasthield. 'Ze moet ons komen opzoeken.' Dora speelde de voorname dame. 'Om Portugees te oefenen.' Het werd aan de majoor uitgelegd: 'Ze heeft een gave.'

Caro lachte even meesmuilend, om te behagen.

Christian dacht: een zegelring – ja, dat was een ander verhaal. Een heel ander beestje.

De majoor zei dat talen heel ongebruikelijk waren voor Orsteliërs. Hij had een vriend in Brisbane die in noten en gedroogd fruit zat.

Christian stak een sigaret op en hoopte dat zijn relatie met de majoor niet die van zwager was.

Dora merkte op dat ze genoeg had aan haar eigen taal.

De majoor stak van wal met een anekdote over een Australische verpleegster in een militair hospitaal. Hij kende trouwens de soldaat wie het ongeluk was overkomen.

Toen de koffie kwam, stond Grace schuchter op, met het kopje in haar hand alsof ze een toost wilde uitbrengen. Haar wangen en voorhoofd glommen boven een blouse met lavendelbloemen. Ze zette het kopje zo voorzichtig neer alsof dat, en niet zij, zorg behoefde; en viel flauw.

Grace was in verwachting.

Het theater in Londen waar Paul Ivory's eerste toneelstuk in het hoofdprogramma werd opgevoerd, had een kleine foyer die na afloop van de matineevoorstelling vanwege de regen maar langzaam leegliep. Vrouwen schuifelden een voor een naar buiten, en onder de luifel wachtten een paar oudere mannen en vroegen zich af wat nu. Caroline Bell stond terzijde haar paraplu los te maken, terwijl ze door de glazen deuren naar een morsige straat keek.

Paul verscheen door een binnendeurtje naast de kassa: als een toneelacteur die op het juiste moment opkomt. Toen hij zag dat het publiek er nog was, aarzelde hij. En op dat moment zag hij Caro, die met haar rug naar hem toe stond, haar gezicht in de schaduw alsof ze zich expres had afgewend.

Paul Ivory bleef staan, met zijn hand op de deur die hij zojuist had geopend, een man die zich onder beschuldiging beheerst. Het oneerlijke was niet alleen dat de vrouw op zijn weg was geplaatst, maar ook, omdat zij er geen erg in had, dat het aan hem was of hij iets zou zeggen. Op hetzelfde moment dat Paul die oneerlijkheid ervoer, werd hij haast lichamelijk uit zijn evenwicht gebracht door de aanblik van Caro, en door de opzettelijke, onaandoenlijke autoriteit van het lot dat haar weer tevoorschijn had getoverd. Hoezeer Paul Caroline Bell was vergeten, had hij afgemeten aan de snelle stroom van veranderingen en vorderingen in de afgelopen maanden van zijn leven. Hij had haar niet alleen verlaten, maar ook achter zich gelaten. Vanaf de staanplaats die haar in het theater van Paul Ivory's bestaan was toegewezen, mocht Caro bedachtzaam bij zijn optreden toekijken en klappen. Nu had hij bij het zien van haar afgewende gezicht geen keus en moest onder dwang beslissen. Hij liep op haar toe met een vaag gevoel van vervoering, gehoorzamend aan een prikkel die niet per se in zijn voordeel werkte. Gehoorzamend aan zijn behoefte, alsof die een deugd was.

Dat alles omdat er een donker meisje voor een deur stond met een opgerolde paraplu in haar hand. 'Caro.'

En ze draaide zich om, en weer stonden ze naast elkaar.

Met zijn eigen sensaties nog vers vanbinnen zag Paul haar verraste verkramping en de opeenvolging van snelle, tegenstrijdige prikkels. Er was zelfs de erkenning dat ze door zijn stuk te komen zien dit risico had genomen, of uitgelokt, en een flits die correspondeerde met zijn eigen impuls, maar die stug werd beheerst. Haar lippen waren opeengeklemd in een strenge boog die hij niet kende, omdat die het resultaat was van zijn desertie.

De hal was intussen bijna verlaten. Het licht was uitgedaan. Ze vormden een donker paar, daar voor de deuren.

Ze zei: 'Ja?' alsof ze door een onbekende was aangeklampt. Maar stond met haar hele lichaam in de regenjas te beven, zodat ze alle stoffen van haar kleding afzonderlijk voelde en haar organisme kwetsbaar daarbinnen voelde kloppen. Op dezelfde manier worstelden ook haar gedachten, beverig, binnen deze gebeurtenis.

'Wat aardig van je, Caro, om te komen.'

'Ik ben blij dat ik het heb gezien.'

'Ik ben hier bijna nooit. Er was een verandering in de bezetting, in de rol van Mandy, de zoon met tbc, en ik wilde zien hoe het ging.' Werktuigelijke woorden, alles om deze momenten door te komen.

Ze had Paul nog nooit in een net pak gezien. Hijzelf vond haar er ongelooflijk uitzien, grote ogen en doorzichtige huid: overweldigend aantrekkelijk. Hij had gedacht haar achter zich te laten.

Indrukken kwamen en gingen in hem, als een vlug eb en vloed.

Paul zei: 'Heb je zin om even achter de coulissen te kijken?'

Ze liepen door een gang van witgeschilderd vuil. 'Pas op het afstapje.' Op het toneel stonden tekens – een krijtstreep, een gesjabloneerde pijl. Het toneeldoek, muf en smoezelig rood, was gesloten, er stonden sombere meubels van het laatste bedrijf. Terwijl Shakespeare in die tijd in moderne burgerlijke kleding of leren jacks werd uitgevoerd, werd Paul Ivory's hedendaagse arbeidersstuk in koninklijke gewaden gespeeld. Vader en moeder waren imposante toneeltirannen, gekroond en majesteitelijk in paars en goud, terwijl hun onderworpen nakomelingen in truien en werkbroeken wegkropen. Deze tamelijk voor de hand liggende tactiek was in de pers een briljante inval of ingeving genoemd.

Zonder een ogenblik haar ogen neer te slaan liep Caroline

Bell met Paul mee door een groezelig labyrint. Toen ze voor een deur bleven staan, schudde ze haar haar naar achteren, waardoor haar hele gezicht te zien was.

Een man in overall maakte de deurgrendel los. Paul lachte zijn open glimlach van herkenning: 'Dank je wel, Collis.' Ze gingen een paar treden af en Paul klopte op een andere deur.

Caro werd aan de illustere acteur voorgesteld, die zei: 'Als je dat nog één keer doet, zal je ervan lusten.' Hij had het tegen een fatterige jongen die zonder te reageren druiven uit een mandje met linten pakte. De geborduurde majesteitelijke mantel hing aan de muur. Paul zei: 'Voel maar eens.' Eén plooi woog al zwaar. De acteur zei tegen haar: 'Dan voel je echt de last van vervloekte macht.' Hij had zich afgeschminkt en droeg een linnen overhemd en krijtstreeppantalon.

In een hoek stond een gloeiend hete radiator te sissen. Caro knoopte haar jas los.

Paul vroeg haar: 'Wat vond je van de Marmite-scène?'

Voordat ze antwoord kon geven, zei de jongen met de druiven: 'De sterkste scène van het hele stuk.'

Caro zei: 'Ik kon me niet goed voorstellen dat een winkelmeisje het woord "oedipaal" kent.'

De acteur schoot in de lach. 'Daar hebben we het over gehad. Vergeet niet dat ze in een boekwinkel werkte.'

De jongen zei: 'Het ligt er allemaal wel een beetje dik op, de koning is dood, lang leve enzovoort. Verder gaat het wel.'

De acteur vroeg aan Paul: 'Conder ging wel goed, vond je niet?'

'Dat heb ik ook al tegen hem gezegd. Hij moet er even inkomen. Mandy zou er alleen een stuk zieker uit moeten zien, dat wel.' Het viel op dat Paul bij de acteurs – die immers vakmensen waren – minder glimlachte.

De acteur zei: 'Conder zou er naar Valentines smaak nooit ziek genoeg uit kunnen zien.' Valentine was de jongen met de druiven. Deze zinspeling op zijn afgunst – met die uitsluiting van de buitenstaanster, Caro – was voor haar bestemd, zoals dat gaat bij uitsluiting.

Op de gang zeilde de koningin-moeder in een rijzig, scherp profiel voorbij, met zwaar aangezette oogleden en wimpers, pauwblauw gekleurd tot aan de slapen: het boegbeeld van een Griekse trireem.

Paul zei: 'Artiesten zien altijd alleen maar zichzelf.'

Het was goed, of sluw, van hem geweest om Caro te laten voelen wat hij bereikt had, en zijn hulptroepen in te roepen. Hij zei: 'Werk je nu op dat kantoor?'

'Ja, maar ik had een halve dag vrij, er was een lunch voor mijn zus.'

'De oude vertrouwde bezetting.' Om zijn voordeel te bevestigen. Ze kwamen bij de deur naar de straat. 'Met mij erbij.' Hij legde zijn hand op de klink en leunde tegen de muur, niet echt om haar tegen te houden. 'Ik ook, Caro.' Achter hem stonden aforismen gekrast of geschreven op witgekalkte bakstenen, alle even schunnig.

Haar opgeheven gezicht, uitdrukkingsloos. Ze stak haar arm voor hem langs; maar wilde haar hand niet op de zijne leggen om de klink te pakken, en aarzelde, afwachtend en gedwarsboomd. Hij zag dat ze geen woord kon uitbrengen. Ze reikte opnieuw naar de deur en hield haar blik op hem gericht, als een gevangene die waakzaam naar zijn vluchtweg schuifelt. Daar was die eeuwige, ergerlijke en bekoorlijke indruk dat ze een ander doel voor ogen had, ergens voorbij het kleine, egoïstische drama van hun eigen verlangens.

Paul zei: 'Je hebt altijd een zekere minachting voor me gevoeld.'

'Ja.'

'Maar ook liefde.'

'Ja.' Een spiertrekking boven haar ogen was het mimische equivalent van schokschouderen. 'Nu heb je een vrouw die je dat allebei kan geven.'

Ze stonden recht tegenover elkaar. Paul haalde zijn hand weg bij de deur. 'Caro. Allemachtig.'

Deze uitspraak greep haar duidelijk aan, en heel even leek ze in de lach te zullen schieten. Weer probeerde hij te profiteren van wat in zijn ogen een voordeel was: 'Heb een beetje genade.'

Ze leunde zelf ook tegen de kalkmuur en deed haar ogen dicht. 'Hoe kan jij op genade hopen, jij die zelf geen genade kent?'

'Deze muren staan bol van de smerige citaten, in alle opzichten.'

Er viel een stilte terwijl ze daar geleund stond, streng met haar paraplu, dicht in zijn hoes. Ze vermande zich en stapte nu wel langs hem om de zware deur open te trekken.

Achter haar zei Paul: 'Je hele rug is wit.' En alsof het de gewoonste zaak van de wereld was klopte hij met zijn hand haar jas af. Liet toen zijn armen om haar middel glijden en bracht zijn mond naar haar hals en zei: 'Goeie god.'

Ze liepen door de natte straat. Paul pakte de loshangende ceintuur van Caro's regenjas en leek haar door het gedrang van het spitsuur te loodsen – niet door te trekken, maar door contact te houden en leiding te geven, zodat ze als een gedwee dier aan een lijn of teugel met hem meeliep. Op de hoek wenkte hij een taxi en gaf de chauffeur een adres op. Bij het instappen zei hij: 'We kunnen even een kijkje nemen in mijn nieuwe pand. Ik heb een huis gekocht dat ik nu opknap. Jij moet zeggen wat je ervan vindt.' Hij hield haar hand in de zijne toen ze in de taxi zaten – hield die letterlijk vast, want haar hand gaf ongeveer net zoveel reactie als een jasceintuur. Caro zat zwijgend naast hem en keek hem aan met een blik die nors noch verwachtingsvol was, alleen nuchter aandachtig; en één keer een oogopslag waarin tederheid en vrees sterk en ondeelbaar aanwezig waren, wat het doorleven van deze momenten een ondraaglijke, overweldigende intensiteit verleende. Paul had die blik al eens gezien, toen ze die eerste keer naar bed gingen in de herberg bij de Avebury Circle.

'Hier is het.' Paul boog naar voren naar de taxichauffeur. 'Zet ons hier maar af. Het is een doodlopend straatje – als je er eenmaal in zit, kan je er niet meer uit.'

Het regende niet meer. Het huis was smal en had een vlakke gevel, een strenge bakstenen inham tussen twee rondborstige gebouwen met zuilenportiek. Een man op de stoeprand, die aan de motor van een geparkeerde auto werkte, knikte naar hen en zong verder:

'De rozen bloeien in Picardië,
Maar nergens is er een roos zoals jij.'

Paul gebruikte een gloednieuwe sleutel. Er hing een geur van verf, gips en vers hout. Op de vloeren was bruin papier uitgespreid en op elk raam was een kruis gekalkt, als een waarschuwing voor de pest. Steile trappen waren blinkend wit. De achtertuin was een modderpoel, bezaaid met het afval van bouwvakkers, hoewel uit een berg stapstenen sprak dat er mettertijd betegeling en beplanting zouden komen. In de keuken lag een wastafel van wit porselein, vastgesnoerd en verpakt, klaar om te worden bevestigd: een gezwachtelde patiënt in een verbandkamer.

In de eetkamer keerde het ziekenhuismotief terug. Over schragen en een tafel hingen witte schilderskleren. De verflucht was antiseptisch, narcotisch.

Caro vroeg: 'Is Tertia hier?' De koe bij de horens.

Paul duwde voorzichtig met één vinger een geschilderde deur open. 'Tertia blijft in ons huis buiten totdat dit klaar is voor haar.' Zelfs een huis diende gewaarschuwd te worden voor Tertia. 'Jij bent mijn eerste gast.'

De zitkamer besloeg de gehele volgende verdieping, maar was toch smal. Caro liep naar de voorkant, toen naar de achterkant. Ze gingen verder naar boven. Paul knipte een kaploze gloeilamp aan. 'Hier pit ik.'

Het was de bovenste en de grootste kamer, omdat er geen trap verder naar boven was. Uit de ramen kon je de huizen aan de overkant zien, en daarachter een flatgebouw. Er stonden leibomen die 's zomers beschutting zouden bieden, althans volgens Paul. Op de kale vloer lagen verscheidene opgerolde tapijten met een touw erom. De muren waren droog, de ramen waren gelapt. In een hoek stonden niet-aangesloten armaturen, in een kartonnen doos lagen deurklinken; de schoorsteenmantel was al opgesierd met een paar marmeren obelisken. Er was een telefoon aangesloten en op de grond gezet. Vanwege de verse verf was één raam half opengeschoven, en het was koud in de kamer.

Met weer een andere glimmende sleutel maakte Paul een ingebouwde kast open. 'Laten we iets drinken.' Er lag een pakket op een hoge plank in de kast en eronder stond een ingelijst schilderij. Paul liet het aan Caro zien.

Ze zei: 'Segonzac is een kleinburgerlijke schilder.'

'Niet iedere kunstenaar kan superieur zijn.'

'Dat blijkt.' Ze dwong zichzelf tot verduidelijking, als uit een behoefte aan goede manieren. 'Maar er is ook iets waarachtigs – een standvastig geloof, kan je zeggen – dat zelfs sommige mindere talenten sterk maakt. Zoiets zei mevrouw Thrale over je vader – dat hij geen groot dichter was, maar wel een waarachtig dichter.'

Paul zette het schilderij weg, nu het zijn taak niet vervulde. 'Zo,' zei hij, 'ga zitten. Drink op mijn nieuwe huis.' Hij was gepikeerd of lichtelijk gekwetst omdat Caroline Bell hem aan zijn vader herinnerde. Caro ging op de stapel tapijten zitten. Terwijl Paul de dop van een zilveren heupfles schroefde, keek ze toe met diezelfde sardonische blik, alsof ze zo in de lach kon schieten. 'Ik heb geen glazen – we zullen helaas de dop moeten gebruiken. Sterker nog, we moeten er samen mee doen.' Hij reikte de dop aan. 'Een vriendschapsbeker.'

Ze nam een slokje. Ze gaf de dop niet terug, maar zette die naast zich op de pas in de was gezette vloerdelen. Paul zei: 'Hé, mijn nieuwe vloer', en pakte het houdertje en dronk het leeg. 'Wil je er nog een?'

'Nee, het smaakte naar blik.'

'Blik, mijn neus, dat is massief zilver.' Hij kwam naast haar op de tapijten zitten. 'Zeg eens wat je van mijn huis vindt.'

'Er is zo weinig ruimte.'

'Nou vergal je alles.'

'Wat valt er nog te vergallen?'

De telefoon ging. Het gerinkel knalde door de onaangeklede ruimte, ketste als een kogelregen tegen muren en plafond.

Paul moest op zijn knieën gaan zitten om te praten. 'Klopt. Maar ik zou weleens willen weten hoe u aan dit nummer komt... Luister, als dit vanavond nog ter perse gaat, kunt u het beter aan me voorlezen... Ook goed, u mag me als volgt citeren. Ik geef geen antwoord op de opmerkingen van de heer hoe-heet-ie. Ik antwoord niet op hatelijkheden, en ik vind het eigen werk van die hoe-heet-ie de kwintessens van vulgariteit... dat zei ik. Jazeker: k-w-i-n-t... Precies, als in de toonladder. En dan essens... Eigenlijk betekent het woord "het wezen van de atmosfeer". Wilt u dat nog eens voorlezen...? Zo is het goed... Ja, dat zal dan moeten als ik terug ben uit Spanje, waar ik morgen naartoe ga, bijvoorbeeld eind – ja, dat komt mij goed uit. Bel dan maar.'

Paul legde de hoorn neer. Hij stond op en bleef met zijn handen tegen elkaar naar Caroline Bell staan kijken alsof ze moest worden opgelost; om de gemoedstoestand terug te halen waarin hij haar hier had gebracht.

'Ga je echt morgen naar Spanje?'

'Natuurlijk niet.' Hij zocht om zich heen naar de fles. 'Laten we nog zo'n slok blik nemen.' Hij gaf de dop aan haar. 'Hoe smaakt het nu?'

Ze nam een slokje en gaf de dop terug. 'Nu smaakt het alsof jouw initialen erop staan.'

'Je bent zo'n kreng geworden, Caro. Vroeger was je...'

'Wat?'

'Een engel. Maar veel minder mooi. Zo gaat het helaas nu eenmaal. Nou, wat vind je van mijn huis, van mijn stuk?'

'Je wilt geen mening, je wilt goedkeuring.'

'Ik wil inderdaad je goedkeuring.'

Weer een salvo van de telefoon. Paul knielde weer om te praten. 'Ja, dit is inderdaad Flaxman vijf – Nee, ze is er helaas niet, maar ik kan haar een – ik zei toch dat ze er niet is –' In de rede gevallen verhief of verhardde Paul zijn stem om zijn eigen verhaal te vervolgen – uit een licht trekje in de oogleden sprak dat hij te welopgevoed was om uit ergernis zijn ogen dicht te doen, al was het maar even. 'Ik heb u duidelijk gezegd dat mevrouw Ivory er niet is.' Hij zei 'mevrouw Ivory' in plaats van 'mijn vrouw' of 'Tertia', zoals een partijlid Rusland plechtig kon veranderen in 'de Sovjet-Unie'. Hij zag er komisch uit, op zijn knieën op de vloer terwijl hij op zijn strepen stond.

Caro zei: 'Zeg maar dat je morgen naar Spanje gaat.'

'Ik ben absoluut niet van plan hier te staan' – Paul ging nog verder door de knieën – 'luisteren naar...' Hij staarde en smeet de hoorn toen met zo'n heftige beweging neer dat hij op handen en knieën naar voren kwam. Zijn broek afkloppend stond hij op. 'Gewoon opgehangen, die schoft. Hij dacht – deed of hij dacht dat ik de loopjongen was.'

'Dat komt omdat je mevrouw Ivory zei, op die manier.' Caro zag hoe Paul zich verwonderde over het telefoontje, de beller en mevrouw Ivory. De hooggeboren Tertia. 'Wat voor stem?'

'Tja – beschaafd.'

God verhoede dat mevrouw Ivory een minnaar uit de lagere klassen nam.

Beneden op straat zong de man nog steeds met zijn schrille, onvaste stem, als van een oude grammofoonplaat:

'Maar één roos verdort nimmer in Picardië,
Dat is de roos die ik koester in mijn hart.'

Paul deed het raam dicht. 'Dat is zo'n beetje de situatie, als dat een troost is.' Hij had het over het telefoontje.

'Minder makkelijk dan je dacht, zeker.'

Het was eigenlijk geen vraag, en Caro, die loom opkeek vanaf de opgerolde tapijten, gaf de indruk dat het haar volkomen koud liet. Haar waagstuk om alles met oprechtheid te bederven had niets opgeleverd: oprechtheid moest oprecht bedoeld zijn, anders hebben de feiten geen enkele waarde. Maar Paul dacht even na en zei toen: 'Het schept wel een nieuwe mate van isolement.'

Hij was op zijn eerlijkst als hij zijn ongenoegen toegaf; en wanneer zijn stem van gemaaktheid was ontdaan, had hij een volwassen timbre, sonoor, bijna mooi. Zijn ogen, die in hun helderheid net zo prismatisch dreigden te worden als die van Tertia, kregen van natuurlijke wrok weer kleur. 'Het komt uiteraard doordat je tegelijk de uiterlijke schijn ophoudt. Daar zal wel niets nieuws aan zijn.' Zelfs die laatste opmerking was niet laatdunkend. Paul zette zijn voet op de stapel tapijten, vlak bij Caro's hand en vervolgde:

'Wellicht is elke echtgenoot zoals ik,
En houdt ieder die ik over zijn gade spreek,
Zijn smart slechts verborgen.
Zoals ik. Wist ik het maar, want nu
Lijd ik onder de eenzaamheid.'

Hij ging weer bij Caro op de kleden zitten. 'Is het een wonder dat dit stuk tegenwoordig nooit meer wordt opgevoerd?'

Naast het kille drama van Pauls huwelijk, dat speelde tegen het interessante decor van werelds succes, moest Caro's gekwetstheid wel verbleken tot een lichte flits van ervaring, die een saaie voorstelling zou opleveren. Caro liet zich wel instrueren, niet ondervragen; liet zich aanspreken, met deskundige opmerkingen: 'Zo gaat het helaas nu eenmaal'; 'Iets wat we moeten rechtzetten.' Paul, niet Caro, zou uitmaken hoeveel betekenis hun respectievelijke lotsbestemmingen hadden. Dat werd bepaald terwijl hij op intieme toon over zijn leven zat te praten met degene die er totaal van was buitengesloten – om haar opnieuw in die intimiteit te betrekken, zij het niet in dat leven.

Hij stak zijn hand uit om de hare te pakken. Bedacht zich toen blijkbaar: een lichte besluiteloosheid binnen een grotere. 'Er zit wel een interessant complot in, denk ik. Terwijl we elkaar bedriegen, komen zij en ik op een ander niveau overeen om een groter publiek te bedriegen.'

'En dat trekt je aan?'

'Ik had altijd al een voorliefde voor het spel binnen het spel.' Hij glimlachte. 'Ik heb een idee. Laten we morgen naar Spanje gaan.'

'En die man een ansicht sturen.'

'Welke?'

'Allebei.'

Galmend rees en daalde zijn lach, als het rinkelen van de telefoon. Het twijnstiksel voelde ruw aan toen Caro met haar elleboog op de tapijten leunde.

'Ik ben altijd van je blijven houden.' Bij alle interessante dingen die me zijn overkomen. 'En jij houdt van mij.'

'Dat is zo.'

'Eerlijk duurt het langst.'

'Dat is een verachtelijke uitdrukking. Net zoiets als "misdaad loont niet".'

Hetzelfde geïrriteerde knijpen van Pauls oogleden. 'Moeten we nu soms een discussie voeren over retorica?'

Caro stond op, zonder te luisteren; haar afstandelijkheid niet bedoeld om hem een lesje te leren. Ze pakte haar paraplu uit de hoek waar hij stond, en liep de kamer uit.

De eerste trap, die ze snel en lichtvoetig afliep, was te smal om haar te kunnen passeren. Toen hij haar op de overloop inhaalde, legde hij zijn hand op de hare. 'Ik laat je natuurlijk niet gaan.' Zijn toon was een en al mildheid, om een kind met gevlei van zijn grillen af te leiden; maar zijn hand was warm en onzeker, zoals hij pas besefte toen hij haar aanraakte. De steile smalle trap rees boven hem uit, een witte klip die wellicht weer zou worden beklommen, of niet.

'Laat me gaan.'

'Luister, jij wilde dit, toch – toen je naar de schouwburg kwam, en daarna hier?'

'Dat wil nog niet zeggen dat ik niet tot iets beters bij machte ben.'

'Voor vandaag ben je door genoeg deuren gegaan.'

'Laat me los. Zo wil ik niet zijn. Laat me doorgaan met mijn leven. Of althans zijn wie ik was. In plaats van wat ik al maanden ben, sinds ik jou heb leren kennen.'

Die laatste woorden, hoewel op zich hatelijk, kwamen er niet bijtend uit, maar alsof ze waren geuit door iemand die lang van gesprekken en menselijk verkeer verstoken is gebleven, en nu lomp botte feiten verwoordde. Bij Paul riepen ze daarentegen nieuwe spanning op; en in het zachte elektrische schijnsel van boven, als maanlicht op het toneel, was zijn gezicht uitgebleekt – amper mannelijk, amper jong.

Hij zei: 'Je beschouwt mij als een zwakte in jezelf.'

'Al mijn zwakte is in jou uitgekristalliseerd.'

Caro had op Paul het effect dat zijn wil in zijn vrije stroom werd onderbroken, zodat zijn gezicht verslapte, zoals bij alle levende wezens, zelfs bij dieren, die hun overtuiging kwijt zijn. Daarentegen was het resultaat bij Caro dat ze zich Paul juist des te nabijer voelde als reactie op zulke momenten, en het haar des te minder verbaasde dat ze van hem hield.

Deze keten eindigde toen Paul, met zijn fijne gevoel voor de fluctuaties in verzet, haar opnieuw omhelsde, met zijn armen onder haar open jas, alsof hij zich aan haar bescherming overgaf. Haar paraplu viel met een tactloos gekletter op de kale planken. Ze stak haar armen niet naar hem uit.

Paul zei: 'Wat koud. Wat ben je koud.'

Zo bleven ze staan, zonder iets uit te wisselen, alleen Pauls handen bewogen over Caro's lichaam – zachte welvingen waarover licht en schaduw speelden. Zich terugtrekkend zei ze: 'Waarom wil je dit eigenlijk?' Met haar rug naar de trap omlaag. De door niets verzachte echo van haar stem, woorden zo kaal als vloerdelen.

'Dat weet ik niet.' Aangestoken door eerlijkheid, die het langste duurde. 'Het is het bewijs van alles waar ik niet in geloof.'

Ze zou gezegd hebben: 'En toch geloof je in God', maar kon God niet bij al dit geklungel betrekken.

Paul Ivory legde zijn vlakke hand naast haar hoofd op de muur, steun zoekend in afwachting van haar overgave. Op de witte muur was de schaduw van sierlijke vingers immens: hij had de overhand. Het licht maakte zijn gestalte soepel en toch metaalachtig, de kleur van tin. Venus passeert en verduistert niet vaak zo'n heldere ster.

Hij liet een kleine ruimte tussen hen ontstaan zodat hij haar kon zien zwichten.

Hij had haar jurk opengeknoopt en de blote strook huid binnen kleren voor buiten had een eigenaardig schokkend effect. Daar was de loshangende regenjas en het rode losgeknoopte lijfje, dan de geheime witte insnijding. In tegenstelling tot de vele beelden van Caroline Bell die Paul Ivory later trachtte te bewaren, prentten deze zich wel in zijn geheugen: de grimmige muur, de trappen naar boven en beneden, haar rode jurk; en haar oplichtende borst die ze ernstig onbedekt liet, als een bekentenis.

16

Je vroeg me naar het toneelstuk van Paul Ivory. Ik heb het pas vorige maand gezien. Ik was onder de indruk, en misschien ook wel verrast door het gemak waarmee hij het arbeidersmilieu schetst. Jij zou er bedenkingen bij hebben, vermoed ik – sommige effecten waren onecht, en een al te glad, slim einde dat evengoed adembenemend was. Het lijkt erop dat het nog heel lang blijft lopen, dus dat je het kan gaan zien als je uit Frankrijk terugkomt.

Caro stopte met schrijven om de passage na te lezen. Zo oprecht, kritisch. Zoveel makkelijker is het om eerlijk te klinken als je geringschattend doet.

Caro zat aan haar bureau op kantoor terug te denken aan het stuk van Paul Ivory en hoe het publiek een moment lang, na afloop van het laatste bedrijf, stil was gebleven na die beproeving. Hier en daar in de zaal een geklik of getik, een zacht geknerp zoals je in een pottenbakkerij hoort bij gebakken voorwerpen die na het vuur staan af te koelen. En toen het verbrijzelende applaus.

Mooi dat je naar het congres in Rome kunt gaan voordat je hier terugkomt – ik zag er iets over in de krant. In Rome herinner ik me een palazzo ontworpen naar de horoscoop van een edelman – dat wil zeggen, met muurschilderingen van planeten en heidense goden. Het is maar astrologie, maar misschien lukt het je toch het te gaan bekijken.

Zo werd zeker gesteld dat Ted Tice zijn gelukkigste tijd in Rome zou doorbrengen in zalen vol fresco's op de oever van de Tiber.

Er zal nauwelijks tijd zijn om nog eens te schrijven voordat je in Engeland terug bent. Bedankt voor je uitnodiging om uit eten te gaan, dat lijkt me heerlijk. Tot over een maand, dan, vanaf vandaag.

Caroline Bell postte deze brief 's middags onderweg naar huis. De zaterdag was een halve werkdag, en ze deed onderweg boodschappen voor de lunch met Paul. Ze woonde in die tijd in een gemeubileerde flat, gehuurd van een kennis van kantoor die naar het buitenland was uitgezonden. Het appartement was vlak bij de markt van Covent Garden, op de bovenste verdieping van een gebouw dat verder verhuurd was aan drukkers en uitgevers.

De middagzon scheen in volle glorie op de beroete smalle bakstenen van Maiden Lane en waaierde met architectonisch effect uit over de markt. De stad groeide in de rol die de zon oplegde. En Caroline Bell was dankbaar voor de lichamelijke lichtheid die ze nooit eerder had gevoeld, waarin ze haar jeugdigheid herkende. Ze liep met papieren zakken in haar armen te glimlachen bij de gedachte aan haar verloren jeugd, ontdekt op de rijpe, volwassen leeftijd van tweeëntwintig jaar.

Paul stond op haar stoep. Hij wachtte tot ze bij hem was, boog toen vanaf de trap naar voren om haar te omhelzen. Met de papieren zakken en een boeket rode bloemen vormde ze een bijzonder geheel. 'Waarom lacht deze vrouw?'

'Ik liep te denken aan spel en overspel.'

'Grappig, ik stond zelf ook te denken aan overspel. Heb jij de sleutel?'

Ze gaf hem. Ze liepen de met linoleum beklede trap op, langs deuren die tot het eind van het weekend hermetisch verzegeld bleven. In een oud gebouw zoals dit sloeg stof snel neer, en de openstelling van deze bedrijfjes op maandag was louter uitstel, elke keer weer verrassend, van de uiteindelijke, voorbeschikte vergetelheid.

Paul zei: 'De Engelse zaterdagmiddag is een repetitie voor het einde van de wereld.'

Toen ze om op adem te komen op een overloop bleven staan, zei hij: 'Dit waren de beste weken van mijn leven.'

De flat bestond uit een grote kamer met aan één kant ramen en aan het andere uiteinde een vuil daklicht. Eén wand werd volledig in beslag genomen door doorgezakte planken met boeken, en de oneffen vloer ging schuil onder een groot blauw kleed, bijna uiteengerafeld, waarin nog sporen van een rossig motief te onderscheiden vielen, als flarden fabrieksrook in een schemerende hemel of ondeskundig verwijderde bloedvlekken. Het doorbuigen van plafond, planken en vloer zette zich voort in een ingezakt divanbed dat met een nieuwe blauwe sprei erover tegen de boeken stond. Er waren verder een mooie oude tafel, gehavend, en twee stoelen. De enige prent was Caro's engel uit Sevilla, aan een muur bij de keukendeur.

Alles was afgetrapt of afgemat, zelfs de bevuilde hemel. De boeken zorgden voor iets menselijks, zoals je van boeken verwacht. Anders had je kunnen zeggen armoedig, of bedroevend.

Paul zat op de frisse sprei, met zijn handen evenwichtig op zijn knieën. Caro riep vanuit de keuken: 'Heb je honger?'

'Straks wel.'

Ze draaide het afgeleefde fornuis uit, liep terug en kwam naast hem staan. Hij had zich naar de muur gekeerd en bekeek de boeken. 'Een hele bibliotheek, zeg – Larousse, de werken van Grove, wat is dat, Bartlett.'

'Dat is de plank encyclopedieën.'

'En wij zorgen voor de erotica.' Hij trok haar op de sofa, zodat zij geknield zat, terwijl hij op zijn rug lag. 'Dit is onze plank, deze sofa. Dit bed is uw centrum, deze muren uw domein.'

'Het is de naam van een symfonie, de "Erotica".'

'Kijk, dit wil ik wel.' Het boek was zo zwaar dat hij weer overeind moest komen om het met beide handen te pakken. Hij sloeg het op hun knieën open, zodat er een stuifsel van roodachtig stof op de beddensprei neerkwam.

'Niet meer verkrijgbaar. Dit kan ik gebruiken bij het stuk waar ik aan werk.' Het was een uitgave van oude toneelstukken.

'Ja, je mag het wel lenen, denk ik. Dat mag vast wel.' Caro tilde het van haar schoot en dwaalde door de kamer. Ze trok gordijnen dicht, zette de vaas anemonen op de tafel. Ze kleedde zich uit.

Hij zei: 'Om te houden, bedoel ik.'

'Het is niet van mij, weet je.' Caroline Bell schoof haar handen op haar hoofdkruin ineen. Haar gestrekte bovenlichaam werd statig en kwetsbaar tegelijk.

Paul liet het boek op de vloer naast het bed ploffen en ging liggen, toekijkend. En in het gesluierde licht, met een antieke veelheid aan boeken achter hem, had hij wel in een victoriaanse illustratie gepast: jong lichaam gelegen op blauw en rood, in een wit overhemd gestoken arm afhangend naar een gevallen boek. *Jonker Harold, De dood van Chatterton.* Dat zei Caro dan ook.

'Dank je wel. Maar kom hier.'

Ze liep naar het bed en kwam naast hem liggen. Paul zei: 'Te bedenken dat dit me wacht, dag en nacht.' Hij pakte plukken van haar grove haar en spreidde ze in donkere stralen om haar hoofd. 'Paardenhaar.'

Ze zei: 'Mijn liefde. Mijn lief.'

'Weet je nog, die eerste keer, bij Avebury, dat ik zei dat ik nog nooit diepe gevoelens had gehad. Of genoeg. Nu wil ik je zeggen dat dit, wat ik voor jou voel, het grootste is wat ik ooit voor iets of iemand heb gevoeld.'

Ze raakte zijn gezicht aan. Die dag bij Avebury had ze met zijn hand op het houtfineer van het bed geklopt; en hij had gezegd: 'Wat genoeg ook maar betekenen mag.'

Paul vond soms nog steeds dat ze er als een vreemde uitzag – waarmee hij bedoelde dat ze hem nooit helemaal toebehoorde. Hij zei: 'Bezit vormt negen tiende van het recht.' Maar dat was veel later, toen hij naar de stoffige kamer lag te kijken en dacht dat jeugdigheid hielp, omdat deze speciale momenten van loomheid en ondergoed op stoelen anders een voorteken van dieper gewortelde zwakte zouden lijken. De bloemen waren nu verwelkt, rood, opzichtig.

Hij zei: 'Ik heb geslapen.'

'En ik heb naar je gekeken.' Misschien bedoelde ze wel: over je gewaakt; maar dat kwam niet op bij Paul, wiens gezicht weer dat lichte trekje van ongenoegen of schrik vertoonde.

Hij zei: 'Beangstigend om in je slaap te worden bekeken. Zo verliezen mannen van alles – hun haar, of hun hoofd, of erger.' Hij zou niet vertellen dat hij zelf naar Caro's slaap had gekeken, die nacht dat ze voor het eerst in zijn nieuwe huis was geweest. Had gekeken naar haar ademhaling en kleine droombewegingen, en een huid zo doorzichtig dat hij zich kon voorstellen hoe haar inwendige haar vorm gaf, en de kleine, complexe voortplantingsorganen met hun vermogen de wereld te veranderen. Terwijl de zon opkwam, had hij over dit verschijnsel gewaakt – dat compleet was in zijn schoonheid, zodat je moeilijk kon geloven dat verstand en spraak en menselijk waken daarbij nog nodig waren; laat staan het vermogen zich voort te planten.

Hij was niet van plan dat te vertellen en haar kracht daarmee te vergroten.

Hij reikte met zijn hand naar de vloer naast het bed. 'Kan ik het dan meenemen?'

Ze wist dat het om het boek ging.

17

Op het ministerie waar Caroline Bell werkte, was ook een jonge vrouw die Valda werd genoemd. Dat ze Valda werd genoemd, was relevant, want daar maakte ze bezwaar tegen. De andere vrouwen hadden er geen van allen bezwaar tegen Milly, Pam of Miranda te zijn voor de hun toegewezen heren Smedley of Renshaw-Brown. De andere vrouwen hadden er overigens ook geen van allen bezwaar tegen om in die zin een meisje te zijn.

In die tijd waren mannen onder elkaar al niet meer Bates of Barkham, maar meteen Sam of Jim. Degenen met een niet af te korten officiële naam, zoals Giles of Julian, leken zelfs gevaarlijk achter te lopen en tot een leven in obscuriteit veroordeeld. Er was één oudere man bij Planning, die altijd meneer zei tegen zijn ondergeschikten – 'meneer Haynes', 'meneer Dandridge' – zoals de kapitein op een oud schip tegen zijn eerste stuurman of bootsman. Maar ook hij veroorloofde zich onder de vrouwen af en toe een Marge of Marigold; al noemde hij zijn werkster thuis mevrouw Dodds.

Toen Caro vroeg: 'Als ze een echte vriend krijgen, hoe noemen ze die dan?' Valda vertelde: 'Ze hopen echte vriendschap op te heffen.'

Nieuwe, verplichte gelijkgestemdheid onder mannen was in Valda's ogen tenminste een gezamenlijk verlies. In tegenstelling tot de onverhulde toe-eigening van June of Judy.

Valda had kort na haar komst de aandacht op zichzelf gevestigd. Haar kleine meneer Leadbetter, het hoofd van het secretariaat, was met gespitste oren en een knoop in zijn hand uit zijn hok gekomen om te vragen of ze die kon aannaaien. Het zou haar, schatte hij, nog geen minuutje kosten. Valda stemde beleefd toe. En haalde, terwijl ze haar papieren terzijde schoof, een huisvrouwachtig etuitje met naalden en verschillende kleuren garen uit een bureaula. Met het colbert van meneer Leadbetter in onmacht op haar schoot kneep ze één oog dicht voor dat van de naald en zat even later te naaien. Leadbetter bleef erbij staan kijken. Hij droeg een blauw streepjesoverhemd, een broek die tot zijn oksels kwam, hangend aan linnen bretels, ook gestreept, die heel lang geleden op duurzaamheid waren gemaakt. Het was aangenaam zijn harnas af te leggen en de bevallige Valda te bekijken bij dit nederige, vrouwelijke karweitje. Toen ze klaar was, toen ze de draad had afgehecht, was hij dankbaar.

'Dank je wel, Valda. Ik ben niet zo handig in die dingen. Ik zou mezelf tot bloedens toe prikken.' Het was belangrijk je waardering te tonen.

Daarop antwoordde Valda, bij wie zijn welwillende gedachten weerklank vonden: 'Zo'n kleinigheidje doe je gewoon voor elkaar.'

De week daarop kwam Valda zijn werkkamer binnen, waar hij een voorlaatst concept zat na te lezen, en vroeg of hij haar typemachinelint wilde vervangen.

Meneer Leadbetter gaapte haar aan.

Ze zei: 'Ik ben niet zo handig met machines.'

Hij was verbouwereerd en verstoord. 'Heb je nog nooit eerder een nieuw lint nodig gehad? Heb je dat soort dingen niet in je opleiding geleerd?'

'Het kost nog geen minuutje.'

'Vraag liever een van de meisjes om het je voor te doen.' Het was onbegrijpelijk.

'Dan krijgen ze vieze handen.' Ze zei: 'Het is maar een kleinigheidje.'

Nu begreep hij het. Hij kwam zijn kamer uit en riep woedend een van de andere meisjes – de echte meisjes. 'Juffrouw Fenchurch heeft hulp nodig met haar typemachine.' Het was de eerste keer dat hij haar niet Valda noemde, maar het respect werd uitsluitend uit wrevel betoond. Het tweede meisje keek vleiend en schuchter naar hem, en doodsbang naar Valda, en boog zich meteen over de machine, als over een wieg.

Toen het zover was, schreef meneer Leadbetter in Valda's dossier dat ze de neiging had agressief te worden over onbenulligheden. 'De neiging had' was officiële geheimtaal voor tot het uiterste gaan.

Er was een raamloos kamertje, een soort kast, waarin deze meisjes 's ochtends en 's middags om beurten theezetten. Op de muur was een lijst geprikt van alle mannen en hun voorkeuren: meneer Bostock slap met suiker, meneer Miles sterk en zonder. Valda's Leadbetter kreeg een aftreksel van kamillebloemen, die hij bij Jackson's op Piccadilly kocht; het werd in een afzonderlijke theepot bereid en diende te worden omgeroerd. Een ander briefje waarschuwde voor theebladeren in de gootsteen. Het kamertje was benauwd en verwaarloosd. Er zaten vlekken op het zeil en het rook naar muffe biscuitjes. De verf op één bespatte wand bladderde door de damp uit een waterkoker.

Wanneer Valda thee maakte, zette Caro soms voor haar de kopjes op een gekrast bruin dienblad.

Het was de moeite waard om de majestueuze Valda met haar lange ledematen misprijzend secuur de bloemen te zien afmeten voor meneer Leadbetters speciale theepot (met aan het oor een briefje bevestigd: 'Vijf minuten laten trekken'). Om haar de voorschriften te horen afdraaien: 'Meneer Hoskins, sacharine. Meneer Farquhar, kneepje citroen.' Ze vulde het onbestemde kamertje met minachting en beslistheid, en wekte bij de andere vrouwen een heerlijk soort angst, omdat ze wisten dat ze geen moment zou hebben gehaperd in dit optreden als een van die mannen was binnengelopen.

Wanneer Valda het meer in het algemeen over mannen had,

ging ze als vanzelfsprekend uit van gedeelde en rampzalige ervaringen. Van de andere vrouwen nam er niet één deel aan dit soort besprekingen – die niet alleen onkies waren, maar ook in absurd contrast zouden staan met hun onderdanige gedrag tegenover meneer Zus of Zo. Bovendien vreesden ze dat Valda, indien aangemoedigd, over lichamelijke zaken zou beginnen.

Wanneer Valda 's avonds naar de kantoorvrouwen keek die achter elkaar naar buiten liepen, merkte ze tegenover Caro op: 'De loeiende kudde gaat traag over 't land.'

Er was ook een andere mannelijke factie in het kantoor, van al wat oudere jongemannen die bitter spraken over klassenverschillen en het recht op kansen, of het ontbreken daarvan. Met hen had Valda al even weinig op. 'Ze geloven niet echt dat ze bestaan, en wachten op iemand die het werk gratis voor ze afmaakt.' Ze zette de biscuittrommel neer, knipte de waterkoker uit. 'Ach, Caro, het is inderdaad zo dat de gewone man altijd de pineut is, maar die heeft tenminste veel medestanders. Het is juist de ongewone man aan wie iedereen zich altijd ergert.'

Valda vertelde Caro: 'Je voelt je gewoonweg een verrader van je eigen ervaringen als je wel een man tegenkomt die je aardig vindt. Je weet intussen haast niet meer hoe je het met goed fatsoen eens kunt worden, het is alsof je naar de vijand overloopt. En dan al dat wachten. Vrouwen moeten zich ontworstelen aan die stomme knechtschap met hun gewacht bij de telefoon die nooit overgaat. De ontvángende kant, zoals ons gedeelte heet.' Of, terwijl ze met haar rechterhand de trekkende theepot langzaam ronddraaide, als een sporter die zich opwarmt voor het werpen van de discus: 'Al dat opdoffen, het kapsel, de nagels. De tenen. En na dat alles ben je een maaltijd die ze onder het lezen van de krant opeten. Ik zweer het je, elke nagel die we lakken is een nagel aan hun uiteindelijke doodskist.'

Het was allemaal onbetwistbaar, moedig zelfs. Maar ook een landkaart waarop zich geen kamers, uren of menselijke gezichten aftekenden; met nergens de fleur van gulheid of ontdekkingen. De lacunes vormden misschien wel het leven zelf; tenzij de kaart bedoeld was als surrogaat voor de reis.

Dat waren althans de bezwaren die Caroline Bell opperde.

Valda zelf beschouwde Caro als een gemiste kans. Caro had het ver kunnen schoppen, maar had de voorkeur gegeven aan het gewone schemergebied van de seksuele liefde. Degene die had gezegd: 'Vergeet de zweep niet wanneer je naar de vrouw gaat', was iets wezenlijks, en iets wezenlijk ontmoedigends op het spoor.

Valda keek vaak naar Caro, en dacht iets in die trant. Ze dacht dan: jazeker, ze moeten haar hun zweep maar eens laten zien, of een vergelijkbare verleiding.

18

Toen Paul Ivory twee maanden lang op reis was in Noord-Amerika schreef hij uit Los Angeles aan Caroline Bell:

Liefste, ik zal blij zijn als ik hier weg ben – niet vanwege film-lui en uitlaatgassen en eindeloze begraafplaatsen, vergeleken waarbij het gedenkpark van Stoke Poges een sensatie is, maar domweg omdat ik heb ontdekt dat ik in elke stad waar ik kom, maar één brief van je mag verwachten, en zodra ik die heb ontvangen, kan ik net zo goed verder reizen. Terwijl ik mijn hele leven naar dit land heb gewild, jakker ik er nu doorheen als bezeten op zoek naar je volgende brief. Een door jou gesmeed duivels complot, dat ik je nooit betaald zal kunnen zetten.

Die brieven ontroeren me, als ik ze heb ingehaald, tot in het diepst van mijn hart, een orgaan dat in mijn geval toch al door jou was uitgevonden. Het vreemde vind ik dat ik door je wijsheid word beïnvloed, terwijl die zich niet tot mij uitstrekt. Ik probeer aan de hand van deze brieven je stemmingen te volgen, met de maan als onafhankelijke toetssteen; maar dan is er altijd die subtiele ernst – waarvoor? Voor de mensen? Voor mij? – die als een demagnetiserende band werkt (dat is iets wat ze op schepen aanbrengen om ze te-gen vijandelijke mijnen en radar te beschermen). Ik wil niet, merk ik, dat je ook maar een vleugje onafhankelijkheid of bescherming ten opzichte van mij behoudt, zeker niet in de vorm van een goed karakter.

Toch moet ik toegeven dat mijn ongekende gemoedsrust van het afgelopen jaar voortkomt uit die van jou; zoals je vast wel weet. Een soort besmetting, een van de venerische risico's.

Dit schrijf ik je om middernacht in een groot bed in een kleine kamer met uitzicht op een tuin – behorend bij een suite die mijn bazen me hier ter beschikking stellen. Het is precies zo'n kamer als ik me heb voorgesteld, zo precies dat ik mijn best doe om het laatste en belangrijkste element aan het beeld toe te voegen – maar het lukt niet. Er is ook een witte zitkamer, en een terras met prachtige planten, een badkamer en zelfs een keukentje. Maar het voornaamste is het bed, dat de hele wereld in perspectief brengt.

Ik ben net terug van een diner dat hier een hengstenbal wordt genoemd. (Wat hebben we een haast om de teugels te laten vieren.) De ongekroonde keizer van dit rijk nam nauwelijks enige notitie van me, wat een goed teken schijnt te zijn. Iedereen hield zich strikt aan de traditie, en ik heb veel geglimlacht op die manier waar jij niet van houdt. Er valt hier wel iets te bereiken, zolang je maar niet verwacht je onsterfelijke ziel te kunnen behouden – ik moest bij binnenkomst onmiddellijk afstand doen van de mijne; ik veronderstel dat ik hem, of iets wat erop lijkt, bij vertrek weer terugkrijg van de garderobejuffrouw. Anderzijds wordt er weinig geluisterd en gevraagd, maar veel betoogd. (Was het niet Conrad die zei dat de lucht in de Nieuwe Wereld bevorderlijk is voor de voordrachtskunst?) Dat wil zeggen dat er een vast model is waar ik in moet passen.

Tot nu toe vormt Californië het grootst denkbare contrast tussen Gods werk en de ontheiligingen van de mens. Californië is een mooie vrouw met een vuile bek.

In het hotel in Washington kwam ik vorige week Christian Thrale tegen die daar, zoals je vast wel weet, voor een of ander congres was. Ik vond hem aardiger dan anders, maar weet niet zeker of dat om intrinsieke redenen was of omdat ik jouw naam kon noemen.

Mijn liefde voor jou vervult me van schrik en ontzag.

19

In augustus het jaar daarop zat Caro in een imposante tearoom te wachten op Ted Tice. Dit restaurant van een Londens warenhuis had aan één kant, waar het licht discreet werd versluierd, uitzicht op Piccadilly; het beetje verkeerslawaai van het Circus werd door muren van vooroorlogse kwaliteit getemperd tot een gedruis als in het interbellum.

De zaal, die alleen betamelijke geluiden toeliet, verleende uitsluitend onderdak aan beschaafde mensen. Alle tafeltjes waren door vrouwen bezet. Afkeurend als cipiers hielden diensters alle gedrag in de gaten: afwijzend werden gemorste druppels opgedept of gevallen vorkjes vervangen. Dit ging gepaard met iets niet geheel onaangenaams, een soort kleuterklasveiligheid. Toch zou je in zo'n omgeving een afkeer kunnen krijgen van vrouwen – een afkeer van hun hoge tonen, van hun gebiedende, gewelfde vrouwelijkheid, hun buste en derrière en hun gekapte haren, hun plissés en ruches en hun overvolle handtassen: alle natuurlijke en aangemeten accessoires van hun sekse. In een dergelijke dichtheid waren ze haast niet als individu te beschouwen, zoals dat bij mannen wel kon; en waren ze er zelfs op gebrand dom te doen, aangezien alle onderwerpen geheiligd werden door de heftigheid waarmee ze werden besproken.

Caro voelde dat ze afweek: als enige die toekeek, als enige die niet sprak, als enige die niet speciaal behoefte had aan een auto of karpet of een twaalfdelig bestek. Als enige die geen huis of bescherming had, en toch niet vrij was. Aan het tafeltje naast het hare zaten twee zussen – slank, kalm, voornaam, beiden met honingblond haar en amandelvormige stralende ogen; de oudste verloofd, met een kleine saffieren ring, de jongste een jaar of zeventien. Hun manieren tegenover elkaar waren onberispelijk – tactvol, hoffelijk, loyaal. Elkaar beleefd menukaarten en suiker aanreikend alsof er geen sprake was van bloedverwantschap. Als je zo kon zijn, zou het het waard zijn af te zien van temperament.

Toen Ted binnenkwam, rechtte de zaal vrouwen de rug. Nu hij zich tussen hen begaf, waren ze geneigd alle oppervlakkigheid te verloochenen en het gegraaf in hun tas te staken. Deze macht kreeg hij langzamerhand: behorend bij een derde mogelijkheid, niet voorzien door hen die zich afvroegen of Edmund Tice zou slagen of falen.

Ted werkte sinds zijn terugkeer uit Frankrijk in Cambridge, waar hij weer gemeubileerde kamers huurde. De zekere mate van vroege erkenning was niet aangetast door zijn standpunt over de voorgenomen telescooplocatie, doordat anderen onverwachts zijn kant hadden gekozen. Een vrouw die hij via zijn werk had leren kennen was een paar maanden lang zijn geliefde geweest, maar was onlangs teruggekeerd naar Jodrell Bank. De hele herfst en winter lang gingen ze zaterdags met elkaar naar bed, maar hielden de rest van de week afstand – een regeling die niet veel verschilde van een saai huwelijk. Toen deze jonge vrouw naar Manchester afreisde, had ze bijna gehuild, maar tegelijkertijd Ted zacht glimlachend en hoofdschuddend aangekeken, als wilde ze zeggen: hopeloos. Hij besefte dat ze hem een ongeïnspireerde en egoïstische minnaar had gevonden, en was niet van zins haar uit te leggen waarom.

'Wat een gekke plek om af te spreken.' Ted leek groter dan voorheen, en doortastender. Zijn haar, dat zich al van zijn voorhoofd terugtrok, stak nog steeds in dikke rode krullen omhoog. Het verticale lijntje in zijn voorhoofd was dieper geworden. Hij legde zijn krant op een vrije stoel en ging zitten. Hij keek om zich heen alsof hij het einde van zo'n soort zaal en de bijbehorende vrouwen voorzag; alsof hij weet had van teken-tafelplannen om deze burcht te bestormen. Het werd duidelijk dat deze imposante zaal binnenkort in twee etages zou worden gesplitst en dat de tearoom een cafetaria met zelfbediening zou worden. Dit werd pas duidelijk toen Ted binnenkwam en de situatie in één oogopslag opnam.

Ted moest in zo'n gelegenheid weleens denken aan hoog-geboren lieden in regenachtige stadjes en vochtige pastorieën. Stelde zich ingetogen en beleefde families voor, hun tuinen, hun huisdieren met literaire namen; de boekenkasten met glazen deuren en folianten van sir Lewis Morris of sir Alfred Comyn Lyall; *The Light of Asia*, een schoolprijs in een imitatie-leren band met gouden reliëfletters. Hij zou weten dat verster-ven iets anders is dan gewoon sterven; omkomen iets anders dan ombrengen. Er zou iets – herinnering, geloof – sterven dat nog nooit was gestorven, althans maar half zo snel; uitgeroeid door mensen met de erkende en uitgekookte mentaliteit, zij het misschien niet met meer deugdzaamheid. Hij zou in die ver-woesting zijn eigen rol spelen en zou die, net als anderen, pas betreuren als alles veilig dood was.

Ted kwam regelmatig in Londen voor een afspraak met Ca-ro. 'Ik vond het heerlijk om door die grijze straten te lopen, ter-wijl ik wist dat het was om jou te ontmoeten.' Een eenvoud die niet om een antwoord vroeg. 'Vertel eens wat je de hele dag hebt gedaan.'

'De klachten van mensen aangehoord.' Caro maakte ruimte voor een schaal kleurige koekjes en meringues in de spiraal-vorm van een schelp. 'Niet dat de klacht niet reëel is.'

'Dat is de ellende met klachten. Ze zijn meestal terecht.' Toen Ted thee had besteld, vroeg hij: 'Is er daar ook maar iets wat je wel leuk vindt?'

'Niet echt.' En niet op de manier die jij bedoelt.

'Gaat er daar nooit iemand weg?'

'De mannen nooit. De vrouwen alleen om te trouwen.'

'Tenzij je met mij trouwt, heb ik dan eerlijk gezegd liever dat je in dat hellegat blijft.' Hij dacht dat ze geïrriteerd zou zijn, of zou glimlachen; maar ze aanvaardde de opmerking niet, en die bleef tussen hen in hangen. Hij ging meteen door, in het besef van een fatale timing: 'Mijn eigen werk is anders. Het is voor mij een noodzaak, het is mijn geluk. Toch heb ik jou net zo hard nodig in mijn leven als kennis nodig is voor mijn werk, en daar heb ik geen geluk mee, en God weet dat ik zonder jou nooit echt compleet ben of gelukkig zal zijn.'

'Je kunt niet net zo over mensen beschikken als over informatie.'

Ze was niet strijdlustig of zelfs maar opgewonden. Haar rust kwam voort uit een grote bron van zowel verwezenlijkte als verwachte vreugde, die alleen maar liefde kon zijn.

Deze ontdekking was als een gewelddaad in de roze, onbenullige en betrekkelijk onschuldige zaal, die tot dan toe geen groter ophef had gekend dan het stukvallen van bebloemd aardewerk.

Hij zag in dat dit niet nieuw kon zijn. Maar ze was nonchalant geworden en deed geen moeite te huichelen. Vandaag had ze de zelfverzekerdheid van een acrobate, die vol gratie en verspilde moed haar avontuur tegemoet gaat. Nu was alles verklaard. Haar handen en kapsel spraken voor zichzelf, haar onderarm die gebogen teruggleed in een mouw werd de zachte pols van een verliefde vrouw: allemaal door iemand begeerd en betast en afgewacht, aan iemand aangeboden. Ted bleef er vol weerzinwekkende weerloosheid bij stilstaan, afkerig.

Hij wist zeker – maar was bang een dwangmatige vergissing te begaan – wie haar minnaar was.

Ze zei: 'Je maakt me onvriendelijk.' Toch bleef ze meelevend en ernstig zitten met dat andere leven dat door haar heen stroomde, dat haar wangen roze en de zijne grauw kleurde. Hij keek naar haar blozende huid, waar die in haar kleren verdween, en bedacht dat haar lichaam, dat hij niet kende, al veranderde.

Toen ze op haar horloge keek, zei hij onbeheerst: 'Ga niet weg.'

'Ik ben al aan de late kant.'

Als een detective bespeurde hij ongevoeligheid, de onverschilligheid van de geliefde voor niet-geliefden. En ik kan niets doen om er iets aan te veranderen of een einde aan te maken. Ze kan me kapotmaken en ik kan er niets aan doen. Ik kan haar niet beletten vannacht bij haar geliefde te slapen, of om daarvan en van hem te houden.

Deze onmacht was voor hem onredelijk beschamend, als seksuele impotentie, en was verweven met een bepaalde universele onvoorziene vernedering – misschien wel het onvermogen van alle mensen om chaos te voorspellen of zich ervoor de te behoeden.

Toen ze afscheid namen, stapte hij in een taxi naar Liverpool Street, waar hij een uur op zijn trein wachtte, niet bij machte te lezen of een vriend te bellen, hoewel hij dat had beloofd. Het dak van het station vormde een lucht van loodgrijs vuil, waarin draagbalken en leidingen niet oplosten. Op de perrons liepen de mensen als vluchtelingen door elkaar. Ted Tice cirkelde en cirkelde steeds weer rond dezelfde indrukken, die steeds door dezelfde slogans op reclamezuilen werden doorsneden. De tijd was bedwelmend in zijn weigering te verstrijken, en hij registreerde, zeker niet onverschillig, de aanwas van seconden in dat uur. De smerigheid werd erger, de wachtende passagiers leken ouder te worden, niets en niemand was aardig of jong, of was dat ooit geweest. Van zijn vieze bankje keek hij ze na als ze zich haastten of rondhingen, personages uit het realisme zonder zelftwijfel of berouw, en zonder gevoelens die zijn tranen waard waren.

Toen Ted Tice eindelijk in zijn trein stapte, hoopte hij dat aan alle liefde een einde mocht komen, als dit er een voorproef van was.

'Hallo.' Uit een gewoonte die kenmerkend is voor gekoesterde liefde, of wrok, zei Paul tegenwoordig zelden Caro's naam. 'De auto staat om de hoek.'

Caro, die door grijze straten was gekomen, was Ted Tice vergeten; en zei in gedachten al tegen Paul: Ik ben zo blij je te zien.

Paul, die dag net terug uit Italië, was bruin verbrand. Mannen en vrouwen keken in het voorbijgaan naar hem vanwege zijn dure, geïmporteerde gezonde teint, en naar hen beiden vanwege het paar dat ze vormden. Dat gebeurde al toen ze voor het eerst samen opliepen, op een landweg. Door Pauls aanwezigheid, in tegenstelling tot die van Ted, vergaten mensen zichzelf in plaats van zichzelf te herinneren. Bovendien werd Paul, die een nieuw stuk had met de titel *Equinox*, soms door vreemden herkend.

Toen ze in de auto zaten, raakte Paul even haar pols aan.

Caro vroeg: 'Hoe was Rome?'

'Barok.' De voorruit was beslagen door een mistroostige motregen. 'Vanochtend zat ik nog in de zon op de Pincio.'

'Zonde om weg te gaan.' Ze had willen zeggen: Ik ben zo blij je te zien.

Hij glimlachte. 'Wat ben jij in een formele stemming.' Paul reed voorzichtig en remde om een drietal schooljongens te laten oversteken. De jongens tikten voor Caro tegen hun pet, zoals hun geleerd was. Paul zei: 'Ze denken dat je koningin Mary bent.'

'Dan zat ik heus niet voorin naast de chauffeur.'

'Zeg, je moet wel aardig doen tegen me, want ik was nog geen uur terug of ik werd onverwacht benaderd.' Hij noemde een naam, en toen die Caro niets bleek te zeggen, vervolgde hij geërgerd: 'De enige belangrijke regisseur die zich de afgelopen tien jaar heeft gemeld.'

'Melden' was intimiderend door de bijbetekenis van aangeven: 'Wil diegene die aan de beschrijving voldoet zich melden?' 'Als niemand zich meldt, moet de hele school nablijven.' Alsof deze belangrijke man – die Caro nu uit krantenartikelen herkende – als het ware bereid was de schuld op zich te nemen.

Tegen de tijd dat Paul was uitverteld, waren ze bij Covent Garden aangekomen en uitgestapt. Over een uur of twee zou hij het allemaal in zijn eigen huis nog eens vertellen, aan Tertia; die, getrouwd als ze was met een man wiens erkenning was gegarandeerd, het zou aanhoren als haar verdiende loon.

Ze liepen Caro's trap op. Paul had nu zelf een sleutel. Terwijl hij het slot opendraaide, zei hij: 'Nu moet je aardig voor me zijn.' Maar hij was die avond duidelijk onoverwinnelijk en afgeleid door de bewezen eer. Het was zinloos te streven naar omkering, je eigen stemming tegenover die van Paul te stellen – die het niet kon hebben als een ander de regie voerde, en daardoor soms zelfs de aanbeveling van een boek niet verdroeg; of kwaad werd wanneer Caro zijn belangstelling leek te sturen door zich op haar best te tonen. De minste aanspraak op zijn affiniteiten kon, als een dreiging, met wrede drift worden afgeweerd wanneer hij zich belaagd voelde.

Wanneer hij op die manier uithaalde, kon hij soms ook per ongeluk zichzelf beschadigen.

Caro lag aangekleed op het bed en Paul zat naast haar, in gedachten verzonken. Hij liet zijn hand over haar borst rondgaan, maar alleen uit de macht van een vriendelijke gewoonte, het verstrooid strelen van een huisdier. Haar eigen hand lag open, met de palm omhoog, op de sprei, aangeboden aan een waarzegger.

Ze bekeek hem met een liefde die een vorm van bewustzijnsverlies was.

Paul dacht aan het toneelstuk dat hij kon schrijven voor de man die zich onverwachts had gemeld. 'Het valt niet mee om nog iemand te verrassen. Ik bedoel niet op een goedkope manier. Het verlies van het verrassingselement dat bij iedereen individueel met de jaren komt, doet zich nu bij een hele bevolking voor. Het is volgens mij begonnen met de Eerste Wereldoorlog. Waarom zou jij of ik bijvoorbeeld nog verrast staan van iets?'

'Je zou nog steeds verrast kunnen worden door iets wat iemand doet. Iemand die je goed kent, zou je nog steeds kunnen verrassen met een onmenselijke of nobele daad.'

'Dan nog kan liefde of haat de intensiteit temperen.' Paul stond die avond neutraal, zelfs klinisch, tegenover haat en liefde. De wereld was zo aardig geweest zijn verlangens voor die dag al te bevredigen, en zijn huidige energie was zodanig gericht dat seksuele bevrediging juist sublimatie betekende. 'Het vermogen te verrassen is een vorm van onafhankelijkheid. En bezitsdrang kan zo sterk zijn dat die een dergelijke openbaring niet toelaat.'

Caro zei, zonder verrassingstactiek: 'Ik zat met Ted te praten over bezitterigheid. Ik had met Ted afgesproken voor de thee.'

Paul gaf geen antwoord. Maar merkte wel een uur later op: 'Het valt niet mee interesse op te brengen voor Tice.' Misschien was Ted Tice geen moment uit zijn gedachten geweest. Hij stond op en zei: 'Ik heb een hekel aan dit gedeelte. Sokken en overhemden. Weggaan.'

'Naar huis gaan.'

'Je kunt dit een man besparen,' zei hij, 'door niet met hem te trouwen.' Snel in de weer met de sokken en overhemden stond hij welbewust te brommen – een machine die was aangezet maar nog niet werkte. Hij ging weer naast haar op het bed zitten. 'Wist je dat Russen altijd voor hun vertrek even gaan zitten?'

'Het is het enige moment waarop jij gaat zitten.'

'Mijn god. Klaaglijk als de klassieke geliefde.' Hij wist dat ze nooit zou aandringen als ze het gevoel kreeg hem op de zenuwen te werken. Hij wenste niet dat ze zeker zou zijn van zijn liefde; en vond misschien dat juist het steeds weerkerende verlies een band tussen hen schiep.

'Maar ik ben ook de klassieke geliefde.'

Hij had haar handen in de zijne. Dit wekte de indruk dat hij haar belette schade aan te richten. 'Wees niet zo kritisch. Je bent net een schooljuf.'

'De geliefde classica.' Ze moesten allebei lachen, maar toen vroeg ze: 'Wat gaat er met ons gebeuren?'

'Wie zal het zeggen.'

Dat bracht verontwaardigde angst teweeg: alsof een vertrouwde chirurg ineens kwam met 'Nu is het verder aan de natuur', of 'Het is in Gods hand'. Zoals Paul Tertia aanzien had toegezegd, zo had hij Caro superioriteit beloofd; en nu hij die eindelijk bezat, mocht hij niet verzaken.

Zijn huwelijksgelofte was die avond het sterkste.

In haar vasthoudendheid was Caro's timing net zo fataal als die van Ted: 'Er moet ooit ergens een eind aan het bedrog komen. Uiteindelijk moet de waarheid bovenkomen.'

'Denk je dan dat de menselijke behoefte aan bedrog geen deel uitmaakt van de waarheid?'

'Van de werkelijkheid, niet van de waarheid.'

Paul zei: 'Er is een specialist in theologie en semantiek voor nodig om dat uit te maken.' Hij glimlachte, nog steeds met haar handen in de zijne. 'Ik ben blij dat die er niet bij is.' En vervolgde, in alle redelijkheid: 'Tegenwoordig wil je alle kaarten op tafel. Vroeger had je zoiets charmant mysterieus, je was tot alles in staat.'

'Dit was het, waar ik toe in staat was.' De liefde was het grootste, of het enige, waarop ze kon bogen. 'In staat zijn tot iets is niet altijd negatief zoals in "in staat tot moord".'

Demonstratief berustend liet hij haar handen los: beletsels hadden geen zin, ze kon hoe dan ook tot geweld overgaan. 'Ik bedoel dat je me vroeger verbaasde.'

'Hoe moet ik je nu nog verbazen?' Aangezien ze verplicht was zijn bestaan op een bepaald niveau te houden.

Hij schoot in de lach. 'Vertel maar iets interessants over Tice.'

Een stilte die tegelijk een aarzeling was, maakte het tot een interessant moment.

Voor de vrouw was de hapering een nooit meer vergeten sensatie. In de zomer had ze een keer in de tuin van Peverel geholpen en met een schep een dode rat, of een konijn, opgetild: een gewicht dat op een andere manier onbezield was dan iets wat het leven nooit heeft gekend.

'Nou?' Hij was eigenlijk niet uit op een onthulling, maar wilde binnendringen in de enige deugdzaamheid die ze mogelijk zelf nog bezat. Die misschien uitsluitend bestond uit de heilige geheimhouding van andermans zonde.

'Nou vooruit, Sheherazade?' Paul legde zijn jasje neer en ging weer naast Caro liggen. En ze vertelde hoe Edmund Tice het leven had gespaard van de Duitse geleerde die zijn vijand was.

***

Paul Ivory schreef zijn moeder:

Lieve Monica,

Het was heel verstandig van je om op Barbados te blijven. Sinds je wegging, hebben we vier (nationalisten zullen misschien vijf beweren) mooie dagen gehad. Nu de zomer is afgelopen, is er in Engeland, altijd, weinig om naar uit te zien. Eigenlijk hou ik wel van dit jaargetijde, met wittige stoppels op velden, en bossen die roestig worden. Waaruit je mag opmaken dat ik de stad uit ben geweest, een paar dagen heb gelogeerd bij Gavin en Elise. Mijn schoonzusje neemt het nog steeds altijd over – als Gavin iets zegt, legt zij uit, *ad alta voce*, wat hij eigenlijk bedoelt. Net de ondertiteling van een film.

Dat gaf me trouwens de aanzet tot een stuk – een man die

overschaduwd wordt als hij het aanlegt met een karaktervolle, zelfs geniale vrouw (beslist niet Elise, maar je snapt wat ik bedoel). Misschien noem ik het wel 'Het ene vlees'. Bijgevolg houd ik me bezig met hersenschimmen als de heren Récamier, De Staël, De Sévigné en de heer Humphry Ward. Wat vind je ervan? Ik heb natuurlijk geen idee wat dit zou bewijzen – waarschijnlijk alleen maar dat het huwelijk, op welke voorwaarden dan ook, de hel is.

Je informant, of verklikker, had gelijk toen ze me bij de première van de heruitvoering van Pinero meende te zien. Een slecht stuk: er was me verteld dat je het niet mocht missen, maar ik vind eigenlijk van wel. Na afloop was er een feest, waar de premier heel even zijn gezicht liet zien, dat er beroerd uitzag: de zeegroene omkoopbare. Je vriendin had ook gelijk met haar verhaal dat ik bij een aantal recente en minder recente gelegenheden met dezelfde vrouw ben gezien. Ik had verwacht dat je eerder gerustgesteld dan verontrust zou zijn door deze loyaliteit. Zoals Byron schreef – al was het niet aan zijn moeder, dacht ik – 'Ik heb al een halfjaar geen hoer gehad, maar beperk me strikt tot overspel.'

Je liefhebbende zoon.

***

Caro stond voor de ramen van Pauls slaapkamer terwijl Paul, niet nerveus, bij de open haard stond te spelen met een obelisk van roze dooraderd marmer.

Tertia Ivory was in verwachting.

Tertia was op het kasteel: de zwangere Tertia in haar verwachtingsvolle positie. Op de plaats, klaar, af, de laatsten zullen de eersten zijn. Ergens achter Paul Ivory's kamer in de stad schemerde een landschap, met het bolwerk dat boven zijn onneembare voorouderlijke veste oprees.

Paul zei: 'Je wist van tevoren hoe de kansen lagen.' Door liefde uit te sluiten wapende hij zichzelf. Dat was hij zijn wettige erfgenamen verschuldigd.

Om te zien hoe een mens door hartstocht wordt verzwakt, hoef je maar naar Caro te kijken.

Ze zei: 'Ik wist niet dat je zoveel zou nemen. Of dat ik het zou geven.' Beide beweringen waren onwaar. Haar mond vertrok moeizaam van onbegrip, van begrip. Haar lichaam drukte in haar roerloosheid een onaantrekkelijke strijd uit.

'Maar is dat niet je eigen temperament?' Zich losmakend, zo niet beschuldigend: een arts die de ziekte waar hij geen behandeling voor heeft aan emotionele oorzaken wijt. 'Ik weet dat het zwaar is.' Paul was coulant, clement tegenover het misdrijf lief te hebben.

'Zwaar?' Het was alsof ze dat bittere woord nog nooit had gehoord.

Paul had zich voorgehouden dat hij een moeilijk moment met haar door moest maken, en had wel degelijk rekening gehouden met haar standpunt. Hij zag tegen dit moeilijke moment op zoals iemand opziet tegen een proces, maar niet tegen de uitkomst. Zijn moeder had ooit tegen hem gezegd: 'De echt vreselijke dingen zijn de dingen waar je niets aan kunt veranderen, waar je voor onbepaalde tijd mee verbonden blijft.' (Ze had ook kunnen zeggen 'voorgoed', maar dat was niet haar stijl.) Pauls misère van nu was niet van dat gedoemde type. Een einde voor Caro voorzag hij wel.

Pauls slaapkamer was allang volledig ingericht – uitgerolde tapijten, geplaatste stoelen, opgehangen schilderijen en gordijnen die bij één raam een vaas witte, van stof lijkende bloemen omlijstten. Alles was perfect en netjes onderhouden – hoewel de bloemen, veronachtzaamd, soms gouden stofdeeltjes lieten vallen. Op de kaptafel lag het zilverwerk keurig op een rij – borstels en handspiegels van een ouderwetse, zelfs verouderde vorm, elk van een wapen voorzien. In de kast moesten de kleren van Tertia hangen, die ze voorlopig niet zou dragen. Deze voorwerpen waren scherpomlijnd en glinsterden; of vervaagden; of hielden helemaal op te bestaan, terwijl de man en vrouw daar stonden.

Paul bleef in afwachting van Caro's uitbarsting bij de open haard staan. Hij hield er niet van te moeten wachten. De komende eruptie zou hem vrijmaken: wat ze over hem, tegen hem, te zeggen had, zou haar voor altijd in het ongelijk stellen. Zijn ontsnapping was verzekerd door de vernederende heftigheid van haar dreigende emotie.

'Ik ga nu,' zei ze.

Hij hielp haar in haar jas. Zijn normale, ongezegende aanraking was de echte afwijzing. Zelfbeheersing bij anderen hinderde hem altijd, en met die van haar ontnam ze hem nu het ongenoegen van een scène. Dat hij van Caro meer, veel meer had gehouden dan hij ooit om wie ook had gegeven, verleende haar status: ze was ofwel enig in haar soort ofwel de eerste. Paul gunde haar deze historische positie niet, die ze voor zichzelf had gecreëerd in de bloei van zijn leven, en had daarom graag gezien dat ze gebroken was.

Ze keek de kamer rond, om niet betrapt te worden op een laatste blik. Niets getuigde van haar aanwezigheid. Haar ogen bleven op Paul rusten met een donkerder vraag dan hij ooit had verdragen; en hij keek weg om niet te worden verleid tot een erkenning die hij zelf misschien vreesde.

Ze liepen achter elkaar naar beneden, beiden met de herinnering aan het vroegere tafereel op de overloop; Paul die zich zijn grote hand voorstelde, de overhand, een schaduw op de muur. En die in gedachten ook haar grijsbruine regenjas zag en de plooien felrode stof, wijkend op haar borst. Na dit ogenblik zou het beeld steeds weerkeren – op dit moment zo levendig dat hij er bijna aan twijfelde of het Caro's huidige gezicht was dat uit de schemerdonkere spiegel in de gang naar hem keek, een gezicht met de kleur van naaktheid: de nieuwe Caro die hij had geschapen, waar hij nu de laatste hand aan legde.

Haar mond was een wond die misschien nooit zou helen. Door alleen maar naast haar te staan kon hij nog hopen de tranenvloed uit te lokken die officieel zou bevrijden, als ontslagen van een gelofte. Hij had haar nog nooit zien huilen, behalve van blijdschap.

En geheel gehoorzaam aan zijn wensen, als aan een natuurwet, maakte Caroline Bell een oeroud gebaar van verlies, en zei zijn naam. En huilde hardop zonder zelfs maar haar gezicht te bedekken.

20

'Het spijt me meer dan ik zeggen kan,' zo begon de brief van mevrouw Pomfret, 'slecht nieuws te moeten brengen, slechte tijdingen. Maar ik denk wel dat jullie het zouden willen weten.'

De majoor had Dora verlaten, of in de steek gelaten. En aangezien hij nu verklaarde bankroet te zijn, viel zijn financiele ondersteuning weg. Dora bleef in de flat in de Algarve om haar eigendomsaanspraken te onderbouwen, maar had verder geen rode cent. Helaas was Dora's vermogen blijkbaar al in een vroege fase van hun huwelijk op naam van de majoor gezet, en was het reddeloos verloren, volgens de heer Prata, verreweg de beste advocaat in de provincie.

'Haar voornaamste zorg is dat jullie gelukkig blijven en jullie je geen zorgen maken. Jullie kennen haar vurige trots beter dan ik. Maar ze is er beroerd aan toe, en ik heb haar ronduit gezegd dat ik jullie, als hierboven, zou schrijven. Zonder jullie onnodig ongerust te willen maken heb ik uiteraard de plicht jullie te laten weten dat ze, meer dan eens, over zelfmoord heeft gesproken.'

Caro belde Christian op kantoor, omdat Grace in verwachting was van haar tweede kind. Nadat ze hem de brief had voorgelezen, zweeg Christian even en zei toen: 'Dit viel te voorzien.'

Caro de boosdoenster. 'Is er iets te doen via de ambassade?'

'Ik heb de vaste regel officiële en persoonlijke zaken gescheiden te houden. Dat wil zeggen, geen misbruik te maken van mijn positie.' Nu was het aan Caro om te zwijgen. Christian hernam meteen: 'Dat zal je toch wel begrijpen.' Aan deze formele vermaning had hij ook wel kunnen toevoegen: 'Caroline.'

Een ongegeneerd gebrek aan betamelijkheid veroorzaakte kinderlijke paniek, alsof het slot van de wc niet openging. 'Heb je helemaal geen voorstel?'

'Ik zie niet goed in hoe ik in dit stadium moet ingrijpen. Zonder meer te weten.'

In de ruimte die hiermee voor haar uitspraak was geschapen, zei Caro: 'Dan ga ik erheen.'

Nu dat voor elkaar was, werd Christian hartelijk van opluchting. 'Dat lijkt me echt het beste, als je daar kans toe ziet. Wat een narigheid. Ik praat vanavond met Grace en bel je morgenochtend vroeg.'

Die avond vertelde hij Grace: 'Je zus geeft meer last dan een hele kruiwagen vol kikkers.' En liet erop volgen: 'Ik bedoel Dora.'

Grace rilde. 'Wat moet ze beginnen, zonder geld?'

'Een baan zoeken, zoals miljoenen andere vrouwen. Voor de verandering eens niet aan zichzelf denken. Het zou vormend kunnen zijn voor haar karakter.' Maar Dora's karakter was allang gevormd.

'Een kantoor zou niets voor haar zijn.'

Nu kwam Christian ermee voor de draad. 'Als jullie niet op die onzalige onzin waren gekomen om je eigen geld aan haar te geven, was dit helemaal niet gebeurd.' Grace zat te trillen, en Christian stond op om door de kamer te benen. Lange mannen met smalle schouders krijgen relatief jong een kromme rug. 'Gewoon weggegeven. Op een dienblaadje. Zomaar.' Hij pakte een kleurig tijdschrift op en smeet het weer neer, ter illustratie. 'Ik heb het altijd krankzinnig gevonden.'

'Caro heeft alles weggegeven.'

'Dat was al stupide genoeg, maar dat is haar zaak. Dat ze jou erbij heeft betrokken, dat vind ik het ergste.'

Grace had haar benen onder zich op de bank getrokken en

zag er zwaar misvormd uit. 'Dat is oneerlijk. Ik ben net zo' – ze zei bijna 'schuldig' – 'betrokken als zij. Caro zorgde juist dat ik de helft hield.'

'Ja, heel grootmoedig, terwijl het helemaal haar idee was.'

'Nee.'

'Mag ik je even in herinnering brengen dat je me dat uitdrukkelijk hebt verteld.' Christian liet zich in een stoel vallen. Zijn stem klonk schor van de woorden die al jaren waren gerepeteerd. 'Het is trouwens net iets voor haar. Ze heeft een bepaald beeld van zichzelf.'

'Wat voor beeld?' Alsof ze dat niet wist.

'Dat ze anders is. Of beter. Ziet zichzelf als iemand van het grote gebaar.' Een spottende zwaai met arm en hand. Christian zou misschien respect hebben gehad voor deze eigenschap bij iemand met algemeen erkende status; maar wie was Caro – een Australische die in een winkel had gewerkt – om zulke pretenties te hebben? 'Egoïsme van de hoogste orde.' Niet zeker wat dit gebruik van het gezegde 'van de hoogste orde' overbracht, voegde hij eraan toe: 'Grootheidsfantasieën.'

'Er bestaan vast ergere fantasieën.' Grace beschikte niet over de woorden voor een discussie en besefte in haar verwarring alleen dat er algemene afkeer heerste van iedereen die zich tot iets voorbestemd voelde – zelfs als die voorbestemming uit weinig meer bestond dan het vertoon van voorkeuren. De Thrales staarden naar hun roomwitte vloerkleed, hun gebrocheerde stoelen en het Staffordshire-beeldje van de struikrover Dick Turpin, maar op onverklaarbare wijze was de charme uit alles weggelekt. 'Hoe moet Caro vrij nemen van kantoor?'

'Ze zal wel vakantiedagen hebben opgespaard.'

'Maar een paar dagen. En ze zou naar Frankrijk gaan.'

'Het spijt me, maar Caro zal gewoon moeten leren dat ze niet zomaar alles kan doen.'

'En de kosten? Hoe moet ze die reis betalen? Ze verdient bijna niets. En dan Dora nog.'

Christian kwam in een stoel naast haar zitten. 'Luister eens, Grace. Je doet net of ik een soort vrek ben. Een hoe-heet-ie, Scrooge. Ik beloof je dat we zullen doen wat we kunnen zodra de situatie helder is. Of opgehelderd. Ik weiger alleen me op voorhand vast te leggen, blindelings, op weer zo'n' – het woord waar hij naar zocht was 'onbesuisd' – 'wild plan van Caro. Aan de telefoon maakte ze duidelijk geen probleem van de reiskosten – zo duur is het ook weer niet. Iemand als Caro weet vaak in de loop der jaren nog verrassend veel op te potten – wij zouden er vermoedelijk verbaasd van staan. Het gaat erom dat jij en ik verantwoordelijkheden hebben. Wij hebben kinderen, en Caro en Dora niet.'

'Wij kiezen voor kinderen, omdat het ons voldoening geeft. Caro zit met Dora opgescheept, zonder enige voldoening.' Het was een antwoord dat Caro zelf had kunnen geven. 'Bovendien krijgt Caro zelf ook ooit kinderen.'

Dat was een verontrustende aanname. Christian was er wel van uitgegaan dat Caro eens zou trouwen (hij herinnerde zich de onappetijtelijke Tice, die zich in die telescoop-kwestie onbehoorlijk had gedragen), maar had nog niet aan kinderen gedacht. In zijn schrik kon Christian niet weten dat dit het laatste redmiddel was van Grace, en dat haar verbazing elk moment kon wankelen en omslaan in angst. Maar op dat moment gaf Grace toe, gaf het op, uitbarstend in zwakke, vrouwelijke en behulpzame tranen. 'Ach, Chris, Dora zal zo naar doen. Arme Caro.'

Meteen sloeg hij zijn armen om haar heen, en meer was niet nodig. 'Arme kleine Grace.' Ten slotte zei hij: 'Ik hou best van Caro, dat weet je.' Grace droogde haar ogen, en intussen kwam alle betekenis geleidelijk, als een vlek, terugvloeien in het roomwitte vloerkleed; keperkussens veerden als door een wonder weer op; en een paar borden van Spode-porselein aan de muur kregen hun ring van betovering terug.

Grace zei: 'Dora zal dan wel naar Engeland terugkomen.'

Christian wilde het nog niet aankondigen, maar was vast-besloten dat Dora bij Caro onderdak moest krijgen als ze in Londen terug was. Het was niet meer dan logisch, twee werkende meisjes, besparing op de huur enzovoort. Hij was in dit voornemen net zo onverzettelijk en van zijn gelijk overtuigd als wanneer het een moreel principe of een verheven ideaal was geweest. Het zou hem hebben verbaasd als gedacht werd dat hij wraak nam wegens het spookbeeld van een kinderrijk huwelijk voor Caro.

Na het eten ging Christian in zijn gebruikelijke stoel zitten lezen, met zijn voeten op een zacht bankje. Dat was 's avonds zijn vaste gewoonte – geen echte ontspanning maar een pauze tussen werkdagen. En had in feite, in die houding met zijn staken omhoog, iets weg van een onbespannen rijtuig of karretje. Grace, die in de kussens van de bank leunde – met een boek dat, schattig genoeg, te zwaar voor haar leek – begon ineens weer te huilen.

Christian kwam bij haar zitten.

'Wil je alsjeblieft dat soort dingen niet tegen me zeggen, alsjeblieft.'

'Wat voor dingen in vredesnaam?'

Ze klemde haar boek vast en snikte onbeheerst. 'Van mag ik je even in herinnering brengen.'

's Ochtends zei het hoofd van het secretariaat, meneer Leadbetter, tegen Caro: 'Ik moet helaas uw verzoek om verlof uit consideratie met familieomstandigheden afwijzen.' Het behoorde tot de taken van meneer Leadbetter de schamele voorraad consideratie van de afdeling te bewaken. Caro zweeg. 'Ik zie, juffrouw Bell, dat u uw verzoek' – hij pakte een vel kantoorpapier op – 'om dringende redenen hebt ingediend.' Hij las een paar alinea's van de aanvraag over. 'Ik vind het uiteraard erg vervelend dat uw zuster, of liever uw halfzuster, familieproblemen heeft. Maar als we één keer een uitzondering maken, wordt het uiteraard ondoenlijk in soortgelijke gevallen voet bij stuk te houden.'

Leadbetters raamloze hok was net een grote lift – zo een die in een ziekenhuis geschikt is voor brancards, of in een museum beeldhouwwerk moet vervoeren. In dit geval werd de ruimte voornamelijk in beslag genomen door een stalen bureau, en Leadbetter gedroeg zich als assistent of bewaker: Naar beneden? Hij hield het document, een geel schild, voor zijn borst. Zijn haar was al vroegtijdig grijs, in afwachting van zijn pensioen.

'Dat begrijpt u toch ook wel?'

Caro's stiltes waren tegenwoordig een plaag.

'De regeling is bedoeld voor noodgevallen – ziekte, bijvoorbeeld, van ouders of een echtgenoot. Of overlijden natuurlijk.'

Hoewel de brief van mevrouw Pomfret in haar handtas zat, was het valsspelen geweest als ze Dora's eeuwige dood naar voren had gebracht.

'Bovendien hebt u al een aantal dagen verlof opgespaard.' Leadbetter raadpleegde een ander document. 'Mag ik u even in herinnering brengen. U hebt precies een hele week opgespaard. Ik stel voor dat u uw supervisor vraagt of u op korte termijn één week verlof kunt krijgen.' Nu hij haar had afgehandeld, en wel zonder de beperkte, kostbare en strikt gerantsoeneerde voorraad formele consideratie aan te spreken, werd hij, net zoals Christian, extra bezorgd. 'Ik verwacht dat u de zaken naar tevredenheid zult kunnen regelen.'

Toen Christian opbelde, zei Caro: 'Ik heb nog vakantiedagen. Opgespaard.'

Tussen de middag regelde Caro een lening bij de bank, met haar pensioen als onderpand. Ze nam een voorschot op haar salaris en kocht escudo's. Toen ze weer op kantoor kwam, zei Valda: 'Er heeft een man voor je gebeld.'

Omdat ze Christian verwachtte, deed Caro zelfs tegen Valda afstandelijk. Maar toen ze het briefje met de boodschap pakte, zag ze dat Ted Tice die dag in de stad was.

's Avonds bracht Ted haar met de auto naar het vliegveld. Hij had een kleine tweedehandsauto die op de flauwste helling al stilviel. In de auto vroeg hij: 'Kun je dit wel betalen?'

'Ik heb wat bij elkaar geschraapt.' Boven hen waren lawaaiige, laagvliegende toestellen. Langs de weg stonden verlichte reclameborden voor limonade en schoenpoets. Teds profiel blonk groen en toen rood en blauw in de verspringende lampen. 'Want als je iets nodig hebt, wanneer dan ook, hoef je het maar te zeggen.'

'Edmund Le Gentil.'

'Ik ben alleen bang dat je nooit iets nodig zult hebben waar ik je mee kan helpen.' Hij wilde geen edele motieven toedichten aan zijn bezorgdheid om haar, maar wilde evenmin zijn onlosmakelijk met liefde verbonden altruïsme onderwaarderen. Hij had mensen wreed zien worden terwijl ze zich voorhielden hoe meedogend ze waren: niets kon je zo hard maken. Hij zei: 'Wanneer sta je me toe dat ik je van die vreselijke mensen verlos, Caro?'

Ze kon amper verdragen dat Grace daar misschien ook bij hoorde.

Ted Tice nam lijden waar dat niets met Dora te maken had. Caro's huid straalde niet meer. Haar lichaam was zo dun geworden dat je je niet kon voorstellen hoeveel kracht er nog steeds in moest schuilen. Die veranderingen brachten hem geen hoop, want in haar verdriet behoorde ze nog evenzeer, of meer, de ander toe.

Hij bleef zich maar verwonderen over de verspilling. Van beide kanten zoveel hooggestemde gevoelens, en geen van alle overdraagbaar.

Hij zei: 'Ik ben vandaag dertig geworden. Als ik niet gauw jong word, word ik het nooit.' Hij bedoelde dat hij met elke voorwaarde zou instemmen. 'Vandaag is ook het definitieve besluit gevallen om die telescoop in Sussex te plaatsen.'

Bij de vertrekhal gaf hij haar een zoen. Dit was de eerste keer dat hij haar ooit had omhelsd en het leek van weinig gewicht, nu haar hele wezen door verdriet was geneutraliseerd. Haar lichaam was in zijn armen zo licht en emotieloos als een jurk.

Een bus die bij zonsopgang uit Lissabon vertrok, bracht Caro door onbekende velden naar een provinciestad. Platteland maakte plaats voor nieuwe woonblokken en straten vol ochtenddrukte. Trottoirs werden schoongespoten, luiken gingen omhoog of opzij. De zon was nog niet warm, de zoele lucht nog vrij van walmen. Langs elke stoeprand stonden geparkeerde auto's als pakezels te wachten tot ze weg konden. De meest prozaïsche etalage was al exotisch; een uitstalling van kookgerei, gerangschikt op kleurige planken, vormde een heidens altaar.

Het appartementengebouw in de Rua das Flores heette The Chisholm en had ook in Hammersmith kunnen staan. Dora lag op een tweepersoonsbed, één hoop nattigheid. Je wendde je blik af van het lege bed ernaast, als van een open lijkkist.

'Ik heb hem alles gegeven, daarom haat hij me. Iedereen heeft me altijd gehaat. Jij haat me ook. Waarom ben ik doorgegaan? Waarom? Maar nu komt eindelijk het einde.' Je kon haar beslist door de muur heen horen.

Caro liep op en neer naar de keuken, de badkamer om aspirine en thee te halen, en zoet brood dat ze aan de overkant van de straat had gekocht. Dora's gezicht was een schedel, met vuurrode oogkassen: een pop van gekookt hout uit een tentoonstelling, de eerste pop die ooit in het koloniale Australië was vervaardigd. Ze sloeg nu eens om zich heen, bleef dan weer doodstil liggen. Eén keer gaf ze een gil als een bliksemschicht. 'Ik kan beter dood zijn.'

'Alsof ik iets kon eten,' zei ze, toen Caro met het dienblad kwam. 'Heb je dat van dat winkeltje aan de overkant?'

Toen ze haar thee ophad, ging ze rechtop tegen een doorweekt kussen zitten en schudde op elke vraag haar hoofd heen en weer. Haar donkere haar hing slap en verklit in krankzinnige slierten. 'Alles weg. Ik heb niks meer. Snap je dat dan niet?' Ze accepteerde geen tegenspraak.

'Ik zeg het toch, er is niks meer, alles is weg. Vraag Ernesto Prata maar. Dat is,' voegde ze eraan toe, door weer een huilende uithaal heen, 'de beste man in deze provincie.' Haar hoofd sloeg opzij tegen het kussen, als tegen een muur.

Caro verwisselde de kussensloop. Ze maakte roerei. In de keuken leunde ze met haar voorhoofd tegen een roze formicakastje.

'Wees gerust,' riep Dora vanuit de slaapkamer. 'Ik zal je niet lang tot last zijn.'

Later die ochtend belde Caro mevrouw Pomfret op, die zei dat ze rond theetijd zou komen. Dora trok een zijden jurk aan en ging op de bank in de zitkamer liggen, met naast zich een bruin zakje snoepjes. 'Met jou komt het wel goed als ik er niet meer ben.'

Caro stond buiten op een smal balkonnetje. De televisie-antennes op de voorgrond waren Chinese kalligrafie, waren een sierzaagwerk van masten en tuigage in een oude haven. Achter de bakstenen flatgebouwen en de bungalows lag een groene glooiing in de verloren ochtend. Rechts van de golfbaan lichtte een oude tuin op als de beschaving. Amandelen in de boomgaarden, ver weg als gelukkige herinneringen. Ze bedacht dat ze Teds geheim aan Paul Ivory had verteld en dat Paul later tegen haar had gezegd: 'Je hebt me geweldig geholpen met dat verhaal.' Niets hier weerhield haar ervan het slechtste van zichzelf te denken.

'Kun je je enigszins voorstellen wat het betekent om op mijn leeftijd werk te zoeken?'

Caro zei: 'Ik werk ook.'

'Jij bent jong.' Dora's hoofd werd weer fel. 'Snap je dan niet dat ik niemand heb.'

'Ik ben ook alleen.'

'Jij hebt vrienden.'

'Jij hebt mevrouw Pomfret hier.'

Dora zei: 'Het is gek hoe het me altijd lukt een paar mensen aan me te binden. Die me aardig vinden. Ik snap niet waarom.' Ze stond Caro toe een kam door haar haar te halen. 'Ik weet niet wat ik had moeten beginnen zonder Glad Pomfret. De enige.' Glad Pomfret was binnen een uur na het vertrek van de majoor gekomen, ook al was het haar bridge-dag. 'Dat heeft nog nooit iemand voor me gedaan. Voor jou stelt het misschien niet zoveel voor, maar.' Glad Pomfret had van meet af aan geweten wat voor iemand hij was, maar had zich er niet mee durven bemoeien.

Glad had aan haar eigen echtgenoot haar handen vol gehad, maar die was dood. 'Hartkanker.'

'Daar heb ik nog nooit van gehoord.'

'De rechterhartkamer. Hij was een grote kerel,' zei Dora, 'maar op het laatst tot haast niets verschrompeld.'

Caro zag Sid Pomfret duidelijk voor zich in een ziekenhuisbed, een hoopje leeggelopen rubber. Dora bezat het vermogen verkwijning aanschouwelijk te maken.

'Ze hebben hem nog opengemaakt, maar hij zat helemaal vol. Hij was in een oogwenk weg.' Dora zuchtte. 'Dat zijn de geluksvogels.'

Caro zei: 'Juffrouw Morphew komt met mevrouw Pomfret mee.'

'Ik vertrouw Gwen Morphew niet.' Dora boog haar hoofd, zodat Caro een knot in haar nek kon maken. 'Dat is de betaalde gezelschapsdame van Glad.' Ernesto Prata, Glad Pomfret, Gwen Morphew: ze leken wel de rolbezetting van een toneelstuk. De majoor was daarentegen gewoon 'hij' geworden. 'Hij heeft het antiek, alle spullen meegenomen. Zelfs de radio heeft hij meegenomen. Je had zijn gezicht moeten zien. Die wreedheid van hem. De wreedheid.'

'Je moet niet meer huilen, Dora. Je arme ogen.'

Maar Dora loeide om de wreedheid. 'Ik zie hem tot alles in staat. Alles. Ik mag van geluk spreken dat ik nog leef.'

Caro zat met haar armen om Dora heen, en zou net zo gemakkelijk de smeekbeden uit vroeger tijden hebben hervat: Alsjeblieft, Dora, o Dora, niet doen. Bij elke omhelzing zou Dora haar wurggreep toepassen. Wat Caro's zwakheden ook mochten zijn, nu had ze onherroepelijk de rol gekregen van de sterkste die moeiteloos overwon; Dora was het slachtoffer, en meelijwekkend zwak. Dit was geen omkering van de rollen, alleen een verandering van tactiek. Ze hadden die verwisseling ergens halverwege tot stand gebracht, zoals twee bergbeklimmers op het kritieke moment het touw van elkaar overnemen dat hen naar de richel ophijst.

'Dit vreselijke oord. Zo eenzaam. Konden we maar terug naar Sydney,' jankte Dora, 'waar we allemaal gelukkig waren.' In emotie herinnerde rust. Na een poosje zei ze: 'Grace was tenminste zo verstandig de helft te houden.' Het was Dora's enige vermelding van het verlies dat de zusjes bij deze ramp leden: Grace kreeg respect voor haar vooruitziende blik, Caro was stom geweest. 'Grace is blij, zij heeft geluk. Christian is betrouwbaar, iemand op wie je kunt bouwen. Ik heb nooit iemand gehad om op te bouwen. Niemand.'

Door van de overdracht van het geld een stommiteit van Caro te maken had het lot zich aan de kant van hebzucht en berekening geschaard. Het lot had het gezelschap gekozen van de majoor, Christian en Clive Leadbetter, en de rechtvaardigen waren in de steek gelaten. Caro verwonderde zich er onwillekeurig over, over het oneerlijke ervan.

Mevrouw Pomfret kwam om vier uur, in een wijde jurk van turquoise wol met bijpassende tulband. Tussen de plooien hing een camee. Juffrouw Morphew was mager, leigrijs en had een lichte tremor.

'Ernesto Prata is mijn eigen mannetje,' zei Glad Pomfret; waarmee ze advocaat bedoelde. 'En de beste van de provincie.'

Mevrouw Pomfret had liever een rechte stoel vanwege haar ingezakte rugwervels. Caro kwam weer met thee en het overgebleven zoete brood, en daarbij een paar macarons die ze in een trommeltje had gevonden. Voor de ramen zwenkte een kwadrant witte duiven, in een tuin losgelaten. Dora zei dat duiven dragers schenen te zijn van virale geelzucht.

Caro vroeg: 'Kan Dora hier werken zolang dit nog wordt uitgezocht?'

Mevrouw Pomfret fronste, pessimistisch. 'Het is jammer dat ze de taal nooit heeft opgepikt. Ik wel, al zijn de omstandigheden nu anders.' Ze zei uitdrukkingen voor goedemorgen, goedenavond op. 'Zo moeilijk is die taal niet om op te pikken.' Portugees leek wel virale geelzucht, of iets wat langs de weg lag en achteloos door iedereen kon worden meegenomen. Mevrouw P. schikte de turquoise plooien. 'Zelfs juffrouw Morphew heeft er iets van opgepikt.'

Met een opnieuw gekwetste blik zei Dora op de bank: 'Ik heb ergens gelezen dat je na je dertigste geen nieuwe talen meer kunt leren. Niet echt.'

Mevrouw Pomfret zei tegen Caro: 'Dora kan natuurlijk niet hopen op een loopbaan als de jouwe.'

Caro protesteerde machteloos: 'Ik ben een onderbetaalde klerk op een saai kantoor.'

De glimlach van mevrouw Pomfret was de droefheid zelve. 'Voor haar lijkt dat al heel wat, zie je.'

Dora kreunde bij het besef. Juffrouw Morphew boog zich naar voren voor nog een macaron.

'Het was onverstandig van Dora,' verklaarde mevrouw Pomfret, 'om alles aan hem over te dragen.' Dat 'hij' en 'hem' hadden ze allemaal overgenomen, uit respect voor Dora. Het zou al een brevet van verraad zijn als ze Bruce Ingot bij naam noemden. 'Vrouwen zouden nooit vermogen moeten overdragen. Zelfs niet aan hun allernaasten.'

Juffrouw Morphew zei: 'Dora was te goed van vertrouwen.'

Dora murmelde: 'Hij heeft me verleid.'

Je kon je de majoor moeilijk als iemand met aantrekkings-kracht voorstellen. Je kreeg het vermoeden dat hij nooit iets had aangetrokken, behalve onheil. Dora jammerde: 'Laat me maar. Ik wil echt niemand tot last zijn.'

Juffrouw Morphew hielp Caro afruimen. In de keuken zette ze de kraan open en zei, zonder in Caro's richting te kijken: 'Prata speelt onder één hoedje met de majoor. Probeer Salgado in Rua do Bonjardim.'

Toen de schikking voor Dora was getroffen, bleef ze die winter nog in de Algarve. 'Ik snak ernaar weg te komen uit dit vrese-lijke oord, zoals je je wel kunt voorstellen,' schreef ze aan Caro, 'weg bij deze vreselijke mensen. Godzijdank heeft Engeland nog iets te betekenen. Maar ik kan de winter evengoed hier uitzitten, want ik zal hier nooit meer terugkomen. Bovendien is het raadzaam tot de lente te blijven, want ik vertrouw Ma-noel Salgado niet.' Later schreef ze dat ze met Glad Pomfret een breekpunt had bereikt. Het voornaamste was dat Caro volko-men gelukkig bleef.

Christian zei: 'Ik wist zeker dat er iets zou worden geregeld.'

Toen meneer Leadbetter Caro op de gang tegenkwam, her-innerde hij haar eraan dat zijn deur altijd openstond.

Op zondagmiddag belde Nicholas Cartledge met Caroline Bell. 'Zal ik je dan nooit meer zien?'

'Nee.'

'Ik heb je een paar keer geprobeerd te bellen.'

'Ik was vorige maand in Portugal.'

'Geluksvogel.'

21

Op winteravonden en in het weekend liep Caroline Bell in haar eentje door de stad, door doolhoven van voorsteden aan de noordrand en de zuidrand. Van die expedities – die nooit vrij waren van de nauwelijks redelijke verwachting Paul Ivory tegen het lijf te lopen – kwam ze soms nat, maar altijd verkleumd thuis. Om dan, na haar schoenen te hebben uitgetrokken, staand in de keuken te proberen zich aan het fornuis te warmen.

De aflossing van de banklening had een streep gezet door warmte voor de winter. Ze snapte dat mensen in de oorlogswinters hun mooie meubels hadden opgestookt. Ze snapte waarom mannen haar op straat aanspraken. Ze snapte veel daden van vernietiging en overleven die voorheen onbegrijpelijk waren geweest.

Ze stond in de keuken en dacht: wat een koud land.

Caro lag in haar steenkoude bed en staarde naar het daklicht, dat één laag ijsklonters was. Ze lag in het donker of in maanlicht en herinnerde zich dat ze op een avond in het afgelopen jaar bij thuiskomst van haar werk Paul aan haar tafel had zien schrijven; en dat hij was opgestaan en haar had omhelsd en had gevraagd: 'Hoe vind je het, dat het licht aan is en er iemand op je zit te wachten?' Hij had zijn lippen naar de hare gebracht en gezegd: 'Ik heb vaak gewenst dat Tertia niet bestaat.' Nu was Caro degene die hij, voor zijn eigen gemak, ver weg wenste.

De liefde was niet onschuldig geweest. Het vreemde was dat het lijden dat wel leek.

Haar gedachten zwierven zinloos over de stilte, hunkerend te geven zowel als te nemen. Een gevoel van verspilling riep een spanning van ongeloof op in ogen en borsten en buik. Haar gedachten schoven over de stilte, als een schip over de oceaanschijf die de aarde weergeeft.

Caro zei, geknield: 'Jezus.' De kans op genade was klein. God stond machteloos, alleen Paul kon genade tonen. God had niets anders te bieden dan verloochening, die neerkwam op de desintegratie van haarzelf.

Of er was de dood, die geen ophef maakte, maar van tijd tot tijd de stilte doorbrak als met een bronzen weergalm.

Als kind had Caro van Dora Bell de morele plicht ingeprent gekregen om de wereld een verschrikking te vinden en om in protest gemakkelijk te praten over jezelf van kant maken. Nu, als vrouw, beschouwde Caro deze dwaling als een mogelijk banale weergave van een heilige waarheid. Voor Dora was de dood een weerkerende demonstratieve herinnering aan het leven geweest. Voor Caro zou één enkele dood, zonder ruchtbaarheid, volstaan.

Net als Paul, met wie er nog meer gelijkenissen waren, had de dood zelf een sleutel en wachtte hij 's avonds op Caro's thuiskomst. Deze ontoonbare spookverschijning moest om sociale redenen worden weggemoffeld wanneer er gasten waren – die met hun saaie, rationele, levendige gesprekken de verpersoonlijking leken van een absurd onnozele alledaagsheid, net zo zielig als het bebloemde behang in een vanbinnen gesloopt gebouw of de intacte piano in een gebombardeerde en plafondloze kamer.

Er was die middag, die zondagmiddag dat Cartledge opbelde: 'Geluksvogel.'

Voor gevoelloosheid bestond uiteraard geen maat. Caro had zelf met Paul over een begraafplaats gewandeld en grapjes gemaakt over zelfmoordenaars. Ze lag op haar ongezegende bed en vroeg zich af: 'Zal ik hier nu sterven?

Caroline Bell zag de kamer in het vroege donker grauw worden. Het daklicht vormde een gapende wond van lichter grijs.

Ik droomde dat ik op een lange helling lag en er een kolossale steen, kolossaler dan de stenen van Avebury, op me af kwam rollen. Ik zag hem aankomen en kon niet opstaan, maar was niet bang. Toen hij vlakbij was, draaide ik mijn gezicht ernaartoe als naar een kussen, als om eindelijk rust te vinden.

Een pathos zo erg, alsof het de dood van een ander was. Alles vruchteloos. Kinderloos overleden, zonder vrucht van haar schoot. Eerder heb ik gedacht, twee weken lang, dat ik in verwachting was van Pauls kind, en durfde het hem niet te vertellen. De daad van het doden kent geen hypothetisch bestaan – of moet, omdat ze in iedereen als hypothese aanwezig is, worden uitgevoerd om betekenis te krijgen. Dan is de betekenis totaal, totaler dan alles.

Dat is het fatale effect van de zwarte druppel.

Het is niet meer dan logisch. Er zijn net zo goed stervensomstandigheden als levensomstandigheden. Venus kan de zon verduisteren.

Weet niet meer hoe ik hier op de gang ben gekomen. Zo vreselijk warm. Kon het dan niet? Nu niet meer zoals de dood van een ander, maar als die van mezelf. Geen gedachten meer, de daad zelf, zelf. Zwart, zo zwart, en ik ben niet eens.

Op een avond vond Caroline Bell, thuisgekomen van haar werk, een brief van majoor Ingot. Ze nam hem mee naar boven en legde hem even op tafel, terwijl ze het gas aanstak voor haar avondeten, en ging toen zitten om hem te lezen. Vanwege de kou hield ze haar jas aan.

De majoor vroeg om een compromis. Anders was de kans groot het tijdelijke met het eeuwige te moeten verwisselen. 'Ik beschik niet over jullie voordelen,' schreef de majoor. En 'Dag in dag uit was het gevit of een tranendal. En meestal allebei. En maar huilen, je hebt nog nooit zoiets meegemaakt. Je kan het niet geloven, kan het je niet voorstellen. De ene dag wilde ze per se dood, de volgende dag wilde ze weg, totdat ik haar het liefst aan haar woord had gehouden, serieus.' In zijn nood waren de sociale pretenties van de majoor verdwenen, of misschien geloofde hij dat Caro geroerd zou zijn door ongekunsteld taalgebruik. De majoor kon niet weten dat zijn timing beroerd was.

Caro gaf de brief aan Christian, die zei dat hij de majoor binnenkort zijn vet zou geven. Hij zei: 'Ik geef wel een boodschap door via de ambassade. Het heeft per slot van rekening ook zijn voordelen om toegang te hebben tot officiële kanalen.'

Toen het lente werd, ging Dora op een cruise naar Kaapstad, samen met Meg Shentall, een nieuwe vriendin die ze in de Algarve had leren kennen in een tearoom met de naam Lusitania.

In een park zonder bloembedden of beekjes liep Caro in haar eentje over golvende novemberbladeren. Takken doorsneden de witte lucht, de bast van oeroude bomen vertoonde dikke ribbels, als de pezen van een tanige oude man. Op een vrije middag, ter compensatie van overwerk, was Caro daar zonder doel beland, haast zonder de tussenliggende straten op te merken die ze was overgestoken in haar verstomde, teruggetrokken ijltoestand. In het park gekomen voelde ze zich miserabel door het gebrek aan intentie, en haar lichamelijke ongemak werd groter, met oren die pijn deden van de kou, voeten die uitgleden over donkerbruine bladeren. De aarde rook naar rotting, eeuwigheid. Matte kleuren waren een straf, de troosteloosheid was volslagen: de natuur op heterdaad betrapt in haar afsterven.

Ze stond op het pad, de schouders opgetrokken en de handen ter bescherming tegen haar ijzige oren; stil en oplettend. En kon wel worden aangezien voor een vrouw die ontsteld was over een ijzingwekkend schouwspel. Maar de enige persoon die naderbij kwam las een brief en had haar nog niet gezien.

Dat Paul en Caro elkaar op die manier, bij toeval, moesten

tegenkomen, kon de berekende bemoeienis lijken van een lot dat op hulpeloze zielen aast. Wat achteraf gezien redelijk zou worden – aangezien ze elkaar toen ze geliefden waren weleens toevallig tegenkwamen en het park vertrouwd terrein was – verbaasde op dat moment als was het voorbestemd. Ze waren hierin allebei in zichzelf gekeerd en nederig – de twee die tegenover elkaar stonden op de ceremoniële laan, de bladeren die over de grond scheerden en zweefden, of traag vielen; de afgetakelde bast, het karige witte licht.

Paul kwam naar voren, één met de bleke omgeving: haar, lichte jas, broekspijpen. Caro liet haar handen van haar blote hoofd zakken, maar hij had haar al in die houding gezien en betrok die op zichzelf, haar schijnbaar verschrikte gebaar. Paul kwam van een uitgebreide lunch in een hotel met uitzicht op het park. Het document in zijn hand was een contract, waarin magische spreuken – 'hierna te noemen' of 'te betalen in Amerikaanse dollars' – zijn zekerheid garandeerden. Door deze verdedigingslinie brak Caro heen als iets wits of donkers, een natuurelement. Hij zag duidelijk twee dingen op haar gezicht: dat ze nu, na zijn gestalte eindeloos in haar fantasie te hebben opgeroepen, niet meer wist of hij het was, en bijna dacht dat ze gek was; en dat ze vreesde hem te ergeren met deze ontmoeting waar ze niets aan kon doen – dat hij tegen haar zou zeggen: Zal ik dan nooit van je af komen? Haar zwijgen zelf was de sprakeloze angst om onwelgevallig te zijn. Zoals een man zich een aangeklede vrouw naakt kan voorstellen, zo zag Paul Caro op dat moment bijna zonder huid, met het blootgelegde, sidderende kloppen als in de fontanel van een pasgeboren baby. Haar angst, of verrukking, sneed met ongewone schaamte door hem heen, alsof door het weerzien een grove leugen in hem aan het licht kwam; alsof deze ontmoeting zelf een waarheid was. Wie hen gadesloeg, zou denken dat het beraamd was – zoals ze tegenover elkaar stonden, de man met het opgerolde papier in zijn hand, de vrouw afwachtend. Je zou je in elk geval een ontmoeting hebben voorgesteld, en niet het afscheid dat ze allebei waardig trachtten te zijn.

Ze hadden op een bankje kunnen gaan zitten, of op de vochtige bladeren die hier en daar in grafheuvels opgehoopt lagen. Maar als ze waren gaan zitten, hadden ze elkaar aangeraakt; en een zekere reserve, je kon het nauwelijks eergevoel noemen, weerhield Paul daarvan. Hij hield het contract in zijn hand, omklemd en nu vergeten – al zou het later, losgelaten, weer dwingend worden – en maakte een zwak gebaar. En zei misschien iets: 'Caro'. Terwijl zij vanaf de intimiderende verhevenheid van haar verdriet neerkeek. Ze kwamen vanuit uitersten tot elkaar, twee vijandelijke bevelhebbers die bijeenkomen terwijl hun legers een bloedbad aanrichten, niet om vrede te sluiten maar om een hooggestemde, wijze, egoïstische droefheid uit te wisselen voordat de strijd werd hervat: twee minuten stilte, hun korte staakt-het-vuren.

Een eindje verderop bukte een vrouw in een regenjas zich om de riem van een hond los te maken – een ranke witte hond met zwarte vlekken, die even later tegen hen opsprong en hijgend wijdbeens bleef staan, wachtend op een commando. Zelfs die hond, waarvoor het doodse park een paradijs was, bleef staren, zag wat niet gewoon was. Hoe de hond ook om hen heen danste, ze lieten zich niet verleiden. Toen blafte de hond even, een verwijt aan iedereen die niet vriendelijk deed tegen dieren. En de eigenares riep: 'Split! Split!' Paul en Caro liepen langzaam over het pad, terwijl de hond om hun omzichtigheid heen draafde, in rondjes eromheen als om een prooi, totdat hij zijn belangstelling verloor en wegrende om weer aan de lijn te gaan lopen.

Ze waren twee mensen die zich bij een misdaad goed gedragen; die erboven staan.

Bomen trokken in een parade aan hen voorbij. Bij een bewerkt, maar open hek stond Caroline Bell met haar handen in haar jaszakken en wenste, voor zover ze iets wilde, in het park te blijven, dat nu een kern van volharding was en haar beschermde. Toen ze daar stond, voelde ze haar pijnlijke oren weer, maar voor de rest was haar lichaam opgegaan in het rijzen en dalen van ademhaling en bloed. Het was het eenvoudigste zo te staan, en vrij te blijven van verklaringen.

De hond had een dode rat gevonden, of een mol, en snuffelde.

Paul verliet het park, liep de hele Mall af, en nam toen een taxi naar huis. In de hal legde hij het contract met zijn gekreukte garanties op een tafeltje en hing zijn jas aan de kapstok. De woonkamer was net zo kleurloos als de koude lucht – muren, vloerkleed en stoelen: allemaal in dezelfde fletse tint die neutraal wordt genoemd. Twee kleine Sisley's, overkapt met schilderijlampen zo veelzeggend als prijskaartjes, waren uitgebleekt, alsof ze in de regen hadden gestaan. In deze vale kamer zat Pauls echtgenote op een vensterbank naar buiten te kijken door iets wat misschien wel, maar misschien ook niet, een waas van tranen was.

'Tertia,' zei hij – heel zachtzinnig voor willekeurig wie, en helemaal voor Paul.

22

Op haar kamer verviel Caroline Bell vaak in langdurige dag-
dromen, waarin ze terugdacht, zonder te piekeren, aan beelden, episodes en gewaarwordingen, of gelezen regels; als een
oude vrouw die over het lange, lange verleden mijmert. Ze begon mannen en vrouwen nu te beschouwen als medeoverleven-
den, die hun rampspoed goed konden verhullen en met maar
weinig vertoon van verdriet hun eigen ondergang hadden ingeperkt, verwerkt of aangewend. Niet iedereen die ondanks
het ergste leed had volhard, gedroeg zich nobel of consequent.
Maar wel maakte iedereen onwillekeurig deel uit van een bepaalde diepere bevestiging van het leven.

Hoewel uit de ontbinding van een liefde geen helden groei-
den, vereiste het proces zelf wel degelijk enig heldendom. Het
risico bestond dat volharden alleen al een enorme prestatie
leek. Dat risico had zich al eens voorgedaan.

(Op haar negentiende had Caro – als kindermeisje op reis
in Spanje – een week in Granada doorgebracht met het jonge
en ouderwetse Engelse gezin waar ze bij in dienst was. Langs
de gehele muur van hun hotel vlak bij het Alhambra liep een
breed balkon dat uitkeek op de Sierra Nevada. In de diepte pal
onder dit terras lag de stad op de bodem van het dal. Op kris-
talheldere ochtenden en gerijpte middagen zaten de hotelgas-
ten op ligstoelen in het witte aanschijn van de bergen en lieten
zich een plaid brengen, of een kopje thee op een dienblad. Ze
sloegen de bladzijden om van boeken uit de bibliotheek van het
hotel – waar titels en auteurs, in eigen land al lang vergeten, in

ballingschap voortleefden. De sanatoriumsfeer werd niet verdreven door de nabijheid van Moorse monumenten en tuinen vol perfecte rozen. Het was alsof je was overleden en naar de hemel gegaan.

Bij het diner in de edwardiaanse eetzaal – waar Caro's werkgever soms het jaartal van een wijn of de naam van een gerecht op zijn gesteven, uitstekende manchet noteerde of zijn suitenummer op de aangebroken fles sherry schreef – speelde altijd een trio in een nis, zo discreet dat zelfs zigeunermuziek ingetogen klonk. Elke avond werkte dit trio van piano, viool en cello tussen *entrée* en *pastel* triest en zacht *Adelaide, Caprice Viennois* en Schumanns *Arabeske* af; om bij de koffie verder te gaan met een selectie uit *The Land of Smiles*. En een handjevol gasten begon dan, al net zo treurig, te applaudisseren.

Caro's stoel was zo geplaatst dat ze recht naar de celliste keek – een vrouw van een jaar of dertig met een bleke huid die, in het contrast met zwarte crêpe de Chine bij hals en polsen, deed denken aan de witte torso onder een gewaad zo wijd als van een non. In haar bedaarde onthechting maakte deze vrouw zichtbaar de overgang door van een jonge Madonna naar een toegewijde oude vrijster. Zo af en toe ontmoetten haar donkere ogen die van Caro, vol melancholieke, herkennende tederheid, als om een band te bezegelen. Als om te verklaren: Jij en ik zullen geen deel uitmaken van die enerverende en vernederende strijd.

De celliste zette een domper op elke avond met haar kalme, vaste geloof in Caroline Bells bereidheid af te zien van haar aanspraken op het lot. Later keek het meisje op haar hotelkamer kritisch in de spiegel om te zien waarom zij als zielsverwant was uitverkoren. In sommige stemmingen riep een ontmoedigende reactie het toekomstbeeld op van eenzame, kuise, vruchteloze decennia. Op andere momenten werd de bleke berusting van de celliste en de dreiging van een wasachtig lichaam in zijn donkere wade uitgewist door het vitale, kleurige spiegelbeeld.)

Op een lenteochtend ging in alle vroegte de telefoon naast het bed van Christian Thrale en hoorde hij dat zijn vader een lichte beroerte had gehad. Volkomen beheerst vertelde zijn moeder de details, terwijl Grace zich op haar elleboog oprichtte, en een wakker kind uit de kamer naast hen riep. Christian zei: 'Ik neem de trein van twintig over acht.'

Sefton Thrale lag in een ziekenhuisbed in Winchester, met zijn vastberaden gezicht nu ingevallen, zijn markante kaak een ongeschoren hangwang, zijn ademhaling een moeizaam zuchten. Aan het voeteneinde van het bed stond zijn vrouw naar een arts te luisteren: 'Er is wel enige lichte schade.' Alsof hij een niet meer gaaf voorwerp was in een winkel, waarvan de waarde was gedaald. Aan de zijkant van zijn bed zat een hekje, net een kleine cricketpoort. Hij zag het witte plafond, de witte sprei; op een tafel de rode zweem van anemonen.

Charmian kwam naar hem toe en legde haar hand op de zijne: 'Je wordt weer beter.' Zijn ogen spanden zich in, een bang kind dat dapper probeert te doen. Het spektakel van het leven was weggesijpeld, en misschien gaf hij wel aan dat het toch allemaal maar bedrog was geweest. Ze zei: 'Straks komt Christian.' Hij wist wie het was, maar de naam kwam hem voor als een vreemde keuze. Hij herinnerde zich hen allemaal vaag – een waas van Christian, Grace, Tertia en vele anderen, van wie zijn vrouw de algemeen erkende afgevaardigde was. Allemaal geluksvogels, vergeleken hiermee.

De rijke in zijn kasteel, de arme aan zijn poort.

Toen hij weer wakker werd, was Christian gekomen. Sefton Thrale wist nog dat dit was beloofd, en het stelde hem gerust in staat te zijn die herinnering op te halen. Hij zei: 'Ik wist dat je...' en eindigde na een lange zucht: '... zou komen.' Christian vatte de woorden van zijn vader op als: Ik was er zeker van dat je zou komen, en was ontroerd.

Zijn vrouw stond aan het voeteneinde van het bed en volgde zacht met haar hand de contouren van zijn voeten, en dekte ze met een deken toe.

In de daaropvolgende dagen en weken knapte de oude man, wat hij nu onherroepelijk was geworden, aanzienlijk op, hij maakte vorderingen met zijn therapie en begon de zusters van elkaar te onderscheiden – wie hij aardig vond, wie de pik op hem hadden. Wanneer de dokters er waren, kwam hij met kleine grapjes, en een paar klachten. Als een ver in de lucht opgegooide bal stuiterde hij nog een paar keer steeds minder hoog op.

Ter compensatie of in het verlengde van zijn eigen zwakte merkte hij sporen van veroudering op bij Christian – kromming van de schouders, eerste welving van een buikje; en de gewoonte die Christian had aangenomen om met zijn hand over zijn gezicht en voorhoofd te strijken, alsof hij een spinnenweb wegtrok. Sefton Thrale wist niet waarom deze bijzonderheden hem voldoening gaven, maar observeerde ze loom en ongeremd en deed geen moeite ze te negeren of ontroerend te vinden. De dokters hadden gezegd dat alles wat hij fijn vond, goed voor hem was.

Met Pinksteren was hij in staat een enkel briefje aan vrienden te schrijven. Zijn vroeger altijd kriebelige handschrift dijde uit in dit laatste opbloeien van de werkelijkheid. Hij overpeinsde zijn fouten niet, noch dacht hij met toegeeflijkheid aan zijn vijanden: als hij iets goeds bij zijn tegenstanders erkende, zou dat nu betekenen dat hij het onrecht dat hij hun had gedaan inzag.

Die zomer mocht hij naar huis en op Peverel werd voor 's nachts een verpleegster aangenomen. Zij was degene die hem op een septemberochtend dood aantrof, toen het net leek alsof hij het ergste had gehad. De necrologieën hadden uitgebreider gekund, maar er was een voorname uitvaart, en mensen kwamen met de trein naar Londen om die bij te wonen. De dienst wachtte, als bij een goede aansluiting, op de trein. Er was muziek, er waren bloemen. De aanwezigen stonden, knielden en zongen. En een uitzonderlijk kleine jonge priester trok aardig wat aandacht met een tekst uit de Galaten, naast de onvermijdelijke Korintiërs. Gedurende andere onderdelen van de dienst kon worden geconstateerd dat de boog boven het koor laat-Normandisch was, een vroeg voorbeeld in Engeland, en kon worden opgemerkt dat er nog een stomerijbriefje aan de jas van een deurwachter zat.

Tertia's moeder, al enige jaren weduwe, zat midden op een bank voorin: het grijze torentje van haar tulen hoed leek op de lantaarn van een kloosterkerk of kathedraal.

'Zo waren ook wij slaven zolang we onmondig waren, onderworpen aan de machten van de kosmos.' Met deze tekst werd het leven van een geleerde vernuftig geprezen, terwijl Grace Thrale dromerig terugdacht aan haar onderworpenheid, als onmondig kind, aan bosbranden, droogte, de buiten zijn oevers getreden Murrumbidgee en de zuidenwind die na een snikhete dag koelte bracht in Sydney. Ze hield de gehandschoende hand van haar schoonmoeder vast, in de wetenschap dat Charmian Thrale dit uit beleefdheid toeliet, om geen ondankbare indruk te maken, maar dat het neerbuigend kon lijken, of zelfs een manier om te bewijzen dat de balans eindelijk was doorgeslagen. Grace dacht mild over Sefton Thrale, die tegen haar zo vriendelijk was geweest als maar binnen zijn vermogen lag.

De laatste tijd had ze vaak gezien dat haar kleine jongen – haar tweede zoontje, Hugh – de wandelstok pakte van de oude man die zwakjes in zijn stoel zat; en onschuldig spottend ermee had gedraaid, gezwaaid en gegooid. De steek in het hart was misschien meer om haarzelf, of om de mensheid dan om Sefton Thrale, die er plots niet meer was.

Zo-even bij zijn geliefde, nu in zijn koude graf.

Aan het eind van de bank, tegen een bundelpijler gedrukt, dacht Caro terug aan een gedicht van Robert Browning:

In de brief aan de Galaten,
Staan die zonden genoemd,
Waarbij biecht niet meer mag baten
En men zeker wordt verdoemd.

237

Deze zonden werden duidelijk opgesomd als overspel, ontucht, wellust en dergelijke, allemaal zaken waaraan ze zich schuldig had gemaakt. Het was een merkwaardige, bijna ijdele gedachte dat ze zo'n groot zondares was. Verdoemenis was een lastje van niets naast de marteling van ontvallen liefde. Daarbij vergeleken was de dood van een oude man louter afleiding. Ze leunde met haar wang tegen het ijzige zandsteen, zoals ze ooit, in haar kindertijd, in egocentrische ontroostbaarheid tegen een majolicareliëf had geleund, zonder te weten dat er verandering op til was.

'En er zijn hemelse lichamen en aardse lichamen, maar de glans van de hemelse is anders dan die van de aardse. De stralen van de zon zijn anders dan die van de maan, en die van de sterren zijn weer anders; zelfs de ene ster verschilt van de andere in schittering.'

De aanwezigen stonden voor de laatste keer op, en Sefton Thrale had voorgoed het ergste gehad: door zijn sterfelijkheid veranderde alles, althans voorlopig. Die arme oude man. Teds kritiek leek nu te veeleisend. Ook al hadden de levenden al het gelijk van de wereld, de dood kon ze zomaar in het ongelijk stellen.

Christians rug was de rug van een man die zijn verantwoordelijkheden serieus neemt. Voor zijn prijzenswaardige zelfbeheersing deed hij zichtbaar ook prijzenswaardige moeite: in houding en ademhaling nu al geen zoon meer.

De nalatenschap van professor Thrale was groter dan iedereen had voorzien. Zijn vrouw kreeg het levenslange vruchtgebruik van Peverel plus voldoende inkomen, maar vrijwel alles ging naar Christian, die hierdoor een gefortuneerd man werd. Toen hij het testament aan Grace uitlegde, zei hij: 'Ik vind dat we het beter voor onszelf kunnen houden.' Hij bedoelde de juridische inhoud, maar zijn woorden konden ook letterlijker worden opgevat.

DEEL III

DE NIEUWE WERELD

23

In heel Londen waren meisjes bezig op te staan. In gestreepte pyjama, in gebloemde Viyella-nachtjaponnen, in katoenen
hemdjurken die ze zelf, ongelijkmatig, hadden gezoomd, of in
honderd procent nylon met een oud vest erover voor de warmte, sloegen meisjes beddengoed terug en tastten naar pantoffels. Ze legden een knoop in het koord van hun kamerjas en
trokken spelden uit hun haar, ze stopten de shilling in de meter
en zetten de ketel op het gas. Degenen die een flatje deelden,
duwden elkaar uit de weg en zeiden: 'En het is pas dinsdag.'
Degenen die alleen woonden, kreunden en zetten radio of televisie aan. Sommigen zeiden gebeden; eentje zong.

Het valt moeilijk te zeggen waar ze het minst van hadden –
verleden, heden of toekomst. Het valt moeilijk te zeggen hoe
of waarom ze het volhielden, de koude kamer, het natte eind
lopen naar de bus, het kantoor waar ze geen vooruitzichten en
geen plezier hadden. In het weekend haar en ondergoed wassen en in moedeloze duo's naar de bios gaan. Voor sommigen,
voor wie het niet anders kon, was het hun lot, bepaald door pa,
moe en gebrek aan geld of ondernemingslust. Anderen waren
hiervoor uit alle windstreken gekomen – gearriveerd uit Auckland of Karachi of Jo'burg, na jaren alleen hiervoor te hebben
gespaard, na hun betraande ouders de middelen te hebben ontfutseld of afgetroggeld. Ze waren niet allemaal piepjong, maar
wel allemaal, of bijna allemaal, verlangden ze naar een nieuwe
jurk, een vriendje en uiteindelijk huiselijk geluk. Niet een leek
echter op een ander: waarmee de natuur het won van conditio-

nering, reclame en gedragswetenschappen – geen triomf, maar een onverwachte prestatie.

Een van die ontwakende vrouwen in dat Nieuwe Jaar was Caroline Bell.

Caro had weer een examen gehaald en was naar een andere flat verhuisd, een met hoge plafonds en tochtende kozijnen. Toen Christian het adres hoorde, merkte hij op: 'Ik wist niet dat er in die buurt ook goedkope huizen waren.'

'Het is boven een winkel,' vertelde Caro, ter geruststelling.

Voor het eerst had ze een eigen tafel met twee stoelen, en een goudgeel tapijt uit India.

's Ochtends deed ze een van de ramen dicht, had het naar beneden geschoven en stond nog met beide handen op de grepen te leunen. De binnenste vensterbank was bespikkeld met roet en witte verfschilfers. Uit een glazen vaas stak een tak Japanse kwee omhoog, de vorige week door Ted Tice meegebracht. Caro stond in een groene kamerjas voor haar raam op de tweede verdieping te denken aan de vrouwen, van wie zij er een was – de vrouwen die wakker waren en toch sluimerden, die overal in Londen bezig waren op te staan.

Op het trottoir aan de overkant keek een man naar haar op; keek op dezelfde vlugge, gerichte manier omhoog als zij neerkeek. Hij leek een doel te hebben bereikt, en kon wel iemand uit een spionageroman zijn, die een noodlottig huis in de gaten hield: een lange en brede, roerloze man in een donkerblauwe jas, met een zwarte stok in zijn hand, die daar wijdbeens stond met zijn hoedloze donkere hoofd opgeheven, in het volste vertrouwen dat het huis, of de wereld zich voor een beleg gewonnen zou geven.

Zij leunde, hij keek. Het was geen grote afstand van haar gebogen tot aan zijn onverbiddelijke gestalte, en hun ogen ontmoetten elkaar zoals dat in een kamer had kunnen gebeuren. Er was even iets van een gecompliceerde verstildheid totdat Caro, als in haar normale doen, haar handen wegtrok en de betovering verbrak.

Hij maakte een lichte buiging, alsof hij afkomstig was uit een elegante natie, Frankrijk of Italië. Ze hervatten hun onderbroken bewegingen, liepen een straat of een kamer uit. Caro's blote voeten op het gele tapijt, Caro's slanke vingers die een jurk van een hanger trokken; de brede hand van de man die een taxi wenkte.

Alle meisjes van Londen rilden en wachtten op de bus. Sommigen hadden voor zichzelf een misstaande bruine bivakmuts gebreid, met bijpassende nog lelijker wanten. Sommigen hadden een gekookt ei, nog warm, in hun handschoen – die de hand warm hield en tussen de middag in het toilet koud kon worden opgegeten. Op dat tijdstip rilde heel Londen en wachtte op de bus.

Die dag was er op Caro's kantoor een delegatie uit Zuid-Amerika. Er waren vier ballingen gekomen met een dringend verzoek namens hun kameraden in de gevangenis: kon de regering een bericht sturen, alleen maar een bericht, om genade te vragen. Dit soort dringende verzoeken was niet ongebruikelijk wanneer in een ander land een executie ophanden was. Wel ongebruikelijk was het dat zo'n bericht werd verzonden.

Bij deze gelegenheid waren er de vier adressanten of rekestranten, en een man uit de vs die zich over de zaak had ontfermd. Alleen deze vijf en Caro waren stipt op tijd in de vergaderzaal. De noordelijke winter had zich als een grauwe ziekte op de zomerse gezichten van de vier ballingen vastgezet; in hun kleurloosheid schikten ze zich des te beter naar hun huidige tegenspoed. Later konden ze zich onderscheiden in welsprekendheid, maar vooralsnog bleven ze een amalgaam, een team. Ze waren te licht gekleed, in te lichte kleuren, te Amerikaans om er hier iets aan te hebben. Alleen de man uit New York was goed gekleed, met zijn openhangende donkerblauwe jas over een degelijk katoenen pak.

Het was de man van het trottoir in Mount Street.

Hij liep door de kamer om zijn jas en stok op een lege stoel te leggen. Hij zei tegen Caro: 'Laten we hopen dat het een goed voorteken is.' Weer was er die vlotte elegantie, zij het niet uit een elegante natie.

Er zouden acht mannen worden opgehangen. Of doodgeschoten, dat was niet duidelijk. Intussen waren er twee ambtenaren binnengekomen met een uitstraling van strikte menslievendheid, die een afwijzing voorspelde. In alle openheid achten wij een ingrijpen van Hare Majesteits regering niet zinvol. Ook dienen wij rekening te houden met de langdurige en uitzonderlijk nauwe samenwerking van onze twee naties.

De Amerikaan zei dat dat precies de reden was. Hij was de woordvoerder, een figuur uit het openbare leven, die iets had opgericht – een stichting misschien, of was het een orkest of een museum, of dat allemaal. Hij had een tijd in het Latijns-Amerikaanse land in kwestie gewoond, en hem was onlangs officieel ontraden terug te keren.

Er werd hier naar hem geluisterd omdat hij rijk was en in tegenstelling tot de andere rekestranten – of de toehoorders zelf – niet uit een of ander prutsland kwam. Daarom werd hij met egards behandeld, ook al werd hem duidelijk te verstaan gegeven dat hij niet over enige autoriteit beschikte. Toen hij bepaalde martelmethoden beschreef, waren de twee ambtenaren ontdaan, verlegen, gefascineerd, alsof hij in het openbaar de liefdesdaad besprak. Zijn vier metgezellen begonnen zich meer van elkaar te onderscheiden, met meer kleur in hun gezicht door de emotie: oude sepiafoto's waarvan de onnatuurlijke blos van buitenaf was aangebracht. Een van hen was kort en gedrongen. Een andere, afgeleefd en bejaard – boog zich naar voren om met zijn lichaam te wiegen alsof hij pijn had. De derde had de roodverbrande trekken van de Andes en een verwaarloosd gebit dat door één gouden kies werd overklast. De vierde, die lang en knap was, had rood piekhaar en de dichte sproeten van een grillige pigmentatie. Zijn landgenoten wendden zich steeds tot deze vierde man, waardoor hij de leider werd.

Deze besproete man bezat uitgestrekte landerijen – boomgaarden, weidegebieden. De mogelijkheid van eigenbelang in zijn geval was geruststellend voor de ambtelijke luisteraars, want hierdoor werd een rationeel element geïntroduceerd. Ted Tice had ooit opgemerkt dat de maatschappij zich juist geen onafhankelijke menslievende daden kan veroorloven.

Het bijzondere van deze mannen was dat ze hun smeekbede deden namens anderen. Dit verleende hun een autoriteit die de autoriteiten nooit zouden bezitten. De naar voren gebogen man had een grote, glimmende dasspeld die zijn bebloemde stropdas naar beneden trok; en betastte deze talisman. Hij hield een potlood als een onaangestoken sigaret tussen zijn lippen; en had van staar vochtige ogen, als een oude hond.

Caro wist dat er geen sprake van kon zijn. Dat had ze gisteren al gehoord: Er kan absoluut geen sprake van zijn, wat we ons op de hals halen, bemoeienis met de binnenlandse aangelegenheden van, doet meer kwaad dan goed. Er was ook een telefoontje geweest met Washington, wat het antwoord opleverde: 'Contraproductief.'

'Elk verlies van mensenlevens valt altijd te betreuren. Waren we maar in staat steun te bieden. Ik kan u zeggen dat ik uw situatie vreselijk vind, vreselijk. Als ik zuiver voor mezelf spreek. Ik ben echter verplicht erop te wijzen dat beschuldigingen van lichamelijk geweld onder de huidige omstandigheden uiteraard niet kunnen worden geverifieerd.'

'Ook niet als we met een man komen die geen ballen meer heeft?'

'U zult me niet overtuigen door uw zelfbeheersing te verliezen, meneer Vail.'

De Amerikaan nam zijn gemak. 'U mag mij met recht vermanen. En ik mag met recht kwaad zijn.'

Hij vertegenwoordigde iets wat boven spreker en luisteraar uitsteeg, iets wat boven gewone mensen uitging.

Stel dat de families van de veroordeelden een persoonlijk verzoek deden?

Helaas zijn we niet van mening dat dit ook maar het minste.
Het gerucht ging dat de paus?

Dat is vanzelfsprekend een mogelijkheid waarvan Zijne Heiligheid zich zou kunnen bedienen. Wij hebben daarvoor geen aanwijzingen ontvangen. We hebben wel vernomen dat de secretaris-generaal van de Verenigde Naties overweegt te bemiddelen.

'Dit meent u toch zeker niet serieus.'

Een waarachtige en tegelijk juridische stilte gaf aan dat het vonnis was geveld. U zult van deze rechtbank naar de plaats van executie worden overgebracht. De kromme Latijns-Amerikaanse man ging naar achteren zitten, alsof hij moest bijkomen van een flauwte of toeval; de indruk van een stuip werd versterkt door een droog wit vlokje in elke mondhoek, en door het potlood dat tussen zijn tanden zat geklemd. Het gezicht van de gedrongen adressant stond in het licht, zichtbaar pokdalig en dooraderd. Alle vier waren ze uitdrukkingsloos in de onweerstaanbare stilte. En de ochtend was verstreken.

De vier ballingen vertrokken, op weg naar een andere laatste, vergeefse bijeenkomst. Ze werden des te reëler in hun nederlaag, die hen onherroepelijk onderscheidde van de twee spoken van ambtenaren door wie ze waren ontvangen. Putjes van pokken en dasspelden van goud kregen een zekere grandeur, of stonden ten minste voor een verkieslijker demasqué.

Een ambtenaar die hen uitgeleide deed, zou hun op gedempte toon toevertrouwen: 'Persoonlijk wilde ik bij God', enzovoort. En dan op het herentoilet zijn handen wassen en aan een papieren handdoek afdrogen.

De man uit New York werd door een hogere ambtenaar apart genomen. 'Maar ik weet zeker dat er iets was geregeld voor de lunch.'

'Vast een misverstand.'

De consternatie was ditmaal echt. De lunch zou met een kabinetslid zijn geweest.

'Als u even wilt wachten, terwijl ik een telefoontje pleeg. Alstublieft.' Zelfs de rekestranten hadden niet met zoveel overgave voor het leven van hun martelaren gepleit. Nee, hij was helaas al laat voor een andere afspraak, en vertrok.

Documenten moesten in een rode map worden opgeborgen, en daarvoor bleef Caro achter. Ook werd aangenomen dat zij, vanuit een soort huisvroeweninstinct dat ze in feite nauwelijks bezat, de zaal zou opruimen. Ze stond met klamme handen op de vergadertafel te leunen, en zou zonder het onuitroeibare wantrouwen jegens Dora's hysterie luid in huilen zijn uitgebarsten. Ze voelde zich op dit kantoor steeds schuldiger en eerlozer, steeds meer een ouwe vrijster worden; het had veel weg van seksuele frustratie om altijd maar te hunkeren naar een greintje fatsoen dat zich in deze omgeving nooit zou voordoen. Het gold hier al als contractbreuk als je in gedachten zelfs maar vier onaantrekkelijke mannen een koude straat in volgde, alsof een soldaat in de strijd het beeld bij zichzelf opriep van de ongevaarlijke privégevoelens van de anderen in de vijandelijke linies. Er waren gevechtsregels waarbij de overwinning ging naar degenen die het er zonder één flits van inzicht afbrachten.

'Iets vergeten.' Zijn stok.

Hij liet de zware deur achter zich met een klik dichtvallen, en daar stonden ze in dezelfde houding als die ochtend vroeg. Hij had een hele afstand afgelegd voordat hij de stok miste, en bracht koude, frisse lucht mee. Hoewel Caro met haar vingers over haar gezicht veegde, was ze amper in verlegenheid: het voorval van die ochtend was beschamender dan tranen.

De brede man ging op de rand van de tafel zitten en de kou sloeg van zijn degelijke kleren. Zijn forse handen lagen afwachtend op zijn bovenbenen. 'Kunnen we ergens naartoe?'

Ze staken het gevlieg en geschreeuw van een straat over. Het restaurant was boven, beneden was een pub. Het was er altijd vol omdat toeristen er de regering kwamen zien eten. U hebt geluk, meneer, er was een annulering. Het leek wel alsof hij gewend was aan dit soort gelukjes. Ze zaten in een dun vliesje zonlicht voor een raam, en Caro dacht: nu gaat hij me teleurstellen. Nu gaat hij zeggen: Ach, ik begrijp het van hun kant ook wel.

Hij zei: 'Wat een rotzakken, zeg.' En reikte de menukaart aan, die een getypt velletje papier was. De hele zaal was gevuld met mannen, op Caro na.

'Wanneer gaan ze dood?' Ze bedoelde de gevangenen.

'Over een maand of twee.'

Ze zei: 'Het ergste was bijna nog die paniek over de lunch.'

'Of het beste.' Hij glimlachte. Zijn hondengezicht vertoonde rimpels, bij de oogleden en de mond, die nu in rust waren, maar konden worden gemobiliseerd. Zijn donkere, al grijzende haar viel losjes over zijn voorhoofd. Zijn lichaam, te zwaar en traag voor die precieze kleine stoel, was het lichaam van een actieve man die zichzelf had aangeleerd te wachten: een ongerijmd geduld dat verontrustend kon zijn voor ieder die zich afvroeg wat er onderdrukt kon zijn. Hij zei: 'Mensen houden zich hun hele leven voor dat er een moment moet komen waarop ze hun ware aard zullen laten zien. En de rest van hun leven blijven ze maar uitleggen dat het noch het juiste moment noch hun ware aard was.'

'Ze zouden op zijn minst kunnen bedenken hoe snel, historisch gezien, dit soort dingen als een boemerang terugkomt. Mijn collega's vandaag bijvoorbeeld.'

'Vooral het Britse karakter leent zich niet tot speculeren. Toen de nood aan de man kwam, werkte Archimedes door aan zijn stelling, maar ging Drake door met bowlen.'

Ze zei: 'Sommige – of veel – mensen zijn tegelijk Archimedes en de soldaat die hem doodt.'

Hij nam de menukaart van haar aan. Hij was in de veertig. Over de rug van zijn hand kronkelde een dikke ader. Dan was er zijn horloge, de manchet van een gestreept overhemd, de grijze katoenen mouw. Hij observeerde haar terwijl ze die details volgde, die ze met dezelfde aandacht overwoog als in het geval dat ze bij een arm hadden gehoord die uit puin had gestoken: aanwijzingen voor wat verborgen was.

Zijn naam was Adam Vail. 'En de jouwe?' vroeg hij. 'Je adres weet ik.' 'Adres' op zijn Amerikaans uitgesproken.

Onvermijdelijk waren de twee ambtenaren van die ochtend binnengekomen en zaten zeebliek te eten.

Vail zei: 'Ze zullen jou tot zondebok maken, vanwege de lunch.' Je zag dat ze daar al mee bezig waren, boven de bergen jonge visjes. Omdat ze weigerden te geloven in eventueel moreel overwicht, was het een opluchting iets pikants te kunnen veronderstellen. Vanuit het perspectief van de zeebliek leken Vails armen om de tafelrand een omhelzing voor te stellen, waar Caro zich in vlijde.

Die twee mannen zouden zeggen dat ze met hem naar bed ging, en zouden het mogelijk in een dossier noteren om zich van hun eigen sentimenten te ontdoen. In het besef van de verbeelde vertrouwelijkheid die hun werd aangewreven, moesten hij en zij flauw lachen, en werden vertrouwelijk.

In een hotel waarvan de schoorstenen vanuit Caro's raam te zien waren, had Adam Vail twee grote sombere kamers met zware gordijnen. Op een laag tafeltje in de zitkamer stonden afgesneden hyacinten in een dikke ronde glazen pot, naast een bank die wel een zeppelin van brokaat leek. Op een bureau lag een stapeltje brieven te midden van catalogi van schilderijen in glanzende kleurendruk en een berg ongeopende pakketjes.

Tussen de ramen hing een schilderij in een bewerkte lijst. 'Een handelaar hoopt dat ik ervan ga houden. Jij bent de eerste die het opmerkt, verder denkt iedereen dat het bij de inrichting hoort. Ik weet niet zeker of dat voor je pleit of niet.' Hij stond naast een tafel waarop flessen en glazen op een dienblad waren uitgestald, en volgde Caro's bewegingen met zijn blik door het kostbare duister van de kamer. Zag haar mouw, een donkere roodachtige kleur, in het lamplicht branden, en de streng van een ketting om haar hals. Voor haar raam en op haar kantoor had hij haar twee keer alleen gezien, in haar gewone doen, maar niet berustend. In zijn gedachten haalde hij het moment op waarin hij naar een raam had opgekeken, zijn blik getrokken door een bloesemtak in een vaas.

Ze kende geen neutraal gebied met objectieve gevoelens. Hij kon zich voorstellen dat mannen geïrriteerd of geïntimideerd raakten doordat ze altijd op een gewichtige gebeurtenis leek te wachten, die in elk geval niet bestond uit hun eigen avances.

Hij zei: 'Er zit geen spanning in.' Terwijl hij naar haar keek, bedacht hij dat in bepaalde meesterwerken elk deeltje van het licht normaal, alledaags is en tegelijkertijd een wonder: wat niets anders is dan de exacte waarheid. Hij zei: 'In sommige schilderijen dringt de spanning van het leven zelf door.' Hij dacht dat de meeste mannen haar nauwelijks zouden durven aanraken, of alleen uit woede, omdat ze weigerde te doen alsof ook maar iets terloops was. Het was onflatteus, iets wat ze blijkbaar bereid was op te geven als consequentie van haar overtuiging.

Hij schonk drank in glazen en praatte over het schilderij. Zijn lippen, in het spreken gescheiden, waren ongelijk: de onderste vooruitstekend en resoluut; de bovenste smal, fijngevoelig en voorkomend, op het zwakke af. Wat beslist beter was dan andersom.

Caro Bell zat op bloemrijk damast met een glas wodka in haar hand, en deze Vail zat naast haar. Ze zaten met hun voeten uitgestrekt naar de bloemen en het lage tafeltje, met schoenen van identiek duur bruin leer. Te bedenken dat ze allebei zulke kwaliteitsschoenen droegen.

'Waarom lach je?'

'Om de democratie van schoenen.' De lamp brandde fluwelen vouwen in haar mouw en haar schoot. Door een deur was in zacht licht een witte mat zichtbaar met daarop twee sloffen naast elkaar. Er zou een laken zijn dat precies was opengeslagen, een mooie kamerjas gereed op de beddensprei, nieuwe boeken naast een bed: allemaal een vorm van vrijheid, omdat hij dat ervan maakte. Zelfs toen hij zijn bovenlichaam omdraaide om een zakdoek te pakken of sigaretten tevoorschijn te halen, was het een on-Engelse draai die duidde op nieuwe energie, meningen, inzichten, affiniteiten, een landschap. Er zat een tijdsverschuiving in hem, een verzetten van een mentale klok. Al het andere was gisteren om deze tijd.

Straks zouden hij en zij beneden gaan dineren, als gasten in een landhuis. Hij zei dat ze die zondag een eind konden gaan rijden, als ze vrij was. 'Een autotour, zouden jullie waarschijnlijk zeggen. Kan ik de verkeerde kant van deze wegen aan?'

'Zeker. En autotour wordt al jaren niet meer gezegd.' Behalve, heel misschien, door Sefton Thrale. Ze beaamde dat ze dolgraag de Fens wilde zien. Het was lang geleden dat Caro met graagte naar iets uitkeek.

De glazen bodem van de vaas bloemen was op een telegram gezet dat op de tafel lag. Door rimpelig water kwamen de letters boven, ongelijkmatig vergroot: EXECUtie ONVERMijdelijk, als een spraaklesje. Adam Vail zei: 'Gezien door water in een vat worden kleine letters groter. Seneca wijst daar al op. Het was een vroeg optisch inzicht.' Hij zei: 'Seneca barst van de goede ideeën.' Hij pakte de vaas bij de rand en verschoof hem, en de letters verzonken weer in onbeduidendheid: machteloze mieren die onder een microscoop angstaanjagend waren geweest.

Op Vails bureau in het hotel stond een foto van een pubermeisje: 'Mijn dochter.' Vader en dochter leken op elkaar, maar konden niet met elkaar overweg. 'Josie geeft mij de schuld van de dood van haar moeder. Schuld verplaatst zich gewoonlijk met de jaren, althans dat hoop ik maar.' In een portefeuille zat een foto van een slanke vrouw in trui en lange broek. 'Mijn vrouw heeft zelfmoord gepleegd.' Hij zei: 'Mijn vrouw had het opgegeven, ze wilde niet meer leven', als een rijmpje.

'Verwijt je dat jezelf?'

'Ze had het al vaak gezegd, dat ze het zou doen. Ze heeft alle therapieën gehad die er maar waren. Op den duur weet je niet meer wat je moet doen.'

Net Dora: Ik kan altijd doodgaan, altijd doodgaan.

Caro zei: 'Er is aan beide kanten schade.'

Hij vroeg: 'Heb jij zo iemand goed gekend?'

Eén keer zei hij dat mogelijk werd gerapporteerd dat ze met elkaar afspraken. 'Maar ik zal zorgen dat je niets overkomt.'

'Wie zou ons dan in de gaten houden?'

'Mijn landgenoten en de jouwe. Omdat een man die niet uit zelfzucht handelt, vandaag de dag op revolutie uit is.'

'Je houdt ze alleen maar aan de principes die ze zelf verkondigen.'

'Dat is precies wat tegenwoordig revolutie betekent.'

'Die eerste ochtend, daar op straat, was je net iemand uit een spionageroman.'

'Ze zullen er een spionageroman van maken, als het even kan.'

Ze vroeg: 'Waarom heb je die stok nodig?'

'Het werd een gewoonte om hem op ruwe plaatsen bij me te hebben.' Hij reikte hem haar aan en het gewicht was verrassend, als een afwijkende mening. Hij nam hem terug en drukte op de kunstige greep om de kling te tonen.

Deze vredelievende mens ging dus gewapend met een zwaard.

Er was een foto van een witgeschilderd huis in de zon: citroenbomen, wijngaarden. In de verte een wit stadje, vlekkerig van armoede en verwering. 'De Liparische eilanden.'

'Dus zo spreek je dat uit.'

'Toen Josie klein was zei ze altijd Lyrische eilanden.'

Hij vroeg: 'Is er iemand anders verliefd op je?'

'U hebt geluk, meneer, er was een annulering.'

Er was niets zo verleidelijk, of onbesuisd, als zijn ontvankelijkheid en grootmoedigheid: ik zal zorgen dat je niets overkomt, misschien heb je zo iemand goed gekend, je zult die eilanden zien.

Er was een nacht van uitzonderlijke stilte. 'Hoe laat is het?'

Caro had een klok naast haar bed. 'Bijna vier uur.'

'Dan zijn ze er niet meer.'

Morgen zou er een korte alinea op een binnenpagina van de
krant staan: EXECUTIES VOLTROKKEN.

Ze legde haar hoofd op zijn schouder en haalde diep adem,
zodat haar borst zijn handpalm vulde. Ze zei: 'Wat dacht je, die
eerste ochtend op straat?'

'Alles voorzag ik, behalve jou.'

24

Christian Thrale schreef zichzelf een speciale sensitiviteit voor schilderijen toe. Hij slenterde en bleef staan zoals ieder ander in musea waar kunst op verstandige wijze was geïnstitutionaliseerd, maar meende dat zijn eigen blik scherpzinniger was dan die van de meeste mensen; en wanneer anderen vooruitliepen, bleef hij dralen, overduidelijk meer dan gewoon verdiept.

Christian geloofde bovendien dat er een Engelse manier bestond om kunstwerken te beschouwen (en daarin had hij volkomen gelijk). Hij zou het niet hebben gezegd, maar vond het wel. Namen als 'De Venus van Rokeby', 'De Portland-vaas', 'De Elgin-Marbles' duidden voor hem op meer dan tijdelijk bezit. Ze benoemden een terecht rentmeesterschap en leken een wenselijke toestand te verkondigen.

Hij had weinig op met particuliere verzamelingen, tenzij ze door hun omvang onpersoonlijk werden. Hoewel hij zich het gelukkigst, of veiligst, voelde in de grote musea, pakte hij zo af en toe een bruikleententoonstelling mee, zoals hij dat noemde; maar dat gebeurde zelden. Toen hij op een zaterdag met bitterkoud weer – een catalogus weigerend – de tapijten betrad in de zalen van een particulier museum, week hij net zo van zijn gewoonte af als toen hij acht jaar daarvoor in de Albert Hall Grace binnen zijn baan had gebracht en een aantal levens had veranderd. Weer was het een geval van overwerk in het weekend, het zien van een affiche en het feit dat hij alleen was. Dit keer luidde de kop op het affiche zelfs 'Retrospectief'. Dat alles speelde door zijn hoofd toen hij Caro zag, die met haar plotselinge verschijning bijgevolg tegelijk schokkend en niet te vermijden was.

Caro had haar rode jas binnen aangehouden en stond met haar koude handen in de mouwen opgetrokken. Haar haar hing in ongepaste losse zwarte lokken op haar schouders, haar lippen waren rood geverfd. Ze leunde met haar gewicht op één voet naar achteren, als een danseres in positie, en achter haar stond een forse man die, in al zijn stabiliteit, haar partner zou kunnen zijn. (Nog enige tijd na dit voorval zou Christians geheugen blijven werken aan het beeld van Caro die zo stond, met die Vail achter haar klaar om haar in de lucht te tillen.) Op het schilderij voor hen stonden de hoofden van twee vrouwen in vlammen tegenover elkaar, maar niet parallel.

'Dit is het dus,' zei Adam Vail net op dat moment. Hij had het schilderij, dat van hem was, in bruikleen gegeven.

Van de andere kant van de zaal sloeg Christian hen gade. Hijzelf bleef stokstijf staan, opgehouden door hun onbeweeglijkheid. Toen ze zich allebei in beweging zetten, kwam Christian los en bewoog ook, in hun richting.

Adam Vail boog naar voren om het schilderij te bekijken. 'Ik geloof dat ze de lijst hebben beschadigd.' Hij tastte in zijn borstzakje naar zijn bril. Er zat gesso waar goud had moeten zitten. Vail legde zijn wijsvinger erop en er kwam meteen een zaalwachter naar hem toe.

'Neem me niet kwalijk, meneer, maar u mag de kunstvoorwerpen niet aanraken.' Toen Vail een stap naar achteren deed, ging hij door: 'Het spijt me, maar zo gebeuren er ongelukken.'

Toen Christian zag dat ze weer alleen waren en glimlachten, ging hij naar hen toe. Tegelijkertijd voelde hij zich in het nadeel. Meestal zag hij Caro in zijn eigen huis, waar hij – bot gezegd – de touwtjes in handen had. Vandaag had hij nog voordat hij één woord had gezegd, al het gevoel te storen of overtollig te zijn. Hij vroeg zich af of dat domweg kwam door hen zo aan te klampen; en kwam niet op het idee het toe te schrijven aan de macht die van Caro uitging in de dageraad van haar schoonheid.

In een poging zijn gezag te doen gelden, gaf hij Caro een zoen – wat niet strikt noodzakelijk was en waar zij naar zijn idee dwars doorheen keek.

Ook het feit dat de man bij haar Amerikaans was leverde niet het gebruikelijke voordeel op. Vail praatte niet luid of belerend of over zichzelf, en maakte geen lompe handbewegingen, zelfs niet indien geprovoceerd. Deze beheersing in woord en gebaar maande Christian zijn gebruikelijke stellingen niet in het gesprek te betrekken: Vails eerlijkheid vergde transparantie in antwoord, wat het de respondent ook mocht kosten. Met dat alles ontstond de behoefte zichzelf uit te vergroten, een behoefte die in Christians nu geprikkelde retrospectie bovenkwam door een herinnering aan Caro van jaren geleden, toen ze hem had gedwongen een keer extra zijn best te doen: een zomerse middag was het, toen hij gele bloemen had meegenomen voor Grace.

Intussen stonden ze alle drie naar het schilderij te kijken, en algauw was Christian, zoals gebruikelijk, er meer dan gewoon in verdiept. Caro wilde net iets zeggen toen hij stelde – en dit gebeurde eigenlijk tegen beter weten in: 'Uiteraard zal je mij nooit zover krijgen dat ik die serie mooi vind.' Uiteraard hadden ze dat niet geprobeerd. Na een stilte ging hij door: 'Maar uit dit exemplaar spreekt wel degelijk aanzienlijke autoriteit.'

Hij wist dat hij 'autoriteit' zei omdat de Amerikaan hem op dat woord bracht. Er waren nog meer Amerikanen in het museum, die dogmatisch hun stem verhieven, zwaaiden en hakten met onzekere handen, hun gezichten vertrokken in roekeloze heftigheid. Maar niet deze, door wie Christian niet eens als tegenstander werd geaccepteerd. Christian wist plotseling weer dat hij de naam Adam Vail had gehoord; en voelde een vlugge, onwaardige bezorgdheid opkomen, alsof Caro hem te slim af was geweest. Hij herinnerde zich een tijdschriftartikel waarin

Vail, op de vraag of hij zichzelf een mysterieuze man vond, had geantwoord: 'Niet meer dan ieder ander.'

De inleiding bij de tentoonstellingscatalogus was geschreven door een vooraanstaande – of belangrijke, of briljante – kunstcriticus. Caro las een zin voor en vroeg: 'Wat betekent dat?'

Vail keek over haar schouder. 'Ze beginnen al te denken dat ze zelf iets hebben bijgedragen aan het maken van die schilderijen.'

De drie dwaalden door de zalen, min of meer samen. Christian debiteerde geen meningen meer, maar probeerde een serie hoogdravende gedachten: dus zo hangt de vlag erbij, uit die hoek waait de wind. Hij had gezien hoe Vail over Caro's schouder keek, zijn lichaam net niet tegen het hare: grijze wol door een siddering van rode gescheiden. Na een tijdje zei Christian dat hij ervandoor moest, en liet hen alleen; met nog een lompe, ontoepasselijke zoen voor Caro.

Onderweg naar huis was hij in verwarring door een snijdende en toch zware sensatie, grenzend aan teleurstelling. Mogelijk had hij zich voorgesteld dat Caro was voorbestemd voor een afloop die de behoedzame orde van zijn eigen bestaan zou rechtvaardigen, of goedmaken – een desnoods tragisch hoogtepunt dat alleen zij bij machte leek te bereiken. Of misschien had hij, in het grotere algemeen belang, gehoopt haar net als andere vrouwen te zien wegzinken in een duffe huiselijkheid, erin hopen te zien wegzinken zoals huisvrouwen 's avonds uitgeteld in een leunstoel wegzinken. Het idee dat zij en Vail geliefden waren, stond hem tegen, maar niet zozeer vanwege de voorgestelde vleselijke lusten als wel omdat Vail voorkomend, gedecideerd en rijk was. De voldoening die het Christian had geschonken Caro zijn mededogen te onthouden vloeide regelrecht voort uit haar behoefte, haar armoede. Het gaf hem nu geen enkele macht meer als hij Caro verdorie nu eens haar eigen boontjes liet doppen. En hij stond zichzelf, als een luxe, één eerlijke gedachte toe: ik had haar kunnen helpen.

Thuis ging Christian in zijn gebruikelijke stoel zitten. En zijn zoontje klauterde over hem heen alsof hij een klimtoestel was.

Op een dag in mei vroeg en kreeg Caroline Bell tussen de middag een extra uur vrij. Weer terug op kantoor hoorde ze op de gang van meneer Bostock dat Valda had geweigerd tussen de middag, of wanneer dan ook, voor thee of sandwiches te zorgen.

Toen Caro de kamer van meneer Leadbetter binnenkwam, werd haar verzocht de deur te sluiten. Leadbetter legde zijn ballpoint neer, wat op iets persoonlijks wees. Terwijl hij de plastic pen in feite juist had opgepakt om dit gebaar te kunnen maken. Hij vouwde zijn handen. 'Misschien kunt u me helpen iets te begrijpen, juffrouw Bell.' Zijn verstrengelde vingers gingen uiteen, kwamen weer samen, alsof hij een schaduwspel speelde met zijn handen. 'Zit juffrouw Fenchurch soms iets dwars?'

'Ze houdt er niet van eten op te dienen. Het is te veel gevraagd.'

'Is dat niet een beetje belachelijk? Gezien het feit dat het zorgen voor – eh – versnaperingen nu eenmaal een geaccepteerd onderdeel van haar taken is?'

'Door wie wordt dat geaccepteerd?'

'Door iedere vrouw hier behalve juffrouw Fenchurch, en u, neem ik nu aan. Als dit in bredere kring als ongepast was ervaren, hadden de meisjes het wel in hun algemeenheid aangegeven.'

'De meeste mensen moeten eerst te horen krijgen dat iets ongepast is. In het begin is er meestal maar één iemand die dat aangeeft.'

Meneer Leadbetter was zelden, zoals hij het die avond voor zijn vrouw zou formuleren, zo ontstemd geweest. 'En komt dit gedrag u dan niet voor als minderwaardig en egoïstisch? De mannen in dit kantoor laten immers hun hele middagpauze schieten en blijven als extra inspanning achter hun bureau. Van de meisjes wordt alleen gevraagd – geëist – dat ze hen helpen een zware extra inspanning te leveren.'

'De mannen doen niets wat hun gevoel van eigenwaarde aantast. Integendeel, dat wordt er juist sterker van als ze achter hun bureau blijven zitten.'

'U stelt u hoogst defensief op, merk ik.' Clive Leadbetter was niet met deze spreektrant grootgebracht, maar had die de afgelopen jaren ontdekt. Soms zei hij 'hoogst defensief', dan weer 'hoogst agressief' – het kwam op hetzelfde neer. Zo kon hij ook verwijten: 'Bent u niet iets te positief?' of 'Al te negatief?' – vragen die, onderling verwisselbaar en onbeantwoordbaar als ze waren, steevast verwarring schiepen. Hij had geen idee waar men het over had als werd gezegd dat de taal verloederde.

Caro zei: 'Mijn analyse van uw eigen gedrag zal ik voor me houden.'

Leadbetters ontvlochten vingers kwamen met een synchrone klap op het vloeiblad neer. 'Juffrouw Bell, vindt u dit voorval werkelijk niet uitermate grotesk?'

'Ik weet dat trouw blijven aan een principe altijd grotesk kan worden genoemd, en zelfs zo kan worden voorgesteld. Althans een tijdlang.'

'U noemt het een principe. Een storm in een glas water.'

'Meneer Bostock zei in een pot thee.'

Nu was hij witheet: de gesmolten Leadbetter. (Tegen zijn vrouw zou hij die avond zeggen: 'Beledigingen vind ik niet eens zo erg, maar grove taal accepteer ik niet.') 'Aangezien u onze gebruiken zelf zo onbevredigend vindt, juffrouw Bell, moet u misschien serieus overwegen terug te gaan naar – eh – Nieuw-Zeeland.'

In een lange stilte raakte hij doordrongen van haar superieure kracht, en van het feit dat ze die jarenlang uit barmhartigheid had beteugeld.

'Ik kwam toevallig juist mijn ontslag indienen.'

Zijn mond ging open en dicht: als een paard met een mondontsteking. 'Mag ik u vragen wat de reden is?'

'Ik ga trouwen.'

Toen haatte hij haar, om haar vrijheid, haar schoonheid en haar geluk, en die opmerking over de theepot. De mitrailleur haperde: er kwam niet eens meer een gesputter van woorden uit. Maar aangezien zelfs zij alleen door tussenkomst van een man kon worden bevrijd, schonk hij haar uiteindelijk een glimlach en voerde zijn laatste aanval uit: 'Ik veronderstelde al zoiets.'

25

Grace Thrale liep op weg naar de uitgang van Harrods over de tapijtafdeling, die in ruimte en plechtstatigheid niet onderdeed voor een kathedraal. Tussen de verspreid staande steunpilaren van het gebouw waren gangpaden aangelegd, en overal stonden of lagen dikke rollen van stroken tapijt, als de gevallen segmenten van zuilen in een tempel. Opgestapelde Wiltontapijten en Axminsters vormden bloemrijke podia. En Grace glimlachte, zij het niet daarom.

'Grace.' Ted Tice haalde haar in bij een Marokkaans transept. 'Kwam je een klacht indienen?'

Ze stopte en stopte met lachen. 'Ted.'

'Hoe is het met je zoontjes?'

Ze glimlachte weer. 'Het zijn doerakken.' Ze liepen door en bleven staan. 'Moet je een paar dagen in de stad zijn?'

'Alleen vandaag. Ik had een paar spullen nodig voor mijn nieuwe huis. Ik heb nu mijn eigen bedoening.' Er zaten vouwen in zijn boord en de voorkant van zijn overhemd vertoonde de gotische boog van een onwennig strijkijzer. Hij hield zijn pakketje op. 'En ik heb net een verrekijker gekocht.'

'Je richt je blik dus ook weleens op de aarde.'

'Alleen in concertzalen.' Ted was vrolijk: ze zal aan Caro vertellen dat we elkaar zijn tegengekomen. 'Ik heb Caro gebeld, maar kreeg geen antwoord.'

Grace had hem nog nooit zo vol vertrouwen, zo nietsvermoedend gezien. Hij dacht misschien wel dat de tijd in zijn voordeel werkte. Ze had dat allemaal in één seconde overwogen, terwijl ze het over haar kinderen hadden, en ze wist dat ze iets moest zeggen. 'Heb je een moment, Ted? Laten we even gaan zitten.' Zijn gezicht verstilde op slag van ongerustheid, van een voorgevoel voor slecht nieuws dat je van kinds af ontwikkelt. Grace ging op een rechtop gezette rol wijnrode wol zitten. Ernaast werd de rozenrode parodie op een pers door een verkoper uitgerold, zij net niet voor gebed.

'Ted.' Ze had zijn naam nog nooit zo vaak uitgesproken. 'Ze schrijft je vandaag een brief.'

Op dat moment leek Grace een beetje op Caro, zoals altijd als de situatie ernstig werd. Ted zag het, de stand van het hoofd en de gevouwen handen. Als hij zijn vingers op haar nek zou leggen, zou hij daar de wervelkolom vinden, net zo prominent als die van Caro. Hij zei: 'Ze gaat trouwen.'

'Ga even zitten.' Een gastvrouw die ontvangt.

'Ik blijf liever staan.' Een victoriaanse held op het tapijt, of de tapijten.

Een verkoper bleef staan, en trok aan een groot tapijt.

'Dank u, we kijken alleen even.' Zoals ze elkaar aankeken, schiepen Grace en Ted een spanning die niet snel door een kleed viel te absorberen.

Hij vroeg niet eens: Wie?

'Hij heet Adam Vail, een Amerikaan.' Grace won tijd met een beschrijving van Vail, alsof ze Ted Tice daarmee hoopte op zijn gemak te stellen. Ze raffelde af: 'Hij is aardig, en interessant. Hij is heel sterk, ik bedoel van karakter.' Dat kwetste Ted; maar in wezen schiep Grace een intuïtieve tegenstelling met haar eigen echtgenoot.

Ted zei: 'Ik heb hem ontmoet.' Hij dacht: ik hou me goed, maar eigenlijk is het nog niet tot me doorgedrongen.

Grace ratelde: 'Jaar of veertig, vriendelijke man, ze zullen heel vaak in Engeland zijn.'

Teds gezicht zag er voor de laatste keer jeugdig uit, zoals men zegt bij iemands overlijden. 'Wanneer is het zover?'

'Nou, vrij snel, over een week of drie. Je moet, ze moeten, de juiste papieren hebben. Omdat ze niet Brits zijn. Je moet – ze moeten – naar Caxton Hall. Waar buitenlanders kunnen trouwen. Dora moet terugkomen, zij is met haar vriendin Dot Cleaver op Malta. Dan is er nog een dochter, Adams dochter, die uit New York moet overkomen, ze is veertien. Vijftien.' Grace kwam aan het eind van haar lijst details en zou daarna onverbiddelijk te maken krijgen met het lijden van een man.

Een verkoper kwam rakelings voorbij, met een klant. 'Deze hebben we in celadon of kumquat. Kan ook worden besteld in mandarijn.' Dit paar was gefascineerd, een gelukkig stel.

Caro zou wel hebben geweten wat ze moest zeggen: niet wat juist was, maar wat waar was. Caro zou de waarheid hebben gezegd of een waarachtig zwijgen hebben bewaard. Grace was beslist niet van plan geweest zichzelf weg te cijferen door te accepteren dat ze de lieftalligste van de twee zussen was, gedwee en gewillig. Ze had het fijn gevonden lief te zijn en lief te worden gevonden, maar was er altijd van overtuigd geweest een onaangesproken schat aan lastiger eigenschappen in reserve te hebben; die op dit moment niet bovenkwam. Teds leed was voor haar niet ondoorgrondelijk – nee, in haar verbeelding ontvouwden zulke zaken zich soms in een soort Oostenrijks-Hongaarse dubbelmonarchie van het hart. Maar ze kon geen waarachtige intuïtie opbrengen waarmee ze zijn pijn kon navoelen en hem kon steunen. En was plotseling bang dat lieve mensen misschien weinig fantasie hebben.

Het hele jaar door kon Grace Thrale met een glimlach worden aangekeken door een ouder echtpaar of door een jonge moeder die haar lawaaiige kroost meetroonde: dat wil zeggen, worden begroet als een gelijkgestemde. Zo'n heerlijke blik van verstandhouding trok Caroline Bell nooit aan. Er waren wel momenten waarop Grace wenste dat de buitenwereld niet zo zeker van haar was, zo vol vertrouwen dat ze werd opgeslokt door een saai bestaan. Maar vreesde in haar dagelijkse leven de geringste afwijking van de gewoonte, als een inbreuk die chaos kon brengen. Grace wilde net zomin avonturen als Dora vrede wilde. Anders dan sommige vrouwen hield ze zichzelf niet voor dat ze nog steeds in staat was tot een totaal ander bestaan, beheerst door verheven en smadelijke hartstochten: Grace wist heel goed dat haar eigen verlangens werden bevredigd door de bestudeerde eenvormigheid van haar dagen. Toch kon je je aan zekerheid vastklampen en je er nog steeds bij vervelen. Zekerheid, op het eerste gezicht aantrekkelijk, had haast hetzelfde opwindende als een liefdesroman; maar zoals alle gevoelens kon dit gevoel van gered te zijn slijten.

Als deze, nog steeds goudblonde, Grace 's avonds de borden of het bestek opruimde, kon ze soms mentaal inzakken tot een plompe huisvrouw met een ouderdomsbochel.

Ze bood aan: 'Als je zin hebt, kunnen we boven thee gaan drinken.' Er was boven een afdeling waar vrouwen te midden van hun pakketjes konden gaan zitten en de vraag kregen: Melk of citroen.

'Lieve Grace, je had haast toen ik je zag. Ik loop met je mee naar beneden.' Ted Tice merkte – maar dit hing samen met zijn gemoedstoestand – dat Grace Thrale, die altijd zijn schuchtere bondgenote was geweest, was overgelopen en hem de rug had toegekeerd ten gunste van Vail. Hij moest weg van deze kamerbrede plechtstatigheid, deze sarcastische tapijten en de volautomatische vragen van het personeel. Grace stond op en ze liepen door naar Lampen, op weg naar de trap. Achter hen geeuwde de verkoper: 'Anders is er altijd nog geit.'

Ted registreerde een blauwfluwelen mantelpakje – nee, alleen de kraag was fluweel, de rest gespikkelde wol, een pakje dat alles te maken had met het leven en de gewoontes van Grace, net als de gotische beschuldiging van het strijkijzer op zijn eigen overhemd. Hij nam haar lichaam waar, tweemaal in bevallingen verkrampt en weer hersteld, zo welgevormd als een mantelpakje, heldhaftig normaal. Ook hij zou in beweging en in balans blijven, al werd hij verscheurd; en had vriendelijk gezegd: 'Lieve Grace.'

Op de begane grond kwamen ze langs opgestapelde rollen stoffen die vrouwen nu nooit meer droegen – crêpe Georgette, chiffon, pongé. Er hing een serieuze, droge geur van stof die diende te worden afgemeten, geknipt en genaaid. Een man in het zwart legde bedreven banen van duim tot duim: 'Drieënhalve meter, mevrouw?' Op hoge toon werd gevraagd: 'En waar liggen de couponnetjes?'

Grace ging voor door een reeks zware glazen deuren. Komend en gaand gaf winkelend publiek de deuren aan elkaar door in de formele stappen van hun dans: 'danku', 'danku'. De koude middag buiten toonde het jaargetijde uitsluitend door het uitblijven van de schemering. Een dikke portier met lintjes uit de oorlog wenkte cryptisch een taxi; een trio straatmuzikanten in gedateerde serge zong luidkeels over Tipperary, terwijl de vierde een kaki pet ophield, verzwaard met één halve kroon in het midden.

Grace zei: 'Ik kan die zangers niet uitstaan. Laten we een eindje lopen.' Ze kwamen samen langs winkelruiten waarachter etalagepoppen in bedrukte jurkjes hun oranje armen tegen een tropisch decor opstaken, in een extatisch, vitaal contrast met de wasbleke getrouwde vrouwen die levenloos passeerden.

'Ik hou je vast op, Grace.'

Grace kon zijn goede manieren niet uitstaan, noch de gedachte dat deze man in zijn nood haar ter wille was, zoals een stervende officier op het slagveld een grapje kon maken tegenover een verzenuwde ondergeschikte. Ze leunde tegen een ingeraamd tableau met strandkleding en keek hem recht aan, in een poging jaren van welbewuste geesteloosheid in één tel goed te maken.

'Is het voor jou niet beter, dat het nu zover is gekomen? Nu is er geen valse hoop meer. Het zal eerst ellendig zijn, maar...'

Grace' handtas gleed aan het hengsel naar haar elleboog en ze pakte haar eigen jasje net zo stevig bij beide revers vast als ze die van Ted had kunnen beetpakken. De gedachte aan Dora flitste op. Als ik nou maar niet zo klink als Dora: Ik weet zeker dat je heel gelukkig wordt. Ze zei: 'Nu ben je vrij.'

Het litteken van stiksel op haar handschoenen prentte zich in zijn hersenen. Oorbellen met parels staarden, als witte vissenogen. Er was de baan van een bebloemde sjaal, futiel, en de blauwe kraag. Verdriet had een schildersoog, dat lukraak willekeurige betekenissen toebedeelde – als God.

Ted dacht: in de winkel was ik eigenlijk beter af. Daar was ik nog behoorlijk verdoofd. Dat claustrofobische gebouw bood achteraf gezien wel een soort beschutting, met zijn paden die op een stadsplan leken, zijn rekken en schappen met hun overdaad aan dagelijks leven, zijn wijken genaamd Confectie en Fournituren ter nagedachtenis van de kindertijd. In de openlucht werd Ted Tice overweldigd en ervoer hij een soort lichtheid van lichaam die gepaard gaat met fysiek gevaar. Deze momenten zou hij als een verplichting doorstaan ter voorbereiding op het volgende stadium, het besef dat hem zou overmannen en verscheuren.

Wat iemand ook een uur geleden nog had kunnen denken toen hij een verrekijker kocht, of een paar minuten tevoren, nu zou niemand die hem even bekeek hem ooit nog een jongeman noemen.

Hij pakte de gehandschoende hand van Grace en legde die op zijn jasje, waar de hand ten slotte timide zijn revers vastgreep. Oorbellen hamerden, zijden meizoentjes op de sjaal waren in paniek. Een zilveren plastic palmboom achter haar rug was gekarteld als vertakte bliksem.

'Alles wat ik heb gedaan, was in de hoop op haar. Alles wat ik verder doe, zal uit gemis van haar zijn.' Hij liet Grace' hand los en de tas zakte terug naar haar pols. 'Noem je dat vrijheid?'

'Zo zal het misschien niet altijd blijven.' Grace bedacht dat een vrouw nooit een voorschot op de toekomst zou hebben genomen met zo'n verklaring.

Ze liepen terug naar de hoek, waar de winkelende mensen de deuren doorgaven. De muzikanten zongen nu 'Danny Boy', met de halve kroon eenzaam in de pet en het kleingeld vakkundig onder de voering geschud. Het was Christian die Grace over dat trucje had verteld.

Ze staken over naar de ingang van de ondergrondse. Er ging een trilling door de straat, een onderaardse ademtocht uit de schacht. Een vrouw met een rood gezicht ventte kleine bosjes heide uit bij de mensen die de trap op en af draafden, maar niet bij deze twee die zwijgend bleven staan. Grace dacht: je zal op den duur wel leren herkennen wanneer je geen kans maakt.

In de luchtvlaag uit de tunnel draaiden ze zich naar elkaar toe. Ze keken elkaar aan met de blik van twee mensen die een loodzware last naar een hopeloos eindpunt hebben gedragen en die neerzetten om elkaar in de ogen te zien. Grace was zover meegegaan als ze kon; Ted zou alleen de diepte in gaan.

Op de foto zag je een markante kaak, hondenogen; het gezicht uitdrukkingsloos, alsof deze inbreuk slechts een test of stimulans voor uithoudingsvermogen vormde. Een begeleidende alinea zinspeelde op een eerder huwelijk en een dochter. Een stevige man met een overjas om zich heen geslagen, staand in een grauw portiek.

Caro, naast hem, was een debutante in het openbare leven. Hoewel niet in bruidskleding was ze onmiskenbaar pas getrouwd. Waar de foto was afgesneden, raakten de ruggen van hun handen elkaar – haar rechter-, zijn linkerhand, niet hand in hand, al maakten ze duidelijk voor iedereen een persoonlijke boodschap kenbaar.

'Hier staat er nog een.' Tertia wist waarnaar Paul zat te kijken en hield haar eigen krantenpagina even op om een onscherpe foto te laten zien. Er was een kop, en onder de foto stond: 'Het paar bij het verlaten van het gebouw.' In Pauls krant was Caro een Australische typiste; in die van Tertia een hogere ambtenaar. Ook werd vermeld dat de twee elkaar hadden leren kennen tijdens hun werk voor een humanitaire campagne van de Britse regering.

'Die vreselijke zus heeft die meisjes dus toch onder de pannen weten te krijgen. Dora of Flora, ik heb haar een keer bij de Thrales ontmoet. Dat moet je haar wel nageven. Ze heeft ze meegenomen naar Londen en hier op de markt gebracht.'

Paul zei: 'Het zijn niet de zusjes Gunning, hoor.' Al zag hij hen heel even precies zo – achttiende-eeuwse schoonheden in pastel en zijde met opgestoken haar en lichtende ogen, die Londen stormenderhand veroverden en razend populair waren. In Tertia's krant had Caro haar ogen neergeslagen, was ze een grijs waas met niet eens een bosje bloemen. De man was fors, met on-Engelse trekken, een groot hoofd, zwaar, onbewogen. Caro was nu goedgekeurd, waardevol: een onbekend schilderij dat pas aan een meester is toegeschreven.

Tertia ruilde met Paul van krant: 'Flora-Dora heeft het geflikt.' Om te zien hoe erg Paul het vond.

'Ik vind het wel een leuk idee dat Caroline Bell miljarden bezit.'

'Niemand heeft ooit gezegd dat die Vail miljarden bezit.'

'Waar komt dat vermogen eigenlijk vandaan?'

'Kattenvoer.'

'Hier staat bauxiet. Wat dat ook moge zijn.' Paul vulde aan: 'Penthouses behangen met Picasso's, jachten, privéjets, limousines.'

'Lijfwachten,' zei Tertia. En 'minnaars'.

Paul vouwde de krant op om te lezen – nauwgezet, als een kantoorklerk in een trein. 'In elk geval heeft die astroloog haar niet gekregen.'

'Wat bedoel je met "in elk geval"?' Tertia sloeg met ruwe bewegingen bladzijden om. Boven huilde, lachte, sprak, en mummelde toen een kind, in een verbeelding van de levensfasen van de mens.

Opeens zei Tertia: 'Nick Cartledge. Die vroeger bij ons kwam logeren.' Het leek alsof ze eindelijk in verzet kwam.

'Wat is er met hem?'

'Hij is dood.'

'Waardoor?'

'Leverkwaal.'

'Nou – hij heeft er hard genoeg aan gewerkt.'

Tertia legde de krant neer. Nicholas Gerald Wakelin Cartledge. Voor haar was het een vroegtijdige dood. Ze zei: 'Die ouwe roué', in een poging de sterfelijkheid zelf van zich af te schudden; maar veranderde ondertussen in een vrouw die de doden kent.

Even later zei Paul: 'Dat woord betekent geradbraakt.'

Dora zei tegen Dot Cleaver: 'Hij is geen Phoebus Apollo. Zoals je wel ziet.' Dora zei altijd Phoebus Apollo, of Pallas Athene, of Venus van Milo, om deze onsterfelijken met hun volledige naam te onderscheiden van de aardse Glads en Trish'en. 'Wat een lelijke foto van die twee, nee, vreselijk lelijk. En de kiekjes zijn geen haar beter.' Ze liet ze zien. 'Ik had een lelijke klap van het portier gekregen, je ziet de pijn in mijn ogen.' Dora was die dag in Caro's ontruimde flat getrokken, die vol stond met bloemen. 'Ze zullen intussen wel in Italië zitten.'

Dot Cleaver zei: 'Toen ik voor het eerst in Rome kwam, heb ik alles gedaan. Alles. Ik had mijn reisgids bij me en ik heb alles gedaan. Nou ja, dat is nu klaar, nu doe ik gewoon waar ik zin in heb. Dan leer je een plaats veel beter kennen.'

Dora slaakte een zucht die zijn uitwerking had op de hele kamer. Na een poosje merkte ze op dat zelfs de traagste rivier toch nog veilig naar zee slingert.

'Een kopje van die lekkere thee van jou?' Met haar wenkbrauwen in boogjes en gebogen lichaam en pols pakte Dot

Cleaver een porseleinen oor dat zelf de vorm van een vraagteken had. 'Daarna gaan ze naar New York.'

'Ja, ja, daar hebben ze alles wat ze maar hebben willen, alles wat hun interesseert, boeken, toneel, muziek.'

Dot Cleaver was kortgeleden naar een fascinerend recital geweest, maar kon zich het programma niet herinneren. 'Hoe dan ook, voor je het weet komen ze je weer opzoeken.'

'Waarom zouden ze. Ik neem het ze niet kwalijk.' Dora's ambitie was het nu om aan de kant te worden gezet. Dat moest het hoogtepunt worden van haar langdurige vervreemding, de rechtvaardiging van haar overheersende geloof in vijandigheid, ondankbaarheid en een hele zwik onrechtvaardigheden. Ze had al tegen Caro gezegd: 'Voel je niet gedwongen mij op te zoeken.' Haar testprocedé, nu tot het uiterste verfijnd, rustte nooit. Provocatie was intussen de basis voor al haar contacten met de buitenwereld.

Caro had tegen Grace gezegd: 'Ze is benieuwd hoeveel wangen we nog hebben om haar toe te keren.'

Hij scheurde de bladzijde uit, vouwde hem op, scheurde nog eens langs de vouw. Knipte vervolgens de foto en de tekst met een schaar bij. Deze methodische handelingen leken ergens toe te hebben geleid, en toen hij klaar was, kon Ted moeilijk geloven dat hij nu een foto van Caroline Bells bruiloft had. De begeleidende tekst was, hoewel conventioneel geformuleerd, niet goed te begrijpen – alsof die in unciaalletters of cyrillisch schrift was opgesteld.

Hij bekeek het vage fotootje op zoek naar iets bekends om greep op haar te krijgen. Maar haar kleren waren nieuw en ongewoon feestelijk. In haar linkerhand een klein voorwerp, beslist geen gebedenboek en vermoedelijk een tasje. De foto beklonk zijn uitbanning, wees elke band af: een extra wreedheid, omdat hij altijd gecharmeerd was geweest van haar bezittingen – een groene zijden ceintuur, een in blauw linnen gebonden notitieboekje, een witte schaal waarin haar sinaasappelen lagen. Op de foto wendde ze zich af, ieder ander verzakend.

Het knipsel lag op zijn bureau, groter nu al het overbodige, inperkende papier was weggesneden. De hele kamer kon hem niet begrenzen, noch de wond omvatten. Ted Tice legde zijn rechterhand erop en liet zijn hoofd hangen – zich als een toeschouwer ervan bewust dat deze gebogen houding als bijschrift een ouderwets zinnetje vereiste: 'Hij ging ten onder.' Een volwassen man met het hoofd omlaag is een dwaas gezicht, en amper een man.

Er was niemand tegenover wie hij zich moest verontschuldigen. Verplichtingen waren de eerste details die door verdriet werden uitgewist.

Hij overwoog de deur uit te gaan om zich al lopend af te beulen. Of dronken te worden, als een teleurgesteld man in een verhaal. Maar keek, zonder zich te verroeren, naar zijn trui en pet en een gestreepte sjaal – uiterlijkheden die hem nooit meer met hun verstandigheid zouden overtuigen.

26

Caroline Bell woonde nu in een huis in New York City en nam de achternaam Vail aan. Op de bovenste verdieping van het huis, dat in een rij lage gebouwen stond met gevels van paarsrode steen, had je uitzicht op de lucht. In het zuiden werd de late zon door een reeks wolkenkrabbers geblokkeerd, zo zeker als de bergen van de Taigetos het vroege donker in Sparta naar beneden brengen. Het huis had weinig kamers, maar die waren wel relatief groot, doordat hier en daar tussenwanden waren verwijderd. In dit huis was Adam Vail geboren.

Er waren veel voorwerpen waarover Caroline Vail nooit zeggenschap zou willen hebben of willen doen gelden. Stoelen, boeken, foto's, een kamerscherm uit China, een leren map die op een bureau lag te slijten, een schoteltje van jade, een handig, lelijk lampje bij een bed – alles had er een vaste plaats, behalve Caro zelf. Haar bijdrage bestond uit vier dozen boeken, een gebutst schaaltje uit Palermo en een engel geschilderd op Andalusisch hout. Van tijd tot tijd keek ze naar deze aandenkens, of naar haar kleren in kasten en laden, om het te geloven.

Op een foto uit die tijd zou ze er aarzelender uit hebben gezien dan voorheen. Het proces om gemoedsrust te krijgen had zijn eigen ontwrichtingen meegebracht, en een paar offers.

Caro kreeg van verscheidene mannen brieven over haar huwelijk: 'Hij die jou krijgt, lieve Caro, is een geluksvogel'; 'Ik hoop dat hij beseft hoeveel geluk hij heeft'. Er was een element van opluchting, omdat ze het voorrecht niet zelf hadden hoeven aanvaarden. De verademing, voor haarzelf, een hele natie aan haar lot over te laten was misschien niet loffelijk, maar wel logisch.

In rechte straten trachtte mevrouw Vail de stad te herscheppen naar het evenbeeld van andere plaatsen, trachtte ze de bronnen van continuïteit en troost te vinden, de plekken die bescherming en schoonheid boden. Toen dat onmogelijk bleek, kreeg ze oog voor het bizarre, het buitenissige en onbekende vormen van volharding, naast aperte vormen van hoogmoed en conformisme. In moreel opzicht maakte de mode geen onderscheid en verleende evenveel gewicht aan grillen als aan overtuigingen. Het onophoudelijke gewoel van mensen was net zo onnatuurlijk, absurd en onverbiddelijk als de versnelde bewegingen van een oude film. Er was anonimiteit en extreme eenzaamheid, maar weinig gemijmer en geen rust. Appartementen waren hutten in de grote oceaanschepen die langs de straten lagen afgemeerd.

De stad stelde haar voorwaarden als een examen: zij die in haar energie doorkneed waren, werden ingewijden; de anderen moesten zakken, vertrekken of hun ongeschikte krachten verspillen.

In de moderne gebouwen tegenover huize Vail bevonden zich op de begane grond privéklinieken. 's Ochtends vroeg kwamen bejaarde mannen en vrouwen daar altijd zonder ontbijt aanbellen. Verder was er weinig verkeer van mensen in de korte straat, een paar kinderen. Levenstekens gingen vaak gepaard met dood of uiterste nood: 's nachts waren brandweerwagens en ambulances te horen op de aangrenzende avenues, en het zwaailicht van een politieauto cirkelde met zijn wantrouwende schijnsel door privékamers; hele konvooien vrachtwagens rolden voort, doelgericht als ter bevoorrading van een oprukkend leger. 's Winters tolden autobanden gierend in smerige sneeuwbanken, en persten zwervers zich in de ijzige spleten tussen de immense en praktisch aaneengesloten gebouwen.

Het panorama was schitterend, de details deprimerend. Die

luister veroorzaakte, of bevorderde, gebrek aan contact. Toen de zomer kwam, werd het uitzicht voor Caro's ramen weggenomen door platanen, en was de afzondering volledig.

In de eerste weken ging Caro vaak op haar bed of uitgestrekt op een sofa lezen, of alleen maar stilliggen. Het huis werd stemmig van haar verstildheid, die geen apathie maar vernieuwing was. Ondertussen bewoog Adam Vail zich vlug door de oude vertrouwde kamers en gangen, en ging lichtvoetig de al levenslang bekende trappen op en af. De gewoonten van thuis verleenden iets lenigs aan zijn lichaam, dat log was in rust of in de liefde.

Het rook in het huis vaag naar planten en politoer, en boenwas die gebruikt werd om boeken of meubels te beschermen. In het begin viel de geur Caroline Vail op, maar later kon ze hem niet terugvinden. In de kamer van haar stiefdochter hing het parfum van zonnebrandlotion, er waren zalfjes voor de puberhuid, pillen tegen pijn; er waren stripboeken, twee gitaren en opnames van Italiaanse opera's. Er waren boeken die over dieren in verre landen gingen – Ethiopië, Kenia. Ze waren van de donkere Josie die, in de tijd dat Caro in de stad arriveerde, in Afrika op safari was met de familie van een schoolvriendin, Myra.

Adam zei: 'Myra heeft een slechte invloed.'

In de lijst rond Josies spiegel waren foto's van moeder en kind gestoken.

Adams zus, Una, kwam lunchen. Una was een knappe vrouw, met modieuze scepsis in haar blik. Ze rookte haar sigaretten half op en als ze ze uitdrukte, rinkelde een gouden kettinkje om haar pols. Haar lach, die luid klaterend begon, doofde ook abrupt uit, onaf. Ze keek Caro met openlijke belangstelling aan, een belangstelling die mogelijk vriendelijk was.

Una had een verhouding met een overheidsfunctionaris. Ze vertelde Caro: 'Mijn vriend is diplomaat' – diplomaat was, net als architect, een term die nog niet van schande was doordrongen. Toen haar minnaar die avond vroeg: 'Hoe is de bruid?' plofte ze in een stoel neer en sloeg haar benen over elkaar: 'Goed.' Na een stilte zei ze: 'Dit is geen geval van de tweede mevrouw De Winter.' Ten slotte stak ze een sigaret op. 'De bruid is oké. Donker haar, donkere ogen, veel donkere kanten. Achter in de twintig, misschien dertig. Beslist niet dom. Praat, lacht, toont haar Britse gebit.' Terwijl Hansi doorging met zijn kruiswoordpuzzel, drukte Una haar verse sigaret uit en voegde eraan toe: 'Intolerant.'

'In welk opzicht?'

'Tegenover mensen zoals ik.' Una zocht in haar handtas en zei: 'Ze houdt van Adam.' Ze haalde er een klein emaillen doosje uit. Op de tafel naast haar stonden soortgelijke doosjes, gerangschikt in rijen.

Hansi maakte cocktails en gaf er een aan Una. Ze maakte een vaag gebaar met het glas in zijn richting, en hield in haar andere hand het doosje op. 'Ze had een cadeautje voor me.' Ze gaf het aan hem. 'Adam zal het wel gezegd hebben.' Ze nam een slok uit haar glas en pakte het doosje weer van Hansi aan. Ze zette het op de tafel bij de andere en zei: 'Leuk.'

'Vraag eens iets,' zei Adam Vail. 's Nachts werden ze wakker en bedreven de liefde. 'Je stelt nooit vragen.'

'Ik moet nu zien te leren wat ik niet via vragen te weten kom.'

Toen ze op een middag op de bank lag te lezen, kwam hij naar haar toe en nam haar in zijn armen. 'Laat je alsjeblieft niet wegzakken.'

'Het is opklimmen.'

Daarop stond hij op en liep door de kamer, liet voorwerpen rinkelen, lades dichtklappen, een krant ritselen. Zijn vrouw las verder, spijtig omdat zo'n attente man hiertoe gedreven kon worden, en lichtelijk verbaasd over zijn gebrek aan beheersing. Hij hoefde maar te wachten, en dan zou ze hem volmaakt geluk schenken. Al haar krachten verzamelden zich daarvoor, en voor andere geëigende doelen.

Una ging die zomer naar het buitenland. Una, die net gescheiden was, zei dat ze eindelijk een fantastische zomer tegemoet ging: 'Acht jaar lang zat ik aan het kruis van East Hampton genageld.' Una rinkelde met een nieuwe armband. Haar knappe gezicht had een kostbare glans, ze droeg haar zomertooi, zoals de oude Romeinen het noemden. Kort daarna stuurden zij en Hansi uit het Middellandse Zeegebied een ansicht met roze huisjes aan een strand.

Adam zei: 'Het is een oord voor miljonairs om weer op krachten te komen.'

'Waarom zouden miljonairs altijd op krachten moeten komen?'

'Dat zijn degenen die het zich kunnen veroorloven.' Hij raakte haar gezicht aan. 'Je ziet er zelf ook goed uit.'

'Ik ben al op krachten.'

Op straat gaf Caro Adam een arm en bleef staan kijken. De in apparaten en gebouwen uitgedrukte professionaliteit kwam, met minder succes, ook in mensen tot uitdrukking: het leven was uitgeleverd aan specialisten. 'Wij' – ze bedoelde mensen van elders – 'zullen hierbij vergeleken altijd amateurs blijven.'

Adam zei: 'Onze grote en geheime angst is dat Amerika een verschijnsel in plaats van een beschaving zal blijken te zijn. Vandaar gedeeltelijk die omvang, die nadruk, die behoefte te bewijzen dat de grote mysteriën ofwel achterhaald ofwel nuttig zijn. We willen dat onze lust geliefd is en mooi wordt gevonden. Dat ons de eer wordt bewezen die de liefde toekomt.'

Adam Vail haakte de vingers van zijn vrouw in de zijne. 'Vandaar ook die drang om onszelf te verklaren. Wat ik nu ook doe.'

'Maar als Amerikanen dat zelf zeggen.'

'Zolang je er maar niet mee instemt, dan is het goed.' Vail lachte. 'Ach, Caro, wij zijn veel slechter, en misschien ook beter, dan jij tot nu toe stiekem denkt.'

Adam ging met Caro een vriend opzoeken die in 149th Street woonde. Toen ze thuiskwamen, zei Caro: 'Waarom zou iemand dat verdragen?'

Una, die terug was van Sardinië, vertelde haar: 'De zwarte Amerikaan is te veel gewend aan zijn probleem.'

Adam zei: 'Maar dat duurt niet lang meer.'

Op een avond in september zat Caroline Vail met een dichtbundel voor een raam.

Adam vroeg: 'Wil je het misschien voorlezen?'

Ze begon, en droeg een paar regels met een hoge, iele en ongewone stem voor:

'Langs de weg staat eeuwenoud steen als steile wand,
Die veel heeft gezien van het lange leven
Van begin tot het eind van 't vergank'lijke land.
Maar wat in kleur en vorm is verweven
Is dit – dat wij twee hier verbleven.'

Ze legde het boek neer zonder de bladzijde aan te geven, en wendde haar gezicht af. 'Droevig,' zei ze. 'Daarom moet ik huilen.'

Adam streelde haar hoofd, haar schouders. Toen hij zijn armen om haar heen sloeg, was haar lichaam nauwelijks nog te zien. 'Wie weet waarom ze huilt. Wie weet waarom Caroline werkelijk huilt.'

In het najaar schreef Grace dat Paul Ivory grote successen vierde met een stuk getiteld *Het ene vlees*. Ze vermeldde ook, met meer schroom, dat Ted Tice was getrouwd met de dochter van een geleerde. Kort daarna kwam een brief van Ted met dezelfde informatie, en een nieuw adres. Hij hoopte dat Caro en Margaret eens kennis zouden maken. Hij schreef: 'Hier zien we onder de jongeren een vastklampen aan de eigen tijd dat

wel een surrogaat lijkt voor patriottisme: een gelofte van onvolwassenheid. Wie ook maar iets van verlichting zoekt, moet
mensen hebben zonder tijdgenoten.'

Toen Ted 'de jongeren' schreef, verloor Caro haar eigen aanspraak op jeugdigheid.

Over verlichting gesproken, vervolgde Ted, de grote telescoop was met een plechtigheid en in aanwezigheid van de
koningin op zijn locatie in het zuiden van Engeland ingewijd.
Doordat het zicht nihil was, kon de majesteit slechts de scepter
zwaaien over een waas van nevelen.

Dora schreef dat Gwen Morphew raadselachtig genoeg rijk
was geworden dankzij een erfenis, en Glad Pomfret had laten
stikken. Je kon maar het beste ingesteld zijn op ondankbaarheid, dan werd je nooit verrast. Dora, die nu door Caro aan
een huis kon worden geholpen dicht bij Dot Cleaver, schreef
over huiselijke problemen. Ze wilde Caro niet ongerust maken
in haar gelukkige staat, en het zou allemaal heus goedkomen.
Ze had één ding wel geleerd, met vallen en opstaan, en dat was
niemand lastig te vallen.

'Het is bijna waar,' zei Caro, 'dat ze me niet ongerust maakt
in mijn gelukkige staat.'

Caro ging met haar stiefdochter naar een concert van een
beroemde gitarist. Op weg naar huis zei het meisje: 'Dat viel
best mee. Voor zover ik iets kon horen.'

'Volgende week hebben we betere plaatsen.'

Ze ging met Josie naar het ballet en Josie zei: 'Myra is bij de
dubbelvoorstelling.' Ze bedoelde dat Caro zich bevoorrecht
mocht voelen.

Mocht Caro zich al zo voelen, dan was het niet om die reden.

Adam Vail was op reis naar Chili en Peru. 'De volgende keer
ga je mee.'

Una zei tegen Caro: 'Adam is bezeten. Dat heb je vast wel begrepen. Hij is bezeten van het lijden van anderen. Je zal ermee
moeten zien te leven.'

'Ik heb met mensen geleefd die er niets om gaven.' Ze zag niet in hoe Una kon instrueren waar ze zelf had gefaald.

Op een dag zei Una echter: 'Ik vind het geweldig', en verfrommelde een tissue.

Caro lag na een miskraam in een ziekenhuisbed en Adam Vail kwam met het vliegtuig terug uit Lima. Wanneer Caro haar ogen sloot, bracht het donker haar terug in haar eigen bestaan. Iemand zei: 'Dit zal even pijn doen.' De pijn was een uitbreiding van de ervaring, zo nieuw en verrassend dat ze intellectuele interesse wekte. In het donker kon het Paul wel zijn die zich over haar heen boog: 'Dit zal even pijn doen.' Net als bij andere vormen van lijden was de afzondering door verzwakking ofwel onwerkelijk ofwel eindelijk de echte werkelijkheid. Ooit had ze alleen in een snikhete gang gestaan en haar eigen dood overwogen.

In het donker werden haar gedachten herschikt doordat de hoop een andere richting kreeg.

Adam zei: 'We dragen dit met ons tweeën.'

'Dit was niet wat ik met je wilde delen.'

Toen Caro was hersteld, vertelde Josie: 'Ik had toch al tegenstrijdige gevoelens. Ik voelde me bedreigd.' Het vaste geloof in haar eigen onbevangenheid kon leiden tot nauwelijks voorstelbare wreedheid. Ze was vaak kwaad, en kon bij tegenwerking haar hoofd laten hangen en huilen: 'Het wordt me erg moeilijk gemaakt.' Haar machtigste wapen was haar zwakte, het strategische afschrikkingsmiddel waar iedereen voor zwichtte. De vrees bestond dat ook Josie het einde als dodelijk wapen zou inzetten. 'Ik ben zo bang,' zei ze bijvoorbeeld; waarmee ze hen allemaal de stuipen op het lijf joeg.

Caro zei: 'Als ze haar gevoelens nou eens niet zo probeerde te benoemen.'

'Vraag je haar nu haar Amerikaans geboorterecht op te geven?' vroeg Adam. 'Ze wordt wel volwassen, ze wordt ouder.'

Caro herinnerde zich een kinderlijke hoop gericht op Dora's zeventigste verjaardag. 'We moeten haar voor die tijd zover krijgen.'

Alleen Una weerde Josies aanvallen soms af en was niet bang voor de tranen van het meisje. Una merkte op: 'Als je vaak genoeg op iets bijt, dan kan het zomaar terugbijten, beste meid.'

Una zei tegen Caro: 'Je snapt de boodschap.'

'Ook de boodschappen die ze onbewust stuurt.'

Josie had de ogen die opvallen bij jonge vrouwen met problemen, ogen die zelfs bij een rechte blik van opzij kijken. Ze had dat lethargische van iemand die in zichzelf is verdiept. Ze bouwde al aan een heel apparaat van schuldgevoelens, uit vrees voor mislukking.

Tegenover Caro stelde Josie vast wat evident was: 'Je bent mijn moeder niet.' Om zeker te weten dat dit kwetste, had ze graag bloed gezien.

'Ten eerste ben ik niet oud genoeg.'

Caro zei tegen Una: 'Josies geloof in haar eigen onschuld is haar vrijbrief om kwaad te stichten.'

Una zei: 'Net als Amerika.'

Onder elkaar dreven Myra en Josie de spot met Caroline Vail – met haar stem, manieren en meningen, haar gewoonte haar haar aan te raken. Josie vertelde Myra: 'Ze kan geen kinderen krijgen.'

'Daarom probeert ze jou over te nemen. Nou, zeg maar dat ze dat wel kan vergeten.'

Caro bespeurde de wens dat ze zelf volkomen werd vergeten. Ze voelde op afstand dat Josie Vail met wrok aan haar dacht, zoals ze nu nog steeds bespeurde dat Ted Tice met liefde aan haar dacht.

Myra zei tegen Josie: 'Zie je dan niet hoe ze jou gebruiken?' Als het aan Myra lag zou Josie nooit geloven dat ze zelf het voorwerp van genegenheid kon zijn.

Dat alles was net zo duidelijk alsof Josie het had vermeld: het bleek uit de ingestudeerde onaardigheden, de directe en zijdelingse blik, de dubbelzinnigheden. In bijzijn van Myra moest Josie zich bewijzen: 'Wat zit je nou stom te lullen, Caro?' In Myra's afwezigheid was het meisje uit trouw beledigend, om iets te melden te hebben.

Niets weet zoveel onwaarheid naar boven te halen als de wens te behagen.

Myra's ogen keken neer, haar wangen gingen schuil achter sluike haren. Op dat moment was Myra sterk, door op andermans leven te teren. Caro vroeg zich vaak af door welke specifieke Benbow Myra zo diep was gezonken.

Adam zei: 'Ze ziet achterdocht aan voor inzicht.'

Caroline Vail voelde zich ongepast immuun voor Josies oordeel. Ze wilde alleen maar de ergste aanvallen van het meisje temperen in de wetenschap dat, als je iemand maar slecht genoeg behandelt, je die persoon niet meer om je heen verdraagt.

Heimelijk droomde Caro ervan verlost te zijn van emotionele verplichtingen, en zag wel dat onverschilligheid verleidelijk kon worden. Wat Josie voor zwakheid aanzag, was juist het vertrouwen geweest dat Caro aanbood – een toets waar het meisje voor zakte, keer op keer. Vertrouwen zou meerdere malen worden aangeboden, maar niet eindeloos.

Adam legde zijn hand op de arm van zijn vrouw. 'Misschien vind je het erger dan je laat merken.'

'Wanneer je inziet dat iemand je probeert te kwetsen, is het minder kwetsend.'

'Tenzij je van die persoon houdt.' Adam hoopte dat Caro eens bijna van Josie zou houden, zoals ze van de stad zou houden – door nabijheid en gemeenschappelijke ervaringen. Het zou jammer zijn, vond hij, als alleen de beminnelijken werden bemind.

Hij wilde zeggen: 'Het kwam door haar moeder' – omdat hij de nieuwsgierigheid van het kind naar de wereld had zien omslaan in afgunst en wantrouwen. Maar vond het onkies en on-juist de schuld te schuiven op zijn overleden vrouw, die nog altijd voor zijn geestesoog kon verschijnen zoals ze vroeger was, in haar onweerstaanbare jeugdigheid en schoonheid.

Toen Adam Vail jong was, had hij het geloofwaardige fijne gevoel voor menselijk tekort bij zijn eerste vrouw bewonderd als verstandigheid, en had er geen voorbode van onheil in gezien. Hij, die bovenal verlangde rationeel te zijn, was ter wille van haar een verbond aangegaan met onredelijkheid. Uit loyaliteit aan haar had hij anderen onredelijk onrechtvaardig behandeld. Eén oorzaak daarvan was zijn trots, waardoor hij zijn eigen hulpeloosheid niet kon toegeven; een andere was de overtuigingskracht van de antipathieën van zijn vrouw: in haar monomane hersenspinsels bleef ze gespaard voor de ambiguïteiten van de rede. Geleidelijk aan kwam het zover dat ze telkens een nieuwe vijand nodig had, en was alleen hij nog over om die rol te vervullen. Dit leek precies haar bedoeling: al die tijd dat hij zich verbeeldde haar te steunen of te redden, had zij hun ondergang voorbereid. Toen begon het dreigen met de dood, om de afdwalende aandacht van de buitenwereld op te eisen. Voor degene die het dreigement uitspreekt, is het een verslaving die steeds hogere doses vereist. Omstanders worden daarentegen langzaam immuun.

Adam zei tegen Caro: 'Niets is zo allesoverheersend als een aanhoudende staat van wanhoop.'

Hij, die zichzelf als een man beschouwde, was bij zijn eerste vrouw zo kwetsbaar geworden als een geïntimideerd kind. Ze had het effect op hem van een slopende ziekte: elke gezonde aansluiting bij het leven werd een vorm van ontrouw die moest worden ingetrokken. Zijn volwassenheid verzwakte met de dag, hij zonk weg in vreugdeloze lamlendigheid, waaruit hij alleen een enkele keer door lichamelijke lust werd gewekt. Angstig voelde hij zijn wil samentrekken, kleiner en kleiner worden, totdat die een harde, verschrompelde noot in zijn binnenste werd. Hij had gemikt op grootsheid; en was een klein hard iets in een notendop.

In de nachtmerrie van haar ziekte was zij sterk en hij zwak.

Adam Vail kreeg dromen waarin hij zijn krankzinnige en dus onschuldige echtgenote wurgde. Hij droomde ook dat hij zelf stikte. Gebrek aan ruimte en lucht werd in wakende staat zijn grootste zorg: op straat baande hij zich een weg door mensenmassa's, niet in staat zijn tempo of zijn zelf ten volle te ontplooien.

Op een dag kwam ze boven aan de trap staan en riep hem. Haar hand was donker.

Hij zei: 'Charlotte. Charlotte.'

'Ik heb me verwond.' Er kwam bloed uit een diepe snee.

Zijn ontzetting gold niet alleen de gebeurtenis zelf, maar ook de opluchting, het gevoel vrijgesteld te zijn.

Door zo ver te gaan dat hij haar ondanks zijn compromissen niet meer kon volgen, had zijn vrouw hem gered. Op dat moment had hij het geduld geleerd dat hij nu toonde, en had hij zijn banden met het leven moeizaam vernieuwd. Zijn vrouw, schuldeloos wegens krankzinnigheid, was desondanks niet in staat tot onschuld.

Krankzinnigheid kon soms een soort weten opleveren. Maar er was geen garantie.

Caro zei: 'We moeten zorgen dat Josie bijdraait.' Caro was milder geworden door hernieuwde jeugd, en was tevreden. Als dit met haar kon gebeuren waarom dan niet met Josie? Ooit had ze tegen Paul Ivory gezegd dat in staat zijn niet negatief hoefde te zijn.

Het optimisme werd, als een gebed, ondersteund toen Myra's vader met zijn hele gezin naar Californië werd overgeplaatst.

Una's minnaar Hansi had een suite in het Carlyle en een onkostenvergoeding. En reisde op gezette tijden af naar Delhi of Tokio voor een congres dat hij opgewekt als nutteloos bestempelde. Hij had vaak een boek in zijn hand, een willekeurig boek, als steuntje voor zijn woordpuzzels, die hij ook bij zich had. Voor zover bekend vormden die puzzels zijn enige mentale inspanning. Hansi zei over zichzelf: 'De ouwe Hansi zat op zwart zaad toen God in zijn oneindige barmhartigheid het internationale congres schiep. Moge deze voorzienige, onvoorziene en uiterst onbillijke zwendel, bedoeld ter ondersteuning van de moreel en mentaal verloederden van deze moderne wereld, voor altijd floreren.'

Josie kon of wilde zich niet inhouden. Terwijl Hansi anagrammen zat te ontcijferen, bekritiseerde Josie hem om zijn schoenen, koffers, zijn jas van lamawol en zijn grijze Mercedes, zijn suite in het Carlyle en een illegale afspraak die met gratis drank te maken had. Hansi lachte, geeuwde en piekerde over een palindroom.

Slechts één keer doorbrak Hansi het zwijgen. 'Iemand die op zijn twintigste tegen maatschappelijk onrecht tekeergaat, is veelbelovend; op zijn dertigste een kletsmeier. Op mijn vijfentwintigste zag ik, Hansi, dat het tijdperk van de kletsmeier ophanden was, en ik sloeg dicht. Intussen, inderdaad, nog steeds profiterend van de georganiseerde internationale kletsmeiersindustrie: dat idee waarvoor het laatste uur heeft geslagen. Ik heb mijn eigen vorm van machteloosheid, maar ik poets die niet op tot moraal. Ik weiger toe te treden tot hen die zaniken over hervormingen waar ze nooit een vinger voor zullen uitsteken. We leven in het tijdperk van de open mond en onuitgestoken vinger; van hen die sneller moeten praten dan de wereld hen kan ontmaskeren. Is dat niet het fundament van alle moderne staatsmanschap, om maar te zwijgen van de batterijen maatschappelijk bewusten die al evenmin ooit in actie komen? Wanneer ze het nieuwe Pompeï zullen opgraven, vinden ze de intelligentsia versteend van angst zittend op de grond, met de mond wijd open om het materialisme aan de

kaak te stellen, en met hun automatische inflatiecorrectie versteend in hun zakken. Ik die op mijn eigen moment sterven ga
groet hen niet.'

Josie zei: 'Maar wat heeft dat in godsnaam allemaal te betekenen?'

Adam legde uit: 'Hansi vreest dat doelloosheid en poeha sa-
mengaan.'

'Mag ik je even corrigeren,' zei Hansi. 'Dat vrees ik niet, dat
weet ik. Op dit moment is er geen enkel hervormingsproces
aanvaardbaar dat het offer vraagt van ook maar één uur slaap,
één dag loon of één kans om nog wat van je eigen gebral uit te
tetteren. Dit is geen morele, maar een feitelijke uitspraak. Hervorming betekent niet spandoeken of bommen, lieve mensen.
Hervorming is onbetaald werk, is armoede, is eenzaamheid, is
het opstellen van ontelbare brieven tot diep in de nacht en een
oneervolle strijd leveren met een stencilmachine. Hervorming
betekent je jarenlang verdiepen in onaangename en dorre onderwerpen. Hervorming betekent etentjes, vakanties en seks
opgeven om je in een souterrain over doodse documenten te
buigen. Betekent geïsoleerd, genegeerd, vernederd en mogelijk
door een overheidstruck overreden te worden. Hervorming is
concentratie en volharding. Hervorming, zelfs het aller geringste greintje ervan, wordt niet meer tegen die prijs nagestreefd
door onze moderne altruïsten, lieve mensen, en ook niet door
deze goeie ouwe Hansi. Het is mijn bedoeling, net als die van
hen, mijn werkgevers zoveel mogelijk geld te ontfutselen, mijn
hifi hard te zetten, mijn zinnen en lusten te bevredigen en elke nacht lang en vast te slapen. Mijn bedoelingen worden, anders dan die van hen, openlijk uitgesproken.' Hansi vouwde
zijn dubbele acrostichonpuzzel open. 'Ik bedoel dit in zijn algemeenheid en stel me met alle genoegen open voor bewezen
uitzonderingen.'

Josie merkte op dat ze nog nooit zoveel gelul had gehoord.

Adam legde uit: 'Het is logisch. Degenen die de hele tijd de prestaties van anderen bekritiseren, moeten ook zelf iets pres-teren, anders worden ze belachelijk.'

Caro zei: 'Maar wat ze presteren is misschien wel gewoon een kwestie van karakter.'

Altijd, merkte Josie op, aan zichzelf denkend. Het was voor haar onacceptabel dat iemand zich onderscheidde, al was het maar door zijn gedachten.

'Natuurlijk,' zei Hansi. 'Maar mensen met karakter gaan stil hun gang. Ik kan afdoende bevestigen dat zij niet op georakel in het kletsmeiercircuit te betrappen zijn. Neem, als voorbeeld van bovengenoemd karakter,' zei hij tegen Josie, 'je eigen vader. Die mij nooit iets heeft verweten. Dat vind ik buitengewoon grootmoedig.'

27

Terug van tien dagen Sicilië vonden Ted en Margaret Tice een huis dat in alle opzichten praktisch was. Zo praktisch dat Ted lopend op en neer naar zijn werk kon, en zijn vrouw kon gaan schilderen in een atelier dat ze had gehuurd samen met een andere jonge vrouw, een musicus. De wil om te schilderen leefde dezer dagen niet sterk in Margaret, omdat ze geloofde dat ze alles had wat ze verlangde en gelukkig moest zijn. Maar al kostte het haar elke keer weer moeite de deur uit te gaan, ze was, eenmaal in het atelier, volkomen tevreden en bleef langer dan bedoeld, om haar werk pas te onderbreken als ze de celliste de trap op hoorde komen. Ze wist niet wat ze in die kale, onverwarmde kamer vond, en hoewel ze deze sereniteit en haar huwelijk met elkaar verbond, kon ze niet ontdekken waar dat verband in school. Pas jaren later zou ze inzien dat de trap, de kamer, de ezel, het doek en de tubes zinkwit voor veiligheid stonden.

De donkere vormen op haar schilderijen uit die tijd verbeeldden de verschijnselen van de aarde, of van dromen.

Zo begonnen ze hun eigen huishouden, elk op loopafstand van veiligheid. Teds ouders kwamen op bezoek, en ook die van Margaret. Haken werden vastgeschroefd, peertjes werden in lampenkappen gedraaid en bollen in de vensterbank gezet, en een vriend morste wijn op de uitgerolde Piranesi die een huwelijkscadeau was geweest. Margaret deed boodschappen en Ted haalde de bibliotheekboeken op weg naar huis op. 'Onze Ted neemt het huwelijk serieus,' zei zijn moeder tegen Margaret, maar het was eerder dat hij het op zich nam om het grondig aan te pakken. Hij had tegenwoordig weinig zin meer om boekenplanken te lakken of op dingen te hameren, maar je kon hem toegewijd in de weer zien met verfkwast of gereedschapskist. Ook hij werd praktisch, tegelijk met al het andere. Hun autarkie leek compleet, een overlevingscursus voor op een onbewoond eiland.

Margarets moeder zei: 'Ted heeft zich helemaal aan het huiselijke leven gewijd. Hij heeft zich erin gestort.' Alsof het over een afgrond ging.

Er ontstonden gewoontes die na een paar maanden levenslang leken. Zo af en toe kon Ted Tice een krant oppakken of neerleggen met een gebaar dat niet bij zijn leeftijd paste.

Margaret Tice doorliep voorgeschreven fasen, eerst van bruid, dan van jonge huisvrouw en daarna van aanstaande moeder. En zou zich later beperken tot gesprekken over scholen, lidmaatschap van een tennisclub en een commissie. Zou zichzelf horen zeggen, alsof ze een andere vrouw was: 'Ik gebruik nooit maïzena' of 'Ik ruim altijd tussendoor op'. Ze voelde dit opkomen als de symptomen van een niet-ernstige ziekte, en verzette zich niet. Maar wist, met een onbegrijpelijke weemoed om een leven dat ze nooit had geleid, dat alles op subtiele en ingrijpende wijze anders zou zijn geweest als haar man zielsveel van haar had gehouden.

Op een avond in de eerste zomer van hun huwelijksleven gingen ze bij een collega van Ted thuis dineren. De echtgenotes van geleerden hadden geleerd zichzelf bij dergelijke gelegenheden weg te cijferen – afgezien van degenen die zelf wetenschapper waren en ook een potje op het gespreksvuur konden zetten. Anderen, zoals Margaret, konden zich van een charmant voorwendsel voorzien ('Ze schildert'; 'Ze is muzikaal'), maar moesten ervan uitgaan te worden genegeerd.

Ted was op dit soort bijeenkomsten vaak stuurs, afwezig. Collega's respecteerden hem, maar mochten hem zelden. Zijn

omgang met assistenten kenmerkte zich door koele, onbe-
twistbare rechtvaardigheid – terwijl zij misschien de voorkeur
hadden gegeven aan een meer verwijtbare en menselijker voor-
ingenomenheid. Diezelfde objectieve kracht was met zijn sombere aanwezigheid nog minder welkom in een zitkamer.

Op zijn werk bestudeerde Ted al enige tijd een zwak blauw
object, mogelijk een ster. Hij was net terug van Palomar, waar
nu de controverse over de roodverschuiving was opgelaaid.
Het was bekend dat hij er meer over kon vertellen, maar hier
niets wilde zeggen. Het was onsympathiek, dat idee van hem
om er de tijd voor te nemen.

Het diner werd gegeven voor een natuurkundige die een beroemde prijs had gekregen: een oudere kolos met een lichaam
als een rotsblok en een verdord gelaat, die nors congressen
voorzat en invloedrijk advies gaf aan de regering. Zijn zwijgzame gewichtigheid was onverbiddelijk. Vrouwen die trachtten
een gesprek met hem aan te knopen, hoorden hun eigen stem
tot een pieptoon omhooggaan: het was alsof je je naam in een
historisch monument kraste. Ook zittend deed hij nog denken
aan een immens iets. Onderuitgezakt in een blauwe fauteuil, in
een sjofel grijs jasje met bruine leren elleboogstukken, leek hij
nu op een roestig oorlogsschip. Toen Margaret Tice naast hem
opdook, kwam hij net zo ver uit de golven omhoog dat je zijn
uitwateringsmerk zag, zijn hangende buikriem. Ted observeerde zijn vrouw: ze was een groene glooiing in een rechte stoel,
haar ogen groot van beleefdheid, haar hand kalm op haar knie.
Het oude slagschip wendde zich geleidelijk naar haar toe: spreken was zijn opvatting van aandacht geven. Door zijn mono-
loog te accepteren ontving Margaret iets wat ze zelden kreeg:
de onverdeelde aandacht van een man.

Het was warm die avond, ramen stonden open naar een
tuin. Ted herinnerde zich avondlicht, vele zomers geleden: de
tafel en de jeugdige gesprekken; twee meisjes, allebei mooi, één
een gazelle. Hij kwam, als uit zijn slaap, terug van een gesprek

over quarks en quasars toen hij zijn vrouw hoorde zeggen – het ging over een bepaald boek dat de oude man had genoemd – 'Ja, de eerste keer dat ik het las was in een tijd dat ik ongelukkig was en ik heb het vaak herlezen. Ik vind het nog steeds...'

'In een tijd dat ik ongelukkig was.' Wat riep ze op of dreef ze uit met die woorden, zoals ze daar in alle groene rust zat? Hij was jaloers om die ongelukkige tijd en moest wel wensen dat hij zelf de oorzaak was – want wie anders kon aanspraak maken op haar verdriet? Op een gegeven moment stond Margaret op om met een vriendin te gaan praten. De natuurkundige stond ook op, de vlag met doodshoofd en gekruiste knoken in top.

'Ik hoef je niet te vertellen, Tice, dat je een uiterst opmerkzame vrouw hebt.'

Ted stond hulpeloos zijn echtgenote na te kijken toen ze door de kamer liep: een uiterst opmerkzame vrouw. Ze moest eens opmerken wat er vaak in mijn hart is, ze moest eens weten wat ik soms droom. Hij wilde zich wijsmaken dat ook Margaret misschien haar geheimen had, om haar een reserve te geven die hen beiden zou sparen.

Er liep iemand naar het open raam en gooide een sigarettenpeuk precies in een donkere vijver in de tuin. Daar was het lichtflitsje, het gesis en een zacht protest van insecten of een kikker.

De oude natuurkundige stond voor het raam en sjorde zijn riem omhoog. Met herinneringen aan een oorlogsnacht waarin hij brandwacht was op het dak van het Savoy. De zwarte rivier weerspiegelde, in rood en wit, de vlammen en zoeklichten, de aarde schokte en sidderde van de inslag en terugslag van geschut. En een brandend vliegtuig viel tollend uit de lucht, onder het afwerpen van zijn piloot die in zijn eigen vuur neerstortte. Het toestel spatte in duizend stukjes uiteen voordat het de grond raakte, maar de man in lichterlaaie plonsde in de rivier, die hem – als was hij een sigarettenpeuk – sissend voorgoed doofde.

De oude man herinnerde zich dat hij toen die nacht ten einde was, niet naar huis was teruggekeerd, maar naar de flat van zijn minnares, een wetenschapster met een massa geblondeerd haar. Nu allang dood. Ze had iets van haar rantsoen voor hem bewaard, maar hij kon niets door zijn keel krijgen. Hij had met zijn hoofd in zijn handen op het bed gezeten en gezegd: 'Dat geluid. Ik hoor het nog.' Eigenlijk had hij wel erger meegemaakt – en had als jong officier krioelend van de luizen en kruipend door de modder de Hindenburglinie aangevallen. Maar zat bij zonsopgang op een bed te huilen. 'Ik zie het nog.' Het verblindende vuurwerk. 'Ik hoor het nog.' Het sissende vlees.

Ted Tice schreef Caroline Vail dat hij in New York zou zijn op doorreis naar Pasadena, waar hij een paar weken zou blijven. Caro antwoordde: Dan moet je echt komen lunchen. En op de ochtend van zijn aankomst ging hij bloemen kopen.

Het was een decemberdag, koud en kraakhelder. Ted stapte op een hoek uit een taxi om het laatste stuk te lopen. In Caro's straat zagen de huizen er aanvankelijk allemaal hetzelfde uit, uniform duur – zwarte of vergulde nummers boven de voordeur, met aan weerskanten geëtste glasplaten. De deuren ook merendeels zwart, met een rijke glans; een enkele was rood geschilderd. Het laatste blok was minder regelmatig, en toen Ted Caro's huis bereikte, kwam het hem levendig en elegant voor – een levenslustig kind tussen saaie ouders. Het was iets toverachtigs waar hij de vinger niet op kon leggen – of het huis zich echt onderscheidde of dat het alleen voor hem die ongekende charme inhield.

Hij stond op de bovenste tree, nerveuzer dan hij al die jaren geleden was geweest toen hij in de regen voor Peverel stond te wachten. Hij dacht: nu wordt het nooit meer makkelijker, alleen maar pijnlijker. Door een baan glas zag hij een geboende vloer, spiegel, witte muur; een schilderijtje van speelkaarten en een wijnkaraf. Dit keer was de krant op de tafel net zo sprekend als het stilleven. De paraplubak van blauw met wit porselein was een monument. Het geluk om eeuwig naar believen over deze drempel te mogen komen en gaan was niet alleen iets wat hem was ontzegd, maar leek ook van zo grote betekenis dat het iemand anders nauwelijks leek gegund.

De vervoering zou kinderlijk zijn geweest als die niet had gehoord bij de hopeloze bezetenheid van een man.

Hij belde aan, in gespannen afwachting alsof er iets moest worden besloten – terwijl alle besluiten allang waren genomen.

Roffelende stappen op de trap en Caro, die hem nog nooit in haar leven tegemoet was gerend, trok de deur open en lachte. Ze was lang, blozend, sterk en mooi. Haar brede gezicht was breder en liever. Uit de hal kwam een vlaag warme lucht. Ted deed een stap naar voren en ze omhelsden elkaar. Caro sloeg haar armen om hem heen, haar lichaam rustte in zuivere vriendschap tegen het zijne. 'O Ted, wat zie je er goed uit.'

Het was waar. De rimpel in zijn voorhoofd, het streepje in zijn oog begonnen gedistingeerd te worden; de rimpel werd nu in tweeën gesneden door een horizontale groef.

Hij kwam binnen en deed zijn sjaal af. 'Er was vandaag veel om naar uit te kijken.'

Het huis was tot de verste hoek met licht gevuld. Tijdens de zonnewende viel de zon niet alleen van voren binnen, maar ook in een schuine hoek via een raam achterin.

Uit een kamer kwam een meisje met sluik haar dat bleef staan kijken, zoals een huisdier naar buiten kon komen slenteren om een bezoeker op te nemen. Niet zoals Caroline Bell ooit op een trap had gestaan als heerseres over zijn leven.

Ted zag het geluk in Caro, ze had het gevonden en straalde ervan. Daarom was ze hem tegemoet komen rennen – ze kon zich veroorloven gul te zijn tegenover hem, zoals tegenover de hele wereld. Hij zei: 'Sorry', en snoot zijn neus. Door de warme lucht in het huis glinsterden zijn ogen.

Later zei Adam Vail: 'Ik mag hem wel. Hij ziet eruit als een verknipt zelfportret van Van Gogh.'

Aan het eind van die winter namen Adam en Caro het vliegtuig naar Londen. Er viel dagenlang natte sneeuw, de handelsbalans was zwaar doorgeslagen en er waren twee nieuwe boeken uitgekomen over Guy Burgess en Donald Maclean. Wolkenkrabbers schoten omhoog, kwetsbaar maar almachtig.

Dora maakte de ene scène na de andere. Ze had ze opgespaard, als traktaties. Het goede dat in Dora restte, wilde dat de twee zussen hun leven verder leefden. De andere, overheersende Dora was woedend om hun ontsnapping, en haar hoop was de bodem ingeslagen dat ze ooit alle drie samen over het leven zouden zeggen: 'Wat een verschrikking.'

Dora zei tegen hen: 'Ik vraag God nooit om iets. Maar ik bedank hem wel. Laatst op een avond was er iemand met een dwarslaesie op tv en ik dacht: dat is in elk geval iets waar ik dankbaar om mag zijn.'

'Dora, wij komen je toch opzoeken.'

'Het jaar telt tweeënvijftig weken. Jullie komen twee weken.'

Deze pasklare uitspraken hadden iets ingestudeerds, vlots, beknopts, begeleid door de strakke, voor de spiegel opgepoetste blik, die Caro's ziel van wanhoop vervulde. Ze snakte ernaar Dora haar fameuze en ongrijpbare vrede te geven.

Adam zei tegen Caro: 'Aan vrede heeft ze niets. Ze verveelt zich dood.'

'Maar haar leven is een en al drama. Ze heeft continu woorden met Dot of Daph.' Het leek wel een bericht in morse.

'Zij is zo iemand,' zei Vail, 'voor wie de dood van Sardanapalus nog niet bewogen genoeg is.'

Caro nam Dora mee naar Kew Gardens. Dora zei: 'Je was dol op camelia's. Toen.'

Caro wilde de camelia's ontkennen, alsof ze een val waren geweest. Uit schaamte hierom had ze graag willen uitleggen: ze wilde haar gemoedsrust met haar delen, niet die als een offer opgeven.

Kew voldeed niet. Dora wilde nu naar Nieuw-Zeeland, waar

een vriendin van haar woonde, in Palmerston North. 'Trish Bootle heeft me nodig.' Het was weer zo'n afsplitsing van Dora. 'Daar ben ik nodig.'

Adam zei dat hij op het beste schip passage voor haar zou boeken.

'Als jullie maar van me af zijn.'

'We boeken een retour.'

Dora zei tegen Dot Cleaver: 'Dat is makkelijk opgelost voor hem, een cheque uitschrijven.'

Door Grace op de hoogte gebracht zei Christian: 'Het was stom van Vail om zich ermee in te laten.' Maar Christian was eigenlijk tevreden dat Adam zich met Dora bemoeide. Het was – precies zoals de leen- en pachtwet of het Marshallplan – typisch iets voor een Amerikaan. Hij zei tegen Grace: 'Ik heb die last lang genoeg gedragen.'

Christian dacht tegenwoordig aan de ouderdom en vreesde opgezadeld te worden met de gebreken van anderen. Dora liep al tegen de vijftig. Haar benen waren een beetje krom, haar figuur en haar uiterlijk werden minder. Om de paar weken zaten er grijze strepen in haar haar. Zijn moeder begon een zorg te worden, zoals hij het noemde, in haar eentje in haar oude huis met alleen een vrouw voor overdag en een rode kat die Hotspurr heette. Ze zou beter af zijn in zo'n huis. Christian zei dat tegen Caro, die antwoordde: 'Ze heeft zelf een huis, je bedoelt een tehuis.'

Terugdenkend aan een lang geleden getoonde voorkeur hield Christian zich voor dat hij met Grace de juiste keus had gemaakt. Hij had gezien hoe mensen het lid op de neus kregen als ze hun impulsen volgden. Juist aan zijn verstandigheid op elk beslissend moment dankte hij het feit dat hem nooit iets vreselijks was overkomen.

28

Pas in de zomer van de jaren zestig overkwam Christian Thrale iets vreselijks, althans iets hoogst betreurenswaardigs. Het gebeurde toen Grace met de kinderen op Peverel was – wat al een idee geeft van de aard van het voorval. Grace was nog niet lang genoeg weg om fatsoenlijk, laat staan node, gemist te worden; en zeker niet lang genoeg om Christian te laten opbellen, want in dat opzicht was hij zuinig.

Het was op een dinsdag in de namiddag toen Christian voor zijn kantoorraam uitzag over de gloed van zijdezacht licht die zich verzoenend over Londen verspreidde: kijkend naar bossen vol bladeren, gespreid als open handen, naar witte pilaren en zuilen, en wegen die blonken als rivieren. In het park was een strook aarde te zien, een plas water, de blauwe, hoogoplopende heuvels ridderspoor. De vooravond droeg het stempel van een daverend succes dat na vele mislukte pogingen luisterrijk werd gevierd.

Christian genoot niet alleen van de beheersbare verrukkingen van de zonsondergang, maar ook van het voor hem nieuwe, intense plezier dat hij erin schiep. Hij had gewoon even naar buiten gekeken, zonder iets anders te verwachten dan het weer. Ondanks het geraas van het verkeer had het gedenkwaardige licht een verstild karakter – toch leek het niet simpelweg een natuurgegeven, want je kon je moeilijk voorstellen dat zoiets stralends kon bestaan zonder zo'n stad om het te omvatten. Er kwam menselijke betrokkenheid aan te pas, zoals in een gewichtige overgang bij het begroeten of afscheid nemen van de wereld.

Christian was zich bovendien van zichzelf en zijn kijken bewust: een rossig blonde man van meer dan gemiddelde lengte en intelligentie – maar altijd met de middelmaat als toevlucht onder handbereik; of liever de maatstaf waaraan afwijkingen en buitensporigheden werden beoordeeld.

Achter hem ging een deur open. Hij draaide zich niet om, want hij vond het plezierig betrapt te worden in een beschouwend en bespiegelend moment: een rossige man met smalle schouders die nog steeds de juiste verhoudingen zag. In zijn kindertijd had Christian, zoals veel kinderen, zichzelf gevoelig genoemd. Net zomin als veel volwassenen was hij in het licht van latere aanleidingen tot nieuwe inzichten gekomen. In kantoorzaken had hij regelmatig gemaand: 'Als we onze menselijke kant kwijtraken, zijn we verkocht.' Hoewel hij op andere momenten had gezegd: 'We moeten ergens een grens trekken' en 'Dat is niet aan mij'.

Er was een noodsituatie ontstaan, en wat een geluk, Thrale, dat jij er nog bent. Er werd een vergadering belegd, aangezien er die avond nog telegrammen moesten worden verstuurd. Wat een geluk, want Talbot-Sims was net met de lift naar beneden gegaan.

Christian dacht niet: wat een geluk, met in zijn achterhoofd Talbot-Sims die naar huis spurtte alsof zijn leven ervan afhing, vrij door Londen vluchtte in, zoals hij zich voorstelde, een open auto, hoewel bekend was dat Talbot-Sims zich uitsluitend met de ondergrondse verplaatste. Hangend boven het wilgenmotief op zijn vloeipapier verzamelde Christian documenten en nam met tegenzin de bereidwillige gelaatsuitdrukking aan die hem doorgaans vlot afging.

Christian Thrale klom op in zijn werk. Wie een blik wierp op de muur van zijn carrière zou melden: 'Christian klimt op', alsof hij wingerd of hedera was. Ze zeiden niet: 'Hij zal het nog ver schoppen', wat op gedrevenheid zou hebben gewezen, maar merkten zo nu en dan op dat hij geleidelijk hogerop kwam: 'Christian is opgeklommen'.

De vergaderzaal keek uit op het park. Dat gold alleen voor de zaal, want de aanwezige mannen waren geconcentreerd op een tafel, op documenten, op elkaar; op zichzelf. Ze staarden in de spiegelende houtnerf van die tafel, als in een aquarium. Door een frisse teug belangrijkheid verkwikt ritselden en mompelden ze, streken ze lucifers af en vergeleken hun horloges, want er was oponthoud. Nu het eerste peloton stenografes veilig weg was gekomen door zich samen met Talbot-Sims te verdringen in de lift naar beneden – hun vluchtcapsule – en de nestor, juffrouw Ratchitt, vandaag met galkoliek thuis was, zaten ze te wachten op een meisje dat kon notuleren.

Dat was wel ergerlijk nu elk moment telde.

Ze was als de ridderspoor toen ze binnenkwam. Voor deze noodsituatie was ze uit het damestoilet teruggeroepen, waar ze zich opmaakte om naar huis te gaan – misschien wel, wie weet, om uit te gaan. Bij die voorbereidingen had ze haar haar, dat zo blond was als rijp koren, losgemaakt; en had geen tijd gekregen het weer op te steken. Slechts naar achteren geborsteld viel het los op haar tengere blauwe schouders en golfde het over haar rug. En zelfs de ergste man daar, van wie er meerdere waren, smachtte ernaar. Christian kon zich niet herinneren haar eerder in de ontmoetingszones, lift of gang, te hebben gezien. Maar misschien was het anders met haar haar los.

Toen ze binnenkwam, was ze als de ridderspoor.

Ze ging in een zware stoel zitten – die niemand, zacht gezegd, voor haar naar achteren schoof. Omdat ze dat nooit voor Ratchitt hadden gedaan, zou het contrast hen hoe dan ook hebben verraden. Achter het wandkleed van zijn gelaatsuitdrukking keek Christian Thrale betoverd toe. De beschroomde, weloverwogen bewegingen waarmee ze haar gelinieerde schrift op tafel legde en opensloeg, en een extra potlood belette weg te rollen. De elleboog rustend op het tafelblad, het hoofd met de lange wimpers naar het papier gebogen, waarmee ze deed denken aan een schoolmeisje, wat ze kortgeleden nog was.

Het geflits in het aquarium werd sterker, voordat het plechtig wegebde. Het was een ritueel moment, alsof de solomusicus zijn jaspanden naar achteren spreidde over het pianobankje of het beschermende kussentje tussen Stradivarius en kin klemde. Heren, laten we beginnen. Ik hoef niet te benadrukken dat dit overleg in uiterste vertrouwelijkheid plaatsvindt, ik neem aan dat dit ook is duidelijk gemaakt aan juffrouw – ik weet helaas niet hoe...

Cordelia Ware.

Juffrouw Ware. Uitstekend. Het kabinet zal zijn beraadslagingen binnen het uur afronden en ons is medegedeeld dat.

Het viel naar voren, die vlag van haar. Eén arm kwam omhoog om het tevergeefs weer over de schouder te duwen. Een haastig omgeslagen bladzijde. Een gazelle in de kamer. Porselein in de olifantenkast. Alles teer en mooi, wang, oor, pols en de ernstige blauwe boog van middel tot schouder.

Gezien de ontwikkelingen van de afgelopen week heeft een dergelijk besluit het grootst mogelijke gewicht, met verstrekkende consequenties. Wilt u dat in het opschrift zetten, juffrouw – ik ben helaas uw – Heren, de tijd werkt in ons nadeel.

Ze notuleerde minutieus. De minuten vlogen voorbij, zij was degene die ze vastlegde. Elk moment telde en de tijd werkte in het nadeel.

Christian herinnerde zich versregels:

Hoe kan ik me, met dat meisje hier,
Uitsluitend concentreren,
Op de politiek van Romeinse, van Russische,
Of van Spaanse heren?

Het gedicht eindigde met: 'Ach, was ik maar weer jong, en hield haar in mijn armen.' Dat herinnerde hij zich ook. Als je die dingen jong had geleerd, raakte je ze nooit meer kwijt. Je bent zo oud als je je voelt. Ik voel me oud. Er flitste weer een bladzijde voorbij, de pols kromde angstvallig. Weer dat gebaar om het haar terug te duwen. De tijd werkte in haar voordeel. Ze droeg een rond horloge, goedkoop, met een bandje van zwarte stof – rips, zo werd het in de advertenties genoemd. Ze bracht hem tot zinken, hij kapseisde als een schip. O lieve god, het is de Inchcape Rock. Dit is belachelijk, en zo vreselijk oneerlijk. Een jarenlang gelukkig huwelijk zal toch zeker niet op de klippen lopen door een sleur of steile rots als hier aangegeven? Dit jaar Spanje en in '63 de rondreis. Kantoor, dat klopt. Maar niet in dezelfde mate als het effect van dit meisje lijkt te insinueren.

Christian laveerde dus, zigzaggend op een koers van blond haar en blauwe bloemen. Zijn scheepsmaten leken wel aan de mast gebonden, met was in hun oren gestopt. Ze ziedden, ze ronkten. Ze bewandelden wegen. Ze wisten de weg. Wat het humanitaire aspect betreft zal grote zorg worden uitgesproken. Dit zal echter vertrouwelijk geschieden teneinde geen verstoring van een toch al delicaat... Ze waren in de fase van achteroverleunen, de dassen los. Een verstandige voorzorg, Bickerstaff. Goed punt, Barger. Relevante opmerkingen geprezen zoals op school – met Christian ditmaal niet bij de uitblinkers.

Haar volgen was uitgesloten toen ze eindelijk werd weggestuurd om ergens te gaan typen in een kamer waar nu lampen waren aangestoken en schoonmakers moesten worden weggestuurd. De inhoud van de prullenmand zou worden verbrand. Op duinen en kapen dooft het vuur. Kapiteins smolten weg, leiders vertrokken.

Dwalend door een grijze gang werd Christian aangeklampt door een verbleekte collega, Armand Elphinstone genaamd. Christian had weleens aan Grace verteld: 'Elphinstone en ik mogen elkaar niet.' En daarna: 'Het zal vast aan mij liggen.'

Elphinstone draaide kleingeld in kringetjes in de zak van zijn ongeperste pantalon. Hij haalde schouders op die spikkeltjes vertoonden van roos en krijtstrepen van uitgevallen haren.

'Waarom zijn we altijd zo slecht georganiseerd, als ik vragen mag. We waren onvoorbereid. Die vergadering had minstens een uur eerder kunnen worden belegd. Werkelijk waar. Ik weet niet hoe we de permanente commissie onder ogen moeten komen.' In Elphinstones zakken klonk het slagwerk van onzichtbare munten, samen met een sleutelbos die het koper verzorgde. Hij keek weg. 'En dan dat meisje maar half gekleed binnensturen.'

Hij dus ook. Zelfs de vale Armand.

Het had geen zin te blijven rondhangen. Elphinstone had alles nu wel bedorven.

De volgende dag was er iets anders. Christians eigen secretaresse ging met zomervakantie.

'En wat hebben ze voor mij bedacht?' Toen hij het haar vroeg wist hij het al.

'U krijgt een meisje uit de typekamer. Ik zal haar de voornaamste dingen wijzen. Een zekere juffrouw Waring. Of Ware. Het zal natuurlijk een bende zijn als ik terugkom.'

Op de eerste dag droeg ze een jurk van versleten bruin fluweel, haar haar in een gladde wrong. Christian was de hele ochtend een man van weinig woorden, die dit of dat voor drie doorslagen op haar bureau mikte: dit heeft prioriteit, dat moet in klad. Hij hield het maar tot de middagpauze vol. 's Middags wilde hij al meer van haar weten en graag een goede indruk op haar maken. Ze noteerde wat hij dicteerde en hij kon haast niet geloven dat ze aan zijn tedere genade was overgeleverd: hij voelde zich eerder teder dan genadig. Toen ze haar schrift dichtsloeg, zei hij: 'Ik hoop dat je die avond niet al te laat hebt moeten blijven.'

Ze sloeg haar ogen op, niet-begrijpend.

Hij had het gevoel zich te hebben verraden. 'De avond van de kabinetsverklaring.'

'Ik heb de trein gemist. We wonen in Dulwich.' Aarzelend,

alsof ze met een antwoord al misbruik maakte van zijn belang-
stelling. 'Ik mocht bij een van de andere meisjes overnachten.'
'Hopelijk heb je niets moeten afzeggen.'
'Het was de verjaardag van mijn vader.'

Tot wat voor leven veroordelen we ze, peinsde Christian –
niet zonder voldoening. Hij erkende dat het een plezier kon zijn
haar vader te verdringen, voor wiens status hij noodgedwon-
gen – je besefte dat soort dingen nu eenmaal – een rivaal moest
zijn. Haar ogen waren zo helder, opgeslagen, bijna rond, klaar
als grijs glas. Hij zag dat ze bij hem in de smaak wilde vallen:
ik hoop dat mijn werk naar tevredenheid is, meneer. Haar stem
was, net als haar jurk, reezacht, een uitstekende eigenschap bij
een vrouw. De vader had zijn kind Cordelia genoemd.

Wanneer hij haar hoorde typen, zocht hij een excuus om
even bij haar bureau te gaan staan. Dit had bijna iets seksueels,
zoals de relatie tussen tenor en begeleider, zij zittend en on-
dersteunend, hij staand en dwingend. Er hing een vage, zoete
geur van talkpoeder of shampoo om haar heen. Haar vingers,
smoezelig van het carbonpapier, nerveus van zijn nabijheid,
bladerden zes doorslagen door om een typefout uit te wissen.
Een *Stijlhandboek* – wat voor stijl kon hier zelfs maar mee ge-
moeid zijn? – lag open bij regels vol zinloze en eindeloze een-
tonigheid. Met de meeste hoogachting, verblijf ik, Uw nederige en gehoorzame dienaar. Op het bureaublad lag de rui van
vlakgommen boven op de sporen die een hele zwerm eerdere,
gevlogen secretaresses met hun nagels en hun gemors hadden
achtergelaten.

Hoogachting en gehoorzaamheid. Minder tevreden vroeg
hij zich af: waarom laten ze zich dit welgevallen?

Hij legde nog net niet zijn hand op haar bruinfluwelen schouder. Voelde bijna het soepele leven onder zijn handpalm zwel-
len – en zou haar op dat moment hebben laten gaan, zou haar
in veiligheid willen brengen voor al zijn charme, terwijl ze zo
angstvallig, zo onschuldig over haar onzinnige werk gebogen
zat.

'Die is het belangrijkste,' zei hij. 'De rest kan wachten.'

In zijn kamer hoorde hij gehamer op de toetsen, de ruk aan de rol, de arpeggio's van zinnen, het andante van een ingesprongen passage. Een woedende uitroep bij een valse noot. Eigenaardig hoe een apparaat de ergernis van degene die ermee werkte kon reproduceren. De ingebeelde welving van haar zachte schouder was voelbaar achtergebleven in zijn nog naar die vorm gekromde hand.

De avond kwam op als de dageraad. De stad ademde hem in als in een zucht van intense opluchting. Een golf opwinding droeg Christian van bureau naar raam – waar de metropool opnieuw hulpeloos en verwachtingsvol onder een schemering lag zo magnifiek als een zonsverduistering. Een voorzichtig man zou door een speciale bril hebben gekeken, of door een in karton geprikt gaatje. Met het blote oog stond Christian te kijken. Hij was zo iemand die de lucht nog kon zien. Die zijn Yeats kende. Zijn Freud.

Niet voor niets ging aan die namen het bezittelijk voornaamwoord vooraf.

Hij was in de verleiding haar zonder omhaal mee uit eten te vragen. Maar nee, niet zonder omhaal, en niet op de eerste avond. Eerst moest er een gepaste tijdspanne verstrijken, en maar hopen dat het mooie weer aanhield. Dit had iets royaals – ze hadden zo weinig tijd. In zijn hoofd zei hij 'ze' – en kon hij dit nieuwe bezittelijke voornaamwoord niet ongerechtvaardigd vinden.

De volgende dag was het warm. Terwijl Christian met de auto naar kantoor reed, zette de stad al haar ramen open. Naar Camelot met zijn torens. Als op afspraak had ze de jurk met de korenbloemen aan – toch? – en hingen haar haren los. Hij had gehoord dat meisjes dat jaar hun haar streken om het lang en steil te maken, maar dacht niet dat dit voor haar gold. Het moest onmogelijk zijn om dit zelf te doen – misschien deden hun moeders het voor hen. Hij probeerde zich het keukentje voor te stellen in Dulwich, brandschoon, de moeder vorme-loos in een bebloemd schort, en zij met haar hoofd op de strijk-plank. Het leek een executie.

Het was niet moeilijk haar langer te laten blijven. Het was doodeenvoudig om een dringende noodzaak te fabriceren – dringende noodzaak was daar meestal gefabriceerd – door een bepaald memorandum tot in de namiddag op te houden. Toen ze om twee uur terugkwam van haar haastige boterham (de boterham veronderstelde hij, de haast registreerde hij), sloeg hij toe. Om zes uur waren ze alleen, hij aandachtig overlezend, zij typend. Hij stond op, ging naar het toilet om zich op te fris-sen. Er kwam water aan te pas, een kam, een kritische blik. Hij glimlachte in een vierkant van kwikzilver waar een barst dwars doorheen liep. Teruglopend door de stille grijze aderen hoorde hij het apparaat nog steeds bezig, als een hart.

Hij had gekozen voor de meesterlijke aankondiging: 'Ik breng je met de auto thuis.' En had uiteraard gehoopt dat ze niet zo vreselijk onthutst zou kijken. 'Laten we wel wezen' – met deze frase uitte Christian regelmatig zijn afkeuring voor de alom aanwezige neiging tot weigerachtigheid – 'we zijn ze-ker nog een halfuur bezig. We kunnen evengoed' – uitgemaak-te zaak – 'ergens een hapje eten, dan breng ik je daarna weg.'

Hij meende een zweempje tweeslachtigheid te bespeuren – hij zou het geen argwaan noemen – vermengd met haar verba-zing. Ze moest toch wel blij zijn, zelfs opgewonden. Een meisje dat haar dagen sleet met het draaien van doorslagen zou elke afleiding verwelkomen. Uw nederige en onderdanige dienaar.

Niet dat hij zichzelf als een afleiding beschouwde.

'Dat is vriendelijk van u,' zei ze, zonder dat dit zijn geweten bezwaarde.

Ze zat in de auto naast hem. Ze staken een rivier over, de rivier, na chablis en zeetong. Het was nog lang niet donker. Het egale grasveld vóór hen was volkomen onschuldig, met zijn late cricketballen, loslopende terriërs en oudere echtparen veilig op

303

hun reservebankje. (Het gescharrel zou pas later komen, als de nacht viel.) Maar de bomen; hij had het nog nooit gevoeld – zulke bomen, als wolken, als schermen, als reusachtige boeketten. Dit kwam door haar: eerst korenbloemen, nu bomen. Licht gevleugelde Dryade, beukengroen, Rima het vogelmeisje: dat type was ze, de trouwe nimf, hoe heette ze ook weer, Tess van de – nee, dat niet: Tessa. En dat allemaal in Clapham.

Hij zou het liefst de auto ter plekke hebben geparkeerd, alleen om naar de bomen te kijken, en zou haar haast per ongeluk in zijn armen hebben genomen. Maar de gepaste tijdspanne moest eerst verstrijken. Ze had zo weinig gezegd, alles correct en niets geks. Ze bleef doodstil zitten en keek naar de avond en de bomen, met haar hoofd naar de rugleuning gebogen zonder achterover te leunen. Ze reden verder, door voorstedelijke lanen waar hij naar keek met de sympathie die iemand kon opbrengen voor een minder geslaagde jeugdvriend.

'U moet daar bij het schoolgebouw linksaf.'

Hij ging linksaf.

'Hier rechts is het. Dit huis.'

Hij was zeker geweest van een rijtje moedeloze asters, drie treden voor de voordeur, een portiek van matglas dat somber uit de baksteen naar voren stak. En was minstens zo geïrriteerd als wanneer ze hem welbewust had beetgenomen. Niet dat het een voornaam huis was: een aardig huis, wit maar achttiende-eeuws, afgezet met fuchsia's langs een korte bocht van aangeharkt grind. Maar het was precies het soort huis waar hij en Grace naar hadden gekeken, om daarna tot de slotsom te komen dat ze het zich niet konden veroorloven.

Alle ramen straalden. Het leek op een huis uit een roman waarin een feest wordt beschreven: schitterend. (Christian deed zelf de lampen liever uit waar ze niet nodig waren.) Of het was een schip, feestelijk en statig met opgestoken zeilen en vliegend vaandel. Uit de openslaande tuindeuren op de begane grond bolde een zijden gordijn, als een ballonfok.

Hij hield voor de deur stil. De auto kreeg iets armoedigs in het licht van het huis. Hij herinnerde zich plastic speelgoed op de achterbank.

'U moet even binnenkomen.' Op eigen terrein was ze bijna sociaal.

'Ik moet terug. Het is al laat.' Het was ongemanierd, maar het huis vormde een bedreiging. Hij voelde de blik van de vader op hem, zag zichzelf knipperen in het schijnsel, opgebracht als in een politiebureau. Ik waarschuw u dat alles wat u zegt...

Toch hoorde hij zichzelf verkondigen: 'Een ander keertje.' En boog zich vrijmoedig over haar schoot heen naar het portier om zijn hand op haar onbeholpen greep te leggen alsof hij een contract bezegelde.

'Omhoog en duwen,' zei hij. Toen: 'Een flinke zet geven.'

Er kwam een Schotse terriër de trap af rennen, één grote snuit met poten en een stompje staart. Hij hoorde haar zeggen: 'Hier, Hoots. Hier, Hootsie', half in vervoering.

In verwarring aanvaardde hij de terugtocht naar de stad. Hij had zich op zijn rol voorbereid, hartelijk en toch ingehouden, de situatie meester in dat bescheiden huisje met de begonia's en het brandschone keukentje; waar hij hen over hun natuurlijke schroom heen hielp. Was zelfs gereed geweest voor een mogelijk socialistische broer wiens norse stellingnames elegant konden worden ontkracht. Maar was duidelijk niet voorbereid op de vereffenende eigenschappen van Lowestoft, Regency, gebonden uitgaven, een verbleekt maar kostbaar Samarkand-tapijt; en misschien een aan Hoppner toegeschreven werk boven de originele schoorsteenmantel.

Bovendien hield hij niet van dit gevoel van een nipte ontsnapping.

Onwillekeurig associeerde hij zijn huidige impulsiviteit met zijn eerste ontmoeting met Grace. Bestond er trouwens niet een erkende aandoening genaamd Cophetuacomplex? Of had hij dat verzonnen?

Thuisgekomen belde hij Grace op. Dat had moeten helpen, maar dat was niet zo. Er was een buurvrouw op bezoek, het was te laat om de jongens aan de telefoon te roepen, één tel, ik moet even iets uitzetten. Jeremy was sceptisch over de authenticiteit van de Ronde Tafel, die ze die ochtend tegen betaling hadden bekeken, en Hugh had een boze bui.

'Is er nog iets op kantoor gebeurd?'

'Die rel in Afrika gaf een hoop deining. En dan is er altijd de minister van Buitenlandse Zaken. En zoals gebruikelijk komen we mensen tekort. Ik heb nu een tijdelijk iemand.'

'Is juffrouw Mellish dan toch weg?'

'Tegen de tijd dat ze terug is, zal het wel een bende zijn.'

Hij legde de hoorn neer en trok zijn schoenen uit. De vouwgordijnen waren naar beneden ter bescherming van het verblekende chintz. De bladmuziek van Grace lag dichtgevouwen op de gesloten piano. Hij zag Huize Ware voor zich, wemelend van de witte zeilen. Het meisje dat boog, het bordes als een toneel verlicht. Haar gezicht en handen levendig van liefde toen ze de hond aaide, die om haar enkels, haar knieën sprong. Hij hoorde haar praten, met die stem van een sprekende ree; hij voelde zelfs de klit in de ruwe vacht van het dier. Hij keek reikhalzend uit naar morgen.

De volgende ochtend borg Christian het speelgoed op in de kofferbak van de auto. Het mooie weer hield aan, de gepaste tijdspanne verstreek. Door de bijna uitgelaten vrijdagsstemming fleurde het departement op, alsof er iets anders dan een Engels weekend in het verschiet lag. Er heerste rust, zelfs in Afrika, waar krokodillen loom op trage wateren dreven tussen muren van roerloos bamboe.

De aanblik van Cordelia Ware in een roze bloempatroon verdreef de nederlaag van Dulwich, bande het spookbeeld uit van politie-inspecteur Vader.

Alleen Elphinstone was verkouden. Elphinstone moest die

avond met het vliegtuig naar een belangrijk congres in Brussel, en was bezorgd over de gevolgen van cabinedruk op de oren.

Christian stond bij Elphinstones bureau. 'Helemaal klaar?'

Elphinstone hoestte. Eerst slijmloos, als de haperende ontsteking van een motor die steeds maar aanzette tot hij pakte. Met een fontein van stof haalde hij een zakdoek uit zijn broekzak.

Christian wendde zich af en keek naar twee ingelijste foto's die naast de kaart aan de muur hingen: Elphinstones grootvader in diplomatiek ornaat; en een tuinierdag van Britse ingezetenen die eens door Elphinstone was georganiseerd op de Engelse begraafplaats van Capri.

De kaart was zo oud dat India in het roze van het Britse Rijk was gekleurd.

Eindelijk gaf Elphinstone antwoord. 'Ik heb geen enkel probleem.' Hij gaf het woord 'probleem' sarcastisch de nadruk om te kennen te geven dat hij wist dat het een amerikanisme was.

'Je weet dat ik morgen beschikbaar ben.' Christian had dat weekend dienst. 'Mocht er iets misgaan.'

Elphinstone was een en al medeleven. 'Je hebt niet veel aan je zomer. Werkelijk waar. En je weekend naar de maan.' Hij bracht de verfrommelde zakdoek naar zijn gezicht en keek Christian eroverheen aan, als een struikrover. 'Plus overwerk.'

Christian wendde zijn ogen af van de schoffels, de grijnzen en de triomfantelijk opgehouden paardenbloemen op de Britse begraafplaats, en keek Elphinstone doordringend aan.

Toen Christian wegliep, blafte Elphinstone nog eens in zijn zakdoek, en spreidde hem op de vensterbank uit om te drogen.

In onwetendheid over dit alles, in al haar onwetendheid keek Cordelia Ware van haar beduimelde papieren op toen Christian binnenkwam – haar blik een verfrissend contrast met die van Elphinstone. Christian ging aan zijn bureau documenten zitten tekenen en gooide ze wraakzuchtig in bakjes. Hij werd beheerst door woede, en iets van triomf. Elphinstones ogen boven de bandana waren een gedenkwaardige aanblik geweest. Een onbekwame, onuitstaanbare dwaas die ons is opgedrongen, laten we wel wezen, omdat zijn grootvader in 1908 een rampzalig verdrag was aangegaan. God, de mensen moesten eens weten.

De middag verstreek, vermoeide. Geleidelijk aan verlost van de ballast van vroeg vertrokken ambtenaren werd het hele kantoor lichter, opgewekter. Juffrouw Ware – Cordelia – bracht hem de post. De rust hield aan, verspreidde zich over continenten, nam Afrika de wind uit de zeilen. De officiële giek zwaaide vergeefs heen en weer in de wereldwijde windstilte. Er waren doorslagen ter informatie en de tekst van een ministerstoespraak die nu wegens veranderde omstandigheden niet zou worden gehouden. Er waren documenten getekend PsB, voor Permanente staatssecretaris van Buitenlandse Zaken, waar geen actie op werd overwogen of verzocht. Er was een ansichtkaart met de rotskust van Etretat van juffrouw Mellish: Hoop dat alles goed gaat.

'Mellish is in het land van Monet.'

'Ze heeft mij er ook een gestuurd.' Ze reikte hem aan. Dezelfde rotskust: Ik vergat te zeggen, laat het archiveren maar liggen tot ik terug ben.

Ze stonden daar elk met een kaart, een voorwaardelijke vrijbrief, terwijl de tijd drong.

Hij kon zich niet in dit zwijgen vergissen. De telefoon ging.

Het was zijn tegenhanger op een aanverwant departement. 'Hoor eens, Thrale. We begrijpen niet goed hoe het zit met die bijeenkomst in Brussel.'

'Wat wil je nog meer? We sturen een van onze beste mensen.'

'Geen verwijt aan jouw club, mijn beste. Puur een kwestie van communicatie.' Het woord 'communicatie' kreeg dezelfde ironische intonatie als Elphinstone aan 'probleem' had meegegeven.

Met een grimas naar het meisje zwaaide Christian met de

hoorn om zijn ergernis te ventileren. Hij had zich bij juffrouw Mellish nooit zoiets ongehoords veroorloofd. Hij verlangde vurig naar het einde van de dag, of het begin. De stem neuzelde door, onweerstaanbaar aangetrokken tot jargon, maar niet bereid verantwoordelijkheid te nemen.

Met een ongeduldige ballpoint trok Christian op het vloeipapier de omtrek na van de kleurige ansichtkaart, zijn balboekje.

Opeens zei ze: 'Als er verder niets meer is', en had haar tas in haar hand. Ze had een vuurrood vest over haar arm en zei geluidloos: Dag, meneer Thrale. Het was geen moment bij hem opgekomen dat ze uit eigen beweging op tijd zou vertrekken. Voordat hij kon ophangen, was ze weg; en nergens op de gang meer te bekennen.

Hij verloor volledig zijn verstand en snelde de gang op om de lift tegen te houden.

Alleen Elphinstone stond tussen de liftdeuren klaar, gereed voor de afdaling. Elphinstone grijnsde over zijn schouder naar Christian, en stak zijn vingers op in het Victorie-teken. Het leek wel alsof hij een parachutesprong ging maken. Terwijl hij verdween, ging zijn hand naar zijn hart, tastend naar het trekkoord.

Weer terug op zijn kamer ging Christian voor het raam staan waar het allemaal was begonnen. Hij wist niet precies waar hij op uit was geweest, maar beslist niet dit vooruitzicht van een mislukte avond vol gepieker. Na het laatste galmen van archiefkasten en bureaulades heerste er stilte in het kantoor. In heel Londen glipten meisjes auto's in en uit, en bogen jongemannen zich over hen heen met de woorden: 'Omhoog en duwen.' Echtparen droegen dienbladen en riepen: 'Neem jij het ijs mee', en het tuinmeubilair uit Harrods stond eindelijk buiten.

Alleen Christian stond mistroostig voor zijn kantoorvenster.

Zonder dat helrode vest had hij haar misschien niet opgemerkt. Ze stak de straat beneden hem over, langzaam lopend in de richting van het park. Of, dat kon ook, van de ondergrondse – maar op die manier loop je niet naar een metrotrein, met je hoofd opgeheven naar de lucht en je wolletje achteloos over een schouder gegooid. Ze had slanke benen en platte schoentjes; en was in haar manier van lopen al even bekoorlijk als in haar andere bewegingen.

Weg van het web, weg van het weefgetouw. Met drie stappen stond hij bij zijn bureau om lades dicht te klappen en pen en bril mee te grissen. Hij had nog genoeg tegenwoordigheid van geest om een map met documenten voor het weekend als rekwisiet mee te pakken.

Toen hij, op straat gekomen, haar in het vizier kreeg, hield hij de pas in, vol fantasie genietend van het verrukkelijke beeld. In zijn achtervolging voelde hij de belofte van een geluk dat hij als volwassene zelden had gekend en dat in zijn kindertijd ongekend was. Als jongen was Christian verliefd geweest, later als jongeman gereed om een meisje tot vrouw te nemen. Maar niet zoals hier, nu hij geheel buiten alles om, alleen als uitkomst van krachten die buiten zijn macht lagen, naar Cordelia Ware keek, overmand door tederheid, heen en weer geslingerd tussen aanbidding en minzaamheid.

Hij haalde haar in toen ze het park in liep. En was een en al verraste beminnelijkheid: Niet naar Dulwich? Ze legde uit, het was zo'n mooie avond, en het park. Ze gingen samen door de poort. Ze dwaalden langs borders kleurige bloemen en onder kornoeljebomen door. Ze liepen over een brug en zaten op een bankje alleen. De kantoormap, die met zijn warme massa in Christians hand als een weerzinwekkend levend wezen begon aan te voelen, werd als een overijverige handlanger aan zijn andere kant geposteerd.

Hier heerste een uitgestrekte rust, de grond was puur gras en de lucht pure hemel; hoewel watervogels kibbelden over de uitgestrooide korstjes en er een krant voorbijkwam met een gruwelijke kop. Ergens boven hen zat Elphinstone veilig in de lucht, waar hij driftig slikte ter bescherming van zijn oren en voor de zekerheid een extra pepermuntje pakte uit het gepresenteerde schaaltje.

Ze zat met rechte rug, maar niet als bij een gymnastiekles, met haar vingers vervlochten op haar over elkaar geslagen knieën. En was, met de avond op haar haar en haar bleke huid, puur licht. Ze keek hem aan, ernstig en luisterend. Als de muze: geduldig, maar uitsluitend bereikbaar voor hen die te goeder trouw zijn.

'Wil je met me uit eten?' Het waren de nederigste woorden die hij tot nu toe tot haar had gesproken.

Op haar bedrukte borst kwamen roze bloemen omhoog. 'Als dat mag,' zei ze.

Hij wist niet hoe hij op dat beroep op zijn autoriteit moest ingaan en liet het passeren. Nu leek alles mogelijk. De hele wereld lag, als het weekend, voor hem open. Hij had niet vergeten dat ze een keer bij een vriendin in de stad had overnacht. Op dat moment had hij die informatie al opgeslagen voor denkbaar later gebruik.

'Word je niet thuis verwacht?'

'Ik bel wel even.'

Hij wilde niet weten wat ze ging zeggen. Inspecteur Vader kon het dak op. Ze zouden tussen het gras en de lucht blijven zitten zolang het licht bleef, en later zou hij haar mee uit eten nemen naar dat tentje in een zijstraat van Duke of York Street, dat je voor gedenkwaardige dagen bewaarde.

Hij had die ochtend een cheque verzilverd.

Het onbegrensde veld van mogelijkheden kweekte een nieuw soort verdraagzaamheid voor alle leven: het gedempte getoeter van menselijke activiteit dat hen vanaf de straat bereikte, het gekrijs van een ongeremde vogel vlak voor hun voeten; het paartje vlak bij hen op het gras waarvan het gewoel onder een uitgespreide regenjas wel een obscene knipoog in hun richting leek; de ijzeren hertogen en stenen admiraals gekluisterd op voetstukken en sokkels. Ze mochten allemaal op deze aarde zijn, zelfs de gardesoldaten met hun lichtrode Mao-jasjes en Afro-berenmutsen, en de verre fallus van een verrijzende wolkenkrabber, al had Christian nog onlangs een petitie getekend tegen de oprichting ervan.

Christian voelde zich ver van alle kleinzieligheid, zoals alleen het geval is bij onmetelijk geluk of verdriet. Door zijn bezorgdheid om status was hij niet geschikt voor grootse dingen: hij was een man van slechts plaatsvervangend belang; maar begreep op die momenten het royale hart van helden.

In die sfeer verstreek de avond. Christian nam Cordelia bij het eerste groene licht bij de arm en liet pas los toen ze bij het restaurant aankwamen. Onder het eten praatte hij over Spanje, waar ze nog nooit was geweest – 'Laten we wel wezen, Madrid ís het Prado' – en de Hebriden, waar ze wel was geweest. Hij kwam erachter dat het huis in Dulwich van haar grootvader was geweest, en dat ze drie broers had, en een oom die doof was geworden van te veel kinine gedurende een tiental jaren in Bengalen. Behalve Scottie was er een pluizige poes genaamd Ruffles.

Dat alles – de Greco's, Skye, de oom en de rafelige kat – trok in een betoverende optocht door de ruimte van één smalle zaal.

Ze liepen naar de auto terug via de brede straten en ruime pleinen die in benardere tijden waren aangelegd. Er kwam amper een voertuig voorbij. Geen mens liep de trap op van de juiste clubs of dook op uit de met petunia's getooide portieken van de machtige bedrijven. Die hele verheven en onaardse promenade lang hoorde je elke voetstap of lach.

Christian ontsloot het portier voor haar en hield het open, maar blokkeerde de ingang.

'Ik moet je weer zien.'

'Dat weet ik,' zei ze.

Hij liet het portier los, dat langzaam, als het luik van een vervallen huis, openviel. Op de achterbank, waar hij die ochtend de kinderspullen van had verwijderd, gooide hij zijn map met schijnpapieren. Hij trok Cordelia Ware in zijn armen.

Ze – ze – hadden bijna drie volle weken voordat juffrouw Mellish terugkwam. Ze hadden het geluk dat hun geluk aanhield. Het mooie weer ook. Afrika bleef rustig, Cordelia's ouders vertrokken naar de Dordogne en Grace meende dat de extra twee weken de jongens veel goed zouden doen.

Zelfs Elphinstone, wel weer terug uit Brussel, moest uitgebreid herstelwerk laten verrichten aan zijn gebit.

Christian Thrale loodste Cordelia Ware aan haar volmaakte kleine elleboog door lege avondlijke straten en trok haar op parkbankjes naar zich toe. Hij legde zijn wang op haar zachte opgestoken haar, en hield haar gouden lokken – er was geen ander woord voor – los gespeld in zijn ongelovige handen. Zij sloeg op haar beurt haar armen om zijn hals, of bracht zijn handpalm naar haar gezicht om die te kussen. In zijn Hillman Minx staken ze keer op keer de Rubicon over bij de Battersea Bridge. *Alea iacta est.* Ze zaten, precies zoals hij het zich in dromen had voorgesteld, onder de elegische bomen.

Voor Christian lieten deze verrukkelijke handelingen toch echt nog iets te wensen over. Hoewel hij zich aanvankelijk aangetrokken had gevoeld tot het maagdelijke voorkomen van dit meisje, werkte de tijd, heren, niet in ons voordeel – nu Grace al dienstregelingen raadpleegde en juffrouw Mellish de boot afduwde van het bruggenhoofd op de Normandische kust.

Ze zei: 'Ik ben al gelukkig als ik gewoon naast je zit.' Haar hand over zijn arm in dat precieze en kwetsbare gebaar van haar. 'Daar kun je met goed fatsoen niet over klagen.'

Hij moest lachen. 'Dan klaag ik zonder fatsoen.' Het zou bijzonder zijn als ze bleek – meisjes waren dat tegenwoordig niet. Tenminste, niet tegen de tijd dat je met ze uitging.

Het viel moeilijk te zeggen welke houding van haar hem meer verrukte, ingespannen gebogen of rank rechtop. Of welke bewegingen van haar, kuis of extravagant als van een ballerina. Ze had een bepaalde blik – je had die niet precies 'vol vertrouwen' kunnen noemen, eerder 'vol overtuiging'. Ze deed een beroep op je oordeel. Ze stelde oprecht benieuwd eenvoudige vragen, alsof ze wilde ontdekken hoe de wereld draaide. Die blik, dat beroep, de nieuwsgierigheid hadden tot gevolg dat verantwoordelijkheid werd toegekend. Christian genoot ervan degene te zijn die statuten vastlegde, onveranderlijke wetten instelde.

'Jouw socratische methode,' zei hij tegen haar, terwijl hij haar opgeheven gezicht in zijn handen nam en glimlachend neerkeek vanuit de hoge positie die ze hem verleende. Ze vroeg niet wat voor methode dat was, maar bleef onbewogen in haar onpeilbare openheid. Het was moeilijk te zien hoe een blik tegelijk recht en opgeheven kon zijn.

Nooit, onder geen enkele omstandigheid, sprak ze hem aan met zijn eigen naam, zijn voornaam. Zijn opmerking hierover leidde tot een klein misverstand. 'Ik dacht,' zei ze, 'dat je dat op kantoor niet prettig zou vinden.'

Hij had als vanzelfsprekend aangenomen dat ze die naam daar niet zou bezigen. Van bepaalde dingen kon je toch stilzwijgend uitgaan.

Op een dag vroeg ze: 'Vind je dit bedrog vervelend?'

Hij antwoordde: 'Nee, gek genoeg niet.' Hij kon het daar niet bij laten en ging door: 'Ik wil alleen niet dat er iemand gekwetst wordt.'

Hij doelde niet op haar.

Pas aan het eind van de laatste week maakte hij haar, zoals men vroeger zei, tot de zijne. De Thrales woonden in een halvemaan van victoriaanse pandjes die eens ivoorwit, stevig en lichtelijk onregelmatig waren geweest, als een mond met een sterk gebit; maar nu waren ze bijgevijld, uitgehold, weer opgevuld en uniform gemaakt. Dit was de plaats waar Christian, met de deuren op slot en de gordijnen dicht, eindelijk in zijn echtelijke bed stapte met Cordelia Ware.

314

Het beddenprobleem viel werkelijk niet elegant op te lossen. Het was óf het bed van een van de kinderen óf dat van hemzelf. Zij stelde hierover een van haar vragen: 'Vind je het vervelend?' 'Helemaal niet.' Hij liet erop volgen: 'Dit is trouwens toch mijn kant.'

Het was gek hoe overgave voorzichtigheid voortbracht. Diezelfde avond al begon hij zich nader te verklaren. 'Ik zal dit nooit vergeten. Geen moment hiervan.' Daar kon ze toch zeker, om haar eigen uitdrukking te gebruiken, niet met goed fatsoen over klagen. Hij zei tegen haar: 'Ik zal stikjaloers zijn op de man met wie je trouwt. Ik haat hem nu al.'

Ze lag naar het plafond te kijken, met ogen zo groot alsof ze ze niet dicht kon krijgen. Na een tijdje vroeg ze: 'Hoe gaan we nu verder?'

'Lieve schat, dat weet ik echt niet.' Hij was immers geen orakel. Zij keek omhoog, speurde de hemelkoepel af. 'We moeten ons maar flexibel opstellen.' Hij sprak het woord uit met Elphinstones intonatie bij amerikanismen.

De volgende dag belde hij naar Peverel. Grace was in Winchester geweest en had het graf van Jane Austen bezocht. 'Ik heb je gemist, Chris.'

'Het enige waar ik van hou is *Pride and Prejudice*.'

'Ik bedoel hier, deze zomer. Het wordt nooit meer zo mooi.'

Hun gescheiden dagen, en nachten, hun verschillende genoegens deden hem verdriet. Grace sprak over de Close, de rozen, de doolhof van beken en de weilanden achter de school. Ze zei dat het uitzicht over de vallei vanuit Peverel die ochtend in één woord schitterend was. Hij onderbrak haar: 'Ik kan niet eeuwig blijven hangen. Dit kost een vermogen.'

Drie weken lang had Christian zich een ontdekkingsreiziger in de stad van zijn geboorte gevoeld. Niet omdat hij met Cordelia Ware op zoveel plaatsen was geweest, tenzij je een keer naar Chiswick, een keer naar Greenwich en de Wallace Collection meerekent, waar ze de bovenverdieping niet hadden gehaald. Maar omdat het zicht voor hem was opgeklaard, zoals voor een door smog gehinderde piloot, waardoor daken en torentjes, tuinen en verkeersopstoppingen opwindend en gevaarlijk dichtbij opdoken; en vogels in vlucht en over daken wandelende katten verschenen. De krommingen van aarde en water veranderden in mijlpalen die niet vanzelfsprekend waren. Bovenal had hij in de menselijke vorm de zoete glorie van de olmen en eiken van Battersea gezien: hij zag mensen als bomen wandelen.

Nu, op een maandag van pure alledaagsheid, een ochtend van echtgenotes die de slager belden of broekzakken controleerden voordat ze naar de wasserij gingen, nam Christian weer de ondergrondse. En juffrouw Mellish was al vroeg op kantoor, bezig achterstallig werk uit te zoeken en te mompelen: 'Ik weet het echt niet.'

'We hebben ons gered.' Loyaal. 'En ook niet heel beroerd, al met al.'

Juffrouw Mellish, die geen geluk had gehad met de fruits de mer en door haar rug was gegaan in Château Gaillard, was coulant. 'Ze is vol goede wil. Dat is al heel wat tegenwoordig.'

Christian was het met haar eens. 'Het is natuurlijk niet zoals met u.'

'Dat is ervaring, meneer Thrale. In het begin was ikzelf net zo groen als dat meisje. Precies zo. We moeten allemaal ergens beginnen.'

Christian kon het wel uitschreeuwen van de pijn die het deed.

Later brachten ze hem een formulier dat hij moest invullen over de verdiensten van Cordelia Ware. Hij schreef dat ze vol goede wil was; dat ze verantwoordelijkheid aankon; en dat haar werk er op papier keurig uitzag.

Grace kwam thuis met een zware koffer en een pot lavendelhoning. De twee jongens hadden lege handen. Jeremy zette jazzmuziek op; Hugh liep als een dolle door het huis: 'Waar is Bimbo? Ik kan Bimbo nergens vinden.'

'Bimbo ligt achter in de auto.'

Alles werd aan het licht gebracht, rechtgetrokken. Alleen Cordelia Ware niet. Grenzeloze duizelingwekkende ruimte trok samen in een fatsoenlijk vlak. Een plaats voor alles en alles op zijn plaats.

Cordelia Ware zat weer op de typekamer.

Christians situatie werd op slag een lastig parket. Om zijn isolement in te voelen dient men te bedenken dat Cordelia Ware de enige ondoordachte episode in Christians bestaan vormde sinds Grace Bell. Elke andere overhaaste handeling was namelijk gestaafd en vereist door het maatschappelijk bestel en – zelfs wanneer die eigenhandig was uitgevoerd – in sterk samenspel voltrokken. In de kwestie Cordelia Ware had hij op eigen houtje gehandeld. Het was dezelfde overgang als van vis naar land. En Christian, naar adem happend op het bleke kiezelstrand, wist dat hij een wezen was dat in de zee en de school thuishoorde.

Het was het punt waarop in een oud boek de held kon wakker worden en ontdekken dat het allemaal een droom was geweest.

In zijn eenzaamheid zei hij: 'Het is mijn eigen schuld.' Een aanklacht die zelden helemaal oprecht klinkt. Als Christian al een andere schuldige zag, dan was het, merkwaardig genoeg, de literatuur. Hij gaf de schuld – maar dat was niet het juiste woord – aan de suggestiviteit en kleuring van de taal, die beelden in zijn ogen en gevoelens in zijn hart bracht. Hij voelde zich bestookt door echo's die voorafgingen aan elke uiting, verraden door metaforen en geestvervoeringen die, jong geleerd, nimmer konden worden uitgewist.

Literatuur was een goede dienaar maar een slechte meester.

In de typekamer zat Cordelia Ware met rechte rug voor de brede wagen van haar Underwood. Er werden begrotingen opgemaakt: de machines schoten met geweld van punt naar tabelpunt, als de schietspoel in een textielfabriek. Ze boog zich niet meer ingespannen over het vel papier en was, nu ze die angstvalligheid had afgeschud, productief geworden. De cheffin zei: 'Kijk eens aan. De ervaring heeft je goedgedaan.'

De cheffin, die een heikel moment had beleefd met remmen op een kruispunt, droeg een nekkraag van schuimrubber. Ze verklaarde: 'Whiplash.'

Er was geen raam. Cordelia keek naar de muur waar een raam had kunnen zitten.

Van het meeste hiervan had Christian een vaag en huiverig besef. Hij kon niet over zijn eigen tijd beschikken. Afrika speelde op: er kwamen weinig goeds belovende geluiden uit de golfplaten daken en zelfs uit de plexiglazen bestuurscentra, waar men had gehoopt dat airconditioning tot compromissen zou leiden.

Christian wist in de tweede week tussen de middag een ontmoeting met Cordelia Ware te regelen in een pub behoorlijk ver van kantoor. Hoewel hij stipt was, zat ze er al toen hij binnenkwam; en als ze het verstand waarmee ze begiftigd was had gebruikt, had ze er niet zo neerslachtig uitgezien. Het weer was omgeslagen. De ochtenden waren nu schemerig. Overal zag je tekenen van de herfst, zelfs van de winter – donkere middagen, wervelingen van bloemblaadjes en afgewaaid boomloof, en de mijnwerkers dreigden met staking.

Christian stopte de krant in de zak van zijn regenjas en ging naast Cordelia Ware zitten. 'De hele wereld,' waarschuwde hij haar, 'gaat naar de filistijnen.' Kon dat haar maar een gevoel voor verhoudingen geven. Kon de licht ontvlambare staat van de wereld Christians eigen dilemma maar wegwerken, minimaliseren of desnoods louter irrelevant maken.

'Het wordt een bitterkoude winter,' kondigde hij aan; en ze keek, en keek. 'Als de mijnwerkers het werk neerleggen.' Hij kon niet uitmaken of die strakke blik standvastig of onverzoenlijk was – geen van beide was echt wenselijk. 'Het valt natuurlijk niet te ontkennen dat het leven van mijnwerkers ondraaglijk is.' Als we onze menselijke kant kwijtraken.

Ze zei: 'Veel mensen staan aan hun kant. Dat wel.' Over de toog werden lauwe shandy's aangereikt, en hij betaalde. 'Ik bedoel dat ze helden zijn. Met al dat gevaar en die schacht. Iedereen weet dat het verschrikkelijk is. Op een kantoor heb je dat niet eens.'

Dit beviel hem niet. 'Maak je het niet al te dramatisch?'

Ze leunde naar achteren tegen het edwardiaans aandoende doorgestikte imitatieleer, met haar hoofd onverhuld achterover. Een jongeman bij de bar keek naar haar witte hals. Christian legde zijn hand op haar knie, onder de tafel. Vergeef me, Cordelia; en je hebt wel een punt. Haar ogen keken meteen in de zijne: Geen punt. Hij begreep zijn eigen besluiteloosheid niet – nu dit willen, dan dat. En zag al helemaal niet in waarom twijfel op dit moment zijn enige deugd leek.

In boeken en films dwong Het Meisje tot een besluit. We kunnen elkaar niet meer ontmoeten, dit is *Goodbye, Mr. Christian*. Zoals de meeste banaliteiten leek deze uitspraak nu in iets wezenlijks geworteld. Cordelia Ware was blijkbaar niet van plan gebruik te maken van dit ondraaglijke en aanbevelenswaardige voorrecht.

Ze pakte een donker geroosterde sandwich waarvan de opwippende hoeken een schoongemaakt sardientje toonden. Ze liet de harde korstjes bij de halve augurk op haar bord liggen. Toen ze naar buiten liepen, keek de man aan de bar haar openlijk teder aan, alsof hij Christians aanspraken negeerde of doorzag.

Op straat zei Christian: 'Je had een bewonderaar.' Hij bedoelde niet zichzelf.

'Ja.'

Hoewel hij zelf de man onder haar aandacht had gebracht, ontdekte hij nu tot zijn ongenoegen dat ze hem had opgemerkt. Ze zou duidelijk binnen de kortste keren iets met een ander beginnen. Je strijkt je haar, je geeft bijnamen aan Gods schepselen, en gaat heen.

In de taxi zat ze met rechte rug in een hoek, met haar vingers verstrengeld op haar knie. Al die vingers – het moest het normale aantal zijn, maar het leek een heus vlechtwerk van vingers, al die vingers. Het raampje naast haar was gepokt van plotse regen. Het werd donker in de taxi. Ze zat in haar hoek bijna tegenover hem en haar ogen hadden de kleur van regen.

Het raampje was beslagen, als een spiegel met het weer erin. Christian zei: 'Goeie hemel, wat is het drukkend.' Hij vroeg zich af hoe hij, zoals noodzakelijk, apart van haar kon uitstappen in deze plotse regenbui, of hoosbui. Hij vroeg zich af of hij toch niet van dit weergaloze meisje hield.

Toen ze terugkwam op de typekamer, zei de cheffin net: 'Er zijn niet genoeg brede wagens voor iedereen.' Het leek wel alsof ze zich voorbereidden op een koninklijke stoet. Als proclamaties werden er rollen gelinieerd papier uitgedeeld. 'Als je de vellen terugrolt worden ze glad.'

Cordelia Ware zat met gebogen hoofd achter de brede wagen van haar Underwood, als in gebed.

Christian, die discreet uit een latere lift kwam, keek met opgeheven hoofd om zich heen, een jachthond die het spoor bijster is. Uit de richting van de typekamer kwam het geluid van schrijfmachines die met afgemeten wanhoop tikten: de laatste boodschappen vanaf de brug. Hij herinnerde zich haar bittere woorden: het gevaar en de schacht.

'We dalen maar weer af in onze mijnen.' Dat was Elphinstone, zelf laat terug van een wortelkanaalbehandeling. Ze draalden. De berichten voorspelden weinig goeds. Hadden ook niet ongelegener kunnen komen, nu Barger nog op Mykonos en Talbot-Sims op Akromykonos was. Elphinstone had het laatste nieuws over de minister van Buitenlandse Zaken.

'Hij heeft zich voor gek gezet, en ziet ze nu vliegen. Precies keizer Augustus, nietwaar?' Aan het eind van de gang draaiden ze zich op hun hielen om en liepen langzaam terug, als een paleiswacht. 'Ik ben toevallig in de gelegenheid geweest, zoals je weet, om hem van nabij gade te slaan.' Elphinstone had een keer korte tijd voor in een auto gezeten met kabinetsleden achterin. 'Heel eerlijk gezegd, discretie bestaat niet. Nergens.'

Ze kwamen bij Christians deur. Nog hield Elphinstone aan, moest Elphinstone betreuren. 'Neem het van mij aan, Thrale. Ik kan niet zeggen dat ik veel heb bereikt in mijn leven. Werkelijk waar. Maar wat ik ook heb bereikt, dat is me gelukt door me aan de regels te houden. We kunnen niet' – hij wilde zeggen 'voorzichtig', maar kwam uit op 'scrupuleus' – 'genoeg zijn.'

Of die woorden voor Christian bestemd waren, viel te betwijfelen. En de twijfel hield hem die hele middag bezig. De verwijtbaarheid die hij niet voelde ten aanzien van Grace of Cordelia, trof hem diep als het om zijn werk ging. En hoe zat het met de klimop zelf, Christian Thrale? Misschien bedoelde Armand het goed – en had hij, als een oude vriend, tijdig gewaarschuwd. Of stond hem iets ergers te wachten? – Christian die op een kamer werd ontboden, gedempt van gezag, een deur die dichtging, een chef die zei: 'Je persoonlijke leven, Thrale, is uiteraard je eigen zaak', waarmee uiteraard het tegendeel werd bedoeld.

En ze sloegen bang een kruis,
Alle ridders in Camelot.

Maar nu liet hij zijn fantasie de vrije teugel. Zelfs op hol slaan.

Zijn overtreding had te kort geduurd om deze vreselijke vergelding teweeg te brengen. Het was toch eigenlijk idioot dat je niet eens een beetje ware liefde kon krijgen zonder levenslange gevolgen.

Redelijke hypotheses schoten als bezeten heen en weer, afgewezen bij de grenzen van het geloofwaardige. De onschuldigste afspraak werd een oproep die maatschappelijke en beroepsmatige ondergang kon brengen. Hij kweet zich van het dagelijkse werk met rampzalig verdeelde aandacht. Als een dood gewicht hangend aan een lus in de ondergrondse dacht hij: dit kan zo niet doorgaan. Ik gedraag me als – nou ja, als Raskolnikov.

Het gevaar en de schacht. Die hele avond was hij radeloos, al liet hij niets blijken tijdens een benefietconcert waarvoor Grace al maanden tevoren dure kaartjes had gekocht.

De volgende ochtend was er een ontstellende ontwikkeling. Cordelia Ware kwam naar zijn kamer. Ze stond in de deuropening – later stelde hij zich voor dat ze tegen de deurpost leunde, maar die absurde verfraaiing weerspiegelde slechts de vrees die het voorval in hem wekte.

Dankzij een ongelooflijk gelukkig toeval was juffrouw Mellish niet in de buurt. Christian stond op vanachter zijn bureau – en het leek wel alsof hij dat jaar voortdurend achter dat bureau oprees of neerzonk, als bij een ankerplaats of een gebedsmuur. 'Cordelia,' zei hij, op haar af lopend om haar het binnenkomen te beletten. 'Ik kan onmogelijk... Dit is niet de plaats voor... Het laatste wat we willen is...'

Het was afschuwelijk. Aan haar gezicht te zien kon ze zomaar van alles gaan doen: jammeren, huilen, zijn conceptverslag door elkaar gooien. Hij nam haar bij de elleboog – een sensatie beladen met een welhaast klinische zakelijkheid, alsof ze een patiënte in een ziekenhuis was – en loodste haar naar de uitgang. Haar onderdanigheid alleen al was alarmerend. Hij praatte, en praatte maar. 'We mogen niet uit het oog verliezen. Straks loopt alles nog uit de... Dit heeft geen enkele... Cordelia, alsjeblieft.' Ze had geen woord gezegd.

Ze ging. Het verschrikkelijke zakte met zwoegende ademhaling weg in iets zeer betreurenswaardigs. Voor alles een plaats en een tijd. Ze kent haar plaats niet. De post was al vervuld.

Die vrouw was duidelijk neurotisch. Van meet af aan was er die onopgeloste fixatie op de vader. Alles welbeschouwd mocht hij zich gelukkig prijzen met een nipte ontsnapping. Er viel niet te voorspellen wat ze al dan niet kon. Het zou vreselijk zijn als...

maar dat was uitgesloten. Alleen op het toneel. Ophelia. De afschuwelijke verschijning in zijn deuropening deed achteraf gezien denken aan een waanzinnige scène.

Alles in totale wanorde. De bomen in rafels, de heesters warrig van de regen. De zeilen van Dulwich gestreken en de wind fluitend in het want. Het werd hoog tijd een grens te trekken, stante pede. Met enige moeite regelde Christian een afspraak met Cordelia Ware na werktijd. Hij belde Grace, met Afrika als excuus. Toen hij om zes uur vanachter zijn bureau als van een lanceerplatform oprees, kon hij zichzelf er alleen maar, als een kind, aan herinneren dat dit alles morgen om deze tijd voorbij zou zijn.

Om een lang verhaal kort te maken – zoals Christian het in later jaren voor zichzelf zou formuleren – verklaarde hij zich nader, voor eens en altijd. De enige optie was de drastische breuk. Het was, zo hield hij haar voor, het zwaarste wat hij ooit had moeten doen. Ik geef mezelf de schuld. Als ik je heb gekwetst, Cordelia. A L S, zei ze; en met die stem. Als, zoals ik zei, ik je heb gekwetst. Hij had nog nooit iemand in een restaurant zien huilen – ook niet aan een andere tafel. Bizar te bedenken dat hij zich in eerste instantie aangetrokken had gevoeld tot haar terughoudendheid.

Hij zei: 'Ik heb mijn lesje wel geleerd, geloof ik.'

Ze leunde met haar elleboog op de tafel en legde haar voorhoofd op haar hand. Pieken haar plakten aan haar wang en hingen los over haar oor. In zijn hart, zoals het onderbewuste vroeger werd genoemd, wist hij dat hij om moeilijkheden had gevraagd. Maar verafschuwde hij elke seconde.

Er waren grenzen aan wat je kon verdragen. In een poging tot een redelijk gesprek vertelde hij haar over het concert van de vorige avond, waarbij hij zich ernstig had geërgerd aan storend voortijdig applaus, en aan het gesis om het te smoren. Deze motie van afkeuring fleurde hem op: de wereld was Christian Thrale alweer onwaardig gebleken.

Hij repte met geen woord over de muziek.

Zijn opmerkingen schenen niet tot haar door te dringen. Ze leken wel aas waar ze niet naar hapte.

Op één moment zag hij de flits van inzicht, dat hij walgelijk en waardeloos was. Hij zag dat ze door al zijn spektakel heen keek. Zag dat ze ook besefte dat dit besef te laat was gekomen, toen ze al in de val zat.

Hij dankte de hemel dat hij niet met de auto was, en bracht haar naar de ondergrondse. Natuurlijk hadden ze er net een gemist. Mensen keken in hun richting, en weer weg. Ze zei: 'Ga alsjeblieft weg. Alsjeblieft.' Maar hij bleef tot het bittere einde. Per slot van rekening was hij zelf ook eens jong geweest.

De volgende zomer beviel Grace Thrale van haar laatste kind en derde zoon, die de naam Rupert kreeg.

DEEL IV

HET HOOGTEPUNT

29

In Amerika was er een witte man in een auto doodgeschoten, en een zwarte man op een veranda. In Rusland was een schrijver uit de hel teruggekomen om te verkondigen dat de wereld door schoonheid zou worden gered. Russische tanks rolden door Praag, terwijl Amerika oorlog voerde in Azië. In Griekenland werden de toneelstukken van Aristofanes verboden, in China de geschriften van Confucius.

Op de maan maakte de crêpezool van de moderne mens een afdruk in de Mare Tranquillitatis.

De Geschiedenis lag als een verlammende deken over de oude wereld. In Frankrijk stierven de generaals. In Italië verliet een hele bevolking voorgoed de velden om in fabrieken auto's of jasjes te gaan maken; en economen noemden dit een wonder.

Demonstranten hadden met spuitbussen Stonehenge donkerrood geverfd.

In Londen was het weer slecht en was de handelsbalans problematisch of precair. Er waren twee nieuwe boeken, plus een musical, over Burgess en Maclean: Engeland was een seniele grijsaard die steeds weer die ene anekdote herhaalde.

Paul Ivory had een nieuw stuk, *Straffe Gods*, over een anglicaanse priester.

Josie Vail had de mappen van een wetenschappelijk medewerker uit een campusraam gegooid. Ze was haar goeroe naar India gevolgd en had twee jaar in een commune in Arizona gewoond. Nu werkte ze aan haar doctoraalscriptie over marketingtechnieken en woonde in Massachusetts samen met een gesjeesde sociologiestudent, jonger dan zij, die haar Keizerin Josephine noemde. Hij heette Burt. Samen bespraken ze vaak Josies castratieneigingen, en Burts behoefte daaraan.

'Ik neem aan,' zei Una, 'dat ze zo conventioneel is geworden door de dood van haar moeder.'

Burt en Josie noemden hun tijdgenoten de kinderen. Als excuus om niet te handelen voerden ze hun jeugdigheid aan, alsof het om een handicap ging. Josie legde uit dat Burt alle opties open wilde houden; zonder te beseffen dat opties na bepaalde tijd vervallen.

Una zei: 'Ze zijn bekaf van het verkondigen van hun morele superioriteit.'

Una straalde nog altijd. Ze was overdag en 's nachts blijven meezwieren met de slinger van de tijd; had geschitterd in kralen en lovertjes, zo niet in gerafelde jeans. Haar naam stond in het briefhoofd van menig liefdadigheidsinstelling, ze had een huis op Martha's Vineyard en ook een in Puerto Vallarta. Cosmetische zorg voor gezicht en figuur en voor haar sterke, mooie handen was zo'n ritueel geworden dat stoppen riskant was. Er hing rond Una een waas van eenzaamheid, en van genegeerde of begraven vitaliteit: met haar rijke luister en in onbruik geraakte charme was ze precies een verlaten mijn.

Adam Vails trekken waren ingevallen. Hij was ziek geweest, zonder bepaalde diagnose. De meeste mannen worden met de jaren vager, maar Vail werd sterker. Zijn geduld en zijn energie waren onuitputtelijk. In een volle ruimte trok hij bedaard de aandacht, net als Ted Tice. Maar staarde niemand aan, zij staarden hem aan.

Josie was aardiger tegen haar vader, die ze minzaam behandelde, zonder zich te herinneren dat ze hem vroeger niet mocht. Wanneer ze in New York was, sliep ze in haar oude kamer, waar ze in kleermakerszit voor een kleurentelevisie zat.

'Pa kijkt toch nooit. Ik kan het hem niet kwalijk nemen, op zijn leeftijd heb je weinig tijd meer. Ik ben jong, ik ben in alles geïnteresseerd, toch?' Zelfingenomen als een mevrouw van vijftig.

Caroline Vail merkte dat kennis voor sommigen een reeks hoogtepunten was; voor anderen diep inzicht. Ze geeuwde om haar eigen leugentje en om de oranje televisie. Josie was niet jong meer, en schuwde het moment dat ze dertig werd; ze schuwde het werk aan haar scriptie, uit angst voor de voltooiing. Ze schuwde de simpele menselijke namen voor dingen uit angst dat ze op een of andere manier met gelijke munt terug zouden betalen. Ze wist niet welke houding ze zich nu moest aanmeten in plaats van onvolwassenheid.

Nu het er niet meer toe deed, hield Caro bijna van haar.

Caro zei dat zij en Adam een paar maanden weggingen, naar een Zuid-Amerikaans land.

Josie schakelde naar een andere televisiezender. 'Moet dat echt?'

'Er is voorlopig nog geen gevaar.'

'Nee, dat zal wel.' Josie zou, als ze dat had gekund, hebben toegegeven dat er ook moed nodig kan zijn als er geen gevaar bij is.

Als ze had gekund, zou ze haar stiefmoeder hebben aangeraakt. Maar in de loop der jaren was het gewoon geworden dat ze elkaar zelden omhelsden.

Op een witte veranda stond een man naar de Andes te kijken. Hij was boven de vijftig, grijs, mager en had een kromme houding die op een orthopedisch gebrek leek te wijzen, maar in werkelijkheid was ontstaan doordat hij in een gevangenis was geslagen. Hij had ook in andere opzichten een licht afwijkend voorkomen – roze, jeugdige lippen en lichte ogen met lichte wimpers: een indruk, haast van een albino, die door zijn witte pak werd versterkt.

Zoveel vrouwen voelden zich uiteindelijk tot de dichter Ramón Tregeár aangetrokken – hoewel ze aanvankelijk door zijn uiterlijk werden afgestoten – dat afkeer inmiddels misschien wel een noodzakelijk voorspel leek. Tregeár, gearresteerd als represaille voor bepaalde geschriften en weer vrij dankzij een regeringswisseling, woonde nu twee jaar op het platteland. Met zijn stadse manieren gaf hij de beschaafde excuses voor ballingschap. Hij ging nog steeds uitstekend gekleed, wat hem tekende. Daarbij had hij iets gedaan wat hem van het gros der mensen onderscheidde, en dat had meegespeeld in zijn aantrekkingskracht. Er waren vrouwen die net zoveel van hem hielden wegens de vernederingen die hij had ondergaan, als wegens het feit dat hij ze had doorstaan.

Je leven wagen voor een principe, en het hebben overleefd, gaf net zoveel kracht als een kolossaal offer.

Als de huidige regering zou vallen, waar het wel naar uitzag, zou dat, zoals het ernaar uitzag, Tregeárs dood betekenen – bij decreet of bij een noodzakelijk ongeluk.

Op de veranda zat een vrouw, alleen aan een tafel. Vlakbij zaten twee mannen te praten. Zonder boosheid omdat ze werd buitengesloten keek ze naar de bergen, het dal. Met een boek op haar schoot. Ze was niet jong, maar wel soepel, slank, met een dikke bos zwaar haar, bijeengebonden op haar achterhoofd. Jong zijn was wellicht nooit haar sterkste kant geweest. Tregeár werd door haar aangetrokken zoals hij bij een oude foto van beroemdheden kon worden aangetrokken door de anonieme 'vriendin' die wegkijkt van de lens of bukt om de hond te aaien. Ook kwam er zelden vrouwelijk bezoek.

Hij vroeg of hij bij haar mocht komen zitten. Ze haalde een krant van een stoel, zodat hij zijn strohoed daar kon neerleggen. Haar wenkbrauwen en ogen waren, toen ze naar hem opkeek, precies en mooi. Hij kon de titel van haar boek niet zien.

Het dal, dat vanuit de lucht gezien één langgerekte druppel vormde, liet op ooghoogte groene glooiingen en kommen zien. Akkers, wijngaarden en vruchtbomen vertoonden allerhande tinten en texturen, boomstammen sidderden als blootgelegde hechtingen, waterlopen slingerden. Met een groene kuif brak de opkomende golf groeikracht op de voet van de Andes.

Het was oktober, en dus voorjaar.

Caroline Vail zat op de veranda en zei nog eens: Nee, het leek niet op Australië. Ze dacht: al die vage indrukken van plaatsen, in het voorbijgaan gezien. Ze wist niet meer wie ooit tegen haar had gezegd: 'Geen reizen, maar ontworteling.' Misschien was het Adam geweest, of Ted Tice.

Vlakbij stond een scherm van bauhinia en jacaranda. Op laaggelegen terrassen met bloemen en struiken was die hele ochtend een tuinman aan het werk geweest. De heer des huizes zat, in een linnen pak, een eindje van de veranda met Adam Vail te praten. Vails stok vormde een zwarte streep tegen een witte stoel. Op een rotantafel tussen de twee mannen lagen vellen papier, en zo nu en dan pakte een van tweeën een vel op om het aandachtig te lezen, voordat de bespreking werd voortgezet. Ze spraken Spaans, en de man in het linnen pak was de besproete rekestrant die Caro jaren geleden op een winterochtend in Whitehall had gezien in gezelschap van Adam.

Er woonden drie vrouwen in het huis – de echtgenote van de eigenaar en haar zuster, en een bijna volwassen dochter. Ze zaten niet bij de mannen op de veranda, hoewel Caro's recht niet in twijfel werd getrokken: ze was in rechtvaardigheid geïnteresseerd, en daarom precies een man. De drie vrouwen hadden zwart haar, een blozende huid, een statige houding; drie rozewangige Latijnse vrouwen met blanke hals en schouders die ze tegen de zon beschermden, met een lichaam voor middagen met dichte luiken en avonden in de koelte, een lichaam zo zacht als de zachte bedden waarin ze lagen. Ze verschilden in lichamelijk opzicht van de bedienden, die indianen uit de Andes waren.

In haar eigen omgeving zou mevrouw Vail donker worden gevonden. Dat was nu eenmaal het gezichtsbedrog van de context. Er waren misschien oorden – Ethiopië, Bali – waar Latijnse vrouwen ook zo verbleekten.

Omdat hij zelden bezoek had, ging Tregeár naast haar zitten en zei: 'Ik had nooit gedacht dat mijn leven om dit soort dingen zou draaien' – doelend op de bespreking aan de andere tafel. 'En u ook niet, neem ik aan.'

'Ach,' zei ze, 'het verbaast me niet.' Ze legde de krant op de grond. 'Toch kan ik me niet voorstellen dat al het andere – wat ervoor kwam en nog steeds doorgaat – van geen belang is geweest.'

'Integendeel. De rest is de realiteit die het volste recht heeft op zijn bestaan. Elke echte strijd tegen onrecht zorgt er alleen maar voor dat terugkeer naar normale chaos mogelijk wordt. Persoonlijk zou ik niets liever willen dan weer ruziemaken over gewone dingen.'

Niettemin was het moeilijk te verteren dat zo'n man misschien wel moest sterven, opdat Dora, of Clive Leadbetter, de tijd van de mensheid kon verspillen.

Caro vroeg of hij het land niet kon verlaten voordat de regering viel. Hij gaf geen antwoord, maar zei na een tijdje: 'Vicente heeft voor mij zijn leven op het spel gezet.'

De vrouw keek naar de besproete grondbezitter aan de rotantafel, om zijn goedheid te bekijken. 'Hij staat aan de goede kant.'

'Beter nog, hij staat aan geen enkele kant. Ook een goede kant dwingt tot onterecht zwijgen, tot de nodige onwaarheden. Zoals bange mensen zeggen, ligt de kracht, of de veiligheid, in het getal; maar solidariteit is een uitbreiding van macht, dat wil zeggen, het begin van de leugen. De enig juiste solidariteit is die met de waarheid, als iemand die kan ontdekken.' Tregeár glimlachte nog steeds. Het was de glimlach van een oermens, die weinig van doen had met wat er werd gezegd. 'In elke groep heb je leiders en volgelingen. Ook de juiste kant houdt niet van buitenstaanders.'

Lang geleden had Valda gezegd: 'Het is juist de ongewone man aan wie iedereen zich altijd ergert.'

'Vicente is ook moedig omdat ik niet beroemd ben. Voor de meeste mensen is het nog makkelijker een vooraanstaand persoon te steunen die terecht in ongenade is gevallen, dan een persoon die onrecht is aangedaan.'

Caro zat naast deze onbekende man die zijn leven in de waagschaal had gesteld en het, achteloos, kon navertellen. Ze zei: 'Je hebt ook mensen die de vriendschap van de zwakken zoeken omdat ze zich de sterken niet waard vinden. Omdat ze geen respect weten op te brengen voor betere eigenschappen dan zij zelf bezitten.' Maar wie zijn de zwakken, vroeg ze zich af; wie zijn de sterken? Deze man had in de praktijk de heldhaftigheid getoond die bij anderen tot hun dromen beperkt blijft. Hij had in zijn karakter niets meer te weerstaan of te ontmaskeren overgelaten. Dankzij hem kon je over de groene *vega* uitkijken als over een gebied waar althans één man zijn bestaansrecht had verdiend.

Ze zei: 'Er zijn ook veel mensen die het niet erg vinden dat hun onrecht wordt aangedaan.'

'Een van onze dichters heeft gezegd: "Wanorde heeft zijn eigen charme."' Zijn uitspraak maakte de woorden onsterfelijk, zoals in slow motion elk menselijk handelen mooi wordt door de schijn van beheersing. '"*El desorden,*"' zei hij, '"*también tiene su encanto.*"' Hij nam zijn strohoed van de stoel en glimlachte. 'Wilt u de tuin zien?'

De zon stond al hoog. Man en vrouw liepen de tuin in. Caro keek achterom naar Adam, die zijn hand opstak en haar nakeek in haar lichtblauwe afdaling naar de bloemen, samen met de afstotelijke, kromme held. Door de katoenen jurk heen kon je de vorm van haar benen zien bewegen, als de ledematen van een zwemmer.

In een plas schaduw lag een oude hond aan de ketting, met zijn tong uit zijn bek en kwispelende staart: een deinende oude boot, verweerd en vastgelegd in een kalme haven.

Er was een muur waartegen verschillende soorten jasmijn waren opgebonden, een enkele al in bloei. Tregeár reikte naar een rank met bloemen, terwijl de tuinman even bleef staan kijken. Uit de blauwe lucht vielen bloemblaadjes. 'Tuinlieden en bibliothecarissen houden er niet van als de dingen die hun zijn toevertrouwd worden gebruikt.' Ramón Tregeár liet de Spaanse jasmijn zien, en Kaapse jasmijn, jasmijn van de Azoren. In een terracotta pot stond een reusachtige struik. 'Dat is Toscaanse, *Il gelsomino del Granduca*. Een van de Medici, groothertog Cosimo, heeft deze in Italië geïmporteerd, uit Goa waar hij expedities naartoe stuurde om tropische planten te halen. Ze komen allemaal uit India, of Perzië, als je ver genoeg teruggaat.'

Op zo'n ochtend kon je houden van de wit bloeiende aarde alsof jij, of de aarde, al snel zou sterven. Aan zichzelf overgelaten had Caroline Vail wel door velden of tuinen kunnen rennen.

Uit cipressen kwam een jongen die een tennisracket voor zijn gezicht hield. En door de besnaring heen naar hen gluurde. Achter hem aan kwam een kleiner kindje op onvaste beentjes, roepend: 'Andrés.' Beneden de bomen eindigde de tuin bij een kleine *barranca*. Man en vrouw keerden het uitzicht de rug toe en volgden de kinderen het pad op omhoog, de trap op. De jongen hield zijn masker voor, als een schermer. De hond lag op zijn zij, een grijs rotsblok nu, vergeeld van ouderdom of korstmos. Op het haar en de schouder van de vrouw waren witte blaadjes blijven hangen, als de schilfers van een bladderend plafond.

's Nachts droomde mevrouw Vail in haar zachte, onbekende bed dat ze over bergen vloog en eindelijk niet bij deze vruchtbare vallei, maar bij een langgerekt vlak land uitkwam, een dor binnenland, zonder grenzen. In de diepte lagen sporadische, moeizaam gecultiveerde rechthoeken en vierkanten overhellend als schilderijen schuin tegen een witte muur. In kleine holtes liepen zenuwbanen door de gebarsten modder. Hieruit werd ze opgelucht wakker omdat ze niets verkeerds had gedaan, althans niet in de droom.

's Ochtends schreef ze Ted Tice:

Je brief kwam toen we net wilden vertrekken. Wat jammer je deze keer mis te lopen. Na enkele avonturen, meer van het vlees dan van de geest, bevinden we ons onder vrienden in een prachtig land waar de aarde nog de overhand heeft. Er is hier een dichter die was gevangengezet en gefolterd omdat hij de waarheid schreef. Twee jaar geleden is hij vrijgelaten. Wanneer deze nieuwe regering valt, is het met hem gedaan. Met zijn vijftig jaar is hij oud, zijn huid is kleurloos, zijn botten gebroken. Hij loopt als een sporter die een ongeluk heeft gehad – een koorddanser of zo, die is gevallen tijdens een optreden zonder vangnet. Hij heeft een mooie stem. Hij schrijft heel goede gedichten. Ik ga proberen iets van zijn werk te vertalen.

Ze had de brief daar kunnen besluiten, maar hield de pen in haar hand en schreef even later:

Lieve Ted, ik ben tevreden. Maar zelfs op deze stille plaats klinkt het onheilspellende gebulder. Alsof er een straalvliegtuig over het paradijs is gevlogen.

Adam Vail kwam naar de tafel waar zijn vrouw zat te schrijven, en legde zijn hand in haar nek, onder haar haar. Toen ze tegen hem aan leunde, schoof hij zijn hand naar voren langs haar hals, in haar jurk. Hij zei: 'Misschien krijg je wel genoeg van dit leven, en ga je bij me weg.'
'Ik kan mijn oren niet geloven.'

30

'Ik hou van dit eclectische. Het meeste eclectische is te donker.'

'Daar ben ik blij om.' Ted lag met zijn ogen dicht, en toen ze vroeg: 'Wat is dat voor schilderij?' antwoordde hij zonder op te kijken. 'Het is de obligate bos zonnebloemen. Hotels krijgen pas hun vergunning als ze er in elke kamer een ophangen. Net als de prijslijst op de deur.'

'Je neemt me in de maling. Maar ik vind dit een fijn hotel, het is prima. En nog wel aan het meer.'

Hij wilde haar prestige niet verpesten met de opmerking dat de kamer eerder een ruimte dan een kamer was, geometrie in een grondplan. Aan één kant toonden twee ramen een meer, zelf grijs bevroren als een vuile ruit. Gesmolten plassen meer waren schuimig van drijfijs. Het gebouw werd dag en nacht bestormd door de wind, die op deze korstige vensters beukte alsof er een mat werd geklopt.

'De meesten van ons werken binnen, in het centrum, de meisjes bedoel ik. Ik bedoel waar geen ramen zitten. Dat ik bij het congres werd ingedeeld, was alsof ik even boven water kwam voor een hap frisse lucht, zoiets.'

Het zou niet meer dan beleefd zijn om naar haarzelf te vragen, naar haar leven, haar ouders. Toen Ted Tice daar lag met zijn arm om haar naakte schouders, bedrukte die sociale taak hem, want hij wilde niet dat ze met haar eigen wensen en hebbelijkheden tot leven kwam of zijn bewustzijn belastte met de bijzonderheden van nog een leven. Zolang ze daar niets over zei, bleef ze een type, een willekeurig voorbeeld; zodra ze erover sprak, zou ze een individu worden, hoe typisch ook. Maar hij begon ongelukkig genoeg: 'Hoe komt het dat je...' terwijl hij zijn ogen opende en van een donker wordende kamer alleen het plafond zag waaraan een niet-brandende lamp zweefde, en de muur met het hoekige schilderij, en de bovenrand van de geelgroene stoel waarop ze haar kleren had gelegd.

Zijn hele neerslachtigheid in dat oord was typerend geweest, een willekeurig voorbeeld. De stad was gestraft met onvermijdelijke morsigheid – de somberste gedachten kregen een malend karakter, en genot presenteerde zich als een instant-snack voor snelle bevrediging. Hij had een meisje meegenomen naar het hotel omdat de stad het van hem verwachtte: eenzaamheid was hier een industrie. Toch was zelfs ontucht hier juist eenzaam. Wanneer hij hier aan zijn vrouw en kinderen en aan zijn eigen kamers dacht, leken zij gezond, en kon hij er niets banaals aan vinden. En als hij het beeld van Caro opriep, deed hij dat om haar kracht tegenover een stad te stellen, of tegenover de wereld.

'... en toen dat was gebeurd, besefte ik, eh, dat ik in negatieve dingen was verzeild, behoeften en zo. Ik bedoel' – haar arm zwaaide door het donker, met de handpalm omhoog – 'ik was veel te betrokken, ja toch?' Haar uitgewaaierde haar, haar opgetrokken knie en de contouren van haar hoofd en borst waren beeldschoon; ze wekten de kamer haast uit het grondplan tot leven. Wat een geluk voor haar, dacht hij, dat ze dat voor elkaar heeft gekregen. Met zo'n uiterlijk had ze ook gevoelig kunnen zijn. Eén generatie eerder en dit hele voorval had iets voor haar moeten betekenen. Ze had zelfs moeten doen alsof het iets voor mij betekende. Die schijnvertoning kunnen wij ons tenminste besparen.

'We hebben allemaal zo onze eigen moeilijkheden. Jij bent getrouwd, ja toch?'

'Ja.' Deze vraag, die ze met het volste recht stelde, vergde meer dan een kil bevestigend antwoord, maar verdroeg geen uitweidingen. 'Engelsen dragen geen trouwringen.'

'Dat heb ik gehoord.' Ze pakte zijn hand en voelde de vingers, bracht ze toen onverwachts naar haar lippen. 'Je bent een aardige man. Wist je dat?'

'Ik geloof niet dat je daar veel aanwijzingen voor hebt.'

'Nee, je bent aardig.' En werktuigelijk: 'Geweldig.' Ze legde zijn hand op haar jonge, mooie borst en zei na een tijdje: 'Gelukkig getrouwd, ja toch?'

'Ja,' zei hij, hoewel hij het absurde van dit antwoord onder deze omstandigheden wel besefte, maar opnieuw hoopte te worden geëxcuseerd. 'Dit is heerlijk, maar ik doe dit niet vaak.' Alles wat hij zei was afgezaagd, geaffecteerd. Hij sprak tot haar uit de hoogte van zijn vrijwel onafgebroken deugdzaamheid.

'Ooit van iemand anders gehouden dan je vrouw?'

'Heel lang geleden. Voordat ik getrouwd was.' Caro was dat heel lang geleden geworden, de legende.

'O – dat telt niet.'

'Jawel. Dat telt wel.'

'O ja?'

'Ja.' Onnozel. Wat laat ik me kennen, ik ben net als die mensen – niet als, nee, ik bén een van hen – die altijd moeten praten over de dingen die een obsessie voor hen zijn, hun geliefde, kind, kat, hond, vijand, werkgever, bediende, kantoor – zelfs als ze weten dat ze anderen vervelen en zichzelf blootgeven. Die hunkering is in die zin dwangmatig, praktisch erotisch. 'Misschien is dat wel het enige wat telt.'

'Wow.'

Mogelijk kreeg ze het gevoel dat haar rol te zeer werd benadrukt, want kort daarna stond ze op en liep met een paar van haar kledingstukken de kamer uit. Water klotste door lawaaiige leidingen, een ijzeren kastje weergalmde, er volgden dubbele pufjes deodorant. Toen ze uit de badkamer kwam, met haar handen in haar goudblonde haar, stond Ted half gekleed te bedenken dat niets zo triest was als om één uur 's nachts een gulp dichtritsen.

Hij wist dat hij meer ging zeggen over Caro. Het was het enige interessante dat er tussen hen was voorgevallen.

'Kijk,' zei ze. 'We hebben iets met elkaar. We communiceren met elkaar. Vind je ook niet dat we goed communiceren?'

Ook wij maken dus deel uit van het grondplan: twee kamers met een verbindingsdeur, van begeerte of van eenzaamheid. Ted ging op de rand van het bed zitten. 'Kom eens.'

Ze bleef met haar handen op zijn schouders staan; keek hem in het schemerdonker in zijn ogen. Een goedmoedige hond die naar je toe komt en zijn poten op je legt en je aankijkt met de hemel mocht weten welke, of helemaal geen gedachten. Maar ze zei: 'Zie je haar weleens?' met een rationeel, cruciaal dempen van haar stem, alsof het jargon – dat ze zelfs tijdens de daad had gebezigd – ook voor haar iets gekunstelds had dat achterwege moest blijven bij het echte werk.

'Een paar keer per jaar.'

'Ga je nog met haar naar bed?'

'Dat is nooit gebeurd.' Wat hij vol absurde trots verkondigde, omdat het aangaf hoe ver zijn toewijding ging. En het meisje zei: 'Fantastisch', en leek vol ontzag – al dacht ze misschien ook: wat een idioot.

'Dan is ze zeker van jouw leeftijd, toch?'

'Een paar jaar jonger.'

Het meisje gaf aan dat, in dat stadium, drie of vier jaar weinig uitmaakte. Ze zei: 'Je moet eigenlijk...'

'Wat?'

'Nou... jezus, je leeft maar één keer!'

Het meisje nam aan dat Caro van hem hield. Ted duwde haar van zich af en stond op met de woorden: 'We moesten maar een taxi voor je bellen', voordat de waarheid tot haar door kon dringen.

Adam en Caro kwamen tijdens een hittegolf uit Zuid-Amerika terug in New York. Er waren antioorlogsdemonstraties. Aan het eind van hun straat werd een rij grijze versperringen bewaakt door twee agenten op roodbruine paarden en door andere politieagenten te voet. Er hing een geur van gloeiend asfalt en het zweet van paarden en mensen. In het wegdek zaten scheuren, in de goten lag afval. Bomen waren beschadigd, of ziek. De deur van de Vails, waar nu een ingewikkeld slot op zat, kon vanbinnen weer op slot worden gedraaid, met daarbij een ketting en een grendel. Dat kostte allemaal tijd. Ze lieten hun koffers in de gang staan en Vail zette de radio aan, die zei: 'Non-ferrometalen gedaald en katoen-futures hoger gesloten.' Ze hoorden de bereden politie door een megafoon spreken, en hoorden achter de barrière de neutrale sirene van een ambulance. Man en vrouw omhelsden elkaar in het afgesloten huis, omdat in elke situatie wel een zekere mate van veiligheid te verwezenlijken valt.

Op een tafel lag een stapel post. Een opgevouwen krant onthulde een gedeeltelijk presidentsschandaal: 'Het is een schande,' zei een hoogleraar van Harvard wiens naam op diens verzoek niet werd genoemd. Dora schreef uit Palmerston North dat ze Trish Bootle nooit van haar leven zou vergeven; en dacht serieus na over Ierland.

'Op haar leeftijd,' zei Caro. 'En dan ergens heen gaan waar alles onbekend is.'

Adam hield haar voor: 'Seneca zei over Hannibal – die op

hoge leeftijd zijn diensten aanbood aan elke koning die maar in oorlog was met Rome – dat hij wel zonder land kon leven, maar niet zonder vijand.'

Caro zag het grafschrift scheefgezakt in het Ierse gras.

's Ochtends zat Caro aan een tafel het werk van Ramón Tregeár te vertalen. De gedichten waren in een gevangenis ontstaan. Toen de dichter haar schreef: 'Maar daarna bewaarde ik ze alleen in mijn hoofd', moest ze denken aan Rex Ivory, die dertig jaar daarvoor in Maleisië graven had gedolven. Zoals Rex Ivory in het dodenkamp de lof had gezongen van Derbyshire, zo had Tregeár in zijn gevangenishel teruggedacht aan de liefde van vrouwen.

Tregeár zei dat hij, als alles goed ging, binnenkort de resterende bladzijden zou sturen. En ze vroeg zich af of ze die ooit zou zien. De bundel zou als titel krijgen *Luz a Medianoche*.

Na een paar maanden stuurde een uitgever haar proefvertaling terug met een uitleg over de markt. Hij stipte de Milton-achtige titel aan; en maakte een literair grapje over de vertalersnaam: 'C. Bell'. Een andere uitgever, die een wetenschappelijke studie over literatuur van dissidenten had gepubliceerd, stuurde het manuscript terug met een opmerking over de Koestler-achtige titel, waaraan hij toevoegde: 'We zijn van mening dat we dit jaar wel aan onze taks zijn voor probono-publicaties.'

Adam Vail sprak Spaans aan de telefoon. Hij ging naar de andere kant van de stad om zich voor de televisie te laten interviewen en werd voorgesteld aan de nieuwschef van het netwerk, die zei: 'Dit is al best gewaagd wat we doen, Adam, dit interview uitzenden.'

Caro, die met Adam meeging naar de studio, werd een verduisterde ruimte gewezen waar, zo zei men, het beeld scherp op een groot scherm te zien zou zijn. Ze zat in een fluwelen stoel te wachten, en er kwamen drie mannen binnen die voor haar gingen zitten. Ze had hen op de gang gezien, met zorg geklede mannen met geverfd donker haar en getinte contactlenzen. Niet wetende dat zij er ook was, merkten ze op dat altruïsten zelden een goed product opleverden.

'Kijk maar naar Stevenson.'

'Stevenson. Die is in zijn laatste jaren als een gek tekeergegaan. De ene dag geëngageerd, de volgende dag niet. Misschien geloofde hij echt dat er een vredesvoorstel lag, hield hij daarom vol.'

'Ik denk dat hij erin is getuind, dat er een vredesvoorstel lag. Ik denk dat hij in die overtuiging is gestorven. Dat Hanoi zou leveren als je Bundy en Rusk maar bij elkaar kon krijgen in een datsja buiten Rangoon.'

'Maar hij kon gewoon het Witte Huis niet bereiken. Rusk hield hem tegen.'

'God zal me liefhebben, hij had toch best even de telefoon kunnen pakken om het Witte Huis te bellen? Hoelang geloofde hij dat?'

'Sinds najaar vierenzestig.'

'Nee, volgens mij juni vijfenzestig. En in juli was hij dood. Eén maand dus.'

'Vierenzestig. Wie had er in vierenzestig ook maar enig idee van? Op onze nieuwsredactie in elk geval niemand.'

'Ik zal nooit vergeten dat we dat programma hebben gemaakt over Stevenson. Toen hij stierf. Gênant om er nu een herhaling van te zien – niet dat het zal worden herhaald, god nee. Christus, het stelde niks voor – een paar shots, de eerste conventie, de tweede campagne. Toespraken, woordspelingen, Stevenson die zijn nederlaag erkent. Erkent, ja god, echt erkent. Een prutsprogramma. Geen woord over Kennedy, over Vietnam.'

'En de Varkensbaai?'

'Dat zeg ik toch, niks. Oké, ik heb het uitgezonden, ja, ik trek het boetekleed aan. Maar we hebben niets laten zien. Na afloop kwam iemand met de boodschap: Washington aan de lijn, het Witte Huis is er heel blij mee. Dat haal je de koekoek dat ze blij waren – god, als ik er nu aan terugdenk, die zucht van verlichting die er moet zijn geslaakt. Geen woord over Kennedy, de oorlog, niks.'

'Kennedy, daar gaat het om – Vietnam, de zestienduizend. De Varkensbaai. Laten we wel wezen. De Varkensbaai. Enig idee of deze fanaat, die Vail, over de Varkensbaai gaat beginnen?'

'Weet je nog die fanaten die vroeger geld leenden van Ed. Weet je nog dat ze op zijn kamer kwamen: Ed, ik heb een verhaal, Ed, leen me een tientje. Afijn, bij zo'n klein ventje zei Ed dat er misschien wel iets in zat, Sam, ga jij met hem mee naar Florida. Sam kwam terug: jezus Ed, wat een halvegare. Die halvegare gelooft dat Kennedy een invásie begint in Cuba. Nou ben je erin getrapt, Ed, god wat een halvegare.'

'Geloofde hij het niet?'

'Nou ja, hij dacht, jezus als dat waar is, hij kon het gewoon niet geloven. Later...'

'Maar we hadden dat verhaal toch niet kunnen gebruiken, dat zou verraad zijn geweest.'

'Toch heb ik me altijd afgevraagd, waarom de kranten niet, die kenden dat verhaal, die hele toestand met de Varkensbaai.'

'Ze zouden zijn verketterd, de kranten hadden het nooit kunnen plaatsen.'

'Maar je weet wat Kennedy later tegen ze zei: Als jullie het hadden geplaatst.'

'Jazeker, als jullie het hadden geplaatst, hadden jullie me kunnen tegenhouden.'

'Kunnen rédden. Hadden jullie me misschien gered. Dat zei hij: Als jullie het hadden geplaatst, hadden jullie me misschien gered.'

'Kennedy, daar gaat het hier om. Vietnam, de zestienduizend.'

'Nog veel meer. De benoemingen. Dean Rusk, Mac Bundy, McNamara.'

'Lyndon Jóhnson.'

'Johnson dacht dat het Korea was.'

'Johnson dacht dat het de Alamo was.'

'München, zei hij de hele tijd. Jezus München. Waar hadden die lui gezeten.'

'We zullen ze even een lesje leren. Kleine bruine mannetjes, een lesje. Dat zeiden ze de hele tijd, daarom had je ze nooit van z'n leven naar die datsja buiten Rangoon gekregen. Mac Bundy in die datsja, laat me niet lachen.'

'Maar wie is dan de schuldige? Wie dan? Het Pentagon? Wordt het Westmoreland, Abrams, Walt?'

'God Walt. Dat is degene die tegen me zei: je kan zo een kogel in je rug krijgen. Dat was Cam Ne, het was niet eens My Lai, het was Cam Ne en ik vroeg waar die mensen waren gebleven, een hele stad verdwenen, waar zijn de mensen gebleven? Die zijn geëvacueerd, zei hij terwijl hij in zijn melk keek, ze zitten in vluchtelingenkampen, verspreid. Het bleek dat het Amerikaanse leger er helemaal niet was geweest, dat had het overgelaten aan de Zuid-Vietnamezen, die hadden het op hun lijstje staan met nog meer dorpen die hun schuld niet hadden ingelost, o god o god. Afmaken, zo praatten ze erover, gewoon afmaken. Wie moet je dan als schuldige aanwijzen, uiteindelijk toch Rusk en Johnson, die moeten het toch zijn, dat is toch logisch? Voor de rechter slepen? Stel je voor.'

'Op het laatst hield Rusk zich met aspirine en alcohol op de been.'

'Dat van die aspirine wist ik niet.'

'Laos Cambodja, daardoor wordt Vietnam bijzaak. Ga maar na. Zuid-Vietnam heeft een kust aan de oostkant, dat is de enige reden waarom ze het nog nodig hebben. Als ze die eenmaal hebben omsingeld, als ze in Laos Cambodja zitten, wat kan het ze dan schelen. Je krijgt geen verhalen over Laos. Ja jezus, je krijgt er wel een hele rits, maar dan heb je het over de wereld van sprookjes. Wie gaat zijn nek uitsteken, dat kan je niet van een correspondent vragen, welke Amerikanen daar doodgaan afgezien van een hele zooi piloten waar we niks over mogen zeggen. Een of twee daargelaten zitten er toch maar tweederangs correspondenten in Laos Cambodja, er is geen informatie, dat weet iedereen, je komt er niet achter wat er speelt.'

'Nou gooi je het over een andere boeg. Hebben we het nou over dingen waar we geen bewijs voor kunnen krijgen of dingen die we niet durven te verslaan?'

'Kijk ik kan makkelijker honderd verhalen uitbrengen over een staking van de posterijen in Italië of prinses Margaret Jones dan één verhaal over Laos Cambodja. En dan het risico, hoe zit het met het risico, het is jouw woord tegen het hunne, Washington houdt glashard vol: er is niks gebeurd. Als zij zeggen dat er niks is gebeurd, wat doe je dan?'

'Ja, kijk maar naar San Jose. Nixon noemde het het zwaarste geweld dat hij ooit had gezien, gaten in de auto, stenen, er werd met stenen gegooid, Agnew zei het, ze zeiden het allemaal. Erger dan oorlog. 's Maandags zeiden ze dat het voornamelijk verbaal geweld was geweest. En na de verkiezingen was er misschien wel helemaal geen geweld geweest. Niemand aangeklaagd, niks. Stel dat ik er die avond iets over had uitgezonden, stel ik had het een verkiezingstruc genoemd. Stel ik had gezegd dat de president liegt, líégt, denk je eens in wat er dan met me was gebeurd. Niemand neemt zo'n risico.'

'Misschien is dat wel wat er scheef zit. Misschien is het daarom wel televisie.'

'Niet alleen de regering, niet eens de regering. Stel je je de telefoontjes eens voor, stel je eens voor. En niet eens de kijkers. De telefoontjes van de eigenaars, van de bazen.'

'Ik bedoel ook dat dat misschien is...'

'Maar als iedereen het zou laten zien. Laat me uitpraten. Als nou alle nieuwszenders meededen, als ze allemaal meededen. Hopelijk.'

'Maar goed, wat heeft het voor nut – een week later, wat maakt het dan nog uit – hij heeft gelogen, oké, hij loog. Teddy loog, Henry loog, Laird loog, Helms loog, Nixon loog dat hij scheelzag, George Washington bezwoer dat hij die verrekte kersenboom niet had omgehakt, dus ja, wat maakt het in godsnaam nog uit een week later.'

'En of het wat uitmaakt in een verkiezingsjaar.'

'Dat van de oorlog niet. Oorlog is geen verkiezingsthema. We hebben ze alle kans gegeven, zal Nixon zeggen. En maar afdingen, en maar rekken, is niet onze schuld. Vrede onder handbereik, ja? Kijk naar de jongeren – met de oproep voor dienst was het vuur gedoofd, met het gevaar voor eigen leven. De economie, de dollar, de munt. Daar draait het om in een verkiezingsjaar, de dollar.'

'Eer. Als ik even mag uitpraten. Eervol voor de Verenigde Staten. Jullie snappen het niet, serieus. Eer is gewoon een truc, net als al het andere. Dat had Nixon kunnen doen. De bal bij het volk leggen, ik ben principieel, ik maak een einde aan de oorlog. We vertrekken. Nu. Leg de bal bij de rest van de wereld, verdedigen júllie die spleetogen maar, oké? Ritselen jullie verdomme maar een datsja buiten Rangoon.'

'Dat kan niemand voorstellen. Niemand heeft zoveel invloed.'

'De president wel. Niemand anders heeft zoveel invloed.'

'En de invloed dan van deze kamer. De collectieve invloed.'

'We pauzeren even voor de okselreclame.'

'Serieus. De collectieve invloed.'

'Hoe dan ook, daar komt het, hier is het filmpje. Altruïsten hebben altijd een eigen belang. Denk erom, we hoeven het niet volledig uit te zenden.'

De volgende ochtend verscheen er een redactioneel commentaar in een vooraanstaande krant:

De heer Adam Vail heeft gisteravond in een televisie-interview knap een beeld geschetst van de 'ernstige agressie' die door grote Amerikaanse bedrijven in Latijns-Amerika wordt gepleegd met, naar zijn zeggen, stilzwijgende instemming en heimelijke medewerking van de Amerikaanse Regering. Hij zal een enthousiast, zij het werktuigelijk applaus oogsten bij onverantwoordelijke elementen in onze verdeelde maatschappij. Wellicht zijn er momenten waarop Washington onhandig heeft geopereerd in Latijns-Amerika, maar de heer Vail wierp zijn verbale net veel te wijd uit toen hij opperde dat clandestiene operaties van de Amerikaanse Regering zouden garanderen dat, in zijn woorden, ten minste één Latijns-Amerikaanse leider 'het cruciale komende halfjaar niet zou overleven'. De ernstigste verdraaiing van de feiten school in zijn bewering dat in bepaalde gebieden intimidatie van kiezers mogelijk was gemaakt door financiële steun afkomstig uit officiële Amerikaanse bronnen. In het commentaar van de heer Vail school een gevaarlijke vertekening van de feiten, waar de televisiekijkers zich van bewust dienen te zijn.

Adam legde de krant neer en zei: 'Ik heb er een hekel aan als regering met een hoofdletter wordt geschreven.'

Vóór zijn arrestatie gaf Ramón Tregeár het resterende deel van zijn manuscript mee aan een vriend die het land verliet. Toen de bladzijden bij Caroline Vail werden afgeleverd, vond ze er een aan haar gericht briefje tussen: 'Als ik een opzienbarende dood sterf, zal je deze kunnen laten publiceren. Mensen komen altijd af op het toneel van de misdaad, of het ongeluk.' De jongeman die de envelop bracht vertelde dat Tregeár op een eiland voor de kust van Zuid-Amerika gevangen werd gehouden, onder omstandigheden die niet bevorderlijk waren voor een lang leven. Eind dat jaar werd bekend dat hij in zwakke gezondheid naar het vasteland was teruggebracht en in een gevangenis in de hoofdstad was overleden. Het was de besproete Vicente die hun dit bericht vanuit Mexico stuurde, met de woorden: 'Hij heeft de gevangenis gevangengenomen.'

'En is opgevaren,' zei Adam. 'Nadat hij eerst in de nederste delen der aarde is neergedaald.'

Toen de geschiedenis van Tregeárs dood bekend werd, bleek die gruwelijk te zijn. En resulteerde, zoals hij had voorspeld, in een welwillende ontvangst van zijn werk buiten zijn geboorteland, en in de clandestiene verspreiding ervan in zijn geboortestad, waar hij in vroeger tijden weinig lezers had gehad.

32

'Ben je blij dat je thuis bent?'

Margaret had dat nog nooit gevraagd. Ze stond voor een open koffer uit te zoeken wat moest worden uitgehangen en wat gewassen, en borg overhemden en schoenspanners op. Ze gooide een ochtendjas op een bed. Terwijl ook Ted Tice sokken en dassen als regalia uitspreidde en zei: 'Het was geen terugreis, maar een verrijzenis.'

'Ik weet deze keer niet eens in welke landen je bent geweest.'

'Ik ook niet op dit moment.' Zonder de etiquette van het uitpakken, die alles in een vaste volgorde liet verlopen, zou hij meteen met haar naar bed zijn gegaan. Als ze zijn minnares was geweest, zou hij haar op het bed hebben getrokken. Zo legt het huwelijk zijn eigen formaliteiten op.

Ted Tice was die ochtend vroeg boven in een dubbeldekker vanaf het vliegveld door Londen gereden, scherend langs bomen en schoorstenen en met topzware bochten om hoekcafés. Hij had, als God, in achtertuinen met meidoorns en waslijnen gekeken; en had door een zolderraam een glimp gezien van een doorwoeld bed. In een deuropening had hij pril zonlicht op parket gezien, en de lange, geconcentreerde gestalte van een bejaarde vrouw die haar post las. Een zwarte kat kwam vanachter vitrage gekropen om zich, als een brood, op een vensterbank te installeren. Een man met een pet op zijn achterhoofd en een gouden horloge aan zijn pols spoot een stoep schoon op Fulham Road. Dit kon allemaal het normale leven zijn – tenzij dat wat hij had achtergelaten, de onbestemde wereld van luchthavens en installaties, nu het normale leven was, terwijl deze redelijke menselijke taferelen tot anachronismen verkwijnden.

Het laatste stadium van zijn reis was het beste: hij had nog nooit zo van een treinrit genoten, met bewust plezier in vertrouwde ergernissen zoals vuil en vertraging. Zelfs zijn vermoeidheid veroorzaakte welbehagen, want telkens als hij indommelde werd hij weer wakker met een heerlijk gerustgesteld gevoel. Hij begroette zijn vaderland des te uitbundiger omdat hij het voorheen niet had gewaardeerd. Ook was de lof op zijn hele woonomgeving die ochtend omgeven met een zweem van verontschuldiging.

'Moet je horen, voor ik het vergeet...'

'Deze zijn voor de kinderen, kan jij ze even ergens opbergen?'

'O ja, wat lief. Je post ligt op het bureau, de rekeningen heb ik betaald.'

'Nog iets interessants?"

'Kijk zelf maar. Ik heb een telegram geopend, maar dat was niets. Er zijn een paar krantenknipsels over de ringweg. Heb je de krant van gisteren gezien, dat die man die je kende in Amerika is overleden?'

'Vendler, toch? Ik hoorde dat hij op sterven lag.'

'Ja, zo heette hij, geloof ik. We kunnen in de tuin theedrinken.'

'Zal ik die spullen meenemen naar beneden?'

'Nee, het gaat wel, dank je.'

Ted ging het bad laten vollopen en liep door naar zijn studeerkamer. Een prettig schemerdonker van dichtgetrokken gordijnen, van tafel, stoel en pennen in afwachting; het bureau een altaar waarop offers van papier waren gelegd voor zijn behouden thuiskomst. Het was een archeologisch moment, hij kon zien hoe de kamer was zonder hem: het moment van het levend betreden van een tombe.

Hij had een wijsje van in het vliegtuig gespeelde muziek in

zijn hoofd en begon te neuriën toen hij over zijn brieven gebogen stond, met zijn naar voren hangende, losgetrokken das. De post was verdeeld in werk en privé, en er was een stapel brochures, knipsels, verzoekschriften en een rood onderstreept opengevouwen tijdschrift. Hoewel lang verwacht was de dood van Vendler toch een klap. Het viel niet te voorspellen wie er zou winnen in de nare kleine strijd om zijn positie die nu moest ontbranden, of hoe het werk intussen moest doorgaan.

Ted bedacht dat hij Vendler als mens sympathiek had gevonden, en besefte dat dit hem pas achteraf inviel. Hij zou de weduwe een extra vriendelijke brief schrijven om zichzelf te vrijwaren van elke zweem of verdenking van harteloosheid.

Vendler was niet degene die was overleden.

Overleden in Amerika. Onverwacht in zijn eigen huis na een actieve loopbaan die in het teken stond van, die een hoogtepunt kende in, als afstandelijk ervaren, niettemin trouwe vrienden zoals, onlangs gelauwerd, bereisd, gewoond, opgericht, verzameld. Tweemaal gehuwd: eerst, en later met voorheen... Eén dochter uit zijn eerste huwelijk.

Door een beroerte getroffen. Dood en weg, in één klap. In vrede. Adam Vail lag vredig op een bed, met zijn zwaard-stok in ruste, of machteloos in een kast.

De wetenschapper Vendler leefde, kreeg respijt: nog altijd nuttig en sympathiek. Caroline Vail was degene aan wie Edmund Tice een extra vriendelijke brief moest schrijven.

En voorheen Caroline Bell, waar zat zij nu? Waar moest de brief naartoe om ontsteltenis en deelneming uit te drukken? De ontsteltenis was zeker oprecht, hij kon zich nauwelijks op woorden of voorwerpen concentreren. Een glazen presse-papier kwam omhoog en viel, pulserend samen met de schemerdonkere ruimte en het verduisterde zelf in de spiegel op de openstaande badkamerdeur. Ted Tice was nog nooit in zijn leven flauwgevallen, maar moest zich nu met beide handen op het bureau overeind houden.

Het bad was vol en het water stroomde weg door een chromen overloop onder de kranen. Hij liep erheen om ze dicht te draaien, en door het verhelpen van deze kleine crisissituatie voelde hij iets in zich ontspannen. Toen het kolken en gutsen stopte, nam ook het stromen en het overstromen van inzicht af. De spiegel toonde slechts een glazuur van gevoelens, niet allemaal schaamtevol of schaamteloos: hij had nog nooit een spiegel of de woorden in zijn hoofd gevonden, die de hevigheid of pijn van zijn bezetenheid weergaven.

Hij ging terug naar zijn studeerkamer en legde het knipsel waar het had gelegen. Hij moest nu merkbaar anders zijn: zijn stemming van die ochtend viel niet te herscheppen, die was weg. Hij mocht de tafel in de tussentijd niet zichtbaar hebben aangeraakt. De ochtend had zich gekenmerkt door een stemming van voorbarige blijdschap – uren waarin hij Caro was vergeten, vrij was geweest.

Zijn handen trilden verschrikkelijk. Hij had vaak gedacht dat zijn liefde misschien wel waanzin was.

Toen hij zich had gewassen en aangekleed, ging hij naar beneden, de tuin in. Het theeblad stond op een tafel in de schaduw. Zijn vrouw kwam naar buiten met een rode kat in haar armen, en bleef in de zon staan, wachtend op haar moment. Het gras stond vrij hoog, de bloemen stonden zo kunstig dooreen in een combinatie van kleuren dat je kon denken dat ze waren verwilderd. Het was het soort tuin waar Margaret van hield; zij had hem zo ingericht. Ted had haar er vaak mee gecomplimenteerd, behalve met één muur waar ze struikjes tegen had geplant, elk weer anders. Hij had een keer gezegd: 'Dat is te berekend. Het ziet er emotieloos uit.' Ze vond het een vreemd soort kritiek voor zo'n man.

Ze had een mooie lichaamshouding, waardoor ze rijzig leek. Ze was altijd hetzelfde, bedaard, voornaam; onschuldig, behalve voor zover de gekwetstheid haar had veranderd. Haar haar was heel licht en glansde in kleine krulletjes in de zon. Ogen groot en blauw, niet zonder vragen. Terwijl ze naar voren stapte, legde ze haar gezicht tegen de vacht van de kat, in een liefkozend gebaar dat door haar man waarschijnlijk was afgeweerd.

Ze verschoof de kat in haar armen, omdat die iets anders leek te verwachten. Ted stond in de schaduw bij de tafel. Ze stonden stil, met hun gezicht naar elkaar toe: niet verenigd, niet tegenover elkaar.

Hij zei: 'Je moest eens weten hoe mooi je bent.'

Zelfs de kat luisterde. Margaret zei: 'En dan, wat dan?'

'Dan zou je de wereld laten dansen.'

Ze wisten wat hij bedoelde: Dan zou je een man vinden die echt van je hield.

33

Toen Rupert Thrale dertien was en last van zijn rug kreeg, ging zijn moeder met hem naar een nieuw ziekenhuis aan de overkant van de rivier. Nadat de röntgenfoto's waren bekeken, was het weer Grace Thrale die naast hem in een wachtkamer zat, terwijl hij in een boek over buideldieren bladerde en met de neus van zijn schoolschoen aan een losse groene rubbertegel wrikte. Toen ze, bij de naam Thrale, allebei opstonden en naar een lege spreekkamer van een arts werden gebracht, raakten hun armen elkaar onder het lopen aan. En toen ze samen voor een bureau zaten, boog Grace zich vanuit haar angst naar voren om de jongen een zoen te geven; en de deur ging open.

De man die binnenkwam zag de moeder zich naar voren buigen, met haar arm over de rugleuning van een stoel, haar hals in een boog van hulpeloze bezorgdheid, haar lippen op het lichte haar van haar zoon, dat zich mengde met het hare. Het volgende moment draaide ze zich om en keek. En Rupert kwam overeind en loochende haar liefkozing.

Wat Grace Thrale zag, was een stevige man van rond de dertig met noordelijke kleuren – blozende wangen, blauwe ogen, blond haar en in het wit gekleed – die in een deuropening stond.

Het was een vluchtig tableau; maar zelfs de jongen herinnerde het zich.

De drie zaten aan het bureau, en de jonge arts zei: 'Wees gerust.' Hij hing een reeks foto's aan een stalen stang en knipte het licht erachter aan: de segmenten met hun inkepingen, bogen van de ribben, het grijze geknobbelde staketsel van een naakt bestaan met zijn dodelijk omen. 'Dit hier noemen we de borstwervels.' Hij wees met een pen. En Grace Thrale keek naar de sterfelijkheid van haar zoon – al het ademende weefsel weggevaagd, alles wat beweeglijk was of sliep, wrok of plezier kon voelen. Het was alsof ze naar versteende resten uit het graf van een kind keek.

Er was een corrigerende operatie nodig – die riskant was, zelden werd uitgevoerd en waar een roestvrijstalen stang aan te pas kwam. Die tastte de groei niet aan. 'Je wordt beter dan nieuw, dat beloof ik je.' De dokter richtte zich op die manier tot de jongen, zonder jovialiteit, met een zachte heldere stem en een licht Schots accent, waarmee hij de moeder erbij betrok via een draadje ervaring dat bijna teder was. Zijn gezicht zou met zijn onthullende kleuren en vriendelijkheid in een andere periode mooi zijn geweest. Zijn haar glansde, met genoeg goud om rood te worden.

Toen ze weggingen, zei hij tegen Grace dat ze een afspraak moest maken om samen met haar man te komen. 'We moeten het met de chirurg bespreken.'

Christian Thrale behartigde landsbelangen op een conferentie in Dar es Salaam. Grace zou donderdag in haar eentje komen.

Bij de deur hing een uithangbordje: DR. ANGUS DANCE.

Op donderdag belichtte hij de foto's en wees met de pen. Hij zei dat het lastig zou worden, maar goed zou komen. Ze hadden hier in Londen de aangewezen persoon voor dit werk. Grace Thrale zat naast Angus Dance naar de platen te kijken en liet, toen ze er eentje vasthield, een beverige afdruk van klamme vingers achter. Toen de chirurg kwam, stond Dance op en ging in de zon voor het raam staan, waar hij wit met goud was, een serafijn, een vlammende straal.

Grace vertelde dat haar man terug zou komen, om thuis te zijn voor de operatie.

'U spreekt dan mijn collega. Ik heb die week vrij.' Hij zag dat ze ongerust was. 'Een paar dagen maar.' Toen de chirurg hen alleen liet, ging Dance zitten om zijn deel van een formulier in te vullen. Hij vertelde dat hij naar het huis van zijn ouders ging, bij Inverness.

'Hoe is Inverness tegenwoordig?'

'Ach – net als overal – vol Japanners.' Het formulier nalezend zei hij: 'We zijn buren. Ik zie dat u in de Crescent zit. Ik woon om de hoek, in dat blauwgeschilderde huis.'

Ze waren het erover eens dat ze het geen mooie tint vonden. Grace zei dat ze vaak voorbij dat gebouw kwam, als ze de weg afsneed via het beklinkerde steegje – dat oorspronkelijk voor voetgangers was bedoeld maar nu oneigenlijk werd gebruikt. Ze wist dat hij alledaagse dingen zei om haar gerust te stellen; en werd inderdaad gerustgesteld door zijn empathische bedoelingen.

De dokter zei: 'Straks rijdt Rupert me daar op zijn fiets van de sokken en dan lig ik de rest van mijn leven in bed.' Hij gaf haar het formulier terug en raakte haar mouw aan. 'U zult wel ongerust zijn. Maar dat hoeft echt niet.'

De operatie verliep zo vlot dat Christian Thrale al binnen een paar dagen terug was in Dar es Salaam. De jongen moest nog zo'n maand in het ziekenhuis blijven. Grace kwam elke ochtend en middag met stripboeken, een legpuzzel, een schone pyjama. Er was een cafetaria waar ze tussen de middag at.

'Hoe was Inverness?'

Dokter Dance had een blad in zijn handen. 'De poort naar de Oriënt. Ik ben blij dat het zo goed gaat met Rupert.' Staand wekte zijn lichaam een flinke indruk, zowel krachtig als serieus. Hij had korte, gespierde armen, waarschijnlijk met rode haartjes erop.

Ze gingen bij elkaar zitten en Grace bracht Christians dankbaarheid over, helemaal uit Tanzania, en haalde zelfs een brief tevoorschijn. De opluchting stroomde in de vorm van complimenten naar buiten: de verpleegsters waren zo aardig, de chirurg, de therapeut uit Karachi. Zuster Hubbard was een heilige, en Rupert zou straks hopeloos verwend zijn. Toen zei ze: 'Maar goed – waarom zou u dat in uw vrije tijd moeten aanhoren.'

Haar lichte haar viel vanuit de middenscheiding perfect geschulpt in twee vleugels over haar oren. Af en toe raakte ze het aan, en aan haar opgeheven hand glinsterde een ring. Ze had korte huisvrouwennagels, ongelakt. 'Hoe was uw vakantie?'

Hij zei dat hij altijd met de trein ging. Zijn ouders leidden een afgezonderd bestaan, maar hadden nu tv. In het huis, dat op Black Isle stond, was het altijd koud, niet alleen door gebrek aan verwarming maar ook door zuinigheid. 'Ze houden van soberheid. Mijn zus en ik zijn juist rommelig, wat te voorspellen viel.' Er hing maar één ding aan de muur: 'Een ingelijste foto van de Tirpitz, die zonk op de dag dat ik werd geboren. Althans, die middag kwam het bericht dat ze hem tot zinken hadden gebracht.' Zijn zus was ook arts en woonde in Edinburgh.

Grace stelde zich de oude pachtboeren voor in dat kale huis, die in eenlettergrepige woorden praatten, als 'aye' en 'wee' een 'yon'; de ongetrouwde zus, een blozende kinderarts in tweed die waarschijnlijk Jean heette. 'Ze zullen jullie wel missen.'

'Mijn vader doet nog steeds advieswerk. Hij is ingenieur. Ik ga er wel vrij regelmatig naartoe. En Colette gaat met Pasen. Voor haar is het juist lastiger, omdat ze getrouwd is en een gezin heeft.'

Die avond vroeg Grace aan een diner: 'Weet iemand nog in welk jaar we de Tirpitz tot zinken hebben gebracht?'

Het gebeurde dat Grace Thrale en dokter Dance elkaar elke dag spraken. Bij röntgenfoto's die moesten worden belicht en bekeken – stuk voor stuk gekleurd door de glans van redding; aan Ruperts bed, op de gangen en in de cafetaria. Eén keer bleven ze tien minuten staan praten op een trap. Algauw wisselden ze de buurtnieuwtjes uit – het oneigenlijk gebruikte klinkerpaadje, het lelijke nieuwe hotel in de buurt, dat onderdak bood aan gezelschappen – en Grace hoorde dat Angus Dance gescheiden was na een studentenhuwelijk, liberaal stemde, via een uitwisselingsprogramma een jaar in Colombia had gezeten en een zeilbootje had liggen in Burnham-on-Crouch. Vroeger bezocht hij gevangenen in Wormwood Scrubs, maar daar had hij geen tijd meer voor. Op een dag lag er een boek op zijn bureau, over de Brontës.

Over zijn huwelijk zei hij: 'Jonge mensen doen dat tegenwoordig niet meer zo vaak.' Hij, jonger dan zij, beschouwde zichzelf al als ouder.

Grace vertelde dat haar ouders toen ze klein was waren omgekomen bij een ongeluk met een Australische veerboot. Daarna was er – zo leek het, toen ze haar verhaal deed – Christian geweest. Terwijl ze dat allemaal vertelde, had ze het gevoel dat haar relaas onuitgewerkt was, onbewogen. Er ontbraken hele jaren, als door geheugenverlies, en de enige actie met grote gevolgen in haar leven bestond uit de normale bevallingen. Het ongelukkige verdrinken van haar ouders was gewichtiger gebleven dan welke bewuste verrichting van haarzelf ook, en was nog steeds het enige waar ze sensatie mee wekte.

Deze gedachtewisselingen met dokter Dance waren Grace Thrales eerste gesprekken. Met Caro had ze een onuitgesproken band gehad: het kinderlijke zwijgen op een strand in Sydney. Bij Christian was er het werk, dan waren er de drie jongens, het vaste patroon en de kleine crises van het dagelijkse leven. Ze had niet vaak gezegd: 'Ik ben ervan overtuigd', 'Ik vind'; en dat ook niet als een gemis gevoeld. Nu kreeg ze plezier in overtuigingen en bevindingen, en er kwamen er steeds meer. Tussen de bezoekjes aan het ziekenhuis door repeteerde ze die. Ze voerde denkbeeldige gesprekken met Angus Dance, fantastische gedachtewisselingen waarin Grace zonder gêne durfde uit te blinken. Ze had de drang te onthullen, zich nader te verklaren, de eenvoudige waarheid te zeggen. De keren dat ze feitelijk naast hem zat en naar röntgenfoto's keek, riepen een wederzijdse zachtmoedigheid op, die het bewijs vormde voor de mogelijkheid tot vervolmaking van de mens. Na die gelegenheden was er het gevoel van geleverde inspanning – een fijn soort vermoeidheid, zoals het lichaam die kan voelen na gezonde, ongewone beweging.

Op een dag raakten, bij het aanreiken van een vel papier, hun vingers elkaar aan; meer niet.

'Ik neem aan,' zei Grace Thrale, 'dat Angus altijd al een Schotse naam was.'

'Het is een verbastering van Aeneas.'

Ze kon zich niet herinneren wat Aeneas had gedaan, en het leek haar beter er niet naar te vragen.

Hij veranderde haar. Ze wilde niets liever dan tot zijn geheel andere niveau van goedheid komen – zijn gevoeligheid die de precisie van een instrument had en toch ook een natuurlijke nauwkeurigheid; zijn goede humeur dat een vorm van generositeit was; zijn lichte en terechte melancholie. Wat ze vooral van hem verlangde was deugdzaamheid, alsof het om een eer ging die hij haar kon bewijzen. Hij kon van haar een eerbare vrouw maken.

De naakte feiten van Grace Thrales liefde zouden in een lijstje vertrouwd, meelijwekkend en, voor sommigen, zelfs komisch hebben geleken. Dat besefte ze zelf ook. Het was die zoetheid, waar geen verklaring voor was.

Omdat deze toestand haar voorkwam als aangeboren, zocht ze in haar verleden naar voorbeelden. Ze stond stil bij een man die ze lang geleden in Londen had gekend, voordat ze trouwde – een humeurige leraar die afspraken vaak niet nakwam of te laat was, en om wie ze een koude zomer lang verdriet had gehad. Pas het afgelopen jaar had ze gehoord dat hij tegenwoordig schoolhoofd was in Dorset, en had ze in het telefoonboek zijn naam opgezocht. Hij was geen voorafschaduwing van Angus Dance. In tegenstelling tot de leraar had Christian juist een schoolvoorbeeld van zorgzaamheid geleken, een verantwoordelijke minnaar wiens stiptheid van meet af aan een voorteken was voor de huwelijkse staat. Angus Dance had geen voorlopers.

Grace stak het uiteinde van een pen tussen haar lippen. Hugh, haar middelste zoon, vroeg: 'Waarom kijk je zo?'

'Ik zit te denken wat ik tegen papa zal zeggen.'

's Nachts was ze alleen met Angus Dance, als ze in haar eentje in het donker in bed lag met haar arm half om haar lichaam geslagen. Ze dacht dat Christian wel gauw uit Dar es Salaam zou terugkeren. De wetenschap dat hij meteen met haar naar bed zou gaan bracht louter gelatenheid.

De week nadat Rupert uit het ziekenhuis thuis was gekomen, liep mevrouw Thrale op straat dokter Dance tegen het lijf. Ze kwamen elkaar tegen bij wegwerkzaamheden en konden elkaar amper verstaan boven de drilboor uit. Grace staarde naar zijn stralende, koortsige huid en zijn getaande gezicht, zijn middagkleur, terwijl betonbrokjes rondspatten en het trottoir trilde. Ook door het bewustzijn ging een beving, op een soort inwendige schaal van Richter.

'Laten we even ergens anders heen gaan.' Dance maakte een gebaar alsof hij haar bij de elleboog wilde pakken, maar deed dat niet. Ze waren allebei op weg naar een bakkerij, en waren het erover eens dat de vrouw daar chagrijnig was, maar dat de croissants lekker waren. Toen ze bij de hoek overstaken, zei Grace: 'We missen u allemaal.' Ze hoorde dat haar woorden koket werden van schroom, en kreeg een spiertrekkinkje in haar wang. Hij lachte. 'Dat gaat wel wat ver.' Maar liet erop volgen: 'Ik mis jullie ook allemaal.' Dat 'allemaal' maakte het mogelijk en leidde af: een angstvallig bewaakt pact.

In de winkel moest Grace op de kruidkoek wachten. Angus Dance gaf haar een hand. 'Dokters zijn altijd overal te laat. Ik hoop dat we elkaar nog eens zien.'

Toen hij buiten was, zei de norse vrouw achter de toonbank: 'Hij is dus dokter. Knap gezicht heeft hij.'

Toen Christian een complimentje maakte over de kruidkoek, zei Grace: 'Die heb ik van die aardige vrouw op de hoek.'

Elk voorjaar gaven de Thrales een feestje – drankjes en hapjes. Ze noemden dit beschaafde evenement 'onze knalfuif'. Grace probeerde in stilte haar vraag: ik zou die jonge dokter wel willen uitnodigen. We kunnen de dokter van Rupert ook uitnodigen, hij woont praktisch hiernaast. Wat vind je, zullen we die dokter Dance uitnodigen, die zo geweldig was voor Rupert?

Op de vraag zoals die uiteindelijk werd geformuleerd antwoordde Christian: 'Goed idee.' Hij was van plan een zeer hoge functionaris van zijn departement uit te nodigen en vond een arts er wel goed bij passen.

Grace belde naar het ziekenhuis. Dance herkende haar stem: 'Hallo.' Hij zei niet mevrouw Thrale, en had dat ook nooit gezegd. Hij schreef de datum van het feestje op, en van zes tot acht. 'Is het voor een speciale gelegenheid?'

'Het is mijn verjaardag. Al zeggen we dat er nooit bij.'

Ze had een nieuwe jurk waar haar borsten in uitkwamen. Christian vroeg: 'Is dat niet een beetje bloot?' Hij volgde met zijn vingers de rand van zwarte zijde over haar huid. 'Van harte gefeliciteerd, lieve Grace.'

Ze hadden een Jamaicaans echtpaar om de drankjes in te schenken, maar Grace deed zelf open voor Angus Dance. Voordat hij binnenkwam, boog hij naar voren om haar op haar wang te kussen en te mompelen: ''Feliciteerd'. Hij gaf haar een pakje, waarin later lavendelwater bleek te zitten. Grace beefde onder de verrassende kus, waarna ze zich afwendde met de mannelijke indruk van een jasje onuitwisbaar op haar zijdezachte, vrouwelijke armen. Toen Christian vanaf de voet van de trap naar hen toe kwam en zijn feestgezicht plaats liet maken voor het ernstige onderwerp Rupert, deed zij een stap achteruit in de kromming van de vleugel, waar Dance even later bij haar kwam staan.

'Wie speelt er piano?'

'Ik.' Dit keer voegde ze er niet aan toe: 'Het enige wat ik kan.' Hij boog naar voren om het stapeltje bladmuziek te bekijken. Ze had Chopin bovenop gelegd om indruk te maken. Ze zag hem de bladzijden met doelbewuste, grote handen opslaan; ze bekeek zijn bijna spirituele gezicht. In deze omgeving van amateurs had zijn autoriteit hem verlaten, en zijn jeugdigheid was een klap, een teleurstelling. In feite was de autoriteit op haar overgegaan. Zij regeerde, als vrouw des huizes, over haar gezin, haar kennissenkring, haar charmante kinderen: de situatie meester.

Ze wist niet hoe ze hem moest aanspreken nu hij uit zijn rol was gevallen. In het ziekenhuis hadden de verpleegsters hem Dokter genoemd, zoals vrouwen met een gezin tegen hun eigen echtgenoot zeggen: vader – of papa.

Ze praatten over het buurthuis, en Grace vertelde dat de schilderijententoonstelling op zondag werd geopend. Dance zei: 'Ik kom misschien wel even kijken.'

Rupert kwam aanlopen met een whisky voor Dance, en andere gasten werden voorgesteld. In een ovale spiegel die ze in Bath hadden gekocht bezag ze de ruimte, stemmig met een bloemrijke charme en, als Engeland, een kamerbreed groene vloer. En zijzelf, in deze bloemenweide – haast niet te onderscheiden van kussens en gordijnen en van de tierelantijnen die door hun gebrek aan karakter geen onrust veroorzaakten. In de spiegel kon ze zien, maar niet horen, dat haar man zei: 'Laten we wel wezen', en dat haar oudste zoon, de blonde en beminde Jeremy, zich voorbeeldig gedroeg. Ze zag de ringen aan haar vingers en een armband die verzekerd was. Hoe ze ook keek, Angus Dance zag ze niet in die spiegel (hij was naar de eetkamer geloodst voor een hapje ham), en wist dat dat nooit zou gebeuren.

Het hoofd van Christians departement had een euromarkt-gezicht. Hij zette zijn glas op Chopin en zei: 'Ik ken u eigenlijk niet goed genoeg om deze anekdote te vertellen.' Grace zag de kamer in weerspiegeld water rimpelen: die trage bewegingen, die pasteltinten; en zijzelf weer – opgedoft, versierd, verzekerd en, voor het eerst, totaal alleen. Een grote vrouw stond in paarsblauw tegen de schoorsteenmantel geleund en kleurde het beeld purper. De baas van Christian zei: 'Nu komt het schuine gedeelte.' Grace luisterde verstrooid naar de clou van de mop. Toen ze niet lachte, was sir Manfred geïrriteerd; en bekeek haar blanke boezem als wilde hij zeggen: Je bent zelf begonnen. Hij pakte zijn glas en liep naar de boekenkast: 'Ik lees alles.' Hij liet een kring achter op een nocturne.

Ze zag, of wist, dat Angus Dance weer in de kamer was. Toen ze een schaaltje kaasbolletjes controleerde, bleek hij vlak bij haar te staan praten met een meisje met zwart haar en blauwe ogen dat met de Dalrymples was meegekomen.

En waarom in vredesnaam niet? Een man zoals hij kon onmogelijk celibatair leven, zich onthouden als eerbetoon aan haar romantische fantasieën.

'Grace, ik heb die informatie voor je over de Tirpitz.'

Het was hun oudste vriend, die ze op slag dood wenste.

'Je weet dat ik je nooit teleurstel. Beloofd is beloofd. Twaalf november vierenveertig.'

Grace vouwde haar handen voor zich. Verzonken.

'Aan het anker gekapseisd. We hadden hem het jaar daarvoor al met mini-onderzeeërs beschadigd, maar in vierenveertig kreeg hij van de RAF de coep-de-kras. Ergens binnen de poolcirkel, tussen de Noorse fjorden, vraag me niet om die plaats uit te spreken, het is zo'n naam met puntjes erboven.'

Angus Dance stond rug aan rug met hen, ruim binnen gehoorsafstand.

'Die Duitse klungels hadden hem namelijk riant binnen ons bereik afgemeerd. Je kunt er altijd op rekenen dat ze iets stoms doen. Complete sukkels. Nou ja, weet je nu genoeg?'

'Dank je wel, Ernie.'

Ernie sprak geen Duits, maar kon op feestjes een aardig accent nadoen. 'Iemer tot oew dienst.' Hij sloeg zijn hielen tegen elkaar.

Angus Dance haalde een asbak voor het meisje van de Dalrymples. Hij had gezegd: 'Ze hebben hem tot zinken gebracht.' Voor Grace en Ernie was het 'Wij hebben hem tot zinken gebracht' – zelfs het schoolmeisje Grace had het machtige slagschip de Tirpitz met al haar krulletjeskracht aangevallen. Angus Dance stond erbuiten, vrij van schuld of glorie. Voor hem konden Ernie en Grace evengoed na het ontzet van Mafeking op straat hebben feestgevierd.

Grace liet haar koude glas tussen haar handen draaien. Ernie streek bezitterig met zijn vinger langs de zwarte taille van de vleugel, precies zoals Christian zijn vinger langs de rand van haar jurk had laten gaan. 'Er ging duizend man naar de zeebodem.'

Sir Manfred maakte zich los van een ondervrager. 'Ik weet de cijfers niet zo uit mijn hoofd. Belt u anders mijn secretaresse maar.'

Een pen kwam tevoorschijn, een strookje papier.

'Juffrouw Ware. Nee, niet Waring, Ware. Cordelia Ware. Ze is een beetje een dragonder, maar ze kent alle cijfers van voor naar achter en terug.' Sir Manfred gaf er een telefoonnummer bij en sjokte naar Grace toe. 'Spijt me zeer, moet ervandoor.'

Mensen kusten haar, de een na de ander: 'F'tastisch, f'tastisch. Gewoon f'tastisch.' Angus Dance vertrok op een golf van vertrekkenden, met een handdruk.

Toen het was afgelopen, haalden ze de Spode uit zijn veilige bergplaats. Er was een duur geslepen glas kapotgevallen.

Jeremy zei: 'Jullie noemen het toch ook een knalfuif.'

Twee lapjeskatten werden miauwend uit de badkamer boven bevrijd, maar weigerden de restjes aan te raken. Jeremy en Hugh zetten de kast terug tussen de ramen. Rupert, die niet mocht tillen, hielp Christian de lege flessen tellen. 'Ik vond dokter Dance het aardigst.'

Ik ook.

Christian draaide zijn hoofd half naar waar Grace stond en knipoogde even. 'We zijn dus kapot van dokter Dance, of niet?' Hij had de flessen in een doos verzameld. 'Ik vond hem zelf ook aardig.'

Toen Christian nog weer later de wekker opwond, vroeg hij: 'Wat stond Ernie nou te kletsen over de Tirpitz? Of was het de Scharnhorst?'

Grace trok de zwarte jurk over haar hoofd uit. 'Ik geloof dat het de Scharnhorst was.'

Hij had de volgende dag kunnen bellen om te bedanken voor het feestje, maar dat gebeurde niet, al ging de telefoon de hele ochtend over en stuurde Christians baas bloemen.

'Het was dus een succes,' verklaarde Jeremy, die wereldwijs begon te worden.

Grace nam de post door.

Christian zei: 'Ik heb nog nooit zo'n mooie bos margrieten gezien.'

Grace Thrale begon toen al de bekende stadia der liefde te doorlopen, waarvan het eerste bestond uit simpel, zij het eindeloos, smachten. Ze kon op één ochtend wel tien Dances op straat tegenkomen. Dan, tot het uiterste gespitst op een onmogelijk telefoongerinkel, waarvan de elektrische trillingen in haar ziel weerklonken, creëerde ze mythes en legenden op een kus in de deuropening. Dat was het tweede stadium. Het derde was de overtuiging dat al haar ideeën aan haar eigen waan ontsproten, en dat elke respons van zijn kant fantasie was. Ze had niets meer te onthullen voor Angus Dance. Hij had zelfs haar beste jurk al gezien.

Als hij het wist, zou hij een grapje maken over haar levensfase. Zelfs de aardigste man kon met wreed genoegen lachen om dat onderwerp.

Het lastige was dat ze ruimschoots gevoelens genoeg had

voor wederkerigheid. Ook kregen ze van al die liefdevolle tederheid iets deugdzaams.

De zinnetjes liepen dooreen en wisselden elkaar af. Als hij
zondag naar die tentoonstelling kwam, zou ze het weten.

Grace lag wakker, sliep daarna onrustig.

Christian zei: 'Wat ben je tegenwoordig vroeg op.'

'Dat komt door de hond van de buren, die begint te blaffen
als het licht wordt.'

Rupert grinnikte. 'Net een haan.'

'Als dat zo doorgaat,' zei Christian, 'dan zal ik er eens een
hartig woordje van zeggen tegen zijn baas.'

Rupert zei: 'Ha, daar is de stok om de hond mee te slaan.' Hij
morste met zijn eten van het lachen.

Intussen had mevrouw Thrale in haar hart al vele malen
overspel gepleegd.

's Zondags ging Christian met de jongens naar een paardenshow. Christian wist wel wat van paarden – van hun maten,
hun tekening en hun dekkingen, van hun behendigheden. Ook
de jongens waren vertrouwd met woorden als vosschimmel,
platenbont en ruin.

'We zijn tegen zessen wel terug.'

Grace zei: 'Misschien ga ik even naar die schilderijententoonstelling.'

Toen ze de deur uit waren, maakte ze met zorg haar gezicht
op. Ze trok een dikke blauwe jas aan die haar goed stond, ook
al was hij oud. Het was een gure dag, bijna lichtloos; de lage be-
wolking wees op sneeuw. In een etalage zag ze hoe ze haar sjaal
vasthield – haastig, stralend.

Een vrouw bij de deur vroeg tien pence entree. De vloer van
vuile houten planken was oneffen, en kraakte toen ze naar binnen ging. Ze was bijna alleen in de zaal, maar kon zich er niet
toe zetten om zich heen te kijken op zoek naar Angus Dance.
Een dikke man in een regenjas deed een stap achteruit voor
een betere zichtlijn en botste: 'Neem me niet kwalijk.' Er waren

twee of drie oudere echtparen die niets beters te doen hadden, en een mismoedig meisje van wie wellicht werk was tentoongesteld. In veel gevallen bestond de verf uit groene en rode spiralen; of hij was dun aangebracht in hoekige grijsvlakken. Ze wist dat hij niet zou komen.

Toen ze de tentoonstelling verliet, werd het al donker en viel er natte sneeuw. Ze wilde niet naar huis; het was alsof daar haar vernedering wel naar buiten moest komen. Ze schuwde haar huis als een extra straf – zoals een door speelkameraadjes afgetuigd kind vreest thuis op zijn donder te krijgen om zijn kleerscheuren. Maar ze strompelde zonder andere mogelijkheid voort. Verdriet kwam in haar borstkas omhoog en viel als natte sneeuw achter haar ogen. Het was haast niet te geloven dat er niemand was die haar kon troosten.

Ze dacht: mijn krenking. En realiseerde zich voor het eerst dat het woord dezelfde stam had als krankzinnigheid.

Alleen in haar huis ging ze naar de badkamer en leunde met beide handen op de wastafel om na te denken. Deze onrust moest op iets anders zijn gericht dan Angus Dance. Al die hartstocht kon nauwelijks iets met hem te maken hebben – de roodharige dokter Dance van vlees en bloed die ze nu drie maanden kende – maar moest op een visioen zijn gefixeerd. Ook in deze spiegel zag ze er gespannen, onbeschermd, zwoegend uit. Ze had zichzelf nog nooit zo reëel gezien, zo rauw.

Ze had haar jas net uitgetrokken toen ze van de paardenshow terugkwamen, ervaren pratend over vossen en bruinen. In de ondergrondse waren mensen tegen Christian op gebotst: 'Misschien ben ik niet geschikt voor de massamaatschappij.'

Grace zei: 'Misschien zijn we zelf de massamaatschappij.'

De maandag was kapperdag voor mevrouw Thrale. Ze zei: 'Ik heb een paar grijze haren, Mario,' en bracht haar hand naar haar voorhoofd. 'Hier.'

Hij nam haar hoofd tussen zijn handen, onder een lamp, alsof het een schedel was die in frontaal aanzicht werd gehouden. Helaas, die arme Grace. Na een poosje zei hij: 'Het is niet iets voor haarverf.'

Hij liet haar los. 'U bent nog niet aan verven toe.'

'Nee.'

'Eerlijk gezegd kunt u nog wachten.'

Grace ging op een plastic stoel zitten, en hij zei: 'Het is erger voor de donkere dames.'

Toen ze met *Vogue* en *De Goelag Archipel* onder de droogkap was geïnstalleerd, viel haar de fossiele zieligheid van de salon op. Er was nauwelijks een jonge vrouw te bekennen, buiten het meisje voor het haarwassen, met haar heuploze jeans en hoge borstboog waarbij het weke vlees van Grace zelf prehistorisch leek. Grace keek naar beneden, naar haar ronde kleine armen, staarde ernaar als naar een portret van een oude meester. Ze dacht aan haar lichaam, dat nooit echt rank was geweest en een wit web van strepen vertoonde door zwangerschappen, en nu werkeloos moest wachten op verval en aftakeling. Haar handen, boven een tijdschriftfoto van een gebronsde man op een strand gevouwen, namen instinctief een berustende stand aan. Ze las: 'De Aga Khan op een zeldzaam ontspannen moment.' Maar ze zag zichzelf in datzelfde ogenblik een grote onbestemde periode binnengaan, eenzaam en universeel.

Die nacht droomde Grace van haar eigen dood.

De volgende ochtend zocht ze een excuus om het ziekenhuis te bellen.

'Dokter Dance is afwezig vanwege zware verkoudheid.'

Ze zei dat het niet belangrijk was en hing op. De ernstige verkoudheid wekte minachting, en ze zei hardop: 'Ik was er wel geweest', waarmee ze de schilderijententoonstelling bedoelde; wat inderdaad klopte. Ze liep naar boven om de bedden op te maken en dacht verachtelijk: Schotten zijn niet direct vurige minnaars.

De evenwichtigheid was niet van lange duur. Op weg naar

beneden weer die pijn op de borst, een immens lijden, hoogdravend, met een omvang en een aanzien waar zij, Grace Thrale uit w8 7 EF Londen, nauwelijks aanspraak op leek te mogen maken. Ze ging in de keuken zitten en dacht: ik ben overspannen; en misschien wel gek. Lieve god, ik moet hiermee breken.

Breken, breken, breken. Jullie zeiden toch knalfuif. Gebroken.

In haar eenzaamheid viel haar in dat boeken hadden kunnen helpen. Voor het eerst gaf ze zich er rekenschap van dat ze nooit las, dat zij noch Christian las – en dat was de grootste ontdekking, aangezien ze de literaire zaken door hem had laten beheren. Ze bezaten tientallen boeken, in een kast die een halve muur besloeg; om van de Penguins nog maar te zwijgen. En lieten altijd de nieuwste komen van de bibliotheek. Ze had Iris Murdoch in huis, naast Soltzjenitsyn. Alleslezers. Maar een ontvankelijke toestand waarin de martelingen van een ander tot in haar eigen ziel konden doordringen, waardoor haar verliefdheid kon worden omschreven en gevierd – die was er niet. Christian presenteerde zichzelf zelfverzekerd als literatuurkenner: 'Deze winter ben ik Conrad aan het herlezen.' Maar *Within the Tides* lag al sinds december op zijn nachtkastje.

Christian kwam thuis en gaf haar een zoen. 'Ik heb die lui aangesproken op hun jankende hond.'

'Nee toch.'

'Jazeker. Je kunt toch niet altijd wakker blijven liggen. Ze hebben beloofd dat beest binnen te houden.'

Ze wilde dat hij niet dat beest had gezegd.

Hij liet zijn aktetas op de haltafel vallen. 'En ik heb letterlijk het woord janken gebruikt.'

In haar droom had Christian gehuild.

's Nachts stond Grace op en ging naar beneden. Ze pakte *Wuthering Heights* uit de kast en bleef in het maanlicht voor de ramen staan, onafgebroken wakend over haar emoties. Ze had het recht niet de naam Angus Dance uit te spreken of hem, zelfs maar in haar gedachten, een koosnaam te geven – omdat ze dat soort dingen nog nooit had gedaan. Ze had zich evengoed tot Heathcliff of Aeneas kunnen wenden. Het boek, een oude uitgave, voelde zwaar in haar hand. Ze wist dat ze het nooit zou lezen; maar vroeg zich wel af of je, als je het op een willekeurige bladzijde opensloeg, een waarheid zou aantreffen, zoals in de Bijbel. Ze streek met haar andere hand over haar lichaam en vond haar kleine voeten mooi, zoals ze onder haar nachtjapon uitstaken.

's Ochtends zei Christian: 'Misschien moeten we eens een nieuwe matras kopen.'

Toen de margrieten begonnen te verwelken, gooide Grace ze bij het vuil. Op het nog aangehechte kaartje stond: 'Met respect', en door de achternaam liep een streep inkt. Ze liet het water door de vaas zwieren en herinnerde zich: 'Ik heb niet om zijn schuine mop gelachen.'

Christian was ongerust, maar zei: 'Je hoeft echt geen beledigingen te slikken ter wille van mijn carrière.' Om haar gedachten voor te zijn. Even later vroeg hij: 'Wat was de grap trouwens?'

'Ik snapte er helemaal niets van.' Ze schoten allebei in de lach. Ze had hem geen bevredigender antwoord kunnen geven. De volmaakte, beschermd levende Grace. Tijdens een vakantie op Corsica had hij een keer haar gezicht weggedraaid van het schouwspel, zoals hij het noemde, van een knokpartij.

Later die dag kwam ze Angus Dance op straat tegen. Ze had narcissen gekocht ter vervanging van de margrieten en bleef met de naar beneden gehouden bos in haar hand staan. Ze kon geen woorden bedenken die het magische stille gesprek uit haar dagdroom konden evenaren.

Hij zei: 'Gaat het wel?'

'Ik slaap niet zo goed de laatste tijd.' Ze had evengoed kunnen zeggen: Ik hou van je. 'Behalve met pillen.'

'Welke gebruik je?' Een moment lang lag de autoriteit weer bij hem.

Daarna praatten ze over zijn zware verkoudheid. En eind die maand zou ze met Rupert op controle komen. Ondanks de slapeloosheid straalde haar huid net zoals de zijne.

Hij zei: 'Heb je tijd voor koffie?'

En zo ging Grace Thrale aan een formicatafeltje zitten en hing Angus Dance zijn flanellen jasje aan een kapstokhaakje op. Hij droeg een lichtgekleurd wollen vest dat door zijn moeder was gebreid. Zijn haar alleen al volstond om aandacht te trekken: zijn noorderlicht, zijn uitstraling van een middernachtszon. Ze zeiden haast niets, maar leunden met ingehouden gretigheid naar voren, totdat het meisje hun bestelling kwam opnemen. Zowel zijn accent als zijn vreemd aangeblazen r was meer geprononceerd. Grace dacht dat ze zelf onduidelijk praatte en deed haar best te articuleren.

'Ik vroeg me af hoe het met je ging.' Alles welbeschouwd was het de stoutmoedigste opmerking die ze ooit had gemaakt. Ze verbaasde zich over haar heldere stem, de vaste hand waarmee ze zakelijk de suiker pakte, terwijl de hele schepping, zelfs het weefsel van het hemelgewelf, gespannen was, ontvankelijk, crèmekleurig, net als zijn trui.

Hij zei dat hij eigenlijk naar Burnham-on-Crouch moest voor zijn boot, die op de bokken stond om te worden geschuurd en gemenied. Ook moest hij worden gebreeuwd. 'Ik heb er eigenlijk niet de energie voor.' De clichés, en al het ongezegde vormden op zich al inzicht. Haar geurige bloemen stonden in een kan water tussen hen in, gebundeld door een groen lint.

Grace vroeg: 'Hoe heet je boot?'

'De Elissa.' Hij maakte ruimte voor de melk. 'Ik ben geen echte zeiler – de echte zijn fanatiek. Ik ben er na een slechte ervaring aan begonnen. Het was een manier om te bewegen toen alles stilstond, denk ik.'

'Was dat toen je huwelijk stukliep?'

'Nee, dit was een latere tegenslag.' Hij glimlachte. 'Dit is allemaal waarschijnlijk niet zo interessant. Het gebruikelijke verdriet.'

'Voor mij zijn ze niet gebruikelijk.' Ze kon zich niet voorstellen dat Christian, voor wie acceptatie van levensbelang was, zijn afwijzingen zou vertellen, of 'mijn verdriet' zou erkennen. Zelfs in de vervoering van de koffieshop kwam het dreigende idee bij haar op dat Christian in dit opzicht de zwakste was, de meest weerloze; en dat Angus Dance des te sterker werd door tegenspoed en doordat hij weigerde de schijn op te houden. Ze dacht terug aan zijn eenvoudige toewijding bij Rupert, hoe hij had gezegd: 'Dat beloof ik.' Een dergelijke onbevreesdheid kon je van Christian niet vragen.

Als ze verschillen zocht met Christian, ging het niet alleen om het gebrek aan loyaliteit, maar ook om het feit dat Christian altijd leek te winnen.

Dokter Dance bood koffiebroodjes aan. 'Ik heb me enorm geamuseerd op het feest. Ik had moeten bellen om dat te zeggen.'

Grace dacht aan de jacht op de Tirpitz, en de gedenkbloemen van de baas, een doorweekte krans op wervelend water. Opdat we niet vergeten. 'Het lijkt alweer zo lang geleden.'

'Ik heb je sindsdien niet meer gezien.'

De vermenging van het grandioze en het triviale liet geen misverstand bestaan.

Hij ging door: 'Terwijl we zo dicht bij elkaar zijn.'

Ze zweeg, naar achteren geleund in de kleuren en schaduwen van de ruimte: niet vol vervulling, wat het moeilijk kon zijn, maar vol heerlijke rust, vredig. Haar hand lag uitgestoken op het tafelblad, met de mouw opgetrokken. Het was de eerste keer dat hij de binnenkant van haar arm zag. Ze wist dat een voorval als dit tussen hen misschien wel nooit meer zou voorkomen. Mocht het gebruikelijke verdriet haar eindelijk bereiken, dan gold dat ook voor deze ongekende perfectie.

Grace zat voor de piano. Ze sloeg een bladzijde met muziek om, maar speelde niet. Rupert kwam bij haar staan. 'Wat heb je?'

'Scarlatti.'

Hij had bedoeld: Wat is er?

Hij stond, als een geliefde, vlak bij haar, met de suggestie dat ze hem moest omhelzen. Met haar rechterarm trok ze hem tegen zich aan. Haar linkerhand rustte op het klavier. Ze legde haar hoofd tegen zijn bovenarm. Het was net een edwardiaanse foto. Ze zei: 'Ik hou van je, Rupey.' Dit was het laatste kind waarbij ze zoiets nog zomaar kon zeggen – en dan alleen vanwege zijn aandoening, die voor uitstel had gezorgd zodat er nog een hoop door de vingers kon worden gezien. Ze wisten het allebei. In navolging van haar stemming werd de jongen meditatief, loom; terwijl hij tegelijkertijd almachtig bleef.

Ze zei nog eens: 'Heel veel.' Opdat hij het terug zou zeggen. Ze dacht: de rollen zijn nu dus omgekeerd: ík probeer kracht te putten uit hén. De uitdrukking 'overspelige vrouw' kwam bij haar op, en het was net zo archaïsch als gestenigd worden – een uitdrukking vol vooroordeel, zoals negerin en jodin, of naaister en dichteres; maar wel precies.

Haar linkerhand speelde noten in het lage register: treurig, afzonderlijk, geïnstrueerd. De kamer nam ze koel in ontvangst. Er klonk het tikken van haar ring op het ivoor. Ze wiegde de jongen zacht met haar arm, en voelde het gipspantser om zijn gefotografeerde ribben. Ze nam haar hand van het klavier en sloeg beide armen om hem heen, met haar vingers in zijn zij verstrengeld, haar borst en gezicht naar zijn lichaam gewend. Dit leek minder op een foto.

Hij zei: 'Wat is er, mam?' Hij bewoog zijn gevangen arm om zijn hand op de hoge tonen te leggen en sloeg een valse reeks toetsen aan, hard en herhaaldelijk op felle hoge tonen. Ze liet hem los, maar hij perste er nog een paar verwarde, grillige wanklanken uit. En stond op, nog tegen haar aan, wankelend tussen kindertijd en sensualiteit.

Christian kwam met papieren in zijn hand binnen. 'Wat is dit, een duet?'

De jongen slenterde weg en zette de tv aan. Het nieuws ging flakkerend over een grillige ravage – Beiroet of Belfast, de Bronx of Bombay.

Christian zei: 'Ik moet je even spreken, Grace.'

Rupert riep: 'Het is een programma over Pompeï.'

Grace ging met Christian op de bank zitten, die zelden werd gebruikt omdat hij van fluweel was. Hij vertelde: 'Er is iets heel belangrijks gebeurd.'

In gedachten viel Grace in onmacht.

'Ik heb Afrika gekregen.'

Het was alsof hij Alexander was, of Antonius. Scipio de jongere. Grace staarde hem bleek aan, en hij zei erbij: 'Ten zuiden van de Sahara.'

Ze keek door dikke tranen heen, tranen zoals er nooit zouden opwellen voor Angus Dance, die geen medelijden behoefde of opriep door niets door te hebben of zich bloot te geven. Ze huilde om Christian, opgesloten in de ondoordringbare ijdelheid van zijn leven, en had hem op dat moment wel alles kunnen vertellen, puur uit trouw aan de betekenis der dingen. Ze zei: 'Lieve schat.'

'Er valt echt niets te huilen.' Christian legde zijn hand tegen haar wang, vergenoegd. 'Dat kan ik je verzekeren.' De volmaakte Grace. Hij rolde de departementale kaart in zijn hand uit. Een vierkantje boven aan het vel strooide grotere vierkantjes eronder uit, een nageslacht van eindeloze vakjes vol eigenwaarde. Hij wees – daar, en daar. 'Talbot-Sims wordt alleen Waarnemend. Maar het serieuze werk is voor mij.' Toen hij zich overboog om de stamboom aan te wijzen, werd een dunne, grijzende plek zichtbaar op de kruin van zijn rosblonde hoofd. Hij zei: 'Mijn jeugdigheid heeft me parten gespeeld'. Terwijl hij een stofje van het smetteloze papier veegde. 'Maar uiteindelijk hebben ze afgezien van senioriteit.' Het schema begon aan de randen om te krullen, in een poging zich weer op te rollen. 'Het zal een reuzeverschil maken in het pensioen.'

Grace vroeg zich af of de kloof tussen hun gedachten en ambities hem ook weleens zo absoluut was voorgekomen; of dat zij die zelf weleens zo flagrant had genegeerd. Ze vroeg zich af of hij tijdens hun zomerscheidingen of in de tijd dat zij naar Guernsey was misschien van een ander had gehouden, of met een ander had geslapen – het een hoefde het ander niet uit te sluiten. Ze kon zich moeilijk voorstellen dat hij daar volhardend genoeg voor was, omdat hij niet eens het zelfvertrouwen had om een boek te lezen. Als hij van een andere vrouw had gehouden, zou Grace dat bij uitstek hebben begrepen. Grootmoedigheid veroorzaakte een triest en weids perspectief. Of het was alleen een pleidooi voor clementie voor haarzelf.

Christian sloeg zijn arm om haar heen, neerbuigend vanuit de hoogte waar hoogwaardigheidsbekleders afzagen van senioriteit. 'We zullen de Costa Brava moeten afzeggen, vrees ik. Maar zodra ik de teugels in handen heb, neem ik je mee naar een rustig plekje.' Zijn gedachten gingen, als het journaal, uit naar verwoeste naties, op zoek naar een mogelijkheid. Overal was chaos – Portugal, Palestina, Tibet: het ene na het andere land afgestreept. De euforie bleef vreemd genoeg in zijn keel steken, als een snik; maar toen hernam hij roekeloos: 'Je hebt me dus geluk gebracht, toen je die ouwe zak op zijn vingers tikte om zijn grapje.'

Angus Dance kwam net het klinkersteegje in toen het ging regenen. Hij begon te rennen; op hetzelfde moment dat Grace Thrale van de andere kant de steeg in kwam en ook door de regen rende.

Als hun ontmoeting van boven of van opzij had kunnen worden bekeken, als in een filmscène, dan hadden ze er eerst onbesuisd uitgezien, met hun hoofd gebogen onder de bui; dan de pas inhoudend in herkenning; en ten slotte stilstaand. De stilstand was zelf als de piek van een impuls, een hoogtepunt. Ze stonden tegenover elkaar, op ongeveer een meter afstand, en de regen viel op het haar van Dance en, als een waas, op Grace' galmeiblauwe jas. De harde regen, volkomen genegeerd, was een kosmische getuigenis, overtuigender dan een omarming.

Iedereen die hen zag zou geliefden hebben gezegd.

De regen verzilverde de oogleden van Dance. Hij had zichzelf vastgegrepen bij de revers van zijn jas. Zijn gezicht was ontwapend, puur van schrik. 'Dat bedoelde ik nou met dicht bij elkaar zijn.'

'Ja.'

'Zullen we ergens schuilen?' Alsof ze niet al een schuilplaats hadden gevonden.

Soppend door de smalle tunnel pakte hij haar eindelijk bij de arm. Door elkaar niet te omarmen hadden ze zo'n soort luxe wel verdiend. Daarna bleven ze onder de luifel bij de uitgang van een supermarkt staan; bewijzend dat ze meer gelijk had dan ooit zei hij: 'Je weet toch dat ik van je hou.' Het was het antwoord dat ze haar eigen kind niet had weten te ontlokken.

Ze wilde niet eens de regen van haar haar of jas vegen; en misschien hoefde ze wel nooit meer te bedenken hoe ze eruitzag. Na een tijdje, waarin de regen bleef vallen en ze door boodschappentassen werden aangestoten, zei ze: 'Dat maakt me gelukkig.' Ze bedacht dat ze de eenvoudige waarheid zou zeggen, nu die onbedwingbaar was. Aan de overkant stond het nieuwe hotel dat gezelschappen toeliet. Dance zei: 'In elk geval kunnen we daar even praten.'

'Als het niet meer regent, kunnen we oversteken.' Haar kalmte was een verrassing, net als in de tearoom.

Hij aarzelde; besloot toen. 'Ja. Ik moet even bellen over mijn afspraken.'

Ze drong er niet op aan dat hij die nakwam. Ook vroeg hij niet of ze in de Crescent werd verwacht. Toen de lucht opklaarde, staken ze over.

Toen ze het hotel binnenkwamen, legde de man bij de receptie de telefoon neer en zei: 'Jezus.' Onder aan de trap stond een hele berg bagage bijeen – koffers, golftassen, weekendtassen van geruit nylon. In de lounge, op de eerste verdieping, was het alsof ze al op een vliegveld zaten te wachten op hun vertrek. De pijlers van het gebouw zaten in een dunne huls van plastic hout, met rondom smalle plankjes voor asbakken en glazen. De banken waren hard en fel, en toch verre van vrolijk. De slappe gordijnen waren opzichtig met metaaldraad doorschoten, en één muur was opgesierd met een mozaïek van een overstromende groene hoorn des overvloeds.

Toen ze binnenkwamen, stond een groep vrouwen in broekpak op om weg te gaan. Een oude man met de tas van een vliegmaatschappij zei bijna in tranen: 'Maar ze hadden hem alleen in beige.'

Grace Thrale zocht een plaats bij een raam en Angus Dance ging bellen. Zonder hem had ze daar o zo goed gepast. De vrijwel lege binnenruimte zette aan tot onderdanigheid – bleef uitdrukkingsloos onder de woede, verwarring en het roerende vertrouwen van de gebruikelijke groepen. Het had nu geen zin dit op Grace te testen, die nauwelijks iets waarnam en alle minachting achter zich had gelaten. Met een afstandelijkheid die de keerzijde was van hartstocht vroeg ze zich af in wat voor situatie ze hier weer zou vertrekken en of ze ooit nog naar huis zou gaan. Het huis in de Crescent, door haar verlaten, was nu meer dan verwaarloosd, het leven daar was uitgedoofd: het gebraden vlees dat op het keukenaanrecht tot kamertemperatuur afkoelde, een onaf briefje aan Caro om over Christians promotie te vertellen, een popalbum dat een verrassing moest zijn voor Hugh; en *With the Tides*, ongeopend op het nachtkastje. Alles opgeschort, stil, raadselachtig – kleinigheden die de scheepshutten van de Mary Celeste hadden kunnen tooien of een programma over Pompeï hadden kunnen opsmukken: prullen die door hun afgedankte staat belangwekkend werden.

Ze kwam overeind en spreidde de twee vochtige jassen op een andere stoel uit, om af te schrikken. Ze stond voor een betonnen vensterponning naar de regen te kijken en wist dat hij terug was.

Hij kwam naast haar zitten op hard rood kunststof en zei: 'Je hoeft nergens bang voor te zijn.' Hij raakte haar vingers met de zijne aan, zoals eens in het ziekenhuis. 'Ik ga weg.' Je kon de kleur weg zien trekken uit de lichte, verlichte lagen van zijn huid. 'Ik heb een aanbod om in Leeds te gaan werken.'

Ze ging met iets gezaghebbends zitten, een triomfantelijke houding die voor een andere uitkomst was aangenomen. Toen ze niets zei, ging hij door: 'Je moet niet denken dat ik ooit zou proberen je bestaan aan te tasten.' Haar bestaan, dat ze bereid was te op te geven: waarvan ze de symbolen luchtig had uitgestrooid, alsof het van planten geplukte verdorde bloemhoofdjes waren.

Hij zei: 'Alsof ik je ooit zou willen kwetsen.'

Alsof ze niet in dit hotel met hem naar boven zou zijn gegaan om de liefde te bedrijven, als hij dat had gewild.

Hij maakte een eerbare vrouw van haar. Ze verdiende geen erkenning van de begunstigden, die ze al had verraden. De liefde zou als iets onwaardigs verhuld blijven, voor hen, voor hem. Toen ze naar zijn normen had verlangd, had ze zich naïef genoeg voorgesteld dat ze met haar gevoelens strookten. Ook dat was weer een zelfinzicht – dat ze had aangenomen dat deugdzaamheid zo gemakkelijk te verkrijgen was, en via zo'n vlotte weg als de liefde. Het viel bij dit alles moeilijk uit te maken waar haar onschuld ophield en de schuld begon.

Toen Grace Thrale het verbleekte gezicht en de donkere ogen van Angus Dance, zijn niet geheel beheerste mond, bekeek, was ze een stuurman die land zoekt aan een horizon met bedrieglijke nevels. Ten slotte vroeg ze, in een herhaling van haar lange les: 'Is het een promotie?'

'Een vooruitgang, ja.'

Al die veroveraars, met hun buit, hun steden en continenten – Leeds, Afrika. Optrekkend, vooruitgaand, altijd voorwaarts: een vorm van beweging. Alleen Grace stond stil, bedaard.

'In die zin is het ook noodzakelijk. Ik kan niet eeuwig zo doorgaan met mijn huidige werk.'

Alleen Grace had eeuwig zo door kunnen gaan. Kon Leeds in het telefoonboek opzoeken, net als Dorset. Inzicht was een diep, gerekt weeklagen in haar ziel. Hier was dan eindelijk haar eigen schipbreuk – een ondergang erger dan van de gekapseisde veerboot van haar ouders. Ze had wel kunnen janken, maar zei daarentegen wat ze in toneelstukken had gehoord: 'Dit had natuurlijk ook geen toekomst.'

De kleur vloeide terug naar zijn wangen, zoals bloed naar een kneuzing. Hij stond snel op en bleef, alsof ze alleen op een kamer waren, voor het betonnen raam staan. Leunde toen tegen een pilaar, met zijn gezicht naar haar toe, zijn armen gespreid over de richel die voor asbakken was bestemd, zodat zijn robuuste lichaam er een fraaiere constructie van maakte, een telamon. 'Een mens moet behalve een verleden en heden ook een toekomst hebben.' Hij zette met zijn hand kracht bij, en in de stilte vielen pinda's uit een kommetje. Het was een gebaar dat alles verknoeide, alsof een stuk van een pijler verkruimelde. 'Dacht je dat ik het niet voortdurend zie, de stervenden die niet hebben geleefd? Het gaat om wat we zijn, niet wat we worden. Of liever, dat is hetzelfde.'

'Dat weet ik.' Zelfs haar kinderen namen al een voorschot op de toekomst – met hun aanleg voor exacte wetenschappen of talen, wat ze later wilden worden; er was hun nooit eerlijk gevraagd wat ze nu wilden zijn. Ze zei: 'Ook degenen die echt hebben geleefd gaan dood. Het is moeilijk te zeggen wat het meest ironische is.' Zulke ontdekkingen was ze hem schuldig. Ze groeide in de rol die hij bood, en zou ongetwijfeld snel weer verschrompelen, onverschillig.

Hij zei: 'Ik ben nu bijna vierendertig en ik heb te veel leegte in mijn leven.' Ze zag zijn rechtschapenheid als iets wat in een open ruimte bestond, zoals het opgeruimde huis van zijn ouders. Hij vertelde: 'Je kunt je niet voorstellen – nee, ik bedoel dat niet onaardig. Maar jij, zo volledig als je bent – met liefde, kinderen, schoonheid, massa's vrienden – hoe zou jij een vormeloosheid zoals de mijne moeten begrijpen? Hoe zou jij weten wat eenzaamheid is, of wanhoop?'

Het waren zaken die ze in een spiegel had opgevangen. Ze voelde hoe zijn kijk op haar bestaan om haar heen viel als een overladen, belemmerend kledingstuk; haar als een klem omsloot. Ze leunde naar achteren op de stugge bank, en hij stond recht tegenover haar. Het was een allegorische tegenstelling – heilige en profane liefde: haar vervoering geofferd als een godslastering. Als stelling, of redding zei ze: 'Toch is er in mijn leven niets mooiers geweest dan de momenten dat we samen in het ziekenhuis naar de foto's zaten te kijken.'

Hij kwam terug naar de bank en legde zijn hand weer op de hare – een contact dat net zo wezenlijk en uiterlijk was als de afdruk van vingers op röntgenfoto's. 'Het was als Paolo en Francesca.'

Ze zou dat moeten opzoeken als ze thuis was. Maar staarde naar zijn hand op de hare en dacht, zonder spot: niet bepaald vurige minnaars.

Hij zei: 'Het is wel zo dat we de leugens niet hadden kunnen verdragen.'

De eerste leugen was dat Grace haar jurk uittrok, met haar hoofd in een wade van zwart, haar gesmoorde stem die zei: 'Scharnhorst.' Ze zei: 'Zolang ik getrouwd ben, heb ik nooit één onkuise kus uitgewisseld, behalve met jou op mijn verjaardag.'

Hij glimlachte. De volmaakte, beschermd levende Grace. 'Er valt zo weinig te lachen bij ongeoorloofde liefde. Wat het onderwerp ook is, het voelt altijd alsof de lach ten koste van een ander gaat.'

Grace had voor het laatst met Christian gelachen om het

grapje van sir Manfred. Ze zei: 'Ik meen het serieus.' De kus, de leugen, de lach – naar die maatstaven zou er nooit meer iets serieus zijn. 'Ik meen het serieus,' zei ze, terwijl hij vanuit zijn ruimere ervaring en beperktere begrip glimlachte; vanuit zijn contrasterende deugdzaamheid, omdat zij degene was die bereid was schade aan te richten. Hij keek haar met de verkeerde bezorgdheid recht in de ogen. Grace zou niet worden opgeroepen om te getuigen. Ze herinnerde zich hoe haar gezicht, op het tumultueuze Corsica, was afgewend.

'In een andere stad,' zei ze veronderstellend, 'zal je er wel overheen komen.'

'Ik droom nog steeds van een meisje dat ik op mijn achttiende gekend heb.' Hij weigerde zich te voegen naar haar banaliteiten, hij weigerde haar waarheid te zien. Hij zou van Grace dromen, in Leeds. Hij zei: 'Herinneringen koelen in verschillend tempo af tot verschillende temperaturen.' Hij keek om zich heen, naar de motieven in het tapijt en de glitters in de gordijnen, de in pinda's verkruimelde pilaar, de morsige hoorn des overvloeds: 'Wat een afschuwelijk hotel.' En zijn veroordeling preludeerde op het afscheid.

Grace Thrale zei: 'Zo is de wereld.'

'Ik heb in gedachten heel veel tegen je gezegd, maar niets was zo hopeloos als dit. Ook speelde het zich allemaal niet af in een stoffelijke wereld.' Toen corrigeerde hij zichzelf. 'Er was natuurlijk ook verlangen', om deze buitensporigheid weg te wuiven. Zijn accent drong zich op, en hij gaf zijn spraak de tijd zich te herstellen, de taal als tranen te beheersen. 'Ik bedoel, in gedachten hou je nog enige hoop, ondanks alles. Je kan in gedachten geen afscheid nemen. Dat kan alleen in het echt, in levenden lijve. Zelfs verlangen heeft minder met het lijf van doen dan afscheid.'

Zijn gezicht was minder van nu dan ooit. Was een van die vroege foto's, uniek door lijden en geweten.

'Ik ga je dus verliezen.' Het was alsof ze afscheid nam van een gast: F'tastisch. F'tastisch. Je was f'tastisch.

Hij zei: 'Meer kan ik niet', en maakte zijn hand in dit keer-punt los om door zijn helle haar te strijken als in normale ver-bijstering. Hij stond weer op, haalde zijn jas van de stoel en bleef over haar gebogen staan. Al die handelingen, in snel tem-po uitgevoerd, herinnerden eraan dat hij bedreven was in de bestrijding van pijn. 'Ik zet je wel af. Ik neem een taxi.' Zijn terugval in alledaagse zinnetjes was dodelijk. Het was het defi-nitieve bewijs dat mannen sterk waren, of zwak.

Ze stonden rechtop voor elkaar, als tegenover elkaar. En toe-schouwers zagen opgelucht dat ze normaal waren.

'Ik blijf nog even hier.' Ze moest niet denken aan de taxi waarin hij haar resoluut niet zou omhelzen. Ze sloeg haar han-den voor zich ineen in het beheerste gebaar waarmee ze soms de wanhoop omsloot. Met haar hoofd opgeheven bij zijn ver-trek was ze een kind in de berm dat een voorbijzoevende auto op een landweg nazwaait.

Toen Grace beneden op straat kwam, was de regen opgehou-den en de schemering ingevallen. Mannen en vrouwen kwa-men van hun werk, afgedraaid of opgewonden, allemaal bleek. En het natte wegdek glinsterde van de koplampen, schitteren-der dan de heldere zwarte hemel vol sterren. Motoren, stem-men, voetstappen en een paar transistors maakten de geofy-sische trillingen van een wereld in beweging. Dit teken dat ze weer opgenomen was duwde haar, onverdiend, naar het kamp van de overwinnaars – naar Jeremy, wiens oog met boorwater moest worden gespoeld, en naar Hughs voorliefde voor wis-kunde en Ruperts onverwachte belangstelling voor Yeats, en Christians woorden: 'Dit is de beste lamsbout in jaren.' Dat al-les moest haar zegevierend overspoelen, zoals ze kort daarna zou ondervinden. Zij zouden het laatst lachen, met de onschul-dige, ontstellende lach van hun gerechtvaardigde aanspraken en geoorloofde liefde.

Met deze vooruitzichten en indrukken stond Grace Marian Thrale, drieënveertig jaar oud, stil in haar versleten blauwe jas op de stoep van een hotel en keek naar de auto's en de sterren, met het geraas van het bestaan in haar oren. En als een groot dichter of een tragisch heerser uit de oudheid riep ze haar Schepper aan en vroeg hoelang ze nog op zo'n aarde moest blijven.

34

Paul Ivory schreef zijn moeder:

Lieve Monica,

Het zou zonde zijn als je het huis op Barbados zou verkopen zonder precies te weten waar je je wilt vestigen. Het mag er dan saai zijn, daar twijfel ik niet aan, maar de hele wereld is nu één kostbare bende geregeerd door belastingwetten. Eerlijk gezegd zie ik je niet in Ierland voor me, ook denk ik niet dat je blij zou zijn met hun laatste heropvoering van de Slag aan de Boyne.

Mijn stuk is nog steeds een succes, al waren de kritieken zonder uitzondering beroerd. Het moet wel betekenen dat het land me in zijn hart heeft gesloten. Misschien verhindert die boa-constrictoromhelzing juist wel dat ik opschiet met nieuw werk. Ik verbeuzel mijn tijd op dit moment, en ben zelfs naar de dierentuin geweest – hoewel dat eigenlijk was omdat Felix hoopt daar een film te maken en wil dat ik die financier. Ik zal het wel doen – iedereen heeft een zoon die films maakt, dus waarom ik niet?

Het enige wat me verder van de laatste tijd is bijgebleven is een feest in het nieuwe huis van Manfred Mills. Victoria Square was altijd al een ongezellig pleintje en nu staat er in het midden een betonnen ellips, net een prehistorische graf-heuvel, of alsof een of ander onverplaatsbaar gedrocht voor het fatsoen met cement is bekleed. Tertia wilde niet mee, ik had Felix meegenomen. De zoon van Manfred – van dezelfde leeftijd als Felix, maar vreselijk ernstig, studentenvertegenwoordiger in veldloopwedstrijden – ontving ons op de trap en zei vastberaden: 'Geniet ervan.' Hunner is het koninkrijk der hemelen, stel ik me altijd voor. Boven een vreemde mengelmoes – te veel voorstedelingen die treinen bespraken, en ambtenaren die in een kudde om Manfred heen hingen, kruiperig en verwachtingsvol, net flikkers rond een rijke oude weduwe. Meewaaiend met al zijn meningen. Kortom, een compleet conventioneel stel – afgezien van een zo verlegen pianist dat hij alleen met beroemdheden kon spreken, een rooms-katholieke priester die echt ongetrouwd was, en een balletdanseres uit de Sovjetunie die nog niet was overgelopen. Manfred had voor deze gelegenheid zijn bakkebaarden gekroesd en zich met kettingen behangen. Madeline had wijselijk een longontsteking opgelopen en vertoonde zich niet.

Onder die flexibele functionarissen bevond zich ook Christian Thrale, nu de karikatuur van een ambtenaar. Bij hem is alles een koninklijk besluit. Toen ik naar zijn vrouw vroeg, die vroeger best aardig was, zei hij met afgemeten fijngevoeligheid: 'Grace voelt zich niet lekker.' De arrogantie is met geen pen te beschrijven. Hij was er met zijn schoonzus – een vrouw die ik eens goed heb gekend, nu al jaren weduwe, en die ik in geen tijden had gezien. Ze was voor even overgekomen uit New York en logeerde bij de Thrales. Nog altijd knap – in tegenstelling tenminste tot de verzameling forenzen en belastinginspecteurs – zij het dat ze gevaarlijk wankelt op het randje van voornaamheid, een valkuil waar vrouwen niet genoeg voor kunnen worden gewaarschuwd. Als meisje vertoonde ze die gevaarlijke neiging al.

Die ontmoeting inspireerde me vandaag tot een paar bladzijden. Ik zou er graag iets mee willen doen, maar niet zomaar weer een afsluitend feest à la Proust. Niet alleen is die vondst intussen wel helemaal uitgemolken, maar ik ben ook nog niet eerbiedwaardig genoeg voor het laatste deel Proust. Wat Proust uiteraard ook niet was. Hij was niet veel ouder dan ik toen hij dat feest beschreef. Hij heeft het bij elkaar gefantaseerd. Hij was goed in de toekomst, net als in het verleden.

Het lijkt me verstandig als je die uitnodiging uit Washington accepteert, want misschien krijgen we binnenkort wel een nieuwe regering, en wordt de familie van iemand anders op de ambassade geïnstalleerd. Als je wel volgens plan naar de vs gaat, kun je me misschien de krantenartikelen over de film *Straffe Gods* opsturen, voor zover ze er zijn, want die zal rond die tijd in première gaan. Mijn agent houdt ze vast tot alles binnen is, en ik kan er niet op vertrouwen dat vrienden ze me toesturen, tenzij ze erg negatief zijn.

Felix vraagt me je te bedanken voor de verjaardagcheque. Je moet hem niet kwalijk nemen dat hij niet zelf schrijft, en wees maar net zo toegeeflijk voor hem als voor

Je liefhebbende zoon.

Caro zei: 'Paul Ivory was op een feest waar ik deze week was.' Ze lunchte met Ted Tice.

'Paul zal intussen wel beginnen te kalen.'

'Hij ziet er verrassend hetzelfde uit.'

'Waarschijnlijk bewaart hij in een kast een portret van zichzelf dat daar ligt af te takelen.'

Caro verbeeldde zich dat Paul rimpelloos was gebleven, met een nu zeldzame en minder intense glimlach. Hij spaarde zichzelf, als een balletdanser op jaren; en behield zich het recht voor om zo af en toe degene te zijn die zich verveelde.

Ze zei: 'Zijn zoon was er ook. Heel lang, heel dun.' Een uitgemergelde cavalier: lang blond slap haar, gracieus van neus en voorhoofd, verfijnd van bouw. Ogen nog waarachtiger uitdrukkingsloos dan die van Tertia. Misschien simpel, op een egocentrische wijze; maar goede manieren kunnen bedrieglijk veel weg hebben van intelligentie. Gekleed in een witte batisten blouse met een borduursel van kleurige bloemen en manchetten van kanten ruches; de stof bloesde over een spijkerbroek zo strak als van een saltimbanque. Hij liep op blote voeten. Je had kunnen zeggen: Wat een schoonheid! Maar Caro noemde alleen haar naam. Eenlettergrepige woorden werden als piketpaaltjes neergepoot, om elke weg af te snijden. De jongen was niet vergeten wat hij moest zeggen: hij had een rol zonder tekst gekozen. Hij was ontspannen en effen, afgezien van de manchetten. Je praatte als tegen een kind: 'Hoe heet je, op welke school zit je?' Hij heette Felix en hij zou in de herfst ergens heen gaan – ongetwijfeld Oxford, of zonder twijfel Cambridge. Toen er iemand anders bovenkwam, verdween hij meteen, al had hij het wel tot dan toe volgehouden. Een vrouw zei: 'Ik weet gewoon zeker dat hij chirurg wordt, hij heeft zulke prachtige vingers met die opwippende toppen.'

Het was Caro niet opgevallen dat de jongen Pauls handen had. Toen Paul naar haar toe kwam, keek ze naar zijn vingertoppen, het bewijs van de liefde. Paul zei: 'Laten we even weggaan van die priester met zijn oecumenische grijns.'

In het restaurant keek Ted Tice naar Caro's neergeslagen oogleden: de tragedie is niet dat de liefde niet blijvend is. De tragedie is de liefde die blijvend is.

Er werd gepaneerde vis geserveerd en onder hen verdeeld. Caroline Vail had niet voorzien dat ze Paul Ivory ooit zonder enige emotie kon spreken. In plaats van onrust was er het beeld geweest van het leven als één lang toeval, en van de aanspraak die Paul tot haar dood toe op haar geheugen maakte.

Ted Tice zei: 'Pas op voor de graten.' Hij vroeg: 'Hoe gaat het met Josie?' Hij vond het soms fijn Caro naar huiselijke omstandigheden te vragen, waardoor hij een vertrouweling werd. En had zich zijn hele leven ingespannen om althans die mate van intimiteit te bereiken.

Josie, die naar Zweden was voor een conferentie over in- en

uitvoerrechten en daar zou blijven, was in verwachting. Caro zei: 'Ik ga in september naar haar toe, als de baby is geboren.' Ze zei: 'Ik zou willen –' en stokte bij wat vanzelf sprak. Ze wilde echt heel erg; maar was niet in staat zich Adam met zijn kleinkind voor te stellen.

Ze droeg haar verlies met alle zelfbeheersing die de mensen redelijkerwijs, of anderszins, van haar mochten verwachten. Maar als ze alleen was, kon ze nog steeds onhandige smeekbeden doen, aan God of de doden, en de herinnering met zilte tranen vervormen; terwijl Adam, in haar gedachten, altijd rustig bleef. Ze vertelde Ted Tice: 'Het geheugen is meer dan je lief is. Tenminste, als het zo blijft, met dat gevoel van voorbij, voorbij, voorbij, dan kan het de gelukkigste herinneringen in verdriet veranderen.'

Haar voorkomen, en het driftig uitgesproken 'voorbij, voorbij', waren zo sterk in tegenspraak met droevige woorden dat Ted bijna moest glimlachen. 'We zijn nog niet oud genoeg voor zulk beklag, Caro.'

'Paul zei die avond dat ik op de drempel van een voorname ouderdom stond.'

'Het zal hem wel dwars hebben gezeten dat je zo mooi bent.'

Ted keek toe, terwijl Caro een graat uit haar mond haalde. Aan haar pols een groot zwaar horloge dat van Adam Vail moest zijn geweest. Haar opgetilde pols en daar, tegen haar hartslag, haar echtgenoot, die de tijd bijhield.

Ik heb geen intens gelukkige herinneringen aan haar, toch waren de uren met haar de mooiste.

Caro zei: 'En dan vervorm je je herinnering in je eigen voordeel, uit ijdelheid of spijt. Ik tenminste. Jij niet – jij bent waarheidlievend geboren en bent ook nog eens opgeleid in de waarheid.' Ze had als altijd vage ideeën over zijn werk, waarbij ze zich een hoop stilte en precisie voorstelde.

'Zelfs door een telescoop zien sommige mensen wat ze willen zien. Net als met het blote oog.' Hij zei: 'Alleen het verlangen naar waarheid kan waarheid opleveren.' Waarbij hij wegkeek alsof hij zich schaamde. Ik kan niet eens zeggen dat ik haar waarachtig trouw ben geweest; die vorm van waarachtigheid heeft ze nooit van me gevraagd.

Caro veegde haar vingers af en dacht dat een leven zonder eigen kind je misschien wel terugdreef naar het verleden. Anderzijds viel in de zoon van Paul Ivory moeilijk de toekomst te zien. Ze vroeg Ted: 'Heb je een foto van je kinderen?'

Ted haalde zijn portefeuille tevoorschijn. Hij liet een foto zien van twee pubermeisjes en een jongetje, die naast hun moeder stonden. De vrouwen blond en nogal ernstig, de donkere jongen krom van het lachen.

Caro zei, over de kinderen: 'Wij zijn nooit zo jong geweest.' Ze hield de foto behoedzaam bij de rand vast. 'Je vrouw is erg aantrekkelijk.'

'Iedereen voelt zich tot haar aangetrokken.' Allang verwonderden ze zich er, uit beleefdheid, niet meer over dat Caro en Margaret elkaar nooit hadden ontmoet. Toen Caro de foto teruggaf, bekeek Ted hem even. 'Mijn zoon lijkt sprekend op mijn eigen broer op die leeftijd.'

Caro was de broer van Ted Tice vergeten, die alleen als een streepje in Teds oog bestond. 'Wat doet je broer?'

'Hij wilde boer worden en het is hem gelukt naar de landbouwhogeschool te gaan. Hij is nu al een paar jaar boer in een soort landbouwcoöperatie in Yorkshire. Hij werkt zich een ongeluk, maar schrijft ook stukken voor landbouwtijdschriften en heeft een enthousiast ontvangen artikel over woelmuizen geschreven. Hij heeft een zwijgzame vrouw, die net zo hard werkt als hij, en een knappe dochter.'

(Op het feestje had Paul Ivory tegen Caro gezegd: 'Mijn broer is ervandoor gegaan met een verkoopstertje.' En Caro in antwoord: 'Ik ben ook verkoopster geweest. We zijn niet per se heel klein.')

Paul riep altijd een zeker sarcasme op. Teds associaties waren op een gezonde manier openhartig.)

'Jullie hebben dus allebei gedaan wat jullie graag wilden.'

'In zeker opzicht.' Ted keek naar de foto, waarop zijn zoon een lomp hondje vasthield. 'De pup heet Phobos. Zoon van Mars.' Hij stopte hem weg, haalde een verkreukt kiekje tevoorschijn, zwart-wit, en liet het haar zien. Hij was benieuwd hoe ze dit zou afdoen.

Tegen een stuk tuin van Peverel stond het beeld van een meisje in profiel, met loshangend zwart haar en één hand opgeheven. Caroline Vail hield de foto in haar hand. Een lichte siddering in haar gezicht betekende mogelijk ontzag, of het onderdrukken van tranen. Ze zei: 'Ik herinner me die jurk niet.'

Ze gaf de foto terug. Die persoon was ze dus geweest. De fantasie van het bestaan breidde zich uit naar alles in de zaal – naar vorken, tafelpoten, de gestreepte boord van een overhemd, en naar het zachte prikken van de fluwelen stoffering in haar kuiten.

Ted zou er spijt van hebben gehad als hij haar in tranen had gebracht, ook al had hij er wel zijn best voor gedaan.

Hij zei: 'Laat je het me weten als je in september op doorreis hier bent?'

'Dat beloof ik.'

'Daar kom je niet op terug?' Als een kind.

'Natuurlijk niet. Ik wil je altijd heel graag zien.'

Een paar treden liepen omhoog naar de straat. Ted keek naar het golven van de rode jas in Caro's knieholtes toen ze de trap op ging. Zag ook haar schoenen, die glommen als zwart glas, en bedacht dat hij haar voeten nog nooit bloot had gezien.

Het was al laat in de middag. Caro nam de ondergrondse. Ted liep mee naar het loket. 'Tot ziens.' Ze kusten elkaar. Hij zag haar rode jas door het hekje gaan, de roltrap af bewegen, zwevend, almaar kleiner, almaar lager: een Eurydice in het spitsuur. Op het laatste moment keek ze om, wetend dat hij er zou staan.

35

Begin die zomer zat mevrouw Vail op een warme ochtend in een kliniek tegenover haar eigen huis. Ze las hardop voor van een kaart. Haar donkere ogen waren extra donker en verwijd. De arts zei: 'Ik zal u een recept meegeven.'

'Voor oogdruppels?'

'Voor een bril.'

Ze staarde.

De arts had wit haar, een zurige adem. 'Eens is iedereen aan de beurt. U was waarschijnlijk altijd degene die de naam op het schip kon lezen, of de tekst op het reclamebord? U kon de kleine lettertjes ontcijferen. Maar ja, eens ben je aan de beurt. De natuur houdt niet van uitzonderingen.'

'We zijn hier niet alleen maar om de natuur haar zin te geven.'

'Ze wreekt zich op de uitzondering. En ook nog heel onverwachts. Wij gewone mensen kunnen zo'n beetje voorspellen hoe het vermoedelijk met ons zal lopen.' De dokter gaf haar een briefje en schoof zijn receptenboekje opzij. Drie maanden later zou hij op weg naar een conferentie voor oogheelkundigen in Rome omkomen bij een vliegtuigongeluk.

In de hitte op straat deden Caro's ogen pijn. Ze zocht een zakdoekje in haar handtas, die Dora waardig was. Haar ogen konden niet wijs worden uit de stoeprand. En een man die uit de kliniek van een arts naast de hare kwam, zei haar naam.

'Dat jij hier bent.'

Het was typisch Paul om op een heel ander continent verbaasd te zijn dat Caro in haar eigen straat stond.

'Ben jij het, Paul?' Alsof ze echt blind was.

Hij keek toe, terwijl ze tranen droogde in ogen die groter en donkerder waren dan hij zich herinnerde. Hij zei: 'Mijn zoon heeft leukemie.' Zonder prikkeling stroomden er ook tranen uit zijn ogen.

Ze bleef met haar vinger op haar kin staan, haar ogen dicht. De schok sloeg haar met verlamming. 'Wat een nachtmerrie.'

'Het is maar al te waar. Hoewel ik nu al een maand probeer om uit die droom wakker te worden.' Ze bleven staan, zonder erg te hebben in de straat of het weer. Mensen passeerden en staarden, zoals altijd. De stad denderde om hen heen, vervuild en opgebrand.

Paul vertelde hoe de ziekte was ontdekt. Hij had Felix meegenomen naar New York, omdat daar een arts, een ziekenhuis, een nieuwe therapie was. Tertia zou na de Fourth of July overkomen.

Caro bracht haar hand naar haar gloeiende haar. 'Kun je meekomen naar mijn huis? – Ik woon aan de overkant.'

Nu was Caro degene met de sleutel. Terwijl ze die in het ingewikkelde slot stak, zei ze: 'Er is niemand thuis. Ik blijf deze Onafhankelijkheidsdag hier in de stad, om te werken.'

De hal was gekoeld. Alle platte vlakken waren leeg. Op een tafel lag een handgeschreven lijstje: 'Krant, was, Gristede.' In de zitkamer bolden en bewogen gordijnen geluidloos boven een airconditioner. Om één stoel, een bank en een glazen tafel zaten geen stofhoezen.

Paul vroeg: 'Heb je iets te drinken?' Hij had nooit enige belangstelling gehad voor haar situatie en kon daarom het gesprek hervatten alsof ze gisteren afscheid hadden genomen, zonder behoefte aan een verslag van het tussenliggende leven.

Zij voelde het ook: een hervatting. Of een hoogtepunt.

Paul trok zijn jasje uit en legde het op een stoel. Hij liep door de kamer vol witte waden, terwijl Caro een fles en glazen haalde. Haar zicht was zo vervormd dat ze haast niet kon in-schenken. Paul plofte neer op de bank en sloeg zijn hand voor zijn ogen, met zijn opwippende vingers, zijn in een wit over-hemd gestoken arm in de lucht: voor het eerst klungelig – been verdraaid, elleboog scheef: een kapot modern mechaniek dat makkelijker te vervangen was dan te repareren.

Toen hij zijn hand van zijn gezicht wegtrok, gaf Caro hem een koud glas. Hij zei: 'Het is een zware behandeling. Daar lijdt hij het meest onder.'

'Ik weet nog hoe mooi hij was.'

'Door die nieuwe medicijnen is er een beetje hoop.'

Ze ging in haar stoel zitten. 'Waar hoop is, is spanning.'

'De tijd,' zei hij. 'De tijd die maar niet voorbijgaat.' Hij zette zijn glas op de grond naast de bank, waar het een kring van condens vormde. Zijn hand bleef ernaast hangen. 'En dit kan eindeloos doorgaan. En daar moet ik ook wel op hopen.'

Na de dood van Adam Vail had Caro vaak gevraagd hoe laat het was en gemerkt dat de tijd nauwelijks verstreek.

'Weet hij alles?'

'Ja, en op dit moment is hij meer kwaad dan bang.' Paul zei: 'In bepaalde opzichten lijkt Felix op Tertia.'

Caro begon Paul scherper te zien: zijn huid verhit van sla-peloosheid, blozend en toch grauw; zijn rode blauwe ogen en ultramarijne oogleden; iets slordigs aan boord en das. Het was absurd dat een man met zijn zorgen zich moest scheren en aankleden en normaal verzorgd de straat op moest gaan, en dat de mensheid dat van hem verwachtte. Ze pakte zijn glas en schonk nog eens in. 'Ik haal even iets te eten.'

'Nee, ga niet weg.' Alsof het zijn huis was en niet het hare. Hij reikte naar haar pols, maar raakte haar niet aan, stootte alleen tegen het whiskyglas in haar hand. Geen contact in dit gebaar, alleen de wens tegen te houden. 'Als ik jou niet had gezien, was ik deze dag wel doorgekomen. Wat je opbreekt, of breekt, is de gelegenheid om alles te vertellen.'

393

'Kan ik iets doen?'

'Nee. Hier blijven. Straks moet ik de stad in naar iemand die foto's voor Felix aan het ordenen is – dia's van een reis die ze samen hebben gemaakt. We dachten dat hij het wel fijn zou vinden ze te bekijken, hij heeft niet de concentratie om te lezen.'

'Is het zijn vriendin?'

Paul zei: 'Felix is homoseksueel.'

Caro zat stil, met Paul blootgesteld aan haar onderzoekende blik. Wat nooit het geval was geweest toen hij naast haar had gelegen.

Hij zei: 'Het is net alsof je tot dit gebeurde nooit moeilijkheden kende.'

Hij was inmiddels vijftig, wat hem was aan te zien. Ze zei: 'En achteraf gezien die vreselijke onwetendheid. Dat je geen weet hebt van wat eraan kwam.'

Paul zei: 'De woede – om het lot, om God. Niet alleen maar dat je niets kunt doen, maar dat je afhankelijk bent van een ander, van iets anders. Artsen en verpleegsters met de macht en het gezag om je het ergste te vertellen, of tegen je te liegen. Met het gezag om fouten te maken. Ik vind het vreselijk om me afhankelijk te voelen van iemand anders.'

Hij ging rechtop zitten, stak een sigaret op en liet hem tot zijn vingers toe opbranden. Een toeschouwer zou zich hebben afgevraagd of Paul nog wel wist wie Caro was.

'Mag ik morgen weer komen?'

'Ik ben hier het hele weekend, aan het werk.'

'Aan het werk?'

'Ja, aan een vertaling uit het Spaans.'

'O – ja – ik zag dat je daarmee bezig was.' Dat hij niet naar haar had gevraagd, naar haar leven, haar verlies, introduceerde een concreet element in de droomachtige sfeer. Het maakte Pauls aanwezigheid tot een feit – iets materieels zoals statistieken of een gesprek over geld. Hij vroeg: 'Is dat een asbak?' en drukte zijn sigaret uit. 'Tot morgen dan.'

Caro liet hem uit. Ze sloot de smorende hitte buiten en vroeg zich af of hij ooit zou terugkomen. Ze liep met het kleurige schaaltje naar de keuken en spoelde het in de gootsteen af, in een geur van natte tabak.

's Nachts kwam ze uit haar slaapkamer naar beneden om naar gekreukte kussens en gesmolten ijs in een glas te kijken. Ze liep naar de keuken en zag het schaaltje uit Palermo. Jaren geleden had ze een teken van haar eigen bestaan in dit huis gezocht. Nu moest juist Pauls bestaan hier worden bewezen. Toen de zon opkwam, keek Caroline Vail uit de bovenste kamer naar een hemel van ijzer.

Er was een dikke krant bezorgd, een kaartje van Una, een brief uit Ierland.

'Je dacht dat ik niet zou komen.' Stipt als een acteur verscheen hij om de gerepeteerde scène van gisteren te recapituleren. Hij trok zijn jasje uit en ging op de bank zitten. Op zijn borst en tussen de schouderbladen was zijn overhemd vochtig, waardoor zijn lichaam slanker, zichtbaarder werd.

'Waar logeer je?' Een hotel kon het bestaan van Paul Ivory bevestigen.

'In het St. Regis.'

Ze bracht een schaal broodjes en een glas whisky. Paul moedigde vriendelijkheid niet aan: hij had een grotere gunst van haar te vragen. Hij zei dat Felix had geslapen en geen pijn had. Tertia had vanuit Londen gebeld. Paul zei: 'Zijn huid, zijn gebit, zijn haar. Zijn haar komt er met handenvol af, als stro.' Paul hield het glas in beide handen en zei: 'Zijn mooie haar.'

Na een tijdje zei hij: 'Het zal je misschien verbazen dat ik zoveel om iemand geef.'

Het was niet de liefde die nieuw was aan hem, maar het verantwoordelijkheidsgevoel.

Woorden verfraaiden een afwachtende staat. In het vale licht was Pauls gezicht een masker van het allerfijnste en allersoepelste leer, of van citroengele zijde: een gezicht dat niet zozeer door innerlijk gevoel als wel door uiterlijk vertoon van kleur was verstoken. Door openbare optredens en ontelbare foto's was de voorraad waarachtigheid uitgeput, en alleen dit restte. Elke keer was er een dosis verbruikt totdat alleen het vlies van een gelaatsuitdrukking overbleef.

Hij zei: 'Wat zo vreselijk is geworden is niet de schuld, die ik nauwelijks voel, nog steeds niet. Maar het idee van vergelding.'

Ze dacht dat hij bedoelde: vanwege haar. Hij keek haar aan in het schemerlicht dat alleen een stoel, een omtrek liet zien. Ze had evengoed een ouwe heks of de schone Helena kunnen zijn. Ze zei: 'Dat wordt vaak gedacht. Het ligt al besloten in de vraag: Waarom ik? Het idee voor zo'n straf te zijn uitgekozen.'

'Jij weet toch wel dat het niet om zoiets gewoons gaat.' Paul wist nog altijd medeplichtigheid te creëren. 'Maar ik heb nooit precies geweten wat je wist.'

Hij zette zijn glas neer en wachtte. Ten slotte vroeg Caro: 'Wat kom je me vertellen?'

Paul zat op de bank met zijn handen losjes tussen zijn knieën gevouwen. Nu zou hij spreken met de natuurlijke en welhaast mooie stem die hij voor de waarheid reserveerde. Met die stem zei hij: 'Ik heb een man laten sterven.'

Hij hield zijn blik op het gezicht van Caroline Vail gevestigd. Het waren haar ogen die wegkeken, in het donker.

'Ik was vijfentwintig. Het was vlak voordat wij elkaar leerden kennen, die zomer op Peverel.' Hij zei het alsof hij gewoon een praatje maakte. 'Ik zeg dat ik hem heb laten sterven, maar eigenlijk heb ik hem vermoord. Ik dacht dat je het misschien wel wist.' Dit was hij komen zeggen.

'Ik zag – ik wist dat er iets was –' Ze zou hebben gezegd 'iets vergelijkbaars', maar moord is nergens mee te vergelijken.

'Door dingen die je zei, gezegdes, soms je blik, dacht ik dat je het wist. Hoewel je onmogelijk alles kon weten.' In het glacéleren masker lichtten Pauls ogen op door iets nieuws, een opvallende naaktheid alsof wimpers en wenkbrauwen waren weggebrand in zijn felle blik. De vrouw moest morele moeite doen om terug te kijken. 'Je herinnert je misschien nog' – de conventionele woorden hadden een absurdistisch effect: er moest een aparte taal bestaan voor vernieling. 'Er kwam vroeger op Peverel altijd een oud echtpaar helpen bij diners, met opdienen en afruimen, dat soort dingen.'

Caro zei: 'Ze waren ook ingehuurd voor de bruiloft van Grace. En ze waren er ook die avond, de avond dat de Thrales jouw verloving met Tertia vierden.'

'Ze heetten Mullion. Ze kwamen altijd als extra hulp op het kasteel als er in het weekend een feest of diner was. Ze hadden een kleinzoon die soms bijsprong – om de auto's voor te rijden, mensen naar het station te brengen, klusjes te doen. Zo had ik hem leren kennen, die kleinzoon, op het kasteel, een paar jaar voordat ik jou leerde kennen. Na het diner ging ik de tuin in, en daar stond hij wat te niksen.' Paul trok dat gezicht waar ze in geen jaren meer aan had teruggedacht, met dat knijpen van zijn ogen. 'Eerlijk gezegd had ik hem in de tuin gezien en ging ik daarom naar buiten. Hij heette Victor.'

Ik zie je 's avonds, ik kijk naar beneden en zie je alleen in de tuin.

'Hij heette Victor Locker. De dochter van de Mullions was met haar huwelijk teruggekeerd naar precies die zelfkant van het Londense leven die haar ouders hun hele leven hadden geprobeerd te verloochenen. Ze was getrouwd met Godfrey Locker, een wrede kerel met een groot bol hoofd en kleine oogjes en scherpe tanden, met het profiel van een walvis. En zij had – of kreeg – een bijpassend temperament. Ik weet niet wat hij echt deed, hij was zo iemand die zich redt met los-vast werk, maar altijd ook wel een paar schimmige ijzers in het vuur heeft. Hij had in de havens gezeten en op de vleesmarkt, en hij had een poos met een bestelbusje gereden. Er waren vier kinderen, en hij maakte hun leven tot een hel. De naam van de vader was Godfrey, zoals ik al zei, en ze noemden hem geen pa, maar God. Eerlijk waar.'

'Was dat waar dat toneelstuk van je mee begon – *Vriend van Caesar*?'

'Precies. Toen ik met Victor bevriend raakte, was ik er vaak, als ik met hem meeging naar huis. Ze woonden in Kennington, in een totaal onttakelde toestand. Victor zei altijd dat zijn vader van beroep interieur-onttakelaar was. De kinderen waren als de dood voor de vader, voor zijn handen en zijn schoenen en zijn gemene grijns. De moeder was een kreng, een feeks en een dronkenlap. Victor was de oudste – hij was zestien toen ik hem leerde kennen – al was er vroeger een ouder meisje geweest, dat zo verstandig was geweest weg te lopen en te verdwijnen. En toen ik met Victor bevriend was geraakt, zat ik daar altijd in mijn vrije tijd, bij de Lockers in Kennington.' Paul zei: 'Ik bedoel natuurlijk dat Victor mijn minnaar was.'

'Ja.'

'Die vader pakte mij voorzichtig aan. Hij had zo zijn plannetjes en wilde me niet afschrikken. Hield me met die kartelmesgrijns van hem in de gaten, alsof hij wilde zeggen: Ik krijg je nog wel. De grootouders, de Mullions, stelden ook niet veel voor, maar staken wel met kop en schouders boven Godfrey Locker uit. Ze wilden iets doen voor die jongen, voor Victor. Het enige wat ze konden verzinnen was dat ze hem meenamen voor die losse klussen in landhuizen – waardoor hij tenminste af en toe uit Kennington weg was, maar dat leidde weer tot andere problemen doordat hij spullen begon te jatten en plannen had om met een bende kameraden een kraak te zetten van binnenuit. En verder had je nog alle mogelijkheden die ik en de mensen van mijn slag boden.' Paul nam een slok, en veegde zijn mond ruw af toen hij zich Godfrey Locker voor de geest haalde. 'Dat had je toch wel door? Van mij?'

'Ja.'

'Mijn vader was de eerste die het zag. Hij was de eerste, met dat citaat op zijn sterfbed. Kunnen we dat apparaat even uitzetten?'

Caro stond op en schakelde de airconditioner uit. Ze hield het gordijn opzij en zette het raam open. De straat was verlaten, met het afval vastgeplakt op het oppervlak, als voor altijd; de bomen waren levende wezens die noodweer voelden aankomen.

'In de loop van de tijd verraad je jezelf, vaak expres. Je kunt ons bijvoorbeeld meestal herkennen aan onze spottende grapjes over homoseksuelen.' Paul glimlachte bijna. Hij volgde haar met zijn blik toen ze terugkwam naar de stoel, en ging zitten. 'Je neemt het nuchter op.'

'Wat moet ik anders?'

'Waarmee je bedoelt dat alle gevoelens die je voor me hebt gekoesterd zijn uitgeput.' Paul zei het zonder spoor van spijt, een erkenning die hemzelf meteen weer in het middelpunt stelde. 'Het ergste is dat mijn gedachten er amper door van Felix worden afgeleid, nu ik je dit vertel, dit allemaal zeg. Al die dingen doen er intussen niet meer zoveel toe.' Een verbijsterde, dierlijke beweging van het hoofd. 'Door die weekendontmoetingen op het kasteel kreeg Victor werk, als je het zo kunt noemen, als chauffeur en manusje-van-alles voor een vrijgezel met een landhuis bij Marlborough. Tussen Marlborough en Avebury. Hij was decorontwerper, destijds erg veel gevraagd. Hij heette Howard. Je snapt het wel. Hij had een flat in Londen en zat de weekends in zijn landhuis. En in die korte periode waarin ik dacht dat ik Victor niet kon missen, ging ik er ook naartoe, in het weekend, en dan overnachtte ik in een morsig hotelletje in de buurt, waar ik maar wat zat te wachten tot Victor vrij had. Ik heb nooit geweten of Victors baas besefte dat hij hem met mij deelde. Je kon toch nooit geloven wat Victor daarover vertelde, of over wat dan ook.'

'Je overnachtte in dat hotelletje. Waar wij samen zijn geweest.'

In heel andere omstandigheden, kan ik je verzekeren.

'Ja.'

Toen speelde voor hem de voldoening Tertia op het moment van verloving te bedriegen. Toen was Caro degene die op de hoogte was. Nu had ze geen weet van het grotere, innerlijke bedrog: dat Paul haar had bezeten in het hotel – de kamer, het bed – van zijn minnaar. Zonder dat ze iets wist van zijn grootste genoegen.

Ik heb altijd een voorliefde gehad voor het spel binnen het spel.

'En ik heb ook nooit geweten of Godfrey Locker en zijn zoon die ontwerper chanteerden. Met mij begonnen ze eerst in het klein. Ik gaf Victor natuurlijk al geld, en dat leek alleen maar iets meer te worden. Het al te bekende liedje; en het enige teken van mijn jeugdige onschuld was, zou je kunnen zeggen, dat ik erin trapte. Of misschien was het zelfvertrouwen – ik was gewend aan winnen, en aan het idee dat ík juist hén gebruikte. Toen het grotere vormen aannam, kon ik de bedragen nog wel opbrengen, maar ik zag ook waar het naartoe ging. Victor had in de flat van zijn baas een tijdschrift gevonden en ontdekt dat ik succes zou krijgen – er stond een interview in over de voorbereidingen voor het eerste toneelstuk, en een foto van mij met Tertia. Aan de ene kant had je dat allemaal, en aan de andere kant die hele ellende, de Lockers, chantage, het schandaal, de kans op gevangenisstraf. Hoe meer het leven me gaf wat ik wilde, hoe groter de macht van de Lockers.' Paul zei: 'Behalve nu heb ik nooit meer zulke uren en dagen beleefd.'

Caro had in een ijskoude keuken gestaan en dood gewild.

'Ik kon niet geloven dat ik hen niet aankon met de wapens die ik had – superieure intelligentie, goede relaties. Victor was... niet intelligent, maar wel snel van begrip. De kinderen van wrede mensen worden dat al jong, omdat ze de verschrikkingen altijd een stap voor proberen te blijven. Als het om mijn toneelstuk ging, was hij bijvoorbeeld slim – wist precies wat er nodig was als ik hulp nodig had bij dialogen. Hij had geen ideeën, alleen die scherpzinnigheid van hem. Maar hij had een overdreven hoge dunk van zijn intelligentie, door het milieu waar hij uit kwam. Dat hebben de kinderen van wrede mensen gemeen met de kinderen van weelde – er is geen context waaraan ze hun beperkingen kunnen afmeten.

Maar goed – Toen gebeurde er iets wat me hielp. Godfrey Locker reed weer een poos op een vrachtwagen, en kreeg op de Great North Road een botsing. Hij brak een arm en een heup en was aan zijn hoofd gewond geraakt, waardoor hij bijna een week in coma lag. Ik had een paar weekends in Marlborough – in Avebury – overgeslagen, maar ging er die vrijdag heen met het idee Victor over te halen een bedrag ineens te accepteren nu zijn vader uit beeld was. Toen hij 's avonds vrij had om te gaan eten, kwam hij zoals gewoonlijk naar de pub, maar ik ging hem op de weg tegemoet. Ik was intussen op mijn hoede voor de methodes van de Lockers, en ik dacht dat ze best eens met de kroegbaas konden samenspannen om bewijs te verzamelen, want die zag eruit alsof hij zelf wel bij de clan van de Lockers hoorde. We zaten in de auto en Victor lachte me, zoals dat heet, recht in mijn gezicht uit om het idee dat hij me los zou laten. "Jij hoort in mijn toekomst. Dat heeft een waarzegster me verteld." Hij had iets met waarzegsters. "Jij bent mijn pensioenplan," zei hij en hij leunde grijnzend achterover. Ik was iets met hem begonnen om zijn uiterlijk, maar nu deed hij me alleen aan zijn vader denken.'

'Hoe zag hij eruit?'

'Blond, lichte ogen. Dat kwam goed uit – zolang hij zijn mond niet opendeed zag iedereen ons voor broers aan. Zoals ik al zei, leek hij die avond, voor mij, op zijn vader. Hij leunde lachend naar achteren – "ik heb het voor mekaar," zei hij, "nu God in de kreukels ligt." Hij was bijna hysterisch van opwinding – verrukking – vanwege het ongeluk van die ouwe, wat het hele gezin een legitiem, maar onvolledig, voldaan gevoel gaf.

We spraken voor de volgende ochtend af op een plek bij de rivier waar we weleens kwamen wanneer Victor de hele nacht

moest doorhalen. Victor kwam soms in de kleine uurtjes terug-
rijden van een feest, en dan zette hij de auto weg en kwam lopend, zonder te slapen, naar me toe als de zon al op was. Er was
een bocht in de rivier waar we altijd heen gingen, vlak onder de
weg, met overhangende bomen. De rivier was daar heel smal,
een beekje bijna, en op de weg erboven zou je niet eens zeggen
dat hij er was, laat staan dat er die zandoever was onder de wilgen. Zelfs Victor vond het een fijne plek.' Paul zei, met die opvallend starre blik van hem: 'Ik zeg dat zelfs Victor het een fijne plek
vond, omdat hij bang was voor water, en zich veilig voelde omdat de rivier daar geen naam mocht hebben – een piezelstroom-
pje over keien, en hele stukken geknakt riet. Hij was bang omdat
hij niet kon zwemmen, net als de meeste arme mensen van zijn
generatie, maar uit trots deed hij alsof een waarzegster op een
kermis had gezegd dat hij door verdrinking zou omkomen.

Daar kwam ik achter – die watervrees – doordat ik hem een
keer een paar dagen mee had genomen naar de Rivièra, omdat
ik dacht dat hij dat leuk zou vinden. Maar hij was als de dood
voor de zee, en voor de vernedering te moeten bekennen dat hij
niet kon zwemmen.'

Warmte, zand, de zee. Citroenbomen, wijngaarden, witte
muren.

'Nadat ik hem die avond had gesproken, ging ik terug naar
dat hotelletje. Ik viel pas tegen de ochtend in slaap en toen ik
wakker werd, was het al later dan het uur waarop we bij de rivier hadden afgesproken. Toen ik er aankwam, liet ik de auto
in een bocht van de weg achter, net als anders, om het laatste
stuk te lopen. Ik klauterde van de hoge oever af en vond Victor
onder de bomen, in slaap. Hij was de hele nacht op geweest en
als hij sliep leek hij wel dood.' Paul zei: 'Op dat moment vond ik
hem weer mooi en ik wenste dat hij doodging.

Ik stond een poosje naast hem en wenste dat hij nooit meer
wakker zou worden. Het kwam niet bij me op hem iets aan te
doen, ik wilde gewoon dat hij ophield te bestaan nu hij nog

mooi was en niet was betrapt. En terwijl ik daar stond, kwam er een man aan de overkant van de stroom voorbij, op een paar meter afstand. Er was nog nooit iemand daar voorbijgekomen, er was geen toegang en geen pad, alleen een smalle strook gras langs de rivierbedding. Hij bleef onder de bomen naar ons staan kijken, naar mij. Ik zei al dat ik niet van plan was Victor kwaad te doen, maar hij zag genoeg aan mijn gezicht om even stil te blijven staan.'

Paul wachtte tot Caro iets zei. Toen ze bleef zwijgen ging hij door. 'We keken elkaar over die paar meter stenen en water heen aan, en ik knikte en glimlachte naar hem. Ik was gewend mensen met mijn uiterlijk te overtuigen en ik kon het niet uitstaan dat hij zich niet liet inpalmen. Hij zag in elk geval wel dat Victor alleen maar sliep – hij bleef openlijk staan kijken om dat vast te stellen – en een minuutje later liep hij verder stroomopwaarts. Wat kon hij anders? Maar ik was geschrokken van zijn verschijning en werd al bang voor het moment dat Victor wakker zou worden en weer op zijn vader zou lijken. Het had iets verschrikkelijks, die stralende ochtend, en ik die wakker toekeek terwijl hij sliep. Na een tijd werd de angst dat hij wakker werd en weer veranderde me te veel, en ik liep weg en liet hem daar slapend liggen, als dood.'

Weer een beweging van Pauls hoofd, het afwenden waarmee een patiënt het betasten van een verwonding verdraagt.

'Toen ik bijna boven was, stond daar op de rand een politie-agent in uniform, die net naar beneden wilde komen. In een verwarde flits dacht ik even dat de voorbijganger de politie had gewaarschuwd, en ik stond al klaar om van alles te ontkennen wat ik niet eens had gedaan. Hij zag eruit als een agent op toneel – leeftijdloos, fatsoenlijk, degelijk. Voordat ik iets kon zeggen, begon hij te vertellen dat iedereen bij dat deel van de rivier weg moest omdat ze het onder water wilden zetten. Er was noodweer op komst uit het westen, en ze verwachtten dat een dijk zou doorbreken, een paar honderd meter stroomopwaarts

van waar we stonden. Een boer had het jaar daarvoor een zij-
stroom afgedamd om een vijver te maken, en die hield niet. Ze
hadden een stel ingenieurs erbij gehaald om de dam gecontro-
leerd open te breken voordat het noodweer begon, zodat het
dorp stroomafwaarts niet onder zou lopen. Dit was de enige
plek, waar wij stonden, waar ze een vloedgolf van hoog water
verwachtten – omdat de rivier hier zo smal was. "Precies hier
loopt hij vol," zei hij, "maar verderop is er niks aan de hand."
Hij had een collega stroomafwaarts geposteerd, en daar werd
de weg afgezet. "Daarbeneden is verder niemand, toch," zei hij.
Ik hoefde niet eens nee te zeggen. Hij keek nog eens goed over
de rand, links en rechts, en uiteraard was Victor precies het
enige wat hij niet kon zien.

Hij zei: "We hebben bevel dit gedeelte te ontruimen. Maar
als u een eindje meekomt, dan kunt u verderop op de weg het
einde meemaken."

Die hele weg lang liep ik te denken: stel dat hij wakker
wordt? Er kwamen alleen wat je noemt praktische gedachten
boven, verder geen enkel besef, geen enkele aarzeling. Toen
bedacht ik: ik kan altijd zeggen dat ik niet helemaal beneden
ben geweest. Als Victor roept, tevoorschijn komt, kan hij niet
weten dat ik bij hem ben geweest. Het was alsof ik die passant
was vergeten. Ik maakte dus maar een praatje met de agent, en
die vond me in elk geval wel innemend. Toen we bij de helling
kwamen waar ik de auto had achtergelaten, werden er signa-
len uitgewisseld en er reed een politieauto langzaam de weg af
om te controleren of alles in orde was. Een paar minuten later
een kleine explosie, een rookpluimpje tussen de bomen en kort
daarop het geluid van water. Het was zo snel voorbij, in een
oogwenk – eerst een stroom, toen geraas en toen, precies zoals
ze hadden gezegd, een hoog oprijzende golf in de smalle engte
van de rivier, waar die uit het zicht verdween. De golf kwam
daar tot de kruin van de wilgen, en naderhand hingen de takken als natte haren in de stroom, zodat alles eronder zichtbaar

was, zelfs de smalle richel waar Victor had liggen slapen. En waar niets meer te zien was.'

De vitrage voor het raam bolde en waaide op, in een bevrijde, natuurlijke schommeling. De wind wakkerde aan, voor het onweer uit. Het was niets anders dan een poging de situatie recht te doen. Paul vertelde verder. In elke stilte was de zware storm te horen met, veraf, het lange rollen van de donder.

'Woorden en gedrag kwamen met onwerkelijk gemak. Ik zag en hoorde mezelf, terwijl ik toekeek bij wat er gebeurde. Terwijl Victor in de Kennet lag te verdrinken. We moesten wachten tot de andere agent met de politieauto weer terug kwam rijden. Het leek een eeuwigheid te duren – misschien wel twintig minuten – maar toen de auto verscheen, was er geen nieuws te melden, en de twee mannen stonden luchtig wat te praten op de weg, in afwachting van het fiat van de ingenieurs. Eindelijk klonk er een fluitje, er kwam iemand met een groene vlag naar ons toe lopen en er passeerden een paar auto's. Ik had al besloten naar het hotelletje terug te gaan en een paar uur te blijven doen of ik wachtte, voor het geval dat. Voor het geval. Mijn politieman moest ook die kant uit, dus gaf ik hem een lift. Alles vrolijk en opgewekt. Toen we vlak bij de plek van de opgeblazen dijk kwamen, hielden we stil omdat hij nog iets wilde zeggen tegen de mannen daar. En iemand zei: "Er is hier iemand die door dit alles vastzat en een lift moet hebben naar het station." En dat was die wandelaar bij de rivier.' Paul zei: 'Intussen was er al bijna een uur voorbij.

Hij kwam naar de auto toe, en zag dat ik het was. Hij wist niets. Toch zag hij het in me, aan me. Hij stond bij de auto en doorzag me. Ik voelde zijn blik diep vanbinnen, en die voel ik nog steeds.' Pauls hand voor zijn ogen. 'Dat was het enige ogenblik waarop de politie – die twee agenten – aarzelde. Heel even voelden ze dat er iets mis was, en natuurlijk vonden ze hem verdacht, niet mij. Ze keken hem allebei een tijdje goed aan om zich zijn gezicht in te prenten. Toen was het voorbij, de man stapte achterin en we reden door, terwijl mijn agent de hele weg lang zat te kletsen. Ze zeggen dat je drie mensen nodig hebt voor een goede grap – een die vertelt, een die het snapt en een die niets doorheeft. Misschien geldt dat wel voor meer dingen. Zo was het in de auto – ik, en hij; en de nietsvermoedende agent.

De reactie zette al in, het kostte me enorme moeite om te rijden. Mijn handen. Je hield jezelf voor dat het wel moest – alsof het een plicht was, een heldendaad. De man in de auto had een wandeltocht gemaakt door de West Country. Die dag moest hij weer aan het werk. Hij had hier een tussenstop gemaakt om de Avebury Circle te zien, verdomme, en moest nu zijn trein halen. Hij had zijn bagage bij het station achtergelaten. Dat kwam allemaal aan het licht doordat de agent hem zo'n beetje ondervroeg, want hij voelde een bepaalde spanning in die auto en wist niet waarvan.'

Paul zei: 'Ik kwam terug in het hotel,' en nam een slok. In zijn glas, zoals hij het hield, bleef de barometer op bestendig staan.

Caro zag na al die jaren de smerige toog voor zich, de beslagen flessen, de kastelein. De kamer. Het bed. Het tweemaal vergoten bloed.

'Toen ik in het hotel was, barstte het onweer los. Die middag was ik terug in Londen, na een rit door de ergste regen die ik ooit heb gezien. Pas 's avonds kwam het uit van Victor. Zijn lichaam moest stroomafwaarts zijn meegesleurd onder de brug door en daar ergens klem zijn komen zitten. Toen het noodweer toesloeg, werd de brug weggespoeld en het lijk werd in de ravage gevonden. Het is dus nooit in verband gebracht met de overstroming van de rivier een eind terug. Zijn baas, die Howard, werd pas wakker toen het begon te onweren, en had geen idee hoe laat Victor was weggegaan. Ze waren maar met zijn tweetjes in huis, en Howard had na een nacht slempen zijn roes uitgeslapen. Men nam aan dat Victor op de brug had gestaan toen die het in het noodweer begaf – hij kwam vaak over die brug, als hij boodschappen ging doen in het dorp of naar een garage moest. In het hotelletje hadden ze misschien de link met mij kunnen leggen, maar het laatste wat de waard wilde was de politie bij zijn zaakjes halen. Godfrey Locker lag nog met een zware hersenschudding in het ziekenhuis – daar bleef hij nog wekenlang, en toen hij eruit kwam, werd hij beschuldigd van doodslag. Na het ongeluk is hij nooit meer de oude geworden, en nog geen twee jaar later was hij dood. Dat gedeelte hoorde ik later, in stukjes, van de Mullions.'

Paul zei: 'Als God het zelf zo had gepland, had het niet beter kunnen lopen.' Hij zette zijn glas op de grond. 'Afgezien van die ene man. Die het in de krant zou lezen maar niets zeker wist.' Hij stond op en liep naar de tafel om zich nog een borrel in te schenken. 'Alleen wist hij het wel zeker.' Hij nam Caro op, haar reactie wegend alsof het haar lichaam zelf was. 'Veel mensen – misschien wel de meeste mensen – hebben weleens iets dubieus gedaan, zelfs iets misdadigs, maar toch leven ze eerlijk in de maatschappij. Wat ik nu vertel is van een andere orde. Daarna is je leven binnen de maatschappij pure komedie.' Paul ging weer zitten met zijn glas in zijn hand. 'En dat was voor mij juist zo fascinerend, zelfs opwindend.'

Af en toe gingen de gordijnen uiteen en toonden een donkere, jagende lucht. Haast alle licht was nu uit de kamer geweken.

'Er was natuurlijk wel die vreselijke angst, de afschuw zelfs. Maar ook euforie – het gevoel de hele mensheid te bedotten en dus te beheersen, de natuurwetten te tarten. Een toestand waarin je je sterker voelt, almachtig, iets wat idioot genoeg analoog is aan wat helden moeten voelen die hun leven op het spel hebben gezet om de staat uit te dagen, en het hebben overleefd. Alle geheimenissen hadden zich achter me geschaard. Ik leefde toen op een overvloed aan energie – ik begon mijn toneelstuk om te werken, en dankzij deze ervaringen werd het stukken beter. Het was ook het moment waarop ik besloot met Tertia te trouwen. We deden niet of we van elkaar hielden. Zij kende mijn tweezijdige smaak. We hadden allebei iets wat de ander wilde – zij wilde wel de maatschappelijke voordelen behouden, maar ook het mausoleum verlaten voor iets wat amusanter of grotesker was, of misschien voor een nieuwe wereld die haar talent voor verveling de vrije teugel zou geven. En ik zocht niet alleen toegang, maar ook een veilige plek in het fort van de status. Zoals je ziet, wilden we allebei alles op verschillende manieren.'

'Heb je – Weet Tertia ervan?'

'Nee. Maar een van de aantrekkelijke dingen van Tertia was, voor mij, dat ze niet verbaasd had gestaan als ik het had verteld. Het zou ongeveer zijn wat ze verwachtte.' Paul leunde achterover en tikte herhaaldelijk met zijn vingers op een kussen. 'Af en toe wist ik niet eens echt zeker dat ik het haar niet verteld had – ze was zo vast overtuigd van het slechtste in me.'

Misschien weten ze wel het ergste van elkaar: dat kan een band scheppen.

'Na Victors dood zocht ik meer dan ooit een veilige plek in dat kasteel. Het was een vrijplaats, de laatste plek waar iemand ooit een verdachte zou zoeken. In het kasteel beschermt iedereen elkaar, geloof dat maar. Ik had genoeg gezien toen de politie zich op de verkeerde vent richtte, die ochtend in mijn auto – dat hun blik viel op degene die die rol perfect vervulde, en alleen zijn onschuld kon aanvoeren ter verdediging.' Paul hield op met tikken en staarde Caro aan. 'Maar jij moet althans iets daarvan van hem hebben gehoord.'

'Van wie?'

'Van Tice.'

Water kletterde, gutste over de ruiten. Caro zei hardop: 'Mijn God.' Ze hoorde haar stem boven het onweer uit schreeuwen. 'O God, o God.'

'Tice was die man op de oever. Natuurlijk was dat Tice. Je wist dat het Tice was.' Een beschuldiging.

'O, nee.'

'Hij moet het je hebben verteld. Hij had alle reden om het te vertellen.' Het leek alsof Paul een list vermoedde.

Caro drukte haar handen tegen elkaar. 'Nee.'

Gevoelens waaiden de kamer binnen als de harde wind, als een vaandel. De vrouw zat stil, maar het was alsof ze sidderde.

'Dat was het eerste keerpunt in mijn geluk. Het enige dus. Die dag dat ik naar Peverel reed, weken later, toen het allemaal achter de rug was, en daar Tice aantrof. Het eerste teken dat Gods gevoel voor humor zich misschien ook wel naar mij uitstrekte. Tice die bij de auto woest naar me keek met die snee in zijn oog, een herhaling van het hele tafereel. Ik wist dat ik er meteen over moest beginnen, dat we elkaar bij de rivier hadden gezien, als ik hem voor de gek wilde houden. Maar dat kon ik niet. Hij wachtte en doordat ik er niets over zei, was hij des te zekerder van zijn zaak. Goeie god, wat vond ik het vreselijk om met hem in dat huis te zijn, onder één dak te slapen. En een badkamer te delen met mijn wreker. Verder was alles goed gegaan behalve dat ene, wat bewees dat er andere factoren waren die ik niet kon beheersen.' Paul keek naar Caro's samengeknepen handen. 'En toen kwam jij.'

Hij stond op om het raam tegen de regen te sluiten. Met dat opstaan en lopen werd een nieuw stadium ingeleid. De vrees kwam op voor wat hij verder zou schenden.

Caroline Vail voelde een haast lichamelijke blokkade om de rol van Ted Tice onder ogen te zien. Zij, die met Paul over onwetendheid had gesproken, moest de onwetendheid herwaarderen waarin ze hartstochtelijke jaren van haar leven had verkeerd. Alle trots en pretentie, de verhevenheid van haar eigen overtuigingen, het verlangen menslievend te zijn, de moeite om goed te doen, waren hiertoe gereduceerd: een vrouw van middelbare leeftijd die handenwringend God aanriep.

Ze had willen weten, maar niet dit willen weten. Het weten was veranderd in een beangstigende stroom waarin een mens kon verdrinken.

Paul Ivory hield het gordijn vast, stak zijn arm uit naar het onbekende raam.

Caro voelde weerzin tegen de aanwezigheid van Paul in het huis van Adam Vail.

Weer door de kamer lopend vroeg Paul: 'Nou?'

'Ik moet eraan denken hoe erg Adam dit zou hebben gevonden.'

'Ik begreep dat hij iets had met zondaars. Of alleen met uitgestotenen?' Zelfs nu in Paul een zweem van hemzelf.

'Hij veroordeelde alle vormen van geweld.' Een keurig grafschrift voor een overleden geestelijke, terwijl de in haar gewekte gevoelens juist dierlijk waren: deze stoelen en tafels trokken zich van Paul terug, net als alles waarmee het geheugen van deze vrouw was uitgerust. Paul was veranderd in alles wat prullerig, waardeloos was; de gescheurde vlieger die uit de lucht was gevallen. Hij kon steeds kleiner worden, totdat er niets anders over was dan het meubilair van een bedenkelijk hotelletje.

En zelfs de bezittingen van deze man had ze ooit schitterend gevonden.

Paul ging zitten. Trommelde met vingers die stengels of stelen waren: het bewijs van de liefde. Een paar maanden geleden, aan Victoria Square, had Caro's blik over die handen gedwaald. Ze had die avond gespeeld een oude vrouw te zijn, wijs, voldaan, berustend. Al haar liefdadige ijdelheid was tot dit verschrompeld.

Ze zei: 'Was het dus uit wraak op Ted – dat je iets met mij begon?'

'Dat speelde natuurlijk ook een rol. Dat ik er met jou vandoor ging, terwijl hij opnieuw machteloos toezag. Jaloezie is sowieso een uitdrukking van onmacht, en voor hem kwam daar nog die andere frustratie bij. Verder speelde de wraak omdat hij alweer op zo'n fataal moment opdook. Plus het koekje van eigen deeg dat ik Tertia kon geven, omdat ze openlijk met haar minnaars begon te pronken. Op dat moment had ze een kerel uit het garderegiment, die vroeger vaak in het weekend op het kasteel logeerde, hij is nu dood, allang dood. In allebei die dingen zat een risico – dat ik Tice zou irriteren en Tertia tegen me in het harnas zou jagen. En dat riskante sprak me aan.'

'Ja.'

'Dat weet je nog wel. Zonder iets van risico of bedrog stelden ervaringen niets voor. Bij jou veranderde dat. Omdat ik nooit had verwacht me zo te hechten, aan welke man of vrouw dan ook. Dat jij dat kon veroorzaken gaf je invloed, en vormde een reden te meer om je die middag te laten stikken toen Tertia ons in bed aantrof – toen ik mijn hele bouwwerk kon zien instorten.'

Je kon je moeilijk voorstellen hoe Godfrey Locker nog wreder kon zijn geweest.

'Toen we die middag wegreden, toen we jou voor het raam achterlieten, moest ik van Tertia de auto langs de weg stilzetten. We liepen over de velden en ze dwong me haar daar op de grond te nemen. Om haar stempel op me te drukken.'

Ze waren dus allemaal die dag van de ene partner naar de andere gegaan. Een man uit het garderegiment, hij is nu dood, allang dood.

'Daarna kreeg ik de controle terug. Ik werkte aan mijn stuk, en dat ging goed. Door mijn opgewonden gemoedstoestand van toen was elke dag een openbaring van wat ik allemaal aankon – ik heb nooit meer zo snel en zo goed gewerkt.' Paul bleef zichzelf boeien. 'Terecht zegt iedereen elkaar na dat het mijn beste stuk was, daarna heb ik nooit meer zoveel gevoel in mijn werk kunnen leggen. Ik wilde de Lockers in het geheugen van de hele wereld prenten. Ik weet dat dat belachelijk klinkt, maar ik wilde met dat stuk een gedenkteken oprichten voor –'

Hij wilde zeggen 'Felix'.

Een vlug uitwissend gebaar. 'Een monument voor Victor. Ik had toen niet van hem gehouden, van niemand, maar ik begon hem scherp voor me te zien – dat arme ratje dat geen enkele kans had gekregen. Hij bleef niet bij me spoken, en de hele belevenis vervaagde al, net als die kras in het oog van Ted Tice. Victor stierf een pijnloze dood, zonder wakker te worden, precies zoals ik had gewenst. Tenzij je bleef stilstaan bij het kolken en razen van het water, en de wurgende doodsangst. De enige die af en toe bleef spoken was Godfrey Locker. Ik ben altijd bang voor hem gebleven, ook nadat ik van de Mullions had gehoord dat hij dood was. Nu nog geloof ik soms half en half dat hij nog leeft, en dan moet ik uitrekenen dat hij dan negentig zou zijn. Hij is zo iemand die niet kan sterven. Net als Hitler.

Het liep dus allemaal voorspoedig. Ik wist dat het een goed stuk was en toen kwam het publiekssucces, en het geld en het kasteel. Toen jij weer opdook, verbaasde het me dat ik zo naar je verlangde, want ik had je niet gemist. Ik dacht dat het wel gauw zou slijten, maar het werkte andersom. Soms verdroeg ik het niet om niet bij je te zijn, kon al het andere me niet bevredigen. Na het eerste jaar begon ik te overwegen om van Tertia te scheiden en met jou te gaan samenwonen. Dat bracht ook weer een reactie teweeg, aangezien jij zo ver afstond van de zelfkant van mijn karakter. Jouw liefde werkte in dat opzicht verlammend, alsof je me dwong schaamte te voelen. Wanneer ik mijn kracht uit iets anders kon putten, werk of een serie successen, wilde ik die tegen je gebruiken, om te bewijzen dat ik me kon terugtrekken, want anders voorzag ik dat ik je alles zou vertellen. Ik zou je vertellen over de dood van Victor en niet alleen mijn veiligheid, maar mijn hele bestaan in jouw handen leggen.'

Bliksem was een waanzinnige grijns in de kamer, donder een schok door de hele aarde.

'En weer gebeurde er iets. Op een avond vertelde je me over het misdrijf van Tice, en in één klap was ik van hem verlost, want hij kon nu nooit meer naar Victor vragen zonder zelf kwetsbaar te worden. Wie zou hem ooit nog aannemen, in zijn soort werk, als zijn eigen geheim uitkwam? Ik was niet zo stom om te denken dat hij uit angst zijn mond over me had gehouden. Eén aspect van verdorvenheid is dat je daardoor een neus

– en oog en oor – krijgt voor deugdzaamheid. Hoe kon ik mijn werk doen als ik alleen op mijn eigen karakter af kon gaan? Juist het feit dat er vanuit het perspectief van Tice sprake was van een complexe moraal was een extra veiligheidsgarantie.' Paul zweeg even, om de draad van het verhaal waar hij van was afgedwaald weer op te pakken. Hij zei: 'Je hield toen genoeg van me om alles wat ik had gedaan te accepteren, zelfs moord.'

'Ja.'

'Maar omdat je die geschiedenis van Tice had verteld, wist ik dat je uiteindelijk ook die van mij zou doorvertellen. Als ik je over Victor had verteld, zou je eens genoeg van iemand anders houden om hem in vertrouwen te nemen.'

'Ik ben daar dus dubbel voor gestraft.' Zonder het onmiskenbare gegeven van Adam Vail zou haar leven nu misschien op een afstotelijke manier voor haar geestesoog desintegreren.

'Het was typisch iets voor een vrouw. Een tijdige waarschuwing. Intussen had Tertia door dat je een bestendige factor in mijn leven was, wat haar absoluut niet aanstond. Ook zal de duur van ons contact haar waarschijnlijk op het idee hebben gebracht dat ik weleens bij haar weg kon gaan. Ze wilde een kind, om haar stempel nog eens op me te drukken. Ik was in zekere zin best blij dat het op die manier werd opgelost – want ik wist dat ik het niet kon doorzetten: liefde, onthulling, metamorfose.' Hij sprak het laatste woord sarcastisch uit, maar meende het wel. 'Bovendien was ik weer iets begonnen met een jongen, een beetje los-vast, deels om me van jou los te maken. Hij heette Valentine – de moeder van die jongen hield van stomme films. Ik had hem overgenomen van een acteur die in mijn eerste twee stukken had gespeeld. Zo kwam ik aan hem – een jongen met een vossengezicht die Valentine heette.'

'Ik herinner me hem wel.' Een reutelende radiator, en de jongen die druiven at.

'God mag weten waar hij nu is.'

Ik was best blij dat het was opgelost. God mag weten waar

hij nu is. Caro's over elkaar geslagen blote benen gleden van elkaar door de mengeling van transpiratie, bodylotion en de klamheid van het onweer. Transpiratie drupte, adem zwoegde. Onder een katoenen jurk het dierlijke trillen van een hart.

'Nu is het verleidelijk mijn jeugdigheid ter verdediging aan te voeren. Maar ik verdedig me helemaal niet. Ik had nooit verwacht, zelfs toen niet, dat ik over het vermogen heen zou groeien om de opwinding van zo'n ervaring te voelen.'

Je had mensen die de dood inriepen, als stimulus of instrument: Paul, Dora, Charlotte Vail.

'De drang om alles te vertellen kwam volkomen buiten mijn wil om, buiten mezelf om, toen die rottigheid met Felix begon. Dat is iets wat je niet kunt voorzien – dat je door een gemoedstoestand wordt overweldigd als door een gebeurtenis. De behoefte om te biechten heeft iets dwingends dat niet per se samenhangt met berouw – het is misschien wel de wens anderen erbij te betrekken. In het ideale geval moet je denk ik biechten bij je ergste vijand, want alleen die kan echt absolutie geven. Dat zou dan Tice zijn, in dit geval.' Paul zei: 'Anderzijds krijg je het gevoel verzwakt te zijn. Precies zoals ik me sterker voelde door de dood van Victor, betekent deze bekentenis, aan jou, nu een verlies aan kracht, even groot als de misdaad.' Er zat in Paul zo'n verpletterend ego dat hij zelfs zijn zonden indrukwekkend vond. Op dat moment voelde hij niets voor Caro, die zijn noodzakelijke ontboezeming in ontvangst nam zoals ze eens zijn liefde in ontvangst had genomen, zonder gebruik te maken van het gezag dat ze eraan ontleende.

Paul zei: 'Wat ik maar niet kan geloven is dat Tice er tegenover jou nooit iets over heeft losgelaten. Terwijl hij zag dat je naar mij neigde – en met dat wapen in de hand. Het is onvoorstelbaar. Ieder ander had het verteld.'

'Ja. Nee.' Adam Vail waarschijnlijk niet.

'Maar nu maakt zijn zwijgen hem oppermachtig. Dat word je sowieso door te zwijgen, en dit is een extreem geval. Ouderwetse nobelheid' – Paul kon nog altijd verrassen met de precisie van een woord – 'waar je wel over kan lezen maar niet in kan geloven. Ik was vergeten dat zoiets moest bestaan.'

Het was Tice geweest op die oever, natuurlijk was het Tice. Caro kon Teds rol niet verwerken, noch de verschrikking ervan. Een gevreesde situatie, nog altijd niet opgelost, waar het verstand zich nauwelijks over durfde buigen. En toch, wat kon Edmund Tice nog raken, nu hij oppermachtig was?

Tenzij ze juist bang was om zichzelf. Het weten was nog niet klaar met haar.

'Haast niet te geloven,' zei Paul. 'Die zelfbeheersing.'

'Die leidt tot soevereine macht.'

Hij keek enigszins benieuwd op. 'Zijn hegemonie komt twintig jaar te laat.' Hij stond op, pakte zijn jasje van de stoel. 'Zijn eigen fout is intussen haast een deugd. Als je maar lang genoeg wacht, gebeurt dat met elke menslievende daad. Mijn wandaden zijn daarentegen door de tijd en de verhulling alleen maar erger geworden.' Met al dat over zichzelf praten was Paul weer des te meer overtuigd van zijn eigen belang, waar Ted Tice niets aan mocht afdoen. Met deze uitputtende behandeling van zijn onderwerp was zijn energie weer opgewekt.

Tot op die dag hadden ze zich kunnen voorstellen dat ze, alleen gelaten in een kamer, vanuit een fatale continuïteit elkaar in de armen zouden vallen, als in een toneelstuk, of zouden gehoorzamen aan een andere toneelaanwijzing. Maar dat soort imitaties waren nu ondenkbaar; en er zou in woorden geen waarheid meer bovenkomen die niet al was overtroffen. Bij gebrek aan woordloze mogelijkheden – huilen, vrijen – wist geen van beiden hoe dit tot een einde te brengen.

Met het aantrekken van zijn jasje suggereerde Paul dat ze hun sociale rol weer op zich namen. 'Moest jij in september in Engeland zijn?' Zijn toon was bereid alles wat gebeurd was te verloochenen. Zijn blik kon de luisterende vrouw in de stoel doen oplossen.

'Op doorreis naar Zweden, ja.'

'Van nu af aan,' zei hij, 'kan ik niet vooruitkijken.' Hij betwijfelde of hij Caro ooit in zijn leven nog wilde zien. 'Logeer je dan bij je zus?' Het opmerkelijke was dat hij zich zo kon herstellen en zich, ook nu nog, kon verhullen, in een jasje of het normale leven.

Caro liet hem uit. Na het onweer een weeïge warmte; een vochtig zonnetje dat een parelend vlies van benzine over de dampende straat legde. Het regenwater gutste door futloze goten en schoof het afval door. Meer kon je niet verwachten op een dag waarop de kans op reiniging of opfrissing nihil was, en wel in een stad die zelf de elementen bars leek te tarten.

'Het ga je goed, Caro.'

Paul nam in 77th Street de metro. De warme lucht in de metro leek stoffelijk, de stank tastbaar. De besmeurde en bekladde wanden mondden uit in vloeren van rubber dat op veel plaatsen vernield was. Kuipstoeltjes van beschadigd plastic, zo hard als staal, stonden in lange boetvaardige rijen tegenover elkaar. Op de grond sigarettenpeuken, plakkerige verpakkingen, de sportpagina verfrommeld rond de grimas van een rijke sporter. Een bierblikje rolde slingerend van de ene naar de andere kant, terwijl de trein voortraasde, gierde, denderde. Paul, die niet bij een lus kon, werd overeind gehouden door de denim heupen van drie nors kijkende meisjes. Ter hoogte van zijn ogen hing een reeks kleurige, bevelende reclameboodschappen: 'Come to Marlboro Country', 'Geef aan het goede doel'.

Iedereen denkt: kan gevaarlijk worden. Een van die stuurse, staande mannen kan je met zijn eigen bevelen confronteren: Hier met je tas, portefeuille, horloge. Iedereen heeft een slechte huid, pukkels, uitslag; of hun gezicht is slap, stug, alsof de mensen te lang onder de grond zijn gebleven. Wallen van slechte lucht onder de ogen. Hier, zoals in elke hel, heeft niemand iets voor op een ander: aktetassen leveren geen mededogen of immuniteit op; een sieraad met edelstenen is een doelwit.

In 88th Street perste een roodgebloemde, verlepte vrouw zich met verrassende kracht naar binnen. De deuren sloten, maar het metrostel bleef staan; en gedurende deze vuurproef slaakte niemand zelfs maar een zucht. Een jongen en een meisje, Puerto Ricaans, hielden zich vast aan een vlekkerige stang en verschoven hun kauwgum om te kussen. Een luidspreker stootte in de vuile lucht een geluid uit dat een fontein van gesmolten vonken uit een soldeerlamp was. Toen de trein weer optrok, klonk er geen verrast of opgelucht gemompel. Dit konden wel de grondleggers zijn van een nieuw ras dat laatdunkend stond tegenover gevoelsuitdrukkingen en onverschillig tegenover wreedheid of deernis, of hun eigen ongerustheid. Als Paul ter plekke tussen hen dood zou neervallen op de vuile vloer, zou hij niets anders zijn dan een obstakel op weg naar de uitgang. Het feit dat hij, hoewel misselijk, overeind bleef staan, had al even weinig waarde.

Een jongen met een kroeskop, als een kleine boom, stond uit zijn stoel op: zijn arm een tak die door een wirwar van ledematen heen reikte en Paul op de schouder tikte.

'Ga maar zitten, opa.' Die jongen, een sterfelijk mens, keek grijnzend om zich heen. Hij kon niets doen aan het goede, of slechte, in hem. En was niet opgehouden te kraken met zijn flexibele duimgewricht.

Paul gleed op zijn plaats. Zich bewust van een onverklaarbare uitzondering, maar niet in staat dank je wel te zeggen.

In haar huis opende Caroline Vail de brief, in paarse inkt en een onbekend handschrift, uit Ierland.

Zonder uw vredige bestaan te willen verstoren meen ik toch dat u zult willen weten van Dora's problemen, of nood...

36

Grace zei: 'Ze raakt haar tijdgevoel kwijt.'

Grace en Caro gingen met het autootje van Grace een bezoek brengen aan Charmian Thrale. Christian had zijn zin gekregen, en zijn moeder woonde in een tehuis voor oude mensen met de naam Eikenheuvel, of Woudrust of Parkzicht.

'Het ene moment herinnert ze zich de verjaardagen van de
jongens en alles. Even later verbeeldt ze zich dat Chris en ik
pas getrouwd zijn.' De auto maakte een bocht en reed tussen
bakstenen pilaren door. 'Het schijnt aan de bloedsomloop te
liggen.'

Verdord gras stierf af in de droge, uitzonderlijke september-
maand.

De directrice van het tehuis was meer dan alleen bekwaam.
De rijzige, grijze, gereserveerde vrouw nam een verstandige
afstand in acht en weigerde Caroline Vails sympathie te accepteren, zelfs niet met haar blik. Als je daar eenmaal aan begon, was het einde zoek. Caro was opnieuw een zus, die met
Grace door een betegelde gang liep: ze waren twee vrouwen die
vrouwendingen deden. Het was af en toe een verademing een
conventionele, schuldeloze indruk te wekken; zelfs in de koele
ogen van een grijs schoolhoofd – in dit geval van een school die
voorbereidde op het allerlaatste examen.

Deze twee hadden na schooltijd langs de zoute zee gewandeld. Nu was het de sterfelijkheid die zich naast hen uitstrekte,
iets ontzaglijks.

Grace zei: 'Je zou toch denken dat ze er wel iets op hadden

verzonnen om die lucht van ontsmettingsmiddelen te verdoe-
zelen.'

Charmian Thrale zat in een gedeelte dat gereserveerd was
voor mobiele bewoners. De hoofdzuster was kribbig, inge-
snoerd in een korset: een houten barkas omsloten door een
ijzeren romp. Ze zei dat het veel betekende bezoekers te krijgen.
Ze werden naar een slaapkamertje gebracht waar Charmian in
een chintz stoel zat, de armen gestrekt op de leuningen. Haar
haar was wit en dun, haar grote ogen nauwelijks meer blauw;
een lichaam zonder vlees op de botten, alleen maar een kapstok
voor katoenen mouwen en schouders, de hals een draaddunne
haak voor het paardenbloemhoofdje.

Het raam keek uit op een moestuin die door de actieve bewoners werd bewerkt. Op de vensterbank stond een pot met
een harde, lelijke plant. De spiegeldeur van een kledingkast
stond open. Op het nachtkastje een trouwfoto van Grace en
Christian. Naast potjes met pillen lag een staafje, met een vies
watten uiteinde, zo'n stokje om oren mee schoon te maken. Op
het bed lag een bril met een gouden montuur naast een boek.

Grace gaf haar schoonmoeder een zoen en zei: 'Hier is Caro.'
Je was in de verleiding je stem te verheffen. 'Caro is op doorreis
naar Zweden, om haar stiefdochter op te zoeken.'

Charmian Thrale zei: 'Ik hield zielsveel van mijn stiefmoeder. Het is wreed dat er zo'n stigma kleeft aan stiefmoeders.'

Grace zei: 'Hetzelfde geldt voor schoonmoeders.' En de oude
vrouw legde haar bontgekleurde hand tegen haar wang.

De hoofdzuster brulde: 'We hebben ons mooi gemaakt.'
Charmian keek op, beleefd geamuseerd of verschrikkelijk cy-
nisch. Haar gekromde katoenen rug kwam tegen de stoelleu-
ning. Ze zou zelf nooit een jurk met vloekende kleuren hebben
uitgekozen. Haar gezicht was door iemand gepoederd, zelfs
van rouge voorzien. In de deur van de kleerkast werden Caro
en Grace weerspiegeld – glimlachend, nog steeds gezegend. *Ga
nu maar eens naar de kleedkamer van de edele vrouwe, om haar*

te vertellen, dat, al blanket zij zich een duim dik, haar toekom-
stig gelaat zoo is; breng haar daarmee eens aan 't lachen.

'Ze moet om elf uur haar tv-programma zien, daar staat ze op.' De hoofdzuster straalde. Charmian Thrale was een onhandelbare kleuter die eindelijk bemoedigende neigingen vertoonde.

De oude vrouw zei kalm en helder: 'Het is een programma over een dichter, Rex Ivory. Ik heb hem verschillende keren ontmoet, en Sefton heeft hem goed gekend.'

'Stel je eens voor.' De hoofdzuster kon zich niet herinneren wie er tegenwoordig hofdichter was sinds het overlijden van John Masefield.

Toen de hoofdzuster de kamer uit liep, zei Charmian Thrale: 'Als je oud bent gaat iedereen ervan uit dat je wijs bent of kinds. Iets ertussenin wordt niet toegestaan.'

Caro zei: 'Het hele leven is een beetje zo.'

Overeind geholpen was Charmian Thrale een broze constructie die elk moment kon verkruimelen, as waarvan het getemperde vlammetje niet mocht oplaaien, uit angst voor een fatale afloop. Grace en Caro hielpen haar naar de gang. Door een open deur riep een stokoude stem, op hoge toon: 'O nee, alsjeblieft niet.' In een rolstoel legde een man als wrakhout zijn vingertoppen tegen elkaar en zong met iele stem:

'Twee Duitse soldaten gingen over de Rijn,
Parlez-vous,
Ze kusten de vrouwen en dronken de wijn,
Parlez-vous.'

In een raamloze zaal, met lege stoelen als in een rechtbank, verkeerde een televisietoestel in een hysterische staat. Grace draaide deskundig aan een knop. Gekleurde banen bewogen horizontaal, stemmen begonnen en braken af. Een presentator met een toupetje lachte en vertelde hoe laat het was. Kleurige spikkeltjes vlogen heen en weer. Op de muziek van Delius werd in tropische kleuren een lieflijke streek getoond; en buiten beeld zei een stem eerbiedig: 'Derbyshire.'

Een jongeman met een glottisslag meende dat het komende programma van het grootste belang was gezien de huidige herontdekking van Rex Ivory. Ingestudeerde ernst, gecombineerd met een hoornen bril, wekte een indruk van speciale cursussen in cultuurpresentatie. Op het scherm werden foto's vertoond – een paarse baby, een schooljongetje, een jongeman in legeruniform, een bejaarde kabouter met een vest aan; en, van dichtbij, de titelpagina van een boek. Kijkers zouden zich wel herinneren dat een exemplaar van dit dunne deeltje, met het jaartal 1915 en een opdracht van de auteur, onlangs op een veiling een hoog bedrag had opgebracht.

Charmian Thrale lachte volmaakt beheerst.

Op het scherm werd een dikke man met witte bakkebaarden geïntroduceerd als de peetvader van de Rex Ivory-rage. Professor Wadding uit de Verenigde Staten, hier met sabbatical, genoot van het verdiende succes van zijn briljante kritische biografie, waarvan op dat moment een exemplaar voor de toeschouwers werd opgehouden: *Zelfverloochening als verklaring: symbool en sacrament in het werk van Rex Ivory*. Nu al een moderne klassieker. Doctor Wadding had zijn baanbrekende werk over de Lake Poets onderbroken om Rex Ivory het voorrecht te verlenen van zijn kritische toelichting.

Professor Wadding legde uit dat hij Wordsworth beslist niet terzijde had geschoven: 'Wees maar niet bang.' Maar bracht in herinnering dat hij in 1946 tijdens zijn verblijf in Groot-Brittannië Rex Ivory had ontmoet en geïnterviewd. In een opwelling had hij een brief geschreven aan de dichter, die in zijn antwoord zo welwillend was geweest hem in Derbyshire uit te nodigen. 'En dan te bedenken,' zei hij, 'dat ik eerst aarzelde.'

'Bang om naar Canossa te gaan, doctor Wadding?'

Professor Wadding legde uit dat de uitdrukking 'naar Canossa gaan' kwam van de plaats Canossa waar keizer Hendrik IV zich in 1077 moest onderwerpen aan paus Gregorius VII. In zijn eigen geval was de aarzeling eerder het gevolg van onzekerheid over het inlassen van een persoonlijk element in de kritisch-creatieve dialoog.

'En u hebt nooit getwijfeld, doctor Wadding, aan uw kritische beoordeling?'

Grace zei: 'Er wordt de hele tijd doctor tegen hem gezegd.'

Charmian Thrale zei: 'Net als bij doctor Goebbels.'

Professor Wadding stelde dat Rex Ivory cognitieve betekenis had gegeven aan een ethiek van zelfverloochening. Hij zou Rex Ivory classificeren als aristocratisch, nobel, gerenommeerd en ontegenzeggelijk de grootste dichter van zijn generatie.

Caro zei: 'Zijn pak kan niet echt die kleur hebben.'

Waddings brillenglazen fonkelden. 'Het is naar mijn overtuiging mijn taak de bronnen van zijn entelechie te schetsen.'

Er werd een uitgever geïntroduceerd, die als de pijnlijkste dag in zijn gehele werkzame leven een zaterdagochtend na de oorlog noemde, toen zijn uitgeverij tot de ontdekking kwam dat het papier ontbrak voor een voorgenomen editie van *Het half-geoogste veld*. 'Ik kan wel stellen dat we er, als uitgeverij, kapot van waren.' Gelukkig hadden ze nu het voorrecht doctor Waddings briljante werk uit te geven.

Een jongen met een band om zijn voorhoofd vertelde over Rex Ivory's opkomst als dichter van de vredesbeweging. Hij meende dat de boodschap van Rex aan de jongeren kon worden samengevat met: 'Blijf geloven, baby.'

Deze uitspraak was, legde professor Wadding uit, een oproep van het Christuskind. Het zou hem benieuwen welke moderne rol kon worden toegekend aan een dichter als Wordsworth.

De jongen schokschouderde. 'Voor mij is hij een naam op een T-shirt.' Hij zei: 'Rex komt relaxed over. Hij is een heel relaxte man. Daar hou ik van.'

De sprekers keken naar het onzichtbare publiek om het effect van hun overpeinzingen te peilen.

'Alsof,' zei Grace, 'zij naar ons kijken in plaats van wij naar hen.'

Er werden opnames afgespeeld van het naoorlogse interview van de BBC in de serie *The Dukeries* – met de Sealyham-terriërs en bloemborders, een schemerdonkere bibliotheek, Rex Ivory's ingevallen gezicht, dunne haar, lichte wimpers. Zijn opwippende vingertoppen die tabak in een pijp aandrukten, ogen die bij elke keer drukken knipperden: een gesynchroniseerd stuk speelgoed. Na de fictieve kleuren van de inleiding zag het zwart-wit eruit als de waarheid.

Caro zei: 'Sepia zou nog beter zijn.'

De oude film flakkerde, knipperend als de dichter. Ivory had een lichte, precieuze stem uit een andere eeuw. Hij antwoordde beleefd, maar verstrekte geen informatie uit eigen beweging. De eerste invloed die hij zich herinnerde was een in leer gebonden exemplaar van *Sohrab en Rustum*, dat hij van een geliefde tante voor zijn zevende verjaardag had gekregen: 'Ik kan nog steeds het hele gedicht voordragen – ik kan het dromen, zoals dat zo mooi heet.'

De ondervrager onderbrak hem haastig: 'Dus doordat het toeval wilde dat uw tante zo gul was...'

'Ruimhartigheid is niet iets wat toevallig voorkomt.'

De interviewer glimlachte, maar hoopte zich te kunnen wreken. 'Onze meest vooraanstaande criticus heeft gezegd dat alleen maatschappij veranderende literatuur blijvend is. Ik neem aan dat u die zienswijze afwijst?'

'In hoeverre iets blijvend is,' zei Rex Ivory, 'weet niemand.'

'Vanzelfsprekend. Maar de betreffende criticus stelt dat onze eeuw bij uitstek gevoelig is voor de morele kracht van literatuur. En verwijt u dat u, zoals hij het formuleert, dit niet als een plicht opvat.'

Ivory's bleke wimpers zakten. Hij leek wel in slaap te zijn of voor een dilemma te staan. Uiteindelijk zei hij: 'Kijk, ik heb in de loopgraven gezeten. Hij niet.'

De kleur stroomde als een aanslag terug. Doctor Wadding bracht in het midden: 'Ik denk dat ik dit nader kan toelichten.' Grace zette het geluid uit en zei: 'Ze zullen Paul er vast ook bij halen.'

Mevrouw Thrale merkte op: 'De zoon van Paul Ivory is ernstig ziek geweest.'

'Christian hoorde dat hij zich verbazend goed houdt.'

Op dat moment werd Paul geïntroduceerd. Grace zette het geluid weer aan. Pauls beeltenis begon langzaam te ontbinden, als iets wat bedorven is. Ogen, mond en gezichtsuitdrukking sloten niet meer goed bij elkaar aan: een compositieportret van een verdachte of voortvluchtige. Paul, magerder, ouder, niet minder charmant, was volkomen op zijn gemak bij dit soort optredens.

'Mijn vader was een zuivere geest, een onschuldig kind. Hij bezat ouderwetse deugden – zelfverloochening, bescheidenheid, barmhartigheid, fatsoen. Trouw aan onmodieuze idealen. Zelf ben ik niet zo, maar ik had – en heb nog steeds – diep respect voor hem en zijn werk.'

Ook Caro leek wel te slapen. De pot Marmite op tafel. We hebben hier ook genoeg honger.

Adam Vail had gezegd: 'Ze zullen de grote mysteriën ten nutte maken.'

Paul schoof elegant een toespeling op zijn eigen werk terzijde: 'We zitten hier immers om mijn vader te eren.' Op het verzoek de literaire waarde van Rex Ivory te bepalen antwoordde hij openhartig en behoedzaam tegelijk: 'Hij was misschien geen groot dichter. Maar hij was wel een waarachtig dichter.'

Charmian Thrale keek uiterst beleefd naar de tv. Toen professor Wadding weer in beeld verscheen, vroeg ze of het toestel kon worden uitgezet.

Nadat ze terug naar haar kamer was geholpen, ging ze in de

bebloemde stoel zitten. Ze zei: 'Rex was de enige die nog leefde. De anderen waren degenen die er dood uitzagen.' En ze sloot haar ogen.

Christian stond in de vestibule toen Grace en Caro terugkwamen. Vol verbazing bedacht hij dat een van deze twee vrouwen, die allebei knap waren, zijn echtgenote was.

'Aan thee toe,' zei hij, 'zo te zien.'

Grace ging naar de keuken en ze hoorden haar de fluitketel vullen. Caro bleef in de vestibule staan. Ze droeg een kleurige sjaal over haar haar, pauwblauw, en bracht haar hand omhoog om hem los te maken. In de oksel van haar opgeheven arm plakte de zachte jurk; en Christian, die moest denken aan de soepele flank van een kat, kon zich goed voorstellen dat hij zijn hand daar legde.

'Zo, je houdt jezelf goed in vorm, Caro. Dat moet ik wel zeggen.'

Ik zit dus in de fase van jezelf in vorm houden. Ze was bezig de zijden sjaal los te maken.

'Hoe zou jij die kleur noemen, van deze jurk?'

'Gebrande siena.'

'Die term heb ik niet meer gehoord sinds ik een snotaap met een verfdoos was.' Net als zijn vader vroeger had Christian bepaalde woorden onder zijn hoede genomen.

Caro voltooide het gebaar met de sjaal. Haar dikke haar viel over haar schouders. Ze had nauwelijks één grijze haar. Christian vroeg zich af: is het geverfd? Er was een roman – de titel zou hem nog wel een keer te binnen schieten – waarin een jeugdliefde, op latere leeftijd weergezien, haar witte haar toonde. Het idee dat Caro's haar misschien wel was geverfd, was voor Christian, zo leek het hem, minstens zo'n schok. Hij staarde.

Caro zei: 'Het is mijn eigen kleur, nog wel.'

Ze liep de zitkamer in en ging bij de lege open haard staan,

425

met haar elleboog leunend op de schoorsteenmantel. Een ovale spiegel die Grace in Bath had gekocht, weerkaatste haar vermoeidheid. Breng haar daarmee 's aan het lachen.

De ketel floot in de keuken en werd tot zwijgen gebracht. De laatste tijd moest er constant iets aan- of uitgezet worden.

Christian plofte in een stoel, die een gestoffeerde zucht slaakte.

Grace kwam met de thee op een dienblad binnen. Er waren ook kleine sandwiches en cake. Ze gingen alle drie zitten – Caro en Christian tegenover elkaar, en Grace tussen hen in. Voor de ramen en in het brons van Caro's jurk scheen warm licht.

'Zo, dit is erg gezellig.' Christian keurde het huiselijke tafereel goed als een degelijk surrogaat voor geluk. Over zijn moeder zeiden de vrouwen wat hij graag wilde horen; en hij reageerde met: 'Het is een voortreffelijke instelling. Echt voortreffelijk.'

Caro zei: 'Je moeder was heel kranig.' Met deze rouwkaarttaal werd Charmian Thrale ter aarde besteld: Na een lang, kranig gedragen leven.

Toen Grace het televisieprogramma beschreef, zei Christian: 'Mijn hemel, Rex Ivory. Van hem heb ik *De gouden schat* gekregen toen ik tien werd. Die is nu dus een nationaal monument? – Mag ik een sandwich? – Nou, nu voel ik me echt oud.'

Grace reikte hem een schaal aan.

'Wat zit ertussen?'

'Waterkers.'

'Een tikkeltje te draderig voor mij, helaas.'

'Op de andere zit vispâté.'

Christian bediende zichzelf. 'Altijd lekker, vispâté.' Hij klopte de kruimels af. 'Ik heb het nog ergens, *De gouden schat*.' Toen Grace opstond om kokend water te halen, zei hij: 'Ik drink mijn tweede kopje in mijn studeerkamer.'

Hij liep naar de aangrenzende kamer, waar het werk voor het weekend op zijn bureau lag. Er was altijd wel nieuws uit Afrika.

Door de openstaande dubbele deuren zagen, of observeerden, de twee vrouwen hem terwijl hij een krant openvouwde en zich in een gemakkelijke stoel uitstrekte.

Caro zat op de bank naar Grace te kijken, die Christian zijn thee bracht. De kaaklijn van Grace was niet meer zo strak, net zomin als haar taille. Onder het slotje van haar ketting was haar nek licht gekromd. Caro bezag haar zus met meer tederheid dan ooit: de band uit hun kindertijd had altijd alleen maar even opgeschort geleken, alsof die zo weer kon worden opgepakt. In de herinneringen aan haar kindertijd was Grace altijd vriendelijk. Caro vond het zeldzaam dat een kind vriendelijk was.

De tweedeling tussen hen had ook voor iets meer kunnen staan: ze hadden zo weinig invloed gehad op elkaars leven, en weinig confidenties uitgewisseld. Het was niet eens duidelijk, net zomin als vroeger, of Grace zich tevredenstelde met chintz en porselein – met Christian die zei: 'Een tikkeltje te draderig', of die 's avonds zijn broek ophees en aankondigde: 'Tijd voor mijn acht uur slaap.' Het was niet helemaal zeker dat Grace een toeschouwer was gebleven. Degenen die haar als het alter ego van Caro hadden gezien, hadden de essentie misschien gemist.

Grace had vermoedelijk een ervaring doorgemaakt die je liefde kon noemen; of had een innerlijke openbaring gehad. Paul Ivory had gezegd: 'Een gemoedstoestand kan je als een gebeurtenis overweldigen.'

In het leven en denken van Caroline Vail had Ted Tice de overhand gekregen. De gedachte aan Ted Tice was de gebeurtenis die haar bestaan in wakende en slapende toestand beheerste. Zijn geheim was zijn grootste kracht geweest; zijn mysterie lag juist in zijn waarachtigheid besloten.

Caro had over herinneringen gemijmerd, en over mogelijkheden net zo veraf als herinneringen. Had voor het eerst ervan gedroomd dat zij en Ted elkaar als geliefden ontmoetten, in een helder getekend, onbekend land. Ze lag vaak wakker en bedacht hoe weinig ze hem ooit had geschonken, zelfs aan vriendelijkheid; herinnerde zich dan luchtige, vlakke, harde woorden, Paul Ivory waardig. Ted had haar haar eigen beeltenis voorgehouden en ze had gezegd: 'Ik herinner me die jurk niet.'

Ze bedacht dat ze naar hem toe kon gaan en dat toch niet zou doen. Ze stelde zich haar komst voor, zijn blijdschap. Zijn getekende oog, zijn vreugde.

Ze zag Margaret Tice voor zich in haar goudblonde schoonheid. Caro keek in haar eigen spiegel, aangekleed of naakt, zich bewust van de pathetiek. Zich bewust van vrouwen voor haar, die hetzelfde hadden gedaan. Haar lichaam was een gewaad, nu al jaren ongedragen, ongetoond; ongekend.

Ze wist dat zijn illusie kon verdwijnen. Toch was het iets verschrikkelijks dat ze naar hem toe kon gaan en dat niet zou doen.

Caro had op straat gelopen en aan Ted Tice gedacht. Ze had aan haar werk gezeten en gevreesd dat ze zou sterven zonder hem ooit nog te zien. Op een dag had ze op de bladzijde waar ze aan bezig was geschreven: 'Als hij nu zou komen, zou ik alles doen wat hij vroeg.'

Als Ted zou sterven, zou de wereld een ruimte worden waarin niemand naar haar omkeek.

Ze kon deze fantasieën net zomin beheersen als vroeger de lichamelijke veranderingen van de puberteit. Ze probeerde erachter te komen hoe het was gebeurd, en wist alleen dat ze op zoek was naar iets subliems. Dat sublieme kon al het pure, vreselijke vermogen van iemands beproefde wilskracht zijn. Het was alsof Ted Tice deze gebeurtenis in haar had geschapen via de kosmische macht van de liefde.

Ze was niet in staat te veranderen, maar wel om te handelen.

Caro zei tegen Grace: 'Ik denk erover naar Australië te gaan.'

'Om een speciale reden?'

'Ik merk dat ik er de laatste tijd steeds meer aan terugdenk.

Dat is misschien wel een reden om erheen te gaan.' Ze zei: 'Heb je zin om mee te komen?'

Grace vroeg: 'Bedoel je een paar weken?'

Ze spraken op gedempte toon. Als Christian het geluid hoorde, zou hij aannemen dat ze het over kwalen hadden en gerustgesteld zijn dat ze waren onderdrukt.

Caro zei: 'Ik wil graag zien wat ik toen niet in staat was te zien.' Van alle dingen waar ze blind voor was geweest kon ze dat tenminste terughalen.

Meteen beleefde Grace weer bepaalde zomeravonden – van door een donker huis dwalen, met alle deuren en ramen wijd open voor de frisse lucht. Een hele stad verwachtingsvol naar de zee gekeerd. Ze zei: 'De Stille Oceaan weer te zien.'

'Weet je nog, toen we klein waren, dat moeder in de sche-mering in een rieten stoel op het grasveld zat terwijl wij speel-den?' Caro streelde, als moederlijk, over de mouw van haar ei-gen bronsrode jurk. 'Er was zo'n boog met klimrozen, een rijtje stokrozen, die citroenboom en de schommel. Moeder zat op zomeravonden buiten in de tuinstoel naar ons te kijken.' Ze be-doelde: over ons te waken.

Grace zei: 'Dat was Dora.'

Grace stond op en liep naar de andere kamer. Ze vroeg Christian: 'Riep je me?'

'Ik geeuwde alleen.'

Toen ze zich omdraaide, zei hij: 'Je kan de krant meenemen, er staat niets in.'

's Ochtends en 's avonds stopte Grace regelmatig met wat ze deed om zich op haar man te richten. Ze had de vaat in de goot-steen laten liggen en was naar boven gegaan, naar hem toe. Eén keer was hij bezig met zijn elektrische scheerapparaat en hoor-de haar niet; een andere keer met zijn monddouche.

Christian was blij de krant kwijt te zijn waarin één brief stond, over verdragen, simpelweg ondertekend met 'Elphinsto-ne'. Want Elphinstone, die conform de onderscheidingenlijst

429

van een scheidend premier in de adelstand was verheven, schreef tegenwoordig regelmatig over publieke aangelegenheden. Toen hij in de adelstand werd verheven, had Christian zijn trots ingeslikt en gebeld om hem te feliciteren. Hoewel niet onvriendelijk begroet door mevrouw – of lady – E., had hij op de achtergrond een stem horen zeggen: 'Geef hem in godsnaam niet aan mij door.'

Christian vertelde Grace: 'Ik kan niet enthousiast worden als Elphinstone met iemand in Downing Street naar bed is geweest.'

Grace liep met de krant terug naar de zitkamer. Ze ging naast Caro op de bank zitten. 'Dit wilde ik je laten zien.'

Er stond een foto in van wetenschappers die van een topconferentie kwamen. Ted Tice, geflankeerd door politici, keek recht voor zich uit. Hij had de gesloten, beleefde gelaatsuitdrukking die je ziet bij de tolk tussen twee grijnzende staatshoofden in.

'Kijk, hij is in Zweden als jij er ook bent.' Grace las voor dat professor Tice een voordracht zou houden over het omstreden thema. Grace had nu het voordeel dat ze van haar zoons had gehoord over zwarte gaten, roodverschuiving, de Big Bang. 'Je wist het zeker wel.'

'Ik heb Ted deze keer niet gebeld.'

Grace keek naar Caro die met het kwastje van een kussen speelde. Ze zei: 'Er gebeurt zoveel in jouw leven.'

'Het gebeurt alleen mij. Jouw leven betekent iets voor anderen.' Caro had Grace nog nooit haar schouders zien ophalen. Ze ging door: 'Hoe kan een leven zonder motief zijn als anderen ervan afhankelijk zijn?'

Grace moest glimlachen. 'Zelfverloochening als verklaring.' Ze waren geen van beiden het verzorgingstehuis, het televisiescherm vergeten; hoe Charmian Thrale had gezegd: 'Ze zijn al dood' over hen die hun eigen bespottelijkheid uit het oog hadden verloren. Ineens vroeg Grace: 'Hield je van Paul Ivory?'

'Ja.'

'Het is zeker slecht afgelopen.'

'Ja.'

'Je moet diep ongelukkig zijn geweest.'

'Ik was dood; en Adam heeft me weer tot leven gewekt.' Hoewel ze het luchtig had willen zeggen, gaf Caro toe aan dodelijke ernst. Ze lieten alle voorzichtigheid waaien, in een vlaag die hun enige uitlaatklep voor heftige gevoelens vormde.

'Ik heb jullie een keer samen op straat gezien. Zoals jullie afstand hielden, zodat niemand zag dat jullie elkaar aanraakten.' Grace zei: 'Ik wou dat ik het had geweten. Of had geholpen. Maar je wilde – kon – niet op mij vertrouwen voor je stabiliteit.'

'Ik heb jou trouwens ook weinig geholpen.'

'Ach – toen werd ik al geacht stabiel te zijn.' Hetzelfde glimlachje, bitter noch voldaan.

Caro vroeg: 'Kan ik je nu helpen?'

'Nee.'

Ze zaten naar elkaar toegebogen en deelden een verdriet om een tragedie die niet exclusief was voor hen. Grace stond op en liep naar de piano, als naar een vrijplaats. Draaide zich toen om en keek Caro aan. 'Eerst is er iets wat je van het leven verwacht. Later is er dat wat het leven van jou verwacht. Tegen de tijd dat je doorhebt dat dat hetzelfde is, is het soms te laat voor verwachtingen.' Wat we zijn, niet wat we moeten worden. Het zijn dezelfde dingen.

Caro zei: 'Ik geloof niet dat die spanning ooit overgaat.' De spanning van het leven zelf, dan het verwachten van de dood. Valda had ooit gezegd: 'En dan is er het wachten.' Met spanning bedoelden vrouwen het verlangen te beminnen, te worden bemind: grote verwachtingen. 'Zelfs kleine verwachtingen maken deel uit van een grotere onzekerheid – het wachten op een komst, een telefoontje, een brief.'

Grace zei: 'Een brief is het ergste.'

Grace stond bij de piano, met haar gezicht naar Caro. Als ze zich had afgewend, zou Caro zijn opgestaan om haar armen om haar heen te slaan, zou ze hebben gezegd: 'Lieve schat', als een minnaar. Maar nu bleven ze allebei waar ze waren en keken naar elkaar.

Grace vroeg: 'Is er nu iemand van wie je houdt?' Toen Caro geen antwoord gaf, ging ze door: 'Want in mijn ogen zie je er nu mooier uit dan ooit.'

'Ik herinner me,' zei Caro, 'dat je ook als kind al ruimhartig was.' Niet iets wat toevallig voorkomt.

Grace bleef bij de piano staan luisteren.

Caro zei: 'Als Ted belt.' Haar mondhoeken waren niet helemaal zoals het hoorde. Het leek alsof ze niets meer zou zeggen. Intense emotie was ultrasoon, hoorbaar. 'Als Ted belt, mag hij niet weten dat ik straks in Zweden ben. Ik wil hem daar niet ontmoeten.'

Grace had niet voorzien dat haar zus zo'n mond kon krijgen. Maar dacht aan de brief – ogenblikkelijk, volledig, niet door uitstel ontsierd – die nu nooit meer kon komen. Of aan de brief die met een speciaal leed was betaald – een traag, inwendig bloeden van hoop en vernedering – die al evenmin kon bestaan. Uiteindelijk kon er wel een berichtje komen, dan intussen niet meer verwacht, neutraal; een vluchtige aanraking van de wond. Intussen had ze geleerd haar schouders op te halen.

Grace had ontdekt dat mannen niet graag doorzetten. Wanneer het tegendeel gebeurde, was dat iets historisch: iets wat je nooit zult vergeten.

Ze zei: 'Vrouwen moeten altijd doorzetten. Bevallingen, bijvoorbeeld, of hopeloze liefde. Mannen kunnen altijd blijven ontwijken.'

Er waren uitzonderingen – Ted Tice, of haar eigen zoon. Het zou vreselijk zijn als Rupert zijn leven zou opgeven, net zoals Ted. Vreselijk, en niet onwaarschijnlijk.

Er viel licht door hoge ramen, er was de geur van violieren

in een vaas. Twee vrouwen waren stil, de een zittend, de ander staand. Terwijl een man sliep, als een baby, in een aangrenzende kamer.

37

Hij deed navraag bij de receptie. Ze was naar buiten. De hotellobby was oververhit op het middaguur van een eindeloze zomer, en vlamde hier en daar op in verlichte vitrines waarin zilveren sieraden en gebogen voorwerpen van glas of hout waren
uitgestald. Ted ging in een leren stoel zitten en hield zonder te
lezen een tijdschrift omhoog: een detective die de toegangswe-
gen in de gaten houdt. Stellen op weg naar de liften keken even
naar die magere, oplettende man; naar zijn hoge voorhoofd en
gekwetste oog.

Een dikke toerist in Amerikaans seersucker struikelde bij-
ziend over de voeten van Ted. Een vrouw kwam glimlachend
uit een telefooncel. En tenger jongetje werd door twee poedels
aan de lijn voorbij getrokken.

Ted liep terug naar de receptie, schreef een briefje, schreef
haar naam. De portier maakte een opmerking over het uitzonderlijke weer, de betreurenswaardige droogte. Ted zei: 'In Londen regende het vanochtend.'

De portier had het ingevallen gezicht van deze man in de
krant zien staan, in verband met een plechtigheid aan de universiteit. De toespeling op de droogte was zijn beleefde, cryptí-
sche eerbetoon. Later die week zou hij zijn gezin vertellen: 'Hij
was dinsdag in het hotel. In levenden lijve.'

Edmund Tice naderde het hoogtepunt van zijn loopbaan.

Ted liep naar buiten, de kade op, en keek naar de haven: de
scheepjes, de boot naar Finland, een reeks rondvaartboten die
tochten over meren of kanalen aanboden. Weidse lucht, helder

licht. Hij kon zich Caro's voorkomen niet goed voor de geest halen – hij had het zich te vaak herinnerd. Hij stond aan de waterkant, in de laatste momenten van dertig jaar.

Gisteren had Grace aan de telefoon gezegd: 'Er is nog maar zo weinig tijd om de waarheid te vertellen.'

Hij stond in de zon, verblekend zoals heel Noord-Europa. De Zweedse aarde waaide als fijn zand weg: een wereld die op de wind voorbijtrok, wegsijpelde, verpulverde. Op het platteland bogen berken zich naar de grond, stervend in de ondiepe grond. Alleen de zee bleef sceptisch, poolijs-blauw: de oude geur van zout en teer, de azende meeuwen.

Er werd gezegd dat het aanzien van het land door de droogte voorgoed zou veranderen. Dat was niet waar: de aarde zou zich binnen een jaar weer herstellen.

Toen hij in het hotel terugkwam, stond Caro bij de receptie om haar kamersleutel te vragen. Met haar hand uitgestrekt om zijn boodschap in ontvangst te nemen.

Hij stond op een afstandje deze donkere vreemdelinge gade te slaan. Die zich zou omdraaien en zich eindelijk volledig zou laten kennen.

Hij hielp haar in de open boot met rijen houten banken, als een kleine bus. Vanbinnen geheel gelakt, en de lak plakkerig van zon en zout. Hooguit een tiental passagiers, maar het dubbele aantal ronde zwembanden met de naam van het schip erop geschilderd, de umlaut opvallend in het rood.

Caro zei: 'Al kan je in een kanaal niet verdrinken.'

'Het is eigenlijk de zee. Een zijarm van de zee.' Er was een bord in drie talen: de boot maakte tweemaal per dag een rondvaart door de kanalen, zolang het weer goed bleef.

Ze had gezegd: 'Laten we naar buiten gaan.' Was de kade op gelopen waar geen omsluitende muren, geen deuren, gordijnen of bedden waren. Ze had onbeschut in het zonlicht gestaan en gezegd: 'We kunnen de boot nemen.' Ze waren aan boord gegaan van een schip dat niet op hun verzoek zou terugvaren. Dat waren haar laatste beslissingen. Nu ze in dit schuitje zat, werd ze passief.

Ze ging op een lattenbankje zitten en bond een sjaal om haar haar, dezelfde kleurige sjaal die Christian een week eerder had bewonderd. Ted Tice, naast haar, volgde haar bewegingen, die ook voor haar een bijzondere precisie en betekenis leken te bezitten: droomgebaren. Hij had uitsluitend oog voor haar, niet voor de zee.

Een geüniformeerde man gooide zijn sigaret in de oceaan, en spuugde. Op dat signaal startten de motoren. Water begon wit te schuimen en een jongen op blote voeten gooide de kabel los waarmee ze allemaal waren vastgelegd. Op het allerlaatste moment kwamen er toeristen met een kind aanrennen, die met enige heisa – geschreeuw, gespring, gehijg en enig gekletter – aan boord werden genomen. Een Engels gezin, de man meisjesachtig, de vrouw net een man, het kind een engeltje: ze kozen een plekje in de zon, waren rood aangelopen, verlegen, maar lachten om deze rechtmatige uitkomst van hun moment van nood en redding. Van het begin af aan een goede afloop.

De boot voer uit en liet een paleis, een schouwburg, een museum, een vesting achter zich; bruggen, torentjes, gevangenissen, spitsen. Een volledig opgetuigde stad. Activiteit was geen onderbreking meer, maar hoorde bij de stroming. Ze bewogen in het licht van een verleden of andere wereld. Met zijn menselijke maten was ook het toneel een beleving: verbleekt, beperkt, beroofd van zijn moderne glans. Of misschien waren zij juist degenen die het moderne netvlies misten waardoor oude taferelen scherpte krijgen en, als de kleurenreproducties van grote meesterwerken, schriller, feller, minder luisterrijk worden dan het origineel.

De rondvaartboot schommelde in het kielzog van een klein stoomschip. Bij dit nieuwe drama gilde het kind het uit van pret – het had geleerd dat alle gevaren overwonnen worden.

Ted en Caro werden tegen elkaar gedrukt, en maakten zich niet meer los.

Hij zei: 'Voordat je kwam, bedacht ik dat ik haast niet meer wist hoe je eruitziet. Ik was het beeld kwijtgeraakt door het me voor te stellen.' Hij had in de hotellobby gestaan en zij had zich omgedraaid: een blik die veel meer was dan herkenning.

Caro zei: 'Ik was nog nooit zo blij een menselijk gezicht te zien.' En keek vol nieuwsgierigheid naar de groeven en schaduwen in zijn gezicht, zoals het ene bewustzijn het andere kan zoeken in het moment voor de dood of de strijd: de van dichtbij gedeelde bestaanscrisis, ondeelbaar. Het zelf oppermachtig, en toch hulpeloos.

De boot draaide langzaam een zijkanaal van de zee in, kalm en smal, waar wingerd groeide op een lage oever en bomen naar het water overhelden. Voorbijglijdend zagen ze geschoren gazons tussen de bomen, en vierkante witte huizen. Blonde mannen en vrouwen liepen door dorre tuinen en keken naar de boot, met een hand boven hun ogen. In een rieten stoel zat een jongen, met een open boek in zijn hand. Caro deed haar horloge af – haar eigen horloge, een dameshorloge met een smal gouden bandje. Ze legde het op haar schoot en liet haar vingers in het water hangen. Ted pakte het horloge. Het was een manier om haar vast te houden, het ronde bandje zo warm alsof het leefde.

Toen ze haar hand uit de zee haalde, droogde hij hem af en hield hem in de zijne.

'Ik heb je nog nooit aangeraakt.'

'Nee.'

Ted Tice vroeg: 'Wil je zeggen dat je van me houdt?'

'Met heel mijn hart.'

De man keek naar de bomen die in bruisend water hingen. De bomen waren in zijn ogen, in strepen, in tranen. 'Ik kan me haast geen slag voorstellen die dat van me af kan nemen.'

Ze zei: 'Liefste.'

'Liefste.' Hij proefde haar kooswoord op zijn tong, een lief-desdaad. 'Ik ben nog nooit met jou op het water geweest.' Waarmee hij de elementen als getuige aanriep.

Hij legde zijn hand op haar haar, en de sjaal gleed naar achteren. Toen de kleuren van haar hoofd vielen, was het alsof een zekere veerkracht haar verliet. Na sereen, onderdanig te zijn geweest, werd ze serieus en ondoorgrondelijk. Hij zag haar, in één ogenblik, de komende uren en jaren overpeinzen die een gesloten boek voor haar waren, onpeilbaar. Alleen hij, die zich altijd al had voorbereid, kon iets weten. Hij was zo lang bezig geweest dit ogenblik te creëren dat het voor geen van beiden nieuw kon zijn.

In de voortglijdende boot zag hij hoe de glans wegglipte. Hij zei: 'Vertrouw me maar.' Hij stelde zijn liefde voor haar voor als wijsheid, zelfs iets briljants. Alsof hij wist, en zij niet.

De passagiers zagen het Koninklijke Kanaal, precies zoals ze wilden, maar zagen ook deze twee die de liefde belichaamden. Een bleke vrouw, met verwaaid donker haar. De liefdevolle arm van een man op de rugleuning van de bank, zijn andere hand over de hare. De tederheid waar ze allemaal dag en nacht naar verlangden. Iemand kon terloops een tragedie vermoeden – dood of ziekte. Ze had het lichtende van iemand die ten dode is opgeschreven.

Ze voeren vlak voor de kust langs waar een oud schip in het droogdok lag, een houten vaartuig dat na eeuwen van de oceaanbodem was getild: boegbeeld, dekken, achterkasteel. Van eikenhout en vurenhout gebouwd, naar een koning genoemd; gekelderd door de bronzen ballast van kanonnen; als speeltuig weer op het droge gesjord. Het kind stond op een bank om te kijken, en kreeg de geschiedenis te horen van planken en zeemanskisten, tinnen vaatwerk en gouden of zilveren munten met een kroontje. En werd opnieuw bevestigd in zijn geloof in overleven.

De boot voer door een bredere waterweg. Caro vertelde de

geschiedenis van Paul Ivory. Het was zoals Paul had gezegd: Op een dag zal je van iemand houden en mijn geschiedenis vertellen.

Jaren geleden had zij zelf, zittend op een muurtje, een onervaren jongen verzekerd: Dingen kunnen zo vreemd lopen.

Ze vroeg hem: 'Ben je die Duitser nog weleens tegengekomen die je in de oorlog had geholpen?' Het was de eerste keer dat ze hierover begon.

'Heel vaak.'

'Maar heb je nooit gezegd wie je bent?'

'Nee. En hij heeft me uiteraard nooit herkend – ondanks dit oog.' Ted zei: 'Hij is zo zeker van zichzelf, zo alert en assertief, en ik bekijk hem vanuit ons gemeenschappelijke, ongedeelde geheim. Als God. Het geeft me een autoriteit die ik niet zou willen opgeven. Ondanks zijn wakkerheid slaapt hij, en ik bekijk hem.'

'Voelde je dat ook zo bij mij, toen, met Paul?'

'Ik heb nooit enige macht over jou gehad, of willen hebben. Dat is natuurlijk niet waar. Ik wilde de opperste macht. Maar geen voordeel, geen autoriteit.'

'De laatste weken moest ik vaak denken aan die zomer dat we elkaar voor het eerst zagen. Ik kan me hele dagen, hele gesprekken herinneren. Of ik verzin ze.'

'Sefton Thrale, de telescoop.' Het verleden dat Ted Tice, een leven lang, in zijn eentje had bewoond. Ze probeerden te ontdekken wat hiertoe had geleid, en dat zou nooit lukken. Ze waren voor even zo onschuldig als een willekeurig stel geliefden. 'Nu wordt er gesproken over meterslange telescopen, en over stations in de ruimte.'

'Het is misschien wel een manier om van de aarde af te komen, uit pure nijd.'

'Bedoel je omdat we haar niet hebben kunnen benutten?'

'Omdat ze te groot en te goed voor ons was.'

De rondvaartboot zette een draai in om hen terug te brengen. Het schip maakte een wijde, geleidelijke bocht, zodat de trage golven in zijn kielzog uitwaaierden. De heenweg had lang geduurd, maar terug zou het snel gaan. Zodra de boog was voltooid, sloeg er een nerveuze verandering toe, met krachtiger en luidruchtiger motoren. Ook de passagiers hadden genoeg van alle lieflijkheid, en waren bovendien oververhit. De jongen holde onbesuisd in de breedte van links naar rechts, alsof hij de boot wilde doen kapseizen, en stelde luid en volhardend met een helder stemmetje vragen over de bodem van de zee.

'Josie wacht waarschijnlijk al in het hotel.' Weer was het alsof Caro een deur uit liep en aan boord van een boot ging. Ze vroeg: 'Hoe ver is het rijden?'

'Een kilometer of tachtig. Ik word met een auto opgehaald.' Die avond en de volgende dag zou een universiteit de lof zingen van Teds prestaties. 'Ik moet er morgenmiddag een toespraak houden. Dan gaat iedereen weer verder, naar Rome en Sicilië, waar een congres wordt gehouden.' Hij zei: 'Ik zal doen wat jij wilt, en ik ga overal naartoe waar jij bent.'

Caro keek naar het kind. Josies baby, die ze die dag in haar armen hield, zou ook al snel over een dek draven en vragen hebben die niemand kon beantwoorden. Ze keek niet naar Ted, maar naar het kind en naar de wereld waar ze naartoe terugkeerden.

'Ze zouden zich ook wel redden zonder mij,' zei hij, 'als ik doodging.' Hij bedoelde niet het congres, maar de wereld. 'Waarom niet als ik nog leef?'

Ze wist niet of het sterk zou zijn om te accepteren of te ontkennen.

Ted zei: 'Ik durf je niet achter te laten, ben bang je te verliezen.' Hij keek neer op haar profiel, zoals eens toen ze in een streekbus zaten. Dezelfde lijn van stug haar, diepere holtes met donkere ogen. Haar borst, in een zomerjurk, was het besef van verlangen. 'Je loopt niet weg. Als ik je morgenochtend bel, zul je er zijn.'

Ga niet dood, ga niet weg.

'Ja.'

'Ik vind je toch weer.'

De ramen van haar kamer keken uit op het water. Het ochtendlicht, verweven in gordijnen van grof linnen, was gekleurd, roze als de huid die een vingertop omspant of een oor omringt.

Voor de laatste keer lag Caroline Vail alleen in een bed.

'Heb je geslapen?'

Ze leunde in kussens met de telefoon in haar hand. 'Ik werd telkens wakker om hieraan te denken. Om aan jou te denken.'

'Dat is nieuw voor me, om me dat voor te stellen.'

In hun woorden waren ze al één.

Ted zei: 'Ik heb niet geslapen.'

Het gordijn had een patroon van opgerolde ranken en stervormige bloemen. Van de kade beneden de walmen van een vroege bus, het gefluit van een boot, de zwenkende, hellende kreten van zeevogels. Op een vrouw in bed viel gedempt licht.

Hij zei: 'Ik ben nog nooit zo gelukkig geweest.'

Ze kon zichzelf in een spiegel zien, op haar zij gedraaid. Een smalle gleuf tussen haar borsten, haar in strepen op een kussen. Lichtgekleurde zijde, witte schouders, alles wat iemands hart kon begeren.

Ze beminde en begeerde zichzelf, alsof ze Edmund Tice was. Alsof dit een zelf was waarvan ook zij voorgoed afscheid moest nemen.

Hij zei: 'Ik ben nog nooit zo gelukkig geweest.'

'Misschien is dat wel genoeg. Is dat wel voldoening.' Waar de spiegeldeur van een kledingkast openstond, zag ze zichzelf weerkaatst. Ze zei: 'Iets daarvan zal blijven.'

'Als je wegging, zou ik je vinden.' Hij vroeg: 'Zal ik, met die mogelijkheid, mijn tijd net zo uitzitten als anderen, vol vragen verkommeren en mijn doden tellen? Mezelf prijzen om mijn nipte ontsnapping aan het leven?' Hij zei: 'Ik ben gauw bij je.'

441

Toen ze opstond, hield ze het gordijn opzij om naar de straat en de haven te kijken. Ze dacht eraan dat ze een kind bij de zee was geweest, en later een vrouw in kamers met hoge plafonds, zoals kamers in dromen, en verwilderde tuinen. Ze dacht aan continenten en steden, mannen en vrouwen, woorden, de geliefden. Josies kind. Alsof ze naar elk gezegend moment in haar leven luisterde, om als verzachtende omstandigheid aan te voeren.

'Ik zei toch dat ik je zou vinden.'

Op het vliegveld het volstrekte ontbreken van ochtend, weersomstandigheden of wat voor concreets dan ook. Er was wit licht, ijle lucht en een bord waarop stond: VERTREK.

'Zonder die staking was ik al weggeweest.' Ze stond tegen de incheckbalie geleund. Ze legde haar hand in de zijne. 'Aan de aankomstkant wordt gestaakt.'

'De hemel en de vakbeweging zij dank.'

'Moderne liefde.'

Voor hen zei een man: 'U zult zien dat ik op de vip-lijst sta.'

Een meisje in uniform ging met haar pen een lijst namen af. 'Bent u een vip van de eerste, tweede of derde categorie?'

'U zult merken dat ik geen onbelangrijke figuur ben.'

Caro stond achter hem in de rij. Ted Tice belette een kruier haar bagage mee te nemen. 'Kom even mee, dan kunnen we praten.'

Ze gingen op plastic stoelen zitten. Er was een bord waarop stond TRANSFERDESK. Ted raakte haar wang aan. 'Over één uur gaat er een vlucht naar Rome.' Hij maakte het zo eenvoudig, met eenlettergrepige woorden. 'Als jij die neemt, ben ik vanavond bij je.' Hij was snel, ongehaast, onoverwinnelijk. 'Ik blijf hier en houd vanmiddag mijn voordracht. Ik kan vanavond met een charter in Rome zijn.'

'Ted.' Ze begon te huilen als een kind. 'Ted, wat kan er voor ons veranderen?'

'Er is al iets veranderd.'

Als een kind stopte ze uit nieuwsgierigheid of angst met huilen.

'Ik heb met Margaret gebeld. Ik heb alles verteld.'

Het was zoals toen op de rondvaart alle glans uit haar haar viel. Ze zei: 'Het verdriet', en leunde tegen zijn arm. Ze hield op met huilen, uit respect voor de tranen van een ander. Alsof haar over een strijd was verteld, ver weg gestreden, waarin velen moesten sneuvelen.

Ted putte zich uit in vriendelijkheid: ze moest hierdoorheen worden geholpen. Zijns ondanks straalde zijn kracht als een feest. Het was amper voorstelbaar dat er zoveel ongeluk mee samen moest gaan. Hij had zijn arm om haar heen, zijn hand rustend op haar borst. Hij bedacht hoe trots en beslist ze was geweest, en weer zou zijn. En dat ze hier tegen hem aan leunde en huilde, en het meest van hem hield.

Ze waren natuurlijk en bovennatuurlijk, op die onbestemde plek, als legendarische geliefden.

Toen ze rechtop ging zitten, droogde ze haar ogen en zei: 'Liefste.'

Hij streek haar zwarte haar naar achteren. Hij zei: 'Ik ga het ticket kopen', en zijn eigen mond beefde bij die prozaïsche woorden. Hij pakte pen en papier en schreef de naam van een hotel in Rome op. Ze wisselden de naam uit, en zagen het zuiden al.

In de vertrekhal stond een soort deurkozijn waar passagiers werden gefouilleerd – op goud, misschien, of wapens. Handtassen werden op een lopende band gezet en kwamen er via een glijbaan af vallen.

Caro herinnerde zich het hekje waar ze de laatste keer afscheid had genomen van Edmund Tice. Ze had met een mensenmassa op een roltrap gestaan en haar hand opgestoken, en hij had haar nagekeken. Er was een eerder afscheid geweest, waarbij hij had gezegd: 'Ik stem met elke voorwaarde in', en zij was gereserveerd gebleven, niet wetende dat het een repetitie was.

Een voor een gingen de passagiers door de fantoomdeur. Er was een vrouw in roze linnen: 'Tast dat apparaat mijn parels niet aan?'

Het werd een wedstrijdje in wat er kon worden aangetast: 'Wordt mijn pacemaker niet ontregeld?', 'Hoe zit het met de straling?' Bij de kleine glijbaan maakte een man in tweed een sprongetje om een vallend pakket te redden.

'Zitten er soms kroonjuwelen in?'

'Het is toevallig een heel mooi theeservies.'

Ze eisten op, klampten vast, koesterden: dat kwam door het vertrek. Er was één man, zwaar, bleek, bekend, die Amerikaans seersucker droeg en een leren tas als een stormram hanteerde. Hij groette Caro niet, en was misschien kippig. Het was de dokter uit New York die haar een bril had geadviseerd.

Paul die die dag in de warme straat zei: 'Caro?' Paul in haar eigen deuropening die zei: 'Het ga je goed, Caro.'

Ze herinnerde zich het afscheid op oceaanstomers. De lunch aan boord, die bij Dora niet goed viel. Serpentine, zakdoeken, de wereld voor de oorlog. De machtige kolos die tussen de Heads door gleed, loom op weg naar de hemel.

'Uw vlucht,' werd er gezegd. Ze keek de hele tijd om, voor het geval dat Ted er stond. 'Het is tijd om aan boord te gaan.'

In het vliegtuig werd haar een plaats bij het raam gewezen. Achter de startbaan zag je een sparrenbos, donker, besloten, echt. Op het vliegveld gebaarden technici met handen en vlaggen. Hun blonde haar en blauwe kleren wapperden in de wind van de motoren. Ze hadden oorbeschermers om hun hoofd tegen het motorgebrul.

Het motorgebrul was te zien, echoënd in blauwe overalls, oprijzend in de sparren. In de cabine was niets te horen. Alleen toen het toestel van de grond loskwam een langdurig gesis van lucht – als de inademing van de mensheid wanneer het werk van generaties in één ogenblik verschrompelt; of de diepe zucht van romp en zee als een schip ten onder gaat.

De auteur wil haar dank uitspreken aan professor E.M. Burbidge, die zo goed was alle vragen, van een leek, over astronomie te beantwoorden.